K. Polkehn · H. Szeponik
Wer nicht schweigt muß sterben

Ereignisse
Tatsachen
Zusammenhänge

WER NICHT SCHWEIGT, MUB STERBEN

Klaus Polkehn

Horst Szeponik

Ein Tatsachenbericht
über die Mafia

Militärverlag
der Deutschen Demokratischen
Republik

ISBN 3-327-00831-0

8. Auflage, 1989
© Militärverlag der Deutschen Demokratischen Republik (VEB) — Berlin, 1968
Lizenz-Nr. 5
Printed in the German Democratic Republic
Gesamtherstellung: Karl-Marx-Werk Pößneck V 15/30
Schutzumschlag und Einband: Erika Baarmann
Typografie: Helmut Herrmann
LSV: 0239
Bestellnummer: 745 421 0
00850

»Das Kapital hat einen horror vor Abwesenheit von Profit, oder sehr kleinem Profit, wie die Natur vor der Leere. Mit entsprechendem Profit wird Kapital kühn. Zehn Prozent sicher, und man kann es überall anwenden; 20 Prozent, es wird lebhaft; 50 Prozent, positiv waghalsig; für 100 Prozent stampft es alle menschlichen Gesetze unter seinen Fuß; 300 Prozent, und es existiert kein Verbrechen, das es nicht riskiert, selbst auf Gefahr des Galgens.«

Aus »T. J. Dunning, Trades' Unions etc.« zitiert bei Karl Marx, Das Kapital, Band I, Berlin 1980, S. 788.

Die Wurzeln der »Onorata Società«

> »Es gibt in Sizilien drei Regierungen: Rom, die Regional-
> regierung und die Mafia. Der Mafia aber muß man ge-
> horchen, oder man stirbt.«
>
> Sizilianisches Sprichwort

Ein Geflecht von Legenden überwuchert die Geschichte der Mafia, der
geheimnisvollen Bruderschaft Siziliens. So stark wie ihr Mythos lebt
und wirkt ihre Macht bis in unsere Tage. Politiker, Journalisten und
Soziologen faszinierte dieses Phänomen. Mafia-Verbrechen beschäfti-
gen ständig die Nachrichtenredakteure der Tageszeitungen und liefern
zugkräftigen Stoff für Bücher und Filme. Darin wird die Mafia oft als
eine naturbedingte Schöpfung dargestellt. Die Ereignisse in dieser
rückständigen Ecke Europas werden gern als Folge eines rätselvollen,
dämonischen Schicksals erklärt.

Doch unbeantwortet bleiben bei einer solchen Betrachtungsweise
viele Fragen: Wie konnte diese Erscheinung entstehen? Wo liegen die
Wurzeln der Mala pianta, des Unkrauts, wie die Mafia in Italien auch
genannt wird? Warum gedieh es zuerst auf Sizilien?

Von Eroberern heimgesucht

Die Insel Sizilien, zwischen Europa und Afrika in der engsten Stelle
des Mittelmeeres gelegen, ist das natürliche Bindeglied zwischen beiden Kontinenten. Die Meerenge von Messina trennt sie an ihrer
schmalsten Stelle etwa drei Kilometer vom europäischen Festland.
Vom Monte Eric im Westen Siziliens kann man bei günstiger Sicht das

Ras Addar (Kap Bon) erkennen, das die östliche Grenze des Golfs von Tunis bildet. Am Golf von Tunis hat einst Karthago gestanden.

Wer die Straße von Sizilien beherrscht, kann die Handelswege zwischen den Anliegerstaaten des westlichen und des östlichen Mittelmeeres kontrollieren.

Diese exponierte geographische Lage Siziliens hat seit frühesten Zeiten stets zahlreiche Eroberer angezogen. Sie unterwarfen die Ureinwohner und vermischten sich mit ihnen. Sie brachten ihre Kulturen mit, deren tiefe Spuren sich noch heute in den vielen prächtigen Bauten oder Ruinen vergangener Epochen finden.

Ursprünglich besiedelten Sikaner und später Sikuler die Insel — Völker, deren Herkunft nicht völlig geklärt ist. Vor etwa 2800 Jahren errichteten phönizische Kaufleute auf Sizilien ihre Stützpunkte. Wenig später stritten sich Griechen und Karthager erbittert um den Besitz der Insel. In diesen Kampf um die Vorherrschaft griff im 3. Jahrhundert vor unserer Zeitrechnung Rom ein, eroberte den karthagischen Teil der Insel und danach auch die griechischen Städte an der Ostküste Siziliens. Für die nächsten 700 Jahre war Sizilien eine Provinz des römischen Sklavenhalterstaates, dessen Herrschaft nur wenige Jahre unterbrochen wurde, als im 2. Jahrhundert vor unserer Zeitrechnung aufständische Sklaven auf Sizilien einen unabhängigen Staat gründeten. Nach dem Untergang der römischen Sklavenhalterordnung geriet Sizilien für kurze Zeit in den Einflußbereich zweier germanischer Völker — der Vandalen und der Ostgoten —, bis schließlich Byzanz beide Reiche und mit ihnen die Insel eroberte. Die Statthalter der byzantinischen Kaiser regierten fast dreihundert Jahre auf der Insel, doch dann mußten sie ihre Herrschaft vor Angriffen aus Nordafrika verteidigen. Araber und Berber unternahmen im 9. Jahrhundert eine Invasion, und die Insel geriet in ihre Hände.

Unter den neuen Herren begann sich die Wirtschaft der Insel von den ständigen Kriegen zu erholen, und die Bevölkerung gelangte zu einem gewissen Wohlstand. Doch die Kette der Eroberer riß nicht ab. Im Jahre 1061 setzten normannische Scharen von Süditalien aus, wo sie sich dreißig Jahre zuvor festgesetzt hatten, nach Sizilien über und unterwarfen sich die Inselbevölkerung. Der normannische Staat in Süditalien und auf Sizilien, damals der gesellschaftlich am weitesten entwickelte Staat des feudalen Europas, wurde für kurze Zeit zu einem erstrangigen Machtfaktor im Mittelmeerraum. So war es nicht verwunderlich, daß auch andere große Feudalherren nach dem Besitz des Königreiches beider Sizilien strebten, wie der süditalienisch-sizilianische Staat von nun an bis ins 19. Jahrhundert genannt wurde. Die ersten, denen das gelang, waren die deutschen Staufer. Ihnen entriß 1266 der Franzose Karl von Anjou mit Hilfe des Papstes die Königskrone. Karl von Anjou und seine Barone errichteten ein grausames Regime auf der Insel.

Im Jahre 1282 kam es zu dem Ereignis, das als »Sizilianische Vesper« in die Geschichte einging. Wie uns in Überlieferungen berichtet wird, wuchs der Haß gegen die neuen Besatzer ins Unermeßliche. Den Widerstand der Sizilianer versuchten die französischen Barone mit noch größeren Gewalttaten zu brechen.

Ein unbedeutender Vorfall soll das legendäre Blutbad ausgelöst haben. Als die Kirchenglocken am 30. März 1282, dem Ostermontag, die Gläubigen von Palermo zur Vesper riefen, belästigte ein Franzose am Kirchenportal ein sizilianisches Mädchen, das Hilfe herbeirief. Hinzueilende Einheimische erschlugen den Übeltäter. Dieser Zwischenfall gab das Signal. In einem Aufstand wurde die Fremdherrschaft hinweggefegt. Die Erhebung brachte jedoch dem sizilianischen Volk keine Freiheit; die Seemacht des westlichen Mittelmeeres — Aragon — folgte als neuer Herrscher über die Insel. Für die sizilianischen Barone dagegen brachte der Wechsel der Fremdherrschaft große Vorteile, lag doch von jetzt ab der Sitz der Zentralregierung über tausend Kilometer von der sizilianischen Hauptstadt Palermo entfernt. Als sich Aragon und Kastilien am Ende des 15. Jahrhunderts zum Königreich Spanien vereinigten, wurde das Schicksal der Insel fest mit dem Spaniens verkettet. Spanien, das auch die Inquisition mitbrachte, regierte — abgesehen von kurzen Intermezzi des Herzogs von Savoyen, der Österreicher und Engländer — hier bis zum Jahr 1860 durch Statthalter oder »unabhängige« Herrscher, die der regierenden Dynastie Spaniens — den Habsburgern und später den Bourbonen — entstammten. Als 1848/49 die Wogen der bürgerlichen Revolution bis an dieses Eiland brandeten, erhoben sich die sizilianischen Bauern gegen ihre feudalen Unterdrücker. Doch die Bourbonen ließen den Aufstand blutig niederschlagen. Erst Garibaldi befreite 1860 im Risorgimento — dem Kampf um die Einheit Italiens — mit der Hilfe der Inselbewohner Sizilien vom spanischen Joch.

Nur allzu schnell mußten die Sizilianer — wie übrigens auch die Bewohner Süditaliens und Sardiniens — erkennen, daß ihnen die nationale Einheit nicht den erhofften sozialen Fortschritt brachte. Die Bauern der Insel hungerten weiter nach Land. Die Bourgeoisie Norditaliens dachte nicht daran, ihre Versprechungen zu erfüllen. Der spätere Innenminister und Ministerpräsident Francesco Crispi — ein Vertreter der bei der Aufteilung der Welt zu kurz gekommenen italienischen Imperialisten — regierte mit Belagerungszustand und Kriegsgerichten auf Sizilien. Kein Wunder, daß die Vereinigung Italiens bei den meisten Sizilianern nicht hoch im Kurs stand. Crispi schloß ein Bündnis mit den Großgrundbesitzern, die Furcht vor den Forderungen der landlosen Bauern hatten.

In einer Analyse der damaligen Verhältnisse kam der hervorragende Marxist und Begründer der Kommunistischen Partei Italiens, Antonio Gramsci, zu der Schlußfolgerung, »daß die Einheit nicht auf einer Basis der Gleichheit, sondern, was das territoriale Verhältnis zwischen Stadt und Land betraf, in der Form einer Hegemonie des Nordens über den Süden zustande gekommen war, daß also der Norden tatsächlich ein ›Polyp‹ war, der sich auf Kosten des Südens bereicherte, und daß sein wirtschaftlich-industrielles Wachstum in direktem Verhältnis zur Verarmung der Wirtschaft und Landwirtschaft des Südens stand.«

Die norditalienische Bourgeoisie betrachtete — wie Antonio Gramsci, der selbst auf Sardinien geboren wurde, feststellt — Sizilien als ihre »innere Kolonie«. Sie erblickte in der Insel das ideale Sprungbrett für ihre kolonialen Eroberungen in Afrika. Crispi versuchte, den Landhunger der Bauern in diese Richtung zu lenken.

Verheerende Folgen hatte das mit der Herstellung der nationalen Einheit verbundene Zollsystem. Es zerstörte die bescheidenen Anfänge der südlichen Industrie, besonders die bekannte sizilianische Seidenmanufaktur. Die Industrialisierung des Südens wurde verhindert. Die Kluft zwischen beiden Teilen Italiens vertiefte sich, und diese Tendenz, die den Süden gesellschaftlich immer weiter zurückbleiben ließ, hält heute noch an.

Dieser gedrängte Exkurs in die sehr wechselvolle Geschichte der Insel erklärt vielleicht die Ursachen, die einst die Bildung der Mafia förderten. Sie entstand als Selbsthilfeorganisation gegen die Willkürherrschaft der fremden Eroberer. Gemeinsam kämpften die Sizilianer im engen Verband der Sippe — in Geheimgesellschaften — gegen Steuereintreiber, bourbonische Schergen und gegen Verräter in den eigenen Reihen, die mit den Unterdrückern kollaborierten. Niemals und unter keinen Umständen wurde der Name eines Sizilianers preisgegeben, der sich gegen die ausländischen Machthaber aufgelehnt hatte. Die von den Bourbonen eingesetzten Behörden wurden nicht anerkannt, ihre Anordnungen — bot sich dazu Gelegenheit — umgangen oder nicht befolgt.

Nach der Einigung Italiens verlor die »Onorata Società«, die »Ehrenwerte Gesellschaft«, wie sie sich noch heute nennt, ihre Daseinsberechtigung. Doch Generationen hatten mit der Gewalt gelebt und sie überlebt. Viele Sizilianer blieben auch weiterhin Mafiosi. Sie rekrutierten sich vor allem aus den sogenannten Gabellotis (von Gabello — die Pacht). Diese Männer dienten den sizilianischen Baronen, die auf ihren Latifundien unumschränkt herrschten und brutal jeden Widerstand erstickten, als Verwalter, Aufseher und Leibwächter. Man warb dafür meist Banditen an, die für ihre treuen Dienste Land zur Pacht erhielten. Sie nahmen in Sizilien eine eigentümliche Stellung als soziale Mittelschicht zwischen den Baronen und den Bauern ein. Die Methoden außerökonomischer Unterdrückung der bäuerlichen Schichten blieben in Sizilien weitgehend erhalten, und das lag im Interesse der Großgrundbesitzer. Jene Gabellotis gewannen schließlich mit Hilfe der Mafia solche Macht, daß sie sogar die Feudalherren ausbooteten und selbst an ihre Stelle traten.

Ermittlung eines Namens

Was heißt eigentlich Mafia? Wann wurde sie geboren? Zwei einfache Fragen, auf die wir so viele Antworten hören.

Einige Historiker führen den Ursprung der Bruderschaft auf die »Sizilianische Vesper« zurück. Damals sollen sich die Einwohner Palermos mit dem Ruf »Morte Alla Francia, Italia Anela« — »Frankreichs Tod, Italiens Herzenswunsch« — auf ihre Peiniger gestürzt haben. Aus den Anfangsbuchstaben dieser Parole soll sich der Name zusammensetzen.

Andere Geschichtsforscher nennen als Gründungsdatum das Jahr 1670, in dem sich in Palermo die sogenannte Beati Paoli bildete, die sich als Verband »aufgeklärter Adliger« ausgab. Ihre geheimen Zusammenkünfte hielt sie in einer Höhle ab. In den vergangenen Jahrhunderten soll das Wort Mafie (die Mehrzahl von Mafia) den Felsen von Trapani den Namen gegeben haben. Die dort versteckten Höhlen dienten nach dieser Version sizilianischen Geheimgesellschaften als Versammlungsort und Unterschlupf.

Auch Sprachwissenschaftler forschten nach dem Ursprung des Wortes Mafia. Sie leiteten es aus den verschiedenen Sprachen ab, die zweifellos in das Sizilianische eingeflossen sind. So vom toskanischen Wort Moffa, das Elend oder Unglück bedeutet; vom französischen mauvais (Schlechtes); von einem Maafir genannten Volksstamm, der sich während der arabischen Herrschaft in Palermo niedergelassen hatte; von den arabischen Vokabeln Mahias (Bluffer) oder Magtaa (Höhle); schließlich auch von dem Wort Mu'afah, das ebenfalls aus dem Arabischen stammt (Mu' — Stärke, Kraft, Sicherheit, afah — beharren, beschützen, verteidigen).

Es lohnt kaum, alle Versuche aufzuzählen, in denen der Begriff ausgedeutet wurde. Bisher gelang es niemandem, Herkunft und Inhalt des Wortes zufriedenstellend zu erklären. Dokumentarisch belegt ist jedoch, daß es zum erstenmal 1868 in einem italienisch-sizilianischen Wörterbuch Aufnahme fand. Zu jener Zeit war die Mafia längst eine kriminelle Organisation. So verwundert es nicht, daß die Herausgeber den Begriff Mafia als ein Synonym für die Camorra ausgaben, in Süditalien beheimatete Räuberbanden, die ebenfalls aus einer politischen Geheimorganisation hervorgegangen waren.

Viele Bauern in diesen Gebieten, schutzlos der Willkürherrschaft der feudalen Barone ausgeliefert, wurden aus Protest zu Banditen. Sie wollten sich nicht bedingungslos unterwerfen und antworteten als Räuber mit individuellen Terroraktionen. Die Tatsache erklärt, daß in jenen Gegenden das Verbrechertum mit romantischem Glanz umgeben ist. Im kalabrischen Banditen Giuseppe Musolino sah man einen Rächer und Wohltäter der Entrechteten.

Am 14. April 1909 richtete dieser Räuber, dessen die Polizei trotz einer hohen Kopfprämie nicht habhaft werden konnte, einen Brief an den italienischen König Viktor Emanuel III. Darin forderte Musolino, daß man mit Bildung und Arbeit dem Banditentum Einhalt gebieten sollte. Außerdem müsse man die Felder gut bestellen und die Produktion dem Bedarf der Bevölkerung anpassen. »An diesem Punkte angelangt«, schrieb er, »hören Gefängnisse, Unwissenheit, Armut und alle Fehler auf zu bestehen. Es bleibt nichts anderes als Arbeit, Studium und das bißchen Freude, die man zum Leben braucht.« Giuseppe Musolino hatte erkannt, daß mit Kopfgeldern, Verhaftungen und Kerkerstrafen allein die Wurzeln des Räuberunwesens nicht auszumerzen waren. Doch mit solchen Rebellen lassen sich die Angehörigen der Mafia nicht vergleichen.

Auch der Sizilienforscher Giuseppe Pittré rückte schon damals von dieser Auslegung ab und warnte 1891: »In den letzten zwanzig Jahren wurde in derart vielen verschiedenen Tonarten und voneinander abweichenden Meinungen über die Mafia geschrieben, daß eine Zusammenstellung all dessen eine außergewöhnliche Sammlung widersprüchlicher Ansichten ergeben würde.«

Das erste Dokument?

Das Fehlen exakter Berichte aus authentischen Quellen bot bis heute ein weites Feld für Spekulationen. Als ältestes Dokument über die Mafia wird noch immer der Bericht des Staatsanwaltes von Trapani, Pietro Ulloa, an den Justizminister des spanischen Bourbonenkönigs Ferdinand II. aus dem Jahre 1838 angesehen, in dem es heißt: »Es existieren in vielen Dörfern Bruderschaften, oft aus sieben Mitgliedern bestehend, die sich Parteien nennen. Sie versammeln sich nicht und haben keine andere Bindung als die, von einem Anführer abhängig zu sein, der hier ein Präsident, dort ein Erzpriester ist.«

Im Jahre 1894 nannte der italienische Innenminister Girolamo Cantelli die Mafia eine »wahre soziale Plage« und »Seuche«. Doch die Zentralregierung in Rom unternahm schon damals keinen ernsthaften Versuch, die »Ehrenwerte Gesellschaft« zu liquidieren. Man konnte oder wollte nicht. Polizeimaßnahmen allein genügten ohnehin nicht, denn die Mafia wurzelte fest in der feudalen Gesellschaft Siziliens. Sie auszurotten hieß an den Grundfesten der feudalen Ordnung zu rütteln.

Sie besaß ihre Hochburgen im Westteil der Insel, wo auch die Capitale della Mafia, die Mafia-Hauptstadt Palermo, lag. In diesem Gebiet stach die Armut der Häuser, in denen vielköpfige Familien im Elend zusammengepfercht vegetierten, besonders kraß hervor. Hier herrschte das Analphabetentum, das selbst in unseren Tagen noch längst nicht ausgerottet ist. Die Statistik aus dem Jahre 1960 spricht Bände: Im Zeitalter von Atomphysik und Weltraumfahrt können fast 27 Prozent aller Sizilianer nicht lesen und schreiben, und weitere 20 Prozent können gerade ihren Namen schreiben!

Ein italienischer Journalist, der sich mit der Bruderschaft beschäftigte, untersuchte den sizilianischen Dialekt, der beinahe eine selbständige Sprache ist. Dabei machte er eine ungeheuerlich anmutende Entdeckung. Die sizilianischen Verben besitzen kein Futur. Sizilien — eine Insel ohne Zukunft!

Doch trotz vieler Rückschläge ergaben sich die meisten Bewohner nicht dem Fatalismus: Die Bewegungen der Bauern für eigenes Land und sozialen Fortschritt konnten die Großgrundbesitzer wohl zeitweise mit brutaler Gewalt unterdrücken, aber niemals völlig eindämmen. Gegen Ende des vergangenen Jahrhunderts mündeten die nicht abbrechenden Bauernrebellionen in den großen Aufstand des Jahres 1893.

»Den Schnabel befeuchten«

Wer die Mafia mit einer Mörder- und Räuberbande schlechthin vergleicht, irrt gewaltig und muß zu falschen Schlüssen gelangen. Diese sizilianische Bruderschaft — gewachsen im Schoße des Feudalismus — verkörperte damals wie heute die höchste Form organisierten Verbrechertums. Es existiert wohl kaum ein Verbrechen, das sie nicht begangen hat — für Macht und Profit. Wie ein Polyp streckte sie ihre unzähligen Arme in alle Bereiche des öffentlichen Lebens aus. Ihr gehörten durchaus »ehrenwerte und angesehene« Bürger an, wie Rechtsanwälte, Ärzte, Bürgermeister und Politiker, die sich nicht nur mit Hilfe der Mafia bereicherten, sondern skrupellos eine Terrorherrschaft über die Bevölkerung ausübten. Das Mafia-Oberhaupt in einem Ort gab seinen Segen für eine Heirat ebenso, wie es die Beseitigung eines Ungehorsamen befahl. Die Bruderschaft wuchs zum Staat im Staat, ihre Anordnungen wurden unumstößliches Gesetz, sie erhob und trieb ihre eigenen Steuern ein. Ihre hauptsächliche Methode schien denkbar einfach. Sie bot dem Baron ihren Schutz an und verlangte dafür ein regelmäßiges Entgelt. Der Latifundienbesitzer zahlte, denn die Mafia half ihm gegen die landlosen Bauern und Pächter, die eine Aufteilung des Bodens forderten. Die »Ehrenwerte Gesellschaft« ging auch zu den Pächtern und bot ihre »Ware« Sicherheit an. Wollte jemand sie nicht kaufen, fand er plötzlich seine Weinstöcke abgehackt oder seine Schafe und Ziegen mit ausgestochenen Augen. Also zahlte er.

Selbst ein Dieb entrichtete pünktlich seinen Beitrag, denn dafür erhielt er das Recht, Leute zu bestehlen, die nicht unter dem Protektorat der Mafia standen.

Die Bauern, die eine Parzelle gepachtet hatten, taten gut daran, rechtzeitig ihre »Wassersteuern« zu begleichen, damit auch das kostbare Naß auf die von der heißen Sonne ausgetrockneten Felder floß. Andernfalls mußte die Saat verdorren.

Der Fischer, der sein Boot und seine Netze nicht verlieren wollte, trat seinen kargen Fang zu den von der Mafia festgelegten Preisen ab.

Beispiele über Beispiele – die »Onorata Società« hatte ein perfektes System der Erpressung ausgetüftelt. Sie verdiente schon immer nach dem System des Pizzu, des Vogelschnabels. In allen Bereichen der Gesellschaft »befeuchtete sie ihren Schnabel« und gewann dazu.

Die Omertà

Schon in den frühesten Quellen über die Mafia aus den Jahren der Bourbonenherrschaft wird berichtet, daß sie weitgehend dezentralisiert aufgebaut war. Sie gliederte sich in sogenannte Cosche, in Mafia-Familien, an deren Spitze der Capofamiglia, das Familienoberhaupt, stand. Was diese Familien untereinander zusammenhielt und verband, war damals wie heute ein Ehrenkodex, den jeder Mafioso bei Strafe des Todes befolgen mußte.

Die Mafia-Führer forderten unbedingten Gehorsam. Jede Handlung gegen ein Mitglied der »Ehrenwerten Gesellschaft« wurde von ihnen als ein Angriff auf die gesamte Mafia gewertet und mit entsprechender Schärfe geahndet. Wer sich nicht fügte, wurde zunächst gewarnt. Vielleicht fand er eines Tages die abgehackte Hand eines Angehörigen, manchmal war es auch der Kadaver seines Maultieres, das man vergiftet hatte. Wer dieses Zeichen nicht verstehen wollte, hatte sein Todesurteil gesprochen.

Einen Verräter traf die Todesstrafe. Ein Schafskopf vor seiner Haustür zeigte ihm an, daß das Urteil gefällt worden war. Manchmal lag auch ein Hund mit abgeschnittenem Kopf auf der Schwelle. Es gab und gibt in den Augen der Mafiosi kein schlimmeres Vergehen als den Bruch der Omertà, der unbedingten Schweigepflicht. Das ungeschriebene Gesetz lautet: Wer nicht schweigt, muß sterben. Und zu schweigen hatten auf Sizilien nicht nur die Mafiosi, sondern auch alle anderen Bewohner. Die Omertà war und ist ein mächtiger Pfeiler, auf den sich vor allem die Macht der Mafia stützt. Mit der Omertà regiert sie auch heute noch unerbittlich.

Hatte die Mafia ein Todesurteil gefällt, ging das Oberhaupt der Mafia-Familie zu einem der Scharfschützen, der Picciotto, »Kleiner«, genannt wurde. Er küßte ihn auf den Mund und sagte: »Quannu Mamma cummand, picciotto uobidisci!« (»Wenn Mama befiehlt, hat

Etwa ein Dutzend erbsengroßer Schrotkörner befindet sich in einer Patrone der Lupara, der traditionellen Mordwaffe der Mafia

Richter und Polizei standen vor einer Mauer des Schweigens, die die Mafia-Mörder schützte: Mafia-Prozeß vor dem ersten Weltkrieg in Palermo

das Kind zu gehorchen!«) Der ausgewählte Mörder schulterte dann seine Lupara, die kurzläufige Wolfsflinte. Diese klassische Mafia-Waffe diente ursprünglich auch zur Wolfsjagd, jedoch gab es, was die Munition betrifft, einen feinen Unterschied. Bei Mafia-Morden mischte man die Schrotkugeln in der Patronenhülse meist mit Salz, wie Untersuchungen der Ermordeten ergaben. Das sollte die Qualen der Sterbenden noch steigern. Die Schützen, die meist aufs Gesicht oder Genick zielten, trafen mit solcher Sicherheit, daß kaum eines der Opfer überlebte. Der Picciotto, der sich mit dem Mord seine Sporen verdient hatte, durfte sich nach vollbrachter Tat Tavaru, Stier, nennen.

Die Omertà wirkte wie eine Mauer. Das Schweigen verbarg den Mörder. Stets wiederholte sich das gleiche Schauspiel: Sizilianer, die nur wenige Meter vom Tatort entfernt zufällig Augenzeugen eines Mordes geworden waren, hatten weder den Schuß gehört noch einen

Täter gesehen. Vor Gericht geladene Zeugen verloren das Gedächtnis und konnten sich an nichts erinnern.

Oft gab es gewichtige Gründe für Mafia-Morde: Politische Gegner wurden, wenn sie auf Einschüchterungen nicht reagierten, skrupellos beseitigt. Zuweilen kam es zwischen den einzelnen Mafia-Familien zu einem Zwist, weil eine Partei versuchte, ihren Herrschaftsbereich auszudehnen und in die Domäne der anderen einzudringen. Kam man zu keiner Übereinkunft, stand eine Kraftprobe bevor, die mit einem Mord begann und einer Vendetta, der Blutrache, endete. Die männlichen Mitglieder mancher Familien rotteten sich gegenseitig aus. Aber selbst dann verrieten die nächsten Angehörigen, die den Mörder ganz genau kannten, den Polizeibehörden keinen Namen. Nur das Mafia-Oberhaupt der Insel konnte in einem solchen Fall den Bluttaten ein Ende bereiten.

Über die Struktur, die Gesetze und Bräuche der Mafia breitete sich sehr lange ein Schleier des Schweigens. Wie gelangte man in die Bruderschaft? Daß die Söhne und Verwandten mächtiger und einflußreicher Mafiosi traditionell den Spuren des Vaters oder des Onkels folgten, wußte man mehr oder weniger. Doch wer war sonst noch ausersehen, sich zu den »Ehrenwerten Männern« zählen zu dürfen? Es war sicherlich nie schwer auszumachen, wer zur Mafia gehörte. Junge Beamte, Rechtsanwälte, Abgeordnete, Priester und Ärzte beispielsweise, die eine rasche Karriere machten, durften zu jeder Zeit zu den Mitgliedern der »Onorata Società« gerechnet werden. Und es war auch meist ein offenes Geheimnis, wer eine Mafia-Familie führte oder gar Oberhaupt einer Stadt oder einer Provinz war. Oft genug bekleidete der Bürgermeister dieses »Amt«. Doch die Regeln und Riten der Bruderschaft kannten stets nur die »Auserwählten«, die der Mafia angehörten.

Das Geständnis

Nähere Details erfuhr die Öffentlichkeit erst im Jahre 1962. Am 22. Januar 1962 erschien die sizilianische Zeitung »L'Ora« mit der sensationellen Schlagzeile »Come io, medico, diventai un mafioso« (»Wie ich, ein Arzt, Mafioso wurde«).

Das Blatt hatte sich schon mehrfach mit der Mafia beschäftigt. Als es auf eigene Faust Ermittlungen anzustellen begann, wollte die Mafia an den Journalisten ein Exempel statuieren, damit ihnen jede Lust an eigenen Nachforschungen vergehen sollte. Durch einen Bombenanschlag wurde ein Teil des Redaktionsgebäudes in die Luft gesprengt und die Rotationsmaschine schwer beschädigt. Doch was bisher — als sensationelle Enthüllung deklariert — in der Wochenzeitung gedruckt worden war, hob sich nicht allzuviel von den Berichten ab, die auch in anderen Zeitungen erschienen. Aber mit der Offenbarung des Mafia-Arztes brachte sie die Gemüter in Wallung. Allerdings, der kühne Mafioso, der mit Name und Adresse genannt wurde, brauchte die Rache für den Bruch der Omertà nicht mehr zu fürchten. Er war bereits vor geraumer Zeit friedlich in seinem Bett gestorben.

Dr. Melchiorre Allegra, so hieß der Mafia-Arzt, war im Jahre 1937 wegen Beihilfe zu einem Mord verhaftet worden. In der Haft legte Allegra ein Geständnis ab. Er erzählte der Polizei, wie er in die »Ehrenwerte Gesellschaft« aufgenommen worden war und was er über die Organisation wußte. Als angesehenes Mitglied, das mit den Mächtigen der Mafia enge Kontakte pflegte, besaß er einen guten Einblick. Dem redefreudigen Allegra retteten damals wahrscheinlich nur glückliche Umstände das Leben. Die Einzelheiten, die er der Polizei zu Protokoll gab, verschwanden im Archiv, weil die Mussolini-Behörden kein Interesse daran hatten, daß dieses Dokument an das Licht der Öffentlichkeit gelangte. Bei einem Prozeß gegen den Arzt wäre das nicht zu vermeiden gewesen. Die italienischen Faschisten aber rühmten sich gerade, Sizilien von dem Übel der Mafia befreit zu haben.

Die Redakteure von »L'Ora« konnten wirklich von Glück reden, daß dieses Schriftstück im Archiv erhalten geblieben war, denn der lange Arm der Mafia reichte gewöhnlich bis in höchste Stellen der Polizei und Staatsanwaltschaft. Bereits ein Hauptmann konnte solche Akten wie das Protokoll mit Dr. Allegras Aussagen zu Studienzwecken anfordern. Auf diese Weise verschwand meist das Material, das die Mafia kompromittierte oder belastete. Oft tauschten ihre Mittelsmänner die Dokumente gegen Fälschungen aus, die nur belanglose Feststellungen enthielten. Durch einen Zufall war schließlich das Protokoll des Arztes, das wahrscheinlich falsch abgelegt worden war, 25 Jahre nach seiner Aufnahme in den Besitz der Redaktion in Palermo gelangt, und so avancierte 1962 ein toter Arzt zum Kronzeugen gegen die Mafia.

Mit Blut und Asche

Man schrieb das Jahr 1916. Auf Sizilien war die Mafia mächtiger denn je zuvor. Im Norden Italiens, in den Alpen und am Isonzo kämpften Italiener in blutigen Schlachten gegen die österreichisch-ungarische Armee. Auch die sizilianischen Bauern wurden in immer stärkerem Maße zum Kriegsdienst für den italienischen Imperialismus herangezogen. Die meisten von ihnen zeigten jedoch keine sonderliche Lust, für Rom zu sterben, das die Insel als Halbkolonie behandelte. In Anspielung auf die geographischen Umrisse des Landes sprach man damals davon, daß der »italienische Stiefel« Sizilien trete. Wie die norditalienische Großbourgeoisie versuchten auch die Großen der Mafia, am Kriegsgeschäft zu verdienen. Nur taten sie das auf ihre Weise: Sie requirierten im Auftrage der Armeebehörden Pferde, wobei sie den größten Teil der Abfindungen, die den Besitzern zustanden, selbst in die Tasche steckten. An der Front stellte sich dann außerdem heraus, daß die so beschafften Pferde für die Armee völlig untauglich waren. Man stellte einige der »Ehrenwerten Männer« vor Gericht, konnte ihnen aber — wie so oft — nichts beweisen.

Zu dieser Zeit diente Dr. Allegra in einem Militärhospital von Palermo und behandelte Verwundete, unter denen sich eine beträchtliche Anzahl von Simulanten und Leuten befand, die sich selbst Verletzungen beigebracht hatten. Als er bemerkte, wie sich ein Patient mit einer Tinktur zu einer Wundrose am Knie verhelfen wollte, drohte er, den Vorfall zu melden. Doch ehe er seine Drohung wahr machen konnte, bekam er Besuch. Ein Mann namens Giulio D'Agate wünschte ihn zu sprechen. Dr. Allegra war Sizilianer, und er ahnte, wer ihm gegenüberstand. Das selbstbewußte Auftreten seines Gastes verriet ihm, wie er später ausplauderte, daß es sich um einen einflußreichen Mann der »Ehrenwerten Gesellschaft« handeln mußte. D'Agate trug ohne Umschweife sein Anliegen vor. Er sagte, daß jener Mann, den der Doktor denunzieren wollte, ein armer Mann mit großer Familie wäre, die den

Ernährer brauchte. Es wäre das beste, den Mann schnell zu heilen und ihm einen längeren Krankenhausaufenthalt zu verschreiben. D'Agate drohte dem Arzt in keiner Weise. Der verstand auch so und erfüllte den als Bitte geäußerten Befehl.

Bald nach dieser Begegnung sprach ihn D'Agate wieder an. Er war in Begleitung zweier Männer. Die drei Herren luden Dr. Allegra zu einer Unterredung in ein Obstgeschäft in Palermo ein. Der Militärarzt nahm an. In einem Hinterzimmer dankte man Dr. Allegra zunächst überschwenglich dafür, daß er ihnen so selbstlos und selbstverständlich geholfen hätte. Nach dieser Einleitung kam man auf das eigentliche Anliegen zu sprechen. Über zwanzig Jahre später schilderte der Arzt diese Episode der Polizei in jenem Verhör, dessen Protokoll »L' Ora« abdruckte.

»Die drei Männer erklärten mir, sie seien Mitglieder einer sehr bedeutenden Vereinigung, der Männer aller Gesellschaftsschichten, auch der höchsten, angehörten. Sie alle würden ›Männer des Ansehens‹ genannt. Die Vereinigung sei Außenseitern wohl als Mafia bekannt, die meisten Leute hätten jedoch keine deutliche Vorstellung davon. Denn nur die Mitglieder könnten sicher sein, daß diese Verbindung wirklich existiere. Sodann wurde ich darüber aufgeklärt, daß Verstöße gegen die Regeln dieser Vereinigung sehr streng bestraft würden. Mitglieder dürften beispielsweise keine Diebstähle begehen, dagegen sei Mord unter gewissen Umständen erlaubt, allerdings müsse in diesem Fall jeweils die Billigung des Chefs vorliegen. Eigenmächtiges Handeln in Mordsachen könne innerhalb der Mafia mit dem Tode bestraft werden. Gleichsam noch ermutigend fügte D'Agate hinzu: Wenn der Chef erst einmal einen Mord genehmigt habe, dann könne der Antragsteller auf den Beistand der Vereinigung und notfalls sogar auf Hilfe bei der Ausführung der Tat rechnen.«

Dr. Allegra gab auch einen Einblick in die Struktur der feudalen Mafia. »Ich erfuhr, daß die Vereinigung in ›Familien‹ aufgeteilt sei; jeder ›Familie‹ stehe ein Oberhaupt vor. Gewöhnlich setze sich eine ›Familie‹ aus kleinen Gruppen von benachbarten Städten oder Dörfern zusammen. Wenn jedoch eine ›Familie‹ zu groß und unübersichtlich geworden sei, werde sie in Zehnergruppen unterteilt; jede von diesen habe dann wieder einen Unterführer. Hinsichtlich der Beziehungen zwischen den einzelnen Provinzen sei Unabhängigkeit die Regel. Jedoch stünden die Provinzchefs untereinander in enger Verbindung. Auf diese Weise werde eine interprovinzielle Zusammenarbeit aufrechterhalten. Die Gesellschaft habe mächtige Niederlassungen in Nord- und Südamerika, Tunesien und Marokko.«

Aus anderen Berichten hatte die Öffentlichkeit schon früher erfahren, daß die Zehnerschaften, Decine, die von einem Capo di Decina geführt wurden, wiederum in zwei Fünfergruppen zerfielen, von denen jede als eine Hand bezeichnet wurde. Den Mafia-Chef der Insel kürten die Familienoberhäupter — sie durften den Ehrentitel Don tragen und wurden auch so angesprochen — und ihre Stellvertreter.

Nachdem die drei Mafiosi gegenüber Dr. Allegra so freimütig heilige Geheimnisse offenbart hatten, schien ihre Frage, ob er Mafioso werden wolle, nur noch Formsache. Sie hatten den Arzt auf diese Weise überrumpelt, so daß es ihm gar nicht erst in den Sinn kam zu widersprechen. Der Polizei jedenfalls gab Allegra folgende Erklärung zu Protokoll: »Ich erkannte, daß ich schon zu viele Geheimnisse erfahren hatte. Hätte ich mich geweigert, würde ich die Zusammenkunft nicht mehr lebendig verlassen haben. Mir blieb nichts übrig, als auf der Stelle ja zu sagen, und zwar mit allen Zeichen der Begeisterung.«

Die Aufnahme in die Bruderschaft vollzog sich nach einem Ritus, der an ein mittelalterliches Zeremoniell erinnert. Das angehende Mitglied wurde von zwei älteren Mafiosi, die als seine »Paten« auftraten, in einen Raum geleitet. Dort stand auf einem Tisch zwischen brennenden Kerzen ein Heiligenbild. Wie man ihn aufnahm, schilderte Dr. Allegra mit den folgenden Worten: »Mein Mittelfinger wurde mit einer Nadel angestochen, dann wurde Blut herausgedrückt und ein kleines papierenes Heiligenbild damit durchtränkt. Das Bild wurde verbrannt, und während ich die Asche in meiner Hand hielt, mußte ich einen Eid ablegen, etwa folgenden Inhalts: ›Ich schwöre, meinen Brüdern treu zu sein, sie niemals zu betrügen, ihnen stets zu helfen, und wenn ich das nicht tue, soll ich verbrennen und zu Asche werden wie dieses Bild.‹ «

Einmal in den erwählten Kreis der »Männer des Ansehens« aufgenommen, genoß der junge Arzt Privilegien. Seine Zugehörigkeit zur Mafia begann sich in klingender Münze auszuzahlen. In dem Ort Castelvetrano bei Palermo richtete er sich eine eigene Praxis ein, die soviel abwarf, daß er sich bald eine eigene Klinik kaufen konnte. Seine

Freunde aus der Bruderschaft sorgten dafür, daß er nicht über Mangel an gut zahlenden Patienten zu klagen brauchte.

Selbstverständlich schloß die Mafia den Doktor nicht aus menschenfreundlichen Motiven in ihre Arme. Für Karriere und Wohlstand verlangte sie seine Dienste; und die reichten von der stillschweigenden Behandlung von Schußwunden bis zur Mithilfe bei Morden.

Der einflußreich gewordene Mafioso Dr. Allegra wurde von jüngeren, weniger angesehenen und wohlhabenden Mitgliedern aufgesucht, die ihn um Rat baten. Nach den »Männern des Ansehens« richteten sich meist alle Einwohner in den von der Mafia beherrschten Orten: Nicht die Polizei oder andere Behörden wurden um Erlaubnis gefragt, nicht sie entschieden, sondern die Mafia. Sie bat man um die Einwilligung zur Heirat. Bei ihr holte man sich die Genehmigung, auswandern zu dürfen. Von ihr ließ man Streitigkeiten schlichten. Die Mafia entschied und regierte natürlich in ihrem Sinne und zu ihrem Vorteil.

Dr. Allegra machte über solche Bräuche der Bruderschaft, die mit Gewißheit ihre Wurzeln in jenen Zeiten hatten, da die Sizilianer noch im Sippenverband lebten, bemerkenswerte Angaben. Er führte dafür interessante Beispiele an, so auch diese Begebenheit: »Eines Tages besuchte mich Cammarata Carmeli, ein junger Mafioso aus Palermo. Ein Baron aus dem Bezirk Madonie hatte sich an ihn gewandt, er solle mithelfen, die Braut eines Professors zu entführen. Ich stimmte gegen dieses alberne Projekt. Es wurde fallengelassen, und der Professor durfte seine Braut behalten.«

Das Bild, das Dr. Allegra von der Mafia zeichnete, entsprach dem feudalen Charakter dieser Bruderschaft, die mit den vorwiegend feudalen gesellschaftlichen Verhältnissen auf der Insel übereinstimmte. Erst als in den fünfziger Jahren unseres Jahrhunderts zaghaft die Industrialisierung Siziliens durch norditalienisches und nordamerikanisches Kapital einsetzte, änderte die »Ehrenwerte Gesellschaft« unter dem Einfluß der neuen Verhältnisse ihre Formen und Methoden.

Auswanderung nach Übersee

Am Ende des vorigen Jahrhunderts vegetierten die meisten Sizilianer am Rande des Hungertodes. Durch den verhängnisvollen Kompromiß zwischen den Feudalherren auf der Mittelmeerinsel und der Großbourgeoisie in Norditalien wurden die anachronistischen Zustände in Sizilien konserviert. Aber die Bevölkerung wuchs trotz geringer Lebenserwartung und hoher Säuglingssterblichkeit. Während sizilianische Bauern mit den gleichen primitiven Holzpflügen wie ihre Vorfahren den Boden bearbeiteten und nur karge Erträge einbrachten, schwelgten die Barone in Palermos Palästen auf Kosten der Armen, die meist doppelt ausgebeutet wurden: von den Latifundistas und der Mafia.

Nicht unerwähnt bleiben soll in diesem Zusammenhang auch das katholische Dogma, das der stark religiösen Bevölkerung bis heute Empfängnisverhütung jeder Art als Sünde untersagt. So schwoll die Bevölkerungslawine weiter an. Die Regierungen zeigten sich unfähig, die Probleme Siziliens wie auch die im übrigen Süden Italiens zu lösen. Um die sozialen Konflikte, die damit heraufbeschworen wurden, zu entschärfen, forcierte Rom die Auswanderung, denn eine Bodenreform war für alle Regierungen tabu. Viele Sizilianer verließen die Heimat, die sie nicht ernähren konnte. Einer offiziellen Statistik von 1901 kann man entnehmen, daß in jenem Jahr 36 718 Sizilianer emigrierten. Die meisten Auswanderer wählten die Vereinigten Staaten von Amerika, die damals nach billigen Arbeitskräften hungerten.

Die schwarze Hand

> »In einer zivilisierten Gesellschaft hält sich das Gesetz auf der Moral wie das Schiff auf dem Meer.«
>
> Bundesrichter Earl Warren am 11. November 1962 in New York

New Orleans, wichtigste Stadt des amerikanischen Staates Louisiana im Jahre 1890. Die 1718 von den Franzosen gegründete Hafenstadt im Mississippi-Delta erlebte einen sagenhaften Aufschwung. Nach dem langen und blutigen Bürgerkrieg, in dem die Industriellen des Nordens die politische Vorherrschaft der reichen Pflanzer des Südens gebrochen hatten, begann auch in den Südstaaten die rasche Industrialisierung, und New Orleans profitierte davon. Neun Jahre zuvor war in Washington Präsident James A. Garfield ermordet worden — der zweite Präsidentenmord in der Geschichte des Landes. Am 4. Mai 1886 schoß die Polizei auf dem Haymarket von Chikago auf streikende Arbeiter, obwohl nicht sie, sondern Provokateure eine Bombe geworfen hatten. Ein Gericht verurteilte daraufhin sieben unschuldige Arbeiterführer zum Tode. Im selben Jahr war eine neue Erfindung eingeführt worden: In New York richtete man zum erstenmal einen Mörder auf einem elektrischen Stuhl hin.

In das New Orleans von 1890 strömten nun Einwanderer aus aller Herren Länder. Sie hatten es nicht leicht, in der neuen Heimat Fuß zu fassen, sich in dem täglichen, rücksichtslosen Kampf um Leben und Überleben zu behaupten. Besonders schwer aber hatten es jene Einwanderer, die nicht aus den bisherigen traditionellen Herkunftsländern — Irland, Deutschland, Skandinavien — stammten. Seit 1890 stieg die Zahl der Einwanderer aus den süd- und osteuropäischen Ländern gewaltig an. Die Alteingesessenen mußten sich bald auf neue, ihnen ungewohnte Nachbarn einstellen, die sich nur schwer in ihre veränderte

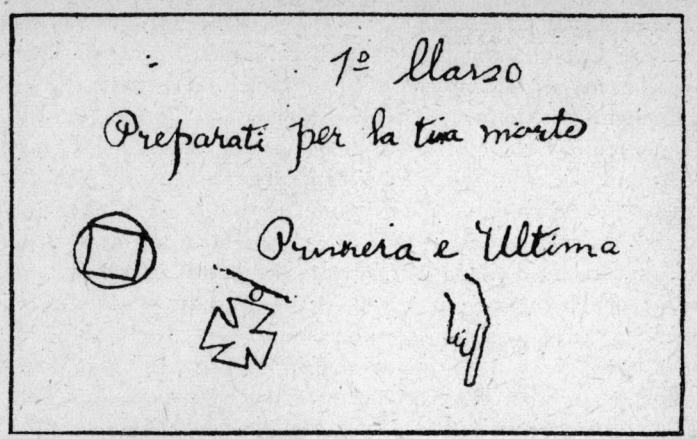

Morddrohung der „Schwarzen Hand": „1. März. Bereite Dich auf Deinen Tod vor. Bete zum letzten Mal."

Umwelt einleben konnten. Unter solchen Verhältnissen mußten Landsleute zusammenhalten. Doch recht schnell übernahmen die Zuwanderer typisch amerikanische Verhaltensweisen und den Gang. Einst von skrupellosen Politikern geschaffen, um in Wahlkampfzeiten die Wähler zu terrorisieren, hatten die Gangs längst begonnen, ein Eigenleben zu führen. Aus ihnen waren Verbrecherbanden geworden, die neben dem Bankraub, der Erpressung, dem Diebstahl auch der Politik treu blieben. War ein Streik niederzuschlagen, ein mißliebiger Politiker auszuschalten — gegen gute Bezahlung waren sie dazu bereit. Die Unternehmer nahmen ihre Dienste gern und oft in Anspruch, um ihre Arbeiter niederzuhalten und die Konkurrenz zu bekämpfen. Ein solcher Einsatz von Verbrechern für die kapitalistischen Unternehmen war zu dieser Zeit in der Vereinigten Staaten nichts Außergewöhnliches, denn nur der Skrupelloseste hatte in dem erbarmungslosen Konkurrenzkampf eine Chance zum Überleben.

Die Mitglieder der Gangs — bald sollte sich für sie der Name Gangster einbürgern — rekrutierten sich oft aus den Ärmsten, deren Elend den Nährboden für deklassierte Elemente bot, die von einem sozialen Aufstieg träumten. In diesem Land, in das jährlich Hunderttausende

Einwanderer strömten, stellten die zuletzt Zugewanderten, die zumeist die geringste Qualifikation besaßen, den Hauptteil dieser Schichten. Der Sprache und der Gebräuche des Landes unkundig, national und oft auch religiös von der eingesessenen Bevölkerung diskriminiert, lebten die meisten Einwanderer in den Slums wie in einem Ghetto. Ihre Vergehen und Verfehlungen wurden besonders argwöhnisch von der Öffentlichkeit betrachtet und von den Zeitungen als »unamerikanische« Erscheinungen verurteilt. Die Presse berichtete fast ausschließlich über Straftaten, die zum Beispiel von Iren begangen wurden, als Arbeitslose und Hungernde zu Hunderttausenden die »Grüne Insel« verließen. Sie schrieb über jüdische Gangs, die sich bildeten, als osteuropäische Juden vor den Pogromen und der zaristischen Gewaltherrschaft flüchteten. Dem Durchschnittsamerikaner schien es, als wäre mit den Zugewanderten auch das kollektiv begangene Verbrechen in die USA gekommen.

Wen verwundert es, daß auch unter den sizilianischen Einwanderern, in denen die Erinnerung an die heimatliche Mafia noch frisch war, kriminelle Banden entstanden. Ihre ersten Opfer waren zunächst die eigenen Landsleute. Mit denen gab es die wenigsten Schwierigkeiten. Klopfte man bei einem italienischen Ladenbesitzer an, um eine »Schutzgebühr« zu erpressen, bedurfte es keiner langen Erklärungen. Der Mann zahlte und sagte bedauernd zum Freund oder Nachbarn: »Wie du siehst, Giuseppe, es ist das gleiche wie zu Hause. Die Mafia ist immer bei uns.«

Die Mafiosi der Neuen Welt wurden bei solchen Geschäften rasch wohlhabend. Im New Orleans von 1890 war es ein offenes Geheimnis, daß sie eine eigene Organisation besaßen — »Mano Nera« (»Schwarze Hand«). Es klingt wie aus einem schlechten Abenteuerroman, aber es ist Tatsache: Eine schwarze Hand zierte Erpresserbriefe, Warnungen, Drohungen.

Die Polizei, der Gangs nichts Unbekanntes waren, blieb der »Schwarzen Hand« gegenüber passiv. Dabei war es Stadtgespräch, daß die Führung des Geheimbundes offenbar in den Händen von Antonio und Carlo Matranga lag. Die Brüder Matranga waren aus Palermo zugewandert, hatten in New Orleans mit einem Gemüseladen begonnen und waren mittlerweile Eigentümer einer Frucht-Import-Firma geworden. Den Hafen von New Orleans, den Hauptumschlagplatz eines anwachsenden Fruchthandels, kontrollierte die »Schwarze Hand«. Kein Bananenfrachter wurde entladen, bevor nicht der Tribut an die Brüder Matranga bezahlt war. Keine Hand rührte sich an die Kais, wenn die Brüder Matranga es nicht wollten.

Natürlich war eine solche Macht nicht ohne Aufsehen errichtet worden. Da gab es Widerspenstige, Aufsässige, auch Naive, die glaubten, die Mafia gehöre zu Sizilien, und Amerika sei Amerika. Und es gab Neider, die selbst gerne über den Hafen geherrscht hätten. New Orleans erlebte eine Serie brutaler Morde. Da fand man einen Italiener mit durchschnittener Kehle im Hafenbecken. Da knallte die Lupara an den Docks.

Lynchmord in New Orleans

Polizeichef David Hennessy mußte erstaunt feststellen, daß seine Polizisten — meist Männer italienischer Abkunft — offenkundig blind und taub waren. Sie sahen nichts, sie hörten nichts, sie wußten von nichts. So mußte sich der Polizeichef selbst der Mühe unterziehen, zu ermitteln, zu forschen. Das Resultat lautete: Die Brüder Provenzano, aus Sizilien zugereist, hatten versucht, dort Geld einzutreiben, wo schon die Brüder Matranga bereits kassierten.

Nach einigen Wochen hatte David Hennessy genug Beweismaterial gesammelt. Er veranlaßte den Staatsanwalt, Klage zu erheben. Das Schwurgericht wurde einberufen.

Am Vorabend des Gerichtstages ging der Polizeichef noch einmal sorgfältig das Material durch. Er bereitete den Augenblick vor, da er dem Gericht die Liste der Verbrechen und deren Urheber präsentieren wollte. Es war spät geworden an diesem Abend. Der Posten vor der Tür des Polizeihauptquartiers legte grüßend zwei Finger an die Mütze, als David Hennessy das Haus verließ, um zu Fuß heimwärts zu gehen. An einer Ecke fielen plötzlich Pistolenschüsse. Hennessy sank zusammen. Bevor er starb, konnte er den herbeigeeilten Polizeibeamten noch zuflüstern: »Es waren Dagos!«

New Orleans glich am nächsten Morgen einem Hexenkessel. Dago — das Yankee-Schimpfwort für die Italiener — war in aller Munde. Die »Schwarze Hand« war offenbar zu weit gegangen. Die Stadt stand zwar in dem Ruf, der korrupteste Ort der USA zu sein, aber zwischen Korruption und Mord gab es doch einen Unterschied, nicht wahr! Neunzehn Sizilianer wurden in den nächsten Tagen verhaftet; als Initiatoren und Beteiligte des Mordes an Polizeichef David Hennessy kamen sie vor Gericht. Sechzig Zeugen traten in dem Prozeß auf, einige hatten die Täter erkannt, als diese vom Tatort flüchteten. Doch die »Schwarze Hand« war nicht kleinlich. Sie ließ sich den Prozeß etwas kosten. Die besten Rechtsanwälte wurden aufgeboten, um die Mörder zu verteidigen. Nicht ohne Erfolg. Nur drei Angeklagte verurteilte man, die anderen sprach man frei. Korruptes New Orleans.

Das ging für viele Einheimische zu weit. Männer, die sonst Bestechungsaffären mit einem Achselzucken abzutun pflegten, schäumten vor Wut über das milde Urteil. Zwei Tage nach dem Prozeß fand eine Protestversammlung statt, zu der angesehene Persönlichkeiten der Stadt aufgerufen hatten. Sie begann relativ ruhig. Aber die Redner heizten den Zorn der Menge an. Tausende marschierten daraufhin zum Stadtgefängnis. Niemand stellte sich ihnen in den Weg, als sie die Gefängnistore einrissen, durch die Zellengänge rasten und die Sizilianer, die sich noch alle in Haft befanden, suchten. Die Sheriffs waren längst verschwunden, ließen sich auch nicht sehen, als zwei der Verurteilten aus dem Gefängnis geschleppt wurden, als man sie zusammenschlug und schließlich an Straßenlaternen aufknüpfte. Neun andere Mafiosi wurden an die Gefängnismauer gestellt. Die Menge schoß sie mit Jagdflinten und Pistolen zusammen und zerstückelte anschließend die Leichen. Die Hafenstadt am Mississippi hatte einen der größten Massenlynchmorde in der Geschichte der USA erlebt.

Das Massaker von New Orleans zeigte, welche Spannungen zwischen Einheimischen und Zugewanderten in einigen Gebieten der USA bestanden. Der Sturm des Mobs auf das Stadtgefängnis bewies, wie leicht solche Spannungen ausgenutzt werden konnten. Für die italienischen Einwanderer bedeuteten die Ereignisse in New Orleans — die Nachrichten darüber wurden von den Zeitungen schnell in alle Teile des Landes verbreitet — neues Mißtrauen und weitere Diskriminierungen von seiten der Alteingesessenen. Nicht zuletzt hatte dieser Vorfall auch Auswirkungen auf die staatlichen Beziehungen zwischen den Vereinigten Staaten und Italien. Der italienische Botschafter in Washington protestierte. Er trat damit vor allem der massiven Verleumdungskampagne amerikanischer Zeitungen entgegen, die alle Italiener als Mafiosi verunglimpften. Italiens König drohte mit einem Abbruch der diplomatischen Beziehungen. Schließlich wurde die Affäre dadurch bereinigt, daß die USA 30 000 Dollar Schmerzensgeld an Italien zahlten — für elf ermordete Mörder. Den Behörden von New Orleans mochte das gleichgültig sein. Wie bequem war es doch, Korruption und Verbrechen ausschließlich den Dagos, den Fremden, in die Schuhe zu schieben, um von eigenen Verbrechen und eigener Korruption abzulenken.

Die »Grünen«

Joseph A. Shakespeare, der Bürgermeister von New Orleans, erklärte in seinem Bericht an den Stadtrat: »Eine anständige Gemeinschaft kann nicht mit einer solchen Gesellschaft (der ›Schwarzen Hand‹ — die Verfasser) in ihrer Mitte existieren. Die Gesellschaft muß zerschlagen werden, oder die Gemeinschaft erstirbt. Die Sizilianer, die hierherkommen, müssen amerikanische Bürger werden und die Gesetze des Landes beachten, oder in unserem Lande ist kein Platz für sie.«

Die »Schwarze Hand« hatte sich jedoch in einer Gemeinschaft etabliert, in der das kapitalistische Wolfsgesetz regierte. Sie lebte danach, wenngleich — zugegeben — grober, ungeschlachter, offensichtlicher als diese selbst. Sie wurde Bestandteil dieser Gemeinschaft, fand dort ihren Nährboden. So waren Gangsterkrieg und Polizistenmord von New Orleans nicht Ende, sondern Anfang des organisierten Verbrechens in den USA. Geheimgesellschaften von Gangstern sizilianischer und amerikanischer Herkunft begannen auch in anderen Zentren des Landes zu blühen.

Im Frühjahr 1915 ließen sich Mafiosi in St. Louis, stromaufwärts am Mississippi, nieder. Sie nannten sich die »Grünen«. Ihren Lebensunterhalt bestritten sie damit, daß sie von ihren Landsleuten nach guter alter sizilianischer Art »Steuern« erhoben. Als auf diese Weise genug Geld erpreßt worden war, beschlossen sie, mit diesem Kapital in den Handel mit Schlachtvieh einzusteigen. Bei den Farmern kauften sie Vieh auf; die italienischen Fleischer von St. Louis wurden verpflichtet, von nun an alle Schweine und Rinder von den »Grünen« zu beziehen. Jedenfalls waren sie dazu bereit, nachdem die Zeitungen berichtet hatten, man habe die Leiche eines italienischen Fleischermeisters aufgefunden, »ermordet von Unbekannten«. Auf das Konto der »Grünen« kamen in den folgenden Jahren insgesamt dreißig Morde.

Morde in St. Louis, Morde auch in Chikago. Hier nannte sich die Geheimgesellschaft, getreu der Tradition von New Orleans, »Schwarze Hand«. Die Stadt, die um 1850 nur 15 Häuser und 100 Einwohner hatte, war schon 1875 der Welt größter Handelsplatz für Getreide, Vieh, Fleisch und Holz und befand sich unaufhaltsam auf dem Wege zur Millionenstadt. Chikago erlebte einen industriellen Boom. Trusts und Konzerne entstanden und gediehen. Das hektische Wachstum bot dem Verbrechertum den idealen Nährboden. New Orleans schien seinen Ruf als korrupteste Stadt an Chikago zu verlieren. Die »Schwarze Hand« hatte innerhalb weniger Jahre den Bannkreis ihrer traditionellen Aktivität durchbrochen und sich in verschiedene Gewerbe gedrängt. Schon bald nach der Jahrhundertwende war abzusehen, daß diese Stadt dereinst zur Hauptstadt des Verbrechens werden würde. Die Zahl unaufgeklärter Morde ist nur ein Beweis dafür: 1910 — 25, 1911 — 40, 1912 — 33, 1914 — 42.

Die Polizei schob alles auf die »Schwarze Hand«. Das meiste Aufheben machte man von Verbrechen in »Little Italy«, dem Italienerviertel zwischen West Taylor Street, Grand Avenue, Oak Street und Wentworth Avenue, in der — wie man verächtlich sagte — »Spaghetti-Zone«. Im Mai 1913 konnten die Bürger der zweitgrößten Stadt der USA im Staate Illinois in einem Leitartikel der »Chicago Daily News« lesen: »In den ersten 93 Tagen dieses Jahres explodierten 55 Bomben in der Spaghetti-Zone. Nicht eine von den 55 wurde aus einem anderen Grunde gelegt, als eine nachdrückliche Warnung auszusprechen. Ein Detektiv mit Erfahrungen aus dem italienischen Viertel schätzt, daß jeweils zehn Leute ihren Tribut zahlen, während nur einer stur genug ist, so lange Widerstand zu leisten, bis er mit einer Bombe gewarnt wird. Wenn man annimmt, daß dies die Regel ist, dann haben seit dem 1. Januar 550 Leute an die ›Mano Nera‹ gezahlt. Dirty Mitt (›Schmutziger Mitt‹, Spitzname eines Mafioso — die Verfasser) verlangt niemals weniger als 1000 Dollar. Gut informierte Leute schätzen den Jahrestribut der ›Schwarzen Hand‹ auf nicht weniger als eine halbe Million Dollar.«

30

Doch trotz dieser offenkundigen Aktivität stand die Chikagoer Polizei vor einer Mauer des Schweigens. Die Omertà galt auch jenseits des Atlantiks. Bomben und Drohbriefe hatten ihre eigene Sprache. Bei dem zufällig verhafteten Mafioso Joseph Genite fand die Polizei ein noch nicht abgesandtes Schreiben. Es lautete: »Sehr ehrenwerter Herr Silvani! In der Hoffnung, daß dies Sie nicht allzusehr beunruhigt, bitte seien Sie so gut und geben Sie mir 2000 Dollar, wenn Ihnen Ihr Leben teuer ist. So bitte ich Sie wärmstens, das Geld innerhalb von vier Tagen vor Ihre Haustür zu legen. Aber wenn nicht, so schwöre ich, eine Woche später wird von Ihrer Familie nichts mehr als Staub existieren. In der Hoffnung, Ihre Freunde zu sein — La Mano Nera.«

Das Jahr 1916 brachte den Krieg um den 19. Stadtbezirk von Chikago, den man den »blutigen« nannte. Seit 1888 war er fest in den Händen des Iren John Powers und seiner Gang. Als sich ihm Anthony D'Andrea, ehemaliger Sträfling, Ex-Priester und Bordellbesitzer, entgegenstellte, glaubte Powers besonders schlau zu sein und verbündete sich mit dem Sizilianer Frank Lombardo. Powers gewann. D'Andrea verlor. Lombardo aber wurde im Februar 1916 in einer Kneipe von D'Andreas Mordschützen beseitigt. Noch war Chikago für die offene Herrschaft der Mafia nicht reif.

Ein Leutnant wird ermordet

Auch in New York, der Metropole an der Ostküste, hatte sich die »Schwarze Hand« eingenistet. Auf Docks und Kais, auf dem Fischmarkt, im Fleischgroßhandel — überall regierte die sizilianische Bruderschaft. New York wurde auch die erste Stadt Amerikas, in der die Polizei eine Spezialeinheit gegen die Mafia aufstellte, die Italian Squad. Chef dieser Truppe war ein Mann, der sich in diesem Milieu besonders gut auskannte. Er war in Palermo geboren, mit seinen Eltern in die USA ausgewandert und hatte die amerikanische Staatsbürgerschaft erlangt: Leutnant Joseph (Joe) Petrosino.

New Yorks Polizeipräsident Bingham erteilte Anfang des Jahres 1909 Joe Petrosino einen delikaten Auftrag. Der Leutnant bekam Order, die Methoden der Mafia an Ort und Stelle zu studieren. Nicht genug damit; er sollte auch auskundschaften, wann Mafiosi ein Schiff nach den USA bestiegen, und sie den dortigen Behörden avisieren.

Frohen Mutes reiste der siebenundzwanzigjährige Leutnant ab. Er besaß nicht nur eine gehörige Portion Eifer und Ehrgeiz, in seiner Brieftasche steckte auch ein Empfehlungsschreiben des New-Yorker Polizeipräsidenten. »Leutnant Petrosino hat den Auftrag, in Italien Nachforschungen über italienische Verbrecher anzustellen, die sich in den Vereinigten Staaten befinden oder die Absicht haben, nach dort auszuwandern. Wir wären Ihnen sehr verbunden, wenn Sie ihm dabei behilflich sein könnten . . .«

Leutnant Petrosino reiste selbstverständlich inkognito. Seine geheime Mission verlangte, daß er als harmloser Tourist auftrat. Sein Deckname lautete Guglielmo di Simoni. In Rom angekommen, machte er Italiens Innenminister Peaso und Polizeichef Leonardi seine Aufwartung. Beide Herren versicherten dem Leutnant, daß sie ihn nach besten Kräften unterstützen würden.

Mit diesem Versprechen ausgerüstet, begab sich Petrosino nach Palermo, wo er am 28. Februar eintraf. Dort stieg er in »Weinen's Hotel de France«, einem Hotel erster Klasse an der Piazza Marina, ab. Seine Post ließ er sich aus Gründen der Sicherheit und Geheimhaltung über ein seriöses Bankhaus schicken — über die Banca Commerziale Italiana.

Doch alles war nutzlos, denn noch ehe Petrosino seinen Fuß auf die Apfelsineninsel gesetzt hatte, war durch die amerikanische Filiale Siziliens Mafia-Chef Don Vito Cascio Ferro gewarnt worden und hatte einen Steckbrief des amerikanischen Detektivs erhalten. Don Vito, der in seiner Jugend ebenfalls in den USA gelebt und seine Lehrjahre bei der »Schwarzen Hand« absolviert hatte, ließ Petrosino nicht mehr aus den Augen. Seine Leute verfolgten jeden Schritt des Amerikaners. Auch sein erster Bericht an die New-Yorker Polizeibehörde fiel in ihre Hände. Petrosino, der in Palermo Kontakt zu Mittelsmännern der Mafia suchte, ahnte nicht, daß hinter jedem Schalter der hochangesehenen Banca Commerziale ein Mitarbeiter der »Ehrenwerten Gesellschaft« stand. Die Spitzel, die ihn beschatteten, entdeckten bald die Leidenschaft Petrosinos für die Sehenswürdigkeiten Palermos. Als sie Don Vito darüber berichteten, faßte dieser einen teuflischen Entschluß. Der Mord an Petrosino war zwar beschlossene Sache, noch ehe dieser in Sizilien landete, aber Termin und Ort lagen noch nicht fest.

Am 12. März teilte ein Spitzel Don Vito mit, daß sich der »Schnüff-ler« Petrosino auf dem Weg zum Garibaldi-Denkmal in der Piazza Marina im Hafenviertel befände. Das Mafia-Oberhaupt, das gerade bei einem Freund ein ausgiebiges Mittagsmahl zu sich nahm, entschul-digte sich bei seinem Gastgeber für eine halbe Stunde. Er fing Petro-sino am Denkmal des italienischen Freiheitshelden ab und tötete den Polizeileutnant mit vier Revolverschüssen. Dann stieg er gemächlich in die Pferdedroschke, mit der er gekommen war, und fuhr zu seinem Freund zurück, um das Essen fortzusetzen. Mehr als hundert Men-schen befanden sich während der Tat auf dem Platz. Doch als die Po-lizei Zeugen suchte, hatten die einen nicht einmal Schüsse gehört und die anderen den Täter leider nicht gesehen oder erkannt. Die Omertà schützte Don Vito.

In New York machte die Nachricht vom Tode Petrosinos Schlagzei-len in allen Blättern. Der amerikanische Präsident Theodore Roosevelt ehrte den ermordeten Polizeioffizier. Petrosinos Witwe erhielt eine goldene Uhr und eine Jahresrente von 1000 Dollar. Polizeipräsident Bingham fand für den Tod von Petrosino, der in Palermo nichts hatte ausrichten können, harte Worte. »Ich hoffe, daß dieser Mord dem amerikanischen Volk wenigstens den Ernst der Situation und die Ge-fahr, die uns durch die Mafia droht, deutlich gemacht hat.«

Sein Kollege, der Polizeipräsident von Palermo, kabelte an die New-Yorker Behörden: »Versichere, alles mögliche zu tun, Petrosinos Mörder zu verhaften.« Es blieb bei dieser Versicherung. Der Mörder wurde nicht gefunden. Auch für die amerikanischen Polizeibehörden war dieser Fall mit der Ehrung des toten Leutnants und der Versor-gung seiner Angehörigen abgeschlossen.

Mit Behagen erzählten sich Mafiosi auf Sizilien noch lange vom »ge-nialen Streich« des ehrwürdigen Don Vito, der dem Polizisten aus Amerika eigenhändig eine Lektion erteilt hatte. Nur der Polizeipräsi-dent von Palermo konnte dem prominenten Täter auch diesmal nichts beweisen.

Der Aufstieg des Al Capone

Johnson: »Der Racketeer scheint keinerlei Gewissen zu besitzen noch die geringsten Gewissensbisse zu empfinden. Er glaubt zu tun, was auch eine Menge anderer Leute tun.«

Senator Copeland: »Glaubt er, daß er nicht schlimmer als gewisse Finanzmagnaten ist?«

Johnson: »Genau das denkt er.«

Aus der Vernehmung von Albert W. Johnson, Richter in Lewisburg/Pennsylvania, durch Senator Copeland vor einer Kommission des USA-Senats im Jahre 1934

Am 16. Januar 1920 trat in den Vereinigten Staaten der vom Kongreß mit der notwendigen Mehrheit beschlossene 18. Zusatzartikel der USA-Verfassung in Kraft. Sein erster Paragraph lautete: »Ein Jahr nach der Ratifizierung dieses Artikels sind die Herstellung, der Handel und Transport von Alkohol in den Vereinigten Staaten sowie die Ein- und Ausfuhr entsprechend der Gesetzgebung verboten.«

Am 16. Januar 1920 predigte in dem Städtchen Norfolk in Virginia der Evangelist Billy Sunday bei der symbolischen Beisetzung eines Sarges mit »John Barleycorn« (»Hans Gerstenkorn«), der Personifizierung von Schnaps und Bier. Pathetisch breitete Sunday die Arme aus und rief: »Leb wohl, John! Du warst Gottes schlimmster Feind. Du warst der Freund der Hölle. Ich hasse dich aus tiefstem Herzen!«

Vom 16. Januar 1921 an waren die Vereinigten Staaten »trocken gelegt«. Weder Gerstensaft noch Whisky konnte man legal haben. Aber nicht alle Bürger in »Gottes eigenem Land« haßten den Alkohol aus tiefstem Herzen. Im Gegenteil! Leute, die sich nie etwas aus Alkohol gemacht hatten, begannen nach dem Verbot zu trinken. Die Nachfrage

Gründete den Konzern
der Gangster:
Alphonse (Al) Capone

nach Gebranntem wurde größer als zuvor. Neue Begriffe tauchten in der Alkoholbranche auf: Bootlegger, Moonshiner, Speakeasy. Der Moonshiner war der Schwarzbrenner, der heimlich nachts — beim Mondschein — den Schnaps herstellte. Der Bootlegger war der Schmuggler, der die begehrte Ware über See oder über die kanadische Grenze heranschaffte. Im Speakeasy, der illegalen Spelunke, sprach man leise, wenn man mit vielsagendem Augenzwinkern einen Tee bestellte und in einer Teetasse Hochprozentigen serviert erhielt. Im illegalen Schnapsgeschäft waren phantastische Profite zu erzielen. Eine Flasche Whisky, für 15 Dollar erworben, brachte im Einzelverkauf einen Erlös von 70 bis 80 Dollar. Doch der Alkoholschmuggel war auch nicht ganz ungefährlich. Im Kampf gegen die Polizei mußte man eine Fülle von Finten beherrschen, und vor allem — man mußte eine gut funktionierende Organisation haben. So wurde das Alkoholgeschäft zu einer Domäne sich rasch bildender oder bereits existierender Gangsterbanden. Nur sie konnten die vielen »Berufe«, die am Alkoholgeschäft hingen, koordinieren.

Man brauchte einen Boatman, der den Schnaps über See oder über die Großen Seen heranholte. Er mußte ein — für Gangsterverhältnisse zumindest — ehrlicher Mann sein, erhielt er doch Zehntausende Dollar, um die Ware zu bezahlen. Die Bande mußte sicher sein, daß er nicht mit leeren Händen zurückkehrte und irgendeine Geschichte von einem Überfall erzählte, bei dem man ihm alles Geld abgenommen hätte. Ferner wurden Autobesitzer benötigt, die der Polizei nicht verdächtig waren, die aber auch in der Lage sein mußten, einen Polizisten zu bestechen, und zwar richtig — nicht zuviel und nicht zuwenig. Schließlich war ein umfangreicher Vertriebsapparat aufzubauen.

Noch 1921 stiegen die Gangster in das große Geschäft ein. Chikago wurde zeitweise zur Metropole des Alkoholschmuggels. Unter den Banden, die sich in dieser Domäne tummelten, war auch die »Schwarze Hand«. In »Big Jim« Colosimo hatte sie schon seit langem einen umsichtigen und erfahrenen Führer. 1915 war Colosimos Neffe Johnny Torrio von New York nach Chikago übersiedelt, wo ihn »Big Jim« zu seinem Adjutanten machte. Torrio hatte in New York seit 1911 den Hafen kontrolliert und sich dabei den Spitznamen »Terrible John«, der »schreckliche John«, erworben.

In den zwanziger Jahren lebten in Chikago immerhin 130 000 Italiener, ein zuverlässiges Reservoir für den weiteren Ausbau der Macht der »Schwarzen Hand«. Schon zu Beginn der Prohibition, des Alkoholverbots, beherrschte Colosimo die ganze North Side von Chikago. Um diese Zeit entsann sich Torrio eines jungen Mannes, der ihm in New York gute Dienste geleistet hatte, eines gewissen Al (Alphonse) Capone.

Capone stammte nicht aus Sizilien. Er war 1899 in Neapel geboren und wenig später mit seinen Eltern nach Amerika ausgewandert. Im »Little Italy« von New York, in den Slums, wo die bettelarmen Einwanderer aus Italien unterschlüpften, wo deshalb das Verbrechen besonders leicht eine Heimstatt fand, war Alphonse aufgewachsen. Als Junge hatte er zu einer Bande von Jugendlichen gehört, die — dem Vorbild der Alten folgend — Gemüsehändler bestahlen. Dann nahm ihn Franco Uale in seinen Gang auf. Franco, der sich zumeist Frankie Yale nannte, galt als Boss der »Unione Siciliana«, der New-Yorker Mafia. Er erfreute sich allseitigen Wohlwollens, führte er doch auch Aufträge von Politikern und Geschäftsleuten aus. So waren seine Jungs geradezu ideale Streikbrecher. Franco Uale besaß eine Anzahl von Vergnügungsetablissements, und da verdiente sich Alphonse Capone seine Sporen. Hier erlebte er auch seine erste Niederlage: Ein Gast, den er hinauswerfen wollte, schlitzte ihm mit einem Messer die linke Wange auf. Seither trug Al den Spitznamen »Scarface« (»Narbengesicht«). Aus jener Zeit kannte Torrio den vielversprechenden jungen Mann, den er nach Chikago holte.

Massaker am Sankt-Valentins-Tag

Noch im Jahre 1920 war Colosimo ermordet worden. Johnny Torrio übernahm die Führung des Geschäfts. Der neue Herr über die Mafia von Chikago, über ein wahres Imperium von Spielhöllen und Bordellen, der Boß von Zuhältern, Falschspielern und Berufskillern war ein mageres Männchen mit einem runden Gesicht. Aber seine »Gorillas« wußten ihm Respekt zu verschaffen, und bald nannte man ihn nur den »schrecklichen John«.

Die Mafia in Chikago verdiente in jener Zeit etwa 100 000 Dollar in der Woche. Wollte sie noch mehr Geld verdienen, mußte sie die rivalisierenden Gangs aus dem Wege räumen. Hauptfeind war eine Bande, die sich vor allem aus irischen Einwanderern zusammensetzte und deren Führer Dion O'Banion hieß. Torrio und sein Adjutant Capone beschlossen, den Rivalen einen vernichtenden Schlag zu versetzen. Einige auf Mord spezialisierte Männer der Mafia — man nannte sie Triggermen, weil sie den Finger am Trigger, am Pistolenabzug, hatten — erhielten einen Auftrag. Im Jahre 1924 starb zunächst Chikagos »Bierkönig« Dion O'Banion unter mehreren gut gezielten Schüssen, als er gerade mit einem Fliederstrauß in der Hand aus einem Blumenladen trat.

Der O'Banion-Gang sann auf Rache. Hymie Weiss, der Nachfolger des Getöteten, wollte die Exekution Torrios eigenhändig vornehmen. Er führte bei seiner Aktion eine neue Waffe in das Gangstermilieu ein — die Maschinenpistole. Mit einer MPi nahm Weiss von seinem Wagen aus das Auto Torrios unter Beschuß. Dessen Fahrer starb, aber der »schreckliche John« hatte außer einigen Löchern im Hut keinen Schaden genommen. Doch einige Tage später trafen ihn in einem Hausflur drei von insgesamt fünfzig auf ihn abgefeuerten Geschossen. Einen Monat lang lag der Chef der Chikagoer Mafia auf Leben und Tod. Als er aus dem Krankenhaus entlassen wurde, beschloß Torrio, sich von

Unter der Herrschaft Capones nahm der Krieg der Gangster in Chikago ungeahnte Ausmaße an. Allein zwischen 1924 und 1929 registrierte die Polizei dieser Großstadt über 500 ermordete Gangster

dieser Art Geschäft zurückzuziehen. Genug Geld für ein sorgenfreies Leben besaß er. Künftig stand er den Mafiosi mit seinen Ratschlägen noch viele Jahre zur Seite. In Chikago wurde ein neuer Gangsterboß gebraucht.

Bei dem ausscheidenden Torrio versammelten sich die Capi. Man hatte in Chikago die alten Traditionen aus Sizilien wieder eingeführt, die straffe Hierarchie mit einem Don an der Spitze und mit den ihm unterstellten Capi, den »Leutnants«, wie die amerikanischen Zeitungen sie bezeichneten. Torrio machte einen sensationell anmutenden Vorschlag: Capone sollte sein Nachfolger werden. Gewiß, in den Mafia-Gangs gab es viele Nichtsizilianer und sogar Nichtitaliener. Aber um

Am 14. Februar 1924 ermordeten Leute Capones Angehörige einer konkurrierenden Bande in einer Garage. Der siebenfache Mord ging als das Massaker am St.-Valentins-Tag in die amerikanische Kriminalgeschichte ein

einen Kommandoposten zu besetzen, mußte man bisher immer von der Mittelmeerinsel stammen. Torrio schilderte die Vorzüge seines Schützlings, seine Umsichtigkeit, sein Organisationstalent. Die Capi akzeptierten den Vorschlag. Zum ersten- und zum letztenmal in der Geschichte der Mafia avancierte ein Nichtsizilianer zum Don.

»Scarface« Capone, der Mann aus Neapel, erfüllte die Erwartungen der Mafia-Brüder. Für die amerikanische Öffentlichkeit wurde der Thronwechsel in der Stadt am Michigansee in den Polizeiberichten sichtbar. Der Gangsterkrieg nahm bisher ungekannte Ausmaße an. Allein zwischen 1924 und 1929 wurden in Chikago mehr als 500 Gangster erschossen. Den O'Banion-Gang, die Banden von Dougherty und Bill Moran rottete Capone rücksichtslos aus. Zur Maschinenpistole gesellten sich das Maschinengewehr und die Pineapple, Ananas, wie die Mills-Handgranate aus dem ersten Weltkrieg im Gangsterjargon genannt wurde. Sprengladungen wurden an Autos befestigt; sie explodierten, wenn man den Starter betätigte.

Der Auftakt zu dieser Mordserie ging als das Massaker am Sankt-Valentins-Tag in die amerikanische Kriminalgeschichte ein. Unmittelbar nach Capones Wahl, am 14. Februar 1924, drang der Capone-Gang in eine Garage in Chikago ein, in der die Moran-Bande ein

Schnapslager unterhielt. Die Mafia-Leute waren ausgezeichnet getarnt, sie trugen Uniformen der Chikagoer Polizei. Überrascht hoben die Moran-Leute die Hände, überzeugt von der Echtheit der »Polizisten«. Willig stellten sie sich an einer Wand auf, aber statt der erwarteten Leibesvisitation fielen Schüsse. Sieben Männer wurden getötet, unter ihnen Bandenchef »Gugs« Moran. Passanten, die, von den Schüssen angelockt, vor der Garage stehenblieben, bewunderten die rasche Arbeit der Chikagoer Polizei. Danach verließen Capones Männer in ihren funkelnagelneuen Uniformen seelenruhig den Schauplatz des Blutbades.

Die Entdeckung des Rackets

Al Capones »Befähigung« beschränkte sich nicht auf das Organisieren von Morden. Er hatte ein Gespür für Geschäfte, sah Möglichkeiten, wie man die Gewinne aus dem Alkoholschmuggel gewinnbringend anlegen konnte. Er wurde zum eigentlichen Erfinder des im großen Maßstab betriebenen Rackets.

Das Wort Racket selbst sagte ursprünglich nichts über seine spätere Bedeutung aus. Eine Version leitet es vom englischen Wort für Tennisschläger ab, dessen Herstellung 1897 in Chikago monopolisiert worden sein soll. Eine andere Version behauptet dies: Gegen Ende vorigen Jahrhunderts pflegten irgendwelche Klubs in New York Bälle zu veranstalten, die man Rackets nannte. Der Verkauf von Eintrittskarten war ihre Haupteinnahmequelle. Aus diesem Grunde pflegte man beim Kartenverkauf ein wenig »nachzuhelfen«.

Als Capone die Mafia auf die Möglichkeit groß aufgezogener Rackets aufmerksam machte und sie in Chikago einführte, griff er auch auf Erfahrungen der »Schwarzen Hand«, des Bananen-»Zolls« in New Orleans und des Fleischhandels in St. Louis zurück. Bei ihm funktionierte ein Racket so: Einige hundert Wäschereien in Chikago wurden von seinen Männern aufgesucht. Sie wollten eine »Schutzgebühr« von zehn Dollar im Monat kassieren. Zahlte man nicht, entzog man dem Geschäft den »Schutz«. Und das hieß: Ladenfenster wurden eingeschlagen, Türen mit Säure begossen, Schilder abgerissen und die Wäsche der Kunden beschädigt. Bald zahlten alle.

Diese Methode ließ sich auf nahezu alle Gewerbezweige anwenden, auch auf den »horizontalen«. Hier hatte die Mafia schon langbewährte Erfahrungen. Erst übernahm der Gang den »Schutz« von Bordellen, dann richtete er selbst welche ein. Die Geschäftsbasis — fünfzig Prozent der Einnahmen gingen an die Mafia, fünfzig Prozent an die Prostituierten. Aber damit waren die Profitmöglichkeiten noch nicht erschöpft. Die Mädchen wurden ausgebeutet wie Sklaven, und die Polizei sprach mit Recht von »weißer Sklaverei«. In der Aussage einer Prostituierten aus jener Zeit hieß es: »Ich machte 556 Dollar in dieser Woche. Die Hälfte davon ging an die Frau des Hauses, also blieben mir 278 Dollar. Davon hatte ich 25 Dollar an Cazzeri zu zahlen, der mich in dieses Haus vermittelt hatte, und 36 Dollar an Perruccio, der mich dort einstellte. Ich zahlte 15 Dollar für das Essen, 5 Dollar für die allwöchentliche ärztliche Untersuchung, 25 Dollar wurden uns Mädchen für irgendeinen ›politischen Fonds‹ abgezogen, 10 für Eintrittskarten zu einem Polizeisportfest, 10 für ein Picknick des Sheriffs, und 50 Dollar gingen für ein Abendkleid drauf, das einer vom Gang verkaufte. Die Frau des Hauses sagte uns, wir müßten es kaufen, oder der Gang würde das Haus auffliegen lassen. Abgesehen davon, mußte ich jeden zweiten Tag mein Haar herrichten lassen, das besorgte der Freund irgendeines örtlichen Politikers, und es kostete mich 15 Dollar in der Woche. Wäsche waschen lassen kam mich auf 5 Dollar in der Woche zu stehen. Dann kamen noch über 4 Dollar als Fahrgeld hinzu. Mein Zimmer kostete mich 10 Dollar. Eines Abends erfuhren wir, daß ein paar Polizisten eine Razzia im Hause veranstalten wollten, und es kostete uns 5 Dollar je Nase, sie davon abzuhalten. Somit beliefen sich meine wöchentlichen Ausgaben auf 221,30 Dollar, und es blieben mir noch 56,70 Dollar übrig, die ich natürlich Raymond, meinem Zuhälter, gab, den ich am wöchentlichen Lohntag zu treffen pflegte. Wir gingen dann aus und betranken uns.«

Warum, so fragt man sich, konnten diese Verbrechen — die Morde, der illegale Schnapshandel, die Erpressung, die Ausbeutung der Prostituierten — ungestraft geschehen? Nun, Al Capone hatte ein System zur Perfektion gebracht, das schon seine Vorgänger entdeckt und mit Erfolg ausprobiert hatten. Angesichts der Riesengewinne seiner Organisation konnte er es sich leisten, nicht nur einzelne Polizisten, sondern die ganze Polizei zu kaufen und die Politiker der Stadt dazu. Torrio hatte zur Überraschung vieler Bürger der Stadt in einem Prozeß — bei dem er natürlich freigesprochen wurde — als Verteidiger den Freund des Vorsitzenden der Demokratischen Partei von Chikago zur Seite. Capone pflegte solche Kontakte weiter. Später fand man einige Dokumente, die unmißverständlich waren — wie dieser Brief eines Chikagoer Richters an den Gangster Max Volpe vom Capone-Gang: »Lieber Mops, vielen Dank für die Hilfe am Wahltag. Sie haben sich der Wahllokale in bester Weise angenommen. Ich hätte mich ohne Sie nicht so in Ehren herausziehen können. Danke, alter Junge. Ich hoffe, Sie bald wieder zu sehen.«

Al Capones Arm reichte offenbar weit in die Politik hinein; so weit, daß man ihn — so wird behauptet — 1928 anläßlich der Präsidentschaftswahl zu Rate zog, weil man befürchtete, daß die Mafia zu offensichtlich in das Wahlgeschehen eingreifen könnte. Es kam jedenfalls zu einer freundschaftlichen Unterhaltung zwischen Frank J. Loetsch, dem Chef der Chicago Crime Commission — also jener Behörde, deren Aufgabe die Bekämpfung des Verbrechertums war —, und dem »Großen Al«. Capone soll Loetsch versprochen haben, sich aus den Wahlen herauszuhalten. Was Loetsch als Gegenleistung offerierte, ist nicht überliefert.

Wenn sich die Mafia wirklich nicht in die Wahl einmischte, so bedeutete das nicht, daß keine Gangster in das Wahlgeschehen eingriffen. Die Mafia war ja nur ein Teil — wenn auch der von der Presse am meisten hochgespielte — des organisierten Verbrechertums. Der Terror von Gangsterbanden gegen die Negerbevölkerung und die Gewerkschaftsbewegung, der Einsatz von Banden im Auftrage lokaler Politiker und all die anderen verbrecherischen Aktivitäten wurden von dem Stillhalteabkommen zwischen Loetsch und Capone nicht betroffen.

Eine Frau hält die Omertà

Auch die Prohibition-Agents, Beamte, die die Einhaltung des 18. Zusatzartikels zur US-Verfassung zu kontrollieren hatten, hielt Capone fest am Bändel. Ein solcher Beamter, dem seine Behörde 44 Dollar in der Woche zahlte, konnte in der gleichen Zeit mehr als hundert Dollar verdienen, indem er wegschaute. Und sehr viele schauten weg!

Von der Polizei hatte Al Capone in jener Zeit nichts zu befürchten, wohl aber von alten Bekannten aus der New-Yorker Zeit. Mitte der zwanziger Jahre gab es in den USA die Mafia als umfassende, einheitliche Organisation noch nicht. Die lokalen Gangs, die Familien, waren völlig autonom, und sie schreckten durchaus nicht davor zurück, alle heimatlichen Bande zu vergessen und einander nach besten Kräften zu bekriegen. Einer der New-Yorker Mafia-Führer hieß Giuseppe Aiello. Er haßte »Scarface« Capone, weil ihm der Gedanke zuwider war, einen Nichtsizilianer an der Spitze einer Mafia-Familie zu sehen, wo er Sizilianern Befehle erteilen konnte. Aiellos Haß gegen Capone ging zunächst Umwege. Seine Leute erschossen in der Stadt Cicero bei Chikago den Kaufmann Antonio Lombardi, den Capone zum Capo gemacht hatte. Den folgenden Anschlag gegen Al Capones engsten Freund und Mitarbeiter Pasquale Lolardo organisierte Aiello im traditionellen Mafia-Stil.

Leute Aiellos suchten Lolardo in seiner hübsch eingerichteten Wohnung auf und gaben sich als Geschäftsfreunde eines Bekannten in New York aus. Sie hatten ein Geschenk mitgebracht, auch Blumen für die Frau Lolardos. Diese holte Wein, dann verschwand sie in die Küche, wie alle Frauen der Mafiosi, wenn die Männer über »Geschäfte« sprechen wollten. Während sie in der Küche hantierte, hörte sie Schüsse. Sie stürzte ins Zimmer. Lolardo lag mit zerschmettertem Kopf am Boden. Die Besucher waren verschwunden.

Frau Lolardo hatte im ersten Schrecken einen der Mörder vor der Polizei identifiziert. Später allerdings widerrief sie die Aussage und erklärte, sie wisse von nichts. Auch die Frauen der Mafiosi hielten die Omertà.

Giuseppe Aiello blieb nicht nur bei diesen »Warnungen«. Er unterwanderte den Capone-Gang, kaufte gegen eine hohe Bestechungssumme sogar zwei enge Vertraute Capones, Giovanni Scalice und Alberto Anselmo. Beide waren mit den Brüdern Genna in der Abteilung Bootlegging der Chikagoer Mafia tätig, und das mit großem Erfolg. Die Gennas betrieben eine nach außen hin harmlose und legale Firma, die die Schnapsgeschäfte deckte. Sie kommandierten praktisch die gesamte Polizei ihres Stadtbezirks. Allwöchentlich standen die Beamten in Uniform an der Kasse ihres Geschäfts Schlange. Dort wurde die Auszahlung der Bestechungsgelder an Hand einer Liste kontrolliert, die stets ein Bote extra vom Polizeipräsidium in der Maxwell Street brachte.

Zwei Detektive, die nicht auf den Bestechungslisten standen, versuchten, die Firma der Gebrüder Genna auffliegen zu lassen. Sie starben unter den Schüssen von Anselmo und Scalice. In dem folgenden Prozeß wurden die beiden — wie in Chikago nicht anders zu erwarten — freigesprochen. Da aber bei der Verhandlung die Korruption der Polizei in »Genna-Land«, wie der Stadtbezirk im Volksmund mittlerweile genannt wurde, zur Sprache kam, sah sich die Behörde gezwungen, Maßnahmen zu ergreifen: Die schuldigen Polizisten wurden in andere Polizeireviere versetzt.

Zu den feinen Herren Scalice und Anselmo gesellte sich bald ein Dritter, den die beiden für eine Schlüsselposition in der Chikagoer Mafia vorschlugen: Giuseppe Giuntas. Al Capone beauftragte seine Organisation G-2 damit, den Mann Giuntas zu durchleuchten. Die Organisation G-2 war Capones neueste Erfindung — ein Nachrichtendienst, Spionage und Gegenspionage im Dienst der Mafia. Die Friseure und Barmixer, Hotelangestellten, Portiers und Schuhputzer, die Angestellten der Stadtverwaltung, Polizisten und Taxichauffeure in ganz Chikago kannten eine Telefonnummer, für den Fall, daß sie etwas Interessantes für den »Großen Al« hatten. G-2 ermittelte: Giuseppe Giuntas war ein »Torpedo«, ein Mordschütze von Aiello, der den Auftrag hatte, bei sich bietender Gelegenheit Capone zu erschießen und selbst die Macht in der Chikagoer Mafia zu übernehmen, als »Vizekönig« des New-Yorker Aiello-Gangs. Scalice und Anselmo sollten ihm bei der Machtübernahme behilflich sein.

Das blutige Dinner

Al Capone lud zu einem Galadinner ein. Giuntas Einsetzung als Capo sollte gefeiert werden. Im Bankettraum eines Restaurants versammelten sich die Mafiosi, von Capone instruiert, der auch persönlich die Honneurs machte, verbindlich lächelte, für jeden ein freundliches Wort, einen kräftigen Handschlag hatte und besonders höflich zu Scalice, Anselmo und Giuntas war. Die obligaten Schüsseln mit Spaghetti wurden aufgetragen, duftende Pizza, dickbauchige Flaschen mit Chiantiwein.

Als Ehrengast des Tages nahm Giuntas an der Stirnseite der Tafel Platz, flankiert von Scalice und Anselmo, die sich um seine Beförderung so verdient gemacht hatten.

Capone erhob sich, ein Glas Sekt in der Hand. Man erwartete einen Toast. Doch plötzlich verschwand das Lächeln aus seinem Gesicht, es verzerrte sich, wurde leichenblaß, dunkelrot schimmerte die Narbe auf der linken Wange. Und dann schrie er los: »Verräter! Dreckskerle! Hunde!«

Er warf dem erstarrten Giuntas das Sektglas ins Gesicht. Mit der anderen Hand holte er unter der Tafel einen Baseballschläger aus hartem Holz hervor. Die Mafiosi hatten ihre Pistolen gezogen und auf die drei Verräter gerichtet. Langsam ging Capone um den Tisch, bis er hinter Scalice stand. Er schlug ihm mehrmals mit dem kantigen Knüppel auf den Kopf. Das wiederholte sich mit Giuntas und Anselmo.

Nach der Tat warf Capone das blutbeschmierte Holz auf den Boden, winkte den Mafiosi, die Leichen fortzuschaffen, und stürmte hinaus. Anselmo und Giuntas waren noch nicht tot. Die Mafiosi erschossen sie.

Am nächsten Tag fand die Polizei in der Nähe von Chikago in einem Straßengraben drei Leichen. Jeder wußte, wer der Täter war. Aber es gab keine Beweise.

Nach diesem Mord vergingen nur wenige Wochen. Da erhielten alle Dons in den Vereinigten Staaten eine Einladung. In Atlantic City sollte eine Konferenz stattfinden. Alle Mafia-Gangs in den USA, in New York, Detroit, Chikago und Cleveland, in Philadelphia und Boston, in St. Louis und New Orleans, hatten Vertreter zu entsenden. Der Mafia-Boß von Chikago war dabei, eine Idee seines Vorgängers, Johnny Torrio, zu verwirklichen: die Einflußsphären aufzuteilen und abzugrenzen, gegenseitigen Beistand und ständige Zusammenarbeit zu erklären und für immer mit dem Kampf der Mafiosi gegeneinander Schluß zu machen. Der Fehlschlag von Aiellos Intrige und der dreifache Mord hatten den Dons beweiskräftig vor Augen geführt, wie notwendig das war. Und schließlich hatte ein Teil der Mafia von New York in den letzten Jahren mit Erfolg demonstriert, wie nützlich ein wohlgeordnetes Zusammenwirken von Gangsterbanden sein konnte.

Als Gründer der New-Yorker Mafia sah man allgemein Ignazio Saietta an, genannt Lupo, der Wolf. Er hatte 1899 wegen eines Mordes aus Sizilien flüchten müssen. Von ihm war in der Stadt am Hudson River die erste Bande aus Sizilianern aufgestellt worden. Im Stadtteil East Harlem hatte man einen ehemaligen Pferdestall als Hauptquartier eingerichtet, in dem man — wie später die Polizei erklärte — »mehr Morde als Pferde sah«. Saiettas Gang beschränkte sich zunächst auf die Ausplünderung von Landsleuten, bei denen man sicher war, daß sie nicht gleich beim ersten Erpressungsversuch zur Polizei rennen würden. Auch hier galt die Omertà, die Regel: Wer nicht schweigt, muß sterben! Selbst Saiettas Neffe wurde zu Tode gefoltert, weil er das Schweigegebot verletzt hatte.

Allerdings machte Saietta einen Fehler: Er fälschte Banknoten. Dreißig Jahre Zuchthaus waren die Quittung. Seine Nachfolge übernahm Ciro Terranova, der »Artischockenkönig« von New York, der mit seinem wohlorganisierten Racket den Gemüsehandel der Stadt kontrollierte. Terranova gab sich mit der Kontrolle eines Teiles der New-Yorker Mafia zufrieden. Im anderen Teil errichtete jeder Capo ein eigenes Imperium — Aiello, Valentino und wie sie alle hießen. Ein Nachfolgekrieg um Downtown, um die Stadtbezirke Manhattan und Brooklyn, war jedoch unausbleiblich.

»Joe the Boss« und seine Vizekönige

Ein junger Mann, der die Waffe locker in der Tasche trug, erhob Anspruch auf den Thron von Downtown. Es war der 1907 aus Sizilien eingewanderte Giuseppe Masseria, der die Macht gewissermaßen im Handstreich übernahm. Von da ab hieß er nur noch »Joe the Boss«. Natürlich gaben sich die Konkurrenten damit nicht geschlagen. So sah sich Umberto Valentino, ein bewährter Bootlegger, selbst als künftiger Herr der beiden Stadtteile. Er mobilisierte seine Anhänger. Nun erlebte auch New York seinen Gangsterkrieg.

Giuseppe Masseria schlug eine »Friedenskonferenz« vor. Sie fand unter vier Augen an einer unbelebten Straßenecke statt. Mit Handschlag besiegelten Masseria und Valentino den Waffenstillstand und gingen auseinander — wie alte Freunde. Doch schon an der nächsten Ecke wurde Valentino von seinen Mördern erwartet. Als die ersten Schüsse fielen, rannte Valentino auf die Straße, stoppte ein Taxi. Aber er bekam nur noch die Tür des Wagens auf, dann fiel er zu Boden. Die Kugeln eines ganzen Pistolenmagazins steckten in seinem Rücken. Jetzt war Masseria wirklich »Joe the Boss«.

Es kam noch einmal zu einer Schießerei mit Valentinos Männern — ausgerechnet vor dem Polizeihauptquartier von New York, wobei Masseria festgenommen wurde, weil man eine Waffe bei ihm fand. Aber er besaß einen gültigen Waffenschein, ausgestellt von Welsh B. Strong, Richter am Obersten Gerichtshof des Staates New York. Auch hier reichte der Arm der Mafia weit.

Masseria teilte sein Reich und setzte zwecks besserer Kontrolle zwei »Vizekönige« ein: für Brooklyn Frankie Uale, der 1920 in Chikago Colosimo erschossen hatte, und für Manhattan einen gewissen Salvatore Luciano, der unter dem Namen Charles oder »Lucky« Luciano noch Mafia-Geschichte machen sollte.

Luciano war am 24. November 1897 in dem sizilianischen Städtchen Lercara Friddi geboren worden, wo sein Vater als Bergarbeiter in den Schwefelgruben geschuftet hatte, bevor 1907 die Familie in die USA ausgewandert war. Salvatore hatte seine »Lehrzeit« in den Kämpfen jugendlicher Banden in dem gleichen Stadtviertel von New York, in dem auch Torrio und Al Capone aufgewachsen waren, durchlaufen. Als Arbeiter mit einem Wochenlohn von sieben Dollar bei zehnstündigem Arbeitstag hatte er angefangen und sich später einem Gang angeschlossen. Etwa um 1920 war die Mafia auf ihn aufmerksam geworden. Luciano war eine der Stützen Masserias im Kampf um Manhattan und Brooklyn, und so wurde er nicht nur Capo, sondern auch Masserias rechte Hand. Von ihm stammte die Idee, die Downtown Realty Company zu gründen, eine Scheinfirma, unter deren Deckmantel illegale Alkoholgeschäfte getätigt werden konnten. Er kaufte Drugstores, in denen man Hehlergut und Rauschgift absetzen konnte. Zweimal geriet er in jener Zeit mit der Polizei in Konflikt, einmal wegen Rauschgifthandels, das andere Mal wegen illegalen Waffenbesitzes. Beide Male kam er ungeschoren davon.

Mit einem ganz großen Coup sicherte sich Salvatore Luciano die Anwartschaft auf die künftige Führung der Mafia. Vorbild war ihm ein in der amerikanischen Industrie nicht seltener Vorgang: Da schlossen sich in Chikago vier Riesenkonzerne, die alle Fleischkonserven herstellten, zu einem Trust zusammen — Armour, Swift, Morris Nelson und Hammond. Gemeinsam hielten sie den Markt in der Hand und diktierten die Preise. Ein Trust, das war die Lösung — auch im illegalen Alkoholgeschäft.

Der Trust der Schnapsschmuggler

Luciano arrangierte, diskutierte, überzeugte, organisierte. Die »Big Seven« (»Große Sieben«) wurde geboren, ein Supertrust der Gangster, der künftig den gesamten Verkauf des verbotenen Alkohols in den USA kontrollierte. Die Mafia wurde in diesem Gangstertrust vertreten.

Charles Luciano (rechts) setzte auch im Schmuggelgeschäft die Trustbildung durch und gründete die „Big Seven", die den Verkauf des verbotenen Alkohols in den USA kontrollierte. Das Bild zeigt ihn nach seiner Verhaftung im Jahre 1927

durch Luciano, Johnny Torrio und Joe Adonis. Die anderen Gesellschafter waren die »New York Independants« — die »unabhängigen Bootlegger von New York« —, die Gangstergruppe Siegel—Lansky und die Alkoholschmugglergruppen von New Jersey, Boston, Rhode Island und Atlantic City.

Von nun an ging jeder Tropfen Alkohol, der über den Atlantik kam, durch die Hände der »Big Seven«. Der Trust der Gangster hatte eine eigene Flotte, seine eigenen Schutzmannschaften, eigene Umschlagplätze und Lagerhäuser in Kanada und auf den Bahama-Inseln. Sein Sitz befand sich in einem Hotel in der Lexington Avenue in der New-Yorker Innenstadt. Von dort unterhielten die Schmuggler einen regen Funkverkehr mit den trusteigenen Funkstationen auf den französischen Inseln St. Pierre und Miquelon vor der Küste Neufundlands und in Nassau auf den Bahama-Inseln. Verschlüsselt wurden Ankunfts- und Abfahrtszeiten der Schmuggelschiffe übermittelt, Angaben über Quantität und Qualität der Ladung, über Preise und über die jeweilige Methode zur Übernahme der Konterbande.

Die »Big Seven« arbeitete mit dem Geschäftsgebaren eines kapitalistischen Trusts. Sie legte einheitlich bindende Preise fest; um sie zu halten, bestimmte sie die Einfuhrquoten für geschmuggelten Schnaps, sie wachte über die Einhaltung der Marktgrenzen zwischen den einzelnen Gangs. So wie ein Großkonzern durch seine Lobbysten Politiker kauft, die dann für die Interessen des Unternehmens eingespannt werden, so bezahlte auch der Gangsterkonzern Polizisten und Zollbeamte, Soldaten und Offiziere der Coast Guard, der amerikanischen Küstenwache.

Nur manchmal passierten Pannen, wenn das Schutzsystem nicht ganz sicher funktionierte. Als »The Klip«, eines der vielen Schnellboote, die die »Big Seven« unterhielt, am hellichten Tage im Hudson River Schmuggelware löschte, wurde es von der Küstenwache gestellt. Doch die Überraschung war auf Seiten der Matrosen der Coast Guard; als sie die Schmuggler dingfest machen wollten, wurden sie mit Schüssen aus schweren Maschinengewehren empfangen. Noch überraschter waren sie, daß ihr eigenes Feuer ohne sichtbare Wirkung blieb. Die Schnellboote des Alkoholschmuggel-Trusts waren mit Stahlplatten gepanzert.

In all diesen Jahren gelang es den amerikanischen Behörden nur ein einziges Mal, eine größere Ladung der »Big Seven« zu beschlagnahmen. Doch dies war nicht der Erfolg großangelegter Fahndungsmaßnahmen oder raffinierter Polizeitaktik, sondern ein Zufall — allerdings ein makabrer Zufall.

Der Schlag gegen die Gangster gelang in der Nacht vom 22. zum 23. August 1927. Für den 23. August hatten die Behörden eine Hinrichtung angesetzt, die die Welt in Aufregung und Zorn versetzte. Seit mehreren Jahren saßen in einer Todeszelle im Gefängnis von Boston zwei eingewanderte Italiener. Nicht ein Colosimo, Torrio oder Capone — zwei Arbeiterfunktionäre waren es. Die amerikanische Polizei und die Justiz faßten Gangster mit Glacéhandschuhen an, gegen die Arbeiter und ihre Organisationen gingen sie brutal und sogar unter Verletzung der Gesetze vor. Gangster gehörten gewissermaßen zum System, die Arbeiter und ihre Organisationen dagegen bedrohten es — das kapitalistische —, das System des legalisierten und des gesetzwidrigen Verbrechens. Jene beiden Italiener in der Todeszelle von Boston, Nicola Sacco und Bartolomeo Vanzetti, waren die Opfer einer Provokation, angeklagt eines Mordes, den sie nie begangen hatten, verurteilt auf Grund von Lügen. Schon mehrere Male war der Termin ihrer Hinrichtung festgesetzt worden, doch immer wieder hatten die machtvollen Demonstrationen in aller Welt das Verbrechen verhindern können und einen Aufschub erreicht. Dann aber entschlossen sich die amerikanischen Behörden allen Protesten zum Trotz, das Leben der beiden Unschuldigen auszulöschen. Da man für diesen Tag wiederum Kampfaktionen erwartete, hatte die Polizei Großalarm. Ohne Unterbrechung patrouillierten Streifen durch die Straßen. Allen Polizisten war befohlen worden, jedes ungewöhnliche Vorkommnis, jede außergewöhnliche Beobachtung sofort an das Polizeihauptquartier zu melden.

Nur aus diesem Grunde nahm ein Polizeibeamter von jenem Boot Notiz, das unbeleuchtet vor Staten Island zu treiben schien und sich schließlich dem Ufer näherte. Der Schutzmann schaltete blitzschnell, hatte er doch die Schlagzeilen der Boulevardpresse noch frisch im Gedächtnis. Er rannte zur nächsten Telefonzelle. Später erklärte er Reportern: »Ich dachte, es wären russische Agenten, die da kämen!«

Die Schmuggler begannen mit dem Entladen und marschierten mit ihren Schnapsfäßchen auf der Schulter seelenruhig dem eilig heranjagenden Polizeikommando in die Arme.

Was geschah mit Salvatore?

Salvatore Luciano, der Mann, der die Idee zur »Big Seven« gehabt hatte, avancierte bald zum Geschäftsführer des Unternehmens. Er bekleidete einen einflußreichen Posten, der viel Macht verlieh, aber auch Neider auf den Plan rief. Die »Big Seven« war zwar ein umfassendes Kartell der Gangster, doch waren längst nicht alle Mafia-Gruppen in ihr vertreten. Gerade denen gefiel der schnelle Aufstieg Lucianos ganz und gar nicht.

An einem Morgen zu Beginn des Jahres 1929 griff eine Polizeistreife einen Mann auf, der wie betrunken auf der Landstraße am Little Huguenot Beach vor Staten Island umhertorkelte. Das Individuum sah tatsächlich verdächtig aus! Seine Kleidung war zerfetzt und verdreckt, das Gesicht von getrocknetem Blut verkrustet, am Arm war er durch einen Messerstich verletzt. Die Polizisten schafften den Aufgegriffenen in ein Krankenhaus. Kaum hatte man ihn verbunden, nahmen sich auch schon einige Detektive seiner an. Denn jener Mann hieß Salvatore Luciano.

Was war dem großmächtigen Boß der »Big Seven« widerfahren? Es wird wohl für immer ein Geheimnis bleiben. Nur Vermutungen konnten angestellt werden. Lucianos Aussage vor den Detektiven trug jedenfalls nicht sehr dazu bei, Licht in diese Angelegenheit zu bringen. Er schilderte den Vorgang so: »Ich stand an der Ecke fünfzigste Straße — sechste Avenue und wartete auf ein Mädchen, als ein Auto mit zugezogenen Vorhängen herankam. Es stiegen drei Männer aus, sie zogen Pistolen und schubsten mich in den Wagen, die Hände wurden gefesselt, der Mund verbunden. Man schlug mich mit Fäusten, trat mich mit Füßen, stach mit einem Messer, folterte mich mit brennenden Zigaretten. Dann wurde ich ohnmächtig. Sie müssen wohl gedacht haben, ich sei tot. Am Morgen kam ich jedenfalls am Huguenot Beach wieder zu mir.«

»Wer waren die Männer?« fragte der Detektiv.

»Ich habe sie nie in meinem Leben gesehen.«

Lucianos Aussage klang höchst unwahrscheinlich. Also stellte man Theorien auf.

Luciano hätte die Sache inszeniert, um für sich Reklame zu machen. Aber dem Chef des Gangstertrusts war an allem anderen gelegen, nur nicht an Reklame.

Luciano hätte ein Paket Rauschgift bei sich getragen, das ihm eine andere Bande abnehmen wollte.

Es wäre ein Fall von Eifersucht eines anderen Gangsters gewesen, dem Luciano seine Freundin weggenommen hätte.

Die Chefs der Mafia hätten einen großen Rauschgifttransport organisiert, für dessen Sicherheit Luciano verantwortlich gewesen sei. Agenten der Polizei hätten ihn jedoch gefaßt und so zugerichtet, um Einzelheiten über den Rauschgiftschmuggel zu erfahren. Diese Vermutung bestätigte Luciano augenzwinkernd.

Aber eine andere Version besaß größere Wahrscheinlichkeit. Nach ihr wäre Luciano von den anderen Dons nachdrücklich gewarnt worden, nicht zu vergessen, daß er ein Mafioso war. So wichtig die »Big Seven« auch sein mochte, die Mafia hatte an erster Stelle zu stehen. Es ging schließlich nicht an, daß an dem gigantischen Schnapsschmuggel weniger die Mafia, als vielmehr nichtsizilianische Gangs verdienten, und daß Mafiosi irgendwo in den Staaten in ihrem Einkommen beschnitten wurden. Seine Kumpane aber — jedenfalls die Naiven, die wirklich glaubten, Luciano sei bei dem Überfall nur mit viel Glück davongekommen — nannten ihn fortan »Lucky«, den Glücklichen.

Konferenz der Gangster

In dieser Situation unterbreitete Al Capone seinen Vorschlag für die große Konferenz der Mafia-Chefs. Schon ein Jahr zuvor hatte es ein erstes Zusammentreffen in Cleveland gegeben. Aber ein Hotelangestellter war angesichts der so verdächtig aussehenden 21 Gäste, die alle die gleichen Anzüge und Hüte trugen und die sich so seltsam benahmen, stutzig geworden und hatte die Polizei alarmiert. Sie fand 21 Pistolen, deren Besitzer aber keine Waffenscheine hatten. So kam es nicht zu der geplanten Konferenz, statt dessen wurden über die Versammelten — allerdings bedingte — Gefängnisstrafen und Geldbußen von je 50 Dollar verhängt.

Im Mai 1929 nun reiste die Elite der Mafia in das elegante Seebad Atlantic City. Die Mafiosi waren wachsam. Ihre Leibwächter begleiteten sie und ließen sie keinen Augenblick allein. Unter ihren Jacketts steckten griffbereit die Colts in den Schulterhalftern.

Al Capone trat hier wie ein Diplomat bester Schule auf. Nichts an dem Gastgeber von Atlantic City ließ erkennen, daß er derselbe Mann war, der nicht lange zuvor seine Feinde bestialisch mit einem Baseballschläger ermordet hatte. Capone legte Vorschläge auf den Tisch, seine eigenen und die Johnny Torrios, des geistigen Vaters dieser Zusammenkunft. Er erklärte, daß endlich die bisherige Zersplitterung und Rivalität innerhalb der Mafia um der gemeinsamen Sache willen aufhören müßte. Er schilderte, wie man die Organisation über das ganze Land ausdehnen könnte. Er legte dar, daß die Prohibition, das Alkoholverbot, bald aufgehoben werden könne und daß man sich auf diesen Augenblick vorbereiten müsse. Man müsse sich überall neue Erwerbszweige erschließen, das Glücksspiel, die Prostitution, das Racketeering, die Wetten, den Handel mit Rauschgift.

Auf der Zusammenkunft wurde dann konkret folgendes vereinbart:

1. Die amerikanischen Mafia-Banden organisieren sich nach dem Vorbild der heimatlichen sizilianischen Mafia als einheitliche Organisation, die den Namen »Cosa Nostra« (»Unsere Sache«) erhalten soll.
2. Aus den einzelnen Gangs werden Mafia-Familien.
3. An der Spitze jeder Familie steht ein Don, der über seine Unterführer, die Capi, befiehlt.
4. Die Familien erhalten von der »Cosa Nostra« beziehungsweise schon von dieser Konferenz in Atlantic City ihren Wirkungsbereich zugewiesen, dessen Grenzen strikt zu respektieren sind.
5. An die Spitze der »Cosa Nostra« tritt ein Oberster Rat, dem alle Dons, die Chefs der Familien, angehören. Dieser Rat schlichtet alle auftretenden Meinungsverschiedenheiten.
6. Die Zusammenarbeit mit nichtsizilianischen Gangstern ist nicht nur möglich, sondern auch wünschenswert, um das gesamte amerikanische Verbrechertum unter die Kontrolle der »Cosa Nostra« zu bringen. Bei dieser Zusammenarbeit gebührt jedoch der »Cosa Nostra« auf jeden Fall die Führung.
7. In der »Cosa Nostra« gilt wie in der sizilianischen Mafia die strikte Schweigepflicht, die Omertà.

Die Cosa Nostra war mit der Annahme dieser Punkte, ihrer ungeschriebenen Verfassung, aus der Taufe gehoben. Das Abkommen von Atlantic City trug weder Unterschrift noch Siegel, ja es war nicht einmal schriftlich fixiert, und doch war es nicht weniger gültig und dauerhaft als ein vor einem Notar geschlossener Vertrag.

Die Mustache-Petes treten ab

>»Was ist ein Dietrich gegen eine Aktie? Was ist ein Ein-
bruch in eine Bank gegen die Gründung einer Bank?«
Bertolt Brecht, »Dreigroschenoper«

Alphonse Capone aus Neapel hatte in Altlantic City die Stunde seines
größten Triumphes erlebt. Doch unmittelbar danach ereilte ihn der
Arm des Gesetzes. Capone mußte auf der Rückreise nach Chikago für
einige Stunden in Philadelphia auf den Anschlußzug warten. Mit seinen Leibwächtern ging er in ein Kino. Auf dem Wege zurück zum
Bahnhof erkannten ihn zwei Kriminalbeamte und stellten ihn. Im Polizeirevier fanden sie bei einer Leibesvisitation in einem schmucken,
handgearbeiteten Lederhalfter eine Pistole. Capone war sich seiner Sache
sicher, als er seinen in Chikago ausgestellten Waffenschein präsentierte.

»Tut mir leid, Mister!« sagte einer der Beamten. »Der ist hier nicht
gültig. Sie sind verhaftet!«

Die komplizierte Rechtslage in den USA hatte sich die Mafia oft mit
gutem Erfolg zunutze gemacht, und sie profitiert noch heute davon.
Taten, die in einem Bundesstaat strafbar sind, werden in einem anderen nicht geahndet. Zahlreiche Verbrechen können nur in dem Staat
verfolgt werden, in dem sie begangen worden sind, nicht aber im
Nachbarstaat. Hinzu kommt die organisatorische Zersplitterung der
Polizeiorgane: Die Polizei der großen Städte, die Sheriffs in den kleineren Gemeinden und die Polizei des jeweiligen Bundesstaates arbeiten völlig getrennt voneinander; das der US-Regierung unterstehende
Bundeskriminalamt — FBI — hat mit diesen nichts zu tun und greift nur
dort ein, wo Bundesgesetze verletzt wurden. Unabhängig von all diesen Institutionen nimmt auch das amerikanische Finanzministerium
Polizeiaufgaben wahr, ihm unterstehen Steuerfahndung, Küstenwache

und das Rauschgiftdezernat. Dieser organisatorische Wirrwarr war und ist für das organisierte Verbrechen sehr vorteilhaft, aber diesmal kehrte sich die Sache in ihr Gegenteil.

Der überraschte Capone fand sich schon eine halbe Stunde später im Zimmer des freundlich lächelnden Polizeichefs von Philadelphia. Auch Capone gab sich harmlos. Schon seit Jahren hätte er nichts mehr mit Verbrechern zu tun, eigentlich wollte er nach Florida, um sich zur Ruhe zu setzen. Natürlich hätte er sich Feinde gemacht, die ihn und seine Familie bedrohten. Nur deshalb trüge er den Revolver.

Der Polizeichef lächelte. Capone lächelte. Die Polizisten im Zimmer lächelten. Man schüttelte sich die Hände. Capone wandte sich zum Gehen. Doch der Herr über die Polizisten Philadelphias sagte im beiläufigen Ton zu den Beamten: »Abführen!«

Innerhalb von vierundzwanzig Stunden stand Capone schon vor Gericht. Er erhielt die Höchststrafe — ein Jahr Gefängnis. Für ein Jahr verschwand der gefürchtete Mafia-Chef hinter den Mauern der Haftanstalt Holmesburg, wenn auch zu gemilderten Bedingungen. Wie vielen führenden Mafiosi nach ihm gewährte man ihm die Vergünstigung, in der Gefängnisbibliothek zu arbeiten.

Die Nachricht von der Inhaftierung Capones schreckte Amerikas Unterwelt auf. Die Abergläubischen nickten wissend: Beim dreizehntenmal, das mußte ja schiefgehen! Denn zwölfmal hatte die Polizei Capone gefaßt, zwölfmal hatte man ihn laufenlassen oder die Sache mit einer Geldstrafe, die ihm keine Sorgen bereitete, erledigt: 1919 in New York wegen Körperverletzung — Verfahren eingestellt, 1923 in Chikago wegen eines Verkehrsdelikts — Verfahren eingestellt, 1923 in Chikago wegen Kuppelei und Glücksspiels — 150 Dollar Geldstrafe, 1924 in Chikago wegen Mordes — Verfahren eingestellt, 1925 im Staat New York wegen groben Unfugs — Verfahren eingestellt, 1926 in Chikago zweimal wegen Alkoholschmuggels — Verfahren eingestellt, 1926 in Stickney/Illinois wegen Wahlschwindels — Verfahren eingestellt, 1926 in Chikago nochmals wegen Alkoholschmuggels — wiederum eingestellt, 1926 in Chikago wegen Mordes — Anklage zurückgezogen, 1927 in Chikago wegen Zeugnisverweigerung — Verfahren eingestellt, 1927 in Joliet/Illinois wegen unerlaubten Waffenbesitzes — 2600 Dollar Geldstrafe und 1929 in Florida wegen unentschuldigten Nichterscheinens vor Gericht — Geldstrafe.

Von hier aus führte Capone seinen Gangsterkonzern: das Lexington Hotel in der Michigan Avenue. Er gab in einem Jahre allein 15 000 Dollar für die Bestechung der Polizei aus

Während Capone die Strafe absaß und sein Bruder Ralph die Mafia von Chikago verwaltete, untersuchte das Internal Revenue Bureau, die amerikanische Steuerbehörde, in aller Ruhe Capones Einkünfte. Ihren Fahndungsarbeiten lagen Schätzungen über die Gewinne der verschiedenen Abteilungen des Capone-Unternehmens zugrunde. 50 000 Dollar aus dem Bootlegging, 25 000 Dollar aus verbotenen Glücksspielen, 10 000 Dollar aus der Prostitution. Capone besaß mehrere Villen in Florida, Yachten, die modernsten und teuersten Autos. Seine Steuererklärungen wurden von den Steuerbeamten durchforscht. Ein Gangster mochte die Gesetze verletzen, wie er wollte, doch Steuern hatte er zu zahlen!

Wertvolle Informationen erhielten die Beamten von der »Secret Six«, der »Geheimen Sechs«, einer Vereinigung Chikagoer Geschäftsleute, die nach einem Weg suchten, sich gegen die Vorherrschaft der Mafia zur Wehr zu setzen, weil diese ihnen die Profite schmälerte. Die

Jacob Guzik, der Finanzberater des Capone-Konzerns. Über ihn flossen die Gangstereinkünfte in legale Unternehmen: Banken, Industrie- und Handelsgesellschaften

»Secret Six« hatte errechnet, daß Capone im Jahr allein 15 000 Dollar als Bestechungsgelder für die Polizei ausgab. Mit Recht erwartete sie deshalb bei ihren Recherchen keine Unterstützung durch die Polizei von Chikago. Die Polizei war von der Mafia gekauft und sah ihre Hauptaufgabe nicht in der Jagd auf Gangster, sondern in der Verfolgung von Arbeiterfunktionären. Am 8. September 1930 starb Lee Mason, Kandidat der kommunistischen Neger von Chikagos South Side, den Slums, für den amerikanischen Kongreß. Er war von Polizisten so brutal zusammengeschlagen worden, daß er den Verletzungen erlag. Am 17. März 1930 drangen Chikagos Polizisten in einen Leseklub der Freunde der Sowjetunion ein, verprügelten Männer, die dort lasen oder Schach spielten, zerschlugen Möbel, zerfetzten Bücher — und das alles ohne Haussuchungsbefehl.

Im Fall Capone wurden die Ermittlungen der Steuerbehörden zusätzlich dadurch erschwert, daß die Mafia alle Geschäfte nur in bar abgewickelt hatte und daß Capone in Jacob Guzik — Spitzname »Greasy Thumb« (»Fettiger Daumen«) — einen ausgezeichneten Finanzberater besaß. Guzik verstand es meisterhaft, mit Millionen zu jonglieren, sie verschwinden und wieder auftauchen zu lassen wie ein Zauberkünstler. Auch an den Kauf von Informanten oder an eine Infiltration der Mafia war nicht zu denken. Nur ein Zufall führte auf eine Spur, als ein Nervenkrieg die Gangster unsicher machte.

Der Nervenkrieg in der Michigan Avenue

Als Capone 1930 aus dem Gefängnis nach Chikago zurückkehrte und wie ein König empfangen wurde, fand er einen hartnäckigen Feind in »seiner« Stadt vor — Eliot Ness, Beamter des amerikanischen Justizministeriums. Ness hatte in mühevoller Kleinarbeit die Lager und geheimen Brauereien des Capone-Gangs ausfindig gemacht. Mit einer neuen Taktik setzte er sie schlagartig außer Gefecht. Seine Leute brachen mit schweren, gepanzerten Lastwagen die Tore der Mafia-Stützpunkte auf, mit schußbereiten Maschinenpistolen waren sie zur Stelle, noch bevor sich die Mafiosi zur Gegenwehr eingefunden hatten. Innerhalb des einen Jahres, in dem Capone in der Bibliothek des Gefängnisses Holmesburg Bücher sortierte, wurden mehr als dreißig illegale Schnapsfabriken und Warenlager ausgehoben, Einrichtungen im Werte von mehreren Millionen Dollar zerstört und mehr als fünfzig Lastwagen der Mafia beschlagnahmt.

Als der Mafia-Chef wieder in der Stadt war, begann Ness seinen Nervenkrieg. Er streute in Gangsterkreisen Gerüchte aus, die die Mafiosi unsicher machen und Mißtrauen gegen Capone säen sollten. Dies versprach Erfolg, da der Nimbus von »Scarface« seit der Panne von Philadelphia im Schwinden war. Eines Tages klingelte in Capones Appartement im Lexington Hotel das Telefon. Eine Stimme meldete sich mit den Worten: »Um elf Uhr ereignet sich vor dem Hotel etwas Interessantes.«

Capone wurde neugierig. Hinter den Jalousien seines Hotelzimmers konnte er ungesehen die Michigan Avenue beobachten. Leibwächter und Freunde spähten mit ihm auf die Straße.

Punkt elf Uhr zog eine seltsame, aufsehenerregende Prozession langsam vorbei: 45 gewaltige Lastwagen, die einst der Mafia gehört hatten, besetzt mit schwerbewaffneten Beamten der Regierungsbehörden. Capone bekam bei diesem Bild einen Wutanfall. Er zertrümmerte Möbelstücke, warf Blumenvasen gegen die Wand. Eliot Ness ist auf der Stelle zu töten, schrie er.

Aber Ness blieb am Leben. Und nicht der Nervenkrieg entschied über Capones weiteres Schicksal, sondern die stille, verbissene Arbeit von Frank J. Wilson. Agent des Internal Revenue Bureaus. Er, der eigens für den »Fall Capone« nach Chikago geschickt worden war, kam durch einen Zufall in den Besitz der Geschäftsbücher der Spielhölle »The Ship«, eines Unternehmens mit einem Jahresumsatz von drei Millionen Dollar. Monatelang studierte Wilson die Handschriften in den Büchern, verglich sie mit Schriftproben Hunderter Chikagoer Gangster. Schließlich fand er heraus, wer diese Bücher geführt hatte: Louis Shumway, einer von Capones Buchhaltern und Kurieren. Shumway wurde von den Beamten der Steuerfahndung vor eine Entscheidung gestellt: entweder sofortige Festnahme oder gegen Capone aussagen. Shumway wählte letzteres.

Wilson gab sich damit noch nicht zufrieden. Er ließ einen gewissen Fred Ries beobachten, der täglich die Gewinne aller Spielhöllen einsammelte und das Geld bei der Pinckert Bank in Chikago gegen Kassenschecks eintauschte. Als dieser die Schecks Capone übergab, hatte der Agent der Steuerbehörde das letzte Glied seiner Beweiskette.

Am 16. Juni 1931 standen Al Capone, sein Bruder Ralph und 68 andere Mafiosi und Gangster vor einem Schwurgericht, angeklagt der Einkommensteuerhinterziehung. Der Prozeß begann mit einer Sensation. Capone gab die 5000 Fälle von Steuerbetrug sofort zu. Theoretisch hätte das 25 000 Jahre Gefängnis bedeutet.

Suppenküchen für die Armen

Die Geständnisfreudigkeit Al Capones war kein Zufall, keine menschliche Schwäche, kein Fall von Einsicht. Sie resultierte aus einem langwierigen und umständlichen Handel zwischen den Behörden und Capones Rechtsanwälten. Die Anwälte hatten fünf Millionen Dollar zur Begleichung der Steuerschulden angeboten. Das Spiel schien aufzugehen. Die Rechtsanwälte plädierten für den Aufschub der Verhandlung und die sofortige Freilassung des Mafia-Chefs. Das Gericht ging darauf ein.

Am 30. Juli 1931 fand ein zweiter Termin statt. Auffällig war die kühle Zurückhaltung des Richters, der auf die Intervention der Rechtsanwälte einging, als er erklärte: »Der Angeklagte muß begreifen, daß die Strafe nicht vor dem Abschluß der Verhandlung festgesetzt werden kann. Man handelt nicht mit einem Gerichtshof.«

Die Verhandlung wurde erneut vertagt, und nun erlebte Chikago Al Capone in einer ganz neuen Rolle — als Freund der Armen. Noch herrschte die große Wirtschaftskrise in den USA mit Massenelend und Massenarbeitslosigkeit, die ein Jahr später mit 13,2 Millionen Erwerbslosen ihren Höhepunkt finden sollte. Große Demonstrationen von Arbeitslosen fanden statt und erschütterten die Vereinigten Staaten.

Der Boß der Chikagoer Mafia richtete Suppenküchen für Arbeitslose ein, in denen die Hungernden kostenlos verpflegt wurden. Capone erschien selbst zu den Speisungen, unterhielt sich jovial mit den verhärmten Leuten, klopfte ihnen auf die Schultern. Und er war enttäuscht, daß man ihm diese neue Rolle nicht glaubte.

Ein »Zufall« gab ihm Gelegenheit, seine »Menschenfreundlichkeit« im ganzen Land zur Schau zu stellen. In Chikago war gerade zu diesem Zeitpunkt der vermögende Rennstallbesitzer Lynch von Gangstern entführt worden. Dessen Freunde baten Capone, seinen Einfluß in der Unterwelt geltend zu machen, um Lynch zu befreien. Und das Wunder geschah. Einige Stunden später war Lynch wieder im Kreis seiner Lieben zu finden! Aber dieser Schuß ging nach hinten los. In der Öffentlichkeit machte man kein Hehl aus der Vermutung, daß Capone selbst der Anstifter der Entführung gewesen sei, um den Retter spielen zu können. Der Mafia-Boß hielt daraufhin eine spektakuläre Pressekonferenz ab, auf der er »allen Kidnappern den Krieg« erklärte und vor Rührung über das traurige Los der Familien der Entführten schluchzte. Dieses Schauspiel bot er fünf Tage vor der nächsten Gerichtsverhandlung.

In der Zwischenzeit waren auch die Capi der Chikagoer Mafia nicht untätig geblieben. Sie hatten mehr als hundert Leute, darunter die zwölf Geschworenen des Capone-Prozesses, besucht — mit einem Revolver und einem Bündel Hundertdollarscheinen in den Händen. Es war Capones Pech, daß buchstäblich in letzter Minute neue Geschworene für den Prozeß berufen wurden.

Am 6. Oktober begann die letzte Verhandlung. Sie dauerte zwölf Tage. Weitere sechs Tage später wurde das Urteil verkündet: schuldig der Steuerhinterziehung für die Jahre 1925 bis 1929. Er erhielt elf Jahre Gefängnis, 50 000 Dollar Geldstrafe und hatte die Gerichtskosten zu begleichen, die sich mittlerweile auf 30 000 Dollar beliefen.

Bei der Urteilsverkündung brach Capone zusammen. Vergeblich

versuchten seine Rechtsanwälte, einen Strafaufschub zu erreichen. Capone wanderte in das Gefängnis von Atlanta.

Am 17. November 1939 wurde Capone — noch bevor er seine Strafe verbüßt hatte — aus der Haftanstalt entlassen. Die Anstaltsärzte hatten bei ihm eine unheilbare Syphilis entdeckt. Man schätzte, daß Capone zu jener Zeit noch etwa fünf Millionen Dollar besaß. Er zog sich in eine Luxusvilla in Miami auf Florida zurück. Dort starb er am 25. Januar 1947, 48 Jahre alt, an den Folgen der Krankheit.

Die Chikagoer Mafia aber regierte längst ein anderer, Capones einstiger Leibwächter Anthony Accardo.

»Lucky« wäscht die Hände in Unschuld

Der Abgang Al Capones von der Bühne der Unterwelt im Jahre 1931 war eine wichtige Zäsur in der Entwicklung des amerikanischen Verbrechertums. Er zeigte eine Wandlung, einen Umschwung an, der für jenes Milieu ebenso bedeutsam war wie die Ablösung des Feudalismus durch den Kapitalismus. An die Stelle des Raubritters trat der Businessman, der natürlich auf Raubrittermethoden nicht verzichtete. Die Mafiosi paßten sich völlig der kapitalistischen Gesellschaft an, wollten in ihr und mit ihr oder durch sie Reichtümer scheffeln. Sie hatten von dieser Gesellschaft gelernt und ihre Erfahrungen während der Prohibitionsjahre gesammelt. Oberst Robert McCormick beispielsweise, millionenschwerer Besitzer der »Chicago Tribune«, beschäftigte einen Reporter namens Lingle. Dieser Lingle war im Nebenberuf Chef einer Gangsterbande. Und wenn immer es dem Obersten McCormick nötig schien, bediente er sich der Bande. Geschäft und Verbrechen waren in den USA, wie in der kapitalistischen Gesellschaft überhaupt, nicht zu trennen. Übrigens wurde Lingle 1930 in einem überfüllten Wagen der Chikagoer U-Bahn ermordet.

In der Mafia war eine neue Generation herangewachsen. Sie sah in »Lucky« Luciano ihr Vorbild. Schon äußerlich war der Unterschied sichtbar. Den jungen Mafiosi sah man den Gangster nicht mehr an der protzig-geschmacklosen Aufmachung an. Sie kleideten sich vornehm und dezent, waren in das Mimikry der »ehrbaren Welt« geschlüpft.

Übernahm die Nachfolge Capones und
wurde zum Beherrscher Chikagos:
Anthony Accardo

Männer wie Francesco Castiglo, genannt Frank Costello, oder Joseph
Doto, genannt Joe Adonis, unterschieden sich in Haltung und Auftre-
ten kaum von den Sprößlingen der Wallstreet-Bankiers. Mit ihrem äu-
ßeren Habitus veränderten sich auch ihre Arbeitsmethoden. Der Cosa-
Nostra-Boß der neuen Generation machte sich nicht mehr selbst die
Hände schmutzig; er war zum Geschäftsmann geworden.

Die »Alten« — wegen ihrer auffälligen Mustaches, der Schnurrbärte,
Mustache-Petes genannt — begriffen nicht immer, was sich da vollzog.
Masseria konnte eine Familie unter Kontrolle halten, Mörder in
Marsch setzen und mit der Pistole umgehen. Aber er verstand nicht,
wie ein Alkohol-Schmuggel-Trust eigentlich funktionierte. Die Stunde
der großen Ablösung nahte, ohne daß er es ahnte.

Ein Verdacht kam ihm erst in einer Nacht des Jahres 1930, als er mit
zwei Leibwächtern beim Verlassen seines Hauses in einige Pistolen-
läufe blickte. Die erschossenen Leibwächter gaben Masseria zu denken. Er überlegte, ob nicht Salvatore Luciano, der sich jetzt Charles
Luciano nennen ließ, ein wenig zu mächtig wurde. Masseria äußerte
diesen Verdacht Joe Adonis gegenüber, und der — er saß ja mit Luciano im Vorstand der »Big Seven« — hatte nichts Eiligeres zu tun, als
diesen über den Argwohn des Chefs zu informieren.

Luciano lud Masseria am 11. April 1931 zum Dinner in das Restaurant Scarpato auf Coney Island, dem Ausflugsvorort von New York,
ein. In diesem Lokal schmeckten die Antipasto, Zabaglione und die an-

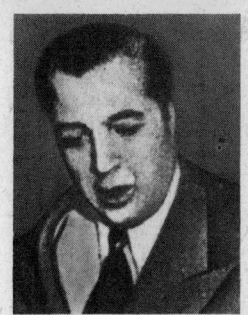

Sie amerikanisierten die Mafia: Joe Adonis, Frank Costello und Charles Luciano. Längst waren die amerikanischen Gangster Geschäftsleute geworden

deren Spezialitäten genauso gut wie daheim in Sizilien. Hinterher spielten beide ein Stündchen Karten. Dann sah Luciano zur Uhr, entschuldigte sich für einen Moment bei Masseria und verschwand in die Toilettenräume.

Ja, versicherte er später der Polizei, er hätte auf der Toilette die Schüsse gehört, sich schnell die Hände abgetrocknet und wäre ins Lokal zurückgerannt. Dort hätte er den toten Masseria liegen sehen.

So war es, bestätigte Gastwirt Scarpato. Zuvor wären drei Männer hereingestürzt und hätten mehr als zwanzig Schüsse abgefeuert. Fünf Kugeln trafen tödlich, sagte der Polizeiarzt aus. Natürlich hatte der Sizilianer Scarpato niemanden erkannt.

Die Polizei hatte drei Verdächtige zur Hand, denen sie jedoch nichts beweisen konnte: Joe Adonis, einen gewissen Albert Anastasia und einen stadtbekannten Bootlegger, Benjamin Siegel, genannt »Bugsy«, das »Käferchen«.

»Joe the Boss« war tot. Dabei hatte Masseria noch zwei Jahre zuvor so viel Glück gehabt, als er beim Verlassen seines Hauses aus einem benachbarten Café beschossen worden war. Masseria hatte zunächst hinter einem am Rinnstein geparkten Wagen Deckung genommen, war dann im Zickzack über die Straße in einen Hutmacherladen geflüchtet, wo ihn einige Kugeln trafen. Aber als der Schütze sah, daß sein Opfer noch immer lebte, bekreuzigte er sich abergläubisch und flüchtete.

». . . als wir die Mafia amerikanisierten«

Die Ära Masseria war zu Ende, aber der Weg für die »Jungen« noch nicht frei. Die Mustache-Petes dachten nicht daran, Luciano zum Nachfolger Masserias als Chef der New-Yorker Mafia zu wählen, vielmehr einigten sie sich auf den »seriösen« Salvatore Maranzano. Der betrieb ein sonderbares Geschäft: Er schmuggelte Menschen. Die seit 1925 in Sizilien in Schwierigkeiten geratenen Mafiosi holte er auf Schleichwegen in die Vereinigten Staaten und stattete sie mit falschen Papieren aus. Am Eingang zu seinen Büroräumen, die er im Grand Central Building neben dem Hauptbahnhof von New York gemietet hatte, stand allerdings auf dem Firmenschild »Grundstücksverwaltungen«.

Kurz bevor ihn die Mustache-Petes auf den Thron Masserias hoben, war Maranzano mit einem gewissen Louis Buchalter aneinandergeraten. Buchalter, genannt »Lepke«, war einer der Großen der amerikanischen Unterwelt. Sein Interessensgebiet waren die Rackets. Er erpreßte die Bekleidungsindustrie, die Bäckereien, die Lederindustrie, die Restaurants und die Taxifahrer in New York. Aus der in New York so bedeutenden Konfektionsindustrie erzielte er besonders hohe Gewinne, indem er die kleinen Unternehmer dieser Branche ausnahm.

Doch auch Maranzano hatte an Rackets Gefallen gefunden. Er wollte die Konfektionshersteller »beschützen«, jene, die bereits unter Buchalters »Schutz« standen. Doch diese sahen nicht ein, daß sie an zwei Gangsterbanden »Schutzgebühren« zahlen sollten. Ausgerechnet ein Italiener, der Kleiderproduzent Ferrari, weigerte sich als erster. Als ihm Maranzanos Leute die Fensterscheiben einschlugen, wandte er sich an die Polizei. Maranzano befahl, »es diesem Ferrari zu zeigen«. Die Mafiosi aber erschossen einen gänzlich Unbeteiligten, Ferraris Bruder Giuseppe.

Buchalter ging nach diesem Zwischenfall zu Luciano, den er mit Erfolg in die Racketgeschäfte eingeweiht hatte und der sogar sein Kompagnon geworden war, denn es war etwas wert, einen führenden Mafioso zum Freund zu haben. Buchalter erläuterte Luciano den Streitgrund mit den Worten: »Du denkst, der Kampf geht um die Konfektionsindustrie? Ich nicht. Maranzano ist im Begriff, die ganze Familie zu übernehmen. Er weiß, daß du und ich Kompagnons sind. Er weiß, daß mich verdrängen — dich verdrängen heißt.«

Mafia-Kompagnon Louis Buchalter: Er beherrschte die Konfektions- und Lederindustrie, die Großbäckereien, das Gaststätten-
gewerbe und die Taxifahrer in New York

Dieses Argument fiel auf fruchtbaren Boden, zumal Maranzano wenige Tage später tatsächlich die Familie übernahm. Die »Jungen« beschlossen, endgültig mit der Herrschaft der Mustache-Petes Schluß zu
machen. Als Tag für die »Große Säuberung« wurde der 11. September
1931 festgelegt. An dem Morden würden sich nicht nur Mafiosi, sondern auch andere Gangster beteiligen.

Am Morgen dieses Tages betraten fünf Triggermen Maranzanos
Büro. Im Vorzimmer fanden sie zwölf Besucher, die von ihnen mit
Nachdruck aufgefordert wurden, sich zu erheben, die Hände über
dem Kopf zusammenzunehmen und sich mit dem Gesicht zur Wand
aufzustellen. Zwei Gangster blieben bei ihnen zur Bewachung zurück,
die drei anderen gingen in Maranzanos Zimmer. Dort fand man später
den Don — mit durchschnittener Kehle.

Innerhalb von achtundvierzig Stunden starben in den USA mehr als
vierzig führende Mafiosi. Die Stunde der Mustache-Petes hatte geschlagen. Später sagte ein Gangster einmal über diese zwei Tage: »Das
war die Zeit, als wir die Mafia amerikanisierten!«

Der amerikanische Schriftsteller Charles Hamilton kommentierte
diesen Ausspruch mit den Worten: »Nur die Chefs des Gangstertums
wußten, daß diese ›Mordepidemie‹ eine bedeutsame Entwicklung in
der Geschichte der Unterwelt einleitete.«

GmbH der Mörder

Die von Hamilton erwähnte Entwicklung vollzog sich in der »geschäftlichen« Sphäre. Unberührt von ihr blieben die Prinzipien der Cosa Nostra — ja, sie wurden sogar noch strikter beachtet als unter der Herrschaft der »Alten«. An erster Stelle stand die absolute Schweigepflicht, die Omertà. Zu ihr gesellten sich vier weitere Grundprinzipien. Sie lauteten:

1. Habe immer einen guten Rechtsanwalt zur Hand!
2. Unternimm nie einen Gewaltakt gegen einen Beamten der Bundesbehörden, weil darauf die schwersten Strafen stehen, vor allem aber, weil eine solche Aktion die Gefahr einer die ganzen Vereinigten Staaten umfassenden Polizeiaktion heraufbeschwört!
3. Bezahle stets die Einkommensteuer!
4. Traue niemandem, außer einem Mafioso!

Die uralten sizilianischen Aufnahmeriten für neu angeworbene Mafiosi wurden beibehalten. Joseph Valachi, der 1930 in die Cosa Nostra eintrat, schilderte diese Zeremonien 1963 vor einem Untersuchungsausschuß des amerikanischen Senats: »Man fuhr mich zu dem geheimen Treffen, das nördlich von New York stattfand. Dort waren dreißig Mafiosi um einen Tisch versammelt. Auf dem Tisch lagen ein Messer und eine Pistole. Dann mußte ich einen feierlichen Eid schwören, auf sizilianisch. Genau verstand ich das Sizilianische nicht, es lautete ungefähr so: ›Ich lebe von Pistole und Messer, und ich sterbe von Pistole und Messer!‹ Dann mußte ich ein brennendes Stück Papier in der Hand halten und nachsprechen: ›So werde ich verbrennen, wenn ich die Organisation verrate!‹ Durch ein kompliziertes Zahlenspiel wurde mir aus der Mitte der dreißig Männer ein Pate bestellt. Er schnitt mir in den Finger, ich war Blutsbruder geworden.«

Dieser mittelalterliche Brauch hatte indessen eine neuzeitliche Funktion. Der Schnitt in den Finger entsprach dem Kauf einer Aktie. Morde wurden zu einer ganz geschäftsmäßigen Angelegenheit. Luciano hatte einen Weg gefunden, die Schmutzarbeit loszuwerden und das Mafia-Unternehmen nicht mit den Morden zu belasten. Ein kleiner Gangsterkrieg 1930 in New York hatte ihm die Gründung einer solchen Agentur ermöglicht.

1930 es gab in East New York zwei rivalisierende Banden, die von

Immer wieder findet die New-Yorker Polizei die Leichen jener Gangster, die zuviel wußten. Auch der Mord wird gewerbsmäßig betrieben

Abe Reles, »Kid Twist« genannt, und von Happy Maione geführt wurden. Beide gingen einem Gewerbe nach, das man im Gangsterjargon Hijacking nannte: Sie überfielen die Bootlegger, um sich deren Ware zu bemächtigen. Eigentlich sollten sie deshalb von der Mafia liquidiert werden, und ihr Krieg gegeneinander hätte einen günstigen Vorwand dazu geboten. Aber Luciano hatte eine bessere Idee. In seinem Auftrag schaltete sich Albert Anastasia in den Gangsterkrieg ein.

Anastasia war 1917 als Fünfzehnjähriger in die USA gekommen und hatte sich als Killer der New-Yorker Mafiosi schnell einen Namen gemacht. Wegen Mordes wurde er schon 1921 zum Tode verurteilt. Doch sein Anwalt entdeckte einen juristischen Formfehler in dem Verfahren, erreichte die Wiederaufnahme des Prozesses und die vorläufige Freilassung seines Mandanten. Als 1922 der Prozeß weitergeführt werden sollte, waren alle Belastungszeugen »plötzlich verstorben«, und Anastasia wurde aus »Mangel an Beweisen« freigesprochen. Von 1923 bis 1925 saß er dann wegen unbefugten Waffenbesitzes im Gefängnis.

Im Jahre 1930 nun gelang es diesem Albert Anastasia, den Frieden zwischen den Banden von Reles und Maione herzustellen und beide zu einem einzigen Unternehmen zusammenzuschließen, dessen Chef er

Mitbegründer und „Chefkiller" der Mord-
GmbH: Happy Maione

im Auftrag der Mafia wurde. Es nannte sich geschäftsmäßig Murder
Incorporated, auf deutsch Mord-GmbH. Das war jene Exekutive, die
Luciano brauchte und der er sich künftig bediente.

Der amerikanische Journalist Gus Tyler umriß treffend die Ziele
dieser Organisation, als er schrieb: »Die Hauptaufgabe der Murder Incorporated war es, sich ruhig einzurichten, ihre überaus große Macht
zu benutzen, um Positionen zu gewinnen, auch indem sie die neuen
Möglichkeiten wirtschaftlichen und politischen Einflusses nutzte; offene Gewalttätigkeit würde dann überflüssig werden. Tatsächlich hat
das Syndikat (die Mafia — die Verfasser) es auf diese Weise erreicht,
daß sich Bandenkriege und ›zufällige‹ Verbrechen verminderten, in der
gleichen Weise, wie ein Monopol oder Kartell den halsabschneideri-
schen Wettbewerb in der Industrie beendet. Das heißt aber, daß man
das Ausmaß der Unterwelt-Operationen nicht mit den gewöhnlichen
Statistiken über Schlägereien, Schießereien und Morden messen kann.«

Bis die Murder Incorporated dieses Ziel erreicht hatte, floß noch
sehr viel Blut. Innerhalb der nächsten zehn Jahre begingen ihre Triggermen schätzungsweise tausend Morde. Der Lohn eines solchen fest
angestellten Berufsmörders bewegte sich zwischen 125 Dollar und 150
Dollar monatlich. Anfänger wurden für 50 Dollar im Monat angestellt.
Man unterwies sie zunächst in den Grundkenntnissen ihrer zukünfti-
gen Tätigkeit. Sie mußten Autos stehlen und Leichen beseitigen, mußten lernen, wie man dicht vor oder hinter dem Auto eines Mörders

Chef der Mord-GmbH, die der Cosa Nostra die schmutzige Arbeit abnahm:
Albert Anastasia

fuhr, damit dessen polizeiliches Erkennungszeichen nicht zu sehen war. Sie lernten »fachgerechtes« Zusammenschlagen ihrer Opfer, und man lehrte sie, wie man sich bei einer Verhaftung durch die Polizei zu verhalten hatte. Wer sich in diesem Grundkursus bewährte, wurde »Meisterschüler«. Bekannte Killer wie Happy Maione und Pittsburgh Phil hatten stets mehrere Schüler. Witwen von Killern, die einen »Betriebsunfall« hatten, erhielten von der Gesellschaft eine Rente.

Der perfekte Mord

Eine »Firma« wie die Murder Incorporated konnte sich selbstverständlich die neueste Mordtechnik leisten. Die Gangsterautos wurden beispielsweise mit einer Nebelvorrichtung ausgerüstet. Von einem Ölbehälter unter der Motorhaube führte eine Leitung nach hinten zum Auspuff. Wurde ein Knopf am Lenkrad betätigt, floß Öl auf den heißen Auspuff, verbrannte oder verdampfte dort und erzeugte dichten schwarzen Qualm, der es den Verfolgern unmöglich machte, sicher zu zielen.

Ging es um kleinere Fälle, erteilte ein Don den Auftrag zum Mord; waren die Opfer Mafiosi, so trat der Oberste Rat der Cosa Nostra zusammen, um ein regelrechtes Todesurteil zu fällen. Ohne ein solches Urteil durfte keinem Mafioso auch nur ein Haar gekrümmt werden. In Ausnahmefällen führte die Murder Incorporated auch gut bezahlte Aufträge anderer Gangsterbanden oder von Unternehmern aus, beispielsweise gegen Gewerkschaftsfunktionäre.

In der Geschäftsleitung der Mord-GmbH wurden die Details der geplanten Aktion beraten — nicht anders, als diskutierten Aufsichtsratsmitglieder eine Börsenoperation. Die Mordart wurde von ihnen festgelegt und das Alibi des Täters gesichert. Als Tatort bevorzugte man Hotels, Bars und Restaurants. Auch die Wohnung des Opfers, in die man mit einem Nachschlüssel eindrang, war beliebter Mordort. Wurde das Opfer von Leibwächtern begleitet, so waren die zuerst zu töten. Als Waffen standen Pistolen, Karabiner, Maschinenpistolen oder Schrotflinten an erster Stelle. Aber auch Erschlagen, Erstechen oder Erwürgen wurden praktiziert. Den Fluchtweg legte man vorher fest. War man sich über diese Dinge einig geworden, gab die Geschäftsleitung einen entsprechenden Befehl an den Kolonnenführer, und dieser beauftragte den Triggerman, der durchweg Nichtsizilianer und Nichtmafioso war. Nur die Leitung befand sich in den Händen der Mafiosi.

Wie wurde nun ein Auftrag von der Murder Incorporated erledigt? Der bereits zitierte Gus Tyler beschreibt dies recht anschaulich.

»Der Killer ist im allgemeinen eine ›importierte Kanone‹. Er kommt aus einem anderen Teil des Landes. Er kennt nicht den Namen des Opfers. Er weiß nichts über die Gründe des Mordes. Er handelt nicht heißblütig, er wartet seinen Zeitpunkt ab, den geeigneten Moment. Er ist so unbeteiligt wie ein Geschäftsmann, der eine Ware verkauft, und in diesem Fall heißt die Ware ›Tod‹. Was der ›Endverbraucher‹ von der ›Ware‹ hält — der, dessen Name am nächsten Tag Schlagzeilen macht —, geht den Händler nichts an. Es ist alles nur Teil eines Jobs.

Das Opfer wird ihm vom ›Finger-Mann‹ gezeigt, der beim Mord selbst nicht mitwirkt. Der ›Finger-Mann‹ kennt nur zwei Dinge: das Gesicht (nicht einmal immer den Namen) des Opfers und das Gesicht (nicht einmal immer den Namen) des Killers. Bevor der Job getan wird, wird das Opfer belauert. Manchmal ist das Sache des Killers, manchmal des ›Finger-Manns‹ oder eines Dritten. Die besten Opfer sind jene mit stets gleichbleibenden Gewohnheiten, denn stetige Gleichmäßigkeit läßt keine Chance ...

Der Mörder erscheint mit einer passenden Mordwaffe. Er kauft sie nicht selbst. Die Waffe ist nicht auf seinen Namen eingetragen, keine Spur führt von ihr zu ihm. Vielleicht ist die Pistole gestohlen, oftmals aus einem Arsenal der amerikanischen Streitkräfte. Sollte jemand versuchen, sich auf die Spur der Mordwaffe zu setzen, so könnte es sein, daß er im Kriegsministerium landet.

Das Auto — und bei den meisten Unterweltmorden spielt ein Auto eine Rolle — bleibt ebenfalls völlig anonym. Im allgemeinen ist es ein gestohlener Wagen. Er wird dem Killer nicht direkt übergeben, er wird vielmehr an einem vorher ausgemachten Platz abgestellt, wo der Mörder ihn zu einer bestimmten Zeit abholt. Das polizeiliche Kennzeichen ist ebenfalls gestohlen, wenn also ein Zeuge die Autonummer erkennt, wird die Polizei bei einem falschen Wagen landen. Nach dem Mord verschwindet der Wagen, er wird einem ›Spezialisten‹ übergeben, der ihn beiseite schafft.

Der Mordwagen wird von einem anderen ›Spezialisten‹ gesteuert, nicht vom Mörder. Der Killer hat ja so viel im Kopf, daß er sich nicht noch mit dem Fahren des Autos belasten kann. Außerdem ist der Killer von auswärts, hat keine Erfahrungen mit den Straßen, der Verkehrsdichte, den Polizisten und all den örtlichen Gegebenheiten. Der Fahrer hat indessen schon einige Probefahrten gemacht, genau zu den gleichen Zeiten, da der Mord stattfinden soll, und wenn nötig, kann er außerdem mit dem Wagen in der Zeit umherfahren, wo der Killer den Mord erledigt.

Hinter dem Mordwagen fährt im allgemeinen ein Wagen als ›Unterbrecher‹, ein völlig unschuldiges Fahrzeug, das niemals für Verbrechen gebraucht wurde, das aber nötig ist, den nachfolgenden Verkehr zu blockieren, wenn der Mörder verfolgt werden sollte.«

Pech für »Lucky«

> »Der einzige Unterschied zwischen mir und dem General-
> direktor eines Weltkonzerns ist, daß ich nicht mit Öl, son-
> dern mit anderen Dingen handele.«
>
> Salvatore Luciano alias Charles Luciano

Am 5. Dezember 1933 trat der 21. Zusatzartikel zur Verfassung der
USA in Kraft, der den 18. Zusatzartikel von 1921 aufhob. Die Prohibition war beendet, die Zeit der Bootlegger endgültig vorüber. Doch die
Mafia hatte ihre Millionen längst gewinnbringend in anderen — sowohl legalen als auch gesetzwidrigen — Unternehmungen angelegt.

Luciano, formell ein Don unter vielen und Chef einer von mehreren
New-Yorker Familien, war der starke Mann im Obersten Rat der
Cosa Nostra und eigentlicher Chef der gesamten amerikanischen Mafia-Organisation. Doch sein Ehrgeiz strebte nach Höherem. Luciano
wollte Politik machen.

In den USA Politik machen, das hieß, sich an eine der beiden großen
Parteien zu hängen oder, was noch besser war, an beide. Da war die
1828 gegründete Demokratische Partei, die ursprünglich die Interessen
der reichen Plantagenbesitzer und Sklavenhalter des Südens und der
mit ihnen verbundenen Großbourgeoisie verfocht. Die 1854 gegründete Republikanische Partei repräsentierte anfangs die Bourgeoisie des
Nordens und kämpfte gegen die Südstaaten-Demokraten. Aber die
Unterschiede zwischen diesen Parteien hatten sich längst verwischt,
beide vertraten die Interessen der imperialistischen Großbourgeoisie.
Männer wie der Demokrat Franklin Delano Roosevelt, der 1933 sein
Amt als Präsident angetreten hatte und später liberale Reformen
durchsetzte, blieben da eine gewisse Ausnahme.

Die Demokratische Partei von New York wurde zu jener Zeit von einem gewissen Tom Fooley beherrscht, genannt »Big Tom«, Besitzer einer Transportfirma. Er war ein überaus wichtiger Mann, der nicht nur bei der Besetzung aller Posten in New York, sondern auch in der Regierung der USA ein Wort mitzureden hatte. Ihm zur Seite stand ein Mann, dem man den schönen Titel Wahlkapitän verlieh und der gehalten war, das Parteischiff umsichtig durch alle Wahlklippen zu steuern: Albert C. Marinelli. Dieser Marinelli war genug Italiener, um auch zugleich ein Mann der Mafia zu sein. Als Fooley dann 1931 abtrat, ordnete Luciano kurzerhand an, Marinelli habe für den nunmehr verwaisten Posten des Distriktchefs der Demokratischen Partei zu kandidieren.

Es gab jedoch einen aussichtsreichen Gegenkandidaten: Harry C. Perry. Aber die Mafia wußte, wie man Wahlen gewinnt. Eines Tages erschienen Lucianos Leute im Büro von Perry. Sie legten ihre Pistolen auf seinen Schreibtisch und rieten ihm, auf die Kandidatur zu verzichten. »Sie haben doch Frau und Kinder!«

Albert C. Marinelli wurde gewählt. Luciano hatte Tammany Hall in der Hand.

Wer Tammany Hall »besaß«, hatte in den dreißiger Jahren und noch lange danach die Schlüsselposition in der Demokratischen Partei der USA inne. Am 12. Mai 1789 war von William Mooney, Tapezierer und Amateurpolitiker, in der damaligen Kleinstadt New York ein politischer Klub gegründet worden, dem der Name jenes sagenhaften Häuptlings Tammany vom Stamm der Lenni-Lenape — von den Europäern Delawaren genannt —, gegeben wurde. Die »Gesellschaft des Heiligen Tammany« hatte dann 1800 Thomas Jefferson beim Kampf um die Präsidentschaft geholfen und sich 1805 im New-Yorker Vereinsregister als »wohltätiger und gemeinnütziger Verein« registrieren lassen. Wer zur sogenannten Gesellschaft gehörte, ging in den Tammany Klub. Dort wurde die Politik gemacht, wurden Geschäfte ausgehandelt. Langsam, aber sicher war Tammany Hall zu einer Macht, aber auch zu einem Synonym für Korruption, Bestechung, Vetternwirtschaft und Wahlbetrug geworden.

Dieser Klub war wie geschaffen für eine Infiltration durch die Gangster. Als einige Jahre später Staatsanwalt Thomas E. Dewey eine Bilanz der Marinelli-Herrschaft über Tammany Hall zog, hörten die New-Yorker, daß 25 Mitglieder des Wahlkomitees der Demokratischen Partei von New York einmal oder mehrmals wegen Raubes, Mordes,

Hehlerei oder Rauschgifthandels vor Gericht gestanden hatten und acht der 22 Wahlinspektoren, die die ordnungsgemäße Durchführung von Wahlen kontrollierten, Vorbestrafte waren.

Der »Daily Worker«, die Zeitung der Kommunistischen Partei, schrieb über Tammany Hall: »Ihre Fangarme dringen jedem Arbeiter in alle Winkel seiner Existenz. Diese Banditen haben sich in den Gewerkschaftsverbänden eingenistet; ihre Polizisten verprügeln die Arbeiter; ihre Inspektoren des Gesundheitswesens geben den Kindern der Arbeiter schlechte Milch. Tammany Hall erpreßt ihren Tribut von den Lebensmittelhändlern und vermehrt durch diese unsichtbare Steuer die Teuerung im Lande. Sie bringt ihre Leute an die Leitung der Schulangelegenheiten, wo sie natürlich zersetzend wirken. Tammany Hall ist ein wahrer Vampir, der sich am Blut der Arbeiter gemästet hat. Jeder, der in New York geboren ist, weiß, daß der Schatten dieses Ungeheuers über seinem ganzen Leben schwebt.«

Nun war dieses Ungeheuer in den Händen Lucianos und damit der Mafia, und es sollte lange in ihren Händen bleiben. Schon im folgenden Jahr versuchte Luciano, große Politik zu machen. Für den November 1932 stand eine Präsidentenwahl bevor. Luciano ordnete an, daß der Tammany-Hall-Mann Al Smith, der 1928 bei den Wahlen dem Republikaner Herbert Hoover unterlegen war, als demokratischer Präsidentschaftskandidat aufgestellt werden sollte. Doch der Demokratische Konvent, auf dem der Kandidat der Demokratischen Partei nominiert wurde, entschied sich nicht für Al Smith, sondern für Franklin Delano Roosevelt. Mit dem Programm des »New Deal«, einer neuen, saubereren und vernünftigeren Politik, die die schlimmsten Auswüchse des amerikanischen Imperialismus abschwächen sollte, gewann Roosevelt im November 1932 den Wahlkampf. Doch New York blieb, wie viele andere Städte, weiter schmutzig.

Drei—zwölf

Luciano ließ sich durch diesen Fehlschlag nicht entmutigen. Er kommandierte ja nicht nur die Cosa Nostra, sondern auch die »Big Six«, eine Vereinigung amerikanischer Gangster nach der Prohibitionszeit.

Die »Große Sechs« war eine illustre Vereinigung. Zu ihrem Stab gehörten: Don Francesco Castiglia, genannt Frank Costello, Chef einer New-Yorker Mafia-Familie, der über einen Freund Einfluß auf Tammany Hall hatte; Joseph Doto alias Joe Adonis, ein Mafioso, der schon in der »Big Seven« die Mafia repräsentiert hatte; Louis (»Lepke«) Buchalter, Racketeer, Rauschgifthändler und Lucianos alter Freund und Kompagnon; Abner (»Longie«) Zwillman, ein Racketeer mit besonderen Interessen in der Textilindustrie; Benjamin (»Bugsy«) Siegel, ein Killer alter Gangsterschule, der sich das illegale Glücksspiel zur Quelle seiner Profite gemacht hatte. Er vertrat zugleich seinen Freund Meyer Lansky in der »Big Six«.

Die »Große Sechs« setzte die Geschäfte des Schnapsschmuggler-Trusts »Big Seven« in einer Reihe anderer Branchen fort: Buchmacherei, illegales Glücksspiel, Industrie- und Gewerkschaftsrackets, Rauschgifthandel, Mord auf Bestellung.

Die Herkunft aus der Unterwelt hinderte Luciano nicht, luxuriös wie ein Industriemagnat zu leben. Neuerdings trug er seidene Unterwäsche, fuhr den jeweils modernsten Wagen, besaß ein eigenes kleines Privatflugzeug, ließ bei einem teuren Schneider in der vornehmen 5. Avenue arbeiten, wohnte in einem erstklassigen Hotel, wo er sich am Telefon stets mit den Worten meldete: »Hier ist drei-zwölf.« Die Drei stand für den dritten Buchstaben des Alphabets, das »C« — sprich Charles —, die Zwölf für das »L« seines Familiennamens. »3-12« war Lucianos magische Zahl geworden.

Luciano pflegte für seine Gäste große Parties zu geben — auch das gehörte zum neuen Lebensstil. Für die Unterhaltung der Gäste wurden Showgirls engagiert. Sie waren wirklich nur zur Unterhaltung im eigentlichen Sinne des Wortes da. Es ging bei Luciano so sittsam zu wie in einem Konfirmandenunterricht. Die Mädchen erhielten für die charmante Plauderei mit den Gästen das fürstliche Honorar von fünfzig Dollar je Abend.

Allerdings hatten sich viele alte »Geschäftsfreunde« nicht so schnell auf diesen fashionablen Lebensstil umstellen können. Die Gangster von »Purple Mob« aus Detroit, die Luciano eines Abends zu Gast hatte, übersahen die Situation nicht recht. Sie begannen zu vorgerückter Stunde den Mädchen recht eindeutige Anträge zu machen. »Hört mal, Burschen«, rief daraufhin der Gastgeber durch das Appartement, »das sind wirklich Showgirls. Und nichts anderes!« Die Detroiter zeigten offen ihren Unwillen. So telefonierte er schließlich mit Polly Adler, der Chefin eines bekannten New-Yorker Bordells, die einige ihrer Mädchen hinüberschickte.

Daß Polly Adler so prompt reagierte, hatte seine Gründe. Auch die Polizei wußte längst, daß Lucianos Quellen nicht nur aus dem Rauschgifthandel, sondern auch aus einem wohlorganisierten Prostitutionsracket sprudelten. Die Idee, aus diesem Gewerbe Profite zu ziehen, hatte ja schon Al Capone in Chikago in die Praxis umgesetzt. Etwa um 1933 führte Luciano dann Capones Methode im großen Stil in New York ein.

Die Bordellbesitzer und Zuhälter erhielten eines Tages die Nachricht, es werde gut für sie sein, sich zu einer bestimmten Zeit im Hinterzimmer des Restaurants von Lil Davey Bertillo in der Mulberry Street einzufinden. Und alle kamen.

Sie trafen dort einen Beauftragten Lucianos, der ihnen kurz und bündig erklärte: »Wir übernehmen das Geschäft. Jeder von euch hat in dieser Woche Abgaben an uns zu zahlen. Wer im Geschäft bleiben will, kann sich für zehn ›Große‹ einen Anteil kaufen.« Mit dem »Großen« war der Tausenddollarschein gemeint. Die meisten wollten. Einer, der hartnäckig blieb, war der Zuhälter Dave Miller. An einem der nächsten Abende drängten ihn vier Mann gegen eine Hauswand und setzten ihm ein Messer an die Rippen. »Du hast vierundzwanzig Stunden, die Stadt zu verlassen.«

Dave Miller hatte noch die Nerven zu fragen: »Warum?«

»Der Boß sagt, zehn ›Große‹ einzahlen oder abhauen!«

Miller ging, wenn auch erst, nachdem er aus einem fahrenden Auto mit einer Maschinenpistole beschossen worden war.

Razzia um 20 Uhr

Das Prostitutionsracket Lucianos war perfekt aufgezogen. Die Leitung hatte Luciano nicht selbst in der Hand, er übergab sie Lil Davey Bertillo. Die Geschäftsstelle befand sich in einem Süßwarenladen in der Mulberry Street neben dem Polizeihauptquartier. Bertillo unterstanden

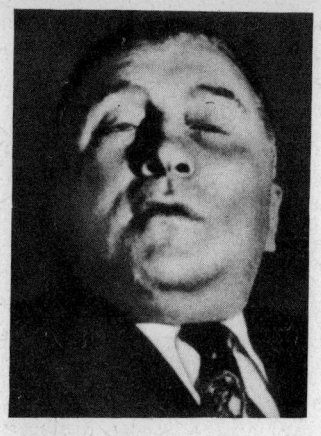

Sorgte dafür, daß die Prostituierten an Luciano zahlten: Ralph Liguori. Das Prostitutionsracket warf allein im Jahre 1935 20 Millionen Dollar Reingewinn ab

einige Spezialabteilungen, allen voran die Sicherheitsabteilung. Sie hatte sowohl die Bordelle gegenüber konkurrierenden Banden und der Polizei zu sichern, als auch für die in einzelnen Fällen notwendigen Erpressungen zu sorgen und Widerspenstige zur »Vernunft« zu bringen. Sie wurde von Ralph Liguori, genannt »Ralph the Pimp« (»Ralph der Zuhälter«), geleitet. Es gab einen Hauptbuchhalter, der sofort jeden Zahlungsverzug an Liguori meldete. Als zum Beispiel Dago Jean nicht pünktlich zahlte, stürmten Liguoris Leute dessen Bordell, zerschlugen die Möbel und schlitzten die Polster auf.

In einem Hotel befand sich das Informationscenter des Rackets, wo alle wichtigen Informationen zusammenliefen. Es wurde von Anthony Curfeo geleitet, der seine Karriere als Portier in einem Bordell begonnen hatte. Luciano hatte auch an eine Rechtsabteilung gedacht, die sich jener Prostituierten annahm, die Schwierigkeiten mit der Polizei hatten. Ihr stand fachkundig Abe Karp, ein ehemaliger Staatsanwalt, vor. Und schließlich beschäftigte man einige Ärzte, die die Mädchen regelmäßigen Gesundheitskontrollen unterzogen.

Die Mädchen mußten an sechs Tagen in der Woche regelmäßig täglich zwölf Stunden »arbeiten«. Die Ermittlungen der Polizei darüber, was ihnen abverlangt wurde, brachten schockierende Resultate. Die Mädchen nahmen in der Woche 300 bis 400 Dollar ein, in einigen Fällen auch mehr als 600 Dollar. Davon erhielt 50 Prozent die Chefin, die einen Teil an das Racket abführte. Das Mädchen selbst hatte an das

Deckte das Prostitutionsracket auf und brachte Luciano vor Gericht: Staatsanwalt Thomas E. Dewey

Racket pro Woche zehn Dollar zu zahlen, weitere 30 Dollar wurden ihm von Lucianos Leuten für irgendwelche angeblichen Dienstleistungen abgezogen. Auf diese Weise zog das Racket Profite aus mehr als 200 Bordellen und von etwa 1000 Prostituierten. Nach Schätzungen der New-Yorker Staatsanwaltschaft hatte Lucianos Prostitutionsracket im Jahre 1935 Reineinnahmen von etwa 20 Millionen Dollar, von denen 200 000 Dollar in die private Tasche Lucianos wanderten.

Diese Hintergründe kannte der neuernannte New-Yorker Staatsanwalt Thomas Dewey noch nicht, als er 1935 Ermittlungen gegen das Prostitutionsracket einleitete. Dewey kam den Dingen auf die Spur, als ein zufällig festgenommener Zuhälter zugab, daß das Racket von Lil Davey Bertillo geleitet wurde und Luciano hinter Bertillo stand. Dewey glaubte mit Recht, es gebe nur eine Möglichkeit, einem Gericht Beweise vorzulegen. Man mußte genug Zeugen finden. Da sich kein Zeuge freiwillig melden würde, mußte man die Zeugen eben auf andere Weise herbeischaffen.

Die Aktion war generalstabsmäßig vorbereitet worden. Am Abend des 1. Februar 1936 versammelten sich in Deweys Büro einige Dutzend

Kriminalbeamte in Zivil. Sie wurden in Gruppen von je zwei oder drei Mann eingeteilt, erhielten versiegelte, mit Adressen beschriftete Umschläge. Der Befehl an sie lautete: Wenn Sie die angegebenen Adressen erreichen, öffnen Sie den Umschlag und führen die darin enthaltenen Instruktionen aus.

Punkt 20 Uhr betraten die Kriminalbeamten 41 Bordelle in Manhattan und Brooklyn, notierten die Namen und Anschriften aller Anwesenden und beschlagnahmten die Geschäftsbücher. Am nächsten Morgen konnte Dewey der Presse mitteilen, daß 100 Frauen und 17 Männer verhaftet worden seien. Unter den Festgenommenen befand sich Lil Davey Bertillo. Doch alle schwiegen. Auch die Mädchen sagten nichts.

Eine Prostituierte sagte zu den Polizisten: »Ich weiß, was das Rakket macht. Den Mädchen, die gequatscht haben, hat man Füße und Körper mit brennenden Zigaretten versengt und ihnen die Zunge abgeschnitten. Kein Wort!«

Dewey war froh, daß sich wenigstens ein Mädchen bereit erklärte auszusagen, eine gewisse Nancy Presser, die man in einem Bordell in der 23. Straße aufgegriffen hatte.

Nancy packt aus

Nancy Presser war das Ende eines langen Fadens, an dem Staatsanwalt Dewey den »Fall Luciano« aufrollte. Als Kind einer Polin und eines Skandinaviers war Nancy eine üppige Schönheit. Schon mit sechzehn hatte sie den Männern in ihrer Heimatstadt den Kopf verdreht. Dann war sie von zu Hause ausgerissen. Ihre »Karriere« begann als Kellnerin in Albany. Ein Senator nahm sie — mittlerweile war sie 17 — mit ins Bett, eine Tatsache, die später einen Gerichtsreporter zu der Formulierung veranlaßte: »Es war ihre erste Erfahrung auf dem Gebiet der Ökonomie.« Im selben Jahre noch ging sie nach New York, wurde ein vielgefragtes Callgirl und machte ihre erste Bekanntschaft mit Gangstern.

Ihre Freundin Betty ging damals mit einem jungen Mann namens Luciano, dem sie Nancy vorstellte. Betty glaubte das ohne Gefahr tun

Aufmarsch der Prostituierten als Zeuginnen des Staatsanwaltes im Prozeß gegen Luciano und seine Kumpane

zu können, denn Luciano gehörte zu dieser Zeit noch nicht zu den Spitzen der Unterwelt, und Nancy trieb es nur mit den »Großen«. Erst einige Jahre später, auf einer Party bei Masseria, war einer ihrer Freunde zu ihr gekommen und hatte sie zu Luciano geführt. »Das ist ›Lucky‹, er möchte Sie kennenlernen.«

Vor ihrer Liaison mit Luciano hatte sie ein Verhältnis mit Ralph Liguori gehabt. Dieser Liguori trug den Spitznamen »der Zuhälter« nicht zu Unrecht. Er nahm Nancy regelmäßig all ihr Geld ab. Als ihr das über war, wandte sie sich an Luciano. »Ich brauche Geld. Wenn ich keins auftreibe, muß ich in ein Bordell gehen.«

Luciano war ganz Kavalier. »Eine Dame wie Sie sollte nicht in ein Bordell gehen!«

»Aber Liguori zwingt mich. Was soll ich tun?«

»Wenn Sie Geld brauchen«, lautete die Antwort, »werde ich es Ihnen geben.«

So begann das Verhältnis Nancy Pressers mit Luciano. Sie war oft bei ihm, und er bezahlte sie. Später war es ein schwerer Schlag für Luciano, daß Nancy in aller Öffentlichkeit verkündete: »Wir sind nicht ein einziges Mal zusammen ins Bett gegangen. Wir saßen nur herum und unterhielten uns.«

Nachdem Luciano sie wieder fallengelassen hatte, geriet sie erneut in die Hände Liguoris, der ihr den Hilferuf an den Boß nicht verziehen hatte. Er zwang sie in das Bordell von »Jenny the Factory«. Im Gegensatz zu den anderen Prostituierten ließ Liguori ihr keinen Cent, und überdies saß er oft im Bordell, um zu kontrollieren, wie lange sie mit jedem einzelnen Kunden zusammen war. Waren 15 Minuten herum, stürmte er die Treppe hinauf, hämmerte gegen die Tür von Nancys Zimmer und brüllte: »Beeilt euch gefälligst ein bißchen!«

Nach solchen Erlebnissen am Abend des 1. Februar 1935 verhaftet, war Nancy Presser bereit, auszusagen. Staatsanwalt Dewey diktierte den Reportern in die Stenogrammblöcke: »Luciano ist der öffentliche Feind Nummer eins in New York und der Nachfolger von Al Capone.«

Doch Luciano war zunächst unauffindbar. Mit seiner privaten Lockheed-Maschine war er angeblich nach Florida geflogen. Dort wußte die Polizei von nichts. Aber im Staat Arkansas erkannte ihn ein Polizist und nahm ihn fest. Im Gefängnis von Little Rock wartete dann Luciano auf die Auslieferung an den Staat New York. Die Cosa Nostra war aufgeschreckt. Aus allen Teilen der USA reisten Mafiosi nach Little Rock. Man verstärkte die Wachen um das Gefängnis und stellte Maschinengewehre auf.

Doch der befürchtete oder erwartete Befreiungsversuch blieb aus. Statt dessen kam es in New York zu einem sensationellen Prozeß gegen den faktischen Chef der Cosa Nostra und drei seiner Komplizen. Im Korridor des Gerichtsgebäudes hatten vierzig schwerbewaffnete Polizisten Aufstellung genommen. 68 Zeugen bot Staatsanwalt Dewey auf, darunter 40 Prostituierte und Bordellbesitzerinnen sowie 12 Zuhälter.

Die Sensation des Prozesses war die Aussage von Cocky Flo, die mit einem der Bosse des Prostitutionsrackets liiert war. Sie gab unmißverständlich zu Protokoll, daß die ganze Organisation Lucianos Idee gewesen wäre, der alle Fäden in seiner Hand hätte. Eine gewisse Mildred Harris machte ebenfalls ausführliche Angaben. Luciano habe ihr einmal ins Gesicht gespuckt und den Mann, den sie liebte, ermorden lassen. Das hätte sie ihm nicht vergessen. Nancy Presser steuerte weiteres Beweismaterial bei.

Cosa-Nostra-Chef Luciano auf
dem Weg ins Zuchthaus. Doch
die Polizei hatte die Organisation der Gangster nicht zerschlagen können

Luciano saß, vornehm gekleidet, lässig zurückgelehnt auf der Anklagebank. Er verlor seine Selbstsicherheit erst, als das Gericht am 6. Juli
1935 seine Schuld in 62 von 806 Anklagepunkten für erwiesen ansah.
Bevor der Richter das Strafmaß bekanntgab, durfte Luciano ein
Schlußwort halten. »Euer Ehren«, erklärte er, »ich habe nichts weiter
zu sagen, als zu wiederholen, daß ich unschuldig bin.«

Der Richter verkündete am nächsten Tag: 50 Jahre Zuchthaus für
Luciano, 15 Jahre für Liguori, je 25 Jahre für zwei weitere Angeklagte.
Wenige Tage darauf trat Luciano die Reise in das Zuchthaus Danne-
mora an.

Einige Monate später erhielt eines Nachts die Polizei in Washington
einen Anruf. Eine schrille weibliche Stimme vermochte nur das Wort
»Hilfe!« zu schreien. Die Polizei ermittelte in wenigen Minuten, daß
der Anruf aus einem Appartement in der New Hampshire Avenue gekommen war. Die Polizisten fanden dort die Zimmer voller Leuchtgas
und auf dem Fußboden ein schlankes, rothaariges Mädchen, gefesselt, blutbeschmiert, mit einem zerfetzten seidenen Nachthemd beklei-

det. Mehrere Messerstiche hatten sie tödlich verletzt. Mit einem Messer hatte man ihr zentimetergroß die Buchstaben »CL« und die Zahlen »3-12« in die Schenkel geschnitten. Die Polizei ermittelte schnell den Namen des Opfers: Margaret Louise Bell alias Jean Costello alias Jeanette Lewis. Sie war in der Untersuchung gegen Luciano als Zeugin vernommen worden.

Firma Costello and Company

Die Verurteilung Lucianos war nicht der einzige Schlag, den die Behörden in den dreißiger Jahren gegen die Cosa Nostra führten. Im Jahre 1933 hatte der USA-Senat einen Ausschuß zur Untersuchung des Gangsterunwesens unter Vorsitz von Senator Copeland eingesetzt. Die Berufung eines solchen Gremiums entsprach dem neuen Zug, der mit der Wahl von Präsident Roosevelt in die amerikanische Politik gebracht worden war. Dieser Ausschuß hatte umfangreiches, wenn auch nicht allzu tiefgründiges Material gesammelt. Seine Untersuchungen hatten jedoch reinen Archivwert. Nur in New York wurde jetzt der Kampf gegen die Gangster ein klein wenig energischer geführt oder besser — der Kampf gegen einige Auswirkungen des Gangstertums.

Es klingt grotesk — aber die Mafia hatte all ihre Macht in Tammany Hall spielen lassen, um die Wahl eines Italo-Amerikaners zum Oberbürgermeister zu verhindern. Sie hatte jedoch keinen Erfolg. Der siegreiche Kandidat war ein Italiener, der nichts mit der Mafia zu tun hatte und im Sinne Roosevelts einige Mißstände zu beseitigen trachtete — Fiorello LaGuardia.

Fiorello LaGuardia war besonders das Glücksspielracket ein Dorn im Auge, das Don Frank Costello mit seiner Mafia-Familie betrieb. Costello, 1893 als Francesco Castiglia in Sizilien geboren, hatte seine Laufbahn als kleiner Triggerman am Hudson River begonnen. 1908 steckte man ihn wegen Teilnahme an einem Überfall zum erstenmal ins Gefängnis. 1915 erhielt er wegen illegalen Waffenbesitzes ein Jahr Zuchthaus. Zur Zeit der Prohibition gehörte er zu den raffiniertesten Bootlegger. 1927 mußte er ungeachtet dessen vor Gericht erscheinen. Er war der Bestechung von Beamten des amerikanischen Küstenschut-

New Yorks Oberbürgermeister Fiorello LaGuardia zertrümmert Spielautomaten, um die Bevölkerung zu beruhigen. Die Riesengewinne daraus hatten die
Gangster längst in anderen Branchen angelegt

zes angeklagt. »Aus Mangel an Beweisen« sprach man ihn frei. 1929
gehörte Costello schon zur Spitze der Mafia und nahm an der großen
Gangsterkonferenz von Atlantic City teil. Er war einer jener wendigen
»Jungen« in der Cosa Nostra, die sich sofort nach der Konferenz umstellten und ein »legales« Gewerbe eröffneten.

So wie sich Luciano mit den Gangstern Buchalter, Siegel und
Lansky liierte, fand sich Costello mit »Dandy Phil« Kastel, einem Verbrecher, der ein kleines Glücksspielracket betrieb. Costello und Kastel
kamen überein, das Geschäft in großem Stil aufzuziehen. Sie wurden
Kompagnons und gründeten die True Mint Company, eine legale und
tatsächlich existierende Firma, die man ins Geschäftsregister eintragen
ließ. Kastel stellte seine Spezialkenntnisse zur Verfügung, Costello gab

Kaufte einen amerikanischen Bundesstaat: „Spielerkönig" Frank Costello (rechts) mit seinem Rechtsberater George Wolf

das Geld, das aus seinen umfangreichen Gewinnen während der Prohibition stammte.

Im Namen der Firma kaufte Kastel bei der Mills Novelty Company of Chicago mehrere tausend Slot-machines, Glücksspielautomaten, die man ironisch »die einarmigen Banditen« nannte. Der Spieler hatte in den Automaten eine Münze einzuwerfen und eine Kurbel oder einen Hebel — den »einen Arm« — zu betätigen. Daraufhin setzten sich drei Scheiben mit Zahlen oder Bildern in Bewegung. Blieben sie stehen, erschien eine Zahlen- oder Bilderkombination. Stimmten alle drei Zahlen oder Bilder überein, warf der Apparat einen Gewinn aus. Kastel und Costello stellten zwischen 1929 und 1934 mehr als 5000 dieser

»einarmigen Banditen« in New York auf. Wehe dem Besitzer eines Restaurants oder Drugstores, der es der True Mint Company verwehrte, in seinem Lokal oder Laden einen Automaten auf Kundschaft warten zu lassen!

Die »einarmigen Banditen« wurden das Hauptziel des Anti-Gangster-Feldzuges von Oberbürgermeister LaGuardia und sein einziger Erfolg auf diesem Gebiet. In einer spektakulären Großaktion ließ er alle Spielautomaten in der Stadt einsammeln. Eigenhändig zertrümmerte er unter den Blitzlichtern der Fotoreporter mit einem schweren Vorschlaghammer einige Apparate und ließ die Trümmer in den Hudson River werfen. Jene Bürger New Yorks, denen der Blick hinter die Kulissen verwehrt war, mußten glauben, daß es den Gangstern wirklich an den Kragen ging.

Der Don kauft einen Senator

Aber während LaGuardia noch mit dem Hammer auf die buntlackierten Automaten einschlug, hatten sich die 5000 Apparate längst amortisiert und darüber hinaus mächtige Gewinne abgeworfen. Eine Slot-machine erbrachte allein pro Woche etwa 50 Dollar Reingewinn. Costello und sein Teilhaber waren längst dabei, sich neue Domänen zu erschließen. Südwärts ging ihr Blick, nach Louisiana, dem Staat, in dessen größter Stadt New Orleans die amerikanische Mafia einst ihren Ausgang genommen hatte.

Frank Costello hatte eines Tages in New York den Senator Huey Long kennengelernt, der sich gerade in großer Verlegenheit befand. Irgendein kleiner Gangster war hinter eine Frauengeschichte Longs gekommen und versuchte, den Senator zu erpressen. Long klagte Costello sein Leid. Der Mafioso versprach, den Erpresser aus dem Wege zu räumen — für eine Gegenleistung natürlich.

Huey Long war ein Mann, der den Gangstern etwas zu bieten hatte — einen ganzen Staat. Long hatte als kleiner Handlungsreisender begonnen, Jura studiert und war dann in die Politik eingestiegen. Vom Verkaufen verstand er etwas. Als er sich, vierunddreißigjährig, um den Posten des Gouverneurs von Louisiana bewarb, lauteten seine Parolen:

Lieferte für seine Karriere Louisiana den Gangstern aus: Senator Huey Long

»Jedermann ein König!« und »Jedermann soll mit allen alles teilen!« Er versprach, alle überflüssigen Posten in der aufgeblähten Verwaltung abzuschaffen und von dem eingesparten Geld ein Tuberkulosekrankenhaus einzurichten. Einmal gewählt, waren die schönen Worte vergessen, und Huey Long verwandelte Louisiana in einen korrupten Sumpf, in eine Karikatur selbst der bourgeoisen Scheindemokratie. Das Parlament des Staates hatte er mit Drohung und Bestechung völlig in der Hand. Einmal fand ein von ihm eingebrachter Gesetzentwurf nicht die Mehrheit der Abgeordneten. Kurzerhand ordnete er eine neue Abstimmung an. Als er seine bewaffnete Leibgarde in den Sitzungssaal marschieren ließ, wußten die »Volksvertreter«, was sie zu tun hatten. Einstimmig nahmen sie das Gesetz an. Schließlich ließ sich Long in den amerikanischen Senat wählen. Seinen Nachfolger als Gouverneur hatte er völlig in der Hand und benutzte ihn als einen besseren Botenjungen.

So war es für Senator Huey Long kein Problem, Frank Costello und dessen Teilhaber Kastel eine außerordentlich günstige Konzession für Glücksspiele in Louisiana zu besorgen. Wie Aussatz begannen die »einarmigen Banditen« den Staat zu überziehen. Die Profite waren so gigantisch, daß bereits 1938, drei Jahre nach Erteilung der Konzession, die Steuerfahndungsbehörde Anklage wegen Nichtbezahlung von 798 000 Dollar Steuern erhob.

Doch man befand sich im Reich des Senators Huey Long, das Gericht sprach Frank Costello frei.

Mörder retten den Staatsanwalt

Die Mafiosi hatten trotz der einsetzenden behördlichen Maßnahmen die Ruhe behalten. Ihre Gewinne aus der Prohibitionszeit waren nicht nur in neuen Rackets angelegt worden, sondern auch in seriösen Grundstücksgesellschaften und angesehenen Firmen. Sie wußten, daß auch die Ära LaGuardia und Dewey vorübergehen würde.

Wesentlich nervöser waren andere Gangster, die nicht eine so mächtige Organisation wie die Cosa Nostra hinter sich wußten. Zu ihnen gehörte Arthur Flegenheimer, genannt Dutch Schultz. Er betrieb ein Restaurantracket, hatte im Negerviertel Harlem eine illegale Lotterie aufgezogen und betätigte sich nebenbei als Organisator und sogar als Triggerman für die Murder Incorporated. Schultz arbeitete zeitweise mit der »Big Six« zusammen, ohne selbst zu ihrem führenden Kreis zu gehören. 1932 ermittelten die Steuerbehörden gegen ihn. Aber das Strafverfahren endete glimpflich. Der untersuchungsführende Distriktanwalt William Dodge war mit Hilfe eines 30 000-Dollar-Fonds in sein Amt gewählt worden, den ihm Schultz zur Verfügung gestellt hatte. In einem zweiten Prozeß entzog Dewey dem Distriktanwalt Dodge die Anklage. Dutch war immer noch mächtig genug, auch ein neues Schwurgericht und einen neuen Ankläger zu korrumpieren und einen Freispruch zu erwirken.

Doch Dutch Schultz verlor die Nerven, als er den Staatsanwalt Dewey bei der Arbeit beobachtete. Luciano war in Haft. Costello und Kastel wichen nach Louisiana aus. Adonis, Anastasia, Siegel, Buchalter und Meyer Lansky standen auf Deweys schwarzer Liste.

Schultz beschloß, den Staatsanwalt aus dem Wege zu räumen. So wandte er sich an die Murder Incorporated. Dort wurde der Vorschlag diskutiert. Man holte sogar Lucianos Rat ein. Alle — mit Ausnahme von Schultz — kamen zu der einhelligen Auffassung: Dewey darf nicht umgebracht werden. Ein Mord an einem führenden Staatsanwalt würde die Öffentlichkeit so sehr erzürnen und beunruhigen, daß eine massive Operation gegen die Mafia und gegen die Gangs die zwangsläufige Folge wäre.

Dutch Schultz verließ wütend die Sitzung des »Aufsichtsrates« der Murder Incorporated. »Wenn ihr zu feige seid, werde ich es allein tun!« schrie er.

Die Chefs des Mordsyndikats nickten nachdenklich. Sie waren gegen einen Mord an Dewey. Und wenn Schultz seine Absicht im Alleingang wahr machen wollte, war er eine Gefahr für die Mafia. Dann hatte eben er zu sterben.

Die Chefs fällten das Todesurteil über den Gangster Dutch Schultz. Mit einer juristisch klingenden Begründung: »wegen Nichtachtung des Gerichts«.

Dutch Schultz plante die Ermordung Deweys für den 25. Oktober 1935. Er hatte den Tagesablauf des Staatsanwalts genau studiert. Dewey pflegte frühmorgens pünktlich das Haus zu verlassen und von einem Drugstore aus sein Büro anzurufen. »Wenn ich von zu Hause aus telefoniere, würde ich meine Frau aufwecken«, pflegte er zu sagen. Während dieses Telefonats warteten Deweys Leibwächter stets auf der Straße vor dem Laden. Genau um diese Zeit würde sich einer von Schultz' Killern in dem Drugstore aufhalten und eine Tube Zahnpasta auswählen. Aus einer Maschinenpistole mit Schalldämpfer sollte er eine Garbe auf den telefonierenden Dewey und dann auf den Verkäufer abgeben.

Die Murder Incorporated hatte ihren Geschäftsführer Anastasia beauftragt zuzuschlagen, bevor Schultz seinen Anschlag ausführen konnte. Anastasia wählte dafür seinen besten Killer aus, Charlie Workman, mit dem Spitznamen »die Wanze«. Zwei andere Triggermen wurden Workman beigesellt.

Am 23. Oktober, zwei Tage bevor Dewey nach dem Willen von Dutch Schultz sterben sollte, machten sich die drei Killer auf den Weg. Schultz hielt sich gerade in einer Imbißstube auf. Workmans Kumpane nahmen vor dem Lokal Aufstellung. Charlie Workman selbst trat mit vorgehaltener Maschinenpistole ein. Er befahl allen Gästen, sich ruhig zu verhalten, und ging auf einen Nebenraum zu, in dem sich Schultz mit seinen Leibwächtern aufzuhalten pflegte. Hinter Workman war eine Toilettentür. Um auf jeden Fall sicherzugehen, riß er die Tür auf. Drinnen stand ein Mann, der ihm den Rücken zukehrte. Obwohl Workman ihn nicht erkennen konnte, schoß er. Dann sprang der Gangster an die Tür des Nebenraums, riß sie auf, jagte mehrere Schüsse auf die um einen Tisch versammelten drei Männer und floh.

Dutch Schultz erlag einen Tag später seinen Verletzungen. Er war der Mann in der Toilette gewesen.

Charlie Workman wurde die »Rettungstat« für den Staatsanwalt Dewey schlecht gelohnt. Er wurde verhaftet, und Dewey erhob Anklage wegen Mordes in vier Fällen. »Die Wanze« wanderte für 23 Jahre hinter Gitter.

Flucht nach Italien

Noch ein Großer der Cosa Nostra sollte in den dreißiger Jahren seine Aktivität in den USA einstellen — Don Vito Genovese. Seit Mai 1913 lebte Don Vito in den USA, am 21. November 1897 war er in Italien geboren worden. Genovese liebte die Zurückgezogenheit, die stille Arbeit im Hintergrund. Er trat nicht wie Luciano oder Costello, wie Capone oder Torrio in der Öffentlichkeit auf. Er beteiligte sich auch kaum an dem großen Schnapsgeschäft. Die Familie, der er vorstand, hatte sich auf den einträglichen Handel mit Rauschgift geworfen, und Don Vito sollte diesem Gewerbe stets treu bleiben.

Im Jahre 1917 hatte man ihn noch wegen illegalen Waffenbesitzes verhaftet, in den folgenden Jahren stand er zwar sechzehnmal unter Anklage — wegen Rauschgifthandels, Waffenschmuggels, wegen Raubes und Erpressung. Aber stets hatte er den Anschein erwecken können, nur ein kleiner Fisch zu sein, und er war immer ohne Strafe davongekommen. Ja, Don Vito schien sich sogar zu bessern, solide und ehrbar zu werden. 1925 gründete er in der Thompson Street in New York die Handelsfirma The Genovese Trading Company. Das war keineswegs nur eine Scheinfirma. Man konnte bei ihr tatsächlich Schuh-

Organisierte den Rauschgifthandel der Cosa Nostra: Vito Genovese. Er wich vor der Polizei nach Italien aus, eröffnete in Rom eine Bank und gewann die Freundschaft des faschistischen Diktators Mussolini

creme und Gummisohlen, aber auch Käse und Spaghetti erwerben, und nur an Eingeweihte verkaufte Genovese auch Rauschgift. 1933 reiste er für einige Monate nach Sizilien. Was ihn dorthin trieb, ist nicht verbürgt. Gewiß war es nicht Heimweh. Sicher knüpfte Don Vito engere Beziehungen zur sizilianischen Mafia, vielleicht benutzte er auch den Europa-Ausflug, um sich an den Ausgangspunkten des Rauschgiftstroms, der unaufhörlich über den Atlantik floß, nach dem Stand der Dinge zu erkundigen.

War es auf dieser Reise, daß Genovese auf seinen Mitarbeiter Boccia aufmerksam wurde? Hatte Boccia ihn bei irgendeiner Abrechnung betrogen? Oder wurde Boccia zu einer Gefahr für die Sicherheit des Genoveseschen Rauschgifthandels?

Wie dem auch sei, zurückgekehrt, ordnete Don Vito an, Boccia habe zu sterben. Genovese wandte sich mit diesem Anliegen nicht an die Murder Incorporated, die solche Aufträge mit Geschick ausführte. Vielmehr beauftragte er einen Mann aus seiner Mafia-Familie, einen der Brüder Gallo. Ohne viel Aufsehen erledigte Gallo den Fall. Die Polizei fand eines Tages die Leiche eines Mannes namens Boccia. Wieder ein unaufgeklärter Mordfall in der Millionenstadt New York.

Aber Genovese traute auch Gallo nicht und erteilte einem anderen Mafioso, Ernesto Rupolo, den Befehl, nunmehr Gallo zu ermorden. Rupolo mußte ein Stümper sein, oder Gallo hatte eine Pferdenatur. Jedenfalls überlebte er den Anschlag und zeigte überdies Genovese als den Urheber jener beiden Anschläge an. Als Staatsanwalt Dewey noch einen weiteren Zeugen des Boccia-Mordes auftrieb, einen gewissen Peter La Tempo, tauchte Don Vito unter. Er übergab die Leitung seiner Familie an Frank Costello und setzte sich nach Europa ab. In Italien, wo — so schien es — die Mafia von Mussolini verfolgt wurde, schloß Genovese mit dem faschistischen Diktator Freundschaft und eröffnete ein Bankhaus in Rom.

Der Polyp von New York

> »Weder O'Dwyer noch seine Beamten ergriffen irgend-
> welche Maßregeln gegen die Oberschichten der Glücks-
> spiel-, Rauschgift-, Hafen-, Mord- oder Wettrackets. In
> Wahrheit verhinderten seine Handlungen aussichtsreiche
> Untersuchungen dieser Rackets.«
>
> Aus dem Bericht eines Senatsausschusses unter Leitung von Senator
> Kefauver im März 1951

Die stoische Ruhe der Cosa-Nostra-Gangster angesichts der Maßnahmen von Staatsanwalt Dewey entsprang intimer Kenntnis der amerikanischen Politik. Hier waren allzeit Wege offen, einen neuen Mann auf
den Stuhl des Staatsanwalts zu heben oder einen Staatsanwalt zu kaufen.

Ein solcher Mann fand sich schneller als gedacht. Ein junger Einwanderer aus Irland, William O'Dwyer, war 1917 in die New-Yorker
Polizei eingetreten und hatte durch forsches Auftreten den Beifall seiner Vorgesetzten gefunden. Sie unterstützten sein Vorhaben, Jura zu
studieren. Nach Beendigung des Studiums eröffnete O'Dwyer ein
Rechtsanwaltsbüro in New York. Er interessierte sich für Politik und
schloß sich der Demokratischen Partei an. Zu ihr gehörten in New
York sowohl der Gangsterbekämpfer LaGuardia als auch die von der
Mafia beherrschte Tammany Hall.

Der ehrgeizige junge Rechtsanwalt fand sich in der Politik des Staates New York blendend zurecht. Er gewann das Vertrauen LaGuardias
und die Unterstützung Tammany Halls. 1938 wurde er in das Bezirks-
gericht gewählt, stand diesem Amt jedoch nur kurze Zeit vor. Eine
große Aufgabe harrte seiner.

Es ging um die Docks der Stadt. Die Brüder Anastasia, geleitet vom

Murder-Incorporated-Chef Albert Anastasia, hatten ein Gewerkschaftsracket großen Ausmaßes aufgezogen.

Die Versuche der Monopole, die Auswirkungen der Weltwirtschaftskrise auf die Werktätigen abzuwälzen, hatten in den dreißiger Jahren zu erbitterten Klassenkämpfen in den USA geführt. Es kam zu gewaltigen Massenstreiks, die ganze Industriezweige und Gebiete lahmlegten. Der anwachsenden Streikbewegung begegneten die Unternehmer, wie üblich, mit Gewaltmaßnahmen. Gegen die kämpfenden Arbeiter und Farmer wurden Armee und Polizei, aber auch Gangsterbanden eingesetzt. Allein in den Jahren 1934 bis 1936 wurden 88 Arbeiter getötet.

Die zunehmende Härte des Klassenkampfes hatte auch Auswirkungen auf die amerikanischen Gewerkschaften. In dem 1886 gegründeten Gewerkschaftsverband American Federation of Labor (AFL) schlossen sich aus Protest gegen die unternehmerhörige Politik der reaktionären Gewerkschaftsbürokratie die fortschrittlichen Kräfte im November 1935 im Committee for Industrial Organization zusammen und bildeten 1938 nach dem Ausschluß durch die reaktionären AFL-Führer eine eigene Gewerkschaft, den Congress of Industrial Organizations (CIO). In allen Gewerkschaften gab es jetzt Auseinandersetzungen darüber, ob man in der AFL verbleiben oder zur CIO übergehen sollte. In diesem Kampf um den Einfluß in den Gewerkschaften mischten sich auch die Gangster ein, wobei sie hofften, aus dem Streit als Sieger hervorzugehen.

So auch die Brüder Anastasia. Sie terrorisierten die Arbeiter, übernahmen mit Gewalt und List die einzelnen Ortsgruppen der Hafenarbeitergewerkschaft und plünderten die Arbeiter und ihre Gewerkschaftskasse derart schamlos aus, daß schließlich die Öffentlichkeit ein energisches Vorgehen der Behörden verlangte. Von 1936 bis 1938 registrierte die Polizei an den Docks zwanzig unaufgeklärte Morde.

Tammany Hall griff ein. Tammany Hall, der Polyp von New York, die von der Mafia beherrschte und infiltrierte Organisation der Demokratischen Partei, schlug O'Dwyer für den Posten des Distriktanwalts von Brooklyn vor. Der energische Rechtsanwalt mit der langjährigen Erfahrung im Polizeidienst schien der Öffentlichkeit der richtige Mann zu sein. Er wurde gewählt.

O'Dwyer wucherte mit dem Pfund des guten Leumunds. Zwei Jahre

Machte mit Unterstützung der Cosa Nostra eine steile Karriere: Distriktanwalt von Brooklyn und späterer Oberbürgermeister von New York, William O'Dwyer

später war er stadtbekannt. Er habe, so lobte man 1940, das Racket und die Mord-GmbH zerschlagen.

In der Tat waren unter O'Dwyers Amtszeit weniger Morde geschehen als zuvor. Man hatte einige Gangster gefaßt und verurteilt, wenn auch — wie sich später herausstellen sollte — nur kleine Einzelgänger. Bedachten die Zeitungen, die den Staatsanwalt mit Lob überschütteten, nicht, daß der berüchtigte Chef der Murder Incorporated immun gegen jegliche Verfolgung war? Aber was wußte die Öffentlichkeit schon von diesem O'Dwyer? Und welchen Zusammenhang sollte sie zwischen dem Distriktanwalt, dem Chef der Murder Incorporated und dem Tod eines Gewerkschaftsfunktionärs sehen?

Am 14. Juli 1939 verschwand Peter Panto spurlos. Ein toter oder unauffindbarer Gewerkschaftsfunktionär war in jenen Wochen nichts Außergewöhnliches in den USA. In elf Tagen und fünf verschiedenen Staaten der USA geschahen in diesem Juli 1939 neun solcher Morde.

Am 6. Juli traf es John Syrnick in Galveston (Texas). Der Einundzwanzigjährige war Mitglied der Nationalen Seeleute-Gewerkschaft gewesen.

Am 12. Juli wurde Eric Hessler in Chikago ermordet. Er sollte am folgenden Tage als Gewerkschaftsfunktionär eine Aussage über die Zustände im Konzern International Harvester Company machen. Am selben Tag wurde ein Angehöriger der Nationalgarde in Harlan (Kentucky), Dock Caldwell, getötet, der Streikposten stand.

Am 14. Juli verschwand Peter Panto.

Am selben Tage fiel in Minneapolis (Minnesota) der sechzigjährige Emil Bergstrom, als die Polizei in eine Arbeiterdemonstration schoß.

Einen Tag später wurde der fünfunddreißigjährige Bergarbeiter Bill Roberts in Stanfield (Kentucky) von einem Streikbrecher erschlagen, und in Wallins Creek (Kentucky) ermordeten »Unbekannte« den dreißigjährigen Frank Bryan und den fünfundzwanzigjährigen Bradley Simpson — in einem Gebiet, das während eines Bergarbeiterstreiks von der Nationalgarde überwacht wurde.

Am 16. Juli schließlich wurde in Harlan (Kentucky) ein weiterer Bergarbeiter, der neununddreißigjährige Daniel Noe, erschossen.

Wohin verschwand Peter Panto?

Ein ermordeter oder spurlos verschwundener Gewerkschafter war in jenen Tagen also kein Fall, der einen Staatsanwalt aus der Ruhe bringen konnte.

Peter Panto, ein junger fortschrittlicher Dockarbeiter, hatte den Kampf gegen das allmächtige Racket der Brüder Anastasia aufgenommen. Er begann seine Kollegen zu organisieren, forderte freie Wahlen für die örtlichen Gewerkschaftsorganisationen und schlug vor, die korrupten Funktionäre, Kreaturen der Anastasias, zu vertreiben.

Emilio Camardo, Mafioso, »Gewerkschaftsfunktionär« und Mitglied des Anastasia-Gangs, verwarnte Peter Panto, befahl ihm, seine Tätigkeit einzustellen und künftig den Hafen zu meiden.

Als am 14. Juli 1939 Peter Panto verschwand, nahm die Polizei auf eine Vermißtenanzeige hin ihre routinemäßigen Ermittlungen auf. Es fanden sich Zeugen, die Peter Panto zuletzt gesehen hatten, wie er zusammen mit mehreren »Gewerkschaftern« des Anastasia-Gangs ein

Auto bestieg. Es gab Zeugen für die Drohungen Camardos. Das hätte O'Dwyer reichen müssen, Untersuchungen anzustellen.

Aber es gab keine Untersuchungen.

Im Jahre 1951 wurde O'Dwyer vor einem Senatsausschuß noch einmal zum »Fall Panto« vernommen. Zwischen Senator Tobey und dem einstigen Staatsanwalt kam es zu folgendem Dialog:

Tobey: »Hat die Untersuchungsbehörde der Stadt New York im Jahre neunzehnhundertneununddreißig Erhebungen über den Mord an einem gewissen Panto, über ausgedehnte Rackets an der Waterfront von Brooklyn und über sechs Gewerkschaftsgruppen von Camardo angestellt?«

O'Dwyer: »Ja, Sir!«

Tobey: »Standen diese Gewerkschaftsgruppen unter der Kontrolle von Albert Anastasia, Emilio Camardo, Jack Parisi und Anthony Romeo?«

O'Dwyer: »Meine Informationen zu jener Zeit besagten, wenn ich mich recht erinnere, daß Camardo . . ., also es gab mehrere Chefs der Gewerkschaften, aber die Informationen, die wir hatten, besagten, daß Albert Anastasia die Waterfront beherrschte.«

Tobey: »Er stand an der Spitze?«

O'Dwyer: »Ja, Sir!«

Tobey: »Kam man bei der Befragung von mehr als hundert Zeugen in diesem Fall zu der Schlußfolgerung, daß Anastasia und Romeo und andere Gangster Hunderttausende Dollar von den Gewerkschaften gestohlen und die ursprünglichen Bücher und Aufzeichnungen der Gewerkschaft vernichtet hatten?«

O'Dwyer: »Man konnte zu keiner anderen Schlußfolgerung kommen.«

Ungeachtet solcher Schlußfolgerungen unternahm O'Dwyer nichts gegen Anastasia, Camardo und die anderen. O'Dwyer griff auch nicht ein, als der Gangster Allie Tannenbaum, Spitzname »Tick Tock«, um seinen Kopf zu retten, eine hieb- und stichfeste Aussage schriftlich auf den Tisch legte. Tannenbaum bezeugte, Albert Anastasia und zwei Killer hätten Peter Panto gezwungen, mit ihnen in eine Wohnung zu fahren.

Tannenbaum zufolge hatte einer der Killer erklärt: »Der Bursche ging durch die Tür und mußte irgendwie mitgekriegt haben, was los war und daß es ihn jetzt erwischen würde. Ich packte ihn und würgte ihn, aber als ich ihn würgte, begann er zu kämpfen und versuchte, meine Hände von seinem Hals zu bekommen. Dabei hat er mich gekratzt. Aber er ist nicht davongekommen.«

Die Aussage Tannenbaums landete bei O'Dwyer. Sie wurde in den Akten abgelegt. Sie wurde auch nicht ausgegraben, als man am 29. Januar 1941 in einer Kalkgrube in Lindhurst im Staate New Jersey eine Leiche fand, die man als Peter Panto identifizierte.

Einige Monate später lag ein anderer überzeugender Beweis vor: die Aussage eines der Chefs der Murder Incorporated.

Am 22. März 1941, um 17 Uhr 30, trat eine junge Frau in einem hellen Mantel mit Pelzkragen aus dem Fahrstuhl im vierten Stock des Rathauses von Brooklyn und eilte durch einen langen Gang auf die Tür mit dem Schild »Distriktanwalt« zu.

Die Sekretärin wollte sie erst abweisen, da gleich Dienstschluß war. Aber die junge Frau mit dem verweinten Gesicht beharrte auf ihrem Wunsch, den Distriktanwalt zu sprechen. »Sagen Sie, ich bin Abe Reles' Frau.«

O'Dwyers Stellvertreter Burton Turkus sprang wie elektrisiert vom Stuhl, als ihm die Sekretärin von der späten Besucherin erzählte. Abe Reles, genannt »Kid Twist«, war in diesem Büro ein bekannter Name. Er hatte seinerzeit den Kampf gegen Maione geführt, dann seine Bande mit der Maiones vereinigt und unter der Führung von Anastasia die Murder Incorporated gegründet. Reles saß seit einigen Monaten in Haft.

Das Strafregister von Abe Reles war beachtlich. 1923 — wegen zweier Verbrechen verurteilt, der Vollzug der Strafe wurde jedoch ausgesetzt; 1925 — wegen Teilnahme an einem Überfall zu einem Jahr Gefängnis verurteilt; 1927 — angeklagt wegen eines mit Schußwaffe begangenen Raubüberfalls, jedoch mangels Beweises freigesprochen; 1928 — verurteilt wegen eines Raubes und eines Einbruchdiebstahls, für die erste Straftat wurde Reles die Strafverbüßung erlassen, für die zweite erhielt er sechs Monate Gefängnis, wurde aber vorzeitig entlassen; 1930 — verurteilt wegen zweier Raubüberfälle, wovon einer mit Schußwaffe begangen worden war, und zweier Morde, die Strafen wurden jedoch ausgesetzt; 1932 — angeklagt wegen Rauschgifthandels, Körperverletzung, groben Unfugs und Raubüberfalls, alle Verfahren wurden eingestellt; 1933 — verurteilt wegen eines Überfalls und eines Mordes, die Strafe wurde Reles erlassen; 1934 — verurteilt wegen eines Überfalls und eines Mordes zu einer Freiheitsstrafe, die Vollstreckung wurde jedoch ausgesetzt, unmittelbar nach seiner Freilassung beging Reles erneut einen Mord.

Ab 1936 war die Murder Incorporated so gut organisiert, daß Reles zunächst zumindest für die Polizei nicht mehr in Erscheinung trat. Jetzt aber war er wegen dreier Straftaten angeklagt, darunter wegen eines Mordes. Die Sache schien diesmal ernst zu werden. Augenscheinlich hatte Reles aus Furcht vor dem elektrischen Stuhl die Nerven verloren, denn seine Frau erklärte Burton Turkus: »Mein Mann darf nicht sterben. Im Juni erwarte ich ein Baby. Helfen Sie mir. Abe will sprechen. Er will Mister O'Dwyer sehen.«

Das Gedächtnis des Abe Reles

Turkus alarmierte seinen Vorgesetzten, der beschaffte sich eine Sprecherlaubnis und fuhr unverzüglich ins Gefängnis. Von vier Polizeibeamten begleitet, die sie vor der Rache der Mafia beschützen sollten, verließ Frau Reles das Rathaus.

Um 21 Uhr war Reles zusammen mit O'Dwyer in einem Wagen unterwegs zum Büro des Distriktanwalts. Dort nahm man ihm die Handschellen ab. »Sprechen Sie«, ermunterte O'Dwyer den Gefangenen. Reles beugte sich vor: »Ich verspreche Ihnen, daß ich den größten Mann Amerikas aus Ihnen machen kann. Ich kann eine Serie von Mordfällen aufklären, daß der Nation die Augen aufgehen werden!«

Dann stellte Reles seine Bedingungen, und O'Dwyer stimmte zu: teilweise Zurücknahme der Anklage, mildernde Umstände, keine der Aussagen Reles' würde gegen ihn selbst verwandt werden.

Zwölf Tage lang sagte Reles aus, seine Geständnisse füllten 25 Aktenordner. Reles hatte ein phantastisches Gedächtnis. Er erinnerte sich an viele Einzelheiten, Daten, Zeiten, Namen, Orte. 85 »perfekte« Verbrechen in Brooklyn beschrieb er detailliert. Er schilderte den Aufbau der Murder Incorporated und ihre Arbeitsweise. Er erzählte, was er von der weitverzweigten Organisation der Cosa Nostra gehört hatte, sprach von den Chefs, von Anastasia, Costello, Luciano und Genovese, von Adonis und vielen anderen.

Distriktanwalt O'Dwyer hatte nun genug Beweise in der Hand. Jetzt hätte die große Jagd gegen die Mafia losgehen können. Jetzt hätte man die Mord-GmbH ausheben können. Aber noch 1951, im Verhör mit Senator Tobey, machte O'Dwyer Ausflüchte.

Tobey: »Mir kommt da eine Frage in den Sinn. Wer war der Präsident oder der Aufsichtsratsvorsitzende der Murder Incorporated?«

O'Dwyer: »Ich kann nur antworten, was ich aus den Aussagen von Reles erfahren habe. Er sagte, daß die Bezeichnung für die Organisation ›die Kombination‹ lautete und daß es, soweit er es wußte, keinen ständigen Chef gab. Es war eine Kombination, eine Allianz. Aber man konnte das verschieden auffassen. Obwohl er oft von der Mafia sprach, hatte ich das Gefühl, daß Reles nicht allzuviel über die Mafia wußte. Aber er wußte, daß es sie gab.«

Tobey: »Und wer finanzierte nach Ihrer Ansicht die Murder Incorporated?«

O'Dwyer: »Es wurde niemals für ein einzelnes Verbrechen bezahlt. Die Truppe, wie sie es nannten, waren meist kleine Burschen, und die Kombination gab ihnen irgendwelche Pfründe, seien es Spielautomaten oder Bordelle oder irgend etwas in der Art — aber ich habe darüber nicht viel erfahren, muß ich bekennen. Es gab wohl auch irgendwie ungesetzliche Aktivitäten, man konnte in der Nachbarschaft Geld sammeln, damit die Sache lief. Wenn es gewünscht wurde, waren sie zu einem Dienst bereit, ein Auto zu stehlen, was für einen Mord gebraucht wurde oder um von einem Mord abzulenken, mal mußten sie auch Schmiere stehen, und wenn Anastasia den Befehl gab, in der jeweiligen Nachbarschaft einen Mann umzubringen, dann waren sie es, die das zu tun hatten.«

O'Dwyer schwieg also noch 1951. Was mochte in den 25 Aktenbänden gestanden haben, die irgendwann verschwanden? Welche Prominenten in Politik und Wirtschaft mochten sie belastet haben? Jener O'Dwyer, der sich 1951 so unwissend stellte, unternahm 1941 jedenfalls nichts. In wessen Auftrag?

Was sollte er nun mit Reles anstellen? Dieser wollte auf keinen Fall zurück in das Gefängnis. Seine Weigerung und sein Hinweis, er fürchte, von Mithäftlingen ermordet zu werden, weil er »gesungen« habe, ließen sich nicht von der Hand weisen. So ordnete der Distriktanwalt eine Schutzhaft an. Reles wurde nach Coney Island geschafft.

Brach die Omertà und avancierte zum Kronzeugen gegen die Mord-GmbH: Abe Reles (Mitte). Links von ihm der Mafia-Günstling und Distriktanwalt O'Dwyer, der die Anklage erheben sollte

Im sechsten Stock des »Half Moon Hotels« wurde er in einem Zimmer einquartiert. Sechs Polizisten hielten Tag und Nacht vor seinem Zimmer Wache.

Am Morgen des 12. November 1941 fand man Reles mit zerschmettertem Schädel auf dem Hof des Hotels. Wie eine Fahne hingen zusammengeknotete Laken aus dem Fenster von Reles Zimmer herab. Der Kronzeuge war tot. Er konnte vor keinem Gericht mehr über die Mafia und über die Murder Incorporated aussagen.

Was war in dem Hotel auf Coney Island geschehen? 1951 interessierte sich der Senatsausschuß von Senator Kefauver für diese Frage. Senator Tobey vernahm dazu den damaligen stellvertretenden New-Yorker Polizeichef Frank Bals, der für Reles' Sicherheit verantwortlich gewesen war.

Bals: »Reles fürchtete Repressalien der Gangster. Ich glaube nicht, daß er flüchten wollte. Und er war viel zu feige, als daß er Selbstmord verübt hätte.«

Tobey: »Die Untersuchungen führten doch zu der Theorie, daß Re-

101

les aus dem Fenster hinausgestoßen oder hinausgeworfen worden sein müsse?«

Bals: »Ich glaube, Reles wollte sich einen Scherz mit uns machen, sich an den Laken in das nächste Stockwerk hinablassen, dann die Treppe heraufkommen und uns erschrecken. Und dabei ist er abgestürzt.«

Tobey: »Und die sechs Polizisten auf dem Flur haben nichts bemerkt?«

Bals: »Alle sechs Polizisten sind zur selben Zeit eingeschlafen.«

Tobey: »Sechs Polizisten schlafen im selben Moment ein, und Sie sind verantwortlich für sie! Warum wohl? Das ist ja lächerlich! O' Henry (der berühmte amerikanische Autor von Kurzgeschichten — die Verfasser) hat in seinen besten Augenblicken nicht eine so wundervoll alberne Geschichte ausdenken können wie diese.«

O'Dwyer stellte sich 1951 ebenfalls gegen die »Theorie« von Bals. Er behauptete, Reles hätte offenkundig fliehen wollen und wäre dabei abgestürzt. Senator Tobey aber stellte zum Schluß der Vernehmungen eindeutig fest: Reles ist ermordet worden! Die Untersuchungen des Senatsausschusses hatten die merkwürdige Tatsache ans Licht gefördert, daß Polizeichef Bals von Reles schwer belastet worden war. O'Dwyer aber hatte dessenungeachtet nicht etwa Bals entlassen, sondern gerade ihn mit dem Schutz von Reles beauftragt.

Im Oktober 1963 wurde der Mafioso Joseph Valachi vor einem anderen Senatsausschuß vernommen, auch zum Fall Reles. Valachi sagte klipp und klar aus, was ohnehin zu vermuten war: »Es waren Polizisten, die ›Kid Twist‹ umbrachten!«

Leopard mit Flecken

1941 aber gab es keine lästigen Untersuchungen. Anastasia wußte allerdings, daß der Moment kommen würde, wo auch O'Dwyer ihn nicht mehr decken könnte. Deshalb tauchte er unter. Er trat freiwillig in die amerikanische Armee ein. Nach dem Überfall Japans auf Pearl Harbor und dem darauffolgenden Eintritt der USA in den zweiten Weltkrieg wurde die US-Armee in hektischer Eile auf die notwendige Kriegsstärke gebracht. Die Armee nahm jeden, ohne lange zu fragen.

Zum Militär zog es auch O'Dwyer. Er begann allerdings gleich im Dienstrang eines Obersten. In New York übernahm seine rechte Hand, Frank J. Moran, die Geschäfte. Moran war es, der die Mordaussage von Tannenbaum im »Fall Panto« entgegengenommen und an O'Dwyer zur Ablage weitergeleitet hatte. Auf Morans Anweisung wurde auch bald der Name Albert Anastasia aus den Fahndungslisten gestrichen und Anthony Romeo auf freien Fuß gesetzt. Letzterer war im Mai 1942 wegen Verdachts der Teilnahme an der Ermordung Peter Pantos verhaftet worden. Er saß einige Tage in Haft, wurde dann freigelassen und drei Wochen später ermordet aufgefunden.

O'Dwyer, mittlerweile Brigadegeneral der Luftstreitkräfte, gab seine persönlichen Beziehungen in New York nicht auf. Und der starke Mann in New York hieß — ungeachtet der Tatsache, daß sich Oberbürgermeister LaGuardia noch im Amt befand — wieder Frank Costello.

Frank Costello hatte in Louisiana unter der wohlwollenden Förderung von Senator Huey Long Riesengewinne gescheffelt. Er hatte das Geschäft mit den Slot-machines, den »einarmigen Banditen«, begonnen, dann kaufte er den »Beverly Country Club« in New Orleans und eröffnete dort eine Spielhölle. Costello fand nichts Arges dabei, die Spielleidenschaft seiner Mitmenschen auszubeuten. »Neunundneunzig Prozent aller Menschen«, erklärte er einmal, »sind wild aufs Spielen. Es genügt nicht, ein Gesetz dagegen zu erlassen. Es findet sich immer ein Haken, mit dem man die Katze angeln kann. Es ist unmöglich, einem Leoparden die Flecken vom Fell zu waschen. Wenn ein Mann spielen will, wird er durch einen Trick auch eine Gelegenheit finden.« Frank Costello war der Mann, der es den Spielwütigen leicht machte. John Grosch, Sheriff in New Orleans, stand sich nicht schlecht dabei. Für das Wegsehen brachten ihm die Gangster Bündel von Geldscheinen ins Haus, insgesamt 15 000 Dollar.

Die Gesamtgewinne Costellos und seines Partners Kastel, Spitzname »Dandy Phil«, sollen 1936/37 2,5 Millionen Dollar betragen haben. Sie wurden gut angelegt. Costello kaufte die Emby Distribution Company auf, eine Gesellschaft, die Musikautomaten verpachtete, und setzte Meyer Lansky dort als Geschäftsführer ein. Er erwarb Grundstücke. Zusammen mit Kastel erhielt er das amerikanische Alleinvertriebsrecht für die Erzeugnisse der britischen Whitely Corporation, eines Whiskykonzerns. Dafür bezog er 25 000 Dollar im Jahr zuzüglich einer Prämie von einem Dollar für jede über ein bestimmtes Limit hinaus verkaufte Flasche Alkohol. Frank Costello hatte es vom Bootlegger zum Großkaufmann in der Alkoholbranche gebracht. Er gab sich unschuldig wie ein neugeborenes Kind, wie der folgende Dialog aus Costellos Vernehmung vor einem Senatsausschuß zeigt.

Frage: »Haben Sie etwas mit Buchmacherei zu tun?«

Antwort: »Nichts.«

Frage: »Sind Sie ein Mitglied des Verbrechersyndikats?«

Antwort: »Nein. Absolut nicht!«

Frage: »Was haben Sie sonst getrieben?«

Antwort: »Ich bin im Grundstücksgeschäft. Dann habe ich in einem Nachtklub in Louisiana Interessen, und ich besitze einige Ölanteile in Texas.«

Frage: »Gibt es Glücksspiele in dem Nachtklub?«

Antwort: »Um es klar zu sagen, man spielt dort nur Roulett.«

Schon die Antwort auf die erste Frage war eine Lüge gewesen. Costello hatte sich sehr wohl für die gewinnbringende Buchmacherei interessiert, sogar in New York — wenn auch in einem anderen Sinne, als die Fragesteller meinten. Auf Long Island existierte eine Rennbahn, Roosevelt Raceway genannt. Die Gesetze verboten Buchmachern jeglichen Aufenthalt und jegliche Tätigkeit auf dem Gelände einer Rennbahn. In der Tat gab es auf dem Roosevelt Raceway kaum Ärger mit den Buchmachern. Dafür sorgten schon die Polizisten.

Nichtsdestoweniger klingelte eines Tages bei Rechtsanwalt George Morton Levy, der die Besitzer der Rennbahn vertrat, das Telefon. Costello war am Apparat, gab sich gesetzestreu und staatsbewußt. Er wolle, so erklärte er, die Buchmacher von der Rennbahn fernhalten. Levy kostete diese »Hilfe« 15 000 Dollar im Jahr. Seither galt Frank als der Boß auf dem Rennplatz. In einem Telefongespräch, das die Polizei abhörte, drohte der Mafia-Don dem Anwalt: »Ich werde zu Ihnen hinauskommen, mich vor Ihr Haus setzen und Ihnen das Geschäft abschneiden!« In einem Verhör nach der Bedeutung dieser Worte befragt, sprach Costello von einem Mittagessen. »Das war ein Jargon-Ausdruck. Vielleicht wollte ich ein Stück Braten abschneiden.«

Costellos Kandidat

Im Dezember 1942 stattete der Brigadegeneral O'Dwyer dem Gangster und Mafioso Frank Costello in dessen Appartement in dem vornehmen Wohnviertel Central Park West einen Besuch ab. Das war erstaunlich genug, und noch erstaunlicher war O'Dwyers Erklärung dafür. Es hätte sich nämlich, so behauptete er, um eine Armeeangelegenheit gehandelt, und zwar wäre es um irgendwelche Kontrakte über Uniformlieferungen gegangen. Das konnte möglich sein. Costello hatte die Gewinne aus den Spielhöllen unter anderem in Textilfirmen angelegt. Warum sollte nicht auch Costello an diesem Krieg verdienen wie die Großen der Wirtschaft!

Es gab allerdings einige erstaunliche Indizien bei diesem Besuch. O'Dwyer wurde nämlich von Frank J. Moran begleitet der ja nun wirklich nichts mit Armeeangelegenheiten zu tun hatte. Moran galt als einer der engsten Freunde Costellos. In Costellos eleganter Wohnung erwartete die beiden Besucher auch ein gewisser Irving Sherman, der sowohl mit Costello als auch mit dem Don Joe Adonis eng befreundet war. Nach dem Kriege sollte Sherman Wahlmanager O'Dwyers sein, als dieser sich um den Posten des Oberbürgermeisters von New York bewarb. Außer Sherman waren noch der Chef von Tammany Hall, Michael J. Kennedy — nicht verwandt mit dem späteren Präsidenten Kennedy —, und dessen Sekretär zugegen.

Es liegt also die Annahme nahe, daß man über die Politik im Staat New York debattiert hat. Kennedy verdankte ja seine Führungsrolle der Unterstützung Costellos. Dreizehn andere Funktionäre von Tammany Hall galten ebenfalls als Costellos Freunde.

Wurden auf jener Zusammenkunft die Kandidaten der nächsten Wahlen und der wählbaren Ämter festgelegt? Es ist sehr wahrscheinlich.

Für 1943 war auch eine Nachwahl zum Obersten Gerichtshof des Staates New York fällig. Costello bestand darauf, einen Mann der Mafia für dieses wichtige Amt zu nominieren, den Italiener Thomas A. Aurelio. Den Chefs von Tammany Hall schien jedoch ein solcher Kandidat zu offenkundig von der Cosa Nostra abhängig zu sein, und sie äußerten Bedenken. Costello zitierte Michael J. Kennedy zu sich. »Sind Sie ein Mann oder eine Maus?« schrie er ihn an. Kennedy parierte. Am 28. August 1943 nominierte die Demokratische Partei Thomas Aurelio.

Am Morgen nach der Wahl bekam Distriktanwalt Hogan ein erstaunliches Stenogramm auf den Tisch. Hogan ließ bereits seit einigen Wochen Costellos Telefon abhören. An jenem Morgen nun hatte folgendes Telefonat stattgefunden.

Aurelio: »Guten Morgen, Francesco, wie geht es. Und vielen Dank für alles.«

Costello: »Gratuliere. Ist ja alles glatt gegangen. Wenn ich sage, eine Sache ist geritzt, kann man sich eben drauf verlassen.«

Aurelio: »Auf jeden Fall möchte ich Ihnen meine Loyalität versichern für all das, was Sie für mich getan haben.«

Aurelio war gewählt, und Hogan hatte in diesem Fall nichts mehr zu melden. O'Dwyer aber bereitete sich zu dieser Zeit auf eine neue Aufgabe vor. Er sollte, wenn Italien von amerikanischen Truppen besetzt wurde, in der Alliierten Hohen Kommission für Italien arbeiten. Und in Italien saß die Mafia. Für den Umgang mit Mafiosi brachte der Brigadegeneral O'Dwyer viele Voraussetzungen mit.

Die Mafia und die Generale

>»Er besitzt mittlere Intelligenz, ist aber ein flaches und parasitisches Individuum, das sich in nicht geringem Maße in die eigenen Gefühle einhüllt. Seine Lebensideale beschränken sich auf Geld, das er ausgibt, schöne Frauen, die er genießt, seidene Unterwäsche und elegante Lokale. Seine soziale Veranlagung ist im wesentlichen die eines Kindes und von Rücksichtslosigkeit und Tatendrang beherrscht. Er liest Zeitungen, hauptsächlich aber die Bilder und Witze. Seine kulturellen Interessen sind mager.«

Aus dem psychiatrischen Gutachten über Charles Luciano, angefertigt im Zuchthaus Dannemora

Am 12. Mai 1942 wurde Luciano zu seiner großen Überraschung in das Gefängnis Great Meadow in Comstock verlegt. Das Glück schien »Lucky« wieder eingeholt zu haben. Great Meadow war eine vergleichsweise milde Haftanstalt, in die nur kleine Verbrecher und erkrankte Häftlinge kamen. Unmittelbar nach seiner Verurteilung zu fünfzig Jahren Zuchthaus war Luciano im Sommer 1935 in das berüchtigte Sing-Sing geschafft worden, wo man ihm in einem ersten psychiatrischen Gutachten bescheinigte: »Er ist ein gefährliches Individuum und sollte nicht zuviel Freiheit haben. Wegen seiner Drogensüchtigkeit sollte er ins Gefängnis Dannemora überstellt werden.« Genau dies geschah: »Lucky« wurde Gefangener Nr. 92 168 und arbeitete in der Wäscherei. Und nun, nach sieben langen Jahren, diese plötzliche Verlegung nach Comstock, wo man ihm nach drei Tagen mitteilte, daß er Besuch habe.

Luciano wurde in den Besucherraum geführt, in jenes kahle Zimmer, das durch einen bis zur Decke reichenden Maschendraht geteilt

Stellte die Verbindung zwischen dem Geheimdienst, der amerikanischen Marine und den Cosa-Nostra-Gangstern her: Meyer Lansky

war. Er mußte ein paar Minuten warten. Dann öffnete sich die andere Tür des Raumes und — Luciano setzte sich überrascht auf einen Stuhl — herein kam Moses Polakoff, sein bewährter Rechtsanwalt, und hinter ihm ein alter Kumpan aus der »Big Six«, der Gangster Meyer Lansky.

»Was zur Hölle sucht ihr Burschen hier?« schnaufte Luciano.

Was sie suchten? Lucianos Unterstützung! Nicht für sich — für die amerikanischen Streitkräfte! Nur deshalb hatte man ihnen den Besuch im Gefängnis gestattet. Deshalb war auch Luciano von Dannemora nach Comstock verlegt worden, wo es kein aufmerksam beobachtendes Gangsterpublikum gab, das aus einer solchen Begegnung falsche Schlüsse ziehen konnte. Es war eine lange Geschichte, die Luciano da zu hören bekam.

Am 7. Dezember 1941 hatte die japanische Luftwaffe unerwartet den amerikanischen Kriegshafen Pearl Harbor auf Hawaii angegriffen und die Hauptkräfte der amerikanischen Pazifikflotte aktionsunfähig gemacht. Am selben Tag landeten die Japaner an der Küste der Philippinen, der amerikanischen Kolonie in Südostasien. Am 11. Dezember 1941 hatten dann auch Nazi-Deutschland und Italien den Vereinigten Staaten den Krieg erklärt.

Die amerikanischen Streitkräfte standen damit vor einer völlig neuen Situation. Die lange Ostküste der USA mit den größten Häfen des Landes lag offen und unbefestigt vor den faschistischen U-Booten, die den Atlantik überquerten. Ferner lebten Zehntausende Deutsche in den

USA, viele waren im Deutsch-Amerikanischen Bund zusammengeschlossen, einer Vereinigung, die aufs engste mit der Auslandsorganisation der Nazipartei zusammenarbeitete. Konnten sich aus diesem Bund nicht Sabotagetrupps rekrutieren? War es den Faschisten nicht möglich, die so lebenswichtigen Verbindungslinien zum europäischen Kriegsschauplatz, die alle in den Häfen der amerikanischen Ostküste begannen, abzuschneiden? Anzeichen für eine große Aktivität des Feindes gab es mehr als genug.

Im Februar 1942 war der französische Luxusdampfer »Normandie« am Pier von Manhattan im Hudson River bis zur Wasserlinie ausgebrannt. Das Schiff sollte als Truppentransporter verwendet werden. Commander Charles Redcliffe Haffenden vom Geheimdienst der US-Marine, der den Fall untersuchte, hatte keinen Zweifel daran, daß der Brand auf der »Normandie« die Folge eines Sabotageaktes war.

»Unternehmen Pastorius«

Am 14. Juni 1942 traf der einundzwanzigjährige John Cullen, Soldat der amerikanischen Coast Guard, des Küstenschutzes, kurz nach Mitternacht auf Long Island bei New York auf vier Männer, die von einem kleinen Boot aus an Land wateten. Sie wären Fischer, die sich im Nebel verirrt hätten, erklärten sie Cullen. Aber als der sie aufforderte, mit zur Station des Küstenschutzes zu kommen, wurde einer der »Fischer« rabiat. Er packte Cullen hart am Arm und knurrte: »Hör, mein Junge! Du hast doch Vater und Mutter? Und du möchtest sie wiedersehen! Hier, nimm die Scheine und mach dir einen fidelen Tag! Vergiß, was du hier gesehen hast. Verstanden!« Er drückte dem Soldaten ein Bündel Dollarnoten in die Hand. Cullen zog verblüfft ab, um Verstärkung zu holen. Er war unbewaffnet gewesen.

Die Männer, auf die John Cullen gestoßen war, führten eine Aktion durch, die in den Geheimakten des Amtes Ausland/Abwehr des Oberkommandos der Wehrmacht den Decknamen »Unternehmen Pastorius« trug. Der Abwehr-Oberleutnant Walter Kappe, der zwölf Jahre lang für die Auslandsorganisation der Nazipartei in Chikago und New York tätig gewesen war, hatte unmittelbar nach dem Überfall auf Pearl

Harbor angefangen, die faschistische Wehrmacht nach Deutschameri-
kanern zu durchforschen. Am 10. April 1942 hatte dann auf einem
kleinen Gut in der Nähe von Berlin das Spezialtraining für diese
Truppe begonnen, bei dem Brandstiftung, Umgang mit Sprengstoffen,
geheime Nachrichtenübermittlung unterrichtet, Schießübungen und
Handgranatenwerfen veranstaltet wurden. Außerdem übte man Judo-
griffe. Die Angehörigen dieser Truppe lernten, wie Sprengladungen
aus Chemikalien herzustellen waren, die man, ohne Verdacht zu erre-
gen, in jedem Drugstore kaufen konnte. Am 26. Mai 1942 gingen zwei
Sabotagetrupps in Lorient an der französischen Küste an Bord der Un-
terseeboote U 201 und U 202. Jeder Agent trug einen Gürtel mit einge-
nähten 4400 Dollar um den Leib, die Führer der beiden Gruppen hatten 50 000 Dollar bei sich. Die erste Gruppe ging am 14. Juni von Bord
des Bootes U 201 und erreichte die Küste von Long Island.

Obwohl Cullen die Küstenwache alarmierte, gelangten die vier
Männer unbehelligt mit dem Frühzug nach New York, wo sie sich teilten. Je zwei Mann mieteten sich in ein Hotel ein. Während U 202 noch
mit Kurs auf Florida unterwegs war, bekamen zwei der Agenten Bedenken. Ihnen schien nicht nur das Unternehmen recht dilettantisch
vorbereitet zu sein — unter den Dollars hatten sie alte, längst außer
Kurs gesetzte Banknoten entdeckt —, sondern sie hatten auch nach
dem Zwischenfall mit Cullen die Nerven verloren. So rief einer der
Männer die New-Yorker FBI-Dienststelle an und erklärte dem ver-
blüfften diensthabenden Beamten: »Ich bin heute morgen von einem
deutschen U-Boot an Land gesetzt worden und habe wichtige Informationen für Ihren Chef, Edgar Hoover. Im Laufe der Woche komme
ich nach Washington, um sie persönlich zu überbringen.«

Dieser Telefonanruf und die Meldung der Küstenwache auf Long
Island versetzten die US-Behörden in höchste Alarmbereitschaft. Vier
Tage später erhielt das FBI in Washington einen Anruf. Der Agent erwarte die Beamten im Hotel »Mayflower«. Einen Tag zuvor, am
17. Juni, war die zweite Agentengruppe vor Ponte Vedra Beach auf
Florida an Land gegangen. Schon zwei Tage später war das »Unternehmen Pastorius« abgeschlossen. Alle Saboteure saßen hinter Schloß
und Riegel.

Gangsterjäger im Geheimdienst

Mit diesem Erfolg gaben sich die Leute des Marine-Geheimdienstes und des FBI nicht zufrieden. New York besaß für Truppen- und Nachschubtransporte nach den Britischen Inseln und zum afrikanischen Kriegsschauplatz eine zu große Bedeutung, um nicht Betätigungsfeld für feindliche Spionagedienste zu sein.

Die verschiedenen Abwehrdienste der USA begannen damit, auf den Wolkenkratzern der New-Yorker Skyline Wachen zu postieren, die von morgens bis abends den Horizont nach U-Booten absuchten.

Aber man stand ja nicht nur mit dem faschistischen Deutschland im Krieg, sondern auch mit Italien. Und der New-Yorker Hafen, wo Kriegsgerät und Truppen verladen wurden, stand seit Jahren unter der Kontrolle der Cosa Nostra, und die Cosa-Nostra-Chefs waren nun einmal Italiener.

Wie konnten die Angehörigen der eigenen Geheimdienste in all den Restaurants und Hotels wirksam und unauffällig arbeiten? Sie mußten sich als Barkeeper oder Portiers anstellen lassen, doch die Bedingung dazu war, der zuständigen Gewerkschaft anzugehören. Wie konnte man unauffällig in diese Gewerkschaften eindringen, die oftmals still und unerkannt von Mafiosi kontrolliert wurden?

In der Church-Street Nummer 90, nicht weit von den Piers entfernt, gleich hinter dem Wolkenkratzer des Warenhauskonzerns Woolworth, hatte der 3. Naval District sein Hauptquartier, und in dessen Büros genoß der Marine-Geheimdienst Gastrecht. Hier liefen die Fäden der Abwehr an der amerikanischen Ostküste zusammen, arbeiteten die alten Geheimdienstler der Marine mit einem Stab frisch eingezogener Mitarbeiter, die sich die Militärbehörden aus Rechtsanwaltbüros, aus den Dienststellen der Polizei und der Staatsanwaltschaften geholt hatten.

Zu den Leuten, die sich plötzlich in eine attraktive dunkelblaue Marineuniform gesteckt sahen und denen man unversehens einen Offiziersdienstgrad verliehen hatte, gehörten Leutnant James O'Malley und Commander Anthony Marsloe. Beide hatten vor dem Krieg im Büro des New-Yorker Distriktanwalts Frank Hogan gearbeitet. Hogan galt als Spezialist in Mafia-Angelegenheiten, denn wer in New York mit der Aufklärung von Verbrechen zu tun hatte, landete früher oder später an jener Schranke, hinter der sich die Spuren wie in einem undurchdringlichen Gestrüpp verloren: an der Omertà der Mafia. Marsloe hieß ursprünglich Marzullo. Italienisch war seine Muttersprache, und er beherrschte sogar den sizilianischen Dialekt.

Am 7. März 1942 saßen die beiden frischgebackenen Geheimdienstoffiziere mit ihrem alten Chef Hogan im Büro des Experten für Racketeering, Murray I. Gurfein, zusammen. Gurfein hatte nicht wenig Anteil daran gehabt, daß man 1936 Luciano ins Gefängnis schicken konnte. O'Malley und Marsloe sprachen von den Klippen in ihrer Arbeit, von der Unmöglichkeit, den Hafen wirksam unter Abwehrkontrolle zu halten. Captain Roscoe McFall, der Vorgesetzte der beiden Offiziere, war mitgekommen und steuerte nach der Erläuterung der Schwierigkeiten sicher sein Ziel an. »Offen gesagt, wir sind in der Klemme. Aber wir müssen schnell handeln.«

Staatsanwalt Hogan verstand den Wink. »Alles, was wir erfahren, sollen Sie haben, die Information, die Kontakte zur Unterwelt, alles.«

Der Captain hatte Bedenken. »Informationen sind gut, auch von Leuten aus der Unterwelt. Aber ist das praktisch? Kann man ihnen trauen? Wären sie überhaupt bereit, uns zu helfen? Wir machen uns über Mussolini-Anhänger und Faschisten Sorgen. Und man kann sich auch vorstellen, daß ehemalige Bootlegger mit ihren Erfahrungen auf See Kontakte herstellen könnten — gegen gute Bezahlung.«

Hogan widersprach. »Ich glaube, Sie werden merken, daß sehr viele dieser italienischen Racketeers loyale Amerikaner sind. Soweit ich sie kenne, halten sie nichts von Mussolini.« Und Hogan berichtete, was sich in Sizilien ereignet hatte, nachdem durch Mussolini in Italien die faschistische Diktatur errichtet worden war.

Mussolinis Feldzug

Anfang der zwanziger Jahre hatten sich die Banden des italienischen Faschistenführers Benito Mussolini auch auf der Mittelmeerinsel breitgemacht. Die Mafia-Fürsten betrachteten die Fascisti mit gemischten Gefühlen. Sie begrüßten einerseits ihren hemmungslosen Terror gegen alle Sizilianer, die für sozialen Fortschritt kämpften. Sie dachten aber nicht daran, ihre Macht mit den Anhängern Mussolinis zu teilen, geschweige denn, ganz an diese Leute abzutreten. Doch vorerst respektierten die Faschisten die Mafia und ließen es auf keine Machtprobe ankommen. Ja, man arbeitete sogar eng zusammen.

Don Calogero Vizzini — der Mafia-Chef aus Villalba — hatte noch vor Mussolinis Machtergreifung den Auftrag erhalten, einen Faschisten in seinem Haus zu verbergen. Vizzini, in dem man bereits zu dieser Zeit den Kronprinz des sizilianischen Mafia-Oberhauptes Don Vito Cascio Ferro sah, kam dieser Aufforderung bereitwillig nach. Der Faschist hatte etwas getan, was für einen Mafioso nichts Ungewöhnliches war. Er hatte einen politischen Gegner ermordet. Dieser Dienst Vizzinis für die Faschisten sollte sich für den künftigen Mafia-König noch auszahlen.

Vorsorglich hatte die Bruderschaft auch eine Summe zur Finanzierung des »Marsches auf Rom« beigesteuert, den Mussolini und seine Hintermänner am 28. Oktober 1922 inszenierten. Es war ein abgekartetes Spiel. Das reaktionäre Offizierskorps, maßgebende Vertreter der italienischen Großbourgeoisie, Kirchenfürsten und die Königsfamilie unterstützten den Marsch der Schwarzhemden-Banden, so daß der künftige Diktator auf keinen Widerstand von Polizei und Armee stieß. Am 31. Oktober ernannte der italienische König Viktor Emanuel III. Mussolini zum Regierungschef. Die Errichtung der faschistischen Diktatur war von einer Welle des Terrors gegen die Arbeiterklasse und die junge Kommunistische Partei, aber auch gegen die Bauern begleitet. Allein im August und September wurden 369 Verbrechen registriert.

Die ersten Maßnahmen der Regierung zeigten, in wessen Auftrag Mussolini seine Diktatur ausübte: Der gesetzliche Feiertag zum Ersten Mai wurde abgeschafft, die Löhne in den staatlichen Betrieben wurden herabgesetzt, die Steuer auf Luxusartikel beseitigt, die Anonymität der Aktienbesitzer von Industrieunternehmen und Banken gewährleistet, das Dekret annulliert, das die Inbesitznahme unbebauter Ländereien erlaubte, der Zoll auf Weizen erhöht und volle Kündigungsfreiheit für Pachtverträge geschaffen.

Auf Sizilien nahm die Mafia von den neuen Herren in Rom vorerst kaum Kenntnis. Hier galt nach wie vor das Wort von den drei Regierungen, und nach wie vor mußte man zuallererst der Mafia gehorchen. Die Mafia erschoß zuweilen auch Faschisten, wenn sie es wagten, in ihren traditionellen Herrschaftsbereich einzubrechen. Zugleich waren die Mafiosi bereit, Verbrechen im Auftrag der Faschisten auszuführen. Die von Mussolini angeordnete Ermordung des Sozialistenführers Giacomo Matteotti im Juni 1924 führte der Mafioso Amerigo Dumini aus, der einige Zeit in St. Louis in den USA zu den »Grünen« gehört hatte, bevor er nach Italien zurückgekehrt war. Matteotti hatte vor dem Parlament die faschistischen Verbrechen angeprangert und geschildert, unter welch unerhörtem Terror die Wahlen im April 1924 stattgefunden hatten. 37 Prozent der Wähler hatten an der Wahl nicht teilgenommen und 25 Prozent gegen die faschistische Partei gestimmt. Trotzdem behauptete Mussolini, im Auftrag der gesamten Bevölkerung zu regieren!

Der faschistische Diktator gedachte nicht, auf Sizilien seine Macht mit der Mafia zu teilen, ebensowenig wie sich die Bruderschaft einem Herrn unterordnen würde. Der Zusammenstoß zwischen beiden schien unvermeidlich, es war nur eine Frage der Zeit.

Im Jahre 1924 unternahm Mussolini eine Sizilienreise. In der Hauptstadt Palermo waren seine Parteigänger noch dabei, den Jubel zu organisieren, während die für die persönliche Sicherheit des Diktators verantwortlichen Männer Stoßgebete zum Himmel sandten, daß es keine Zwischenfälle mit der Mafia gäbe. Ihre Ängste schienen bereits ausgestanden, da kam Mussolini plötzlich auf die Idee, das armselige Nest Piana dei Greci zu besuchen. In irgendeinem Reiseführer oder Prospekt mußte er von diesem Ort gelesen haben, dem auch andere prominente Sizilienbesucher eine Visite abgestattet hatten. Als sehenswerte Touristenattraktion in der Kleinstadt galten die einzige griechisch-orthodoxe Kirche der Insel und die altalbanische Folklore, denn hier lebten Nachfahren von Albanern, die im fünfzehnten Jahrhundert vor den Türken geflüchtet waren.

Aber Eingeweihte wußten auch, in Piana dei Greci regierte der selbstherrliche Bürgermeister Ciccio Cuccia. Man sprach nur von Don Ciccio, wenn man den Bürgermeister meinte. Der Verwaltungschef fungierte zugleich als lokaler Mafia-Führer. Von Don Ciccio, der in seiner Eitelkeit Mussolini nicht viel nachstand, erzählte man sich eine bereits legendäre Begebenheit. Sie hatte sich zugetragen, als Jahre zuvor König Viktor Emanuel für einige Stunden in diesem Ort weilte. Während der Besichtigung der Kirche war er geschickt an die Seite

Don Ciccios geschoben worden. Ehe sich Seine Majestät versah, hielt er ein kleines Kind in den Armen. Als der König das Gotteshaus verließ, war er Taufpate des Sohnes vom Mafia-Chef Don Ciccio geworden, der für die ihm zuteil gewordene Ehre zusätzlich — wie es die Hofetikette vorschrieb — noch das Kreuz eines Ritters von der Krone Italiens bekommen mußte.

Schließlich dachten die Sicherheitspolizisten auch daran, daß Piana dei Greci Sammelpunkt unzufriedener Bauern und ein Zentrum des großen Bauernaufstandes von 1893 war.

Bei der Rundfahrt durch Piana dei Greci benutzte Mussolini den Wagen des Bürgermeisters. Don Ciccio hatte an der Seite des Diktators Platz genommen. Als die Motorradeskorte zu beiden Seiten des Wagens Aufstellung nahm, wandte sich Don Ciccio herausfordernd an Mussolini und dessen Gefolge. »Was sollen die vielen Polizisten? Solange Sie in meiner Nähe sind, ist nichts zu befürchten. Ich bin hier derjenige, der befiehlt.«

Dem faschistischen Diktator verschlug es die Sprache. Mit gereizter Stimme gab er den Befehl, daß die Schutzstaffel mitzufahren hätte.

Über diese Zurechtweisung fühlte sich wiederum der Mafia-Bürgermeister beleidigt. Er erblickte darin einen Schlag gegen sein »Ansehen«. Dafür rächte sich Don Ciccio in einer Weise, die ihm der Faschistenführer nie vergaß. Als Mussolini auf einem festlich hergerichteten Platz seine vorgesehene Rede beginnen wollte, glaubte er seinen Augen nicht zu trauen. Nur einige Dutzend Anhänger hatten sich versammelt. Die anderen Einwohner boykottierten den Diktator. Das hatte Don Ciccio besorgt.

Mussolini schäumte vor Wut über diese Schmach, als deren Urheber er und sein Gefolge sofort die »Ehrenwerte Gesellschaft« vermuteten. Statt der vorgesehenen Festrede für Bürger und Stadtväter verkündete er — bebend vor Zorn —, daß er die Mafia mit Stumpf und Stiel ausrotten werde.

Dieser Vorfall in Piana dei Greci beschleunigte nur, was unvermeidlich war: Der offene Krieg zwischen der Mafia und dem faschistischen Regime brach aus.

Seltsame Mordstatistik

Nach Rom zurückgekehrt, gab Mussolini seinem Polizeichef Cesare Mori, der seinen Aufstieg besonderer Brutalität und Grausamkeit verdankte, den Befehl, die Mafia auszurotten. Mussolini spielte sich dabei als Wohltäter des Volkes auf und erklärte: »Auf meiner Sizilienreise habe ich vor einer großen und begeisterten Menschenmenge gesagt, daß ich das edle sizilianische Volk von den verbrecherischen Machenschaften der Mafia befreien werde . . . Das Problem muß und wird gelöst werden.«

Der Norditaliener Cesare Mori begann diesen Kampf mit allen Mitteln seines Machtapparates. Als eingefleischter Faschist huldigte er den bewährten Mitteln der Diktatur: Terror, Folter und Mord. Der erste Haftbefehl erging gegen Don Ciccio, der Mussolini so brüskiert hatte. Mori hatte sich dafür einen besonderen Gag einfallen lassen. Er schickte dem Bürgermeister und Mafia-Chef von Piana dei Greci eine persönliche Einladung zu einem Cocktailempfang. Auf diese Weise landete Don Ciccio in seinem Sonntagsstaat im berüchtigten Ucciardone-Gefängnis von Palermo.

Was dem Polizeichef ansonsten bei der Verfolgung der Mafia einfiel, kann nicht gerade als originell bezeichnet werden. Als wolle er den Teufel mit Beelzebub austreiben, wetteiferte er nicht nur mit den verbrecherischen Methoden der Mafia, sondern versuchte sie noch zu übertreffen, was ihm in vielen Fällen gelang. Zu Hunderten ließ er Sizilianer — ob unschuldig oder schuldig — durch die Mühlen der faschistischen Justiz drehen. Die mittelalterliche Inquisition, unter der die Sizilianer einst so gelitten hatten, lebte wieder auf. Peitschenhiebe auf vorher mit Salzwasser begossene Rücken und das Herausreißen von Fingernägeln wurden durch eine moderne Marter ergänzt. Dabei wurden Stromstöße durch die Körper der Gefangenen gejagt. Die als Mafiosi »entlarvten« Sizilianer wurden teils zum Tode verurteilt, teils in Gefängnisse gesteckt oder in Ketten zur Insel Ustica und zu den Liparischen Inseln deportiert, die als riesiges Konzentrationslager dienten. Mit dem unglaublichen Terrorfeldzug, der mehr Unschuldige als Mafiosi traf, gingen geradezu lächerliche Maßnahmen einher. Eines Tages ließ Cesare Mori alle Hofmauern bis auf die Höhe von 90 Zentimetern herunterreißen. Er hatte erfahren, daß die Schützen der »Ehrenwerten Gesellschaft« ihren Opfern oft hinter Mauern auflauerten.

Im Jahre 1929 erklärte der Polizeichef triumphierend, daß den Faschisten der Sieg über die Mafia gelungen wäre. Sie hätten vollbracht, woran vorher alle Regierungen gescheitert wären. Zum Beweis legte er eine sehr eindrucksvolle Statistik vor: 1922 — 223 Morde, 1923 — 224, 1924 — 278, 1925 — 268, 1926 — 77, 1927 — 37, 1928 — 25 und 1929 nur ein Mord.

Spätere Untersuchungen bestätigten, was die Einwohner Siziliens ohnehin wußten. Alle Angaben Moris waren aus der Luft gegriffen. Sie sollten nur den Erfolg seiner blutigen Kampagne belegen. Das italienische Büro für Statistik ermittelte trotz lückenhaften Materials, daß sich im Jahre 1922 mindestens 823 Mafia-Morde ereigneten. Selbst im Jahre 1929, in einer Zeit, da die Mafia vorsichtiger operieren mußte, geschahen im Namen der Bruderschaft mindestens 124 Morde. Diese Verbrechen konnten nach dem Sturz der faschistischen Diktatur anhand authentischer Unterlagen nachgewiesen werden. Mussolini feierte die »Operation Anti-Mafia« als eine »heroische Chirurgentat, ausgeführt mit einem mutig gehandhabten Skalpell«. Mit wohlklingenden Phrasen verkündete er den »Endsieg« über die Mafia, der in Wirklichkeit seinen Mißerfolg kaschierte. Auch dem Terror des faschistischen Regimes gelang es nicht, der Mala pianta, dem Unkraut, die Wurzeln abzuschlagen. Vielmehr hatte die »Operation Anti-Mafia« mehr Unschuldige als Schuldige getroffen, denn wo schon der Besitz eines großen Messers oder einer längeren Schere genügte, zu hohen Kerkerstrafen verurteilt zu werden, blühte auch die Denunziation persönlicher Feinde.

Viele einflußreiche Mafiosi wichen Moris Schlägen auf eine sehr einfache Art aus. Sie traten in die faschistische Partei ein. Andere »Ehrenwerte Männer« wieder arbeiteten eng mit den faschistischen Parteiführern zusammen, die sie vor Moris Verfolgungen schützten. Sie entwichen mit Hilfe der Behörden nach Nordafrika oder wanderten nach den USA aus. Diese Männer waren natürlich keine besonderen Freunde des Mussolini-Regimes.

Auch Calogero Vizzini — kurz nur Don Calò genannt — wurde kein Härchen gekrümmt. Der junge faschistische Mörder, den er einst vor den Nachstellungen der Polizei bewahrte, war inzwischen zum Staatssekretär im Außenministerium aufgerückt und zeigte sich dafür erkenntlich, indem er seine schützende Hand über das künftige Mafia-Oberhaupt Siziliens hielt. Don Calò wurde zwar verhaftet, aber bald wieder freigelassen.

Don Vitos Abgang

Ungeschoren blieben fast alle Mafia-Führer, bis auf ihren ungekrönten König Don Vito Cascio Ferro, der 1909 den amerikanischen Polizeileutnant Joe Petrosino ermordet hatte. Als ihn die Faschisten festnahmen, standen etwa 20 Morde auf seinem Konto. Don Vito, mit weißem Vollbart, gebärdete sich wie ein alter seriöser Herr. Seine Kleidung war diesem Gehabe angepaßt: breitkrempiger Hut, eleganter Gehrock, darunter lugte ein weißes plissiertes Hemd hervor, das eine Schleife zierte. Zur Jagd erschien er in den seinerzeit üblichen Knickerbockern. Und mit peinlicher Pünktlichkeit trat er jeden Sonntag seinen Kirchgang an.

Herzöge und Barone, Abgeordnete und Geschäftsleute werteten es als Ehre, zu seinen Gesellschaften in einem alten Palast in Palermo geladen zu werden. Dieser Verbrecher, der wie ein Aristokrat mit einem untadeligen Äußeren auftrat, war ein Analphabet, sieht man davon ab, daß er mit Schwung lediglich seinen Namenszug zu Papier bringen konnte. Er verfügte aber über eine Fälscherwerkstatt, die jeden Ausweis, jedes Dokument mit verblüffender Meisterschaft nachahmen konnte.

Im Jahre 1929 ließ nun Mussolini Siziliens Mafia-Oberhaupt Don Vito vor Gericht stellen. Doch es kam zu keinem Schauprozeß, wie man allgemein erwartet hatte. Wollte der Diktator die noch überall lebendige Mafia nicht durch ein exemplarisches Urteil herausfordern? »Mangel an Beweisen« konnte doch wohl kaum der Grund sein. Diese Möglichkeit mußte bei einem faschistischen Justizapparat, dessen Beamte ohne jeden Skrupel vorzugehen pflegten, ausgeschlossen werden. Jedenfalls warf man dem hartgesottenen Verbrecher nur eine Bagatellsache vor. Wie Al Capone lediglich wegen Steuerhinterziehung belangt wurde, so bezichtigte man Don Vito nur der Schmuggelei, des geringsten seiner Verbrechen.

Teilnahmslos und voller Verachtung für seine Richter ließ dieser den Prozeß über sich ergehen. Als das Urteil — eine mehrjährige Gefängnisstrafe — verkündet wurde, brach er erstmals im Gerichtssaal sein Schweigen. »Meine Herren«, sagte er, »da Sie außerstande sind, mir andere Verbrechen nachzuweisen, verurteilen Sie mich jetzt für ein Delikt, das ich nie begangen habe.«

Diesem theatralischen Abgang von der Bühne, auf der er ein Vierteljahrhundert die Geschicke der »Onorata Società« gelenkt hatte, folgte eine kurze Haft im Ucciardone-Gefängnis von Palermo. Dort erlag er bald einem Herzleiden. Seine Macht und unumstrittene Autorität wirkten auch noch hinter den meterdicken Gefängnismauern. Häftlinge reinigten seine Zelle, bereiteten ihm das Bett und erfüllten ihm prompt jeden anderen Wunsch. Aufseher, die Don Vito nicht den nötigen Respekt erwiesen, wurden versetzt oder entlassen, wenn er sich beim Gefängnisdirektor beschwerte.

Alle Maßnahmen der Faschisten scheiterten letzten Endes, auch wenn Mussolini im Jahre 1934 lauthals posaunte: »Es gibt keine Mafia mehr. Sie ist vernichtet. Sie ist ein für allemal vom Erdboden verschwunden!«

Die Männer der »Ehrenwerten Gesellschaft« warteten mehr oder weniger versteckt auf ihre Zeit, die mit Hilfe ihrer Brüder von der Cosa Nostra in den Vereinigten Staaten vorbereitet wurde und bald kommen sollte.

Rendezvous mit Socks

Am 7. März des Jahres 1942 begann die Zusammenarbeit zwischen dem Marine-Geheimdienst der USA, vertreten durch Commander Haffenden und Leutnant O'Malley, und dem Staatsanwalt Frank Hogan. Was Hogan zuerst lieferte, war eine nahezu komplette Liste aller der Polizei bekannten Gangster an der New-Yorker Waterfront. Jetzt mußte man die führenden Leute unter diesen Gangstern herausfinden, denn es stand außer Frage, daß man auf eine Mitarbeit der Gangster nur rechnen konnte, wenn es gelang, dafür die Genehmigung der Cosa-Nostra-Führung zu erhalten.

Haffenden konzentrierte sich auf die Fischer. Mit ihren Booten waren sie in der Lage, faschistische U-Boote vor der amerikanischen Küste heimlich mit Nachrichten und mit Lebensmitteln oder gar Treibstoff zu versorgen. Diese Möglichkeit mußte ausgeschaltet werden. Von den Fischerbooten aber führte eine gerade Linie zum Fulton-Fischmarkt in Manhattan und zu dem Mann, der diesen Markt seit fast einem Jahrzehnt kontrollierte — Joseph Lanza, auch Socks Lanza oder Joe Socks genannt, Capo der »Ehrenwerten Gesellschaft«. Der Fulton-Fischmarkt war der größte Markt dieser Art in den USA. Die Ware, die hier täglich umgesetzt wurde, repräsentierte einen Wert von Hunderttausenden Dollar. Von hier aus wurden die Fischgeschäfte bis nach Indiana und Mississippi beliefert. Eine Viertelmilliarde Dollar wurde hier jährlich verdient.

Diesen Markt kontrollierte Joseph Lanza über ein festgefügtes Rakket. Die Fischhändler zahlten ihre Schutzgebühr an ihn und erfüllten seinen Willen. Er war Chef des Großhändlerverbandes vom Fischmarkt, seine Leute beherrschten die Vereinigung der Wachleute des Marktes und die Fischereiarbeiter-Gewerkschaft. Wer mit Fischen zu tun hatte, mußte auf Lanza hören, seit die Schläger des Racketeers in den dreißiger Jahren Verkäufer und Käufer zusammengeschlagen, Lastwagen zerstört und die Ware mit Stinkbomben unbrauchbar gemacht hatten.

Der Weg des Marine-Geheimdienstes zur Mafia führte also über Lanza. Wie und über welche Etappen, das ist erst seit 1977 offiziell und aktenkundig, denn erst 1977 wurde ein über hundert Seiten umfassender Bericht publik, den William B. Herland, Richter des Bundesstaates New York, 23 Jahre zuvor zusammengestellt hatte. Herland hatte zwischen Januar und September 1954 Hunderte von Marineoffizieren, Gangstern und Staatsanwälten, Richtern und Geheimagenten angehört und seinem Geheimbericht 2883 Seiten Aussageprotokolle beigefügt.

In der Niederschrift der Aussage von Leutnant Marsloe hieß es: »Die Verwendung von Vertrauensleuten, wer immer sie auch sind, ist nicht nur erwünscht, sondern notwendig, wenn das Vaterland um seine Existenz kämpft ... Dazu gehört auch die sogenannte Unterwelt.«

Also wandte sich Commander Haffenden an den Racket-Spezialisten Gurfein, und dieser schlug vor, zunächst Lanzas Rechtsanwalt zu

Seine Gangster arbeiteten für den Geheimdienst: Joe Lanza, der Beherrscher des Fulton-Fischmarktes, des größten seiner Art in
den USA

konsultieren. Rechtsanwalt Joseph K. Guerin hörte sich die ganze Geschichte nachdenklich an und meinte dann: »Ich bin sicher, daß Lanza
helfen wird.« Gurfein schloß das Gespräch mit der Bemerkung ab: »Ich
muß darauf hinweisen, daß alles, was Lanza in dieser Angelegenheit
tut, keine Einstellung unserer Ermittlungen gegen ihn zur Folge hat.
Was er hier tut, kann er nur aus einer patriotischen Pflicht heraus tun.«

Rechtsanwalt Guerin konnte schon wenige Tage später mitteilen,
daß Lanza zu einer Unterhaltung bereit wäre, allerdings auf keinen
Fall in Gurfeins Büro. »Wenn mich einer der Boys im Büro des Distriktanwalts sieht, würde er auf Gedanken kommen, die für mich un-
gesund sind«, hatte er ausrichten lassen.

So bremste denn in der Nacht des 26. März 1942 an der Ecke von
Broadway und 103. Straße ein Taxi. Ein Mann stieg aus und ging auf
zwei andere zu, die ihn schon erwarteten. Die drei Männer wanderten
zum Ufer des Hudson hinunter. Guerin, Lanza und Gurfein. Gurfein
erläuterte die Ideen des Marine-Geheimdienstes, appellierte an den Patriotismus des Gangsters und wies auf die schwierige Lage hin. »Ich
könnte helfen«, bemerkte Lanza. »Ich will tun, was ich kann.«

Wenige Tage später saßen sich in den Räumen des feudalen Astor-
Hotels der Commander Charles Haffenden und der Gangster Joseph
Lanza gegenüber. Die Details der Zusammenarbeit wurden vereinbart.
Lanza gab dem Offizier seine Telefonnummer, damit man sich jeder-
zeit verständigen könne. Allerdings wußte keiner der beiden, daß zu

121

dieser Zeit die Staatsanwaltschaft ein Verfahren gegen Lanza voran-
trieb und die Polizei die Telefonleitung Lanzas angezapft hatte. Es gab
zunächst einige Aufregung unter den Polizisten, als sie Lanzas Gesprä-
che mit dem Marine-Geheimdienst hörten, in denen unverständliche
Codeworte benutzt wurden.

Commander Haffenden konnte mit dem Abkommen sehr zufrieden
sein, das er mit dem mächtigen Herrn des Fulton-Fischmarktes abgeschlossen hatte. Dank dessen Vermittlung wurden nun auf Fischerei-
fahrzeugen Agenten des Geheimdienstes untergebracht. Diese Agenten
waren mit Funkgeräten ausgerüstet und konnten nach einem geheimen
Code jedes gesichtete feindliche U-Boot sofort an das Marinehaupt-
quartier melden. Der Erfolg dieser Aktion wurde bald sichtbar. Die
U-Boot-Bekämpfung machte Fortschritte, die Geleitzüge fuhren sicherer und mit geringeren Verlusten.

Jetzt schien dem Marine-Geheimdienst der Zeitpunkt gekommen,
die Docks von New York stärker zu überwachen. Wieder bat Commander Haffenden Joseph Lanza um seine Unterstützung. Aber diesmal zögerte der Racketeer. Die Fischerei war seine Domäne, auf den
Docks aber hatte er nichts zu sagen. Diese Region unterstand dem Ma-
fia-Bruder Albert Anastasia. Lanza und Anastasia waren gute Freunde,
man hätte die Angelegenheit normalerweise schnell regeln können,
aber seit dem Kriegseintritt der USA war Albert Anastasia, der Chef
der Murder Incorporated, verschwunden. Eine Untersuchung gegen
ihn lief — noch immer im Fall Reles —, und Anastasia hatte es vorgezo-
gen, sich schnell freiwillig zur Armee zu melden, um sich so dem Zugriff der Polizei zu entziehen. Bei der Armee war Anastasia übrigens
entsprechend seinen Fähigkeiten zweckmäßig eingesetzt worden. Er
diente mittlerweile als Sergeant bei der Militärpolizei.

Anastasias Statthalter jedoch waren Lanza nicht verpflichtet. Dieser
erläuterte das seinem Rechtsanwalt so: »Ich habe nur mit dem Fischmarkt zu tun. Die Marine verlangt mehr und mehr — alles Dinge, die
nichts mit Fischen zu tun haben. Es gibt nur einen Mann, der all das
kann, was sie wollen. Der sagt ein Wort, und alles läuft.«

Das Okay von Charlie

Ähnliches bekam Haffenden auch von Lanza selbst zu hören. Mit einem Zusatz: »Ich muß das Okay von Charlie haben!«

»Charlie?« Haffenden wußte nicht einmal, wer da gemeint war. Seine Mitarbeiter klärten ihn auf. Charles Luciano müsse die Sache genehmigen.

Haffenden meinte, das wäre wohl eine Kleinigkeit, doch er mußte sich eines Besseren belehren lassen. Luciano saß in Dannemora, in der in Gangsterkreisen gefürchteten Haftanstalt, und arbeitete in der dortigen Bibliothek. Er hatte dank seiner Macht und seinem Geld unter den Mitgefangenen dienstbare Geister, die ihm die Haft erleichterten. Ein plötzlicher Besuch in Dannemora für Luciano würde die Unterwelt mißtrauisch machen. Es mußte ein anderer Weg gefunden werden.

Im Auftrag von Haffenden wandte sich Staatsanwalt Gurfein an Lucianos Rechtsanwalt Moses Polakoff. Man fand mit dem Anwalt bald eine gemeinsame Sprache, Polakoff hatte während des ersten Weltkrieges in der Marine gedient. Allerdings blieb Polakoff skeptisch. Vor Richter Herland sagte er später aus: »Luciano ist mir nicht so gut bekannt, als daß ich dieses Thema selbst anschneiden könnte, aber ich wüßte einen Menschen, dem er vertraut und dessen Patriotismus oder Vaterlandsliebe — unabhängig von seinem sonstigen Ruf — außer Zweifel stehen, und mit diesem Menschen wollte ich die Sache besprechen, bevor ich mich festlegte. Ich sagte ihm, ich würde ihn anrufen, sobald ich mit dieser Person gesprochen hätte.«

Man traf sich dann in einem vornehmen Restaurant mit »dieser Person«. »Mister Gurfein«, sagte Polakoff und wies auf den dunkelhaarigen, untersetzten Mann, den er mitgebracht hatte, »darf ich Ihnen Mister Meyer Lansky vorstellen.«

Das war ein gehöriger Schock für den Staatsanwalt. In diesem eleganten Lokal sollte er eine vertrauliche Unterhaltung mit einem der übelsten und gefürchtetsten Gangster führen, der nur deshalb noch frei herumlief, weil man ihm auch mit größter Mühe keines seiner Verbrechen nachzuweisen vermochte. Aber was sollte Gurfein tun? Das Staatsinteresse ging nun einmal vor.

Lansky zeigte sich optimistisch. »Er wird helfen. Schon weil es nichts gibt, was ihn mit seiner alten Heimat verbindet. Er hat niemanden in

Sizilien. Seine ganze Familie lebt hier, seine Eltern, seine Geschwister.« Auch Lansky hielt Dannemora für einen ungeeigneten Ort, solch eine Sache zu besprechen. Es lag jetzt am Marine-Geheimdienst, alles vorzubereiten.

Haffenden sandte einen Brief an den Chef der Gefängnisse des Staates New York und bat ihn, der Marine in einer höchst vertraulichen Sache zu helfen: Charles Luciano sollte vom Clinton-Gefängnis in Dannemora nach Comstock verlegt werden. Es sei beabsichtigt, ihn einzeln und vertraulich durch verschiedene Personen, die für den Marine-Geheimdienst arbeiten, vernehmen zu lassen. Hinzugefügt war der Satz: »Dieser Brief ist sofort nach dem Lesen zu vernichten.« Ein so geheimes Dokument konnte nicht der Post zur Beförderung anvertraut werden. Es wurde durch zwei Offiziere persönlich überbracht und von ihnen sofort verbrannt, nachdem es der Adressat gelesen hatte.

So kam es zu der plötzlichen Verlegung Lucianos und zu dem für Luciano nicht minder überraschenden Besuch von Polakoff und Meyer Lansky. Als sich Luciano gefaßt hatte, erklärten ihm die beiden Besucher, was sich in der Zwischenzeit ereignet hatte und worum es Lanza ginge. »Wir hoffen, daß du der Marine hilfst«, sagte Lansky.

»Lucky« nickte. »Okay! Ich werde helfen.« Nach einer Weile fügte er hinzu: »Am selben Tage, als ich aus Dannemora wegkam, wurde wieder meine Deportation nach Italien verlangt. Niemand weiß, wie der Krieg ausgehen wird. Nehmen wir an, ich werde eines Tages nach Italien geschickt. Wenn man erfährt, daß ich der US-Marine während des Krieges geholfen habe, geht es mir dreckig. Also — was immer ich tue, haltet die Klappe. Niemand darf davon erfahren!«

»Absolut!« versicherte Polakoff. »Alle, die damit zu tun haben, werden absolutes Stillschweigen über die Sache bewahren. Auch die Marine kann sich kein Gerede leisten.«

»Einverstanden!«, sagte Luciano. »Schickt Joe Socks her, und ich werde ihm sagen, mit wem er zu sprechen hat und was zu tun ist.«

Am 4. Juni 1942 wurde Luciano wiederum aus seiner Zelle in den Besucherraum geführt. Diesmal waren außer Polakoff und Meyer Lansky auch noch Joseph Lanza gekommen. »Die Sache ist die«, erläuterte Lanza noch einmal umständlich, »daß die Marine von mir viele Sachen verlangt, aber ich kenne die betreffenden Leute nicht. Viele

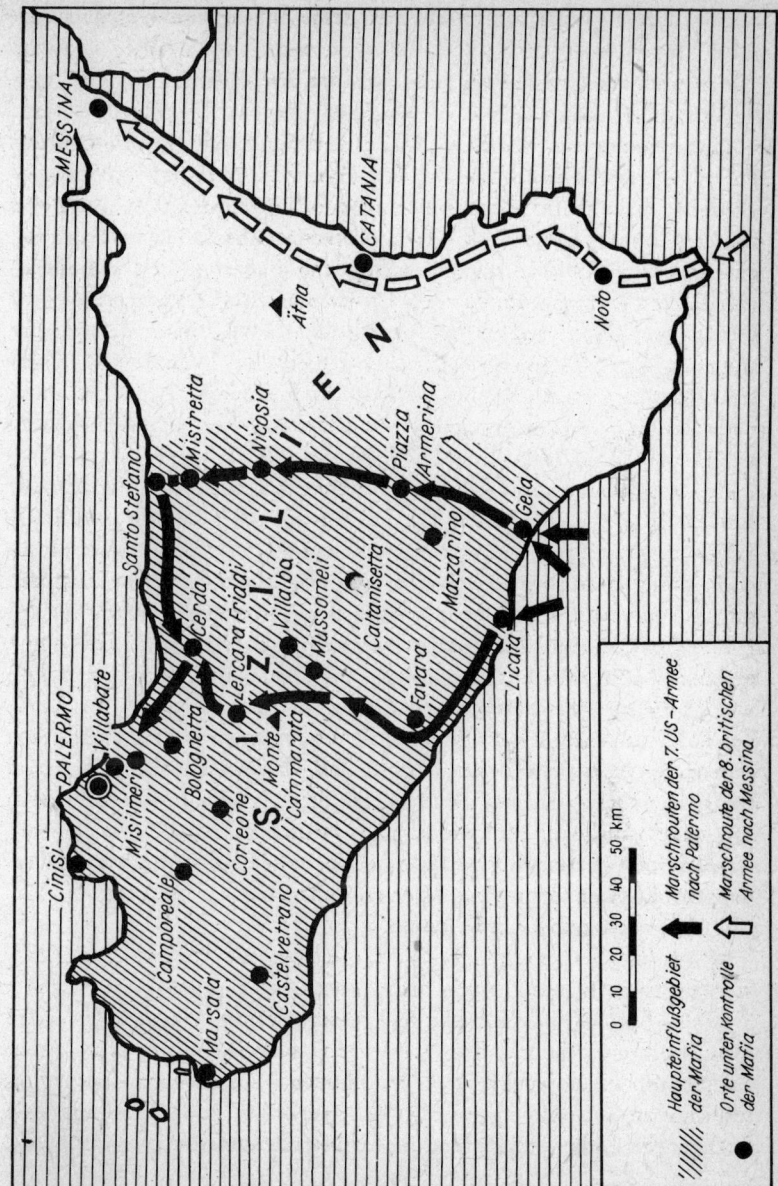

Haupteinflußgebiet der Mafia

Orte unter Kontrolle der Mafia

Marschrouten der 7. US-Armee nach Palermo

Marschroute der 8. britischen Armee nach Messina

MESSINA

CATANIA

Noto

Ätna

Mistretta

Nicosia

Piazza Armerina

Santo Stefano

Cerda

Lercara Friddi

Villalba

Mussomeli

Caltanissetta

Mazzarino

Gela

Licata

Favara

Monte Cammarata

Corleone

Bolognetta

Mistilmeri

Villabate

PALERMO

Cinisi

Camporeale

Castelvetrano

Marsala

0 10 20 30 40 50 km

125

Leute wollen nichts mit der Sache zu tun haben. Wenn du grünes Licht gibst, wird es gehen.«

»Okay!« entschied Luciano. »Sage ihnen, ich stehe hinter der Sache. Und ich werde dafür sorgen, daß sie es erfahren.«

Lanza machte auf die Brüder Camardo aufmerksam, die die Piers in Brooklyn kontrollierten. Emil Camardo hatte sich zum Vizepräsidenten der International Longshoremen's Association machen lassen, einer Dockergewerkschaft, die die Mafia durch Terror unter ihre Kontrolle gebracht hatte. Wollte man die Brooklyn Piers vom Geheimdienst überwachen lassen, brauchte man die Erlaubnis der Camardos.

»Wende dich ihretwegen an Joe Adonis und Frank Costello«, riet Luciano. »Sag ihnen, ich sei dafür. Joe wird es den Camardos schon beibringen.«

»In New Jersey«, fuhr Lanza fort, »sind die Piers der Armee. Ich habe keine Verbindungen dahin.«

»Ich werde die richtigen Leute informieren«, versprach der Mafia-Boß.

Von diesem Tage an wiederholten sich die seltsamen Besuche in Comstock alle zwei Wochen. Die merkwürdigsten Besucher tauchten auf, und niemand erfuhr, wer sie waren und woher sie kamen. Denn das war Lucianos Bedingung. Die Polizei durfte keinesfalls auf dem Umweg über diese Zusammenarbeit eine Übersicht über das dichtgewebte Netz der Mafia erhalten. Nur Polakoff kannte ihre Namen, aber Polakoff war der Anwalt des mächtigen Luciano und verstand zu schweigen. Bei jedem Besuch war Lansky dabei. Er wußte mehr als Polakoff, er war der eigentliche Vermittler, der Lucianos Befehle weiterleitete. Lansky genoß dank seiner Freundschaft zu Luciano und seiner Mitarbeit in der »Big Six« genug Vertrauen bei den Mafiosi. Ihm glaubten sie, wenn er sagte: »›Lucky‹ bittet euch.«

Sizilien unter Zellophan

Die Sicherheitsvorkehrungen in dem Zusammenspiel zwischen Mafia und Marine-Geheimdienst waren umfangreich — auf beiden Seiten. Jeder Gangster oder Mafioso erhielt eine Codenummer. Die Unterhaltungen zwischen den Mafiosi und ihrem Don wurden außerdem zur Sicherheit oft in sizilianisch geführt. Anwalt Polakoff, dieses Idioms nicht mächtig, saß derweilen in einer Ecke und las Zeitungen.

Für die Cosa Nostra waren die regelmäßigen Besuche im Gefängnis überaus nützlich. In Richter Herlands Geheimbericht wird erwähnt, daß schon das erste Treffen mit Lanza mehr als dreieinhalb Stunden gedauert hatte. Aber die Anweisungen Lucianos könnten kaum mehr als zehn Minuten erfordert haben! Am 25. August 1942 kamen nicht weniger als sieben Mann für mehrere Stunden zu »Lucky«, darunter Frank Costello. Am 29. Dezember 1942 war unter den illustren Luciano-Besuchern Michaele Miranda, der Verbindungsmann zu so wichtigen Cosa-Nostra-Bossen wie Thomas Luchese und Vito Genovese.

Für Commander Haffenden wurde die Zusammenarbeit mit Luciano eine erfolgversprechende Angelegenheit. Weit davon entfernt, auch nur annähernd den Umfang und die Reichweite der Mafia zu erkennen, merkte er, daß dieser Organisation nichts unmöglich war. Die kompliziertesten Spionagefälle wurden in unglaublich kurzer Zeit aufgeklärt — und das nicht nur an der Ostküste, sondern überall in den Staaten. Der Arm der Cosa Nostra reichte weit, sehr weit. Auch über den Atlantik hinweg. Im Sommer 1942 erhielt der Marine-Geheimdienst aus Washington den Hinweis, zum Jahresende sei die Landung amerikanischer Truppen in Nordafrika geplant, um den britischen Armeen Montgomerys, die sich in Libyen schlugen, zu helfen. Anschließend sei eine Operation in Italien wahrscheinlich.

Aus dem Hinweis wurde der Befehl, alles über Sizilien in Erfahrung zu bringen. Zu diesem Zweck schuf der Marine-Geheimdienst eine neue Abteilung — die Section F. Das »F« bedeutete Foreign Intelligence, Auslandsaufklärung. Mit der Leitung dieser Abteilung wurde der so erfolgreiche Commander Haffenden beauftragt.

Natürlich wußte Haffenden, daß viele seiner Kontakt- und Vertrauensleute in der Unterwelt in Sizilien geboren waren und dort Verwandte hatten, und sie waren Mussolini meist nicht wohlgesonnen. Man brauchte topographische Angaben, Auskünfte über Häfen, Brücken, Flüsse, Berge, über die Wasserversorgung, über das Straßennetz, über die Lage der einzelnen Orte. Man suchte ferner Sizilianer, die bereit waren, die landenden amerikanischen Truppen zu unterstützen. Wiederum mußte Luciano konsultiert werden.

Die erste Aufgabe wurde bald erledigt. In Commander Haffendens Abteilung hing eine große Karte der Mittelmeerinsel. Über sie war eine Zellophanfolie gedeckt, auf der die Kartographen alle Angaben der Mafiosi einzeichneten. Schnell bedeckte sich dieses Stück Zellophan mit Hunderten präziser Details. Rechtsanwalt Polakoff hatte im Auftrag Lucianos die Cosa-Nostra-Leute aufgefordert, Italo-Amerikaner mit Fotos, Ansichtskarten, Briefen und Dokumenten aus ihrer Heimat zu ihm zu bringen.

Die zweite Aufgabe brachte etwas mehr Zeit. Luciano ließ Joe Adonis eine Nachricht übermitteln. Adonis betrieb als Tarnung seiner Mafia-Aktivität ein gutgehendes italienisches Restaurant, wo die Mafiosi die von ihnen so geliebten Nationalspeisen erhalten konnten. Adonis konnte dem Commander so manchen wertvollen Helfer vermitteln. Meyer Lansky gab 1954 zu Protokoll: »Joe Adonis schaffte ausländische Italiener herbei, die der Marine von Nutzen sein konnten … Haffenden entfaltete große Landkarten, und diese Italiener versuchten zu erkennen, was ihnen auf der Landkarte vertraut war, und der Marine zu erzählen, ob die Karte stimmte oder ob sie es besser wußten. Die Marine wieder wollte von den Italienern alle Bilder von jedem Hafen und jedem Kanal Siziliens haben, die aufzutreiben waren. Und auch Leute, die kürzlich noch in Sizilien gewesen waren, die die Gewässer und die Küsten kannten — die sollten wir zur Marine bringen, damit man mit ihnen sprechen konnte.«

Schließlich erinnerte Adonis Luciano an Don Vincente Mangano, Mitglied des Obersten Rates der Cosa Nostra und Chef einer Familie, der außerdem eine Import-Export-Firma betrieb. Mangano war einer der prominenten Besucher im Gefängnis Great Meadow. Er verfügte über gute Beziehungen nach Sizilien, und er war es wahrscheinlich, der auf Lucianos Wunsch hin über bis heute noch nicht entdeckte unterirdische Kanäle einen Kontakt zu dem mächtigen Mann der sizilianischen Mafia herstellte, zu Don Calogero Vizzini.

Bis zum heutigen Tag ist auch ungeklärt geblieben, welche Rolle Don Vito Genovese dabei spielte. Genovese hatte 1939 vor seiner Deportation nach Italien die Leitung der Familie an Frank Costello übergeben. Auffällig in diesem Zusammenhang ist der Umstand, daß Costello auf Wunsch Lucianos ebenfalls eng mit Commander Haffenden zusammenarbeitete. Ungeachtet der Anti-Mafia-Kampagne Mussolinis hatte sich Genovese unbehelligt in Rom niederlassen können. König Viktor Emanuel ernannte ihn sogar zum Commandatore des Ordens der Italienischen Krone. War die Auszeichnung der Lohn für Gefälligkeiten gewesen, die Don Vito Genovese mitten im Krieg Mussolini erwies?

Am 11. Januar 1943, 21 Uhr 30, wurde in New York an der Ecke der 15. Street und der 5. Avenue ein Mann erschossen. Sein Name lautete Carlo Tresca. Das Opfer war von Beruf Journalist, er gab die antifaschistische italienische Zeitschrift »Il Martello« (»Der Hammer«) heraus und wurde von Mussolini erbittert gehaßt. In dem polizeilichen Ermittlungsbericht über diesen Mord hieß es: »Für den Eingeweihten besteht kein Zweifel, daß Vito Genovese von Italien aus das Attentat gegen Tresca organisiert hat. Für diesen Zweck wurden ihm 500 000 Dollar zur Verfügung gestellt.«

Der Mörder Trescas — so ermittelte man sehr viel später — hieß Carmine Galente und war ein enger Freund von Vincente Mangano. Stimmte die Vermutung der Polizei, so besaß Don Vito Genovese ungeachtet des Krieges einen »Kanal« von Italien nach Amerika. Existierte eine solche Verbindung, so konnte sie in beiden Richtungen benutzt werden. Gelangte Lucianos Wort auf diesem Weg nach Sizilien?

Commander Haffenden hatte Meyer Lansky gegenüber seine Idee unterbreitet, bei der geplanten Invasion »ausländische Italiener nach Sizilien mitzunehmen«. Und bei einem Besuch in Washington schlug der Commander sogar vor, nicht irgendeinen Italiener für diese Mission einzusetzen, sondern »Lucky« Luciano aus dem Gefängnis zu entlassen und noch vor den alliierten Truppen nach Sizilien einzuschleusen.

Ein hoher Geheimdienstbeamter sagte vor Richter Herland: ».. . hat Commander Haffenden mir gegenüber ausdrücklich den Namen Lucky Luciano erwähnt ... Luciano müsse natürlich aus dem Gefängnis entlassen und mit ordentlichen Reisedokumenten versorgt werden. Damit könnte er sich in ein neutrales Land begeben, zum Beispiel nach Portugal. Um diese Entlassung in die Tat umzusetzen, könnte er, Haffenden, veranlassen, daß der Gouverneur von New York, Dewey, Luciano begnadige oder auf freien Fuß setzen lasse.«

Der Geheimdienstmann habe, so sagte er 1954 aus, seine vorgesetzte Dienststelle informiert, eine Entlassung Lucianos sei jedoch abgelehnt worden.

Die »Kühe« und »Karren« kommen

»Es war der schnellste Blitzkrieg der Geschichte!«

US-General George Patton über die Landung der 7. amerikanischen Armee im Sommer 1943 auf Sizilien

Ein Aufklärungsflugzeug der amerikanischen Marine steuerte am Morgen des 14. Juli 1943 das sizilianische Bergstädtchen Villalba an. Die kleine wendige Maschine kreiste fünf Minuten über dem an einem Abhang klebenden Ort, ehe sich unter ihrem Rumpf ein kleiner Fallschirm öffnete. Von einer Luftströmung weit abgetrieben, landete er außerhalb von Villalba, wo ihn ein italienischer Soldat fand. An ihm hing ein nylonumhülltes Päckchen. Der Finder knüpfte es auf und zog ein gelbseidenes Tuch mit einem verschnörkelten schwarzen »L« heraus.

Kopfschüttelnd lieferte der ahnungslose Soldat diesen seltsamen Fund seinem Vorgesetzten ab, der mit dem rätselhaften Stofflappen ebenfalls nichts anzufangen wußte.

Das Päckchen, das das fremde Flugzeug abgeworfen hatte, war nicht für diese Männer bestimmt. Beim Rückflug zur Südküste Siziliens war dem Piloten nicht entgangen, daß der Fallschirm in einer falschen Richtung talwärts schwebte. Am nächsten Tag wiederholte die amerikanische Maschine den halsbrecherischen Flug zu dem Bergnest. Diesmal ging sie tief hinunter und glitt über die flachen Häuser von Villalba. Ein abermals abgeworfenes Bündel segelte am Fallschirm nahe der Kirche nieder. Die Aktion war gelungen, die Sendung geriet in die richtigen Hände.

Während der Aufklärer abdrehte und wieder über den Bergen verschwand, hob ein Mafioso Fallschirm und Anhängsel auf. Im Laufschritt brachte er beide Gegenstände in die Via Crispi zu seinem Chef

130

Villalba: Hier residierte das Oberhaupt der Mafia, Don Calogero Vizzini

Calogero Vizzini, Don Calò genannt. Nach dem Tod von Vito Cascio Ferro, auch Don Vito genannt, hatte der Mafia-Führer von Villalba die höchste Sprosse in der Hierarchie der »Ehrenwerten Gesellschaft« erklommen. In diesem Bergort residierte er als Mafia-Oberhaupt von Sizilien.

Don Calò identifizierte, obwohl auch er wie sein Vorgänger Don Vito Analphabet war, den Buchstaben »L« mühelos. Er erkannte sofort das Zeichen von »Lucky« Luciano, dem Chef der allgewaltigen Cosa Nostra. Ein merkwürdiges Spiel des Zufalls: Luciano war in Lercara Friddi, einem Ort nahe der Hauptstraße zwischen Villalba und Palermo, geboren!

Auch Don Calò hatte ein Erkennungszeichen, das in besonderen Fällen ausgetauscht wurde und für seinen Überbringer wie ein »Sesam öffne dich!« wirkte. Es war ein gelbes Seidentaschentuch mit einem schwarzen, ungelenken »C«.

Die Öffentlichkeit hatte von dem Austausch solcher Zeichen erstmals im Jahre 1922 erfahren. Ein Mafioso aus Villalba, ein gewisser

131

Lotto, unternahm damals wohl auf eigene Faust einen Mord. Bei diesem Verbrechen ließ er die primitivsten Vorsichtsmaßnahmen außer acht. Und was das schlimmste war, Lotto beachtete auch nicht die Ratschläge der »Ehrenwerten Gesellschaft«. Don Calò hielt trotz dieser Vergehen seine schützende Hand über den Mörder, um nicht sein eigenes Ansehen als mächtigster Mann von Villalba einzubüßen. Er ließ den Stümper erst zum Geisteskranken erklären und dann in eine Nervenklinik einliefern, die von Mafia-Ärzten geleitet wurde. Diese ließen Lotto bald offiziell sterben, stellten einen Totenschein aus und legten ihn in einen mit Luftlöchern versehenen Sarg. Aber statt zum Begräbnis auf den Friedhof fuhr ihn der Leichenwagen zum Hafen. Dort erhielt der Mörder gefälschte Ausweispapiere für die Einwanderung in die Vereinigten Staaten in die Hände gedrückt, dazu ein seidenes Taschentuch mit einem »C«, das Lotto die Türen zu den Gewaltigen der Cosa Nostra öffnen sollte.

Was zwei Jahrzehnte zuvor einem Verbrecher als Begleitschein diente, benutzte Luciano am 15. Juli 1943 in umgekehrter Richtung, um die Invasion zu unterstützen und auf Sizilien die bisher größte Mafia-Operation auszulösen. Don Calò erhielt das Signal seines Freundes und Kumpans Luciano fünf Tage nach dem 10. Juli, als amerikanische, kanadische und britische Truppen an der Südküste Siziliens gelandet waren.

»Operation Husky«

Die westlichen Alliierten hatten bereits im Januar 1943 auf der Casablanca-Konferenz die Invasion auf Sizilien beschlossen. Die Mittelmeerfront besaß nur zweitrangige Bedeutung für den Fortgang des zweiten Weltkrieges. Die Regierungen der USA und Großbritanniens wußten das.

Im Sommer 1943 war der italienische Faschismus bereits schwer angeschlagen, und Hitler konnte seinem Satelliten-Partner in Rom kaum mehr Hilfe gewähren. Auf dem entscheidenden Kriegsschauplatz, an der sowjetisch-deutschen Front, entwickelte sich die Schlacht bei Kursk. Die deutschen Faschisten benötigten selbst alle Reserven.

Die Westmächte wurden jedoch durch die Vorgänge in Norditalien alarmiert und zu großer Eile angespornt, weil — so paradox es klingen mag — das militärisch schwer getroffene faschistische Regime unter den Schlägen des Volkskampfes zusammenzubrechen drohte. Unter Führung der Kommunisten und Sozialisten war eine antifaschistische Bewegung gewachsen, die im März 1943 eine mächtige Streikwelle in den Industriezentren des Landes organisierte. Die Tage des Diktators Mussolini waren bereits gezählt, und die Frage, welche Kräfte nach dem Sturz des Faschismus in Italien die Geschicke des Landes lenken würden, bereitete den Politikern in London und Washington schlaflose Nächte.

Noch bevor Sizilien, das den Westmächten als Sprungbrett zum europäischen Festland dienen sollte, völlig von Amerikanern und Engländern besetzt war, schrieb am 5. August 1943 der britische Premierminister Winston Churchill einen aufschlußreichen Brief an den amerikanischen Präsidenten Franklin D. Roosevelt. Darin klagte Churchill: »Italien ist über Nacht rot geworden ... Zwischen dem König und den um ihn gescharten Patrioten, die die Führung in der Hand haben, und dem um sich greifenden Bolschewismus gibt es nichts.«

Unter diesen Aspekten planten und beschleunigten die Westmächte die »Operation Husky«, die die Besetzung der Mittelmeerinsel zum Ziel hatte. Dabei versicherten sich die Militärs vorsorglich der Hilfe der Cosa Nostra. Ihre Devise lautete: Italien und natürlich auch Sizilien dürften auf keinen Fall »rot« werden.

Am 10. Juli 1943 landeten die 7. amerikanische Armee unter ihrem Befehlshaber General George Patton in Gela und Licata, die 8. britische Armee unter Feldmarschall Montgomery in Syracusa und Pachino. Sie waren den italienischen und deutschen Verbänden, die infolge der verlustreichen Niederlagen in der Sowjetunion und Afrika schlecht ausgerüstet und demoralisiert waren, an Truppen anderthalbfach, an Panzern vierfach und an Flugzeugen siebenfach überlegen — von der Übermacht der Seestreitkräfte ganz zu schweigen.

Trotz Überlegenheit an Menschen und Material gerieten die angreifenden Verbände in unerwartete Schwierigkeiten. Lastensegler mit Luftlandetruppen wurden zu weit vor der Küste ausgeklinkt, so daß viele Fallschirmjäger im Mittelmeer ertranken.

Die britisch-kanadische Armee sollte an der Ostküste Siziliens entlang in Richtung Norden bis nach Messina vorstoßen. Als ihr Vormarsch am 13. Juli 1943 bei Catania von einer deutschen Panzerdivi-

Während sich die britischen und kanadischen Soldaten unter großen Opfern mühevoll vorkämpften, bahnte „General Mafia" der amerikanischen 7. Armee den Weg in die Hauptstadt Palermo

sion zum Stehen gebracht wurde, beschloß die britische Führung, eine weitere Luftlandebrigade aus Nordafrika zur Verstärkung abzusetzen. Der riesige Pulk von Flugzeugen geriet jedoch beim Anflug über dem Kap Murro di Porco in ein konzentriertes Abwehrfeuer, das versehentlich die eigenen Truppen eröffnet hatten. Elf Flugzeuge wurden abgeschossen, während ein Teil der Transportmaschinen angesichts des Beschusses wieder abdrehte.

Der Sizilienfeldzug der von Feldmarschall Montgomery geführten britisch-kanadischen Einheiten zog sich fünf Wochen hin. Der Widerstand der Faschisten konnte nur in opferreichen Kämpfen gebrochen werden, die mehrere tausend Mann Verluste forderten.

General George Patton hatte offensichtlich — wie ein Blick auf die Karte zeigte — das schwierigere Terrain zu überwinden und — wie die britischen Generale glaubten — eine kompliziertere Aufgabe zu lösen. Das gebirgige Zentrum und der westliche Teil der Insel mit der Hauptstadt Palermo sollten von seinen Truppen besetzt werden. Als besonders harte Nuß galt die Festung am Monte Cammarata, die unweit der Bergstädte Villalba und Mussomeli lag.

Aber zur Verblüffung der britischen Militärs stieß Patton mit seiner Streitmacht, nachdem er bis zum 15. Juli praktisch in der Ausgangsstellung verharrt hatte, in sieben Tagen bis nach Palermo vor, ohne in größere Kampfhandlungen verwickelt zu werden und ohne nennenswerte Verluste.

Als General Dwight D. Eisenhower über diese außerordentlich schnelle Operation befragt wurde, antwortete er mit einem nebulösen Hinweis auf den militärischen Geheimdienst: Man hätte »wichtige Informationen« gehabt. Was sich in Wirklichkeit ereignet hatte, sollte die Welt erst viel später erfahren.

Ein reitender Bote

Don Calò ließ, nachdem er das gelbe Seidentuch mit dem schwarzen »L« empfangen hatte, seinen leiblichen Bruder Giovanni, seines Zeichens Priester, rufen. Der Mafia-Chef, selbst des Schreibens und Lesens unkundig, diktierte ihm einen Brief an Giuseppe Russo — auch als Genco Russo bekannt —, den Mafia-Führer des nicht weit entfernten Mussomeli. Genco Russo galt damals als zweitmächtigster Mann in der Bruderschaft Siziliens und als Nachfolger von Don Calò.

Das Schreiben enthielt die Mitteilung, daß die »Kühe« (die amerikanischen Soldaten) und die »Karren« (die Panzer) am 20. Juli sowohl in Villalba als auch in Mussomeli eintreffen wollten. Jetzt müßten die besprochenen Maßnahmen von Genco Russo schnell und reibungslos ausgeführt werden.

Mit der geheimen Botschaft startete ein Reiter nach Mussomeli. Don Calò gab dem Boten strikte Order, das wichtige Papier zu verschlucken, falls er in Gefangenschaft geraten sollte. Auf keinen Fall dürfe es in die falschen Hände gelangen. Doch die Vorsichtsmaßnahmen waren überflüssig. Der Mafioso, der für diesen Kurierdienst ausgesucht worden war, gelangte ohne Zwischenfälle an das Ziel, wo ihn Russo empfing. Die Kunde von der Landung auf Sizilien hatte sich wie ein Lauffeuer über die Insel verbreitet. Seit diese Nachricht Russo erreicht hatte, erwartete der Mafia-Führer von Mussomeli sehnsüchtig das Signal aus Villalba, um handeln zu können.

Russos besonderes Augenmerk galt der Cammarata-Festung, deren unzugängliche Lage bereits aufständische Sklaven zur Römerzeit genutzt hatten. Später diente sie Räuberbanden als sicherer Unterschlupf. Die Gebirgsstellung war außerordentlich gut mit Geschützen bestückt und relativ leicht zu verteidigen. An dieser Zitadelle mußten die amerikanischen Truppen, die nach dem Norden der Insel durchstoßen wollten, unbedingt vorbei. Die Besatzung der Festung — ausgerüstet mit Panzer- und Fliegerabwehrkanonen sowie deutschen Panzern — konnte den Vormarsch der amerikanischen Verbände wenigstens für Tage, unter Umständen sogar für Wochen aufhalten.

Befehligt wurde die Gebirgsstellung von einem Colonello Salemi, einem fanatischen Faschisten, der vor seinen kriegsmüden Soldaten und Offizieren, wie die Gewährsleute von Russo in Erfahrung gebracht hatten, markige Durchhaltereden hielt. Die täglichen Appelle an die Festungsmannschaft schloß er mit den Worten: »Ihr dürft fallen, aber nicht kapitulieren!«

Aber Colonello Salemi, der wie die deutschen Faschisten immer noch für den »Endsieg« kämpfte, hatte seinen Plan ohne Mafia-Chef Russo gemacht. Am Morgen des 20. Juli mußte er zur Kenntnis nehmen, daß zwei Drittel seiner Leute über Nacht desertiert waren. Mafiosi hatten die demoralisierten Soldaten mit Drohungen und Versprechungen zur Flucht überredet. Viele Deserteure wurden von ihnen mit Zivilkleidern versorgt.

Wutschnaubend fuhr Salemi in das nahe Bergstädtchen Mussomeli. Auf dem Weg dorthin lauerte in einem Hinterhalt bereits Russo mit einem Häuflein bewaffneter Männer. Sie hatten vorher den Deserteuren die Gewehre und Pistolen abgenommen. Man stoppte den Fiat des Colonell, entwaffnete und zwang ihn, mit in die Stellung zu fahren.

Während die Mafiosi die Gewehrmündungen auf den gefangenen Kommandanten Salemi richteten, wandte sich Russo an die verbliebenen Soldaten und Offiziere. »Legt die Waffen nieder«, befahl er in herrischem Ton, »und feuert keinen Schuß ab, wenn die Amerikaner nach Mussomeli kommen. Wenn ihr nicht gehorcht, wird die Mafia dafür sorgen, daß von euch und euren Familien, wo auch immer sie wohnen mögen, nichts übrigbleibt.«

Erst zögernd, dann immer schneller fielen die Handfeuerwaffen auf den steinigen Boden. Die Soldaten suchten das Weite. Russos Bande nahm vorsichtshalber Salemi mit und sperrte ihn in das Rathaus ein.

Genco Russo hatte ganze Arbeit geleistet. Der Weg für General Pattons Truppen war frei. Die Schlacht von Cammarata hatte die Mafia gewonnen, ohne daß auch nur ein einziger Schuß gefallen war.

Am Stadtrand von Mussomeli erwartete Russo mit einer weißen Fahne die »Kühe« und »Karren«, die ihm der »ehrwürdige« Don Calò angekündigt hatte. Als endlich die Amerikaner eintrafen, ließ die Mafia ihnen zu Ehren die Kirchenglocken läuten. Es wurde ein einzigartiger Triumphzug für die amerikanischen Truppen, die durch das Bergstädtchen zogen und von den Einwohnern laut bejubelt wurden. So hatte es Russo befohlen. Als die Bürger von Mussomeli den Don mit amerikanischen Offizieren das Rathaus betreten sahen, wußten sie, wer der Herr über das Städtchen war. Russo regierte künftig nicht mehr über Mittelsleute, sondern übernahm nun selbst die Verwaltung.

Am Abend des denkwürdigen Tages krachten einzelne Schüsse. Die Mafia beglich Rechnungen, die sie in der Mussolini-Ära einzulösen nicht unbedingt für ratsam gehalten hatte. Jetzt gehörte ihr die Macht, die sie in dem Augenblick des großen Erfolges mit niemandem teilen wollte.

General Mafia

Am selben Tag, am 20. Juli 1943, erreichte eine Vorhut der 7. amerikanischen Armee auch Villalba. Als ein US-Offizier auf dem Hauptplatz der Stadt aus dem ersten Panzer kletterte, erschien Don Calò auf der Bildfläche. Der korpulente Mann kam langsam angewatschelt, hemdsärmelig und in Hosenträgern — schlampig wie eh und je. An der Seite des Mafia-Königs, der das gelbe Tuch mit dem schwarzen »L« in der Hand hielt, schritt sein Neffe Damiano Lumina, der vor Beginn des zweiten Weltkrieges aus den Vereinigten Staaten heimgekehrt war und den Russo an Kindes Statt angenommen hatte. Doch seine Hilfe als Dolmetscher benötigte man nicht. Der amerikanische Offizier sprach unverkennbar sizilianischen Dialekt.

Der US-Geheimdienst hatte durchgesetzt, daß möglichst viele Sizilianer oder Amerikaner sizilianischer Abstammung den Invasionstruppen angehörten. Unter jeweils 100 Angehörigen der 7. Armee befanden sich 15 Sizilianer, wie später Historiker anhand der Dokumente feststellen konnten. Diese Tatsache verwundert nicht, wenn man weiß, daß im Jahre 1943 etwa zwei Millionen eingewanderte Sizilianer oder Amerikaner sizilianischer Abstammung in den USA lebten. Bei den 4,5 Millionen Einwohnern der Mittelmeerinsel hatte beinahe jeder Sizilianer Verwandte oder Bekannte im fernen Amerika.

Nach einem kurzen Gespräch mit den Offizieren in seinem Haus bestieg Don Calò schließlich ächzend einen amerikanischen Panzerwagen. Er selbst begleitete die amerikanische Armee und wies ihr den Weg durch sein Reich in Westsizilien, das er trotz seiner faschistischen Konkurrenten immer noch beherrschte.

Das Fahrzeug mit dem Oberhaupt der »Ehrenwerten Gesellschaft« in der Kolonne hatte mehr Wirkung als ein ganzes Panzerregiment, denn es öffnete ohne Gefechte die Tore der Städte. In einem ironischen Ton, in dem aber zweifellos auch Respekt mitschwang, nannten die amerikanischen Offiziere Don Calò »General Mafia«. Sie konnten sich an Ort und Stelle davon überzeugen, daß noch immer Don Calòs Befehl galt. Mit seiner Hilfe marschierten sie bereits nach sieben Tagen in Palermo ein. So feierten die Amerikaner einen Blitzsieg, während sich Briten und Kanadier unter beachtlichen Verlusten mühsam an der Ostküste nach Messina durchkämpften. Aber nicht nur die Amerikaner siegten in jenen Tagen.

Don Calò wird Bürgermeister

Noch vor dem Einzug der amerikanischen Truppen in die sizilianische Hauptstadt scherte ein Jeep aus der Marschkolonne aus und brachte Don Calò wieder in seine Heimatstadt Villalba zurück. Es ist beinahe überflüssig zu erwähnen, daß der Mafia-Chef bei dieser Fahrt auch seinen Machtbereich inspiziert hatte. Die lokalen Mafia-Führer begriffen sehr schnell, daß Don Calò mit Hilfe seiner amerikanischen Protektoren die Zügel nun wieder fest in die Hand nahm.

Am 28. Juli 1943 veranstalteten amerikanische Offiziere in der Carabinieri-Kaserne von Villalba zu Ehren von Don Calò eine Siegesfeier.

Sie war einer Inthronisation des sizilianischen Mafia-Königs gleichzusetzen. Neben zahlreichen Mafiosi, von denen manche gerade erst aus den Gefängnissen zurückgekehrt waren, erschienen »Männer des Ansehens« vom Rang eines Genco Russo. Don Calò hatte sich zur Feier des Tages sogar in ein zerknittertes Jackett gezwängt — trotz der drückenden Hitze, die über der Insel lastete.

Die Festrede hielt US-Major Beehr vom Kommando für Civil Affairs, das in den besetzten Gebieten für die Einsetzung einer neuen Zivilverwaltung sorgen sollte, natürlich ohne Kommunisten und Sozialisten. Die Order lautete: Den Einfluß der Antifaschisten sofort ausschalten! Und dabei konnte sich Mister Beehr nächst den Faschisten keine besseren Verbündeten als die »Ehrenwerte Gesellschaft« wünschen.

In seiner Ansprache feierte er die Mafiosi als aufrechte Antifaschisten und würdigte ihre Verdienste bei der Eroberung Siziliens. Zum Dank für die Hilfe ernannte er Don Calò zum Bürgermeister von Villalba und Umgebung — und zum Ehrenoberst der US-Armee.

Die sonst so schweigsamen und beherrschten Männer der Bruderschaft gerieten über den Machtzuwachs in einen wahren Taumel. Die mageren Jahre gehörten der Vergangenheit an. Sie begrüßten Don Calòs Beförderung mit einem dreifachen Hurra. »Lang lebe Don Calò!« — »Lang lebe die amerikanische Armee!« — »Lang lebe die Mafia!«

Major Beehr zeigte sich an diesem Abend besonders liebenswürdig und großzügig. Man würde die Dienste der Mafia auch in Zukunft brauchen. Don Calò erhielt zwei Lastwagen und einen Traktor, die die Amerikaner in einem italienischen Depot erbeutet hatten, zum Geschenk. Ebenso wertvoll war die Spende von einigen hundert Kanistern Benzin aus US-Beständen. Der Traktor verschwand auf einem von Don Calòs Gütern, für die Lastwagen hatte Don Calò eine besondere Verwendung. Sie sollten für Nachschub auf dem Schwarzen Markt sorgen, mit dessen Eroberung er sofort begann. Es dauerte nur Wochen, und Sizilien war im Mittelmeergebiet Zentrum solcher Geschäfte, die weitgehend mit den Amerikanern getätigt wurden. Zu den begehrtesten Artikeln zählte amerikanisches Heeresgut.

Don Calò — mit dem Instinkt für große Gelegenheiten ausgestattet — wußte die Gunst der Stunde zu nutzen. Er dachte einfach an alles.

Für die Hilfe der Mafia ernannten die Amerikaner Calogero Vizzini zum Ehrenoberst. Mit Unterstützung der Militärbehörden übernahm die Mafia die Macht

Der Mafia-Chef ließ eine größere Dollarsumme an seine einflußreichsten Freunde verteilen. Genco Russo schanzte er sogleich die Warenvorräte der Makkaronifabrik Maria Santissima Dei Miracoli (Allerheiligste Maria der Wunder) in Mussomeli zu. Den amerikanischen Offizieren gegenüber deutete er die Gefahr eines faschistischen Coups an, dem er und seine Männer bei der augenblicklichen Bewaffnung nicht widerstehen könnten. Die US-Armee stellte daraufhin aus ihrem Arsenal Maschinenpistolen und andere Handfeuerwaffen sowie Munition zur Verfügung. Die Militärbehörden schrieben auch großzügig Waffenscheine an die bewährten »Antifaschisten« aus, wie sich die Mafiosi frech bezeichneten.

Die Folgen ließen auch nicht lange auf sich warten: Von einer Geschoßgarbe aus einer amerikanischen Maschinenpistole und nicht von der traditionellen Lupara getroffen, starb der Carabinieri-Offizier von Villalba, Pietro Purpo.

Auf Wunsch der Amerikaner stellte der Analphabet Don Calò mit Hilfe seines schriftkundigen Bruders Giovanni eine Namensliste auf. Er schlug darin die Kandidaten für die Bürgermeisterämter in Westsizilien vor. In den nächsten Wochen führten US-Offiziere in mindestens der Hälfte aller Ortschaften Westsiziliens Männer in die Ämter ein, die entweder zur Mafia gehörten oder eng mit ihr liiert waren.

Als die Allied Military Government of Occupied Territory (AMGOT) – die alliierte Militärregierung für die besetzten Gebiete – eingesetzt wurde, reichte Don Calòs Arm auch bis in diesen Apparat. Dort wirkte sein Neffe Damiano Lumina, der offiziell als Dolmetscher geführt wurde, in Wahrheit jedoch den direkten Kontakt zwischen Palermo und der Mafia-Hochburg Villalba herstellte. Im Gebäude der AMGOT residierte auch der Geheimdienstmann US-Oberst Charles Poletti, der schon ein halbes Jahr vor der Invasion auf Sizilien eingetroffen war und seine Aufträge mit Hilfe der Mafia erledigte. Charles Poletti, der die Insel häufig mit seinem Packard bereiste und sizilianische Politiker aufsuchte, machte manchen Abstecher zur Via Crispi in Villalba, um sich mit dem mächtigsten Sizilianer zu treffen.

Dem Obersten stand als Berater Vincente Collura, ein Capo des amerikanischen Gangsterchefs Joe Profaci, zur Seite. Collura wiederum umgab sich mit einer Leibgarde italo-amerikanischer Gangster der Cosa Nostra, die aus den Vereinigten Staaten nach Sizilien deportiert worden waren und die ebenfalls als Verbindungsleute fungierten. Es war eine Liste illustrer Namen, die einem amerikanischen Verbrecheralbum entnommen zu sein schien: Joe Pici, Joseph de Luca, Antonio Schullaci, Marcello di Carlo, Giovanni Caputo . . .

In jenen Tagen wurde Sizilien nicht wie unter Don Vito von Palermo, der Capitale della Mafia, sondern von Villalba aus regiert, einem Ort, der aus einer alles überragenden Kirche und 42 mehr oder weniger engen Gassen voller Schmutz und Armut bestand. Aber es existierte dort auch eine Bank, die von Don Calò kontrolliert wurde.

Die Karriere

Woher stammte jener Mann, der auf den bürgerlichen Namen Calogero Vizzini getauft worden war? Auf welcher Sprosse begann sein Aufstieg auf der Leiter des Erfolges, die ihn in solch eine Höhe führte?

Sein Vater, ein Landarbeiter in Villalba, hatte noch die Bourbonenherrschaft erlebt, die Zeit, als die Mafia noch als eine Stätte der Zuflucht galt. Calogeros Vater Benjamino Vizzini heiratete Turrida Scarlata, Tochter einer »gehobenen« Familie. Die Scarlatas besaßen in der Welt ärmster Landarbeiter und Pächter ein kleines Stück Land. Die steile Karriere eines Bruders von Turrida, der es bis zum Bischof von Muro Lucano brachte, mehrte das Prestige dieser Familie. Ein Vetter von Calogero Vizzini wurde Bischof von Noto und außerdem Stifter des Mönchsordens von Maria Santissimo del Carmelo.

Dank verwandtschaftlicher Protektion konnten auch Calogeros Brüder Giovanni und Salvatore bald das Priesterornat überstreifen. Calogero, der am 24. Juli 1877 geboren worden war, zog indessen eine weltliche Laufbahn vor. Seine Lehrzeit begann spätestens mit dem siebzehnten Lebensjahr. In diese Zeit fiel auch sein erster Konflikt mit dem Gesetz.

Als Schläger überall gefürchtet, sammelte er eine jugendliche Bande um sich. Eines Abends drang er mit seiner Truppe in das Haus der wohlhabenden Familie Solazzo in Villalba ein. Sie stürzten sich auf einen jungen Mann, schleppten ihn vor den Augen der entsetzten Familie in die Dunkelheit hinaus und schlugen ihn halbtot. Das Opfer war der Freier einer Solazzo-Tochter, auf die auch Calogero ein Auge geworfen hatte.

Dieser Überfall aus Eifersucht war so stümperhaft und unvorsichtig ausgeführt worden, daß die Solazzos sofort Calogeros Verhaftung durchsetzen konnten. Der Prügelheld saß nur 24 Stunden in der Zelle des Stadtgefängnisses von Villalba. Dann holte ihn der Bischof von Muro Lucano durch die Fürsprache des Onkels persönlich aus dem Verlies.

Ansonsten betrieb der junge Calogero ernsthaftere Geschäfte, die er bereits mit erstaunlicher Schläue und mit Geschick meisterte. Er verkaufte »Sicherheit« an die Bauern von Villalba, die ihr Getreide zum Mahlen an die etwa 80 Kilometer entfernte Küste transportieren mußten. Nur dort drehten sich die Mühlen, die allesamt von einer Mafia-

Familie beherrscht wurden. Sie vereitelte jeden Mühlenbau im Innern der Insel. Die Karren mit den Kornsäcken mußten vor Straßenräubern, die das Gebiet unsicher machten, geschützt werden.

Calogero Vizzini mietete sich als Eskorte die damals berüchtigte Bande des Paolo Varsolana, die in den schwer zugänglichen Cammarata-Bergen hauste. Von diesem Bandenführer lernte er auch manchen taktischen Zug. Varsolana rekrutierte seine Kumpane aus Männern, die meist friedlich ihrer Arbeit nachgingen. Sie lebten nicht mit ihm in den Bergen, sondern raubten und überfielen auf Abruf. Beabsichtigte Varsolana einen Überfall, rief er sie zusammen. Nach vollbrachter Tat schlüpften sie wieder in ihre Alltagskleidung und entkamen so meist unerkannt.

Im Jahre 1902, so berichtet die Chronik, flog diese Bande, die sich bereits einen legendären Ruf erworben hatte, auf. Mit den Banditen landete auch Calogero Vizzini auf der Anklagebank, zum drittenmal in seinem bisherigen Leben. Bereits zweimal hatten die Richter vergeblich versucht, ihm einen Mord zu beweisen. Auch diesmal verkündete das Gericht wieder Freispruch für Vizzini. Wieder hieß es: »Per insufficienza di prove« (»Aus Mangel an Beweisen«).

Damit hatte er sozusagen sein Meisterstück geliefert und sich für die »Onorata Società« qualifiziert, denn die »Ehrenwerte Gesellschaft« nahm zu keinen Zeiten einen gewöhnlichen Verbrecher in ihre Reihen auf. Calogero Vizzini hatte so nachdrücklich sein Genie als Verbrecher demonstriert, daß sich die Mafia von ihm eine echte Bereicherung versprach. Er wurde mit allen Ehren in die Bruderschaft aufgenommen. Die »ehrenwerten Männer« hatten sich nicht getäuscht. Als 1914 der erste Weltkrieg ausbrach, hatte dieser begabte und skrupellose Außenseiter bereits eine glänzende Karriere gemacht, er wurde Mafia-Chef der Provinz Caltanissetta.

Der Krieg brachte neue unredliche Geschäftsmöglichkeiten. Don Calò stieg in das Pferdegeschäft mit den Militärbehörden ein, bei dem die italienische Armee zum Großabnehmer für Diebesgut wurde. Als dieser Skandal buchstäblich zum Himmel stank und der italienische Kriegsminister eine sofortige Untersuchung anordnete, landete auch Calogero Vizzini, der Verantwortliche für den Riesenbetrug, vor dem Militärgericht. Aber wieder lautete das Urteil: Freispruch mangels Beweises. Statt des Mafia-Chefs verdonnerten die ratlosen und ohnmächtigen Richter neun Zeugen, die plötzlich an Gedächtnisschwund litten, wegen »böswilliger Zeugnisverweigerung« und »Meineides«. Sie hatten sich vorher gegenüber einer Untersuchungskommission zu gesprächig gezeigt. Die Mafia brachte sich daraufhin auf unmißverständliche Art in Erinnerung, und mehr als einige Jahre Gefängnis fürchteten die Zeugen die Omertà. Don Calò ging aus dem Prozeß mit noch größerem Ansehen hervor. Er hatte seine Unantastbarkeit bewiesen.

In den Nachkriegsjahren häufte der Mafia-Fürst von Villalba neue Reichtümer. Die »Onorata Società«, zuvor nur Beschützer der Großgrundbesitzer, wurde nun selbst einer. Hatte sie bisher die unbebauten Latifundien gegen Aktionen der landlosen Bauern verteidigt, die sie zu besetzen suchten, so etablierte sie sich jetzt selbst zum Teil auf Kosten der Barone.

Die Aristokraten, die in den Palästen Palermos dem Müßiggang frönten, versteigerten in der Nachkriegszeit ihre Ländereien meist auf Auktionen. Das Land fiel an denjenigen, der den höchsten Preis bot. Als das Lehngut von Suora, das fünfhundert Hektar zählte und in der Nähe von Villalba lag, angeboten wurde, fand sich nur ein Käufer, den niemand zu übertrumpfen wagte: Don Calò. Ihm fiel das Land zu einem spottbilligen Preis zu. Er hatte dafür gesorgt, daß keine Konkurrenten die Kaufsumme in die Höhe schraubten. Seine Methode machte bei den Mafiosi überall in Sizilien Schule.

Der Mafia-Chef begnügte sich nicht mit diesem Coup. Dieser raffinierte Gauner sah und dachte weiter als seine Kumpane. Wieder hatte er einen glänzenden Einfall. Er schlug der Regionalregierung vor, brachliegendes Land an heimgekehrte Soldaten des ersten Weltkrieges zu verteilen. Zu diesem wohltätigen Zweck gründete er eine Genossenschaft, die von seinem Bruder, dem Pfarrer Salvatore Vizzini, geleitet wurde. Mit Staatsgeldern kaufte er das Land und schaffte landwirtschaftliche Geräte an. Aber kein ehemaliger Soldat wurde jemals Nutznießer dieser Einrichtung. Als sich in der Umgebung von Villalba drei weitere Genossenschaften ohne den Segen von Don Calò bildeten, gingen sie binnen kurzer Zeit bankrott. Picciotti der Mafia vergifteten die Tiere und vernichteten die Ernte. Die Konkursmasse erwarb der Mafia-Chef von Villalba selbst. Bis zum Einzug der amerikanischen Truppen im Sommer 1943 in Villalba hing Don Calò ein Verfahren wegen der genossenschaftlichen Ländereien an, die er sich durch Betrug ange-

144

eignet hatte. Unter der Ägide seiner amerikanischen Freunde wurde dieser Fall nun endgültig zu den Akten gelegt.

Viele sizilianische Pächter und Landarbeiter glaubten, daß nach der Landung der Amerikaner und Briten auf Sizilien und etwas später auch in Süditalien für sie eine bessere Zeit anbrechen würde. Vor allem hofften sie, daß ihr jahrhundertelanger Traum nach eigenem Land endlich in Erfüllung ginge. Die Ereignisse auf dem italienischen Festland schienen diese Erwartungen zu bestätigen.

Unter dem Eindruck der Krise des faschistischen Regimes und der Landung der Alliierten in Sizilien unternahmen die Kreise, die einst Mussolini an die Macht gebracht hatten, einen Staatsstreich. Am 25. Juli 1943 ließ der König Mussolini verhaften und ernannte am folgenden Tag Marschall Badoglio zum Regierungschef. Seiner Regierung gehörte kein Mitglied der faschistischen Partei an. Die Badoglio-Regierung war gezwungen, in immer stärkerem Maße auf die Forderungen des Volkes einzugehen. Anfang September schloß sie in Cassibile auf Sizilien mit den Alliierten einen Waffenstillstand und erklärte am 13. Oktober dem faschistischen Deutschland den Krieg. Im April 1944 bildete Marschall Badoglio, einstiger Generalstabschef Mussolinis, eine neue Regierung, in der auch ein kommunistischer Minister vertreten war. In dem noch von den deutschen Faschisten besetzten Norden entwickelte sich eine machtvolle Widerstands- und Partisanenbewegung, die im April 1945 in einen siegreichen nationalen Aufstand hinüberwuchs.

Der Kampf des italienischen Volkes für die demokratische Wiedergeburt des Landes brachte nach dem Sturz des Faschismus erste Erfolge: Einige Produktionszweige mit insgesamt 30 Prozent der Industriekapazität wurden verstaatlicht, 1946 wurde die Republik ausgerufen, und im selben Jahr ging die Kommunistische Partei als drittstärkste Partei aus den Wahlen hervor.

Eine solche Entwicklung lag natürlich nicht im Interesse der Amerikaner und ihrer einheimischen Verbündeten. Ein von Sozialisten und Kommunisten im Bündnis mit anderen demokratischen Kräften regiertes Italien fürchteten der amerikanische Imperialismus und die Mafia gleichermaßen. Auch der »Ehrenwerten Gesellschaft« würde man mit der Landverteilung und der Verstaatlichung der Betriebe den Boden entziehen, auf dem sie gedieh.

Der König von Montelepre

>»Er war ein netter Kerl, er hatte nur einen Fehler, er
tötete ziemlich gern Leute.«
US-Captain und Reporter Michael Stern über Salvatore Giuliano

Auf dem einsamen Bergpfad zwischen den Orten San Giuseppe Jato
und Montelepre ritt am 2. September 1943 ein schwarzhaariger, breitschultriger Bursche auf seinem Maultier in Richtung Norden. Außer
dem Reiter trug der zähe Vierbeiner noch zwei Getreidesäcke auf seinem Rücken. Nicht nur Don Calò hatte nach der Landung der Alliierten auf Sizilien den Schwarzen Markt als neue Domäne entdeckt.
Auch die lokalen Führer der »Onorata Società« beteiligten sich an diesem lukrativen Geschäft, wenngleich in wesentlich kleineren Dimensionen. Im Auftrage der Mafia von Montelepre schmuggelte dieser junge
Mann, er hieß Salvatore Giuliano, die Kornsäcke. Ein Befehl der
Alliierten untersagte es den Einheimischen, Nahrungsmittel über die
Provinzgrenzen zu befördern. Mit diesem Erlaß sollten Hamsterei und
Schiebungen verhindert werden.

Hinter einem Felsblock lauerten zur Verwunderung von Giuliano
zwei Carabinieri und zwei Feldwächter. Die Maschinenpistolen schußbereit in der Hand, zwangen sie den Reiter anzuhalten. Gewöhnlich
bildeten solche Streifen kein Hindernis, denn die Gesetzeshüter ließen
sich meist bestechen. Aber der junge Mafia-Spediteur machte keine
Anstalten, sich den Weg freizukaufen. Die Carabinieri zerrten daraufhin die Säcke vom Maultier, beschlagnahmten sie und ließen sich die
Kennkarte geben. Obendrein wollten sie auch noch seinen Auftraggeber wissen.

Salvatore Giuliano schwieg beharrlich. Mehr als die Carabinieri
fürchtete er die Omertà. In diesem Augenblick tauchte ein weiterer

Reiter auf, dessen Muli ebenfalls mit Getreide beladen war. Während ein Carabiniere mit einer Beretta-Maschinenpistole im Anschlag bei Giuliano blieb, kümmerten sich die drei anderen Polizisten um den Neuankömmling.

Diese Situation nutzte der zwanzigjährige Bursche. Blitzschnell schlug er mit dem Arm den Lauf der Beretta in die Höhe und trat gleichzeitig seinem Bewacher in den Bauch. Während der Überrumpelte um Hilfe schrie, verschwand Giuliano im naheliegenden Gestrüpp. Die Carabinieri feuerten zunächst mehrmals hinter dem Flüchtenden her, glaubten aber dann, daß Giuliano das Weite gesucht hätte, und achteten nicht mehr auf ihre Sicherheit. Das war ein folgenschwerer Irrtum. Giuliano blieb in der Nähe und erschoß mit einer Pistole, die er am Körper versteckt getragen hatte, einen Carabiniere und verwundete den zweiten schwer. An diesem Septembernachmittag begann die Karriere eines Mörders, der sieben Jahre lang zum Schrecken Siziliens werden sollte.

Nach dem Gefecht schlug sich Giuliano, dem eine Kugel in der Hüfte steckte, zum nächsten Dorf durch. Er schleppte sich ins erste Haus, von wo er zu einem Arzt gebracht wurde. Nach Montelepre konnte er nicht zurück, denn die Carabinieri besaßen seine Kennkarte. Er ließ durch einen Boten der Mafia in Montelepre die Nachricht von seinem Mißgeschick überbringen und erhielt den Bescheid, daß er vorläufig seinen Heimatort meiden und sich in den Grotten von Calcelrama, die in dem Bergmassiv bei Montelepre liegen, verstecken sollte. Gehorsam folgte er diesem Rat. Sein Bruder Giuseppe und sein Vetter Gaspare Pisciotta versorgten ihn mit Lebensmitteln, Kleidung und den neuesten Nachrichten.

Salvatore Giuliano, der von den Bergen auf die Heimatstadt Montelepre blicken konnte, wartete in seiner Einsamkeit auf weitere Befehle der Mafia, die nun sein Schicksal bestimmen würde.

Salvatore war am 16. November 1922 als viertes Kind des Ehepaares Maria Lombardo und Salvatore Giuliano in Montelepre geboren worden. Die Mutter ging mit Salvatore schwanger, als die Familie mit kleinen Ersparnissen im Sommer 1922 aus Amerika in die Heimat zurückkehrte. Achtzehn Jahre hatte sie in New York gelebt, wo der Vater als Backsteinfuhrmann gearbeitet hatte. In Montelepre erwarb die Familie ein Stück Pachtland, auf dem später Salvatore dem Vater die meiste

Zeit helfen mußte, so daß er kaum die überfüllte Schule des Ortes besuchen konnte.

Nun wurde »Turridu«, wie ihn die Mutter und seine Freunde nannten, als Mörder gesucht. Aber der Gedanke, sich zu stellen, kam ihm nicht. Für diese Tat hatte er mit einer Strafe von mindestens 20 Jahren Freiheitsentzug zu rechnen. Er wollte sich lieber gedulden, bis Gras über die Sache gewachsen war.

Flucht durch das Fenster

Bereits nach wenigen Wochen schlich er eines Nachts heimlich in das Elternhaus. Sein Bruder und sein Vater gaben ihm Rückendeckung. Danach wagte der Fuorilegge, der Geächtete, wie sich die in den Bergen versteckten Banditen nannten, immer häufiger den Abstieg nach Montelepre. Die Polizei bekam einen Wink, als er Weihnachten im Hause seiner Eltern verbrachte.

Doch die Carabinieri verwechselten wegen der gleichen Vornamen Vater und Sohn. Auf der Straße stellten sie Salvatores Vater mit der Frage: »Wie heißen Sie?«

Der Vater sagte unbefangen: »Salvatore Giuliano!«

Darauf erklärte der Offizier, der den Trupp anführte: »Sie sind der Mann, den wir suchen. Begleiten Sie uns zu Ihrem Haus!«

Der Vater ahnte sofort, was passiert war. Sie waren noch ein Stück von seinem Haus entfernt, da rief er seiner Frau zu: »Maria, beeile dich und schließ die Tür auf! Siehst du denn nicht, daß die Carabinieri hier sind?«

Sein Sohn Salvatore, der im Bett lag, sprang wie elektrisiert auf, streifte seine Kleider über, kletterte durch das Fenster an der Hinterwand des Hauses hinab und flüchtete. Auf Befehl der Mutter stürzte seine Schwester Mariannina in das Zimmer und schlüpfte in das zerwühlte Bett, nachdem sie einige Sachen, die der Bruder zurückgelassen hatte, unter der Decke versteckt hatte.

Als die Carabinieri hinter ihren Fehler gekommen waren und nun das Haus durchsuchten, wurden sie von Frau Maria Giuliano ermahnt: »Bitte erschrecken Sie meine Tochter nicht. Sie hat ein schwaches Herz und liegt im Bett.«

»Sind Sie ein Mann oder eine Frau?« fragte der Offizier die bis über beide Ohren zugedeckte Person.

»Ich bin eine Frau«, entgegnete Mariannina.

»Dann stehen Sie gefälligst auf!«

Giulianos Schwester weigerte sich. Sie wollte sich nicht vor den Männern anziehen müssen. Schließlich kapitulierten die Carabinieri vor dem Redeschwall der jungen Frau und der aufgebrachten Mutter. Sie zogen sich für einige Minuten hinter die Tür zurück. In aller Ruhe konnte Mariannina die Sachen des Bruders verstecken. Die Haussuchung verlief ergebnislos.

Die enttäuschten Carabinieri verhafteten außer dem Vater Verwandte der Familie und andere Verdächtige. Sie wurden auf einen Lastwagen geladen und sollten — von sieben Carabinieri bewacht — erst nach Monreale und dann nach Palermo gebracht werden. Am Stadtausgang geriet das Fahrzeug in einen Hinterhalt. Hinter einer Felswand versteckt, erschoß Salvatore Giuliano einen Carabiniere und verletzte einen weiteren, ehe er wieder in die Berge flüchtete.

Sein Vorhaben, die Gefangenen zu befreien, gab er nicht auf. Bei dem Besuch eines Verwandten im Gefängnis von Monreale ließ sein Cousin Salvatore Lombardo über Mittelsmänner Giuliano ausrichten, daß eine Feile ins Gefängnis geschmuggelt werden müsse. Als Gärtner verkleidet, konnte der Flüchtige unbemerkt das Werkzeug durch ein Zellenfenster werfen. Im Schutze der Dunkelheit brach sein Vetter Lombardo mit 15 Männern aus, die jedoch nicht alle aus Montelepre stammten. Da sie unmöglich in ihre Heimatorte zurückkehren konnten, schlossen sich mehrere von ihnen Salvatore Giuliano an.

Seine illegalen Besuche im Elternhaus, die unter den Augen der Polizeibehörden geschahen, der Überfall auf die Carabinieri und nicht zuletzt der spektakuläre Massenausbruch aus dem Gefängnis von Monreale hatten den Namen Giuliano bekannt gemacht. Seine dabei gezeigte Geschicklichkeit ließ bestimmte Leute auf ihn aufmerksam werden.

Sizilien, der 49. Staat der USA?

An den Häuserwänden Siziliens prangte seit geraumer Zeit immer öfter die Losung: »La Sicilia ai Siciliani!« (»Sizilien den Sizilianern!«) Eine separatistische Bewegung, die für die Lostrennung der Insel von Italien eintrat, fand Anhänger, die aus den verschiedensten Motiven das Unterfangen unterstützten.

Die amerikanischen Militärbehörden förderten Ende 1943 die Separatisten, um ein Gegengewicht zu den Widerstandskämpfern und Partisanen Norditaliens zu schaffen. Die Besatzungsmacht hieß es gut, daß die Separatisten eine eigene »Nationalhymne« — eine Passage aus der Verdi-Oper »Sizilianische Vesper« — sangen. Sie unterstützte sie bei der Herausgabe einer eigenen Zeitung »L'Independenza Siciliana« (»Unabhängiges Sizilien«) und half, eine militärische Organisation zu begründen und auszurüsten, nämlich das EVIS, das Esercio Volontario Independenza Siciliana, das sogenannte Freiwilligenheer für die sizilianische Unabhängigkeit.

Zur Führung der Separatisten gehörten Finocchiaro Aprile, ehemaliger Unterstaatssekretär Mussolinis, Concetto Gallo, Sohn des früheren Bürgermeisters von Catania, Herzog von Carcaci und Baron Stefano la Motta. Hinter diesen und anderen abenteuerlichen Figuren standen einflußreiche Politiker. Sie zogen es jedoch vor, sich vorerst nicht in der Öffentlichkeit zu zeigen.

Diese Herren — Großgrundbesitzer und hohe Regierungsbeamte — hatten einen militanten Antikommunismus auf ihre Fahnen geschrieben. Es ging ihnen dabei einzig darum, jeden sozialen Fortschritt zu verhindern und die feudalen Zustände auf der Insel zu erhalten. Mit dem Verlangen nach Unabhängigkeit nahmen sie es jedoch nicht so genau. Sie strebten nämlich einen Staat unter dem Protektorat ihrer amerikanischen Gönner an. In ihrem Programm stand kein Punkt, der die Interessen der Mafia auf Sizilien gefährdete. Im Gegenteil! So wird erklärlich, daß US-Oberst Charles Poletti, der Geheimdienstmann und Mitarbeiter der AMGOT, beiden Kräften nachdrücklich eine Zusammenarbeit empfahl. Mafia-Chef Don Calò stimmte freudig zu und lud den Separatistenführer Finocchiaro Aprile nach Villalba ein.

Am 2. September 1944 erschien Aprile, um auf der Piazza Madrice, dem größten Platz der Bergstadt, eine Rede zu halten. Dicht neben

Nahm sofort nach seiner Befreiung aus dem faschistischen Gefängnis den Kampf gegen die Mafia und die Separatisten auf: Girolamo Li Causi. Als er am 16. September 1944 in Villalba sprechen wollte, wurden er und seine Begleiter von der Mafia zusammengeschossen

dem Rednerpult lauschten Don Calò und sein Pfarrer-Bruder Giovanni interessiert dem Mann, der mit sich überschlagender Stimme den armen Sizilianern versprach: »Eurer Armut wird ein Ende bereitet! Und eurer Schufterei! Ihr werdet ernten, was die Widerstandshelden der Mafia für euch gesät haben. Ihr habt mit der Widerstandsbewegung ein Anrecht auf die Dankbarkeit derjenigen, die sich unsere Befreier nennen. Ihr werdet nicht mehr denen untertan sein, die in Rom sitzen und nichts von euch und dieser Insel verstehen. Ihr werdet in Freiheit dem mächtigen Reich der Vereinigten Staaten von Nordamerika angegliedert werden. Ihr werdet an den Früchten des größten, eindrucksvollsten Sieges aller Zeiten teilhaben. Ihr werdet neue Häuser bekommen. Ihr werdet eure Maultiere gegen Traktoren eintauschen können . . .«

Die Kundgebung auf der Piazza Madrice schloß mit einem Zeremoniell, das sich Don Calò ausgedacht hatte. An einem Mast stieg die amerikanische Flagge mit 49 Sternen in der Gösch empor. Sizilien als 49. Staat der USA — der Wunschtraum der finstersten Reaktion auf der Mittelmeerinsel! Zu dieser Zeit trugen viele Separatisten eine Anstecknadel mit der »49«.

Vierzehn Tage nach dem Bekenntnis des Aprile und seiner Mafia-Kumpane keuchte ein klappernder Lastkraftwagen die Serpentinenstraße nach Villalba empor. Girolamo Li Causi, ein populärer kommunistischer Arbeiterführer Siziliens, fuhr mit einigen Genossen aus Caltanissetta in die Hochburg der »Ehrenwerten Gesellschaft«. Li Causi, den faschistischen Gefängnissen entronnen, nahm die Kriegserklärung von Separatisten und Mafia nicht unwidersprochen hin. Als die Kommunisten auf der Piazza Madrice anlangten, erwartete sie gähnende Leere. Nur an einer Ecke stand Don Calò, die Hände in die Hosentaschen vergraben, neben sich seine Leibwächter.

Girolamo Li Causi erklomm trotzdem die notdürftig hergerichtete Tribüne. »Ich weiß«, begann er seine Ansprache, »daß Sie hinter Ihren Fenstern stehen und mich dort hören. Sie haben Angst. Aber die Zeit der Angst vor der Mafia muß endlich aufhören.« An dieser Stelle setzte das Mikrofon aus, weil der Strom unterbrochen worden war. Aber Li Causi ließ sich nicht beirren und setzte seine Anklagerede fort. Seine Stimme war deutlich zu vernehmen und brach sich an den Häuserwänden des Platzes.

Da befahl Don Calò seinen Leuten, das Feuer zu eröffnen. Ein Kugelregen traf Girolamo Li Causi, der wie siebzehn seiner Begleiter schwer verletzt wurde. Zu diesem Massaker ließ der Bruder des Mafia-Oberhauptes, der Pfarrer Giovanni Vizzini, wie zum Hohn die Glocken läuten.

Erst nach fünf Jahren fand sich der Gerichtshof von Cosenza bereit, die Klage der Opfer dieses brutalen Überfalls zu behandeln. Weitere sieben Jahre verschleppte man das Verfahren. Als das Attentat schließlich doch vor dem Berufungsgericht landete, verurteilten die Richter einige Banditen zu unbedeutenden Freiheitsstrafen, die auch noch durch einen Gnadenerlaß gestrichen wurden. Keiner der Banditen saß auch nur einen Tag im Gefängnis. Auch Don Calò erreichte der Arm des Gesetzes nicht, der mehrfache Mörder und Mordanstifter war inzwischen eines natürlichen Todes gestorben.

»Colonello« Giuliano

Für ihre illegalen militärischen EVIS-Verbände suchten die Separatistenführer einen Kommandeur. Die Mafia offerierte ihnen den Banditen Salvatore Giuliano, der sich bereits in aller Bescheidenheit »König von Montelepre« nennen ließ. Die Skrupellosigkeit, mit der er seine Gegner beseitigte, und die straffe Organisation seiner Bande ließen ihn für diesen Posten besonders geeignet erscheinen.

Man vereinbarte eine Zusammenkunft am Rigano-Fluß. Die Begegnung mit dem Separatistenführer Concetto Gallo fand in dem Bauernhaus der Brüder Genovese — Komplizen von Giuliano — statt. Nur wenige hundert Schritte weiter befand sich die Bellolampo-Kaserne der Carabinieri. Gallo trug Giuliano den Rang eines Colonello, eines Obersten, an, und der stimmte freudig zu. Weitere Details sollten beim nächsten Treffen erörtert und festgelegt werden.

Auf dieser zweiten Beratung, zu der sich neben Gallo auch der Herzog von Carcaci, der Baron Stefano la Motta und Finocchiaro Aprile eingefunden hatten, wurde mit feierlichem Handschlag der Mörder Giuliano zum Oberst der EVIS ernannt. Der frischgebackene Oberst erhielt zur Erfüllung seiner Aufgaben eine Million Lire — etwa zehntausend Mark —, Waffen und Uniformen. Die Kleidung der Separatistensoldaten bestand aus einer Tunika, die auf der einen Seite rot und auf der anderen Seite gelb war.

Salvatore Giuliano wandte ein, daß die Geldsumme kaum für die Besoldung seiner Leute ausreichen werde. Daraufhin schlugen ihm die Verschwörer, die ihn künftig als Werkzeug benutzen wollten, unverblümt vor, er solle das fehlende Geld durch Lösegelder für Entführungen auftreiben. Im übrigen mußte Giuliano die schmutzigen Geschäfte besorgen, mit denen die Herren offiziell nichts zu tun haben wollten: Anwerbung von Leuten für die Privatarmee der Separatisten und der Mafia, Ermordung von Sozialisten, Kommunisten und Gewerkschaftern, Überfälle auf die Carabinieri, um Waffen und Munition zu erbeuten. Ansonsten sollte sich der »Colonello« bereithalten und auf das Signal warten, das den Staatsstreich auslöste, der mit der Machtübernahme der Separatisten enden würde.

Der abenteuerliche Plan der reaktionären Verschwörer um Aprile scheiterte, ehe seine Ausführung richtig begonnen hatte.

Im April 1945 hatte der mächtige Volksaufstand in Norditalien die letzten Bastionen des faschistischen Regimes hinweggefegt und die deutsche Besatzungsmacht zur Teilkapitulation vor den westlichen Alliierten gezwungen. Unmittelbar darauf wurde eine neue Regierung gebildet, deren Chef ein ehemaliger Partisanenkommandeur war und in der sieben Kommunisten als Minister und Staatssekretäre saßen.

Erschreckt von dem Anwachsen der Volksbewegung, flüchteten die Führer der bürgerlichen und klerikalen Parteien unter die Obhut der Amerikaner und versuchten mit aktiver Unterstützung der Militärbehörden die demokratische Front in Italien zu spalten. Dabei sollten die Separatisten und Monarchisten zusammen mit den reaktionären Führern der Christlich-Demokratischen Partei — der Partito Democrazia Cristiana — die Vorwände liefern. Die nationale Einheit Italiens war bedroht.

Den klarsten Standpunkt zum Separatismus bezog die Kommunistische Partei, deren Sprecher — Palmiro Togliatti — die Pläne einer Abtrennung Siziliens vom gemeinsamen Vaterland enthüllte. Er forderte in Anbetracht der unterschiedlichen Entwicklung auf der Insel die umfassende regionale Autonomie für Sizilien. Den Kampf zur Verteidigung der nationalen Einheit Italiens unterstützte auch die Sowjetunion mit diplomatischen Mitteln.

Die Reaktionäre und ihre amerikanischen Verbündeten waren gezwungen, ihre Machenschaften zu tarnen. Sie konnten es damals nicht wagen, durch einen separatistischen Putsch mächtige Aktionen des italienischen Volkes heraufzubeschwören, die unter Umständen auch die kapitalistische Ordnung in Italien hätten gefährden können.

Die Folgen dieser neuen Konstellation bekamen die Separatisten bald zu spüren. Die Amerikaner verloren immer mehr ihr Interesse an einem separatistischen Abenteuer und wandten sich zusehends den rechten Führern der Christlich-Demokratischen Partei zu. Nur diese schienen in der Lage zu sein, die demokratische Erneuerung Italiens zu verhindern und ganz Italien dem amerikanischen Einfluß zu unterwerfen.

Folgerichtig erlitt der EVIS-Verband, der von Concetto Gallo im Osten der Insel geführt wurde, im September 1945 eine vernichtende Niederlage. Finocchiaro Aprile wurde verhaftet und die Partei der Separatisten verboten. Der geschlagene Gallo flüchtete. Nun war Giuliano die letzte Hoffnung der Separatisten, die ihn in ihren Aufrufen als den Helden der sizilianischen Unabhängigkeit feierten, obwohl Giuliano noch nicht in bewaffnete Auseinandersetzungen eingegriffen hatte.

Giuliano hatte eine Bande von Männern, die hauptsächlich aus sei-

Von der Mafia an die Separatisten vermittelt: Bandenchef Salvatore Giuliano (rechts) und sein Stellvertreter Gaspare Pisciotta (links).
Auch nach der Niederlage der Separatisten terrorisierte die Giuliano-Bande weiter im Auftrag der Großgrundbesitzer die Inselbevölkerung

ner Verwandtschaft oder aus der Gegend von Montelepre stammten, um sich geschart. Als Stellvertreter und Adjutant fungierte sein zweiundzwanzigjähriger Vetter Gaspare Pisciotta. Er war der älteste Sohn von Giulianos Tante Rosalia Lombardo. Der schnurrbärtige Gaspare trug wie sein Cousin einen silbernen Stern auf der Brust, dazu die Gürtelschnalle, auf der ein Löwe und ein Adler dargestellt waren. Aber einen geringen Unterschied zum Gürtel des Bandenchefs gab es trotzdem: In der Mitte von Pisciottas Schnalle war ein kleines Bild von Giuliano festgemacht.

Seine erste große Operation startete Giuliano am 28. Dezember 1945, nachdem Finocchiaro Aprile und Concetto Gallo mit anderen Separatisten verhaftet und auf die Insel Ponza deportiert worden waren. Mit etwa 80 Mann griff er die Bellolampo-Kaserne an. Dieser Überfall traf die Carabinieri so überraschend, daß sie nicht an Verteidigung dachten, sondern ihr Heil in der Flucht suchten. Die Bande plünderte die Gebäude und sprengte sie teilweise, ehe sie wieder ihre Schlupfwinkel in den Bergen aufsuchte.

155

Spätestens nach diesem Handstreich war es offenkundig, daß Aprile und Gallo nur vorgeschobene Strohmänner der Separatisten gewesen waren. Die eigentlichen Urheber agierten aus dem Hintergrund weiter und ermutigten den Banditenhauptmann Giuliano, der jetzt ständig Überfälle unternahm. Die Carabinieri wagten sich schließlich nur noch in Panzerwagen von Ort zu Ort. Ende Januar 1946 stoppte Giuliano bei Partinico den fahrplanmäßigen Zug von Palermo nach Trapani. Er erleichterte einige Reisende um ansehnliche Geldbeträge und um ihren Schmuck.

Die Hintergründe jener Ereignisse beleuchtete der Chef der Carabinieri von Palermo, General Branca, in einem aufschlußreichen Bericht, den er am 18. Februar 1946 an die italienische Regierung sandte. »Es muß festgestellt werden, daß die separatistische Bewegung nun gemeinsame Sache mit der Mafia macht und daß die Leitung der EVIS auf der Insel weitgehend unter den Führern der Mafia zu suchen ist.« Dann folgte eine bemerkenswerte Erklärung für die Vorgänge auf der Insel.

»Alle Führer der Bewegung haben kürzlich General Berardi, dem Oberbefehlshaber der Streitkräfte in Sizilien, ihren Anteil an der Mobilisierung der EVIS enthüllt und dieser Enthüllung die dringende Bitte angeschlossen, augenblicklich nichts gegen das ›Heer‹ zu unternehmen, für dessen Auflösung sie sorgen wollten, um unnötiges Blutvergießen zu vermeiden. Gleichzeitig haben sie General Berardi Vorschläge unterbreitet, um die kritische Lage in Sizilien durch eine allgemeine Amnestie der Jugendlichen, die sich dem EVIS angeschlossen haben, zu entspannen, so daß nur Polizeimaßnahmen gegen gemeine Verbrecher — wie Giuliano und andere — fortgesetzt werden sollten. Ferner verpflichteten sich die Separatistenführer, der Bewegung einen monarchistischen Anstrich zu geben, indem sie garantierten, daß sie alle ihre Anhänger für die Propaganda der monarchistischen Ziele zur Verfügung stellen werden. Offensichtlich ist General Berardi auf diese Vorschläge eingegangen und hat versichert, daß er vorläufig nichts gegen die separatistischen Streitkräfte unternehmen werde.«

Sicherlich, General Branca intrigierte gegen seinen Vorgesetzten Berardi, als er ihn mit diesem kompromittierenden Schreiben denunzierte, aber die Ereignisse bestätigten seine Zeilen. Das EVIS-Heer löste sich auf, während die Anhänger Nutznießer einer Amnestie wurden. Viele Separatisten wanderten in die Italienische Nationale Monarchistische Partei ab, die damals noch den bezeichnenden Namen »Jedermanns Partei« trug und für einen »gemäßigten« Separatismus eintrat.

Signor Finocchiaro Aprile durfte seinen Verbannungsort am 4. März 1946 wieder verlassen. Er tat vor der Presse einen feierlichen Schwur: »Die Bestrebungen und Ziele der separatistischen Bewegung sind durch ihre Gegner verfälscht worden. Die Anhänger der Bewegung sind Italiener und wollen Italiener bleiben.« Ungeschoren kam dieser Rädelsführer davon. Mit dem Instinkt eines Opportunisten setzte er wie ein großer Teil seiner Komplicen auf die Partito Democrazia Cristiana, die neuformierte Christlich-Demokratische Partei. Sie genoß die besondere Unterstützung der USA, trat für eine Autonomie Siziliens ein und verfolgte im Bunde mit dem katholischen Klerus ebenfalls einen scharfen antikommunistischen Kurs.

Von der Amnestie ausgenommen blieb Salvatore Giuliano. Er hatte ebenso gemordet wie der andere Führer des EVIS, Concetto Gallo, der acht Carabinieri auf dem Gewissen hatte. Gallo kam frei und wurde Abgeordneter des sizilianischen Parlaments. Aber auf Giuliano wurde am 15. Februar 1946 eine Kopfprämie ausgesetzt. Drei Millionen Lire Belohnung bot Italiens Innenminister Romita demjenigen, der Giuliano tot oder lebendig bringen würde. Der Bandit ließ in Montelepre seinen Steckbrief abreißen oder mit folgendem Text überkleben: »Hier ist das Bild Romitas. Zwei Millionen Lire demjenigen, der ihn mir lebend bringt. 500 Lire zahle ich für seinen Leichnam. Salvatore Giuliano.«

Die Barone und andere Reaktionäre — eingeschlossen die Mafia — konnten die Privatarmee des Banditenkönigs noch gut gebrauchen, denn die Bauern forderten hartnäckiger als je zuvor Land von den Großgrundbesitzern. Sie wurden dabei von den Kommunisten, den Sozialisten und den Gewerkschaften unterstützt und geführt.

Der einzige Friseur in Giulianos Heimatort, ein gewisser Frisella, erfuhr eines Tages von einem Kunden, daß sich der gesuchte Bandit in Montelepre aufhielt. Er benachrichtigte die Carabinieri, die sofort Giulianos Elternhaus einkreisten und es durchsuchten. Vergeblich, denn Giuliano, der tatsächlich einen Besuch abgestattet hatte, war vorher gewarnt worden.

Als sich drei Tage später die Tür zum Friseurgeschäft öffnete, wandte sich Frisella geschäftig um. Doch statt des erwarteten Kunden standen Giuliano und drei seiner Komplicen in der Tür, die Maschinenpistolen im Anschlag. Voller Verzweiflung wollte sich die Frau schützend vor ihren Mann stellen. Das Ehepaar wurde von einer Salve des Banditenführers getroffen und starb sofort — vor den Augen von Tochter, Sohn und Kunden. Vor dem Barbierladen heftete der Mörder einen Zettel an, auf dem zu lesen stand: »So kommen alle um, die Salvatore Giuliano bespitzeln.«

Die Legende vom sizilianischen Robin Hood

In jener Zeit erzählten sich die Sizilianer zahlreiche Geschichten von diesem blutrünstigen Mörder, die nicht eines romantischen Anstrichs entbehrten. Ihnen zufolge zwang Giuliano, wenn er einen »Verräter« ertappte, diesen, auf die Knie zu fallen, seine letzte Beichte zu sprechen und sich noch einmal zu bekreuzigen. Nach dieser Prozedur sprach der Bandit: »Ich töte dich im Namen Gottes und Siziliens!« Dann jagte er seinem Opfer eine Kugel durch den Kopf. Doch nur diese letzte Tatsache konnte belegt werden.

Die Mafia und seine anderen Gönner brauchten nicht nur Geschichten von einem blutrünstigen Mörder, der überall Schrecken verbreitete. Deshalb schufen sie die Legende vom Räuber mit dem goldenen Herzen, vom Geächteten, der den Reichen nahm und den Armen gab. Sie wollten den Sizilianern — man vergesse nicht, daß die meisten Einwohner Analphabeten und in abergläubischen Vorstellungen befangen waren — einen neuen Robin Hood vorsetzen, einen Rächer, der eigentlich ihr Beschützer sei. Das Bild von dem Banditen Giuliano mußte furchterregend und bewunderungswürdig zugleich sein.

Auf der Insel kursierten bald reich ausgeschmückte Erzählungen über den Wohltäter Salvatore Giuliano, der nur aus Gerechtigkeit seine Taten beging. Sie glichen der folgenden Machart: Verzweifelt irrte ein armer Landarbeiter in den Bergen umher, als er ganz zufällig auf Giuliano stieß. Der Mann erkannte den »König von Montelepre« sofort und klagte ihm sein Leid. Der Großgrundbesitzer weigerte sich, ihm Milch für sein krankes Kind zu geben, weil der Arme sie nicht gleich bezahlen konnte. Der Räuberhauptmann empörte sich über das Verhalten des Reichen so sehr, daß er spornstreichs zu dem unmenschlichen Peiniger lief. Er hielt ihm seine Maschinenpistole vor die Brust und forderte einen Liter Milch, den er auch sogleich erhielt. Und was dann geschah, wurde so effektvoll geschildert, als wäre es einem Kolportageroman entnommen. Salvatore Giuliano goß die Milch in den Lauf seiner Waffe und sprach: »Jetzt hast du meinem Gewehr zu trinken gegeben. Künftig wirst du auch den Armen zu trinken geben. Solltest du meinem Befehl nicht gehorchen, dann wirst du mit demselben Gewehr getötet werden.« Anschließend griff der Bandit in seine Tasche und gab dem Landarbeiter, dem er hatte Recht widerfahren lassen, so viel Geld, daß dieser sich Milch und eine Ziege obendrein kaufen konnte.

Auch bei der folgenden Giuliano-Legende merkt man sofort die Absicht: Ein Carabiniere erbot sich eines Tages, allein den »König von Montelepre« zu töten. Er setzte sich in einen Jeep und fuhr in die Berge. Unterwegs traf eine Kugel seinen Arm, und ein Vorderreifen zerplatzte, so daß er stoppen mußte. Zufällig stand ein Fremder dort, der sich erkundigte: »Wen suchen Sie, Herr Hauptmann?«

Der Carabiniere antwortete: »Ich suche den Banditen Giuliano.« Darauf sagte der Mann, der mit einer Maschinenpistole bewaffnet war: »Er steht vor Ihnen. Nehmen Sie jetzt die Waffen ab!«

Giuliano legte dem verwundeten Polizisten einen Verband an. Nachdem dieser so liebevoll versorgt worden war, fragte er angstvoll: »Wollen Sie mich jetzt töten?«

Giulianos Antwort lautete: »Das wäre eine unehrenhafte Tat, und Giuliano ist nicht unehrenhaft. Geben Sie mir Ihre Waffen, und Sie können gehen.«

Solche Geschichten wurden nicht nur erzählt, sondern als authentische Berichte auch in Zeitungen und Büchern abgedruckt. Doch immer fehlten Namen und Adressen der Personen, die diese Begebenheiten hätten bezeugen können. Dafür gab es einen ganz einfachen und einleuchtenden Grund: Sie existierten überhaupt nicht.

In Wahrheit mordete Giuliano kaltblütig jeden, der versuchte, sich ihm in den Weg zu stellen. Auch zur Großzügigkeit sah er keinen Anlaß. Er steckte ständig in Geldnöten. Nach dem Zerfall der separati-

stischen Bewegung mußte er für den Sold seiner Bande selbst auf-
kommen. Daher existierte zwischen ihm und der Mafia eine Abmachung. Giuliano schrieb die Erpresserbriefe und entführte die Opfer,
während Mittelsmänner der »Ehrenwerten Gesellschaft« die Lösegelder eintrieben, wobei sie einen Teil davon für die Mafia zurückbehiel-
ten. Außerdem versorgten sie ihn mit Nachrichten, so daß der Bandit einen überraschenden Coup ausführen, aber auch bequem durch
die Maschen einer Razzia schlüpfen konnte. Als Gegenleistung
stellte Giuliano seine recht beachtliche Streitmacht in den Dienst der
Mafia.

Jener Carabinieri-Chef von Palermo, General Branca, der im Frühjahr 1946 auf die Verbindung zwischen Mafia und Separatisten hingewiesen hatte, verfaßte im Herbst desselben Jahres einen weiteren alarmierenden Bericht an seine Vorgesetzten in Rom. »Die Mafia, diese in
allen Provinzen tätige Geheimorganisation, die ihre Fangarme in jegliche Gesellschaftsschicht ausstreckt und deren einziges Ziel es ist, sich
auf Kosten der ehrlichen, wehrlosen Leute zu bereichern, hat ihre Zel-
len (oder Familien, wie sie in der Umgangssprache heißen) wieder aufgebaut, vor allem in den Provinzen Palermo, Trapani, Caltanissetta
und Agrigent. Den Mafiosi, die in der Zeit vor dem Faschismus an die
Macht gelangten, ist es bereits geglückt, sich Landbesitzern aufzudrän-
gen und hohe Summen für deren Schutz einzutreiben. Sie beeinflussen
den Verlauf des öffentlichen Lebens und üben ihre Macht nicht nur auf
einzelne aus, sondern widersetzen sich auch durch Androhung von Ge-
walttätigkeiten den kürzlichen Errungenschaften der Landarbeiter (auf
dem Gebiete der landwirtschaftlichen Produktion, der Pacht usw.).
Die Mafia ist gefährlicher denn je, denn sie ist in allen gesellschaftlichen Schichten vertreten und gelangt in die höchsten Posten durch
Protektion. Angesichts dieser unvorstellbaren Verflechtungen kann sie
selbst nicht einmal die Reichweite ermessen. Das zeigte sich deutlich
bei den letzten Wahlen, so sehr man auch bemüht war, es zu vertuschen. Sizilien schuftet unter dieser Verbrecherbande, die in jedem
Zweig des öffentlichen Lebens Fuß gefaßt hat. Ihr Netz hat einen Staat
außerhalb des Staates geschaffen, dessen Ziel es ist, die Autorität des
Gesetzes zu bekämpfen, indem ungestüme und unbeherrschte Meu-
chelmörder gedungen werden . . .«

Doch die Behörden in Rom schenkten diesem bedeutsamen Dokument keine Beachtung. Der christlich-demokratische Ministerpräsident de Gasperi, der einen proamerikanischen Kurs steuerte, intrigierte gegen die antifaschistische Einheitsfront, bis es ihm schließlich gelang, im Mai 1947 die Kommunisten und Sozialisten aus der Regierung zu verdrängen. Und der Mafia-Terror traf ja gerade die Kräfte, die auch von den reaktionären christlich-demokratischen Parteiführern und Beamten verfolgt wurden.

Portella della Ginestra

Giuliano erpreßte nicht nur Lösegelder. Er verschickte Drohbriefe an Kommunisten oder steckte die Scheunen fortschrittlich gesinnter Bauern in Brand — im Auftrage der Mafia.

Im April 1947 rief der Volksblock — eine Aktionsgemeinschaft der Sozialistischen und der Kommunistischen Partei, der Gewerkschaften und anderer demokratischer Organisationen — die Landarbeiter und Kleinpächter Siziliens zum Kampf gegen den Großgrundbesitz auf. Trotz ständiger Beteuerungen der Regierung warteten die Sizilianer vergeblich auf eine Verteilung der brachliegenden Felder. Jetzt griffen sie zur Selbsthilfe. Gutsäcker wurden von den Landarbeitern besetzt und bestellt. Die Landarbeiter boten der »Ehrenwerten Gesellschaft« die Stirn. Die Mafia hatte es bereits vorher an Terrorfeldzügen und Meuchelmorden nicht fehlen lassen. Eine Statistik, die keinesfalls den Anspruch auf Vollständigkeit erheben kann, weist folgende Verbrechen aus:

Am 7. Juni 1945 wird der Gewerkschaftsfunktionär Nunzio Passafiume in Trabia ermordet.

Am 28. Juni 1946 wird der Gewerkschaftsfunktionär Pino Camilleri in Naro ermordet.

Am 14. Juli 1946 wird der Gewerkschaftsfunktionär Professor Gaetano Guarino in Favara ermordet.

Am 22. Oktober 1946 werden die Gewerkschaftsfunktionäre Giovanni Castiglione und Gerolamo Scaccia in Alia ermordet.

Am 12. November 1946 wird der Gewerkschaftsfunktionär Nino Raia in Casteldaccia ermordet.

Am 4. Februar 1947 wird der Kommunist Accursio Miraglia in Sciacca ermordet.

Am 19. Februar 1947 wird der Gewerkschaftsfunktionär Angelo Macchiavelli in Ficarazzi ermordet.

Am 23. Februar 1947 wird der Kommunist Carmelo Silvia in Partinico ermordet.

In diesen blutigen Feldzug reihte sich Giulianos Bande ein.

Am 1. Mai 1947 zogen unter roten Fahnen Landarbeiterfamilien mit ihren Kindern zur Portella della Ginestra, einem Plateau, das sich über dem Tal des Jato erhebt. Sie kamen mit ihren Eseln und Maultieren aus San Giuseppe Jato, Piana dei Greci und San Cipirello, um ihren Tag festlich zu begehen.

Wenige Minuten nach zehn Uhr bestieg Giacomo Schiro, der Sekretär des Volksblocks aus Piana dei Greci, die provisorisch hergerichtete Rednertribüne und rief: »Genossen, wir sind hierhergekommen, um den Ersten Mai, das Fest der Arbeit, zu feiern.«

An dieser Stelle brach die Rede von Schiro ab. Von den Hängen des Monte Pizzuta, der sich über die Portella della Ginestra erhebt, nahmen Maschinengewehrschützen die Versammelten unter Feuer. Ehe die Menschen begriffen, was eigentlich geschah, wälzten sich Frauen, Kinder und Männer am Boden. Todesschreie erfüllten die Gegend. Die Tiere rissen sich los. Die Menschen gerieten in Panik.

Ein Zwölfjähriger erhielt einen Bauchschuß. Verzweifelt rief der sterbende Junge nach Mutter und Vater. Weinend schrie er: »Mama, was habe ich getan, daß sie mich erschießen?«

Journalisten vernahmen den erschütternden Bericht eines Vaters, der seinen vierzehnjährigen Sohn bei diesem Überfall verloren hatte. »Als ich meinen Sohn fallen sah, nahm ich ihn in die Arme. Er klammerte sich in seinem Todeskampf verzweifelt an meinen Hals. Überall um mich her fielen Menschen, aber ich versuchte, Deckung für meinen Sohn zu finden, der bereits tot in meinen Armen lag, und für meinen anderen kleinen Sohn, der sich entsetzt an meine Seite drängte.«

Zehn Minuten dauerte das Massaker, den Betroffenen schienen sie eine Ewigkeit. Als die Maschinengewehre schwiegen, hatte der »König von Montelepre« sein Blutkonto mit weiteren fünfzehn Toten und achtzig Verletzten belastet. Salvatore Giuliano leugnete den Massenmord nicht einmal. Er »entschuldigte« sich damit, daß eigentlich nur

Warnschüsse abgegeben werden sollten, und bestritt, das Verbrechen mit Absicht begangen zu haben.

Das Blutbad war jedoch, wie spätere Untersuchungen ergaben, bis ins letzte Detail geplant worden. Am frühen Morgen ritt eine Abteilung von zwölf maskierten Banditen unter dem Kommando Giulianos von ihrem Felsenversteck in den Bergen von Montelepre los. Neben Maschinenpistolen und Pistolen führte sie drei Maschinengewehre mit sich. Aus dreihundert Meter Entfernung eröffneten die Banditen das Feuer auf den Festplatz. Als später Carabinieri den Berg absuchten, fanden sie etwa 800 leere Patronenhülsen als Beweismaterial. Aber aus bis heute noch nicht geklärten Umständen verschwanden diese später. Man kann sicher sein, daß ein Mittelsmann der Mafia unter den Carabinieri die Munitionsgurte für das Gemetzel besorgt hatte.

Noch hatten sich die Wellen der Empörung in ganz Italien nicht gelegt, da überfielen Giulianos Leute Gewerkschaftsbüros und Häuser der Kommunistischen und der Sozialistischen Partei. In Monreale und Partinico, Borgetto und Cinisi warfen sie Bomben, in Carini und San Giuseppe Jato steckten sie die Parteibüros in Brand. Es gab Tote und Verwundete.

Die Kommunistische Partei protestierte und wies die Öffentlichkeit auf die Hintermänner der Anschläge hin. Aber der neue Innenminister Mario Scelba, selbst ein Sizilianer und später mit der Mafia und Giuliano in Beziehung gebracht, wehrte die Anklagen der Opposition im Parlament ab. Er fände es lächerlich, hinter dem »Vorfall in Portella della Ginestra« ein »politisches Motiv« zu suchen.

Ein Brief an Präsident Truman

Salvatore Giuliano trauerte immer noch den separatistischen Träumen nach, von denen seine Freunde und Auftraggeber nichts mehr wissen wollten. Sie hatten sich längst auf die Partito Democrazia Cristiana orientiert, die gemeinsam mit ihnen gegen alle Linken kämpfte. Aber Giulianos Lieblingsgedanke blieb nach wie vor der Anschluß Siziliens an die Vereinigten Staaten von Amerika. Er gründete selbst eine »Bewegung für den Anschluß Siziliens an die USA«, die unter der Abkürzung MASCA bekannt wurde, jedoch niemals Bedeutung erlangte. Giuliano wollte es einfach nicht wahrhaben, daß seine Ambitionen nicht in das neue Konzept amerikanischer Politik paßten und bestenfalls ein mitleidiges Lächeln auslösten.

Als über Mittelsmänner ein amerikanischer Captain namens Michael Stern um eine »Audienz« beim »König von Montelepre« nachsuchte, erhielt er sofort eine Zusage. Der fünfunddreißigjährige Hauptmann und Geheimdienstoffizier verstand es vortrefflich, seine Tätigkeit in der Armee mit der eines Zeitungskorrespondenten zu verbinden, der aus Rom zuweilen Exklusivberichte an New-Yorker Tageszeitungen und Nachrichtenagenturen kabelte.

Stern nahm Kontakt mit den Eltern Giulianos auf. Er traf sich mit dessen Vater in Palermo, der ihn zu einem geheimen Treffpunkt in den Bergen geleitete. Dort empfing sie Gaspare Pisciotta, der Adjutant des Bandenchefs. Er führte den Amerikaner zu einem verfallenen Bauernhaus, in dem Giuliano wartete. Was damals keinem Polizeioffizier gelang und in den nächsten Jahren auch nicht gelingen sollte, erreichte Stern. Er sprach mit dem gefürchteten Mörder. Nicht etwa zu irgendeinem Zeitpunkt, sondern ausgerechnet acht Tage nach dem Blutbad bei Portella della Ginestra!

Sterns Bericht wurde in New York veröffentlicht und von einem großen Teil der westlichen Presse nachgedruckt. Stern malte darin ein neues Heldenporträt und bezeichnete Giuliano als den »Robin Hood des 20. Jahrhunderts«. Er schwärmte: »Mein erster Eindruck war, daß er über ungeheure Kräfte verfügen müsse. Seine Manchesterhosen strammten sich über schwellende Muskeln. Er hat ein hübsches dunkles Gesicht, braune Augen und gewelltes schwarzes Haar. Es war das freie offene Gesicht eines Mannes, dem man ohne weiteres sein Kind zur Beaufsichtigung anvertrauen würde.« Aus jeder Zeile las man die Absicht, den bluttriefenden Mörder von Portella della Ginestra zu rehabilitieren.

Mister Stern ließ sich dann mit Giuliano fotografieren. Als Hintergrund wählte er eine Mauer, auf der mit riesigen Lettern geschmiert stand: »Tod den Kommunisten! Lang lebe Giuliano, der Befreier Siziliens!«

Beim Abschied — so berichtete Michael Stern jedenfalls — überreichte ihm der Bandenführer einen Brief, der an den amerikanischen

Präsidenten Truman gerichtet war. Dieses Schreiben gab in einem gewissen Maße Auskunft über die Mission der Bande, der modern ausgerüstete Carabinieri-Truppen anscheinend nichts anhaben konnten. Die Diktion des Briefes offenbarte, daß der flinke Berichterstatter Michael Stern wahrscheinlich Giulianos Feder geführt hatte.

»Verehrter Herr Präsident Truman,
wenn ich Ihnen nicht lästig falle und meine Botschaft bei Ihnen nicht auf Ablehnung stößt, so nehmen Sie diese in Bescheidenheit geäußerte Bitte eines jungen Mannes entgegen, der weit entfernt, wenn auch nicht ganz unbekannt ist und Sie bei der Verwirklichung eines Traumes, den er bisher nicht wahrmachen konnte, um Hilfe bittet. Darf ich mich Ihnen vorstellen: Ich heiße Salvatore Giuliano. Zeitungsreporter haben aus mir entweder einen legendären Helden oder einen gemeinen Gangster gemacht. Vermutlich haben nicht einmal Sie eine genaue Vorstellung von meiner Lage.

Wenn Sie erlauben, möchte ich Ihnen meine Geschichte kurz ihrem chronologischen Ablauf nach erzählen. Als ich 21 Jahre alt war — um genau zu sein, im September 1943 —, wurde ich nach einer Auseinandersetzung, die mit dem Tod eines italienischen Polizisten endete, der mich zu erschießen versuchte, geächtet. Mir blieb kein anderer Trost als meine über alles erhabene und ehrfürchtige Anhänglichkeit an meine sizilianische Heimat. Ich bin seit meiner Kindheit Annexionist, aber wegen der faschistischen Diktatur war es mir nie möglich, meine wahren Gefühle zu zeigen. Obwohl ich ein Ausgestoßener war, beobachtete ich genau, daß die Amerikaner uns ein größeres Maß an politischer Freiheit brachten, und da erst dachte ich daran, meine langgehegten Träume wahrzumachen. Um mein Ideal zu verwirklichen, schloß ich mich sofort der sizilianischen Unabhängigkeitsbewegung an. Unser Traum ist, Sizilien von Italien zu trennen und es danach den Vereinigten Staaten anzugliedern.

Im Jahre 1944 waren die Mauern der wichtigsten Gebiete Siziliens, einschließlich Palermos, mit Bildern bedeckt, die mich als einen Mann zeigten, der die Kette, die Sizilien an Italien fesselt, zerschlägt, während ein anderer Mann in Amerika eine andere Kette festhält, an die Sizilien gebunden ist. Das Bild symbolisiert meine Hoffnung, daß Sizilien den Vereinigten Staaten angegliedert werde ... Wir benötigen als das Wesentlichste: Ihre moralische Unterstützung ... Unsere Organisation ist aufgebaut; wir haben bereits eine antibolschewistische Partei, die alles wagt, um den Kommunismus auf unserer geliebten Insel auszurotten ...

Erlauben Sie mir, verehrter Herr Präsident, Ihr bescheidener und sehr ergebener Diener zu bleiben.

Giuliano.«

Dieser Brief blieb unbeantwortet. Er richtete sich wohl auch weniger an den Präsidenten als an die Millionen Leser, die in ihren Zeitungen einen selbstlosen, von den großen Idealen »abendländischer Freiheit« erfüllten Heros serviert bekommen sollten.

Stern, der sich als Sensationsreporter feiern ließ, wickelte bei jenem Zusammentreffen mit dem Banditenchef handfeste Geschäfte ab. Er versicherte sich seiner Dienste, die man in der kommenden Zeit noch notwendiger brauchen würde. Gegen die Landarbeiter, die mit den Kommunisten und Sozialisten machtvolle Streiks und Landbesetzungen organisierten, deren Bewegung wuchs und für unruhige Nächte von Rom bis nach Washington sorgte. Geheimdienstoffizier Stern versprach nicht nur dem Banditenchef Munition und Waffen, sie gelangten auch tatsächlich über Mittelsmänner in das Bergmassiv von Montelepre: Maschinengewehre, Handgranaten, Dynamit und Maschinenpistolen.

Das Todesurteil

>»Vom ersten bis zum letzten Tag unterhielten alle Polizei-
Inspektoren ständigen Kontakt mit Giuliano. Wir alle waren jederzeit auf dem laufenden, wir kannten jeden
Schritt der Carabinieri im voraus. Und das ganze Verdienst der Polizeibehörden besteht darin, daß sie die Carabinieri in den sicheren Tod schickten.«
>
> Aussage von Gaspare Pisciotta am 14. Mai 1951

In Giulianos Heimatort Montelepre wimmelte es bald von Carabinieri.
Immer neue Verbände verstärkten die dort stationierten Truppen.
Doch es schien wie verhext, die Erfolgsmeldungen ließen weiter auf
sich warten.

Täglich fanden Razzien und Haussuchungen statt — ohne nennenswerte Resultate. Hunderte Einwohner des 6000 Seelen zählenden Ortes wurden auf der Straße willkürlich verhaftet und — ob schuldig oder
nicht — Kreuzverhören unterzogen. Man steckte sie ins Gefängnis
oder klagte sie der Aussageverweigerung an. In ihren Methoden waren
die Carabinieri nicht gerade wählerisch.

Als ihnen die Kunde zugetragen wurde, daß sich Gaspare Pisciotta
in einem Haus von Montelepre aufhalte, tauchten sie dort in großer
Zahl auf. Allerdings erst, als der Stellvertreter des »Königs von Montelepre« wieder das Weite gesucht hatte. Die Polizisten reagierten den
Mißmut darüber auf ihre Weise ab. Sie legten der Hausfrau eine
Maschinenpistole über die Schulter und schossen ganze Feuergarben
an ihrem Kopf vorbei, nachdem sie die Schweigende ins Freie getrieben hatten. Dazu schrien sie: »Los, rückt endlich mit der Sprache heraus! Wo steckt dieser Bandit!« Als sie keine Antwort bekamen, verab-
schiedeten sie sich mit einer Tränengasbombe.

Solche Willkürakte trafen viele Unbeteiligte, die aus ihrem Zorn über diese Methoden kein Hehl machten und immer verschlossener wurden.

Die Polizeibehörden verhängten ein Ausgehverbot. Es reichte von der Abend- bis zur Morgendämmerung. Man steigerte diese Maßnahmen bis zum totalen Verbot, das Haus zu verlassen — eine Anordnung, die oft tagelang galt. Bei geringsten Anlässen machten Carabinieri von den Schußwaffen Gebrauch und feuerten wild in die Gegend.

Die Regierungspresse berichtete inzwischen spaltenlang über die ungemeine Aktivität der Behörden gegen das Banditentum. Sie verschafften den Verantwortlichen ein Alibi vor der empörten Öffentlichkeit.

Was den Carabinieri nicht gelingen wollte, schaffte die schwedische Journalistin Maria Cyliakus. Sie besuchte das Versteck Giulianos und verbrachte drei Tage im Felsenquartier des Banditenführers. Die Sensationsreporterin veröffentlichte danach eine Artikelserie unter dem Titel »Mein geliebter Bandit«.

Zu dieser Zeit wußte aber beinahe jedes Kind in Montelepre, daß der »geliebte Bandit« weniger in seinem Schlupfwinkel, sondern öfter in seinem Elternhaus weilte, das seltsamerweise nicht besetzt worden war. Er hatte — wie sich später herausstellte — einen unterirdischen Stollen graben lassen, der aus dem Haus der Giulianos auf freies Gelände führte. Diesen Geheimgang benutzte er oft, wenn die Polizisten — unter Siziliens sengender Sonne schwitzend — ihn in den Bergen suchten.

Eine Häufung unglücklicher Zufälle? Verfolgte nur Pech die Carabinieri, die unter dem Befehl des neuen Innenministers Mario Scelba standen? Jener Scelba, in Sizilien geboren, stand in dem Ruf, der Sohn eines Mafioso aus Caltagirone zu sein. Man munkelte jedenfalls, daß die »Ehrenwerte Gesellschaft« ihm den Weg nach Rom und in die höchste Gesellschaft geebnet hätte.

Am 26. Juni 1947 stieß eine Abteilung Carabinieri, die von Hauptmann Gianlombardo geführt wurde, mit einer Truppe Giulianos zusammen. Vier Banditen wurden bei diesem Zusammenstoß getötet, zwei verwundet. Als sich die Carabinieri näherten, rief einer der verwundeten Banditen: »Rührt mich nicht an, ich bin ein Mitarbeiter von Inspektor Messana!«

Der Chef des Hauptmanns, Ettore Messana, kommandierte zu dieser Zeit die Carabinieri in Sizilien und galt als intimer Vertrauter Scelbas. Der Inspektor war auch sonst kein unbeschriebenes Blatt. Er war einst mit den Separatisten liiert gewesen. In jener Zeit war er aussichtsreichster Kandidat für den Posten des Innenministers eines »unabhängigen sizilianischen Staates«. Er unterstützte damals die Bewegung, der auch Salvatore Giuliano diente.

Der Mann, der sich als Messanas Agent ausgab, hieß Salvatore Ferreri und wurde von Giulianos Banditen »Fra Diavolo« (»Bruder Teufel«) tituliert. Seine Mission bestand darin, die Polizeiaktionen gegen Giulianos Bande bewußt irrezuleiten. Zu irgendwelchen Aussagen kam »Bruder Teufel« nicht mehr. Der Verletzte soll sich auf Hauptmann Gianlombardo gestürzt haben und in Notwehr erschossen worden sein. So lautete die offizielle Version.

Der andere Verletzte war Giovanni Genovese, einer der Brüder, in deren Haus sich Giuliano mit den Separatistenführern getroffen hatte. Er bestätigte, daß sein Chef tatsächlich das Massaker von Portella della Ginestra auf dem Gewissen hatte. Aber den Auftrag hätte Giuliano von den Baronen erhalten.

Diese Vorgänge konnten weder vertuscht noch verschwiegen werden. Die Berichte kompromittierten auch Innenminister Scelba. Er mußte sich offiziell von seinem Freund Messana distanzieren und ihn seines Postens entheben. Die kommunistischen und sozialistischen Abgeordneten forderten im Parlament die Abberufung des Innenministers, der Banditen begünstigte, aber mit zügellosem Terror gegen streikende Arbeiter vorging. Angesichts der Mehrheit der christlich-demokratischen Regierungspartei konnte sich der damalige Ministerpräsident de Gasperi das folgende Schauspiel erlauben: Er stand im Parlament demonstrativ auf, eilte auf Mario Scelba zu und umarmte ihn.

Zum Nachfolger Messanas wurde ein gewisser Coglitore, ein ehemaliger enger Mitarbeiter jenes faschistischen Polizeichefs Cesare Mori bestellt, der sich einst gerühmt hatte, die Mafia ausgerottet zu haben. Ihm folgten die Inspektoren Modica und Spano, die sich ebenfalls unter Mori ihre ersten Sporen verdient hatten. Ihre Bemühungen, Giuliano unschädlich zu machen, scheiterten ebenfalls.

Statt den sizilianischen Banditenkönig zu stellen, griffen die Carabinieri immer wieder ins Leere. Eine Statistik aus dem Jahre 1947 nennt 46 Carabinieri, die in Westsizilien ermordet wurden. Hinzu kamen 734

Verletzte. Es wird wohl niemals mehr hundertprozentig geklärt werden können, wer das Opfer von Giulianos Leuten oder von Mafiosi war. Fest steht, daß es sich die Polizei- und Justizbehörden oft leicht gemacht haben und viele Opfer einfach der Mordbande von Giuliano in die Schuhe schoben. Letzten Endes konnte das der Mafia nur recht sein. Ettore Messana, der einen so unglücklichen Abgang hatte, verteilte damals an die Carabinieri, die durch die ständigen Mißerfolge bereits Unruhe zeigten, massenhaft Auszeichnungen. Es hagelte Gold- und Silbermedaillen für Tapferkeit sowie Verdienstkreuze.

Die Mordserien brachen Giuliano nicht das Genick. Ein einziger Mord dagegen war so folgenschwer, daß er sein eigenes Todesurteil heraufbeschwor: Giuliano tötete den Mafia-Capo von Partinico, Santo Fleres.

Diese Tat war ein Racheakt für ein nicht eingelöstes Versprechen. Die Wahlen vom 18. April 1948 hatten der Democrazia Cristiana einen großen Sieg gebracht. Im Einflußbereich von Giuliano konnte diese Partei einen Stimmenzuwachs von 156 Prozent verbuchen. Daran hatte der »König von Montelepre« eine große Aktie: Nach dem Gemetzel von Portella della Ginestra eröffnete er den »Wahlkampf« mit einer Serie von blutigen Überfällen auf Büros der Kommunistischen und Sozialistischen Partei. Im Falle eines Wahlsiegs der Christdemokraten sollten auch er und seine Bande Gewinner sein. Die Mafia und die mit ihr liierten örtlichen Parteiführer versprachen ihnen Straffreiheit. Sie sollten für keines ihrer Verbrechen zur Verantwortung gezogen werden.

Doch als Giuliano für seine Hilfe kassieren wollte, verweigerten ihm seine Auftraggeber den Lohn. Selbst im Reich der Mafia konnte man es sich nicht leisten, einen Mörder vom Kaliber eines Giuliano straffrei ausgehen zu lassen. Der Mafia-Führer von Partinico, Santo Fleres, bot ihm dafür seine Hilfe zur Flucht nach Südamerika an. Doch Giuliano wollte davon nichts wissen. Er fühlte sich betrogen. In seiner Wut tötete er Fleres und noch vier weitere Mitglieder der »Ehrenwerten Gesellschaft« von Partinico. Damit hatte er sich dem Rat und Befehl der Mafia und somit ihren Interessen entgegengestellt. Das verzieh die Bruderschaft nicht.

Giuliano drohte auch den Christdemokraten. Er ließ den Sekretär der Democrazia Christiana von Alcamo, Leonardo Renda, ermorden und sandte danach an alle Abgeordneten, die er bei den Wahlen unterstützt hatte, ein Schreiben. Darin hieß es: »In unseren Gebieten ist nur für Sie gestimmt worden, wir haben also unser Versprechen gehalten, jetzt tun Sie dasselbe!«

Flucht im Eisschrank

Salvatore Giuliano traf der Fluch der Mafia — langsam, aber sicher. Die Bruderschaft verriet einige Komplizen an die Carabinieri. Die Bande begann zu schrumpfen. Der so gehetzte »König von Montelepre« reagierte wie ein wildes Tier. Weitere Entführungen und neue Bluttaten folgten. Er schrieb einen Brief an eine Zeitung in Palermo und warnte alle Carabinieri. Beabsichtigten sie sein »Hoheitsgebiet« in den Bergen zu betreten, müßten sie weiße Armbinden tragen, sonst würde er sie einfach über den Haufen schießen.

Im April 1949 lockte er bei Torretta und Monreale Carabinieri in einen Hinterhalt, tötete zwei Männer, verwundete weitere elf. Giuliano entführte Abgeordnete, aber vor allem Barone und Herzöge, von denen einst so viele mit ihm zusammengearbeitet hatten. Vom Herzog Francesco Pape von Pratameno erpreßte er 50 Millionen Lire und raubte ihm einen Solitärring, den er fortan selbst trug.

Am Abend des 2. Mai betrat ein junger Hauptmann das Haus der Giulianos, das endlich von den sizilianischen Carabinieri besetzt worden war. Die Mannschaft in dem Haus salutierte ehrerbietig dem Vorgesetzten, während dieser sich interessiert in den Räumen umsah. Doch als er ging, erstarrten die Männer vor Schreck. Der Hauptmann riß die Pistole heraus und schoß das Magazin leer. Ein Carabiniere starb auf der Stelle, ein anderer erlag im Krankenhaus seinen Verletzungen. Der Mörder hieß Salvatore Giuliano, der für den Überfall eine erbeutete Uniform benutzt hatte.

Zu dieser Zeit, als der Bandit in dieser Kostümierung frech durch den Ort ging, befanden sich etwa 2000 Carabinieri in Montelepre und Umgebung. Fast alle Angehörigen von Giuliano und seinen Kumpanen saßen bereits im Gefängnis. Seine Mutter war wegen Begünstigung und Erpressung zu fünf Jahren verurteilt, sein Vater auf die Insel Ustica deportiert worden.

Die großangelegten Aktionen der Polizei und der Carabinieri gegen die Giuliano-Bande stießen meist ins Leere, da die Banditen gewarnt worden waren. Erst als sich Giuliano mit der Mafia entzweite, verliefen die Operationen der Polizei erfolgreicher

Unter Giulianos Banditen grassierte die Angst — weniger vor den Behörden als vor der Mafia, die sie verraten könnte. Und doch besaß, wie sich später herausstellen sollte, die Bande noch Helfer. Sie befanden sich unter den Angehörigen der Polizia, der örtlichen Polizei, die sich mit den Carabinieri mehr befehdeten als mit ihnen zusammenarbeiteten.

Polizeiführer wie Inspektor Verdiani hatten mit dem Banditen Stillhalteabkommen getroffen. Insgeheim lachten sie schadenfroh, wenn die Carabinieri, die meist vom italienischen Festland kamen, bei ihren umfangreichen Operationen immer wieder ins Leere stießen oder gar in einen Hinterhalt gerieten und das geschah beängstigend oft.

Am 3. Juli 1949 forderte ein Überfall bei der Portella della Paglia vier Tote und zwei Verwundete unter den Carabinieri.

Am 17. Juli 1949 wurden bei einem Überraschungsangriff auf die Kaserne von Partinico zwei Carabinieri getötet.

Am 19. August 1949 richtete die Giuliano-Bande in Bellolampo ein Blutbad unter den Carabinieri an. Ergebnis: sieben Tote und zehn Verletzte.

Einigen Mitgliedern der Giuliano-Bande wurde der Boden zu heiß, und sie setzten sich nach Nordafrika und den USA ab. Sie waren zu sehr Sizilianer, um die Macht der »Ehrenwerten Gesellschaft«, die ihr Chef mit den Morden in Partinico herausgefordert hatte, zu unterschätzen. Ein gewisser Francesco Barone, der sofort der Mafia gegenüber seine Loyalität bekundete, gelangte um den Preis von mehreren Millionen Lire in die Vereinigten Staaten. Später wurde er bei einer Razzia ergriffen und wanderte ins Zuchthaus, wo er Memoiren über seine Zeit bei Giuliano zu schreiben begann, in denen er auch seine Flucht schilderte.

Francesco Barone, ein kleiner, schmächtiger Mann, der in den Bergen von Montelepre eine Kugel in den Hals bekommen hatte und seitdem mit heiserer Stimme sprach, wurde bis zum Hafen von Neapel geleitet. Dort drückte ihm ein Unbekannter die notwendigen Papiere in die Hand, die es ihm ermöglichten, an Bord des Überseeschiffes zu gelangen. Man versteckte ihn in einem Verschlag neben dem Maschinenraum. »Aber wegen der dauernden Kontrollen«, berichtete Barone, »ließen sie mich den größten Teil der Überfahrt in einem Eisschrank sitzen. Aus dem fiel ich jedesmal ohnmächtig und halb gelähmt wieder heraus. Bei der Ankunft steckten sie mich in die Kluft eines Arbeiters. Am Bug mußte ich mich unter die anderen Arbeiter mischen, mit denen ich an Land ging.« Am Pier von New York erwarteten ihn bereits Männer von der Cosa Nostra. Sie verschafften dem Flüchtling, der die Hilfe der Mafia genoß, sofort Kleidung, Unterkunft und Arbeit. Barone erinnert sich: »Es lief alles wie am Schnürchen. Ich fühlte mich sofort zu Hause. Manchmal mußte ich über eine Grenze verschwinden, aber wo immer ich hinkam, wurde ich mit offenen Armen aufgenommen.«

Giuliano indessen gab das Spiel immer noch nicht auf. Im Gegenteil. Er glaubte, noch eine Trumpfkarte in der Hand zu halten. Er verbreitete, daß er jetzt Aufzeichnungen über die Zeit mit den Separatisten anfertige, denen er wichtige Dokumente beizufügen hätte. Er spottete, daß Innenminister Mario Scelba die Aufzeichnungen sicher mit großem Interesse lesen würde.

Zuvor hatte der Bandit an Scelba eine Botschaft gesandt, die der monarchistische Abgeordnete Gelose Cusumano, der einst zu den Separatisten gehörte, überbrachte. Darin versicherte Giuliano feierlich, daß er seinen Krieg gegen die Carabinieri einstellen würde, wenn man ihn und seine Freunde amnestierte und freiließe. Doch die Antwort Scelbas hatte nur gelautet: »Ich verhandele mit keinem Banditen!«

Selbstverständlich wußte der Innenminister, der über so vorzügliche Verbindungen nach Sizilien verfügte, von der Entzweiung der Mafia mit Giuliano.

Der »Lawrence« von Sizilien

Am 26. August 1949 überraschte Innenminister Scelba die Öffentlichkeit Siziliens mit einer bedeutsamen Erklärung. Die Bekämpfung der Giuliano-Bande werde ab sofort einer speziellen Truppe übertragen, die nur dem Innenminister verantwortlich sei. Er gab auch ihren Namen bekannt: Corpo della Forza per la Repressione di Banditismo (CFRB) — Streitkräfte zur Unterdrückung des Banditentums in Sizilien. Wie so oft, blieb auch diesmal die Mafia unbehelligt. Sie wurde nicht einmal erwähnt. Der Bannstrahl traf nur den Banditen, der die Fittiche der Bruderschaft verlassen hatte. Solange sich der Terror nur gegen Kommunisten und Sozialisten richtete, drückte die christlich-demokratische Regierung in Rom beide Augen zu. Aber die Auseinandersetzung zwischen der Mafia und Giuliano beschwor Gefahren herauf. Eine Kompromittierung des Parteimitglieds Scelba und anderer Politiker konnte höchst unangenehme Folgen für die Regierungspartei haben.

Das Oberkommando des CFRB wurde Oberst Ugo Luca übertragen, einer undurchsichtigen und buntschillernden Gestalt. Luca — ein Mann von kleiner Statur — hatte sich seine Sporen im italienischen Geheimdienst verdient. In den Jahren 1920 bis 1922 befand er sich in Kleinasien und wühlte für die Herrschenden Italiens gegen Kemal Atatürk und die türkische Revolution. Das trug ihm später den Namen

»italienischer Lawrence« ein, eine Anspielung auf jenen britischen Geheimdienstoffizier Oberst Lawrence, der nach dem ersten Weltkrieg in Arabien eine mysteriöse Rolle gespielt hatte. Unter dem faschistischen Diktator Mussolini setzte Luca seine Karriere fort. Der servile Mann erklomm Stufe für Stufe. Bald gehörte er zu den führenden Männern der Servizo Informazioni Controspionaggio, der italienischen Militärspionage, und arbeitete eng mit der SS und dem deutschen Geheimdienst zusammen.

Oberst Luca assistierte der große und beleibte Hauptmann Antonio Perenze, Ende der Dreißig, schnurrbärtig und kahlköpfig. Dieser Adjutant Lucas sollte noch eine besondere Rolle in dem kommenden Stück zugewiesen erhalten.

Um ein Haar wäre für Oberst Luca das Spiel zu Ende gewesen, ehe es richtig begonnen hatte. Giuliano, der immer noch ausgezeichnet über Bewegungen der Carabinieri informiert wurde, überfiel einen ihrer Konvois, der von Luca angeführt wurde. Ein Lastwagen mit achtzehn Carabinieri rollte über eine Mine und flog in die Luft. Vier Carabinieri wurden buchstäblich zerrissen, weitere drei erlagen später ihren Verletzungen im Krankenhaus. Luca verdankte einem Zufall sein Leben. Er fuhr nicht wie auf der Hinfahrt — auf der die Kolonne von Giulianos Leuten genau beobachtet worden war — im zweiten, sondern im ersten Wagen des Konvois. Die Banditen bemerkten die veränderte Reihenfolge zu spät. Sie warfen Lucas Wagen eine Bombe nach, die aber nicht traf.

Der Oberst verstärkte in den nächsten Wochen die Polizeikräfte auf 3000 Mann. Er verfügte auch über eine Fallschirmjägereinheit, über Flugzeuge und Panzer. Dann verbot er der sizilianischen Presse, Briefe von Giuliano abzudrucken. Der Bandit hatte es sich zur Angewohnheit gemacht, an die Redaktionen zu schreiben. Die Zeitungen veröffentlichten seine Pamphlete gern, steigerten doch seine sensationellen Schreiben, in denen er Drohungen ausstieß und die Carabinieri verhöhnte, die Auflagen nicht unbeträchtlich. In dem letzten veröffentlichten Brief hatte er verlangt: »Wenn die Carabinieri nicht den Kampf einstellen und meine Mutter sowie andere gefangene Verwandte freilassen, werde ich innerhalb von fünfzehn Tagen einen intensiveren Feldzug eröffnen als je zuvor.« Darunter stand als Rechtfertigung des Herausgebers: »Dies ist der letzte Brief Giulianos, den wir veröffentlichen werden. Einst hatten wir das Gefühl, daß er vielleicht weniger schuldig als irregeführt sei. Diese Zeiten sind vorbei!«

Luca ließ eine Liste mit den Verbrechen des Banditenführers aufstellen und veröffentlichen. Sie zählte folgende kriminelle Taten auf: 37 Morde, 29 Mordversuche, 10 Erpressungen und 40 Fälle von Raub. Auf das Blutkonto der übrigen Bandenmitglieder kamen nach vorsichtigen Schätzungen 73 getötete Carabinieri, 22 Polizisten und 50 Zivilisten. Eine Belohnung von fünf Millionen — vorher drei — Lire war auf den Kopf von Giuliano ausgesetzt. Es folgten Verhaftungen über Verhaftungen, und die Mafia vermittelte Namen und Adressen.

Im Hauptquartier von Oberst Luca klingelte am 14. Oktober das Telefon. Es war kurz vor Mitternacht. Schläfrig nahm der wachhabende Carabiniere den Hörer ab. Am anderen Ende des Drahtes meldete sich ein Unbekannter, der auf keinen Fall seinen Namen preisgeben wollte, dafür aber einen wertvollen Hinweis zu bieten hatte: Giuseppe Cucinella aus der Giuliano-Bande halte sich gerade bei einer Signora in einem Vorort Palermos auf.

Luca wurde sogleich benachrichtigt. Er löste einen Großalarm aus, denn ähnliche anonyme Hinweise hatten bereits zu mehreren Festnahmen geführt. In den umliegenden Kasernen wurden die Mannschaften aus dem Schlaf getrommelt, auf Lastwagen geladen und zu dem angegebenen Ort gefahren. Carabinieri umzingelten das Haus und postierten sich auf den umliegenden Dächern, auf denen sie Maschinengewehre in Stellung brachten.

Als ein Kommando in das Haus eindringen wollte, wurde das Feuer auf die Gendarmen eröffnet. Sie mußten Deckung suchen. Etwa zur gleichen Zeit raste ein Lastwagen mit abgestellten Scheinwerfern durch die nächtlichen Straßen. Carabinieri, die die Straßen absperrten, sprangen in letzter Sekunde zurück, um nicht unter die Räder zu kommen. Als das Fahrzeug das Tempo drosselte und dicht an dem umstellten Haus vorbeifuhr, sprang Cucinella aus dem zweiten Stockwerk, mit einer Hand eine Pistole umklammernd. Aber er verfehlte die Ladefläche des Lastwagens, und sein Körper klatschte auf das Straßenpflaster. Mit gebrochenen Rippen und Frakturen an Arm und Bein fiel er in die Hände von Luca, der die nächtliche Jagd persönlich geleitet hatte. Irgend jemand mußte also auch diese Aktion der Carabinieri verraten haben.

Solche spektakulären Jagden verschafften dem Obersten ein Alibi für emsige und erfolgreiche Arbeit. Doch das eigentliche Netz, in dem Giuliano gefangen werden sollte, knüpfte Colonello Luca hinter den Kulissen. Darin hatte der Geheimdienstmann schließlich besondere Erfahrungen. Die Mafia verriet die Banditen, die er dann leicht fassen konnte. Folglich mußte auch der Weg zu Giuliano über die »Ehrenwerte Gesellschaft« führen.

»Ich erschoß Giuliano«

Merkwürdige Stille breitete sich seit dem Frühjahr 1950 über Giuliano und seine auf wenige Männer zusammengeschrumpfte Bande. Der Verrat der Mafia hatte das Häuflein dezimiert. Gerüchte machten auf der Insel die Runde. Giuliano wäre nach Nordafrika geflüchtet, mit stiller Billigung der Regierung ausgewandert, in der französischen Fremdenlegion untergeschlüpft, er rüste zu einem Schlag gegen die Streitmacht von Luca...

In diese Stille platzte am 5. Juli 1950 die Nachricht — Giuliano ist tot!

Auf offizieller Ebene spielte sich das Geschehen so ab: Um sechs Uhr morgens rief der italienische Polizeichef General D'Antoni seinen Vorgesetzten, den Innenminister Scelba, an. »Herr Minister, im Morgengrauen wurde heute der Bandit Giuliano bei einem Kampf mit den Kräften zur Unterdrückung des Banditentums in Castelvetrano erschossen.«

Scelba antwortete seinem Polizeichef, der mit schwer unterdrückter Erregung die Reaktion seines Ministers auf die Freudenbotschaft erwartete: »Ausgezeichnet, wir werden uns später treffen, und ich erwarte Ihren Bericht.«

Verwirrt und enttäuscht legte der eifrige D'Antoni den Hörer auf die Gabel. Der Minister hatte seine Meldung wie einen Routinebericht zur Kenntnis genommen.

Wie ein Lauffeuer verbreitete sich die Kunde vom Tode Salvatore Giulianos unter den Presseleuten, vor allem unter den Auslandskorrespondenten in Rom. Sie gaben sich mit der nackten Nachricht nicht

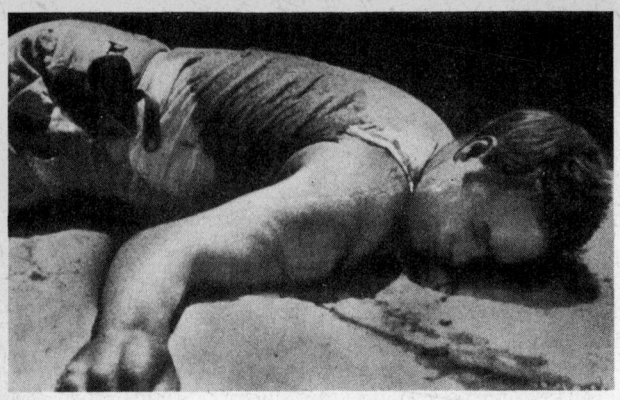

Wurde Giuliano von Hauptmann Perenze erschossen, oder wurde er als unbequemer Mitwisser ermordet? Aufmerksame Beobachter bezweifelten bald die Version der Polizei

zufrieden, sie hungerten nach Details, sie wollten alle Einzelheiten ausführlich wissen. Die Journalisten bestürmten so lange das Büro des Innenministers, bis sich dieser ihnen widerstrebend auf einer Pressekonferenz stellte.

Doch was Scelba mitzuteilen hatte, war mehr als dürftig. Der Innenminister berichtete nicht wie ein Mann, der einen großen Triumph errungen hatte. Er lobte seinen Vollstrecker Oberst Ugo Luca mit höflichen Worten und erklärte, daß damit dem sizilianischen Bandenwesen endlich das Handwerk gelegt wäre. Die Truppe zur Unterdrückung des Banditentums auf Sizilien würde selbstverständlich aufgelöst werden. Unter die Verbrechen von Giuliano wäre nun ein Schlußstrich gezogen worden. Er hoffe, daß diese Angelegenheit nun auch für die Presse erledigt sei.

Die bedeutendste der Regierung nahestehende Zeitung, der »Corriere della Sera«, erschien am nächsten Tag mit den Schlagzeilen: »Vier Carabinieri stellen Giuliano um Mitternacht und töten ihn nach halbstündigem Feuergefecht — De Gasperi und Scelba beglückwünschen die Polizei von Sizilien — Oberst Luca zum General ernannt.« Aber die meisten Journalisten waren nach der Pressekonferenz enttäuscht und aufgebracht nach Sizilien, direkt an den Tatort geeilt, um die notwendigen Einzelheiten über das Ende des Dramas um »Europas letzten Räuberhauptmann« zu erfahren.

In Castelvetrano hatte inzwischen Hauptmann Perenze, der Adjutant von Luca, eine Darstellung der Ereignisse gegeben. In Siegerpose berichtete der Hauptmann vor den Presseleuten:

»Zehn Tage vor Salvatore Giulianos Tod erhielt mein Chef, Oberst Luca, die Nachricht, daß der Bandit Vorbereitungen treffe, Sizilien zu verlassen. Als Abfahrtsort hatte er Castelvetrano gewählt. Das Städtchen liegt nicht nur nahe der Küste, sondern besitzt auch einen kleinen Flugplatz. Vielleicht wollte Giuliano bei seiner Flucht diesen Flugplatz benutzen. Wir ließen ihn deshalb bewachen und den Verkehr auf den Straßen kontrollieren.

Heute nacht um 3 Uhr 15 stieß eine Patrouille der Carabinieri in der Via Cagini auf eine Gruppe bewaffneter Männer. Die Carabinieri wollten sie anhalten, aber es kam zu einem Feuergefecht. Dabei sah ich, wie einer der Männer seine Jacke auszog, diese wegwarf und floh. Ich verfolgte ihn. Der Mann lief zu einem Haus in der Via Serafino Mannone. Er rannte im Zickzack und schoß wild auf alles, was sich bewegte. Auf dem Innenhof vom Hause des Advokaten De Maria bekam ich ihn vor meine Maschinenpistole. Ich traf ihn mit einer Salve von sieben Kugeln. Er stürzte zu Boden und starb innerhalb von zehn Minuten. Morgens 4 Uhr 10 war Salvatore Giuliano tot.«

Solch ein Held war also Hauptmann Perenze. Den kaltblütigen Mörder und sicheren Scharfschützen Giuliano packte einfach die Panik. Er rannte wie ein Hase, hakenschlagend, vor dem beleibten Capitano davon. Einigen Journalisten kamen Zweifel. Sie wollten Luca sprechen. Sie erhielten jedoch den Bescheid, daß dieser im Hotel Selenius ein Festessen gäbe und von keinem Journalisten gestört werden wollte. An dieser Tafel saßen übrigens auch der Staatsanwalt und der Gerichtsarzt Professor Gabbio. Ganz zufällig natürlich. So begannen die Reporter, die neue Fakten suchten, auf eigene Faust Ermittlungen anzustellen.

»Sie haben ihn verraten«

Als sie Einwohner über das dreiviertelstündige Feuergefecht befragten, schüttelten diese den Kopf. Die Leute von Castelvetrano berichteten übereinstimmend, daß sie erst einige wenige Schüsse und danach zwei Salven gehört hätten. Es hatte also gar kein Feuergefecht von 45 Minuten stattgefunden, wie es Perenze behauptete.

Ein FIAT verdeckte die Sicht durch den Torbogen des Hauses in der Via Serafino Mannone 54, dessen Zugang von einer Abteilung Carabinieri abgesperrt wurde. Auf dem Innenhof lag jetzt wie viele seiner Opfer der tote Salvatore Giuliano bäuchlings auf dem Pflaster. Er war mit einer Drillichhose und einem ärmellosen Unterhemd bekleidet. Neben seinem Kopf befand sich in einer Blutlache ein Revolver, neben seiner Rechten eine Beretta-Maschinenpistole. Auf seinem weißen Trikothemd zeichnete sich ein riesiger Blutfleck ab.

Gegen Mittag des 5. Juli transportierte man den Leichnam in die Totenhalle des Friedhofs von Castelvetrano und bettete ihn auf Marmorplatten. Hier wurde die Totenmaske für das Kriminalmuseum in Palermo abgenommen. Dann zogen ihm Männer das Hemd aus, weil Gerichtsarzt Professor Gabbio die Leiche genau untersuchen wollte. Da sah man bei den Kriminalbeamten die ersten verdutzten Gesichter. Unter dem großen Blutfleck auf dem Rücken konnten sie keine Wunde entdecken. Die Einschüsse konzentrierten sich auf die rechte Seite und die Achselhöhle. Nach der Lage des Toten hätte das Blut entgegen der Schwerkraft nach oben fließen müssen.

Die Autopsie brachte für aufmerksame Beobachter eine weitere Überraschung. In dem Körper von Giuliano befanden sich mehr als sechzig Kugeln, fast alle waren aus einer Maschinenpistole abgefeuert. Zwei Geschosse entstammten einem Revolver.

Der Gerichtsarzt stellte an der Hüfte von Giuliano eine Narbe fest. Sie rührte von jenem 2. September 1943 her, als er wegen zweier Getreidesäcke einen Carabiniere tötete und dabei verletzt wurde.

Obwohl von Anfang an keine Zweifel über die Identität des Toten bestanden, holte man seine inzwischen wieder freigelassene Mutter aus dem etwa 80 Kilometer entfernten Montelepre. Als sie die Todesnachricht empfing, schrie sie hysterisch: »Ich glaube Ihnen nicht! Es ist eine Lüge, eine Falle! Sie werden ihn niemals fangen, niemals!«

Vor der Leichenhalle schien sie sich gefaßt zu haben. Als sie zu dem Leichnam geführt wurde, sagte sie: »Ja, das ist mein Sohn, den ich vor siebenundzwanzig Jahren geboren habe.«

Beim Verlassen der Totenhalle schrie sie den Leuten und den Journalisten, die sich in Erwartung einer neuen Sensation vor dem Friedhof eingefunden hatten, die Worte zu: »Sie haben ihn verraten! Sie haben ihn verraten!« Die Mutter warf sich wie von Sinnen der Länge nach in den Staub und rief immer wieder: »Mein Blut, mein Blut, sie haben dich verraten!«

War das nur der Ausbruch einer verzweifelten Mutter? Nach all den Widersprüchen, die sich in den nächsten Tagen mehrten, glaubte niemand in Sizilien und auf dem italienischen Festland die offizielle Darstellung, daß Giuliano durch die Hand von Hauptmann Perenze getötet worden war.

Sieben Mann aus der Bande Giulianos befanden sich Anfang Juli für die Öffentlichkeit noch auf freiem Fuß. Mannino, Badalmenti, Madonia, Zito, Vitale, Passatempo und Giulianos Vetter und »Erster Leutnant« Gaspare Pisciotta.

Plötzlich teilte der frischgebackene General Luca mit, daß sich mit Ausnahme von Pisciotta alle Banditen bereits seit dem 27. Juni, also vor dem Tode ihres Chefs, in Haft befänden. Er wollte damit immer stärker geäußerten Vermutungen entgegentreten, daß nicht der behäbige Perenze, sondern ein Komplice den »König von Montelepre« zur Strecke gebracht hätte. Gaspare Pisciotta, den engsten Freund und Blutsverwandten, würde kaum jemand verdächtigen. So dachte jedenfalls Luca.

Die Gerüchte verstummten nicht, sehr zum Leidwesen von Innenminister Scelba, der vor den Journalisten kategorisch einen Schlußstrich unter die Affäre Giuliano gefordert hatte. In dieser Situation im Dezember 1950 gab die Polizei eine neue Sensation bekannt: Gaspare Pisciotta war verhaftet und sofort nach Viterbo in Italien gebracht worden, wo gegen mehr als 30 Mitglieder der Giuliano-Bande ein Prozeß stattfinden sollte.

In der Haft legte Pisciotta später sein aufsehenerregendes Geständnis ab, noch bevor der Prozeß begonnen hatte. Luca und Perenze glaubten ihren Augen nicht zu trauen, als sie in der Zeitung lasen: »Ich, Gaspare Pisciotta, habe Salvatore Giuliano im Schlaf ermordet.

Es geschah auf Grund eines persönlichen Abkommens mit Signor Scelba, dem Innenminister.«

Giulianos Stellvertreter erfaßte nach dieser Aussage panische Angst, daß man ihn töten könnte. Er ließ sich von seiner Mutter, die ihm nachgereist war, täglich Essen ins Gefängnis bringen, sonst nahm er nichts zu sich. Nach einigen Wochen untersagte die Gefängnisleitung seiner Mutter die ständigen Besuche. Als Pisciotta davon erfuhr, brüllte er vor Wut und Entsetzen: »Jetzt bin ich sicher, daß sie mich im Gefängnis sterben lassen.« Die Gefängniswärter beobachteten, wie der vorsichtige Pisciotta erst jedesmal einem zahmen Spatzen, der vor seinem Zellenfenster saß, von seinen Speisen zum Kosten gab.

Als der Prozeß begann, bestätigte es sich, daß Pisciotta Gründe für seine Furcht hatte. Auf dem Wege vom Gefängnis zum Gericht stürzten sich zwei Häftlinge und Mitangeklagte auf ihn. Es waren die Brüder Genovese, in deren Bauernhaus sich Giuliano im Jahre 1945 mit den Separatistenführern getroffen hatte, die nun versuchten, den Verräter zu erschlagen.

Der Prozeß

Im Gerichtssaal herrschte atemlose Spannung, als der Prozeß gegen Gaspare Pisciotta und die Komplicen Giulianos im Frühjahr 1951 eröffnet wurde. Die Angeklagten saßen hinter eisernen Gitterstäben, wie Raubtiere in einem großen Käfig.

Endlich sollte Licht auf die Ereignisse des 5. Juli 1950 fallen, und mancher Strahl würde die dunkle Vorgeschichte treffen. Würden diesmal die wahren Hintermänner entlarvt werden?

Zuerst richtete sich das Interesse des Publikums auf eine Frage: In wessen Auftrag hatte Pisciotta, der ein Bekenntnis als Mörder ablegte, seinen Vetter Giuliano ermordet? Gleich wurde im Saal die Hand des »Unbekannten«, der Mafia, sichtbar. Pisciotta schien auch die »Ehrenwerte Gesellschaft« mehr zu fürchten als seine Richter und ihr Urteil. Den Anschlag der Brüder Genovese betrachtete er nicht als Affekthandlung seiner ehemaligen Komplicen, sondern als Auftrag, ihn umzubringen. Den Anstifter vermutete er in der Bruderschaft.

Von den Aussagen Gaspare Pisciottas in
die Enge getrieben: Hauptmann Perenze.
Selbst General Luca mußte von der Version
seines Adjutanten abrücken

Der blasse, auffallend gut gekleidete Gaspare Pisciotta berichtete,
wie er zum Verräter wurde. »Giuliano war überzeugt davon, daß Ignazio Miceli, der neue Capo-Mafia von Monreale, zwei unserer Kamera-
den, Mannino und Madonia, der Polizei verraten hatte. Er gewährte
Miceli eine Frist von zehn Tagen, um sie wieder aus den Händen der
Polizei zu befreien. Miceli, der Angst um sein Leben hatte, tat, was er
konnte. Er verfügte über ausgezeichnete Beziehungen zu Oberst Luca.
Trotzdem gelang es ihm nicht, die beiden zu befreien. Daraufhin befahl mir Giuliano, nach Monreale zu gehen und Miceli zu töten. Ich
ging nach Monreale, aber ich hatte beschlossen, Giulianos Befehl nicht
auszuführen. Das Morden mußte endlich aufhören. Ich hatte eine Unterredung mit dem Capo Miceli, und er fragte mich, ob ich mithelfen
wolle, Giuliano zu beseitigen. Ich antwortete, daß ich unter gewissen
Bedingungen dazu bereit sei.«

Gerichtspräsident: »Unter welchen Bedingungen?«

Pisciotta: »Ich wollte für meine Verbrechen im Dienste Giulianos
straffrei ausgehen. Das verlangte ich als Gegenleistung. Ich verlangte
von Oberst Luca einen Freibrief. Ich verlangte, daß er von Mario
Scelba, dem Innenminister, persönlich unterschrieben werden müsse.«

Ein solches Schreiben existierte tatsächlich. Doch vor dem Gericht
stellte sich General Luca vor seinen Vorgesetzten Scelba. Er sagte unter Eid aus, daß er selbst die Unterschrift des Ministers nachgeahmt
hätte, um die Banditen in eine Falle zu locken. Im Zusammenhang mit

diesem Brief berichtete Pisciotta, daß Giuliano bereits vor den Wahlen im April 1948 ein Schreiben von Scelba empfangen habe. »In diesem Brief«, so erzählte er, »forderte Scelba Giuliano auf, die Christlich-Demokratische Partei bei den Wahlen zu unterstützen. Er versprach ihm im Falle eines Wahlsieges seiner Partei eine Amnestie.«

Die Regierungspresse raste. Man könnte doch nicht einem verrückten Banditen Glauben schenken, der keine Zeugen beibringen könne!

Gaspare Pisciotta lehnte plötzlich vor dem Gericht seinen Verteidiger ab. Er hätte versucht, ihn zu bestechen, damit er nichts mehr aussagte.

Dann erschien Rechtsanwalt Gregorio De Maria, auf dessen Hof die Leiche des Banditen gefunden worden war. Der Advokat gab eine detaillierte Schilderung der Mordnacht.

»Am sechzehnten Dezember neunzehnhundertneunundvierzig wurde zu später Stunde, etwa gegen zweiundzwanzig Uhr, an meine Haustür geklopft. Ich fragte, wer es sei. ›Ich bin es, Giuseppe Marotta, öffne die Tür, Gregorio!‹ Giuseppe Marotta war mein Jugendfreund. Seitdem sind aber schon viele Jahre vergangen, in denen wir uns nicht wiedergesehen haben. Marotta trat ein, gefolgt von zwei verwahrlosten Männern, die ich im Dunkeln nicht erkennen konnte. Einer von ihnen erklärte mir, sie seien die Freunde von Marotta und bäten für ein paar Tage um meine Gastfreundschaft. Diese beiden unerwarteten Besucher waren Salvatore Giuliano und Gaspare Pisciotta. Sie brauchten eine sichere, unauffällige Unterkunft. Diese erzwungene Gastfreundschaft dauerte sechs Monate. Von jener Dezembernacht bis zum fünften Juli neunzehnhundertfünfzig.

Im Februar zog Pisciotta plötzlich mit seinem ganzen Gepäck aus, und ich habe ihn nicht wiedergesehen — bis zur Todesnacht. Schließlich, Mitte März, verließ auch Giuliano mich. Doch ich war meine Plagegeister noch nicht los. Nach vierzehn Tagen kam er wieder und blieb bis Mitte Mai, verließ mich wieder, um am fünfundzwanzigsten Juni erneut zurückzukehren. Bei diesem letzten Male war er sehr verstört.

So kam jene Nacht zum fünften Juli neunzehnhundertfünfzig heran. In dieser Nacht, um null Uhr dreißig, als wir schon alle zu Bett gegangen waren, klopfte es an der Haustür. Ich stand auf und machte Licht im Hof. Als ich auf die Straße blickte, sah ich Pisciotta vor dem Tor. Dann weckte ich Giuliano und ging das Tor öffnen. Mir fiel dabei auf, wie elegant Pisciotta angezogen war. Ich sagte ihm, Giuliano sei oben. Er stieg die Treppe hinauf und ging in das Zimmer von Giuliano, während ich mich auf mein Zimmer zurückzog und bald wieder einschlief.

Doch plötzlich, gegen drei Uhr morgens, wurde ich von Revolverschüssen aus dem Schlaf geweckt. Ich sprang aus dem Bett, riß die Tür auf und sah den Schein von Taschenlampen durch das Zimmer huschen, in dem die Banditen schliefen. Im ersten Schrecken dachte ich, es sei die Polizei. Ich mußte mich wieder auf mein Bett setzen, so zitterten mir die Knie.

Laut rief ich und fragte, was geschehen sei, als Pisciotta in mein Zimmer gestürzt kam. Aufgeregt rief er in sizilianischem Dialekt: ›Advucatu, sparanu, sparanu.‹ (›Advokat, ich habe geschossen, ich habe geschossen.‹)

Völlig verstört eilte ich in das Zimmer Giulianos, den ich auf seinem Bett ausgestreckt fand, als ob er schliefe. Er war tot. Wie von Sinnen taumelte ich auf die Treppe hinaus, um die Tür zu schließen, durch die Pisciotta geflüchtet war.

Einige Augenblicke später traf Hauptmann Perenze ein. Er vergewisserte sich zuerst, ob ich der Rechtsanwalt De Maria sei. Dann mußte ich ihn in das Mordzimmer führen. Als er den toten Giuliano sah, sagte er mir: ›Hier ist nichts geschehen. Auf jeden Fall aber müssen die Blutflecken verschwinden.‹ Ich führte seinen Befehl aus. Dann trug ich mit dem Hauptmann Perenze Giulianos Leiche auf den Innenhof. Darauf zog ich mich in das Haus zurück und hörte später eine Salve aus einer Maschinenpistole.«

Rechtsanwalt De Maria bestätigte damit die Aussage von Pisciotta.

Luca konnte die Version, die sein Hauptmann am 5. Juli verbreitet hatte, nicht völlig aufrechterhalten. Er bestätigte, daß der Mafia-Chef Miceli eine Verabredung mit Pisciotta arrangiert hätte. Für den gefälschten Brief Scelbas hätte Pisciotta seinen Vetter Giuliano verraten. In jener Nacht wäre es zu einem Streit zwischen Giuliano und seinem Adjutanten gekommen. Dabei könnte Pisciotta möglicherweise den Bandenführer getroffen haben. Aber den Gnadenschuß hätte auf jeden Fall der auf dem Hof wartende Perenze gegeben.

De Maria und Luca schilderten ausführlich, wenn auch voneinander abweichend, die Mordnacht. Nur Pisciotta schwieg sich beharrlich über die genauen Vorgänge aus. Auf einer Versammlung in Palermo forderte der Sekretär der Kommunistischen Partei, Girolamo Li Causi, ihn auf, das Schweigen zu brechen. Eindringlich rief er: »Sprich, Pisciotta, denn sie werden auch dich ermorden!«

Viele Leute fragten auch, warum Giuliano nicht im Schlaf überwältigt und der Polizei ausgeliefert worden wäre. Pisciotta sagte dazu dem Gerichtspräsidenten: »Ich habe Giuliano getötet, weil sie es mir befohlen haben. Man hatte Angst, ihn lebendig zu fangen.«

Gerichtspräsident: »Warum Angst?«

Pisciotta: »Weil Giuliano über Beziehungen der Mafia zu gewissen hohen Herren wußte. Weil er Dokumente besaß, mit denen er diese Beziehungen beweisen konnte.«

Diese Papiere beschäftigten das Gericht geraume Zeit. Rechtsanwalt De Maria sagte schließlich, daß sich diese Dokumente bei Giuliano befunden hätten, aber schließlich in der Mordnacht verschwunden wären. Sie wurden auch nicht gefunden. Niemals konnte der Verbleib der ominösen Dokumente geklärt werden.

Hauptmann Perenze, der als erster De Marias Haus betreten hatte, erklärte vor Gericht: »Ich habe nur Oberst Lucas Befehlen gehorcht. Vielleicht hat er sie (die Papiere — die Verfasser) erhalten, aber ich weiß nichts davon.«

Sie blieben für immer verschwunden. Je länger der Prozeß dauerte, desto mehr wurde er von einem Gestrüpp verschiedenster Aussagen überwuchert, die oft bewußt falsch waren. Das Urteil wurde am 4. Mai 1952 gefällt: Gaspare Pisciotta erhielt mit elf Mitgliedern der Bande lebenslängliches Zuchthaus — für zahlreiche Verbrechen, nicht aber für den Mord an Giuliano. Den hatte ja Perenze getötet. Innenminister Scelba verteidigte Luca und Perenze. Er sagte: »Pisciotta hätte nie den Mut gehabt, nie die feste Hand, einen Mann zu erschießen, der einst sein bester Freund war.« Das war kein Beweis, bestenfalls eine Vermutung. Über die anderen Bandenmitglieder verhängte das Gericht ebenfalls hohe Strafen. Schnell, allzu schnell ließ man den Vorhang fallen.

Aus dieser Affäre gingen zwar höchste Polizeibeamte mit einer moralischen Niederlage hervor, aber es hätte schlimmer kommen können. Über die Mafia, die hinter den Kulissen des Giuliano-Prozesses die Fäden zog, hörte man außer Andeutungen nichts. Diese wichtigste Seite streifte der Gerichtshof nicht einmal. Nur zu deutlich spürte man, daß die christlich-demokratische Regierungspartei, die einen ihrer wichtigsten Führer in die Angelegenheit verwickelt sah, kein Interesse an weitgehenden Untersuchungen hatte. Vorschläge der Kommunisten und Sozialisten, diesen Aspekt näher zu untersuchen, wurden vom Verhandlungstisch gefegt. Ab 6. November 1951 hatte man einfach keine Zeugen mehr zugelassen.

Die Akten waren geschlossen. Gaspare Pisciotta wurde ins berühmtberüchtigte Ucciardone-Zuchthaus von Palermo eingeliefert. Dort beschäftigte er sich mit Seidenstickereien und schrieb, wie man hörte, seine Memoiren.

Der letzte Akt

Von der Kerntruppe Giulianos befand sich nach dem Prozeß nur noch Salvatore Passatempo auf freiem Fuß. An einem Augustmorgen des Jahres 1952 fanden ihn Bauern in der Nähe von Trapani. Sein Körper war von Kugeln durchsiebt.

Dasselbe Schicksal ereilte den letzten der Brüder Pianelli. Er war freigelassen worden, weil man ihm nichts beweisen konnte. Im Sommer 1953 fand man ihn auf einer Straße bei Montelepre, ebenfalls von Geschossen durchbohrt.

Rechtsanwalt Rodolfo Giglio, der eine Denkschrift von Giuliano erhalten haben soll, wurde gegen Ende 1953 in dem sizilianischen Dorf Carini erdrosselt aufgefunden.

Mit blutigem Schaum vor dem Mund entdeckte man eines Tages den Abgeordneten Gelose Cusumano, der im Auftrag von Giuliano mit Scelba in Rom verhandelt hatte.

Zum Jahresende 1953 verlautete, daß der Prozeß noch einmal aufgerollt werden sollte. Es gab neue Beweise — vor allem gegen Hauptmann Perenze, den man des Meineides anklagen wollte. Man vernahm auch, Gaspare Pisciotta sollte nun doch für die Ermordung von Salvatore Giuliano zur Verantwortung gezogen werden.

Am Morgen des 9. Februar 1954 nahm Gaspare Pisciotta mit seinem Stiefvater Salvatore, der zu 30 Jahren Zuchthaus verurteilt worden war und mit dem er in einer Zelle hauste, die obligatorische Tasse Kaffee in Empfang. Der Bandit, der an Tuberkulose litt, pflegte stets einen Teelöffel eines Medikaments in seinen Morgentrank zu verrühren. Dann nahm er einen kräftigen Schluck. Noch ehe er die Tasse absetzen konnte, befielen ihn Krämpfe. Er stürzte zu Boden und wand sich unter fürchterlichen Schmerzen. Dazu schrie er: »Sie haben mich vergiftet! Ich sterbe!«

Bewußtlos wurde er ins Gefängniskrankenhaus gebracht; er starb um acht Uhr morgens. Der Gefängnisarzt stellte später fest, daß Pisciotta mit dem Medikament zwanzig Milligramm Strychnin geschluckt hatte.

Einen Tag vorher hatte Innenminister Mario Scelba, den Pisciotta im Giuliano-Prozeß so belastet hatte, den Gipfel seiner steilen Karriere erreicht. Am 8. Februar 1954 wurde er zum Ministerpräsidenten Italiens gewählt.

Obwohl am 2. März ein Gefängniswächter wegen Beihilfe zum Mord an Pisciotta verhaftet wurde, sollte am 4. März der Gifttod Angelo Russo aus Giulianos Bande treffen, bei sieben weiteren Gefangenen war die Dosis Strychnin zu gering.

In Sizilien wußte man schon längst, daß die Hand der Mafia auch durch Gefängnismauern reicht. Erst nach seiner Pensionierung machte der Gefängnisdirektor von Ucciardone eine Rechnung auf: In seiner Amtszeit von 1946 bis 1957 mußten mehr als 480 Gefangene, zum Teil mit schweren Verletzungen, in das Krankenrevier eingeliefert werden. Die Zahl der Morde nannte er nicht.

So endete die Geschichte von Salvatore Giuliano. Die Mafia hatte ihn und seine Bande als willfähriges Werkzeug benutzt. Als sie es nicht mehr brauchte, warf sie es fort und vernichtete es.

Amerika im Spinnennetz

>»Es besteht in den Vereinigten Staaten ein das ganze
Land umfassendes Verbrechersyndikat ... Mobster, käuf-
liche Politiker, gewissenlose Geschäftsleute und Angehörige der freien Berufe — darunter Wirtschaftsprüfer und
Rechtsanwälte — haben die Hand am Ruder. Sie verbergen sich unter der Maske der Respektabilität.«
>
> Aus dem Abschlußbericht einer Untersuchungskommission des USA-Se-
> nats im Jahre 1951

Die amerikanischen Heeresberichte, in denen die Namen Neapel und
Rom, Monte Cassino und Bologna, Turin und Mailand immer häufiger auftauchten, weckten bei dem Beamten der New-Yorker Kriminalpolizei Hefland Erinnerungen, Erinnerungen an das Jahr 1934. Damals hatte er den Mordfall Boccia bearbeitet und herausgefunden, daß
der Hintermann dieses Mordes Vito Genovese hieß. Ohnmächtig hatte
der Beamte erleben müssen, daß sich Don Vito nach Italien absetzte.
Erst als Genovese außer Landes war, hatte Hefland einen Kronzeugen
für diesen Mord aufgetrieben, einen gewissen Peter La Tempo. La
Tempo war ein kleiner Verbrecher, aber er war Tatzeuge und wußte,
daß Genovese den Mord befohlen hatte. Da La Tempo den mächtigen
Mafia-Don fern in Italien wußte, hatte er, gewisser Hafterleichterungen wegen, nicht gezögert, ausführlich und in allen Einzelheiten den
Vorgang zu berichten.

Jetzt marschierten die anglo-amerikanischen Armeen den italienischen Stiefel hinauf nach Norden. Wo mochte Genovese sein?

Hefland schrieb eine Eingabe an das amerikanische Kriegsministerium, wies auf die Verbrechen Genoveses hin und stellte den Antrag,
unverzüglich in Italien nach ihm fahnden zu lassen. Das Kriegsministe-

rium lehnte ab. Vielleicht hatte es bei Verbindungsoffizieren zur Alliierten Hohen Kommission für Italien Auskünfte eingeholt. Und dort saß bekanntlich Brigadegeneral William O'Dwyer!

Doch Hefland ließ nicht locker. Genovese wäre ein enger Freund Mussolinis gewesen, Bankbesitzer, Träger hoher faschistischer Orden. Der Mann müsse sich doch finden lassen. Und er fand sich, als dann die Militärbehörden routinemäßig nach ihm forschten. Man entdeckte ihn in Nola im Bezirk Neapel. Genovese war als Dolmetscher beim amerikanischen Hauptquartier angestellt! Er pflegte freundschaftlichen Umgang mit dem Obersten Charles Poletti, der seinerseits für Genovese die Kontakte zu den Mafia-Brüdern in Sizilien aufrechterhielt. Er trug in der Brieftasche ein Empfehlungsschreiben, unterzeichnet von Major E. N. Holmgren vom Civil Affairs Department der Militärregierung. Es war im November 1943 ausgestellt worden und hatte folgenden Wortlaut: »Der Besitzer dieses Briefes, Vito Genovese, ist amerikanischer Staatsbürger. Sofort nach meiner Ankunft als Offizier der Civil Affairs in Nola bot mir Genovese seine Dienste an und stand mir über einen Monat als Dolmetscher zur Seite. Er lehnte jede Vergütung dafür ab. Er bestritt seine Unkosten aus eigenen Mitteln. Er arbeitete Tag und Nacht und lieferte dem alliierten Generalstab einen besonders wertvollen Beitrag zu seiner schweren Arbeit. Diese Erklärung soll Ausdruck meiner Wertschätzung der uneigennützigen Dienste sein, die dieser Mann der alliierten Sache erwiesen hat.«

In der Brieftasche Don Vito Genoveses fand sich ein zweiter Brief, unterzeichnet vom Hauptmann Charles L. Dunn von der amerikanischen Militärpolizei. »Hiermit erkläre ich, daß Vito Genovese mir als persönlicher Dolmetscher gedient hat. Er ist für mich von unschätzbarem Wert gewesen. Ja, mehr noch: Es ist ihm gelungen, einige Fälle der Bestechung und des Schwarzhandels, die sich das Zivilpersonal der amerikanischen Armee zuschulden kommen ließ, aufzudecken. Er besitzt einen besonders klaren Verstand. Er kennt die Italiener wie wenige andere und ist nicht nur seinem Vaterland, den Vereinigten Staaten von Amerika, sondern auch allem, was zur amerikanischen Armee gehört, ergeben.«

Tod durch Gallenpulver

Genovese hatte also, wie diese Schreiben erkennen lassen, mit alter Mafia-Meisterschaft in Nola gewirkt. Er hatte jene kleinen Schieber auffliegen lassen, die nicht nur bei der US-Armee in kleinem Umfang stahlen, sondern auch zugleich das Schwarzmarktmonopol des Mafia-Dons schädigten. In jenen Tagen verschwand amerikanisches Militärmaterial gleich tonnenweise von den Lagerplätzen, wurden Lastwagenkolonnen gestohlen, Benzinlager bis auf den letzten Kanister ausgeraubt, so daß zeitweilig Nachschubmangel die amerikanischen Operationen behinderte. Don Vito war weit mehr als nur ein Dolmetscher. Er war in Nola der Hauptverantwortliche für die Lebensmittelversorgung der Bevölkerung geworden. Auch hatte er einen Callgirl-Ring für die amerikanischen Offiziere organisiert. Er wurde den Amerikanern so unentbehrlich, daß sich ein Major Young in einem Empfehlungsschreiben zu dem Loblied steigerte: »An alle, die es angeht. Während meiner Dienstzeit als Offizier der Civil Affairs in Nola war Vito Genovese mein persönlicher Dolmetscher. Außerdem trat er in vielen Angelegenheiten als mein Mitarbeiter auf. Er forderte dafür keinerlei Vergütung. Ich betrachte ihn als einen Mann, der meines Vertrauens würdig war. Er war treu und zuverlässig. Ich betone die Tatsache, daß er mir und dadurch den Vereinigten Staaten sehr wertvolle Dienste geleistet hat.«

Als der Major Young diese Zeilen niederschrieb, war bereits eine Anweisung des amerikanischen Kriegsministeriums an Orange C. Dickey von der Criminal Investigation Division der US-Armee in Nola unterwegs, Vito Genovese zu verhaften. Am 8. Januar 1944 erhielt Dickey den Befehl. Am 12. Januar empfing er einen anonymen Brief. Er solle Vito Genovese in Ruhe lassen, sein Schaden würde es nicht sein. Man bot dem amerikanischen Offizier 250 000 Dollar als Gegenleistung. Dickey war unbestechlich. Aber bei den US-Behörden in Nola stieß er auf Widerstand. Der ihnen so wertvolle Vito Genovese sollte nicht ausgeliefert werden.

Im Zivilgefängnis von Brooklyn erwartete unterdessen Peter La Tempo die Deportation Genoveses. Bald würde der Prozeß gegen den Mörder Boccias wiederaufgenommen werden, in dem er als Zeuge auftreten mußte.

Peter La Tempo war gallenkrank. Er erhielt allabendlich ein Beruhigungspulver, in einem Glas Wasser aufgelöst. Auch am Abend des 16. Januar 1944 nahm er die übliche Dosis, die ihm die Gefängnisapotheke regelmäßig schickte. Wenige Stunden später wand sich der Kronzeuge gegen Vito Genovese in Krämpfen. Ohne das Bewußtsein wiedererlangt zu haben, starb er. Der Gerichtsarzt, der die Medikamentenreste untersuchte, meinte, das Mittel hätte ausgereicht, »acht Pferde um die Ecke zu bringen«. Wer Peter La Tempo ermordete, fand die Polizei nie heraus.

Vito Genovese jedoch erfreute sich noch immer ungetrübter Hochachtung von seiten der amerikanischen Besatzungsoffiziere, wenngleich dieser unbequeme Dickey nicht locker ließ. Erst am 27. August 1944 konnte Dickey Genovese in seiner Wohnung festnehmen. Vor der Haustür stand ein funkelnagelneuer FIAT 1500 mit Chauffeur, Genoveses »Dienstwagen«. In der Wohnung entdeckte Dickey ein umfangreiches Lager amerikanischen Armee-Eigentums und Dokumente, die eine enge Zusammenarbeit zwischen Genovese und Oberst Charles Poletti bezeugten, der inzwischen unter Brigadegeneral O'Dwyer im alliierten Hauptquartier in Rom Dienst tat.

Erst im Mai 1945 bestieg Genovese in Bari ein amerikanisches Schiff, das ihn in die USA zurückbrachte, wo ihn ein Gerichtsverfahren erwartete. Doch er brauchte keine Sorge zu haben. Der wichtigste Zeuge war tot. Genovese mußte schließlich wegen »Mangels an Beweisen« freigesprochen werden.

»Lucky« fährt nach Hause

Mit Vito Genovese hatte die Cosa Nostra wieder einen mächtigen Kopf, der die Geschäfte in den USA leiten konnte, denn Charles Luciano saß noch hinter Gittern.

Am Tage des Sieges über den deutschen Faschismus, am 8. Mai 1945, reichte Lucianos Anwalt, Moses Polakoff, in New York ein Gnadengesuch ein. Auf sechs Seiten schilderte er die Unterstützung »Lukkys« für den Marine-Geheimdienst und benannte Commander Haffenden und Distriktstaatsanwalt Gurfein als Zeugen. Die Bewährungsbehörde befürwortete eine Begnadigung »nur zum Zwecke der Deportation«. Der ehemalige Staatsanwalt, der Luciano seinerzeit hatte verurteilen lassen und nun als republikanischer Gouverneur von New York amtierte, Thomas E. Dewey, unterstützte den Antrag. Luciano sagte später einmal dazu: »Das kostete mich fünfundsiebzigtausend Dollar für den republikanischen Wahlfonds. Aber es war wohl ausschlaggebend dafür, daß man mich gehen ließ.« Gouverneur Dewey kandidierte zu diesem Zeitpunkt als Republikaner gegen Harry S. Truman von der Demokratischen Partei um die Präsidentschaft — mit Lucianos Geld!

9. Februar 1946. Am Pier 7 in Brooklyn lag die »Laura Keene«, eines jener Liberty-Schiffe, die der Metallkönig Henry Kaiser während des Krieges nach dem Fließband gebaut hatte und die von den Matrosen »Kaisersärge« getauft worden waren. Doch für Kriegstransporte waren sie sehr brauchbar.

Auf dem Pier und vor dem Schiff wimmelte es von Polizisten und Journalisten. Die amerikanische Einwanderungsbehörde hatte eine Pressekonferenz an Bord des Schiffes angekündigt.

In Reih und Glied standen Schulter an Schulter Hafenarbeiter um das Schiff. Die New-Yorker Docker, von der Bande Albert Anastasias in Abhängigkeit gehalten, waren aufgeboten worden. Ein Sicherheitsbeamter der Einwanderungsbehörde nahm sich der Journalisten an und wollte sie zum Schiff geleiten. Doch der Kordon der Docker gab keinen Durchgang frei. Der Sicherheitsbeamte ließ irritiert seinen Blick zu den Polizisten hinübergehen, die ein wenig verlegen mit ihren Gummiknüppeln spielten. Ein Polizeioffizier zuckte hilflos mit den Schultern. »Da können wir nichts machen.«

Der Mann von der Einwanderungsbehörde wandte sich an die Presseleute. »Meine Herren! Es tut mir leid. Aus der Pressekonferenz wird für heute nichts.«

Hinter dem Kordon der Docker hatte sich eine große Menschenmenge angesammelt. Es schien, als werde ein ausländischer Staatsmann verabschiedet, eigentlich fehlte nur noch die Ehrenkompanie mit Fahne und Kapelle.

Jetzt kam eine Wagenkolonne auf den Pier gerollt. Beamte der Einwanderungsbehörde und der Kriminalpolizei sprangen aus den Begleitfahrzeugen. Langsam und würdevoll entstieg ein gutgekleideter Mann

einem Wagen, kurzgeschorenes Haar über randloser Brille, ein bißchen fahl das Gesicht von der Gefängnisluft — Charles Luciano.
Freundlich um sich blickend ging er am Kordon der Untergebenen Anastasias vorbei auf die »Laura Keene« zu. Rufe ertönten aus der war-
tenden Menge: »Komm bald wieder, Lucky!« — »Nimm's nicht tra-
gisch, Boß! Du wirst schneller zurück sein, als du glaubst!« Luciano
schnarrte die Kriminalbeamten an: »Ich will keine Presseleute sehen!«
Dann ging er auf das Schiff: 39 Jahre, nachdem er den Boden der USA
betreten hatte, verließ er ihn wieder.

Die Reihen der Wächter öffneten sich, machten Platz für die anrol-
lenden Wagen. Erst kamen die unverkennbaren Leibwächter der großen Mafiosi. Sie schleppten mächtige Korbflaschen mit Wein an Bord,
Tafeln mit erlesenen Speisen, Schüsseln voll Spaghetti. Dann tauchten
die Bosse auf, ehrfürchtig von der Menge bestaunt. Das größte »Fami-
lientreffen« der Cosa Nostra nahm seinen Anfang. Die Kriminalbeamten konnten nur bedauern, daß gegen keinen dieser Männer ausrei-
chendes Beweismaterial vorlag. Das wäre ein Fang gewesen!

Frank Costello war erschienen, Albert Anastasia, Meyer Lansky und
Joseph Lanza, der Boß vom Fischmarkt in Fulton. Alle Mafia-Familien
hatten ihre Abgesandten geschickt — Genovese, Profaci, Scalici, Joe
Adonis, Mike Lascari. Auch Tammany Hall ließ es sich nicht nehmen,
offiziell vertreten zu sein.

Es gab eine lange, lärmende Party an Bord der »Laura Keene«, bis
die Stunde des Abschieds kam. Die Gäste gingen von Bord. Die
Schiffssirene heulte auf. Vom Pier aus winkten die Spitzen der amerikanischen Unterwelt ihrem Boß zu und wünschten eine gute Fahrt.

Willie Bioff entdeckt das Kino

Luciano hinterließ bei seiner Abreise ein wohlgeordnetes Imperium. Die Mafia hatte längst den Kreis ihrer traditionellen Aktivitäten
durchbrochen. Von den Docks bis zum letzten Filmtheater in den
USA gab es kaum einen Bereich, in dem sie nicht ihre Hände drin
hatte.

Im Jahre 1932 hatte beispielsweise ein Gangster aus der Chikagoer

Familie Al Capones die Idee gehabt, ein Gewerkschaftsracket zu gründen. Dieser Mann, Willie Bioff, hatte einen gewissen George Browne kennengelernt, Geschäftsführer der Ortsgruppe 2 der IATSE, der Internationalen Vereinigung der Theater- und Bühnen-Angestellten. Die IATSE war dem mächtigen Gewerkschaftsverband American Federation of Labour angeschlossen, in ihm waren nicht nur Bühnenarbeiter, sondern auch die Filmvorführer organisiert.

George Browne war ein korrupter Gewerkschaftsführer, der nur ein Interesse besaß, soviel Geld als möglich aus seinem Amt herauszuschinden. Willie Bioff, ein durchtriebener Bursche mit Organisationstalent, schien Browne ein geeignetes Werkzeug zu sein. Erst später wurde Browne klar, daß nicht Bioff sein Werkzeug war, sondern umgekehrt.

Zunächst lief das Unternehmen ganz nach Brownes Wunsch. Bioff wurde Brownes Assistent oder Stellvertreter. Der erfahrene Gangster hatte schon nach wenigen Tagen festgestellt, daß in der IATSE von Chikago nicht alles zum besten stand. Von 400 Mitgliedern waren 250 arbeitslos. Aus einer solchen Gewerkschaft war für ihn kein Profit herauszuholen. Bioff brachte Browne auf die Idee, fürs erste auf sein hohes Gehalt zu verzichten und dafür etwas zugunsten der Mitglieder zu tun. So würde man deren Vertrauen erschleichen und die eigene Position festigen. Bioff ließ seine Mafia-Verbindungen spielen und organisierte Wohltätigkeitsveranstaltungen, von deren Erlös man die arbeitslosen Mitglieder der IATSE unterstützte. Danach suchten Bioff und Browne Barney Balaban auf, den Besitzer der großen Theatergesellschaft Balaban and Katz. Sie verlangten von ihm, die Tarife aus der Zeit vor 1929, als Balaban angesichts der Wirtschaftskrise eine Lohnsenkung erzwungen hatte, wieder in Kraft zu setzen. Das war eine Drohung, aber sie war nicht ernst gemeint, denn als Balaban Bedenken äußerte, gaben die beiden »Gewerkschafter« nach. Sie begnügten sich damit, daß Balaban Suppenküchen für die IATSE-Mitglieder einrichten ließ. Für den Theaterbesitzer war dies ein billiges Zugeständnis, deshalb war er auch bereit, Bioff ein anständiges Handgeld zu zahlen, wofür dieser die Mitglieder der Gewerkschaft von der Notwendigkeit neuer Lohntarife »überzeugte«.

Das war der Beginn eines gewinnversprechenden Rackets. Bioff kassierte von den Theaterbesitzern für die eigene Tasche, die Gewerkschaftsmitglieder spielten die Rolle eines Druckmittels gegenüber den erpreßten Unternehmern und mußten sich mit Suppenküchen und ähnlichen Almosen zufriedengeben.

An diesem Punkt nun stieg die gesamte Chikagoer Mafia-Familie in das Racket ein. Bioff sollte nicht allein die Gewinne abschöpfen. Browne war schon fast überflüssig geworden. Zwei Mafiosi erschienen bei Browne. Sie teilten ihm unumwunden mit: »Von jetzt an erwarten wir fünfzig Prozent von allen Einnahmen. Verstanden?«

Browne verstand. Die Chikagoer Mafia aber wollte weit mehr als nur die Kontrolle über die Chikagoer Ortsgruppe. Sie wollte die ganze IATSE. Auf einer Zusammenkunft, an der neben Browne und Bioff auch Capones Nachfolger Francesco (Frank) Nitti teilnahm, wurde beschlossen, daß Browne die Präsidentschaft des Verbandes übernähme. Nitti erwähnte, daß Browne schon einmal, im Jahre 1932, für die Präsidentschaft der IATSE kandidiert hätte, doch geschlagen worden wäre. George Browne zählte auf, wo es ihm damals an Stimmen gefehlt hatte — in New York, in New Jersey, in Cleveland und in St. Louis. Die Wahl war wahrhaftig kein Problem für die Mafia. Überall saßen Familien der Cosa Nostra. In New York beispielsweise hatte Lepke Buchalter auch die örtliche IATSE unter Kontrolle. Also mußte Nitti nur einen Brief an Luciano schicken, in dem es hieß: »Ortsgruppe 306 (das waren die Kinovorführer in New York — die Verfasser) hat für Browne zu stimmen.«

Die »Wahlkampagne« in der Gewerkschaft verlief, wie sie Nitti geplant hatte. Auf dem Gewerkschaftskongreß waren eine Reihe bekannter Gangster persönlich zugegen und sorgten dafür, daß die Opposition schwieg. Browne wurde gewählt.

Die erste Amtshandlung des neuen Präsidenten der IATSE war die Ernennung Willie Bioffs zu seinem persönlichen Vertreter. Die Delegierten mochten ahnen, was das hieß: Bioff würde der Herr über die Gewerkschaft sein. Aber welcher Bühnenarbeiter oder Filmvorführer konnte es sich schon leisten, aus der IATSE auszutreten. Die Gangster hatten dank ihrer Rackets auch die Unternehmer in der Hand und konnten verhindern, daß solche Angestellte jemals wieder Arbeit fanden.

Es dauerte nur ganz kurze Zeit, da hatten Bioff und Browne die IATSE unter ihrer Kontrolle. Frank Nitti hatte mit Costello in New York die Abmachung getroffen, daß die anderen Mafia-Familien das IATSE-Racket respektierten und unterstützten.

Die Mafia von Hollywood

Zum Hauptgeschäft für diese Gangstergruppe wurde nun die Erpressung der Filmtheaterbesitzer. Bioff machte den Vorschlag, man solle die Kinos zwingen, einen zusätzlichen — und nicht benötigten — Filmvorführer einzustellen. Es kostete die Kinobesitzer viel Geld, Bioff von dieser Idee abzubringen. Balaban and Katz legten 60 000 Dollar auf den Tisch, die Filmtheatergesellschaft S. and S. zahlte 10 000 Dollar und Warner Brothers 30 000 Dollar.

Warner Brothers — diese Gesellschaft war nicht nur Besitzer von Filmtheatern, sie stellte auch selbst Filme her. Es war nichts Ungewöhnliches, daß die großen Produktionsfirmen in Hollywood selbst Ketten von Filmtheatern besaßen. Nun gerieten sie dadurch in den Sog des Rackets der Chikagoer Mafia. 1936 gab Frank Nitti die Order, Hollywood für die Mafia zu erobern. Diese Operation wollte besonders geplant sein, da die IATSE in Kalifornien wenig Mitglieder hatte, aber stark sein mußte, um den notwendigen Druck auf die Mächtigen der Leinwand ausüben zu können. Auf dem Umweg über die Filmtheater in allen Staaten erzwangen die Mafiosi zunächst, daß die Arbeiter und Angestellten der Ateliers in Hollywood Mitglieder der IATSE werden mußten oder andernfalls von den Firmen nicht mehr beschäftigt werden durften.

Willie Bioff traf sich 1936 mit Nicholas M. Schenck, dem Präsidenten der Filmtheatergesellschaft Loew, der zugleich die amerikanische Filmindustrie vertrat. Bioff ging ohne jede Umschweife auf sein Ziel los. »Sie haben hier ein gutgehendes Geschäft«, sagte er. »Ich habe Browne zum Präsidenten dieser Gewerkschaft wählen lassen, weil ich etwas vorhabe. Ich bin der Boß, und ich möchte zwei Millionen Dollar von der Filmindustrie.«

»Ich war schockiert«, erklärte Schenck später. »Erst verschlug es mir die Sprache. Aber Bioff sagte: ›Sie haben keine Ahnung, was geschehen wird. Wir haben Ihnen in Chikago einen Vorgeschmack gegeben. Wir schließen jedes Kino im ganzen Lande. Das können Sie nicht durchhalten. Es wird Sie Millionen und aber Millionen Dollar kosten. Denken Sie darüber nach.‹« Die Mächtigen von Hollywood dachten darüber nach und zahlten — Twentieth Century Fox, RKO, Paramount. Ein regelrechtes Abkommen schlossen sie mit den Gangstern ab. Die großen Firmen zahlten 50 000 Dollar im Jahr, die kleinen 25 000.

Nur durch einen »Betriebsunfall« kam die Hollywood-Affäre vor Gericht. Die Zahlungen an die Mafiosi waren stets in bar erfolgt, meist irgendwo unter vier Augen in einem verschwiegenen Hotelzimmer. Schenck bezahlte im Namen seiner Auftraggeber die Geldbeträge. Da das Geld aber nicht durch die Bücher gehen durfte, verminderte sich nach außen hin Schencks Einkommen urplötzlich um ein beträchtliches. Die Steuerfahndungsbehörde vermutete einen Betrug hinter dieser Veränderung und erhob gegen Schenck Anklage wegen Steuerhinterziehung. Im Prozeß schwieg der Vertrauensmann der Filmkonzerne. Erst als man ihn zu drei Jahren Zuchthaus verurteilte, nannte er den Namen Bioff.

Der Prozeß gegen Bioff und Browne fand 1941 statt. Er brachte erstaunliche Dinge ans Tageslicht. Die Filmkonzerne waren zwar von den Mafiosi tüchtig gemolken worden, aber sie hatten auch ihrerseits beträchtliche Vorteile aus dem Geschäft herauszuholen gewußt. Als in Hollywood ein Streik drohte, hatten sie Bioff 150 000 Dollar bezahlt, damit dieser den Streik abwürge. Die Macht der IATSE war so groß geworden, daß sie es sich leisten konnte, die Produktion oder den Vertrieb von Filmen, die den Gangstern und ihren Hintermännern nicht paßten, zu verhindern. Diese Macht blieb der IATSE auch späterhin erhalten. Sie denunzierte Jahre später fortschrittliche Filmkünstler beim Ausschuß zur Untersuchung unamerikanischer Tätigkeit des Senators McCarthy. Sie verhinderte beispielsweise auch, daß der fortschrittliche Film »Das Salz der Erde« in den USA aufgeführt werden konnte.

Das Gericht jedenfalls fand Bioff des Racketeering schuldig und verurteilte ihn zu zehn Jahren Zuchthaus, Browne erhielt acht Jahre. Nun war es an Bioff zu reden, jetzt nannte er die Namen seiner Komplicen, darunter auch den von Frank Nitti. Vierzehn Jahre später sollte er dafür büßen, daß er das Schweigegebot verletzt hatte.

1951 wurde Bioff aus der Haft entlassen und siedelte nach Phoenix im Staat Arizona über. Dort lernte er einen republikanischen Senator kennen — Barry Goldwater. Bioff und Goldwater wurden enge Freunde, sie unternahmen oft gemeinsame Ausflüge mit dem Privatflugzeug des Senators und künftigen Präsidentschaftskandidaten. Später, im Jahre 1961, sagte Goldwater: »Er war ein netter Kerl. Er sah weder wie ein Gangster aus, noch sprach er so. Man vergaß einfach, was er früher gewesen war, Zuhälter und so weiter. Er war in der Stadt recht angesehen. Er hatte ein hübsches kleines Haus und eine recht anständige Kunstsammlung.«

Ein enger Vertrauter des damaligen republikanischen Präsidentschaftskandidaten, Westbrook Pegler, ließ sich einmal in vertrautem Kreise über den Hintergrund der Freundschaft zwischen dem Mafioso und dem Kommunistenhasser Goldwater aus: »Bioff brachte Goldwater alles bei, was über die terroristischen und oft kriminellen Zwangsmethoden der Gewerkschaftsbosse wissenswert ist.« Damit waren zweifellos jene »Gewerkschaftsbosse« gemeint, die im Auftrag der Cosa Nostra wirkten.

Vor der Rache für den Bruch der Omertà schützte auch die Freundschaft mit dem scharfmacherischen Republikaner nicht. Eines Tages, im Jahre 1955, detonierte eine Plastikbombe unter Bioffs Wagen, als der Mafioso den Anlasser betätigte.

Gefoltert und skalpiert

Bioffs Aussage hatte 1941 zur Verhaftung zahlreicher Gangster der Chikagoer Familie geführt. Von den Mafiosi, die am 18. März 1943 in New York vor ihren Richtern saßen und zähneknirschend die Aussagen des »Überläufers« Willie Bioff anhören mußten, waren Frank Nitti, der Chikagoer Mafia-Chef, und Nick Circella, der Verbindungsmann zwischen Nitti und Bioff, am meisten bedroht. Sie hatten das ansehnlichste Register an Straftaten aufzuweisen.

Nick Circella schien unter der Last der ihm vorgehaltenen Anklagepunkte weich zu werden. Er machte vor dem Prozeß den Vernehmungsbeamten gegenüber die Bemerkung, ob es nicht möglich wäre, ihn weniger hart zu bestrafen, wenn er einiges über seine Kumpane preisgeben würde. Aber vom 3. Februar 1943 an schwieg er beharrlich, stellte in Abrede, je eine solche Andeutung gemacht zu haben.

Eine Erklärung für den Gesinnungswandel Circellas konnte der Untersuchungsrichter finden. Er brauchte dazu nur aufmerksam die Zeitungen von jenem 3. Februar zu studieren. Da wurde in großen Lettern mitgeteilt, daß am Vortag in einem Chikagoer Appartement Estelle Carey, 34 Jahre alt, tot aufgefunden worden sei. Die Leiche der Frau war grauenhaft zugerichtet. Die Beine wiesen schwere Verbrennungen auf. Der Körper zeigte zahlreiche Quetschungen, wohl eine Folge von Schlägen, und die Kehle war durchschnitten worden. Schließlich hatte man Estelle Carey skalpiert. Nach der Folterung und dem Mord war von den Tätern versucht worden, die Wohnung in Brand zu stecken. Der Qualm hatte die Hausbewohner alarmiert, die die Feuerwehr herbeiriefen.

Die Kriminalbeamten stellten fest, daß lediglich zwei Pelzmäntel gestohlen worden waren, und sie vermuteten wohl zu Recht, daß dies nur geschehen war, um von dem eigentlichen Motiv der Tat abzulenken.

Einen Anhaltspunkt bot ein Notizbuch von Estelle Carey. Es enthielt Namen und Telefonnummern von Dutzenden von Männern, darunter wohlrenommierten Geschäftsleuten Chikagos. Die Beamten forschten im Lebenslauf Estelles. Sie hatte irgendwann als Kellnerin gearbeitet und war schließlich im Yachtklub gelandet, einem eleganten Etablissement, dem eine illegale Spielhölle angeschlossen war. Dieses Lokal gehörte einem gewissen Nick Dean. Es bedurfte keiner großen Mühe herauszufinden, daß Nick Dean und Nick Circella ein und derselbe Mann waren. Schließlich erfuhr man mit Bestimmtheit, daß Estelle Carey Nicks Freundin gewesen war. 1941 war sie für einige Zeit aus Chikago verschwunden. Sie hatte sich ihre blonden Haare schwarz gefärbt und begleitete Nick auf der Flucht vor der Polizei, nachdem Bioff »gesungen« hatte. Die Polizei vermutete, daß Circella ihr 200 000 Dollar übergeben hatte — die letzte Zahlung aus dem Filmracket —, bevor ihn die Polizei fing.

Was danach geschah, ist niemals ermittelt worden. Die 200 000 Dollar fand man im Nachlaß von Estelle Carey nicht. Wollte sie damit verschwinden und wurde sie deshalb von der Mafia ermordet? Oder hatte ihr eine andere Bande das Geld abgejagt? Wollte man nur Nick Circella warnen, vor der Polizei nicht auszusagen? Oder kam alles zusammen?

Wie auch immer — von jenem Tage an schwieg Circella. Dennoch wurden alle Angeklagten auf Grund der Aussagen von Bioff zu hohen Freiheitsstrafen verurteilt. Nick Circella kam erst 1955 frei und wurde unverzüglich nach Italien deportiert. Der Capone-Nachfolger Frank Nitti verübte unmittelbar nach seiner Verurteilung Selbstmord. An die Spitze der Mafia von Chikago trat ein neuer Mann — Anthony Accardo.

Accardo hatte sich als Leibwächter und Vertrauter Al Capones den Spitznamen »Tough Tony« (»Zäher Tony«) erworben und machte seinem Spitznamen alle Ehre. Er ließ es nicht bei dem Urteil für seine Kumpane bewenden, sondern setzte alle Hebel in Bewegung, die Verurteilten des Hollywood-Prozesses wieder freizubekommen. Accardo konsultierte den Chikagoer Mafia-Rechtsanwalt Eugene Bernstein, der einst Beamter der Steuerfahndung gewesen war, dann Jura studiert hatte, Al Capone in Steuerdingen beriet und einer der führenden Leute in der Demokratischen Partei des 24. Distrikts von Chikago geworden war.

Louis Campagna, ein kleiner schwarzhaariger Mann, einst Capones Beauftragter im Bordellracket, Philipp D'Andrea, der von Capone bevorzugte Leibwächter, Charles Gioe, genannt »Kirschnase«, und Paul Ricca, Spitzname »Kellner«, saßen in Atlanta in Haft. Bernstein riet, eine Verlegung ins Zuchthaus Leavenworth zu erreichen, denn die Voraussetzung für eine vorzeitige Entlassung wäre nun einmal eine gute Führung, und das sei in dem milderen Leavenworth eher zu erreichen. Sodann mußten die Steuerschulden der Verurteilten bezahlt werden, denn auch sie waren mangels anderer handgreiflicher Beweise nur wegen Steuerhinterziehung bei den Einkünften aus dem Filmracket verurteilt worden.

Wer zahlte die Steuerschulden?

Bernstein bezahlte fristgemäß die beachtliche Summe von 177 000 Dollar. Dabei gab es eine Panne. Die Verurteilten nämlich bestritten die Rechtmäßigkeit der Steuerschuld, so daß die Behörden erstaunt waren, als das Geld dennoch eingezahlt wurde. Später befaßte sich ein Untersuchungsausschuß des Senats mit dieser Frage. Zwischen einem Senator und Campagna kam es zu folgendem Dialog.

»Haben Sie irgendwelche reichen Verwandten, die für Sie die Steuerschulden bezahlten?«

»Nein!«

»Mir scheint«, sagte ärgerlich der Senator, »daß Sie an den Weihnachtsmann glauben.«

»Ja!« Campagna grinste frech.

Auch von Campagnas Frau erhielt der Senator keine Auskunft.

»Bei wem haben Sie sich für die Begleichung der Steuerschulden Ihres Mannes bedankt?«

»Ich habe mich bei niemandem bedankt.«

»Wußten Sie, wer das Geld bezahlt hat?«

»Nein.«

»Dachten Sie, daß es von jemand Bestimmtem bezahlt wurde?«

»Ich dachte«, erwiderte Frau Campagna, »daß es von Freunden komme.«

Rechtsanwalt Bernstein gab dem Senator ebenfalls Antworten, die dem Ausschuß nicht weiterhalfen.

»Haben Sie je mit diesen Leuten (den Verurteilten — die Verfasser) gesprochen?«

»Mit diesen Leuten habe ich nie gesprochen. Ich weiß, daß die Erklärung, daß ich nicht weiß, wie diese Männer heißen, phantastisch klingt. Aber es ist wahr, meine Herren Senatoren, ich versichere Ihnen das.«

Bernstein gab auch keine exakte Auskunft, wie die 177 000 Dollar in seinen Besitz gelangt waren.

»Wer brachte das Geld?«

»Ich weiß nicht, wer die Männer waren.«

»Sprachen sie mit Ihnen?«

»Nein. Sie kamen herein und sagten: ›Herr Bernstein?‹ Ich sagte: ›Ja.‹ Sie sagten: ›Das ist die Steuer von Herrn Campagna.‹ Ein anderer wieder sagte: ›Das ist für Herrn Riccas Steuer.‹«

»Fragten Sie nach ihren Namen?«

»Ich dachte nicht daran, nach ihren Namen zu fragen. Es war mir gleichgültig . . .«

»Wenn das Geld einkam, haben Sie es nachgezählt?«

»Ganz richtig.«

»Haben Sie irgend jemand berichtet, wieviel es war?«

»Das tat ich nicht. Nein, mein Herr.«

»So muß irgend jemand nachgezählt haben, der wußte, wann die Hundertsiebenundsiebzigtausend voll waren?«

»Das ist klar.«

Nachdem nun die Steuerschulden bezahlt waren, konnte Bernstein als nächsten Schritt die Verlegung nach Leavenworth beantragen. Bernstein nahm dabei die Hilfe eines Parteifreundes, des Anwalts Paul Dillon aus St. Louis, in Anspruch. Dillon besaß Verbindungen von unschätzbarem Wert. Der Anwalt war ein alter persönlicher Freund des einstigen Senators Harry S. Truman, der inzwischen als Präsident ins Weiße Haus eingezogen war. Sechs Wochen, nachdem Truman sein Amt angetreten hatte, am 21. Mai 1945, begann Dillon in Washington mit den zuständigen Behörden zu verhandeln. Und Dillon hatte Erfolg. Dieser Erfolg brachte ihm selbst die Summe von 10 000 Dollar ein.

In Leavenworth hatten Campagna und Ricca, D'Andrea und Gioe wesentliche Hafterleichterungen. Zu diesen gehörte, daß sie den Besuch eines Anwalts empfangen durften. So tauchte eines Tages Bernstein im Zuchthaus auf. Der Anwalt hatte einen Assistenten mitgebracht — nur diese durften bei solchen Unterhaltungen zugegen sein —, einen gewissen Anwalt Joseph Imburgio Bulger aus Chikago. Die Mafiosi lachten schallend, als ihnen Mister Bulger vorgestellt wurde. Es war Anthony Accardo, der unter falschem Namen seine Kumpane im Zuchthaus besuchte. Während dieses Besuches wurde das weitere Vorgehen abgesprochen. Truman-Freund Dillon war auch danach nicht müßig. Am 6. August 1947 plädierte er vor dem Berufungsgerichtshof und »überzeugte« die Richter. Sechs Tage später waren die Mafiosi frei.

Pressedienst für Buchmacher

Anthony Accardo konnte sich aufwendige Unternehmungen leisten. Sein Einkommen war entsprechend hoch. Es floß stetig aus mehr oder weniger legalen Rackets — so beispielsweise aus seiner Verkaufsgesellschaft für Bier und Spirituosen. Die Firma war ordnungsgemäß im Handelsregister eingetragen, und ihr Geschäftsgebaren hatte nur einen kleinen Schönheitsfehler, den ein Chikagoer Restaurantbesitzer so beschrieb: »Wenn eines Tages ein Rowdy wie ›Potatoe-Willie‹ Daddano erscheint und sagt, er ist nun Bierhändler und wünscht, daß ich ihm seine Marke abnehme, was soll ich dann tun?«

Lohnende Profitquelle blieb auch — und nicht nur für Accardo — die Buchmacherei. Die Umsätze im Wettgeschäft waren gigantisch. In der Footballsaison betrugen sie 60 Millionen Dollar in der Woche, zur Zeit der Baseballsaison etwa die gleiche Höhe. Pferderennwetten wurden wöchentlich für etwa 25 Millionen Dollar und für Basketball 15 Millionen abgeschlossen. Entsprechend waren die Gewinne aus der Buchmacherei. Nur war es den Mafiosi schlechterdings unmöglich, die Buchmachergeschäfte selbst zu tätigen. Sie mußten vielmehr — wie die großen Monopole auch — die Schlüsselstellung in dieser Branche ausfindig machen und von dieser Kommandohöhe aus alle unter ihre Macht zwingen.

In dem Fall war es der Nachrichtendienst, der die Spiel- und Rennergebnisse den einzelnen Buchmachern übermittelte. Die größte dieser Nachrichtenfirmen war der 1939 gegründete Continental Press Service, dessen Gewinn 1949 die Riesensumme von 236 Millionen Dollar betrug. Eine Million zahlte das Unternehmen allein an die Western Union Telegraph Company für die Benutzung von deren Überlandleitungen.

Mitte der vierziger Jahre begann sich die Chikagoer Mafia für diesen Continental Press Service zu interessieren. Ein gewisser Seritella erschien bei dem Continental-Besitzer James A. Ragen, bestellte einen Gruß von Accardo und schlug vor, daß »Accardo und einige Freunde« Teilhaber in der Firma werden sollten. Sie hätten alle Möglichkeiten, das Geschäft auszubauen und noch gewinnbringender zu machen. Ragen könnte als Partner bleiben und gut dabei verdienen.

Ragen ging auf das Angebot nicht ein. Er stammte aus Chikago und wußte, was die Offerte zu bedeuten hatte. Er erstattete Anzeige beim FBI, umgab sich mit einer bewaffneten Leibwache und fertigte ein Memorandum über die ganze Angelegenheit an, das er der Staatsanwaltschaft übergab. Aber Staatsanwaltschaft und FBI unternahmen nichts. Accardos Briefträger Seritella galt als ehrenwerter Mann, der zwölf Jahre dem Senat des Staates Illinois angehört hatte. Außerdem war stadtbekannt, daß Seritella Ragens Freund gewesen war.

Ragen hatte zunächst um sein Leben nicht zu fürchten, eher um sein Geschäft. Ein Konkurrent tauchte auf, der neugegründete Buchmacher-Nachrichtendienst Trans-American.

Und der machte auch bald in anderen Städten der Firma Ragens das

Feld streitig. In Kansas City betrieb ein gewisser Simon Partney einen Buchmacherdienst mit dem schönen Namen Harmony Publishing Company. Hermony war Continental angeschlossen, Ragen kassierte die Profite, während Partney sich mit einem Gehalt begnügen mußte. Es bedurfte nur eines »ernsthaften Gesprächs« zweier Mafiosi mit Partney, und Harmony arbeitete mit Trans-American zusammen.

Ragen kämpfte um seine Existenz. Es wurde ein Konkurrenzkampf, der erbittert nach bester kapitalistischer Manier geführt wurde. Aber man führte ihn mit ungleichen Waffen. Ökonomisch hätte sich Ragen noch halten können, doch eine Salve aus einer Maschinenpistole, die am 24. Juni 1946 auf offener Straße in Chikago auf ihn abgefeuert wurde, beendete den Kampf. Er starb einige Tage später in einem Krankenhaus. Dieser Mord blieb unaufgeklärt.

Nach Ragens Tod erwarb ein gewisser Mickey McBridge die Mehrheit des Continental Press Service. McBridge hatte früher schon einmal Anteile an der Firma besessen. Jetzt bot er den Erben Ragens 370 000 Dollar, zahlbar in Raten über zehn Jahre. Continental Press war in die Hände der Mafia übergegangen. McBridge war der Strohmann für die Öffentlichkeit, der wahre Herr hieß Accardo.

Die »Ehe« von Florida

Accardo hatte die Übernahme von Continental mit Hilfe von Don Frank Costello aus New York durchgeführt. Nach der Eroberung Louisianas hatte Costello auch nach Florida seine Hände ausgestreckt. Dort gab es neben Nachtklubs und Spielkasinos den Rennwettendienst S. and G. Der Sinn dieser Abkürzung wurde nie ganz geklärt; sie stehe für »stop and go« (»bleib stehen und gehe«) hieß es einmal. 1944 wurde Costello auf diesen Dienst aufmerksam, dem über 200 Buchmacher im Staate Florida angeschlossen waren. Er wurde seinerseits von Ragens Continental Press Service mit Nachrichten beliefert. Es kostete Costello keine große Mühe, diesen Rennwettdienst unter seine Kontrolle zu bringen.

Costellos Hauptinteresse galt den Spielkasinos in den Badeorten an der Ostküste der subtropischen Halbinsel. Er kaufte das »Colonial

Inn«, ein Hotel mit einer Spielhölle, das allein 1948 rund 38 Millionen Dollar Profit abwarf. Auch andere Mafiosi hatte es in den sonnigen Süden gezogen. Das Wofford Hotel erwarb Anthony Carfano, genannt »Little Augie« Pisano, in dem man einst die rechte Hand Al Capones sah und dessen Schwiegervater Jimmy Kelley Nachfolger des Mafia-Mannes Albert C. Marinelli in der Führung der Demokratischen Partei von New York geworden war. Das »Sands Hotel« in Miami betrieb Alfred Polizzi von der Mafia-Familie in Cleveland.

Nach den Erfahrungen, die er in Louisiana und New York gemacht hatte, beschloß Costello, auch die politischen Geschicke des Staates Florida in die Hand zu nehmen. Zur Gouverneurswahl von 1948 kandidierte ein gewisser Fuller Warren. Wollte er gewinnen, mußte er einen aufwendigen Wahlkampf führen, und dazu brauchte er Geld. Bei der Aufbringung der Wahlsumme für Warren gingen Großkapital und Mafia ein enges Bündnis ein. C. V. Griffin, Besitzer großer Zitrusplantagen, spendete 154 000 Dollar und versuchte, weiteres Geld für den Kandidaten aufzutreiben. Er fand Hilfe bei William Johnston, einem Besitzer von Rennställen in Chikago und Miami. Johnston gab 100 000 Dollar. Aber nicht aus eigener Tasche. Er erhielt die Riesensumme über Paul Ricca von der Mafia.

Bei einer späteren Vernehmung über die Wahlfinanzierung für Gouverneur Fuller Warren gab sich Johnston harmlos. »Ich kannte Gouverneur Warren als engen Freund seit fünfzehn Jahren. Mein Eindruck während dieser Zeit war, daß er ein fähiger, geeigneter und ehrenwerter Mann ist, ein Mann, von dem ich das Gefühl hatte, er würde einen guten Gouverneur des Staates Florida abgeben. Das und meine enge Freundschaft veranlaßten mich, ihm zu helfen.«

Wesentlich ehrlicher war Griffin bei der Vernehmung. Er sagte: »Ich wollte erreichen, daß endlich die Gesetzgebung geändert wird und daß die gesetzgebende Körperschaft endlich das Gesetz über die Zitrusfrüchte beschließt.« Es muß hinzugefügt werden, daß es sich um ein Gesetz handelte, das den Plantagenbesitzern große finanzielle Vorteile und Subventionen gewährte. Warren sollte dem Plantagenbesitzer Griffin zu diesem Gesetz verhelfen. Und so fragte man Griffin weiter: »Nachdem Gouverneur Warren gewählt war, stimmt das?«

»Richtig. Er war damit einverstanden, kein Veto gegen das Gesetz einzulegen, sondern es vielmehr zu unterstützen.«

Der Vertrauensmann der Mafia aber zog es vor, darüber zu schweigen, welchen Preis der Gouverneur für die 100 000-Dollar-Wahlhilfe zu zahlen hatte. Selbstverständlich hatte die Mafia — genau wie die Plantagenbesitzer — einen Vorteil. Sie konnte weiter ungehemmt den Spieltrieb der Menschen ausbeuten.

»Bugsy« und seine Gräfin

Nicht nur südwärts ging der Zug der Gangster. Er folgte auch den Spuren der Planwagen aus Amerikas Pioniertagen — nach Westen, nach Kalifornien.

Unmittelbar vor seiner Verhaftung hatte Luciano seinen alten Kompagnon Benjamin Siegel beauftragt, Mafia-Kapital im Westen anzulegen. Mit dem Segen der Dons machte sich Siegel auf den Weg, mit Frau, zwei Töchtern und einem Koffer mit 25 seidenen Hemden. Er mietete sich in Los Angeles ein Haus mit 35 Zimmern.

Er selbst sagte von sich: »Meine Freunde nennen mich Ben, Fremde nennen mich Mister Siegel, und Burschen, die ich nicht leiden mag, sagen ›Bugsy‹ zu mir.«

Die Geschäfte Benjamin Siegels beschränkten sich zunächst auf die Organisierung des Rauschgiftschmuggels über die mexikanisch-amerikanische Grenze. Das war weitsichtig gedacht, denn als der zweite Weltkrieg den gewohnten Schmuggelweg von Europa über den Atlantik versperrte, blieb Mexiko nahezu die einzige Quelle der gesuchten Narkotika.

Die neue Einnahmequelle sprudelte in kurzer Zeit reichlich. Siegel verfügte bald über viel Geld und viel Zeit. Er verkehrte in Hollywoods Filmstarkreisen und schloß Bekanntschaften mit den Bossen der Filmindustrie. Er ließ sich immer häufiger zusammen mit der Gräfin di Frasso sehen, die vor ihrer Ehe mit dem italienischen Grafen den schlichten Namen Dorothy Taylor getragen hatte. Kurz gesagt, Siegel begann den Lebemann zu spielen.

Im September 1938 bestiegen die amerikanische Gräfin, der Mafia-Gangster und eine Handvoll Hollywood-Berühmtheiten den Dreimastschoner »Martha Nelson« zu einer Vergnügungsfahrt. Die »Martha

Nelson« gehörte einer Filmgesellschaft, die den Dreimaster für den Film »Meuterei auf der Bounty« als Kulisse gebraucht hatte. Die mehrmonatige Reise lieferte Schlagzeilen in der Boulevardpresse; nicht so sehr wegen der obstrusen Idee des »Expeditionsleiters« Mario Bello, jeden Tag 150 Haifische zu fangen und deren Tran nach Deutschland zu verkaufen, und auch nicht wegen des unsinnigen Versuchs der Passagiere, auf den Cocos-Inseln einen Piratenschatz zu heben, sondern wegen des folgenden Vorfalls: Bello hatte zwei Mann der Besatzung wegen angeblicher Meuterei und tätlicher Bedrohung der Gräfin in Ketten legen lassen, so daß es nach der Heimkehr zu einem Verfahren vor dem Seegericht kam. Das war die Welt, in der sich Siegel heimisch fühlte.

Siegel begleitete die Gräfin auch auf einer Italienreise, wurde von ihr mit den Spitzen der faschistischen Gesellschaft bekannt gemacht und erhielt sogar eine Audienz bei Mussolini und dessen Außenminister Graf Ciano — Titel und die Millionen der Gräfin öffneten die Türen. Der Umstand, daß Mussolini einen mit der Mafia liierten Gangster empfing, wirft ein bezeichnendes Licht auf die Anti-Mafia-Kampagne des faschistischen Diktators.

Zwei Jahre später stand Siegel wegen Beteiligung an der Ermordung des Gangsters Harry Greenberg vor Gericht. In New York hatten nämlich Allie Tannenbaum und Abe Reles ausgesagt, sie hätten gehört, wie Siegel geschworen habe, er werde sich »um Greenberg kümmern«.

Es war allerdings ein fideles Gefängnis, in dem Siegel seine Strafe abbüßen mußte. Nach Aussagen aufgebrachter Mitgefangener hatte er in dem einen Jahr, das er absitzen mußte, achtzehnmal das Gefängnis für mehrere Tage verlassen — der Geschäfte und der Erholung wegen. Einmal war er dabei zusammen mit einer Filmschauspielerin in einem Hollywood-Restaurant gesehen worden. Siegel durfte auch aus dem Gefängnis telefonieren, und er trug eigens für ihn angefertigte, maßgeschneiderte Häftlingskleidung.

Die Geschäfte der Mafia, für die Siegel verantwortlich war, führten unterdessen zwei Adjutanten. Einer von ihnen war der 1891 in Sizilien geborene Jack Dragna, der schon 1915 in den USA zum erstenmal vor Gericht gestanden hatte. Dragna widmete sich in Kalifornien den Spielhöllen, der Buchmacherei und dem Rauschgifthandel, er besaß ein

Weingut und kontrollierte Bananendampfer. Dragna übernahm in jener Zeit auch einen Rennwettendienst für Kalifornien, den Universal News Service, mit dessen Hilfe er Accardo bei der Übernahme von Continental half.

Der zweite Adjutant hieß Mike Cohen. Er kümmerte sich um Siegels politisches Interessengebiet. Dabei kam ihm seine enge Freundschaft mit einem einflußreichen Lobbyisten zugute — Arthur Samish. Dieser zählte zu jener Sorte Leute, die die Lobby, die Wandelhallen der Abgeordnetenhäuser, bevölkern und versuchen, Politiker und Parlamentarier im Sinne irgendeines Interessenten — meist einer Monopolgruppe — zu beeinflussen. Samish wurde Siegels Lobbyist im Kongreß von Kalifornien. Samishs Ausspruch »Zur Hölle mit dem Gouverneur, ich bin der Chef dieser Volksvertretung!« entsprach dem Denken Siegels, der zu sagen pflegte: »Wir bemühen uns nicht um einen Posten, wir besitzen Politiker!«

Auf eigene Faust nach Nevada

In jenen Monaten der Haft Siegels wurde eine junge Frau ein unauffälliger, zuverlässiger und unentbehrlicher Kurier zu den Dons in New York — Virginia Hill. Als sie 1935 erstmals in Chikago auftauchte, war sie jung und attraktiv, wie Räuberbräute in den Hollywood-Schnulzen. 15 Jahre später, bei ihren Aussagen vor einem Senatsausschuß, erregte ihre Schönheit noch immer Aufsehen. Journalisten gaben ihr den Namen »Mafia-Rose«.

Virginia Hill war ein Partygirl gewesen, und bei dieser Tätigkeit hatte sie die Bekanntschaft eines gewissen Joe Epstein gemacht, der in Chikago im Auftrag der Mafia Spielhöllen betrieb. Er brachte sie in die Stadt am Michigansee, wo Epstein sie sofort an Charlie Fischetti verlor, den engsten Mitarbeiter von Frank Nitti. Fischetti schätzte die »Mafia-Rose« nicht nur als Gespielin, sondern auch als Kurier zu Joe Adonis und Frank Costello. Virginia Hills Ausgaben in New York beschäftigten bald die Klatschspalten der großen Zeitungen, die auch das von ihr erfundene Märchen verbreiteten, sie stamme aus einer reichen aristokratischen Familie der Südstaaten. In New York war es auch, wo

Versuchte die Cosa Nostra zu überspielen:
Luciano-Kompagnon Benjamin Siegel

sie Gefallen an dem einstigen East-Side-Killer Benjamin Siegel fand und ihm nach Kalifornien folgte.

Beim Eintritt der USA in den zweiten Weltkrieg war Siegel bereits wieder auf freiem Fuß. Da er meinte, auch ein Gangster könne am Krieg verdienen, kaufte er Fabriken auf. Unmittelbar nach dem Krieg entdeckte er den Staat Nevada, ein zum größten Teil unfruchtbares Land. In Nevada hatte man 1859 Gold- und Silberminen gefunden, und der Goldrausch hatte Abenteurer aus allen Teilen der USA angelockt. 1945 entdeckte man in den Gesetzen des Staates eine neue Goldader, und die Mafiosi strömten von überall herbei. In Nevada nämlich sind — im Unterschied zu den meisten Staaten der USA — Glücksspiele aller Art erlaubt. Dies brachte geschäftstüchtige Leute auf die Idee, in Las Vegas Spielkasinos zu errichten.

Siegel erkannte seine Chance. Er kam als einer der ersten. Er beschloß, ein Luxushotel mit einem Spielkasino zu bauen, das das schönste und größte Unternehmen dieser Art in den Vereinigten Staaten sein sollte. »Flamingo« sollte es heißen. Siegel wollte dieses Etablissement allein betreiben, ohne die Mafia! Eine Million Dollar konnte er selbst investieren. Der Voranschlag der Bauleute lautete auf 1,5 Millionen, doch dabei blieb es nicht. Die Kosten erreichten astronomische Ziffern.

Siegel reiste durch die Staaten, suchte um Kredite nach — auch bei den Mafiosi, die er hatte hintergehen wollen. Sie liehen ihm drei Millionen — gegen harte Bedingungen.

Am 26. Dezember 1946 wurde das »Flamingo« eröffnet. Aber der erhoffte Zustrom der Spieler blieb aus. Nach zwei Wochen schloß Siegel das Hotel wieder, die Bauarbeiten sollten erst beendet werden. Am 27. März 1947 eröffnete er erneut. Und wieder gab es keinen Gewinn. Schon waren Siegels Schulden auf 6,5 Millionen Dollar angestiegen ...

Geschäft mit Träumen

>»In New York City kommen jährlich Hunderte von Kindern bereits rauschgiftsüchtig zur Welt, gab die Gesundheitsbehörde der Stadt bekannt. Neugeborene von Müttern, die während der Schwangerschaft Rauschgifte genommen haben, seien bereits bei der Geburt vergiftet und ›leiden alle Qualen eines plötzlichen Rauschgiftentzuges‹, erklärte die Behörde. Wenn die Babys nicht sofort behandelt würden, müßten viele von ihnen sterben.«
>
> Meldung der amerikanischen Nachrichtenagentur UPI vom 14. März 1966

Im Februar 1947 erschien auf der Titelseite der kubanischen Zeitung »Tiempo de Cuba« eine Notiz, die in New York wie eine Bombe einschlagen sollte: Luciano war in Havanna. Und zwar nicht erst seit dem Vortage, sondern schon seit dem Oktober 1946. Starkolumnist Robert C. Ruark von Scripps-Howard-Pressekonzern, auf einer Erholungsreise in Havanna, kabelte sofort einen Artikel an seine Agentur, in dem er mitteilte, daß der Gangster in Kubas Hauptstadt lebe wie in seinen besten Zeiten. Ständig begleite ihn ein Leibwächter. Er empfange Besucher aus den Staaten, darunter Ralph Capone, den Bruder Al Capones, und den Schlagersänger Frank Sinatra.

Die amerikanischen Behörden reagierten mit ungewöhnlicher Schärfe. Noch hatte ja der »starke Mann« auf Kuba, Batista, seine blutige Diktatur über die Inselrepublik nicht errichtet, noch genügte ein scheindemokratisches Regime, die Insel in amerikanischer Abhängigkeit zu halten. Das State Department bemühte sich zu dieser Zeit noch, einen solchen Schein aufrechtzuerhalten. Doch durch solche Vorkommnisse wurde das erschwert. Jahre später, als unter dem Batista-

Regime Kuba zu einem Gangsterparadies werden sollte, blieben derartige Protestschritte der amerikanischen Regierung aus. Im Februar 1947 jedenfalls überreichte der US-Botschafter Henry Norweb dem kubanischen Außenminister eine Note, die androhte, die USA würden ein Embargo über die Insel verhängen, wenn man Luciano nicht unverzüglich ausweise. Die Regierung Kubas gehorchte. Innenminister Alfredo Pequeño bestellte Geheimpolizeichef Benito Herrera zu sich. Einige Tage später war Luciano an Bord eines türkischen Schiffes wieder auf dem Wege nach Italien. In seinem Paß befand sich ein gültiges Visum, ausgestellt vom kubanischen Konsulat in Rom. Er habe es — so sagte man — dank der Hilfe eines »hochgestellten Kubaners« erhalten.

Havanna war zu jener Zeit so eine Art Sommerfrische für die Spitzen der New-Yorker Gesellschaft geworden. Es gehörte zum guten Ton, nach Kuba hinüberzureisen und sich dort in den Nachtklubs unter tropischem Himmel zu amüsieren. Charterflugzeuge brachten an jedem Wochenende ganze Gruppen Vergnügungssüchtiger. Anfang 1947 befanden sich unter den anreisenden Touristen auch einige der Polizei wohlbekannte Herren — Frank Costello aus New York, ein gewisser Willie Moretti, Fachmann für Spielhöllen, aus New Jersey Joe Adonis und aus Chikago die Brüder Fischetti. Havanna wurde zum Schauplatz einer großen Gangsterkonferenz, der größten und wichtigsten seit Atlantic City im Jahre 1929.

Mit einiger Sicherheit konnte man zwei der Tagesordnungspunkte auf dieser Konferenz ermitteln: erstens die Organisation des Rauschgifthandels und zweitens das Verhalten des ehemaligen Mafia-Kompagnons Benjamin Siegel.

Im Fall Siegel wurde man sich offenbar schnell einig. Man beschloß, ihn aufzufordern, seine Finanzen schnell in Ordnung zu bringen und seine gesamten geschäftlichen Beteiligungen an die Mafia zu übertragen.

Aber es schien, als begreife Benjamin Siegel immer noch nicht, was man von ihm erwarte. Als ihn das Ultimatum erreichte, rief er erst bei Frank Costello in New York an und danach bei Charlie Fischetti in Chikago, um sich zu beschweren. Schließlich telefonierte er mit Luciano und drohte mit der Polizei.

Siegel war zwar kein Mafioso, doch auch er hatte sich an die

In dieser Villa in Havanna wohnte 1947 Luciano während seines Aufenthaltes in Kuba

Omertà zu halten, selbst wenn er vielleicht dieses Wort noch nie in seinem Leben gehört haben mochte.

Der 20. Juni 1947 war der letzte Tag im Leben Siegels. Er hatte sich in Las Vegas aufgehalten und war am Nachmittag nach Los Angeles geflogen. Sein Weg führte ihn in die 16-Zimmer-Villa, die er von dem einstigen Manager des angebeteten Rudolfo Valentino für Virginia Hill gemietet hatte. In diesem Haus wohnte Siegel von Zeit zu Zeit.

Virginia Hill war nach Paris gereist. Siegel öffnete mit dem eigens für ihn angefertigten massiv goldenen Haustürschlüssel die Villa. Er kleidete sich um, begab sich dann zu seinem Rechtsanwalt und traf sich schließlich mit einigen Kumpanen zu einem Dinner. Mit seinem Kompagnon Allen Smiley fuhr er anschließend wieder zum Haus von Virginia Hill zurück. Es war 22 Uhr 15.

Eine halbe Stunde später zersplitterten die Scheiben des Wohnzimmers unter Geschossen aus einem schweren Karabiner. Smiley warf sich zu Boden, er blieb unverletzt. Benjamin Siegel trafen zwei Geschosse in den Kopf. Ein drittes beschädigte eine Statue, das vierte

Gangsterparadies Kuba: Polizeichef Herrera, Luciano und Innenminister Pequeño (von links nach rechts). Die von der Cosa Nostra beherrschte Touristenindustrie brachte der kubanischen Regierung beträchtliche Deviseneinkünfte

durchschlug ein Ölgemälde, das einen weiblichen Akt mit einem Weinglas in der Hand darstellte.

In einem Rosenbeet vor dem Haus fanden die Polizisten den Karabiner. Er trug weder Fingerabdrücke noch einen Hinweis auf seinen Besitzer. Niemand hatte den Schützen gesehen.

Am selben Abend saßen vier Männer schweigend und rauchend in der Halle des »Flamingo«-Hotels in Las Vegas. Punkt 22 Uhr 45 erhoben sie sich und gingen zum Geschäftsführer. Einer der vier, Moe Sedway, erklärte: »Von jetzt an übernehmen wir den Laden!«

Als die Polizei wenige Tage später Sedway vernehmen wollte, hieß es, er wäre krank. Ein Kriminalbeamter, der den Gangster an seinem Bett aufsuchte, fand einen Sedway vor, der angeblich im Sterben lag. Damit war der Fall für die Polizei abgeschlossen.

Auf der Opiumstraße

Papaver semniferum nennen die Botaniker jene Pflanze, deren weißer Saft berauschende Wirkung hat, wie man schon im Altertum wußte. Sein Produkt heißt Opium. 25 Alkaloide enthält das Opium, darunter das Morphin, das erstmalig im vorigen Jahrhundert als schmerzstillendes Medikament aus dem Opium gewonnen wurde. Der Drang, sich durch den Genuß von Opium in eine Traumwelt zu versetzen, konnte durch das Morphin leichter gestillt werden. An die Stelle der Opiumraucher traten zunehmend die Morphinisten. Um diese von ihrer Sucht zu heilen, entwickelte ein deutscher Chemiker im Jahre 1898 ein neues Heilmittel, das Diacetylmorphin, auch Heroin genannt. Es dauerte geraume Zeit, bis man erkannte, daß jenes Heroin ein noch gefährlicheres Rauschgift war.

Heroin blieb nicht der einzige gängige Erzeuger »künstlicher Paradiese«. Da ist der Hanf, aus dem man ein Rauschgift gewinnen kann, das man als Haschisch oder Marihuana bezeichnet.

Aus dem Koka-Strauch läßt sich ein anderes Rauschgift gewinnen, das Kokain.

So unterschiedlich im Ursprung, haben alle diese Gifte eines gemeinsam: Sie versetzen den Konsumenten in einen Zustand, in dem das Bewußtsein gestört ist, in dem er Glück oder Behaglichkeit empfindet und seine Umwelt vergißt. Aber der Körper gewöhnt sich schnell an das Gift. Immer größer werden die Mengen, die man benötigt, um jenen gewünschten Traumzustand zu erreichen. Langsam, aber sicher übt es im Körper seine zerstörerische Wirkung aus und führt zum Verfall und auch zum Tode.

Die Rauschgiftsucht greift in der kapitalistischen Welt erschreckend um sich. Der Kampf von Ärzten und Polizeibeamten brachte bisher keine Erfolge, und es ist nicht damit zu rechnen, daß sich dies in absehbarer Zeit ändern wird. In einer Welt, in der einerseits viele Menschen keinen anderen Ausweg aus ihren Lebensverhältnissen sehen, als zum Rauschgift zu greifen, und in der andererseits sagenhafte Gewinne aus dem Rauschgifthandel erzielt werden können, hat die Rauschgiftsucht in erster Linie soziale Ursachen. Noch niemals in der Geschichte der Menschheit hat die Rauschgiftsucht einen solchen Massencharakter angenommen wie in den hochentwickelten imperialisti-

Während einer Razzia verhaftete rauschgiftsüchtige Jugendliche in New York. Die Cosa Nostra schuf sich besonders unter den Jugendlichen neue Absatzmärkte. Die Behörden des Oberbürgermeisters O'Dwyer ergriffen dagegen keine wirksamen Maßnahmen

schen Ländern. Es ist charakteristisch, daß das führende kapitalistische Land — die USA — auch in der Zahl der Suchtkranken an der Spitze steht. Zwar gibt es keine exakten Zahlen, nur Schätzungen, aber sie sagen genug. Für die USA rechnete man im Jahre 1962 mit 45 000 Süchtigen. Eine andere Schätzung aber nahm bereits für das Jahr 1954 rund 60 000 Süchtige an. Dabei sind diese Zahlen längst überholt, denn die Rauschgiftlawine schwoll in den sechziger Jahren im Zusammenhang mit neuen Suchtgiften — zum Beispiel dem berüchtigten LSD — gewaltig an.

Demgegenüber nehmen sich die Anti-Rauschgift-Maßnahmen recht kärglich aus. 1909 wurde von einer internationalen Konferenz in Schanghai empfohlen, den Opiumhandel unter Kontrolle zu stellen. 1912 wurde in Den Haag die erste internationale Opiumkonvention beschlossen. 1924 und 1925 folgten internationale Abkommen über die Kontrolle des Handels mit Opium. 1931 wurde festgelegt, schon den Anbau des Opiums zu reglementieren und bestimmten Ländern genaue Quoten zuzuteilen. 1948 wurde von den Vereinten Nationen eine Rauschgiftkommission ins Leben gerufen, und schließlich kam es 1961 auf Empfehlung dieser Kommission zu einem internationalen Vertragswerk über die Kontrolle des legalen Handels und die Verhinderung des illegalen Handels mit Rauschgiften.

Internationale Konventionen und nationale Gesetze erschwerten zwar den Handel mit Rauschgiften — verhindern konnten sie ihn nicht, zumal für einige Länder der Anbau von Pflanzen, die der Rauschgiftgewinnung dienen, nicht unerhebliche Deviseneinkünfte brachte. Schließlich richteten sich die meisten Aktionen der Polizeibehörden vorwiegend gegen die Süchtigen und die kleinen Schmuggler und Händler; die Großen des Rauschgiftgeschäfts blieben weitgehend ungeschoren, sie schlüpften infolge ihres Reichtums durch die Maschen der Gesetze.

Das Problem für die Mafiosi war klar. Das Opium wurde vornehmlich im Mittleren Osten erzeugt, legal und illegal. Es mußte aus dem Libanon und aus der Türkei abtransportiert werden. In Frankreich und Italien konnte es zu Heroin verarbeitet werden. Das Heroin war dann in die USA oder in andere Länder zu verfrachten.

Wer war imstande, eine solch umfangreiche und auch technisch nicht einfache Transaktion zu bewältigen? Die Mafia! So beschlossen die Mafiosi, die große Erfahrungen im Schmuggel und illegalen Handel mit Alkohol besaßen, die Rauschgifteinfuhr und den Vertrieb in den USA in ihre Hände zu nehmen. Dieses gewinnbringende Geschäft würde noch mehr abwerfen, wenn es gelang — analog den Praktiken der großen kapitalistischen Unternehmen —, das Monopol über diesen Handel zu erringen und die Preise zu diktieren. Die Mafia war 1947 mächtig genug, sich dieses Ziel zu stellen.

Der Profit eines solchen Unternehmens war ungeheuer. Zehn Kilogramm Opium waren in Istanbul für 700 Dollar zu haben. In Beirut ließ sich der »Stoff« zu Morphin weiterverarbeiten. Aus zehn Kilogramm Opium wurde ein Kilo Morphin, Preis 5000 Dollar. In Italien wurde aus jedem Kilo Morphin ein Kilo Heroin, das einen Wert von 7000 Dollar besaß. In New York hatte dieselbe Menge aber schon einen Verkaufswert von 16 000 Dollar. Aus einem Kilo Heroin ließen sich, indem das Heroin mit Milchzucker gestreckt wurde, 70 000 Shots, Dosen, herstellen, das Stück zum Kleinhandelspreis von fünf Dollar. Der Gewinn für den letzten Rauschgift-Zwischenhändler betrug bei jenen zehn Kilo Opium 334 000 Dollar!

Bis dieses Geschäft einen Maximalprofit abwarf, bedurfte es großer

In solchen Laboratorien, wie hier das von Dr. Kopp in Augerville-la-Riviere, wird das Heroin hergestellt. 10 Kilo Opium, in Italien oder Frankreich zu Heroin verarbeitet, brachten der Cosa Nostra einen Gewinn von 334 000 Dollar

organisatorischer Vorbereitungen. Der Vertrieb in den USA mußte sichergestellt und die Zahl der Rauschgiftsüchtigen künstlich in die Höhe geschraubt werden. Das war die Aufgabe des Peddlers, des Kleinhändlers, der am Ende der langen Rauschgiftkette stand. Eine Schätzung der amerikanischen Zeitschrift »Newsweek« vom Januar 1951 sprach von 2000 Peddlers, die 30 000 Rauschgiftsüchtige in New York versorgten. Sechs Monate später konstatierte die Zeitschrift »U. S. News & World Report«: »Jugendliche Rauschgiftsüchtige sind ein Zeichen der Zeit.«

»Heiße Spritzen« für Kinder

Die Hauptmethode der Peddler, den Absatzmarkt zu erweitern, war die Verführung von Jugendlichen, von denen sie erwarteten, daß sie den wenigsten Widerstand leisteten. Albert E. Kahn berichtet in seinem Buch »Spiel mit dem Tode«: »Um neue Kunden zu werben, geben viele

Händler unentgeltlich Rauschgiftproben an Kinder ab, bis diese ›ange-
bissen‹ haben und in ihrer verzweifelten Sucht, ihr Verlangen nach
dem Gift zu stillen, bereit sind, Geld dafür zu zahlen.«

Die enorme Steigerung der Jugendkriminalität in den USA weist
darauf hin, wie sich viele Jugendliche das Geld für das Rauschgift verschaffen. Die Zeitschrift »Life« wußte am 11. Juni 1951 zu berichten:
»Eine gefährliche Erscheinung machte auf das Übel aufmerksam. Das
Durchschnittsalter der Patienten, die in der größten Rauschgiftentzie-
hungsanstalt der Vereinigten Staaten eingeliefert wurden, sank plötzlich um zehn Jahre. Zu ihrer Beunruhigung mußten die Einwohner von
Chikago feststellen, daß jeder fünfte Rauschgiftsüchtige, der in ihrer
Stadt verhaftet wurde, ein Minderjähriger war. Sogar ein Zwölfjähriger befand sich unter den Inhaftierten. Nach Schätzungen der Polizei
trieben sich in New York mindestens 5000 Süchtige unter 20 Jahren
herum.«

Ein Sachverständiger des Wohlfahrtsausschusses von New York berichtete: »Die Verkäufer lümmeln an den Schulmauern, und wenn die
Kinder zum Unterricht gehen, bekommen sie im Vorbeigehen gleich
die Ware ausgehändigt.«

Bei den Untersuchungen während der fünfziger Jahre kam noch
eine andere schreckliche Tatsache ans Licht. Mußte der Peddler befürchten, daß ein rauschgiftsüchtiges Kind ihn verraten würde, so gab
er ihm eine sogenannte heiße Spritze, das heißt Gift, an dem es zugrunde ging. Ein Zeuge sagte vor einem Senatsausschuß darüber aus.

Zeuge: »Nun, soweit ich weiß, enthalten die ›heißen Spritzen‹ le-
bensgefährliches Gift; sie werden aber als Rauschgift verkauft. Gewöhnlich gibt man sie Leuten, die einen anderen verpfiffen haben.«

Vorsitzender: »Kennen Sie Fälle, in denen Leute danach gestorben
sind?«

Zeuge: »Ja.«

Vorsitzender: »Was wissen Sie darüber?«

Zeuge: »Nun, ich kenne einen Fall, in dem ein junger Bursche verhaftet wurde, weil er Rauschgift in der Tasche hatte. Er wurde zwar
wieder freigelassen, aber innerhalb kurzer Zeit kamen dann ungefähr
fünfzehn Händler ins Gefängnis.«

Vorsitzender: »Und?«

Zeuge: »Er erhielt eine ›heiße Spritze‹.«

Vorsitzender: »Und was geschah dann?«

Zeuge: »Er starb.«

Das waren die Praktiken des von der Cosa Nostra intensivierten Rauschgifthandels. Aber die Behörden unternahmen nichts Einschneidendes gegen die Rauschgifthändler, die sich ausreichend abgesichert hatten und oft als angesehene Geschäftsleute lebten. Nur kleine Gangster verfingen sich in den Maschen der Polizei, wie der sechsundzwanzigjährige Mafia-Anwärter Julie Ulanga — er trug den berühmt-berüchtigten Spitznamen »Scarface« —, der an Vierzehn- bis Sechzehnjährige Rauschgift verkauft hatte, oder dessen Kumpan Felix Carmona, »The Cat« genannt, der am Rauschgifthandel wöchentlich 200 Dollar verdient hatte.

Die Medizinische Gesellschaft von New York forderte energische Maßnahmen gegen Rauschgiftverkauf an Kinder und beauftragte ihren Ausschuß für Rauschgiftfragen, dem New-Yorker Oberbürgermeister eine Protestresolution zu überbringen. Die Zeitschrift »Newsweek« berichtete über den Erfolg dieser Leute: »Sie wurden wie dumme Schulkinder nach Hause geschickt.« Der Oberbürgermeister, der die Ausschußmitglieder in dieser unwürdigen Weise behandelte, hieß — William O'Dwyer. Der alte Kumpan der Mafiosi hatte es inzwischen zum Oberhaupt der größten und reichsten Stadt der USA gebracht! Das Geld, das Maß aller Dinge in der kapitalistischen Gesellschaft, einte Unterwelt und die »Upper Ten«, die oberen Zehntausend.

Wen verwundert es, daß zur selben Zeit der Chef des Bureau of Narcotics, das dem Finanzministerium unterstand, Henry J. Anslinger klagte: »Wir haben 180 Beamte. Das ist, als wollte man versuchen, den Ozean mit Löschpapier aufzusaugen. Trotzdem fangen wir sie — die Schmuggler, die Gangster, die Großhändler, die Hausierer und die Verbraucher. Wir fangen sie, aber wir können sie nicht halten. Sie müssen ungefähr sechzehn Monate Gefängnis absitzen. Wir sperren eine Bande ein und beginnen dann, uns mit der nächsten zu befassen. Wenn wir die zweite haben, ist die erste wieder draußen und arbeitet weiter. Auf diese Weise spielen wir Karussell.«

Lucianos Professoren

In Italien saß Luciano und drehte das »Karussell«. Nachdem ihn das türkische Schiff »Bakir« aus Kuba abgeholt hatte, war er zunächst in seine Heimat Sizilien zurückgekehrt. Aber in Palermo landete er zu seiner Überraschung im Gefängnis. Bald war er wieder frei und wurde aufs italienische Festland mit der strikten Weisung abgeschoben, unter keinen Umständen nach Sizilien zurückzukehren.

Luciano siedelte in die italienische Hauptstadt über und führte in der römischen Gesellschaft das Dasein eines Lebemannes. Die Gräfin Sandra Rossi wurde seine ständige Begleiterin. Nach kurzem Aufenthalt im Hotel »Touristice« mietete er sich eine moderne, in amerikanischem Stil erbaute und eingerichtete Villa. Man sah ihn häufig auf den Rennplätzen. »Er lebt wie ein König, aber er hat kein reguläres Einkommen«, stöhnten die Polizeibeamten, die ihm nichts nachweisen konnten.

Luciano empfing viele Besucher, vorzugsweise aus den USA. Es waren nicht nur Italo-Amerikaner wie Mike Lascari oder Mike Spinella, auch sein alter Freund Meyer Lansky erschien in der Villa. Für diesen Luciano-Gast interessierten sich die amerikanischen Behörden außerordentlich. Doch Lansky erklärte den Ermittlungsbeamten frech: »Durch eine Verwechslung in einem Reisebüro befand ich mich auf einmal auf dem Passagierschiff ›Italia‹. Natürlich konnte ich auf See nicht aussteigen. Stellen Sie sich meine Überraschung vor, als der Kahn in Italien landete. Und stellen Sie sich mein Erstaunen vor: Das Telefon klingelte, und wer war am Apparat? Mein alter Kumpel und Geschäftspartner ›Lucky‹! Ich sagte: ›Woher, zur Hölle, weißt du, daß ich hier bin?‹ Und er sagte: ›Aus den Zeitungen natürlich!‹«

Was Lucianos Einkommen betraf, so konnte das Bureau of Narcotics weiterhelfen, das 1950 feststellte: »Es ist anzunehmen, daß Italien jetzt die Hauptversorgungsquelle für all das Heroin ist, das in die USA geschmuggelt wird.«

Diese Angabe der Behörden stützte sich auf die Aussagen von 2482 festgenommenen Rauschgifthändlern im Jahre 1950. Man wußte, daß genau drei Monate nach Lucianos Rückkehr nach Italien die erste große Ladung Heroin im Werte von 250 000 Dollar in die USA geschmuggelt worden war.

1950 gelang es der italienischen Polizei, Lucianos Rauschgifttrust einen schweren Schlag zu versetzen. Im Sommer jenes Jahres wurde in Triest ein gewisser Matteo Carpinetti verhaftet, als er gerade einem ausländischen Matrosen ein Paket Heroin übergab. Die Kriminalbeamten nahmen die Spur auf und begannen sich für Carpinettis Umgang zu interessieren. Laboruntersuchungen ergaben, daß das beschlagnahmte Heroin in der großen pharmazeutischen Fabrik RAMSA hergestellt worden war. Die RAMSA hatte eine Regierungslizenz zur Heroinproduktion für medizinische Zwecke, mußte jedoch über ihre Produktion den Behörden gegenüber Rechenschaft ablegen. Carpinetti aber hatte das Heroin nicht bei der RAMSA, sondern bei der angesehenen Firma Schiaparelli gekauft. Einer der größten Nachkriegsskandale Italiens nahm seinen Anfang. Luciano hatte sein Heroin von legalen Firmen bezogen! Höchste Kreise der Gesellschaft standen im Mittelpunkt des Skandals.

Egidio Calascibetta, wohlbeleumundeter Besitzer der angesehenen Handelsfirma SACI: Die SACI handelte mit pharmazeutischen Artikeln und versorgte einen New-Yorker Gang mit Heroin.

Und Professor Guglielmo Bononni, Inhaber eines Lehrstuhls an der Medizinischen Fakultät der Universität Mailand, Direktor der Mailänder Chemiefirma SAIPOM? Er hatte insgesamt 900 Pfund Heroin an Armando Lodi in Genua verkauft. Lodi aber war Lucianos Experte für Transportfragen. Professor Bononni hatte die Mafiosi mit Calascibetta bekannt gemacht.

Professor Carlo Migliardi von der Universität Turin, Geschäftsführer und technischer Direktor der Firma Schiaparelli, des größten italienischen Heroinproduzenten, war von Bononni Luciano empfohlen worden. Migliardi belieferte die Mafia nicht nur mit Heroin aus seiner Firma. Er hatte außerdem seit 1948 in einem geheimen Laboratorium nachts insgesamt 770 Pfund Heroin hergestellt, die im Einzelhandel in den USA 128 Millionen Dollar einbrachten.

Durch die Ermittlungen gewann die italienische Polizei auch einen umfassenden Überblick über Lucianos Mitarbeiter, die den Rauschgifttransport in die USA organisierten. Unter diesen befand sich Nicola Gentile, der in den USA dem Führungskreis der Cosa Nostra angehört hatte, 1937 verhaftet und 1940 wegen Rauschgifthandels zu 15 000 Dollar Geldstrafe verurteilt worden und 1945 nach Italien geflüchtet war. Zu ihnen gehörte auch Gaetano Chiofolo, ein Gangster aus Brooklyn, der den Decknamen Charly Young trug. In Italien war er für die Region Triest des Luciano-Gangsterkonzerns verantwortlich.

Allein die italienische Polizei unternahm nichts gegen die Mafiosi. Auch die ehrenwerten Herren Professoren und Direktoren blieben unbehelligt. Nicht einmal Anklage wurde gegen sie erhoben. Erst im Januar 1953 wurde die Fabrik Schiaparelli geschlossen. Aber einen Monat später produzierte sie bereits wieder. »Die Gesellschaft«, so argumentierten die Gerichte, »kann schließlich nichts dafür, wenn ein Professor sich nicht korrekt verhält.«

Das Nichteingreifen der Gerichte in diesem Skandal läßt gewisse Rückschlüsse auf die Haltung der italienischen Regierung zu diesem Problem zu. Ein öffentlich geführter Prozeß hätte höchstwahrscheinlich führende Vertreter von Politik und Wirtschaft stark belastet und neue Zusammenhänge ans Tageslicht gebracht. Gewiß, an Skandalen aller Art war das Nachkriegsitalien nicht arm, aber dieser Vorfall hätte das Ansehen der gesamten herrschenden Klasse derart erschüttern und damit eine Lawine auslösen können, die unter Umständen nicht mehr aufzuhalten gewesen wäre. Man muß in diesem Zusammenhang berücksichtigen, daß in dieser Zeit der Klassenkampf breite Kreise des italienischen Volkes zu erfassen begann, nicht nur die städtischen Werktätigen, sondern auch die Landbevölkerung. In der Poebene streikten die Landarbeiter, und in Süditalien und auf Sizilien begannen die Bauern Großgrundbesitzerland zu besetzen.

Giannini singt

Das Rauschgiftgeschäft warf nicht nur sagenhaft hohe Gewinne ab, es barg auch einige Risiken in sich. Das mußte Frank Callace erfahren, der zum Mafia-Gang der 107. Straße in New York gehörte. Er erhielt den Auftrag, nach Italien zu reisen und dort Rauschgift abzuholen. Frank begab sich entsprechend den Anweisungen nach Sizilien und besuchte seinen Onkel Francesco Callace. Anschließend reiste er nach Mailand, wo er sich mit einem gewissen Joe Pici traf. Dieser Pici hatte seine Mafia-Karriere in Pittsburgh, Ohio, begonnen, als Rauschgifthändler und Bordellracketeer. Nach dem Kriege brachten ihn die amerikanischen Behörden nach Italien zurück, wo er Mitarbeiter des Luciano-Syndikats wurde. Verabredungsgemäß übergab Pici in Mailand Frank Callace drei Kilo reines Heroin.

Auf dem Flugplatz in Rom wurde aber Frank Callace von der italienischen Polizei verhaftet, ebenso sein Onkel Francesco, der in Palermo auf den Neffen wartete. Weniger erfolgreich war die Jagd auf Pici. Während sein Name in allen Fahndungslisten stand und sein Steckbrief in den Zeitungen zu finden war, heiratete Pici in aller Öffentlichkeit. Erst drei Monate später erhielt die Polizei einen anonymen Hinweis über seinen Aufenthaltsort. Ein Überfallkommando stürmte daraufhin eine Villa in der Nähe von Mailand. Pici saß seelenruhig am Frühstückstisch.

Pici wurde zu achtzehn Monaten Gefängnis verurteilt. Er saß keinen Tag dieser Strafe ab, denn eine Amnestie bewahrte ihn vor der Haft, und er arbeitete im alten Geschäft weiter. Auch Frank Callace kam bald wieder frei.

Die Verhaftungen waren kein Zufall gewesen. Die Polizei war unterrichtet. In der Mafia gab es einen Spitzel!

Dieser Mann hieß Eugenio Giannini, genannt Gene. Er war 1910 in Sizilien geboren, als Kind mit seinen Eltern in die USA ausgewandert und im New-Yorker Stadtviertel Greenwich Village aufgewachsen. 1928 hatte ihn ein Richter wegen eines bewaffneten Raubüberfalls zu fünf Jahren Haft verurteilt. 1938 stand er erneut wegen Raubes vor Gericht. Ende der dreißiger Jahre galt er als einer der wichtigsten Mitarbeiter der Luciano-Familie und war der Adjutant von Antonio Strollo, den Luciano mit der Führung des Rauschgifthandels beauftragt hatte. In der Mafia hatte Giannini bald so viel Geld erworben, daß er Teilhaber in der Eagle Waste Company werden konnte, einer Firma, die Restaurants mit Wäsche, Geschirr und anderen notwendigen Dingen versorgte. Die Geschäfte der Eagle Waste Company nahmen nach Gianninis Eintritt in die Firma einen gewaltigen Aufschwung, denn mit bewährten Racketeermethoden schlug er die Konkurrenz aus dem Felde. Nebenbei aber war noch immer das Rauschgift seine Haupteinnahmequelle. 1942 wurde er von Beamten des Bureau of Narcotics verhaftet und erhielt 15 Monate Zuchthaus.

Nach dem Krieg wurde Giannini einer der erfolgreichsten Rausch-

Führte einen aussichtslosen Kampf gegen die Rauschgifthändler der Cosa Nostra: Charles Siragusa, der Resident der amerikanischen Anti-Rauschgift-Agenten in Italien

gifthändler. Er baute einen neuen Transportweg von Rom über Paris nach New York auf. Eine wichtige Rolle in diesem Rauschgiftring spielte der Franzose Joseph Orsini, der seit Jahrzehnten in den USA lebte und nach dem Krieg wegen seiner Zusammenarbeit mit Naziagenten vorübergehend nach Frankreich deportiert worden war. In Mailand und Rom arbeiteten Gianninis Leute mit den Männern von Luciano zusammen.

Im April 1951 kam Giannini wieder einmal nach Italien. Er traf sich mit seinem Freund und Mitarbeiter Dominick Petrelli. Dieser war ebenfalls aus den USA ausgewiesen worden, nachdem er einundzwanzigmal vor Gericht gestanden hatte. In Rom hatte er zwei Aufgaben zu erledigen: Einmal mußte er falsche Dollarnoten in Umlauf setzen, die in einer von Giannini finanzierten Fälscherwerkstatt in Buffalo in den USA hergestellt wurden, zum anderen hatte er Rauschgift zu beschaffen und dessen Abtransport zu organisieren.

Doch diesmal war beiden das Glück nicht hold. Man verhaftete sie und fand bei ihnen vier Kilo Heroin. Bei der ersten Vernehmung besaß Giannini die Frechheit, sich als Mitarbeiter des amerikanischen Bureau of Narcotics auszugeben. Eine solche Ausrede schien in der Tat erfolgversprechend. Immerhin waren zu jener Zeit in Italien viele Beamte des Bureau of Narcotics und auch des FBI tätig, ausschließlich Abkömmlinge italienischer Einwanderer, wie seinerzeit der unglückliche Leutnant Petrosino. Chef der amerikanischen Anti-Rauschgift-Agenten in

Italien war Charles Siragusa. Bei der Gegenüberstellung mit ihm platzte Gianninis Schwindel.

Siragusa machte Giannini eine unangenehme Mitteilung. Er hätte, wenn auch unwissentlich, den amerikanischen Behörden in die Hände gearbeitet; seine Mafia-Freunde könnten unter Umständen in ihm einen Polizeispitzel sehen.

Der falsche Neffe

Vor Jahresfrist hatte Giannini einen alten Bekannten aus dem Gefängnis aufgesucht, einen gewissen Joe Andersen, und ihn gebeten, gegen hohe Gewinnbeteiligung mit seiner Frau nach Italien zu reisen und Rauschgift zu holen. Nach langem Zögern hatte Anderson zugesagt, doch er selbst konnte nicht reisen und schlug vor, seinen Neffen zu schicken. Diesem übergab Giannini vier flache Plastikbehälter, die mit Klebestreifen in der Kleidung zu befestigen waren und in denen das Heroin transportiert werden sollte, ein verschlüsseltes Schreiben, das mit der Anrede »Big Boy« begann, und eine halbe Dollarnote. »Du fährst in diese Stadt südlich von Neapel und nimmst Kontakt mit einem Burschen auf. Unternimm nichts, bevor er dir nicht die andere Hälfte von dem Dollarschein zeigt. Er hat dann das Zeug«, lautete Gianninis Weisung.

Was Giannini nicht wußte, war, daß Anderson von Anfang an Bedenken gehabt und sich den Behörden anvertraut hatte. Der »Neffe«, den er vorstellte, hieß in Wirklichkeit Anthony Zirilli und war Beamter des Bureau of Narcotics.

Der Kontaktmann, den Zirilli mit Hilfe des halben Geldscheins fand, war Giuseppe Pellagrino, Gianninis Schwager, der 1942 zusammen mit diesem verhaftet und später deportiert worden war. Als sich Zirilli und Pellagrino in einem Restaurant in Salerno mit einem Mittelsmann trafen, der vier Kilo reines Heroin mitbrachte, griff die Polizei zu.

Giannini war überrascht, als er nun von Siragusa erfuhr, weshalb die Geschichte mit dem »Neffen« mißglückt war. So war es für Siragusa nicht schwierig, den überrumpelten Gangster unter Druck zu setzen, bis dieser sein Schweigen brach. Giannini legte ein umfassendes Geständnis ab, das mit den Worten begann: »Ich wollte nach Palermo auf Sizilien und hatte vor, mich mit Luciano und anderen Kumpels, die deportiert worden waren, zu treffen, darunter mit Pici und auch mit Callace. ›Lucky‹ hatte mir einmal gesagt, daß er und Pici zusammen im Rauschgiftgeschäft seien.«

Kernstück der Erklärungen Gianninis, die auch zur Festnahme seines Geschäftspartners Orsini führten, waren die folgenden Sätze: »Eine Person mit dicken Beziehungen in der Unterwelt hat das Kommando über das amerikanische Verbrechertum übernommen, einschließlich der Interessengebiete Lucianos, denn Frank Costello, der Ministerpräsident des Mob (Bezeichnung für die Mafia in den USA — die Verfasser), hat zuviel Schwierigkeiten mit der Justiz. Diese Person ist von ›Lucky‹ als oberster Koordinator und Kontaktmann für den Rauschgifthandel in den USA eingesetzt worden.«

Dies war eine wichtige Erklärung über den Kommandowechsel, der in der Mafia und in der Cosa Nostra vor sich gegangen war. Die Gesamtleitung lag offenkundig noch immer in den Händen Lucianos. Chef der Cosa Nostra in den USA aber war ein neuer Mann, den Luciano eingesetzt hatte. In der veröffentlichten Aussage Gianninis fehlt der Name dieses Mannes. Aber wahrscheinlich war Vito Genovese gemeint.

Im Februar 1952 fand in den USA der Prozeß gegen Giannini-Kompagnon Orsini statt. Im Zeugenstand erschien der Agent des Bureau of Narcotics Giuliana. Er erklärte den Geschworenen die Arbeitsweise des Ringes, in dem Orsini eine so maßgebliche Rolle gespielt hatte, nannte die Namen aller Mitarbeiter. Von woher er seine Informationen hätte, wollte der Verteidiger Orsinis wissen. Giuliana machte Ausflüchte. Erst als der Verteidiger verlangte, die Aussage des Beamten nicht als Beweis zuzulassen, weil sie nur auf »Hörensagen« beruhe, mußte Giuliana unter Eid den Namen Gianninis nennen.

Tot im Rinnstein

Giannini saß zu dieser Zeit noch immer in Rom im Gefängnis. Schließlich brachten ihn amerikanische Polizisten als Gefangenen in die USA zurück. Nachdem er eine Kaution von 10 000 Dollar gezahlt hatte,

Unter einem gewaltigen Rummel untersuchte der Ausschuß des Senators Estes Kefauver einige Auswüchse des organisierten Verbrechens. Selbst in diesem Gremium saßen Vertrauensleute der Cosa Nostra, die verhinderten, daß die Senatoren die Ursachen für die Macht der Gangster aufdeckten

wurde er auf freien Fuß gesetzt. Beim Abschied aus dem Gefängnis bat Giannini: »Laßt um Gottes willen ›Lucky‹ nie etwas davon erfahren, sonst ende ich im Rinnstein!« Noch ahnte er nicht, daß sein Name im Orsini-Prozeß gefallen war.

An einem schönen Morgen im September 1952 öffnete Anthony Santora seinen Delikatessenladen in der 107. Straße in New York. Er zog den Rolladen hoch, stellte die Kästen mit frischem Obst vor die Tür, überblickte prüfend die Pracht seiner Auslagen und trat dann, da noch keine Kundschaft zu sehen war, an den Straßenrand. Aus dem Rinnstein vor seiner Tür starrte ihn ein Paar glasige Augen an. Für einige Sekunden stand Santora wie erstarrt, dann drehte er sich um und stürzte zum Telefon. Noch bevor sich die Polizei meldete, ertönte in der Straße schon die Sirene eines Streifenwagens.

Minuten zuvor hatte das 126. Polizeirevier einen anonymen Anruf erhalten: »Ich habe irgend so etwas wie Schüsse gehört. Es muß in der zweiten Avenue, in der Gegend der hundertzehnten oder hundertelften Straße herum gewesen sein.« Ehe noch der Diensthabende eine Frage stellen konnte, hatte der Anrufer aufgehängt.

Die Polizisten nahmen den Toten, der ein maßgeschneidertes, helles

Jackett trug, aus dem Rinnstein. Offenbar war es kein Raubmord gewesen, denn man fand 140 Dollar in der Tasche, einen Führerschein auf den Namen Gene Telagrino und eine goldene Uhr. Der Mord schien aus allernächster Nähe verübt worden sein. Das Opfer mußte sich mit jemandem unterhalten haben, denn die Leiche zeigte kein Anzeichen eines Kampfes. Sicher war die Tat nicht hier in der 107. Straße geschehen, sondern in jener Gegend, auf die der Anruf hinwies. Man mochte die Leiche in ein Auto geladen und fünf Häuserblocks weiter gebracht haben.

Im Leichenschauhaus wurde der Tote noch einmal sorgfältig durchsucht. In einer Taschennaht fand man eine verschmutzte Visitenkarte mit der Aufschrift: Gene Giannini, Kingsdale Fuel Oil Company.

Nun gab es keinen Zweifel mehr. Jener Giannini, der die Kingsdale Treibstoffgesellschaft mit seinen Rauschgifthandelsgewinnen gekauft hatte, war identisch mit dem Spitzel in der Mafia. Er hatte die Omertà gebrochen!

Das gleiche Schicksal traf Dominick Petrelli. 1953 war er über Südamerika in die USA zurückgekehrt und hielt sich in New York versteckt. Allen Bekannten ging er aus dem Wege. Er hatte zwar nichts verraten, aber er war immer mit Giannini zusammen gewesen. So mußte er für die Mafiosi gleichfalls verdächtig sein.

Am 9. Dezember 1953 saß Petrelli um 4 Uhr 15 als letzter Gast an der Bar eines New-Yorker Lokals. Drei gutgekleidete junge Männer traten ein, alle drei trugen Sonnenbrillen und hatten die Hände tief in die Manteltaschen vergraben. Petrelli sprang auf. Es schien, als wollte er fliehen. Ein Schlag ins Genick warf ihn zu Boden. Sieben Pistolenkugeln beendeten sein Leben.

Die Morde an Giannini und Petrelli widerlegten eindrucksvoll die Behauptung des Senators Estes Kefauver, er habe das organisierte Verbrechertum ein für allemal geschlagen. Im Mai 1950 hatte der Senator — er war ein führendes Mitglied der Demokratischen Partei — ein Komitee zur Bekämpfung des organisierten Verbrechertums gebildet. Ein Jahr lang, bis zum Mai 1951, hatten die Senatoren dieses Komitees in öffentlichen Sitzungen Polizeibeamte und Gangster, Sachverständige und Zeugen vernommen. Kefauvers Ausschuß wandelte auf den Spuren des Komitees von Senator Copeland, das in den dreißiger Jahren das Gangstertum untersucht, aber kaum etwas erreicht hatte.

Da erschienen sie nun in den Räumen des amerikanischen Senats —
die Costello, Adonis, O'Dwyer, Kastel, Moretti . . . Presse, Rundfunk
und Fernsehen waren zugegen. Die Bevölkerung erwartete sensationelle Enthüllungen, sie mußte sich zunächst mit »Hofberichten« zufriedengeben. Das Nachrichtenmagazin »Time« meldete: »Frank Costello
trug blankgewienerte Schuhe, einen perlblauen Nadelstreifenanzug
und ein Halstuch, das einer Diplomatenbeerdigung würdig gewesen
wäre.«

Senator Kefauver vermerkte in seinem Abschlußbericht: »Miß Hill
(Siegels Freundin Virginia Hill — die Verfasser) stürmte hysterisch in
den Verhandlungssaal. In ein silberblaues Kleid gehüllt und über den
Augen einen schwarzen Hut, kreischte sie, sie werde anfangen, mit irgend etwas zu werfen, wenn diese verdammten Fotografen nicht aufhören würden, sie zu fotografieren.«

Wie starb Willie Moretti?

Das Nachrichtenmagazin »Newsweek« überschrieb denn auch einen
Bericht über die Untersuchungen des Senatsausschusses mit den Worten »Zirkus Kefauver«. Dieselbe Zeitschrift kam zu der »aufregenden«
Feststellung: »Gangster sind nicht mehr Muskelmänner. Längst über-
schwemmen sie nicht mehr mit ihrem Gefolge von Totschlägern und
Platinblondinen die Nachtklubs; sie sind heute meist Leute, die ihr Zu-
hause lieben, ergebene Ehemänner, deren Bedürfnis, sich die Freizeit
zu verschönen, sich in Canasta und einem Glas Bier erschöpft. Sie leben zurückgezogen — komfortabel natürlich, aber nicht auffällig — in
stillen Vororten. Sie kleiden sich sorgfältig, und nicht länger haben
sich ihre Schneider den Kopf darüber zu zerbrechen, wie man die Beu-
len beseitigen kann, die die Schulterhalfter mit den Pistolen nun einmal
verursachen. Sie fürchten Gewalttat wie jeder Vorstadtbewohner. Gewalttätigkeit ist so laut. Sie erregt die Aufmerksamkeit der Polizei und
der Zeitungen. Und sie ist so überflüssig. Schließlich gibt es keinen
Grund, warum Gentlemen eine Meinungsverschiedenheit unbedingt
mit einer Maschinenpistole austragen müssen. Sie nennen sich Geschäftsleute, und sie haben die Protokolle über den Inhalt ihrer Safes

und Bescheinigungen über ihren Aktienbesitz mitgebracht. Sie besitzen Grundstücke und Restaurants, Vertriebsgesellschaften und Auto-Agenturen, Brauereien und Konfektionsbetriebe, Ölaktien und Hotels. Natürlich, manche ihrer Interessen sind ein wenig illegal, aber dafür haben sie ja Rechtsanwälte. Und sie haben die besten Rechtsanwälte, die für Geld zu haben sind.«

Es ist erstaunlich, daß die Untersuchungen überhaupt etwas zutage brachten. Schließlich diente der Kefauver-Ausschuß in erster Linie der Regierung als Alibi und zur Beruhigung der aufgebrachten Bevölkerung. Daß diese Kommission keinen ernsthaften Kampf gegen das Gangstertum führen konnte, beweisen einige bemerkenswerte Tatsachen, die von der Presse aufgedeckt wurden. Senator Kefauver trug sich mit dem Gedanken, bei den nächsten Präsidentschaftswahlen zu kandidieren, und dazu brauchte er Geld. Journalisten enthüllten, daß das Gangstersyndikat einen 100-Millionen-Dollar-Fonds gebildet hätte, der als Bestechungssumme für die Wahlen im Herbst 1952 dienen sollte. Die Existenz dieses Fonds wäre dem Vorsitzenden des Ausschusses – also Kefauver – bekannt gewesen. Der republikanische Senator Tobey – er hielt in den öffentlichen Sitzungen besonders scharfe Reden gegen das Gangsterunwesen – war während der Prohibition mit der Unterstützung von Alkoholschmugglern gewählt worden. Kurz vor der Bildung des Kefauver-Ausschusses hatte Tobey im Wahlkampf um den Senatssitz von dem Gangster Willie Moretti finanzielle Hilfe erhalten. Der Rechtsberater der Kommission, Hally, war auf Vorschlag von Frank Costello, der auch die Demokratische Partei von New York beherrschte, ausgewählt worden und benutzte diese Funktion als Sprungbrett für einen lukrativen Posten. Daß er dabei die wohlwollende Unterstützung von seiten der Mafia-Gangster benötigte, ist einleuchtend. Es ist klar, daß solche Leute niemals ernsthaft Maßnahmen vorschlagen würden, die das organisierte Verbrechen vernichteten oder auch nur eindämmten.

Darauf wies auch schon die in Madison, Staat New Jersey, erscheinende »Capitol Times« am 14. Juni 1951 hin: »Trotz des ganzen Lärms, der im Zusammenhang mit den von der Senatskommission zur Untersuchung des organisierten Verbrechertums gemachten Enthüllungen erhoben wird, zeigt es sich, daß aus all dem wohl kaum etwas herauskommen wird. Die Vorschläge der Kommission für die Gesetzgebung müssen der Juristischen Kommission des Senats vorgelegt werden, deren Vorsitzender Pete McCarran (der Initiator des antikommunistischen McCarran-Gesetzes — die Verfasser) aus Nevada ist. McCarran vertritt im Senat einen Staat, der sich auf Scheidungen und Glücksspiele spezialisiert hat. Das ist der größte Wirtschaftszweig des Staates Nevada, und Pete McCarran vertritt dessen Interessen im Senat umsichtig und energisch. Wenn es McCarran gelingt, seinen Standpunkt durchzusetzen, wird die amerikanische Regierung keinerlei diskriminierende Maßnahmen gegen das Spielgeschäft ergreifen. Seine tiefe Ergebenheit gegenüber den Interessen des organisierten Verbrechertums hat er vor mehreren Monaten zum Ausdruck gebracht. Damals erhob er dagegen Einspruch, daß die Kefauver-Kommission das Recht haben soll, die Frage aufzuwerfen, ob Gangster, die sich gegenüber der Kommission und der Regierung der Vereinigten Staaten herausfordernd benehmen, wegen Mißachtung des Senats vor Gericht gestellt werden sollen.« Kein Wunder, daß sich die Mafiosi entsprechend verhielten und schwiegen. Stellte ein Kommissionsmitglied heikle Fragen, so beriefen sie sich auf eine Passage des 5. Zusatzartikels der Verfassung der USA, die lautete: »Niemand . . . darf gezwungen werden, in einem Kriminalfall als Zeuge gegen sich selbst auszusagen.«

So gab es tagelang Vernehmungen, in denen die Mafiosi jede Frage mit den stereotypen Worten »fünfter Zusatz« beantworteten. Man mußte schon sehr schwatzhaft sein, um den Senatoren etwas preiszugeben, beispielsweise wie Willie (Salvatore) Moretti. Er war einst Kompagnon des berüchtigten Racketeers Abner Zwillman gewesen und mit Luciano befreundet. Sein Schwager Philip Zichello war von William O'Dwyer in der New-Yorker Stadtverwaltung untergebracht worden. Als ihn das Senatskomitee im Alter von 57 Jahren vorlud, besaß er drei Cadillacs und eine Villa in Hasbrouck Heights im Staat New York im Wert von 45 000 Dollar.

Zehn Jahre zuvor hatten Costello, Adonis und Genovese veranlaßt, daß Moretti sich für einige Zeit in Kalifornien »bewähren« mußte, weil er zuviel geplaudert hatte. Jetzt erlebten die Bosse der Cosa Nostra einen unruhigen Tag, als Moretti vor dem Ausschuß stand. Zunächst schien die Sache harmlos zu verlaufen. Moretti hatte natürlich noch nie das Wort »Mafia« gehört. Auf die Frage, wie er Costello, Luciano und Al Capone kennengelernt habe, antwortete er: »Das sind Leute mit prima Charakter, man braucht keine Empfehlung, wenn man zu ihnen will, man lernt sie einfach automatisch kennen.«

Moretti erhielt für die folgende Woche eine neue Vorladung, und in Cosa-Nostra-Kreisen ging das Gerücht um, Moretti würde »singen«. Er könnte einiges über den Fall Abe Reles aussagen, auch kannte er die Wahrheit über einen berüchtigten Korruptionsskandal in Brooklyn, wo die Mafiosi die Polizei gekauft hatten.

Am Morgen des 4. Oktober 1951 verabschiedete sich Moretti von seiner Frau Angelina. Er wollte sich mit einigen Freunden treffen und dann zum Pferderennen gehen.

Als Morettis Leiche auf dem gefliesten Boden von »Joeys Restaurant« in Cliffside Park, New Jersey, lag, sagte die Kellnerin aus: »Sie schüttelten sich die Hände und machten auf italienisch Witze. Minuten später hörte ich zwei Schüsse. Als ich in den Gastraum rannte, lag er auf dem Rücken, mit Wunden im Gesicht und am Kopf. Die Schützen waren verschwunden.«

Jahre später sagte der Mafiosi Joseph Valachi aus, daß ein gewisser John Robilotto im Auftrag der Dons die Schüsse abgegeben habe. Valachi erläuterte: »Wir glaubten, Moretti sei geisteskrank.«

In der Tat, ein Mann, der so leichtfertig die Omertà brechen wollte, mußte verrückt sein.

Moretti schwieg für immer, aber andere Zeugen konnten von den Senatoren in die Enge getrieben werden. William O'Dwyer, Mafia-Kumpan, US-Brigadegeneral, Nachkriegsoberbürgermeister von New York und von Präsident Truman als Botschafter nach Mexiko entsandt, verstrickte sich in Widersprüche. Der Fall Aurelio kam zur Sprache. Damals, 1949, als sich O'Dwyer entschloß, nicht wieder für den Posten des Oberbürgermeisters zu kandidieren, hatte Costello angeordnet, sein Nachfolger sollte ein gewisser Charles H. Silver werden. Charles Lipsky, einer der Führer der Republikanischen Partei, hatte eigene Vorstellungen vom künftigen Stadtoberhaupt. Er dachte an den Chef der Feuerwehr, Frank J. Quayle. So fuhr Lipsky hinaus zu Costellos Villa in Sands Point, um den Mafia-Boß umzustimmen und ihn für seinen Kandidaten zu gewinnen.

»Glaubten Sie«, so wurde Lipsky im Verhör vor dem Ausschuß gefragt, »daß es unbedingt notwendig war, Costellos Unterstützung bei der Auswahl eines Kandidaten zu erhalten?«

»Ja«, antwortete der republikanische Funktionär, »ich glaubte das. Deshalb fuhr ich ja auch zu ihm hinaus!«

Costello war eben nach wie vor der Herr über New York. Zu seinen Festen drängte sich die Gesellschaft, unabhängig davon, ob eine gerichtliche Untersuchung gegen ihn lief oder nicht. Als er am 24. Januar 1949 zu einem Dinner zugunsten der Heilsarmee einlud, waren ein Kongreßabgeordneter und drei Richter anwesend. Unter den 141 anderen Gästen befanden sich alle Führer von Tammany Hall.

Angesichts der engen Verquickung zwischen Demokratischer Partei und Mafia wurden die Demokraten der Untersuchungen ihres Parteifreundes Estes Kefauver allmählich überdrüssig. Das um so mehr, als nicht nur New York zur Debatte stand, wo die Partnerschaft ohnehin offenes Geheimnis war. Aber da wurden interessante Entdeckungen in anderen Staaten gemacht. In Missouri beispielsweise. Und das fiel in die persönliche Sphäre von Harry S. Truman, dem amtierenden Präsidenten der USA.

Die Freunde des Präsidenten

Die Polizei war im Jahre 1943 auf die Mafia von Kansas City im Staate Missouri aufmerksam geworden. Man wußte natürlich längst, daß bereits zu Beginn der zwanziger Jahre Al Capone hier eine Filiale errichtet hatte, die sich bald selbständig machte. In jenem Jahr 1943 nun hatte man ein Rauschgiftvertriebsnetz entdeckt, das nach Kansas City führte.

In einem Hotelzimmer in der Stadt hatten Beamte des Bureau of Narcotics verborgene Mikrofone angebracht, die eine Geschäftsbesprechung zweier Mafiosi übertrugen und der Polizei die Möglichkeit gaben, einige kleinere Gangster festzunehmen. Aber die Cosa Nostra beherrschte schon viel länger die Stadt. Die Bürger erinnerten sich noch sehr gut an die »blutigen Wahlen« vom 27. März 1934, als die Gangster in schwarzen Limousinen durch die Straßen fuhren und politische Gegner reihenweise erschossen.

Kansas City gehorchte zu jener Zeit Tom Pendergast, »Big Tom« genannt. Pendergast war Bootlegger und Geschäftsmann zugleich, er war aber auch Vorsitzender des Demokratischen Klubs der Stadt. Er hatte im Jahre 1908 einen jungen Redakteur des »Kansas City Star« in den Klub aufgenommen und unter seine Protektion gestellt. Mit dieser Hilfe machte der Redakteur bald Karriere. Er hieß – Harry S. Truman.

Pendergast war klug genug zu erkennen, welche Macht die Cosa Nostra wirtschaftlich und politisch darstellte. Er ging deshalb ein Bündnis mit der Mafia ein. Johnny Lasia, ein aus Chikago zugewanderter Mafia-Don, wurde Pendergasts Stellvertreter und zugleich Chef der Demokratischen Partei des ersten Wahlbezirks der Stadt.

Johnny Lasia mußte zusammen mit den Mustache-Petes abtreten. Sein Nachfolger Don Carollo rückte auch in der Demokratischen Parteihierarchie nach. Bei den lokalen Wahlen vom März 1934, jenen »blutigen Wahlen«, schlug der massive Einsatz bewährter Mafia-Methoden alle Pendergast-Gegner aus dem Felde. Im November desselben Jahres konnte so Pendergast-Protegé Harry S. Truman unangefochten mit großer Mehrheit in den amerikanischen Senat einziehen. Die Mafiosi hatten ihm den Weg bereitet.

Truman vermochte nicht zu verhindern, daß Carollo 1939 hinter Gittern verschwand. Doch als im selben Jahr Pendergast starb, war der Senator bei dem prunkvollen Begräbnis zugegen und hielt eine der schwarzen Schleifen, die vom Sarge herabhingen.

Die Nachfolge Tom Pendergasts nahm dessen Neffe Jim ein, während an die Stelle von Don Carollo Charlie Binaggio trat. Das ererbte Bündnis hielt bis zum Jahre 1946. Dann glaubte sich Binaggio mächtig genug, selbst in die Politik einsteigen zu können. Er stellte sich als Kandidat gegen Jim Pendergast.

Als man Binaggio zum Sieger der Wahl ausrufen wollte, stellte man fest, daß die Wahlen gefälscht worden wären. Man erhob Anklage gegen 71 Personen, beschlagnahmte Stimmzettel und Urnen als Beweismaterial und schaffte sie in einen Kellerraum des Justizpalastes von Kansas City. Hier verschwand das belastende Material spurlos. Männer von Binaggios Gang waren nachts in den Keller eingedrungen und hatten die Wahlurnen mit den Stimmzetteln gestohlen.

1948 war wieder eine Wahl fällig, diesmal war der Gouverneursposten von Missouri neu zu besetzen. Binaggio besaß zu dieser Zeit längst den Ruf eines wohlhabenden Geschäftsmannes. Er war an einer

Versicherungsgesellschaft beteiligt und besaß eine Anzahl Betriebe. Als Boß des ersten Wahlbezirks hatte er — so das Nachrichtenmagazin »Time« — »30 000 Stimmen in seiner Tasche«. Er rühmte sich, daß 40 Abgeordnete des Parlaments von Missouri ihm »gehörten«.

Es waren zwei Demokraten von Missouri, die Ambitionen auf den Gouverneursposten hatten: Binaggios Kandidat Smith und ein gewisser McCatrac. Der Dialog zwischen McCatrac und Binaggio wurde später vor dem Kefauver-Ausschuß rekapituliert:

Binaggio: »Du mußt ausscheiden. Die Boys von East Saint Louis würden dich nicht unterstützen.«

McCatrac: »Wenn du so beschlossen hast, ist das Spiel meiner Meinung nach zu Ende, weil der durchkommt, den du untersützt.«

Binaggio: »Aber du könntest statt dessen Generalstaatsanwalt von Missouri werden. Wir würden alle Unkosten tragen.«

McCatrac: »Warum willst du, daß ich Generalstaatsanwalt werde?«

Binaggio: »Wir sind nicht sicher, ob Smith genügend Macht entfalten wird. Wir rechnen damit, daß du — wenn du Generalstaatsanwalt bist — ihn an die Kandare nimmst und dazu zwingst, größere Macht zu entfalten.«

Die Wahlkampagne für Smith kostete die Cosa Nostra 100 000 Dollar. Binaggio ging bei dem neuen Gouverneur aus und ein. Die Investitionen machten sich bezahlt. Gouverneur und Generalstaatsanwalt hielten ihre schützenden Hände über die gesetzwidrigen Geschäfte der Mafiosi. Als die Demokraten von Kansas City ein Dinner für den Parteivorsitzenden William Boyle gaben, saß Charlie Binaggio neben dem Ehrengast des Abends, dem USA-Präsidenten Harry S. Truman.

Mord im Parteibüro

Das Idyll wurde empfindlich gestört, als Jim Pendergast dem Präsidenten neue Forderungen seiner Mafia-Familie zu präsentieren versuchte. Binaggios Stern schien im Sinken begriffen zu sein. Nichtsahnend fuhr er nach Washington, um den Präsidenten aufzusuchen. Truman weigerte sich aber, den Mafioso zu empfangen.

Als Binaggio verärgert das Weiße Haus verlassen wollte, traf er William Boyle. Boyle legte seine Hand auf Binaggios Schulter und riet ihm: »Vertrage dich mit Jim Pendergast, es wird für deine Haut besser sein.«

Was hatte Binaggio falsch gemacht?

Auf jeden Fall hatte er übersehen, daß sein Vorgänger Carollo inzwischen wieder aus dem Gefängnis entlassen worden war. Angesichts der Weigerung Binaggios, den Posten eines Chefs der Familie zurückzugeben, hatte er sich mit Jim Pendergast verbündet. Carollo wußte sich seine frühere Stellung wieder zu erobern.

Am 10. April 1950 ließ sich Binaggio von seinem Leibwächter in das Restaurant »Last Chance« (»Die letzte Chance«) fahren. Dort traf er sich mit seinem engen Freund und Mitarbeiter Charlie Gargotta. Nach einer Coca Cola marschierten beide davon. Der Leibwächter erhielt die Anweisung: »Du brauchst nicht mitzukommen. Wir sind in zehn oder fünfzehn Minuten wieder zurück.«

Am nächsten Tag gegen vier Uhr stieg ein Taxichauffeur neben dem Gebäude des Demokratischen Klubs des ersten Distrikts von Kansas City aus seinem Wagen, um etwas zu essen. Er hörte in dem dunkel daliegenden Klub Wasser rauschen, dachte an einen Rohrbruch und rief einen Polizisten herbei.

Die beiden fanden die Tür verschlossen, und als sie eintraten, stolperten sie über einen Körper — die Leiche Gargottas. Er hatte beim Hinfallen einen Spiegel von der Wand gerissen.

Auf einem Stuhl lag Binaggio, unter einem Bild von Harry S. Truman. Irgend jemand hatte ihm eine Pistole dicht an den Kopf gehalten und viermal abgedrückt.

Wasser tropfte von der Decke. Im ersten Stock hatte es tatsächlich einen Rohrbruch gegeben.

Am Abend erklärte der Wirt von »Last Chance« Reportern, die von ihm Einzelheiten über die beiden Mafiosi, die hier zum letztenmal lebend gesehen worden waren, erkunden wollten: »Ich weiß nicht, was die Leute eigentlich gegen Kansas City haben. Wir haben doch wahrhaftig eine saubere Stadt. Wir lieben die Häuslichkeit, verehren die Künste, sind stolz auf unsere Nelson-Galerie — und trotzdem, wenn ich nach New York oder sonstwohin komme, zögere ich zu sagen, daß ich aus Kansas City bin. Denn die Leute rümpfen sofort die Nase, und es heißt jedesmal: ›Oh, yes, die Gangsterstadt!‹«

Wochen später vernahm Senator Kefauver einen Mafioso aus Kansas City, Tony Gizzo.

Kefauver: »Sie gehören also zur Mafia?«

Gizzo: »Mafia? Was ist das?«

Kefauver: »Es wird erzählt, Sie trügen immer eine Menge Geld mit sich herum?«

Gizzo: »Wollen Sie es sehen?«

Kefauver: »Kennen Sie Jim Balestre?«

Gizzo: «Ja, Sir.«

Kefauver: »Er ist der erste Mann der Mafia?«

Gizzo: »Haben Sie das gehört?«

Kefauver: »Was haben Sie denn gehört?«

Gizzo: »Nichts!«

Aus gutem Grund stellte Kefauver keine Fragen nach Binaggio, dem ehemaligen Freund von Tom Pendergast und dem früheren Freund des Präsidenten Truman. Als es sich immer schwerer verheimlichen ließ, daß sowohl die Demokratische als auch die Republikanische Partei auf vielfältige Weise mit dem Gangstertum liiert waren, wurden sich beide Parteien einig, die Untersuchungen einzustellen. Der Kampf gegen das organisierte Verbrechen blieb eine Fiktion, denn solche Komitees wie das des Senators Kefauver dienen vorwiegend dazu, die Tatsache zu verschleiern, daß organisiertes Verbrechertum, kapitalistische Monopole und Staatsapparat so eng miteinander verfilzt sind, daß eine Ausmerzung des Gangstertums unmöglich geworden ist, ohne die herrschende Gesellschaftsordnung anzutasten.

Ferner wurde mit den Untersuchungen des Kefauver-Ausschusses die Legende unterstützt, daß das organisierte Verbrechen vom Ausland her — vor allem aus Sizilien — in die USA gekommen und die amerikanischen Behörden an dem Anwachsen dieser Form der Kriminalität unbeteiligt seien. Außerdem hatte die These vom Importcharakter des organisierten Verbrechens — wie schon zu Zeiten der »Schwarzen Hand« — eine unmittelbare praktische Bedeutung. Unter dem Vorwand, die Kriminalität zu bekämpfen, wurden reaktionäre Gesetze erlassen, die die Einreise und den Aufenthalt von »unerwünschten Ausländern« beschränkten und die weniger die Verbrecher als vielmehr fortschrittliche Persönlichkeiten trafen.

Die Mafia aber, jetzt unter Führung des Gespanns Carollo-Pendergast, herrschte weiter über Kansas City. 1953 wurde ein Abkommen zwischen ihr und Beamten des Polizeipräsidiums dieser Stadt abgeschlossen, wobei den Mafiosi zugesichert wurde, sie könnten ungestört Spielhöllen und Bordelle betreiben. Die größte Spielhölle der Stadt, der »Downtown Bridge Club«, erhielt regelmäßig vom Polizeipräsidium einen Anruf, wenn ein Einsatzkommando zu einer Razzia unterwegs war!

Solche Zustände herrschten nicht nur in Kansas City oder in solchen Cosa-Nostra-Hochburgen wie Chikago, New York, Los Angeles, sondern in fast jeder beliebigen Stadt in den Vereinigten Staaten.

Kämpfe um die Macht

»Es wurde festgestellt, daß Harry Bennett, der frühere
Arbeitsdirektor der Ford-Werke, eine wahrhafte ›Privatarmee‹ von alten Zuchthäuslern und Kriminellen zu
Kämpfen gegen die Arbeiterschaft und für ›andere soziale
Betätigungen‹ verwendet hatte. Ein Sicherheitsbeamter
von Ford hatte früher ausgesagt, daß der martialische
Gangster Pete Livacoli dreißig handfeste Männer für
Ford geworben habe, nahm jetzt aber seine Aussage zurück. Die Vergangenheit dieses Livacoli konnte nicht fin-
sterer sein: Er war achtundzwanzigmal in Haft genommen worden, darunter dreimal wegen Mordes. Es hatte
nur zu zwei Verurteilungen wegen einer Übertretung ge-
reicht. Jetzt hatte er sich auf eine luxuriöse Ranch in Arizona zurückgezogen.«

Hans von Hentig in »Der Gangster«

Joseph Ryan, Präsident der International Longshoremen Association
(ILA), bekam einen Wutanfall. »Sie hören nicht auf mich! Das haben
mir die Kommunisten eingebrockt!«

Unterdessen zogen an der Waterfront von New York die Streikposten auf. New Yorks Hafenarbeiter verweigerten ihre Zustimmung zu
dem neuen Tarifvertrag, den Gewerkschaftsboß Ryan mit den Schiff-
fahrtsgesellschaften abgeschlossen hatte. Auf den Kais streikten 20 000
Arbeiter. In Boston und Philadelphia fanden Sympathiestreiks statt.
Man schrieb den 15. Oktober 1951.

Joe Ryan — mit dem Beinamen »The King« (»Der König«) — erinnerte sich an den November 1948. Auch in jenem Jahr waren die Arbeiter gegen den Willen des ILA-Präsidenten in den Ausstand getreten.

241

Beherrschte den Hafen von New York: der von den Chefs des Mord-Syndikats eingesetzte ILA-Präsident Joseph (Joe) Ryan

Damals hatte Ryan einen eiligen Rückzug angetreten, sich nachträglich mit dem Streik einverstanden erklärt und einen Kompromiß mit den Unternehmern ausgehandelt. Doch jetzt, 1951, schien die Angelegenheit ärger. Ryan erklärte den Streik seiner Gewerkschaftsmitglieder für illegal. Präsident Truman griff ein, verbot unter Berufung auf das Taft-Hartley-Gesetz den Ausstand. Die Dons der Mafia zerbrachen sich darüber den Kopf, was wohl ihre Herrschaft an der Waterfront durcheinandergebracht hatte.

Seit Jahrzehnten hatte das System der Gewerkschaftsrackets im New-Yorker Hafen ausgezeichnet funktioniert. Der sechsundsechzigjährige Joseph Ryan, ein breitschultriger Mann mit ungesunder Gesichtsfarbe, war schon in den dreißiger Jahren ein Bündnis mit den Brüdern Anastasia eingegangen. Sie hatten durchgesetzt, daß er zum ILA-Präsidenten auf Lebenszeit gewählt wurde. Sie erpreßten Arbeiter, bereicherten sich an deren Elend und hielten sie in ihrem Reich durch Terror nieder. Gewerkschafter, die sich der Diktatur der Mafia und der korrupten Bosse widersetzten, wurden ermordet. Peter Panto war ein solches Opfer gewesen.

Das System funktionierte und schien keine Lücken aufzuweisen. Die ILA gliederte sich in sogenannte Locals, Ortsgruppen, mit etwa 500 bis 1000 Mitgliedern. Einer solchen Gruppe unterstanden bis zu neun Kais. Auf jedem Kai gab es einen Aufseher, der allmorgendlich die Ar-

Im Oktober 1951 widersetzten sich die New-Yorker Hafenarbeiter der Gangsterherrschaft und ihrem System des Terrors und der Erpressung. Zum erstenmal verlor Ryan die Kontrolle über die Kais

beitskolonnen zusammenstellte. Es hing von der Laune des Aufsehers ab, wer Arbeit erhielt oder an diesem Tage vergeblich gekommen war und ohne Arbeit und Lohn blieb. Die Anheuerung, das sogenannte Shape-up, wurde einmal so beschrieben: »Etwa 150 Mann versammeln sich im Halbkreis um den Kaiaufseher oder seinen Vertreter. Dieser stellt die einzelnen Arbeitskolonnen zusammen, die dann an dem betreffenden Tag für einen Tag Arbeit haben. Dieses altertümliche System ist zwar sehr einfach zu handhaben, führt jedoch zu außerordentlich unstabilen und unsicheren Arbeitsverhältnissen. Eines der am häufigsten an den Arbeitern verübten Erpressungsmanöver ist die sogenannte Rückvergütung. Hierbei handelt es sich um ein vom Tageslohn abgezogenes und an den Kaiaufseher zu zahlendes Entgelt für das Privileg, morgens in die Arbeitskolonne aufgenommen zu werden. Die ›Rückvergütung‹ beträgt zwei bis drei Dollar vom Tagesverdienst. Außer ihr muß an jedem Zahltage ein ›freiwilliger‹ Beitrag ›für die Boys‹ entrichtet werden.«

Daneben hatten die Gangster ihre Loan-sharks auf den Kais, die

Gangsterterror im New-Yorker Hafen: eine Szene aus dem Film „Die Faust im Nacken"

»Kredit-Haie«, die an in Not geratene Hafenarbeiter Geld zu dem unverschämten Zinssatz von 10 oder 15 Prozent liehen. Es ist selbstverständlich, daß sowohl Kaiaufseher als auch Loan-sharks Leute der Cosa Nostra waren, Mitglieder oder ihr tributpflichtige Gangster.

Albert Anastasia, der Chef der Murder Incorporated und eigentlicher Herr der Dockarbeitergewerkschaft Ryans, hatte sogar seine Brüder Anthony und Gerardo als Kaiaufseher an die Docks geschickt.

Jetzt, im Oktober 1951, widersetzten sich zum viertenmal seit 1945 die Hafenarbeiter diesem System des Terrors und der Erpressung.

Rache für Willy Sutton

Der Streik dauerte 25 Tage. Er endete mit einem Teilsieg der Arbeiter, mit Zugeständnissen der Unternehmer. Aber Joseph Ryan und Albert Anastasia behielten ihre Macht. Schließlich hatten beide der USA-Regierung gute Dienste geleistet. Das war beim Streik von 1950 gewesen, als die ILA zwei Schiffe bestreikte, die Pelze aus der Sowjetunion brachten. Die amerikanische Presse feierte die Gangster, die die Entladung dieser »staatsgefährdenden« Fracht verhinderten, weil ihr »patriotisches Gewissen die Einfuhr kommunistischer Waren nicht zulasse«. Die Docker nahmen die Arbeit erst wieder auf, nachdem der Pelzimporteur Gregory Butsman den beiden ILA-Funktionären Anthony Giantomasi und Pasquale Ferrone ein Päckchen mit 70 000 Dollar ausgehändigt hatte.

Bei einer polizeilichen Untersuchung im Jahre 1952 wurde bekannt, daß die Mafiosi auf den Docks zwischen 1947 und 1952 insgesamt 500 000 Dollar von den Schiffahrtsgesellschaften erhalten hatten — als »Zeichen guten Willens«. Wußte nicht jeder, daß noch mehr Waren gestohlen würden als die Menge im Werte von 140 Millionen Dollar, die jährlich im New-Yorker Hafen verschwand, wenn nicht die Versicherungsgesellschaften an die Cosa Nostra zahlten?

Ein Diebstahl brachte übrigens 1954 zwei Hafenarbeiter arg in die Klemme. Der Vorfall hatte im Jahre 1952 seinen Anfang genommen. Die Polizei suchte damals seit langem den berüchtigten Bankräuber Willy Sutton und hatte für seine Ergreifung eine Belohnung von 70 000 Dollar ausgesetzt. Der junge Textilkaufmann Arnold Schuster erkannte eines Tages Sutton in der Untergrundbahn. Er benachrichtigte die Polizei, die den Verbrecher dingfest machen konnte. Als Albert Anastasia in einer Fernsehsendung ein Interview mit Schuster sah, lief er vor Zorn rot an. »Ich mag keine Zuträger«, tobte er. In der folgenden Nacht fand man im Stadtviertel Harlem Schusters Leiche.

Die Polizei entdeckte jedoch die Mordwaffe und identifizierte sie. Sie war aus einem Lagerschuppen der amerikanischen Armee im New-Yorker Hafen gestohlen worden. Es bereitete keine große Mühe, die Diebe aufzuspüren. Es waren die Hafenarbeiter Joe Auteri, genannt »Lefty«, und John Noto mit dem Spitznamen »Das Kaninchen«. Beide legten ein umfassendes Geständnis ab. Sie sagten aus, sie hätten die Waffe einem gewissen John Mazziotta übergeben, und dieser, das wußte die Polizei, war ein enger Freund und Mitarbeiter Frank Costellos. Aber Mazziotta hatte für den Zeitpunkt des Mordes ein hieb- und stichfestes Alibi. Der Mörder, von Mazziotta mit der Waffe versorgt, hieß Tenuto. Er starb als unbequemer Mitwisser wenige Tage später.

Auteri und Noto lebten zwei Jahre lang auf Kosten der Polizei in einem teuren Hotel unter Bewachung. Sie waren die einzigen Zeugen, und man hatte noch zu gut den Fall Reles im Gedächtnis. Nach zwei Jahren allerdings hatten die beiden ihren Zwangsaufenthalt satt. Ihre Familien darbten, denn sie mußten mit Fürsorgeunterstützung auskommen. Als sie um ihre Entlassung baten, wurde ihnen das unter einer Bedingung erlaubt: Sie durften nicht den Hafen betreten, wo sie in Lebensgefahr waren, und sie mußten Tag und Nacht Polizisten in ihrer Nähe dulden.

Es ist nicht bekannt, was mit Auteri und Noto schließlich geschah. Aber man sollte daran erinnern, daß Anastasias Gangster einen ganzen Katalog bewährter Methoden besaßen, einen Mann verschwinden zu lassen. Eine davon: Die Leiche wurde in einem Block Zement eingegossen und im Hudson River versenkt . . .

Noch 1952 bewilligte der Gouverneur des Staates New York, jener Thomas E. Dewey, der 1935 als Staatsanwalt Luciano ins Gefängnis geschickt hatte, einen Sonderkredit von 500 000 Dollar. Sie dienten der Finanzierung einer Untersuchungskommission »zur Aufklärung der Skandale an der Waterfront«. Die Kommission ermittelte viel Skandalöses, aber praktische Maßnahmen wurden nicht getroffen.

Im September 1953 beschloß der amerikanische Gewerkschaftsbund AFL, dem die Ryan-»Gewerkschaft« angehörte, die ILA auszuschließen. Die AFL gründete eine eigene Dockergewerkschaft. Dennoch funktionierte das System der Brüder Anastasia weiter. Dank ihrer schmutzigen Methoden erzielte die ILA bei allen Vertreterwahlen im Hafen die Mehrheit, während die neue Dockergewerkschaft der AFL nicht einmal jene Stimmenzahl erhielt, die erforderlich war, um das Recht zur Teilnahme an Tarifverhandlungen zu erhalten.

Der Kampf um die Docks von New York wurde in aller Welt bekannt. In Riesenauflage erschien der Roman »Waterfront«. Millionen sahen den nach diesem Buch gedrehten Film »Die Faust im Nacken«, in dem Marlon Brando eine neue Halbstarkenmode kreierte — die Lederjacke.

Denke an die Kinder!

Während sich viele Amerikaner über die Sitten auf den Kais von Brooklyn und Manhattan erregten, wurde es an der Waterfront etwas stiller. Die Mafiosi mochten solche Reklame nicht sehr. Aber weiterhin blühten und gediehen die Gewerkschaftsrackets in der Millionenstadt am Hudson. Traditionell und besonders häufig waren sie in der Konfektionsindustrie. Schon Lepke Buchalter und der letzte Don der Mustache-Petes, Salvatore Maranzano, hatten hier geherrscht. Maranzano war längst erschossen und Buchalter von der Polizei gefaßt. Eine neue Generation von Racketeers war am Werke.

Der starke Mann der Gewerkschaftsrackets hieß Giovanni Dioguardi, genannt Johnny Dio. Zusammen mit seinem Bruder Tommy hatte er bereits eine klassisch zu nennende Gangsterlaufbahn hinter sich — er war vom einfachen Mitglied einer Bande Jugendlicher zu einem der Mächtigen der Mord-GmbH aufgestiegen —, als er 1937 ins Zuchthaus Sing-Sing kam. Dort lernte er Lepke Buchalter kennen, der ihn in die wichtigsten Tricks des Racketeerings einweihte. Wieder in Freiheit, begann er — nach den bewährten Methoden eines Willie Bioff oder Albert Anastasia — sich in die Gewerkschaftsbewegung einzuschleichen. Sein erstes Ziel war der Verband der Automobilarbeiter. Es dauerte nicht lange, und er war Chef der Ortsgruppe 102. Von nun an wucherte die Mafia in dieser Gewerkschaft wie ein Krebsgeschwür. Männer mit italienisch klingenden Namen machten hier schnell Kariere. Im Vorstand tauchte Anthony Corallo auf, dessen Spitzname »Tony Ducks« lautete. Der Schatzmeister des Verbandes wurde Tony Doria, der, als er nach erbitterten Auseinandersetzungen mit den Gewerkschaftsmitgliedern später seinen Posten räumen mußte, 16 000 Dollar und einen fabrikneuen Cadillac mitgehen ließ. Die Ortsgruppe in Chikago kontrollierte ein gewisser Angelo Juciso.

Wer sich des Transportwesens bemächtigen konnte — und Dioguardi brachte das fertig —, war in der Lage, alle vom Transport Abhängigen zu erpressen. Die von Gouverneur Dewey eingesetzte Untersuchungskommission entdeckte erstaunliche Fälle. Da hatte Dioguardi seinen Vertrauensmann Max Chester zu dem Fabrikanten Paul Claude geschickt. Chester erklärte, er käme als Vertreter einer »Gewerkschaft der Verkäufer« und wolle durchsetzen, daß alle bei Claude in der Verkaufsabteilung Beschäftigten dieser »Gewerkschaft« angehörten — damit man sie erpressen könnte. »Sie geben mir zweitausend Dollar«, sagte Chester, »ich gebe Ihnen einen Kontrakt, mit dem Sie leben können.«

Als er sich weigerte, berichtete Claude später der Kommission, hätte

Enthüllte die Herrschaft der Gangster über die Gewerkschaften: Journalist Victor Riesel. Im April 1956 verübten Gangster ein Säureattentat auf ihn

Chester angefangen, von Claudes Kindern zu sprechen. »Jedes zweite Wort war: ›Wie geht's den Kindern, was machen Ihre Kinder?‹ Er sprach von seinen eigenen Kindern, wie sie auf der Straße spielen, und wie gefährlich das sei, und daß sie doch leicht von einem Wagen überfahren werden könnten, und dann fragte er wieder nach meinen Kindern. In diesem Augenblick begann ich mir um meine Kinder Sorgen zu machen.« Der Fabrikant zahlte.

Der Ausschuß vernahm auch Dioguardi. Der Mafioso saß zwei Stunden lang selbstgefällig im Zeugenstand. In 140 Fällen berief er sich auf den 5. Zusatzartikel zur Verfassung und verweigerte die Aussage. Seine Position schien jedoch bedroht, als sich der Journalist Victor Riesel ernsthaft mit jenen Gewerkschaften zu befassen begann, die das von Dioguardi gegründete sogenannte Institut für die Beratung in Gewerkschaftsfragen kontrollierte. Victor Riesels Vater Nathan hatte in den dreißiger Jahren als Gewerkschaftsfunktionär den Kampf gegen die Racketeers aufgenommen. 1942 schlugen ihn »Unbekannte« zum Krüppel. In 192 amerikanischen Zeitungen schrieb Victor Riesel enthüllende Artikel über das Gangsterunwesen von New York. Schon bei den Auseinandersetzungen um die ILA hatte er sich einen Namen gemacht.

Anfang 1956 erhielt er eine Information über die Ortsgruppe 138 der Mechanikergewerkschaft auf Long Island. Zwei Erpresser, Vater

248

Versuchte seine Auftraggeber zu erpressen:
Riesel-Attentäter Abraham Telvi

und Sohn De Koning, hatten sich diese Organisation unterworfen. Natürlich stand Dioguardi im Hintergrund. Riesel mobilisierte die Staatsanwaltschaft. Die beiden Informanten, die Hafenarbeiter William Wilkens und Peter Batalias, Mitglieder der Ortsgruppe 138, wurden unter Polizeischutz gestellt und diktierten ausführliche Protokolle.

Riesel ging noch einen Schritt weiter. Er ließ die beiden ihre Aussagen auf Band sprechen und bereitete eine Rundfunksendung vor. In der Nacht vom 4. zum 5. April 1956 gingen die Erklärungen von Wilkens und Batalias über den Äther, nachdem Riesel die Sendung mit den Worten eingeleitet hatte: »Für diese beiden Männer bedeutet es allerhand, an die Öffentlichkeit zu treten. Es bedeutet, das Leben in die eigenen Hände zu nehmen.«

Eine Stunde später, gegen drei Uhr, rüstete man sich in »Lindy's Restaurant« am Broadway zum Aufbruch. Riesel, Wilkens, Batalias und Riesels Sekretärin Betty Nevins hatten nach der Sendung noch bei einer Tasse Kaffee zusammengesessen. Nach dem Verlassen des Restaurants trennte man sich. Victor Riesel und Betty Nevins gingen zur 51. Straße, wo die Sekretärin ihren Wagen geparkt hatte, da trat aus dem Dunkel eines Hauseingangs ein Mann und grüßte freundlich. Riesel wandte sich zu ihm um. In diesem Augenblick schüttete der Unbekannte dem Journalisten eine Flüssigkeit ins Gesicht.

Stunden danach eröffneten die Ärzte im St.-Clare-Hospital dem Journalisten, daß sie sein Augenlicht nicht mehr retten könnten. Die Schwefelsäure, die in Riesels Gesicht gespritzt worden war, hatte ihre Wirkung getan. Er erblindete.

Gondolfo Miranti hat Angst

Ermittlungen ergaben später folgendes Bild: Im März 1956 besuchten Dioguardi und sein Kumpan Charles Tusa einen kleinen Süßwarenladen im Osten der Stadt. Der Besitzer, der siebenunddreißigjährige Mafioso Gondolfo Miranti, stellte keine überflüssigen Fragen, als ihm die beiden Besucher erklärten, daß sie einen Mann für einen »Säure-Job« brauchten, dem sie 1000 Dollar zahlen würden.

Miranti gab den Auftrag weiter, und schließlich wurde der Täter für 500 Dollar angeworben. Ihm, dem zweiundzwanzigjährigen Abraham Telvi, erzählte man eine phantastische Geschichte von irgendeiner Eifersuchtsaffäre, die auf diese Weise bereinigt werden sollte.

In der Nacht zum 5. April fuhren Miranti und Telvi zum Haus der Rundfunkstation. Sie warteten im Wagen, bis Riesel herauskam. »Das ist dein Mann!« wies Miranti Telvi ein.

Telvi folgte Riesel und lauerte vor dem Restaurant seinem Opfer auf. Nach dem Attentat hetzte er zu einem Parkplatz zwischen der 50. und der 51. Straße, wo Miranti auf ihn wartete. Dabei rannte er einer Polizeistreife in die Arme. Er begründete sein merkwürdiges Verhalten gegenüber den Polizisten mit den Worten: »An der Ecke haben mich zwei Männer angerempelt. Dort sind sie!« und wies auf die Überfallenen. Die Polizisten ließen Telvi los und rannten zur nächsten Straßenecke, wo sie den sich vor Schmerzen krümmenden Victor Riesel fanden.

Telvi erreichte ungehindert den parkenden Wagen. Man fuhr ihn zu seiner Freundin Olga Dela Cruz, damit sich Telvi dort verstecken könnte. Aber nun stellte ein Mafioso fest, daß der Täter für alle Zeit gezeichnet war. Telvi hatte bei dem Anschlag selbst Säurespritzer ins Gesicht bekommen. Er würde eine leichte Beute für die Polizei sein.

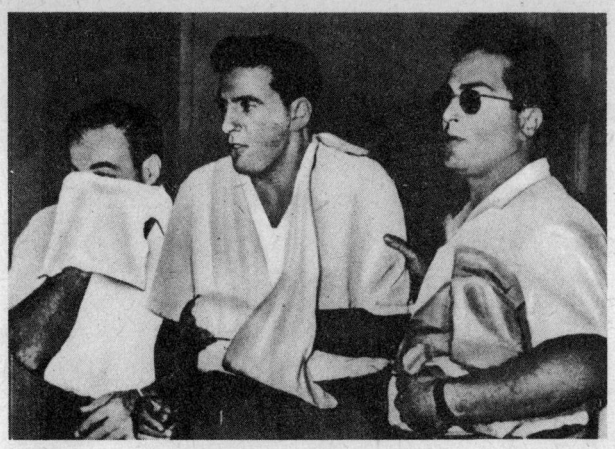

Brachen auch vor Gericht ihr Schweigen nicht: Joseph Carlino und Gondolfo Miranti, die den Attentäter geworben hatten

Erst im Radio hörte Telvi, wen er geblendet hatte. Einen so wichtigen Mann, und dafür waren ihm nur 500 Dollar gezahlt worden!

In Unkenntnis der Mafia-Bräuche begann Telvi Forderungen zu stellen. Er schickte seine Freundin Olga in Mirantis Süßwarengeschäft. 50 000 Dollar verlangte er.

Man vertröstete ihn, bis zu jenem Tag, da ein Unbekannter in Olgas Wohnung vorsprach und ihm mitteilte: »Der Chef schickt mich, damit du mitkommst. Die Polizei sucht dich. Man wird dich in Florida verstecken. Komm mit!«

Als der Wagen mit dem Unbekannten am Steuer nicht — wie versprochen — die Richtung zum Flugplatz einschlug, sondern einen anderen Weg wählte, wurde Telvi nervös. Er entsann sich der Geschichten, die nicht nur in Gangsterkreisen in Umlauf waren. Er bat den Fahrer, einen Moment zu halten, denn er müsse Olga noch einmal anrufen und ihr etwas Wichtiges sagen.

Das Auto stoppte. Durch die Hintertür des Ladens, in dem er telefoniert hatte, flüchtete Abraham Telvi. Bei Freunden in Ohio tauchte er zunächst unter. Im Juli wagte er sich heimlich wieder nach New York zurück.

Wegen Erpressungen 1958 ins Zuchthaus. Die Urheberschaft des Attentats auf Victor Riesel konnte ihm die Polizei nicht beweisen: Giovanni Dioguardi, genannt Johnny Dio (rechts)

Am 28. Juli 1956 fand man in der Mulberry Street im Rinnstein eine Leiche mit drei Einschüssen am Kopf. Der Tote trug im Gesicht Narben. Es war Abraham Telvi.

Am 17. August hatte die Polizei mit Hilfe von Olga Dela Cruz den Fall aufgeklärt. Einige Gangster, darunter Miranti und die Brüder Dioguardi, wurden festgenommen.

Die Verhafteten schwiegen hartnäckig. Die Kriminalbeamten erlaubten Frau Miranti einen Besuch im Gefängnis. Vielleicht würde sie ihren Mann dazu bewegen können, zu sprechen. Bei der nächsten Vernehmung brach Miranti zusammen: »Sie werden mich töten! Sie werden mich töten!«

Der Beamte versuchte ihn zu beruhigen. »Haben Sie keine Angst. Wir werden Sie beschützen.«

Miranti winkte ab. »Wenn ich spreche, werden sie mich umlegen. Das weiß ich. Sie werden mich finden, ganz gleich wo, im Gefängnis, draußen oder am Ende der Welt.«

Im Mai 1957 fand der Prozeß statt. Gondolfo Miranti schwieg. »Falls Sie nicht sprechen«, drohte der Richter, »werde ich Sie wegen

Mißachtung des Gerichts zu fünf Jahren Gefängnis verurteilen.« Ohne einen Moment zu zögern, nahm Miranti diese Strafe an.

Staatsanwalt Paul William empörte sich. »Das Ganze ist eine Herausforderung Amerikas. Man hat die Zeugen durch Drohungen an der Aussage gehindert.« Sein Ärger war vergeblich. Die Omertà war stärker. Giovanni Dioguardi verließ den Gerichtssaal als freier Mann.

Erst im Herbst desselben Jahres verurteilte man ihn — zu zwei Jahren Gefängnis. Es war ein typisches Urteil für Cosa-Nostra-Leute: »Wegen Steuerhinterziehung«. Erst ein zweites Verfahren im Juni 1958 brachte die Erpressungen zur Sprache. Das neue Urteil lautete auf 15 Jahre Freiheitsentzug.

Die gefälschte Geburtsurkunde

Die Cosa Nostra machte eine Krise durch. Wie zu Beginn der dreißiger Jahre häuften sich die Fehlschläge. Selbst die großen Dons blieben nicht verschont.

Gegen Joe Adonis lief ein Verfahren. War er wegen seiner Verbrechen auch nicht zu fassen, so fanden clevere Beamte heraus, daß seine Staatsbürgerschaft nicht ganz in Ordnung war. Als er 1953 einen Abstecher nach Kuba unternommen hatte, war von ihm irgendein kleines Detail in den Paßvorschriften der Vereinigten Staaten übersehen worden. Hier hakte die Polizei ein und fand eine Handhabe.

Adonis galt als USA-Bürger, weil er in den USA geboren war. Seine Geburtsurkunde verriet die genaue Adresse des Geburtsortes: Passaie, Staat New Jersey, 26, State Street. Die Ermittlungen in der Paßangelegenheit ergaben nun die erstaunliche Tatsache, daß diese Straße im Jahre 1901, dem Geburtsjahr von Adonis, überhaupt noch nicht existiert hatte. Der Schluß lag nahe, daß Adonis illegal aus Italien eingewandert war. Die Geburtsurkunde war offensichtlich gefälscht.

Zu jener Zeit stand Joe Adonis auf dem Höhepunkt seiner Macht: Er war Besitzer der Automotive Conveying Company of New Jersey. Diese Firma hatte er 1935 gegründet, und sie besaß das Monopol zum Transport fabrikneuer Autos vom Ford-Werk Edgewater — der größten Fabrik dieses Konzerns — zu den Verkaufsstellen an der amerika-

Eine gefälschte Geburtsurkunde brachte ihn zu Fall: Joe Adonis an Bord der „Comte Biancamano" während seiner Deportation nach Italien. Er war Geschäftspartner des Ford-Konzerns

nischen Ostküste. Ständig waren 100 große Transporter mit neuen Autos unterwegs.

Als eine Kommission der Frage nachging, warum Ford ausgerechnet einem Mafioso und Gangster dieses Transportmonopol übergeben habe, teilte die Firma mit, sie hätte »keinen anderen Ausweg« gehabt, »als mit Adonis zusammenzuarbeiten«. Schließlich wäre die Automotive Conveying Company die einzige Firma gewesen, die von der Bundeskommission für den Handel zwischen den Staaten zum Transport von Autos aus Edgewater zugelassen worden war. Die Bundeskommission ihrerseits rechtfertigte sich damit, daß kein anderer um eine Zulassung nachgesucht hätte. Deshalb wäre ihr gar nichts anderes übriggeblieben, als Adonis die Lizenz zu erteilen. Beim Weiterforschen stellte sich heraus, daß der Ford-Konzern selbst darauf bestanden hatte, daß Adonis die Lizenz erhielt. Nachdem der Konzern durch diese Enthüllungen in eine unangenehme Lage geraten war, teilte er plötzlich Ende März 1951 mit, daß sich eine neugegründete Firma, die New Carriers Company, um eine Zulassung zum Transport beworben hätte. Es schien, als wäre das Ende des Adonis-Monopols herangekommen. Am 9. April beriet die Bundeskommission über den Antrag der Neulinge, vertagte aber die Entscheidung auf den 10. Mai. Diese Beratung fand niemals statt.

Adonis nutzte die Zeit. Am 27. Juli zog die New Carriers Company ihren Antrag zurück. Die Gesellschaft des Mafia-Dons Adonis blieb im Besitz ihrer Monopolstellung. Inzwischen hatten sich die großen Blätter anderen, sensationellen Themen zugewandt, und Ford konnte seine alten Geschäftsverbindungen weiterpflegen. Die Gewinne aus dieser Zusammenarbeit hatte Adonis in einer gemeinsam mit Frank Costello und Meyer Lansky gegründeten Fernsehgesellschaft investiert.

Nun fanden die Behörden heraus, daß dieser Joe Adonis eigentlich Giuseppe Doto hieß, in Sizilien geboren, illegal in die USA eingewandert war und nie die amerikanische Staatsangehörigkeit erworben hatte. Adonis blieb noch so viel Zeit bis zu seiner Deportation, daß er seinen Kumpan, den Mafioso Carlo Chieri alias Charly Chiri, als Präsident der Automotive Conveying Company einführen und Joe Bonanno zum Don seiner Mafia-Familie machen konnte. Dann, man schrieb inzwischen das Jahr 1956, mußte er mit dem Passagierschiff »Comte Biancamano« die Rückreise in die italienische Heimat antreten. Im November 1971 starb Adonis in einem Hospital im italienischen Ascone.

Nicht nur solche Schläge bereiteten den Cosa-Nostra-Bossen Sorgen, weit schlimmer war, daß in ihren eigenen Reihen ein Machtkampf auszubrechen drohte, wie er vor der Gangsterkonferenz von Atlantic City getobt hatte.

Die Jahre 1956 und 1957 sahen drei Morde an hochgestellten Führern der Cosa Nostra und einen weiteren Mordanschlag. Das erste Opfer war Jack Dragna, der »Al Capone von Los Angeles«, der Don der Mafia-Familie von Kalifornien. Er hatte nach der Ermordung von Siegel selbst die Leitung der Gangster an der Westküste übernommen.

Während dieser Mord nicht soviel Aufsehen erregte, weil sich Dragna stets im Hintergrund gehalten hatte, machte ein anderer Anschlag in New York Schlagzeilen.

Wer schoß auf Costello?

Am Abend des 2. Mai 1957 parkte vor dem Haus 115 Central Park West in Manhattan ein schwarzer Cadillac. Hinter dem Steuer saß ein Mann, der gelangweilt zur anderen Straßenseite hinüberblickte.

Gegen 23 Uhr hielt ein Taxi vor dem Haus. Ihm entstieg Francesco Costello. Costello — 66 Jahre alt, mittelgroß, breitschultrig — bewohnte hier im Majestic House ein elegantes Dachgarten-Appartement. Er galt als ein Mann, der scheinbar nur legalen Geschäften nachging. Die Mehrzahl seiner Bekannten hätte in ihm niemals einen Gangster vermutet. Als er vor Jahren einmal, einer weitverbreiteten amerikanischen Mode folgend, einen Psychiater konsultierte, hatte ihm dieser den Rat erteilt: »Verlassen Sie Ihr Milieu und verkehren Sie mit feinen Leuten.« Costello bemühte sich, diesem Hinweis zu folgen. Geld besaß er genug. Man stellte fest, daß die Unternehmen, die er kontrollierte, einen Bruttoumsatz von 2 Milliarden Dollar jährlich erbrachten.

Costello hatte am Abend dieses 2. Mai ein elegantes Restaurant besucht und verabschiedete sich nun vor dem Haus von Philip Kennedy, seinem Freund und engstem Mitarbeiter. Langsam ging er durch die Vorhalle zum Fahrstuhl.

Plötzlich bemerkte er den Mann, der mit einer Pistole in der Hand auf ihn zutrat. »Das ist für dich, Frank«, sagte dieser und drückte ab. Costello warf sich zur Seite. Eine Kugel durchschlug seinen Hut, eine zweite streifte ihn am Kopf. Costello sank blutend in einen Sessel.

Der Killer glaubte, Costello wäre tot, und verschwand.

Vor dem Haus hatte Philip Kennedy die Schüsse gehört. Er kehrte um und fand den zusammengesunkenen Costello. Doch er lebte. Kennedy ließ ihn unverzüglich ins Roosevelt-Hospital fahren. Polizeibeamte, die Costello zum erstenmal vernahmen, hörten aus seinem Munde nur: »Ich habe niemanden erkannt. Ich habe keine Idee, wer das getan haben könnte. Nein, ich habe keine Feinde.«

Der Kriminalbeamte zeigte Costello einen Zettel. »Gehört der Ihnen?«

Costello erschrak. »Woher haben Sie den?«

»Aus Ihrem Anzug.«

Auf diesen Zettel hatte Costello folgende Notizen gekritzelt:

»Bruttoeinnahmen des Kasinos am 27. April 1957 651 284 Dollar.

Kasinogewinne minus Schuldscheine 434 695 Dollar. Gewinn aus den Spielautomaten 62 695 Dollar, Schuldscheine von Spielern 153 745 Dollar. Mike 150 Dollar wöchentlich, Kake 100 Dollar wöchentlich, L. 30 000 Dollar, H. 9000 Dollar.«

Nie fand die Polizei heraus, wer »Mike«, »Kake«, »L.« und »H.« waren. Aber sie ermittelte, daß das erst am 3. April in Las Vegas eröffnete Spielkasino »Tropicana« am 27. April 651 284 Dollar Einnahmen erzielt hatte. Da unbekannt gewesen war, daß Costello an diesem Unternehmen beteiligt war, sollte dieser Zettel als Beweismaterial für die Eröffnung eines Verfahrens wegen Steuerhinterziehung dienen.

Zunächst hatte die Polizei den mysteriösen Überfall aufzuklären. Nur der Pförtner des Majestic House glaubte, sich an den Täter zu erinnern. Im Polizeihauptquartier legte man ihm die Fotoalben mit den Porträts stadtbekannter Mafiosi vor. Der Pförtner deutete auf das Bild des dreißigjährigen Vincente Gigante, Kompagnon des Racketeers Antonio Strollo.

Im Mai 1958 fand der Prozeß gegen Gigante statt. Ballistikexperten hatten aus der Bahn der Geschosse, die Costello trafen, errechnet, daß dieser unbedingt den Attentäter gesehen haben müßte. Im Verhör vor dem Gericht leugnete Costello diesen Tatbestand hartnäckig.

Staatsanwalt: »Stimmt es nicht, Mister Costello, daß Sie diesen Mann gesehen haben? Stimmt das nicht?«

Costello: »Nein. Ich habe niemanden gesehen.«

Staatsanwalt: »Können Sie sich denken, warum irgend jemand in der weiten Welt den Wunsch haben könnte, Sie zu töten?«

Costello: »Nein. Ich kenne kein einziges menschliches Wesen, das ein Motiv hätte.«

Staatsanwalt: »Kennen Sie einen Mann namens Antonio Strollo, der sich auch Tony Bender nennt?«

Costello: »Ja.«

Staatsanwalt: »Wie lange kennen Sie ihn schon?«

Costello: »Oh, ich weiß nicht, wie lange. Ich habe den Mann nie gesehen. Das heißt, ich glaube es jedenfalls. Ich weiß von ihm, vielleicht habe ich ihn auch mal gesehen.«

Staatsanwalt: »Sind Sie mit ihm befreundet?«

Costello: »Jahrelang.«

Auf dem Weg ins East-River-Gefängnis in New York: Frank Costello. Wegen Nichtachtung des Gerichts war er zu 30 Tagen Haft verurteilt worden

Staatsanwalt: »Sind Sie auch gegenwärtig mit ihm befreundet?«

Costello: »Ich habe ihn nicht gesehen.«

Staatsanwalt: »Meine Frage an Sie lautet: Sie sind zur Zeit mit ihm befreundet?«

Costello: »Es gibt keinen Grund, mit ihm nicht befreundet zu sein.«

Staatsanwalt: »Wissen Sie, wo er wohnt, oder wußten Sie, wo er früher wohnte?«

Costello: »Nein, ich habe nie gewußt, wo er wohnt.«

Staatsanwalt: »Wußten Sie etwas über seine Geschäfte?«

Costello: »Nein.«

Staatsanwalt: »Wann haben Sie ihn das letzte Mal gesprochen?«

Costello: »Ich glaube nicht, daß ich den Herrn in den letzten Jahren gesehen habe.«

Staatsanwalt: »Ich habe nicht gefragt, wann Sie ihn gesehen haben. Wann Sie ihn gesprochen haben?«

Costello: »Wenn es Jahre zurückliegt, ist es möglich, daß ich vor Jahren mit ihm gesprochen habe und ihn gesehen habe.«

Staatsanwalt: »Sie sagen, Sie haben ihn seit Jahren nicht mehr gesprochen?«

Costello: »Ich habe ihn seit Jahren nicht gesehen.«

Dieses Ausweichen Costellos hatte seinen Grund. Die Polizei hatte seit einiger Zeit seine Telefongespräche abgehört und dabei natürlich auch die mit Strollo. Da jedoch abgehörte Telefongespräche nach amerikanischem Recht nicht als Beweismittel vor Gericht gelten, versuchte der Staatsanwalt, Costello zu einer Art Geständnis zu überlisten. Doch seine Bemühungen waren vergeblich. Costello beharrte darauf, daß er niemanden gesehen hätte und keine Feinde besäße.

Ein Ziel hatten die Urheber des Anschlages auf jeden Fall erreicht. Costello zog sich von den Mafia-Geschäften zurück. Er bezahlte seine Geldstrafe wegen Steuerhinterziehung und stand verschiedene Verfahren in Sachen seiner Staatsangehörigkeit durch. Mehrfach zur Deportation verurteilt, verzögerte er mit Hilfe geschickter Rechtsanwälte auf dem Instanzenweg das Inkrafttreten des Urteils.

Im Februar 1964 schließlich behandelte das Oberste Gericht der USA diesen Fall und gelangte zu der Auffassung, daß es keine rechtliche Handhabe gäbe, Costello zu deportieren. Der nunmehr dreiundsiebzigjährige Ex-Mafia-Chef revanchierte sich mit den Worten: »Solange ich lebe, ist dies der beste Oberste Gerichtshof, den wir je hatten.«

Frank Costello starb, zweiundachtzigjährig, im Februar 1973 in New York eines natürlichen Todes.

Don Ciccio macht einen Fehler

Nur einen Monat, nachdem die Schlagzeilen der amerikanischen Presse von dem Mordanschlag auf Don Frank Costello berichtet hatten, erlebte New York den nächsten Mord an einem Boß der Cosa Nostra.

Don Francesco Scalici, genannt Don Ciccio, war das Oberhaupt einer mächtigen Mafia-Familie im New-Yorker Stadtviertel Bronx.

Scalici war ein enger Freund der Dons Joe Profaci und Frank Costello, von Vito Genovese und Albert Anastasia. Offiziell trat der fünfundfünfzigjährige Cosa-Nostra-Boß als Vizepräsident der Mario and De Bono Plastering Company of Corona auf. In eingeweihten Kreisen dagegen wußte man, daß kein Racket in Bronx ohne ihn zu funktionieren pflegte. Er spielte zudem den Reiselustigen und unternahm des öfteren Ausflüge nach Italien, wo er Luciano und den unlängst deportierten Joe Adonis besuchte.

Nun aber ereilte Scalici ein Schicksalsschlag. Vor kurzem war es der Polizei gelungen, zahlreiche Rauschgifthändler festzunehmen. In den USA wurde Heroin knapp. Scalici entschloß sich in dieser Situation zu einer Art »Sondereinsatz«. Er ließ Geld unter den führenden Mafiosi sammeln, nahm Kontakt zu Luciano auf und begann den Transport von 20 Kilo Heroin in die USA vorzubereiten.

Die 20 Kilo Rauschgift wurden in Neapel an Bord der »Excambion« geschmuggelt. Doch irgendwie mußte die Polizei etwas gemerkt haben, denn dreimal befuhr das Schiff die Route zwischen den USA und Italien, ohne daß es gelang, das Rauschgift an Land zu schmuggeln.

Aus New York gab daraufhin Scalici die Anweisung, das Heroin auf ein britisches oder französisches Schiff umzuladen. Dabei passierte das Mißgeschick. Vor Marseille fiel dem Kapitän der »Excambion« eines Abends auf, daß ein Sack vom Schiff geworfen wurde. Er ließ die Maschinen stoppen, den Sack an Bord hieven, der nach Seerecht zum Schiffseigentum deklariert wurde. Der Kapitän untersuchte den Inhalt und entdeckte das Heroin. In Barcelona übergab er die Sendung den spanischen Behörden.

Es war in der Cosa Nostra Brauch, daß jemand, der irgendeine Transaktion leitete, auch finanziell dafür haftete. 20 Kilo Heroin repräsentierten einen Wert von 360 000 Dollar. Scalici versicherte sofort, er werde den Schaden ersetzen. Die Rückzahlung ließ allerdings auf sich warten. Hatte deshalb der Oberste Rat der Cosa Nostra ein Todesurteil gegen Scalici gefällt?

Am Morgen des 17. Juni 1957 spazierte Scalici die Arthur Avenue in Bronx entlang. Vor dem Haus Nummer 2380 verharrte er. Hier führte der Landsmann Mazarro einen Gemüseladen, den Scalici nun betrat. Mazarro, der vor der Ladentür stand, grüßte ehrerbietig und verbeugte sich — wie ein Leibeigener vor seinem Baron. Er folgte Scalici auch nicht in den Laden, denn er wußte, daß der Mafia-Boß es nicht liebte, gestört zu werden, wenn er Ware aussuchte.

Bemerkte Mazarro nicht die beiden jungen Männer, die blitzschnell in den Laden schlüpften, die Hände in den Taschen?

Der Mord dauerte kaum fünf Sekunden. Zwei Pistolengeschosse trafen Scalici in den Hals, ein anderes riß seine linke Wange auf, ein viertes bohrte sich in seine rechte Schulter. Eine fünfte Kugel verfehlte das Opfer. Die beiden jungen Männer stürzten nach vollbrachter Tat an Mazarro vorbei aus dem Laden und flüchteten mit einer schwarzen Limousine.

Der Polizei versicherte Mazarro wort- und gestenreich: »Ich habe nichts gesehen. Diese beiden Burschen kenne ich nicht. Sie sind in einen alten schwarzen Wagen gesprungen und die Arthur Avenue runtergefahren. Das ist alles, was ich weiß. Die ganze Sache ging so schnell. Ich kann sie nicht beschreiben, auch nicht den Wagen, überhaupt nichts.«

Kurz nach der Polizei erschienen Scalicis Brüder auf dem Plan, Giacomo, der eine Querstraße weiter ein Süßwarengeschäft betrieb, und Giuseppe.

Giacomo schrie: »Tod den Mördern!«, und Giuseppe drohte: »Wir werden sie finden!«

Chiffrierte Briefe

Einige Stunden später, bei der ersten ausführlichen polizeilichen Vernehmung, hatten sich die beiden Brüder eingedenk der Omertà wieder in der Gewalt. »Was für Feinde?« fragten sie und versicherten übereinstimmend: »Frank hatte keine Feinde. Jedermann mochte ihn gern. Das Ganze ist irgendein Irrtum.«

Bei diesem Mafia-Mord ging die Polizei recht findig vor. Unmittelbar nach der Mitteilung wurden Kriminalbeamte in Scalicis Haus im Stadtteil Long Island City geschickt. Obwohl sie nicht viel Hoffnung hatten, etwas von Belang zu finden, wollte der leitende Kriminalbeamte zumindest nicht darauf verzichten, die Umwelt des Ermordeten in Augenschein zu nehmen.

Francesco Scalicis Schreibtisch war eine Fundgrube. Die Kriminalisten entdeckten Briefe und Fotos. Ein Notizbuch mit etwa 400 Adressen vermittelte einen Eindruck von der Aktivität der Cosa Nostra in den USA. Man fand in dem Büchlein die Namen von bekannten Rakketeers in Chikago und Boston, Las Vegas und Kansas City, man fand Adressen von Leuten in Paris, Neapel, Rom und Palermo. Da waren interessante Fotos, die Scalici und Luciano mit einer gewissen Igea Lissoni auf der Terrasse des Hotels »Excelsior« in Neapel zeigten. Und es gab einen Briefwechsel zwischen Bronx und Palermo. Für Uneingeweihte klangen diese Briefe harmlos. So hatte zum Beispiel Scalici am 10. September 1956 geschrieben: »Lieber Nino! Vielleicht habe ich in Kürze die Möglichkeit, Dich persönlich zu treffen, um meinen brüderlichen Respekt zu bezeugen, da ich Dich bewundere. Ich lege die Abschrift eines Briefes bei, der an einen Freund geschickt wurde, an Signor Nicoletti, Chef einer Fabrik in Palavicino. Ich weiß nicht, welche Beziehungen zwischen Dir und ihm bestehen, aber ich fühle mich wegen unserer Verbundenheit verpflichtet, Dir von allem zu berichten, das sich hier ereignet, damit Du und mein brüderlicher Freund Euch eine Meinung bilden könnt. Ich hoffe Du entschuldigst, daß ich Dich damit belästige. Ich versichere Dir, daß ich Dir immer zur Seite stehen werde, wenn Du etwas brauchst. Grüße und Umarmungen von allen Freunden und Verwandten hier.«

Dieser Text klang tatsächlich harmlos, aber er war in sizilianischem Dialekt geschrieben, und viele Wendungen konnten verschiedenartige Bedeutungen haben. John Amato vom New-Yorker Bureau of Narcotics, der die Briefe übersetzte — er war selbst Sizilianer —, mußte Verwandte konsultieren, ehe es ihm gelang, diesen Brief an den Máfioso Nino Torres in Palermo zu entschlüsseln. Sein wirklicher Sinn lautete: »Lieber Nino! Es sind einige ernste Mafia-Angelegenheiten zu regeln. Ich würde sie lieber mit Dir persönlich diskutieren, aber im Augenblick wäre es gefährlich, nach Palermo zu kommen oder Dich hierher zu bitten, weil ich vom Federal Bureau of Narcotics beobachtet werde. Ich lege die Abschrift eines Briefes bei, den ich an Signor Nicoletti geschrieben habe, betreffs der von mir erwarteten Ladungen Heroin. Ich weiß, daß er der Chef der Mafia-Familie in Palavicino ist, deshalb muß er mit Respekt behandelt werden, aber ich traue ihm nicht allzusehr. Es wäre deshalb gut, wenn Du ihn im Auge behalten könntest. Da die Heroinpreise im Augenblick so schrecklich schwanken, kann ich Dir zur Zeit kein festes Angebot machen. Aber sobald ich mich mit meinen Mitarbeitern verständigt habe, werde ich Dich und die Capi in Palavicino informieren. Dann müßtest Du veranlassen, daß die gewünschte Menge von Signor Nicolettis Lager nach Neapel gebracht und mit Don Salvatore Lucianos Erlaubnis an Bord eines Schiffes nach New York geschafft wird. Du wirst die Vorkehrungen für den sicheren Transport des Rauschgiftes von Palermo nach Neapel selbst treffen. Wenn Du inzwischen irgendwelche finanzielle Unterstützung brauchst, teile es mit. Meine Mitarbeiter und ich vertrauen auf eine fruchtbare brüderliche Zusammenarbeit und darauf, daß diese Angelegenheit erfolgreich geregelt wird.«

Am Krankenbett von Joe Barbara

>»Das Treffen von Appalachin unterstreicht, daß die Schaffung eines zentralen Büros für polizeiliche Überwachung und eine kontinuierliche Beobachtung des organisierten Verbrechertums und des Racketeerings auf staatlicher Basis notwendig ist.«
>
> Empfehlung einer amerikanischen Untersuchungskommission, Ende 1957

Fünf Monate waren seit der Ermordung von Francesco Scalici vergangen, da holte die Mafia wieder zu einem Schlag aus. Am Morgen des 25. Oktober 1957 ging Albert Anastasia wie an jedem Tag um diese Zeit in den Frisiersalon des hocheleganten Park Sheraton Hotels in New York. Der Friseurgehilfe Bocchino legte dem Boß der Murder Incorporated einen weißen Umhang um und griff nach der elektrischen Rasiermaschine. Anastasia hatte sich im Sessel zurückgelehnt und schloß die Augen.

Die Uhren zeigten 20 Minuten nach zehn an. Grassi, der Besitzer des Salons, erblickte zwei Männer, die in das Geschäft traten. Sie waren mittelgroß. Über die untere Gesichtshälfte hatten sie Schals gebunden, die Nase, Mund und Kinn verdeckten. Sie trugen dunkle Brillen. In den Händen hielten sie Pistolen. Ohne einen Laut von sich zu geben, hob Grassi die Arme.

Die beiden Eindringlinge gingen auf den vierten Stuhl zu, in dem Anastasia mit geschlossenen Augen saß. Der eine der Banditen schob den Friseurgehilfen beiseite. Dann fielen die Schüsse. Anastasias Körper bäumte sich auf und stürzte neben dem Stuhl zu Boden. Zehn Einschüsse zählte später die Polizei an dem Toten.

Die beiden Männer verließen mit ruhigen Schritten den Salon, niemand stellte sich ihnen entgegen. Sie zogen die Schals herunter und steckten die Pistolen ein. Mit wenigen Schritten erreichten sie den Eingang zur Untergrundbahn.

Der Besitzer des Blumenladens in der Hotelhalle faßte sich als erster. Er lief in den Frisiersalon, beugte sich neben dem Toten nieder. »Sie haben Albert Anastasia erschossen!« rief er.

Chefinspektor Legget von der New-Yorker Kriminalpolizei erlebte bei der Vernehmung der Zeugen den üblichen Vorgang. Weder Grassi noch Bocchino hatten etwas gesehen, auch die anderen Kunden nicht. Nur die Kosmetikerin Virginia glaubte sich zu erinnern. »Beide waren Italiener«, sagte sie bestimmt. »Ganz klar, so wie die angezogen waren. Der eine, der Größere, war bestimmt älter als vierzig. Blasses Gesicht, grauer Anzug, dunkelgrauer Hut mit ziemlich breitem Rand. Etwa fünfundachtzig Kilo, vielleicht fünfzehn Kilo leichter als der Jüngere. Der war höchstens dreißig.«

Dann stürzte wie nach festgelegtem Zeremoniell einer der drei Brüder des Ermordeten herein — Anthony, der Schrecken der Kais von Brooklyn. Der Bruder Joe war ein Jahr zuvor am Hafen erschossen worden, und der andere Bruder Salvatore durfte als Priester der katholischen St.-Lukas-Kirche bei diesem Gangstermord nicht recht am Platze sein. Anthony kniete neben der Leiche nieder, nannte Albert Anastasia bei seinem richtigen Vornamen. »Arrivederci, Umberto, arrivederci!«

Wenige Stunden später schafften Arbeiter vom Leichenschauhaus den toten Körper des vielfachen Mörders hinaus. Vorn ging neben einem Polizisten ein Neger. Für ihn war ein Leichentransport tägliche, selbstverständliche Arbeit. »Für einen schweren Jungen, den man noch dazu voll Blei gepumpt hat, ist er ziemlich leicht«, scherzte er.

Die Konkurrenz mußte sterben

Die Polizei glaubte, einen Anhaltspunkt zu naben, warum dieser Mord geschah. Albert Anastasia hatte gewiß die von der Cosa Nostra abgesteckten Wirkungsbereiche der einzelnen Familien überschritten und auf Warnungen nicht gehört.

Es ging um Kuba. Im Jahre 1952 hatte dort der einstige Feldwebel und spätere Oberst Fulgencio Batista die Macht an sich gerissen und eine blutige Militärdiktatur errichtet. Das Batista-Regime gewährte den Verbrechern die größtmögliche Handlungsfreiheit, stützte sich doch der Diktator neben der Armee und der Kirche auf deklassierte und kriminelle Elemente, die in die Polizei und in die Geheimdienste übernommen wurden und einen grausamen Terror gegen das kubanische Volk entfesselten. Es gab im Grunde genommen für sie nur die Einschränkung, daß der Terror sich nicht gegen die reichen amerikanischen Touristen richten dürfe, die eine wichtige Devisenquelle für den Staat bildeten. Ansonsten waren die Gesetze großzügig und ihre Auslegung noch viel mehr. 1955 erließ Batista ein Gesetz, wonach jedes Hotel im Werte von mindestens einer Million Dollar berechtigt war, ein Spielkasino zu eröffnen. Außerdem wurden die Visabestimmungen vereinfacht, um Spielwütigen die Anreise schmackhafter zu machen. Havanna wurde wie Las Vegas zum Tummelplatz der amerikanischen Gangster-Elite, die auch in den höchsten Kreisen der kubanischen Gesellschaft verkehrte. Schon Lucianos alter Freund und Kompagnon, Mafia-Geschäftsführer Meyer Lansky, war nach Kuba gereist und hatte eine persönliche Unterredung mit Batista geführt. Er hatte Cosa-Nostra-Kapital offeriert, insgesamt 600 Millionen Dollar für den Bau neuer und die Renovierung alter Hotels. Er hatte dem Diktator jährliche Mindesteinnahmen aus Fremdenverkehr und Glücksspielsteuern in Höhe von 100 Millionen Dollar garantiert, die dieser dringend zur Finanzierung seines Unterdrückungsfeldzuges benötigte. Die Höhe der zu erwartenden Mafia-Gewinne verschwieg allerdings Lansky. In seinem Auftrage — das heißt im Auftrage der Mafia — wurde mit dem Bauen begonnen. Aus den USA wurde »technisches« Personal geschickt — es waren Experten in der Installierung von Glücksspielautomaten. Den Bruder des kubanischen Arbeitsministers stellten die Mafiosi als Manager eines der großen Spielkasinos an. Doch dann bemerkte man eines Tages, daß sich Albert Anastasia stillschweigend und ohne sich mit den anderen Mafiosi zu konsultieren in Kuba festgesetzt hatte, daß er begann, Gewerkschaftsrackets in der Hotelbranche einzurichten. Er war auf dem besten Wege, seine Kumpane aus der »Ehrenwerten Gesellschaft« jenem System der Erpressung zu unterwerfen, das sie selbst mit großem Erfolg praktizierten.

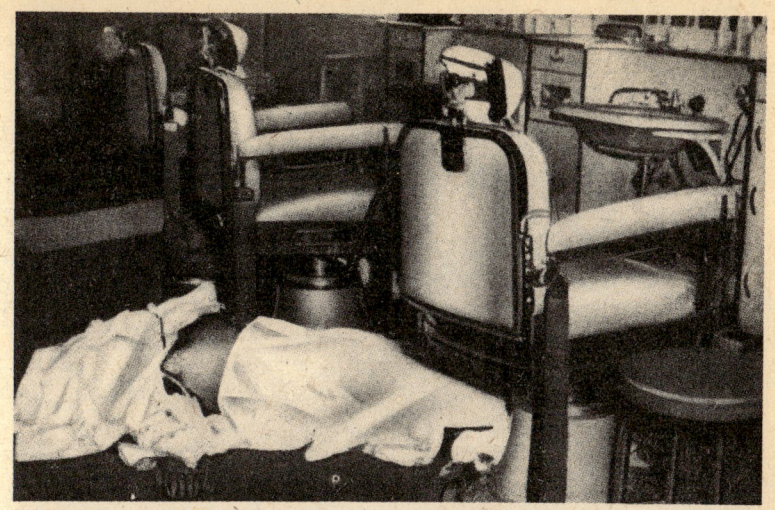

Das Ende des Mord-Syndikat-Chefs Albert Anastasia. Er hatte die von der Cosa Nostra abgesteckten Herrschaftsgebiete mißachtet

Damit hatte der Chef der Mord-GmbH sein eigenes Todesurteil gesprochen.

Wenige Tage vor der Ermordung Anastasias waren Meyer Lansky und die in Kuba tätigen Mafiosi Joseph Silesi und Louis Santos in New York erschienen. Sollte mit diesem Besuch die »Abrechnung« vorbereitet werden?

Einige Wochen später entdeckte ein spielendes Kind in Hudson Heights im Staate New Jersey einen verlassenen Wagen am Straßenrand, in dem zwei Männer lagen. Die Polizei stemmte die Wagentür auf und zog zwei Leichen heraus. Man identifizierte die Toten: Pasquale Martinetti — 43 Jahre alt, mehrfach vorbestraft — und Marino Romito, 28 Jahre alt. Beide waren Mitglieder der ILA. Von beiden wußte man, daß sie zur Mafia gehörten, und auf beide traf die Beschreibung der Mörder Anastasias zu. Sie waren zu unbequeme Zeugen.

Verhaftungen in Appalachin

Sergeant Crosswell gehörte zur Polizei des Staates New York. Der ihm zugeteilte Bezirk umfaßte das Städtchen Binghamton und den kleinen Ort Appalachin. Dort gab es eine Villa, deren Wert auf 10 000 Dollar geschätzt wurde. Auf dieses Landhaus und seinen Besitzer, einen gewissen Joseph (Joe) Barbara, hatte Crosswell schon seit langem ein Auge geworfen. Der Sergeant wußte, daß der ehrenwerte Besitzer unredlicher Geschäfte, ja einiger Verbrechen bezichtigt wurde.

Als der Sergeant am 13. November 1957 zusammen mit dem Polizisten Vasiko im Parkway Motel nicht weit von Appalachin vorsprach, um routinemäßig Nachforschungen wegen eines Scheckbetruges anzustellen, bemerkte er, daß ein Cadillac mit dem Sohn jenes Joseph Barbara vorfuhr.

Joe Barbara junior bestellte drei Doppelzimmer. Auf welchen Namen, erkundigte sich die Wirtin. Das wisse er auch nicht so genau. Man veranstalte eine Konferenz von Leuten, die mit Limonaden zu tun hätten, und die Zimmer wären für Geschäftsfreunde bestimmt. Man würde am nächsten Tag alles klären.

Gastgeber auf der Gangsterkonferenz in Appalachin: Limonadenfabrikant Joseph Barbara

Sergeant Crosswell nickte dem Polizisten Vasiko zu. »Da ist etwas im Gange. Dafür sollten wir uns interessieren.«

Die Erklärung des einundzwanzigjährigen Barbara-Sohnes konnte stimmen. Joseph Barbara handelte tatsächlich mit Limonaden. Allerdings hatte er das nicht immer getan. Er war 1905 in Castellamare auf Sizilien geboren, mit 16 Jahren in die USA eingewandert und hatte 1927 die amerikanische Staatsbürgerschaft erworben. Unter dem Spitznamen »Joe the barber« war er ein bekannter Bootlegger. 1931 wurde er wegen Beteiligung an einem Mord verhaftet, mußte aber wegen fehlender Beweise wieder freigelassen werden. 1932 landete er erneut im Gefängnis, wieder wegen Beteiligung an einem Mord. Aber das Opfer erholte sich, entsann sich der Omertà, widerrief die in der ersten Aufregung geäußerte Beschuldigung gegen Barbara und erklärte bei einer Gegenüberstellung: »Nein, das ist nicht der Bursche. Den habe ich nie gesehen. Muß irgendein Irrtum sein.«

Ein Jahr später wurde der nächste Mord untersucht. Dann hatte wohl Barbara von dem aufreibenden Leben eines Killers genug. Er kaufte sich von den Gewinnen aus der Prohibitionszeit eine kleine Limonadenfabrik und schloß einen Lizenzvertrag mit dem Sodawasser-Konzern Canadian Dry ab. Daß sein Wohlstand allein aus dieser Quelle floß, glaubten ihm die Behörden nicht. Ihnen fiel beispielsweise auf, daß Barbara riesige Mengen Zucker aufkaufte, die er für die Limonadenproduktion keinesfalls brauchte. Die Behörden vermuteten

Im Salon des Landhauses von Joseph Barbara fanden sich 34 Cosa-Nostra-Chefs zu ihrer Konferenz zusammen

wohl nicht zu Unrecht, daß aus diesem Zucker unversteuerter Schnaps gebrannt würde.

Vier Liter Alkohol wurde mit 10,50 Dollar besteuert. Die Produktionskosten betrugen in der Regel 1,50 Dollar. Bei dem Preis von 5 Dollar für illegal gebrannten Alkohol waren 3,50 Dollar Reingewinn zu erzielen. Mit Hilfe moderner chemischer Methoden war ein solches Produkt nicht von einem Markenartikel zu unterscheiden, zumal es in Originalflaschen abgefüllt und mit Originaletiketten versehen wurde.

Sergeant Crosswell war endgültig davon überzeugt, daß sich hier etwas zusammenbraute, als ihm der Besitzer des Motels erzählte, die von Barbara angekündigten Gäste weigerten sich, die polizeilichen Anmeldezettel auszufüllen, und behaupteten, Barbara würde das schon in Ordnung bringen. Crosswell beschloß, sich am nächsten Morgen Barbaras Haus etwas genauer anzusehen.

Es war am 14. November 1957. Crosswell beobachtete durch ein Fernglas das Haus des Limonadenfabrikanten und staunte. Da standen plötzlich eine Anzahl großer Straßenkreuzer. Crosswell handelte unverzüglich. Er forderte Verstärkung an und ließ die einzige Straße absperren, die zu Barbaras Haus hinaufführte.

In Joe Barbaras eleganter Villa saßen indessen nichtsahnend die Dons der Cosa Nostra. Sie sprachen über die Lage auf Kuba und in Las Vegas, diskutierten über Rauschgifthandel. Sie stimmten dem Vorschlag zu, den Luciano aus dem fernen Italien durch Vermittlung von Joe Bonanno unterbreitet hatte: Wegen der verschärften Polizeikontrollen solle der Rauschgifthandel vorübergehend eingeschränkt werden.

Dons in Panik

Ganz und gar unehrerbietig stürmte plötzlich der Mafioso Bartolo Guccia in das große Zimmer, in dem die Dons tagten. Die Straße zum Haus wäre gesperrt. Als er mit seinem Lieferwagen eben herauffahren wollte, hätten ihn einige Kiminalbeamte angehalten und den Wagen durchsucht.

Für Minuten packte die Großen der Cosa Nostra Panik. Sie stürmten davon, setzten sich in ihre Wagen und fuhren der Polizei in die

Arme. Einige versuchten zu Fuß über die Felder zu entkommen. Sergeant Crosswell beobachtete im Fernglas die Aufregung. »Sie rennen«, sagte er zu dem Polizisten Vasiko. »Das wird für einige Leute ein schlechter Tag.«

Einige Stunden später saßen die Dons auf dem Polizeirevier in Binghamton. Es waren insgesamt 58 Männer. 19 Delegierte vertraten den Staat New York, 23 die Stadt New York und den Staat New Jersey, 8 kamen aus dem Mittelwesten, aus Missouri und Chikago, 3 aus Kalifornien und Nevada, 2 aus Louisiana und Florida, 2 aus Kuba und einer aus Italien; 9 von ihnen waren Rauschgifthändler, 10 Besitzer von Spielhöllen, 16 standen im Verdacht illegaler Schnapsproduktion, 5 waren Racketeers.

Sergeant Crosswell hatte bei seinen Vernehmungen wenig Glück. Die Mafiosi hatten den ersten Schock längst überwunden.

Simone Scozzari legte einen italienischen Paß auf den Tisch. Er war aus Palermo angereist und mußte nun sein Geld auf den Tisch legen. Es waren 602 Dollar in bar und 8445 Dollar in Schecks. Sein Beruf? »Arbeitslos seit vielen Jahren«, antwortete der Delegierte der sizilianischen Mafia.

Warum er zu Barbara gefahren war?

»Ich hörte, daß der arme Joe krank ist, und ich dachte mir, es sei gut heraufzufahren und nach ihm zu sehen.«

»Den ganzen weiten Weg von Sizilien her?« fragte ironisch der Sergeant.

»Nein, nur von Kalifornien. Dort war ich kürzlich.«

Und warum hätten sich wohl all die Leute bei Barbara versammelt? »Ich vermute, wir hatten zufälligerweise alle zur selben Zeit die gleiche Idee.«

Diese Standardantwort gaben alle Festgenommenen. Sie alle hatten nur nach dem kranken Barbara sehen sollen. Da saßen sie nun in ihren Anzügen aus italienischer Seide, mit blankgewienerten Schuhen und schneeweißen Hemden. Und sie gaben sich alle so harmlos.

Vito Genovese, dem die Ermordung des Zeugen Peter La Tempo zur Freiheit verholfen hatte, nachdem er aus Sizilien in die USA deportiert worden war, saß bescheiden vor dem Sergeanten. Genovese lebte jetzt vom Handel, einem nicht ganz legalen, aber gewinnbringenden Handel. Seit 1950 hatte er durch Mittelsmänner in der Ortschaft Re-

Hob die Gangster in Appalachin aus: Sergeant Edgar Crosswell. Eine lobende Erwähnung in einem Untersuchungsbericht war das einzige Resultat seiner Bemühungen

sina, über den noch nicht ausgegrabenen Ruinen des antiken Herculanum am Fuße des Vesuvs einen Lumpenmarkt eröffnen lassen. Zwölf Kilometer lang war dieser Markt. Längs der Straße von Resina nach Pugliano erstreckten sich meterhoch leicht beschädigte oder verschmutzte Kleidungsstücke, Laken, Schuhe, Pelze — all das, was die Reichen Amerikas wegwarfen und für die Armen Italiens noch von großem Wert war. In zentnerschweren Bündeln wurde die Ware im Hafen von Neapel ausgeladen. In den USA hatte Genovese die Hilfsorganisation »For the poor Italians« (»Für die armen Italiener«) gegründet. Diese Organisation ließ sich abgelegte Kleider schenken und brachte sie nach Italien. Die einzig entstehenden Kosten waren die Transportkosten. Don Vito Genovese und die Mafia kassierten den Reingewinn.

Sergeant Crosswell vernahm den reichen Öl- und Käsegroßhändler Giuseppe Profaci, der bis 1962 als Chef der Mafia-Familie von Brooklyn amtierte. Don Joe Bonanno war gefaßt worden und Don Michele Miranda, genannt Mike, Besitzer einer Firma, die mit Gebrauchtwagen handelte. Der Biergroßhändler Giuseppe Magliocco wurde verhört, der künftige Nachfolger Profacis. Carlo Chieri, der Nachfolger des deportierten Joe Adonis, war unter den Verhafteten und »Big John« Ormento. Letzterer hatte ein ansehnliches Vorstrafenregister. Er kommandierte den berüchtigten Gang der 107. Straße und war Trauzeuge bei der Hochzeit von Profacis Tochter mit einem Mafioso aus

Detroit gewesen. Damals hatte die Polizei die Hochzeitsgesellschaft ausgehoben und festgestellt, daß die 56 Gäste insgesamt zweihundertfünfundsiebzigmal verhaftet und einhundertmal verurteilt worden waren.

Wink mit einem Finger

Einen anderen Teilnehmer der Appalachin-Konferenz kannte der Sergeant gut. Ein Jahr zuvor, im Oktober 1956, hatte er mit diesem Mann zu tun gehabt. Ein Verkehrspolizist hatte auf der Fernstraße einen Wagen wegen überhöhter Geschwindigkeit gestoppt und den Fahrer nach der Fahrerlaubnis gefragt. Dieser kramte in den Taschen und holte ein Dokument hervor, ausgestellt auf den Namen Joseph Di Palermo aus New Jersey. Doch Bild und Personenbeschreibung paßten nicht auf den Fahrer, sondern auf den neben ihm sitzenden Mann.

Der Polizist sagte: »Dies ist nicht Ihre Fahrerlaubnis!«

»Oh, entschuldigen Sie«, sagte der Mann am Steuer, »ich habe in den falschen Mantel gefaßt.« Dann suchte er noch einmal. »Tut mir leid. Ich habe meine nicht bei mir. Muß sie zu Hause gelassen haben. Aber verstehen Sie, ich bin in Eile, können wir die Sache nicht so regeln?«

Der Verkehrspolizist blieb unnachsichtig, zwang den Mann auszusteigen, ihm zu folgen. Es war Carmine Galente, Mafia-Don und Rauschgifthändler. Galente war jener Mann gewesen, der 1943 im Auftrage Genoveses den Antifaschisten Carlo Tresca ermordet hatte. Der wütende Galente wurde auf dem Polizeirevier von Sergeant Crosswell durchsucht, der bei ihm 1815 Dollar, meist in kleinen Scheinen, fand. Eine Rückfrage bei dem Polizeihauptquartier zur Person Galentes ergab das Register von 15 Verhaftungen und Verurteilungen zu insgesamt zwölfeinhalb Jahren Gefängnis. Crosswell ermittelte, daß Galente sich bei Joe Barbara aufgehalten und sich dort mit den Mafiosi Frank Garafola und John Boventre getroffen hatte. Crosswell wußte, daß er diesem Mann nichts anderes nachweisen konnte als die überhöhte Geschwindigkeit. Aber auf eine Anzeige mochte er nicht verzichten.

Die Festnahme hatte allerdings erstaunliche Folgen. Zunächst meldeten sich angesehene Rechtsanwälte und baten um Milde. Dann kamen eines Nachmittags zwei Polizeibeamte aus West New York, Staat New Jersey, dem Wohnort Galentes — Captain Chris Gleitman und Sergeant Peter Policastro. Zunächst sprachen sie über allgemeine Dinge, bis der Captain fragte: »Was ist eigentlich mit dem Fall Galente? Der Mann kommt doch aus meiner Stadt. Er ist kein übler Bursche.« Crosswell zuckte nur die Schultern.

Der Captain machte einen neuen Vorstoß. »Sehen Sie, mich schickt mein Vorgesetzter, Modarelli. Eigentlich sollte ich seinen Namen aus dem Spiel lassen. Aber es ist besser, Sie kennen ihn. Galente gehört die Abco Vending Company, und er ist ein sehr guter Freund meines Vorgesetzten. Wir wollen Galente sprechen. So schlimm ist doch die Sache gar nicht. Wir bezahlen die Höchststrafe. Können wir ihn nicht gleich mitnehmen?« Lächelnd hob der Captain einen Finger.

Crosswell begann die Sache zu interessieren. »Meinen Sie damit tausend Dollar?«

»Ja! Und wenn Sie denken, ich spinne, hier sind sie!« Mit diesen Worten holte der Polizeioffizier eine mit einem Gummiband zusammengehaltene Rolle Geldscheine aus der Hosentasche. Crosswells Blick mußte er mißverstanden haben, denn er fragte: »Ist das nicht genug? Dann muß ich anrufen!«

Crosswell, einer der seltenen unbestechlichen Polizeibeamten, knurrte vor Wut.

»Aber seien Sie doch nicht närrisch«, lenkte der Captain ein. »Wir Polizisten müssen die Gelegenheiten nehmen, wie sie kommen.«

Crosswell warf beide hinaus. Galente erhielt 150 Dollar Geldstrafe und 30 Tage Gefängnis. Die Verteidigung Galentes hatte der Bürgermeister von West New York übernommen!

Jetzt saß Galente wieder dem Sergeanten gegenüber, und der wußte, daß die Verhaftungsaktion von Appalachin nicht mehr als ein Schreckschuß sein würde. Mit solchen Aktionen konnte man kaum ernsthaft die Cosa Nostra zerschlagen.

Immerhin kam es am 12. Dezember 1957 zu einem Untersuchungsverfahren gegen die Teilnehmer der Gangster-Konferenz von Appalachin. John Ormento und Russel Buffalino, Giuseppe Profaci und Maggadino, sie alle beriefen sich auf den 5. Zusatzartikel und verweigerten die Aussage. Maggadino, ein Unternehmer aus der Stadt Niagara

Falls, der 22 Jahre zuvor aus Sizilien zugewandert war, schüttelte schon bei der ersten an ihn gerichteten Frage den Kopf. Er verstünde nicht Englisch. Als dann ein Dolmetscher zur Stelle war, hatte dieser nichts weiter zu tun, als bei jeder Frage dieselbe Antwort zu übersetzen: »Fünfter Zusatz!«

Luciano ist »sauber«

Nur einer machte eine Ausnahme, John C. Montana aus der Stadt Buffalo. Der weißhaarige Mann im maßgeschneiderten blauen Zweireiher war 64 Jahre zuvor in Sizilien geboren. Er hatte es mittlerweile zu einem der einflußreichsten Männer seiner Stadt gebracht, er war Besitzer einer Taxigesellschaft, die in Buffalo eine Monopolstellung einnahm. Seine Zugehörigkeit zur Bruderschaft des Verbrechens war so erfolgreich geheimgehalten, daß die Einwohner der Stadt ihn als einen Philanthropen schätzten. Zum Erntedankfest und zu Weihnachten pflegte er Hunderte von Truthähnen an Bedürftige zu verschenken. Stets war er bereit, seine Taxis für irgendwelche Wohltätigkeitsaktionen zur Verfügung zu stellen. Neben dem Taxiunternehmen, der Van Dyke Cab Co., besaß Montana noch eine legale Schnapsbrennerei, die Frontier Liquor Corporation, und einen Rennplatz, die Montana Race Horse Stables.

Die Buffaloer hatten ihn einmal zum »Mann des Jahres« gewählt, und während der Wahlkampagne von 1956 war er Vorsitzender jenes Komitees, das den republikanischen Vizepräsidentschaftskandidaten Richard Nixon in Buffalo willkommen hieß. Als 1955 der ehemalige italienische Innenminister Mario Scelba New York besuchte, wurde der Mafia-Don Montana zu dem Bankett eingeladen, das Gouverneur Harriman dem Gast zu Ehren gab.

Jetzt erzählte er ebenfalls das Märchen von dem herzkranken Joe Barbara, dem er nur einen Krankenbesuch abgestattet hätte.

Die Untersuchungskommission verfaßte einen Abschlußbericht, und damit war für die amerikanische Öffentlichkeit der Fall der Appalachin-Konferenz abgeschlossen. Dieser Bericht war ein Meisterstück der Untertreibung. Er schloß mit den Feststellungen:

»1. Das Treffen von Appalachin vom 14. November 1957 deutet stark darauf hin, daß im Lande eine aktive Vereinigung oder Organisation von Verbrechern besteht, deren Tätigkeit sowohl national wie international ist.

2. Die Aufdeckung des Treffens von Appalachin war das direkte Ergebnis der ausgezeichneten Arbeit von Sergeant Edgar Crosswell von der New-Yorker Staatspolizei. Ohne seine Aufmerksamkeit, sein Eingreifen und sein Pflichtbewußtsein hätte dieses Treffen wahrscheinlich stattgefunden, ohne bemerkt zu werden. Es hätte bestenfalls in Kreisen von Gesetzesverletzern Aufsehen erregt.

3. Ungeachtet dessen weist das Ereignis auf schwerwiegende Lücken im staatlichen Apparat zur Verteidigung der Gesetze hin. Das Treffen von Appalachin unterstreicht, daß die Schaffung eines zentralen Büros für polizeiliche Überwachung und eine kontinuierliche Beobachtung des organisierten Verbrechertums auf staatlicher Basis notwendig ist.«

Ein Untersuchungsbericht, in dem er lobend erwähnt wurde — das war alles, was Sergeant Crosswell erreicht hatte. Doch sein Eifer war letztlich nutzlos, denn er hatte übersehen, daß nicht nur Männer wie Captain Gleitman bestechlich waren und mit der Cosa Nostra unter einer Decke steckten. Er hatte nicht erkannt, daß die Gangster auch Unternehmer waren. Ihre Firmen arbeiteten geschäftlich eng mit den großen Monopolgruppen zusammen. Unabhängige Unternehmen, die nicht auf irgendeine Weise mit einer Monopolgruppe verbunden und damit auch von ihr abhängig waren, gab es in den Vereinigten Staaten, wo der Konzentrationsprozeß in der Wirtschaft den höchsten Stand in der kapitalistischen Welt erreicht hatte, schon längst nicht mehr. Ein Schlag gegen all die Firmen, die mit dem organisierten Verbrechertum verfilzt waren, hätte gleichzeitig einen Schlag gegen führende Monopole bedeutet. Selbst wenn es in den USA keinen einzigen korrupten Polizisten und Richter gäbe, wäre einer Aktion eines solchen Außenseiters wie Sergeant Crosswell kein Erfolg beschieden gewesen.

Trotz gewisser interessanter Einzelheiten, die die Untersuchungen zutage förderten, blieb die Aufklärung der Appalachin-Affäre eine Farce. Der freche Kommentar Lucianos aus Neapel lautete: »Bevor ich all dies Gewäsch in den Zeitungen las, hatte ich nie von Appalachin gehört. Ich weiß immer noch nicht, wo es eigentlich liegt — und das ist mir auch ganz egal. Ich bin sauber. Ich bezahle pünktlich meine Einkommenssteuer. Ich habe nichts damit zu tun.«

Wenige Tage nach der Gangsterkonferenz gelang es der Polizei, an einer angezapften Telefonleitung ein Gespräch zwischen Anthony Maggadino, dem Mafia-Don aus Niagara Falls, und Salvatore Giancana — auch Sam oder Momo genannt — abzuhören.

Giancana: »Nun, ich hoffe, daß du zufrieden bist. Achtundfünfzig unserer besten Burschen wurden von den Polizisten identifiziert.«

Maggadino: »Ich muß zugeben, du hattest recht, Sam. In deiner Stadt wäre das nie passiert.«

Giancana: »Ja — das wäre es nicht. Sie ist der sicherste Ort der Welt für ein großes Treffen. Wir hätten euch auf meine Motels verteilen können; wir hätten euren Jungs Wagen von unseren Verleihfirmen gegeben und dann das Treffen in einem meiner großen Restaurants veranstalten können. Dort belästigen uns die Polizisten nicht. Gleich außerhalb von Chikago haben wir drei Städte, wo wir die Polizeichefs in der Tasche haben.«

Ja, Chikago war für die Cosa Nostra noch immer ein sicherer Ort. Ein hoher Beamter des amerikanischen Justizministeriums klagte 1965: »Chikago ist eine Stadt im Griff des Mobs (Synonym für die Mafia — die Verfasser). In dieser Hinsicht ist sie schlechter dran als irgendeine andere amerikanische Stadt. Das Syndikat ist dort so fest verankert und so monolithisch, daß es nahezu unmöglich auszumerzen ist. Es hat sich in fast allen Lebensbereichen festgesetzt.«

Al Capones Erben

Der Chef der Chikagoer Cosa-Nostra-Familie hieß mittlerweile Don Salvatore (Sam) Giancana. Im Jahre 1957, nicht lange vor der Appalachin-Konferenz, hatte sich Anthony Accardo, sein Vorgänger, ins Privatleben zurückgezogen. Freiwillig hatte er, wie früher schon einmal Don Johnny Torrio, auf die Führerschaft der Chikagoer Familie verzichtet. Den Jahresumsatz der Chikagoer Cosa Nostra schätzte man auf zwei Milliarden Dollar. Davon war für Accardo so viel abgefallen, daß er eine Riesenvilla in Chikagos westlichem Luxusvorort River Forest — von den Mafiosi ehrfürchtig »der Palast« genannt — bewohnen konnte. 22 Zimmer, ein Schwimmbassin aus schwarzem Onyx, sechs mit Gold und Onyx verzierte Badezimmer — so sah Accardos Lebensstil aus.

Im Laufe seines Lebens war Accardo vierundzwanzigmal verhaftet, aber jedesmal schnell wieder auf freien Fuß gesetzt worden. Erst 1960 kam es zu einem Gerichtsverfahren gegen ihn — wegen Steuerhinterziehung! Er hatte sein Einkommen, das er als angeblicher Vertreter einer Brauerei bezog, falsch angegeben. Man verurteilte ihn zu sechs Jahren Gefängnis, ließ ihn jedoch sofort wieder frei. Seine Anwälte hatten Berufung eingelegt. 1962 wurde Accardo in einem Wiederholungsverfahren freigesprochen.

Noch einmal sollte Accardos Name Schlagzeilen liefern. Am 11. Juni 1964 meldete die Nachrichtenagentur UPI: »Chikagos Unterwelt hatte ihren gesellschaftlichen Höhepunkt.« Sein Sohn heiratete die ehemalige Schönheitskönigin Janet Marie Hawlett, die Tochter eines reichen Viehzüchters. Nach der kirchlichen Trauung in der Vincent-Ferrer-Kirche in River Forest empfingen die Jungvermählten in der Accardo-Villa 1200 Hochzeitsgäste. An den Zäunen des Anwesens standen Kriminalbeamte mit Spezialkameras und Fernrohren. Drinnen servierten indessen 20 Kellner die erlesensten Speisen, Champagner und einen Burgunderpunsch. Unter den Gratulanten erblickten die Beamten Paul Ricca, den Mann, der in das Filmracket Willie Bioffs verwickelt gewesen war und den Accardo mit Hilfe hochgestellter Politiker aus dem Gefängnis befreit hatte. 1965 beschloß ein Gericht, Ricca aus den USA auszuweisen. Ebenfalls zum Fest war Accardos Nachfolger Sam Giancana erschienen. Der 1910 in Sizilien geborene Salvatore (Sam) Giancana hatte bereits als Zwanzigjähriger wegen Mordverdachts im Gefängnis gesessen. Nach Verbüßung von Strafen wegen Einbruchs und illegaler Schnapsbrennerei sollte er 1943 zur Armee einberufen werden, aber irgendein Militärarzt schickte ihn wieder nach Hause und bescheinigte dem einstigen Leibwächter Capones, er sei ein »konstitutioneller Psychopath mit unzulänglicher Persönlichkeit und asozialen Zügen«.

Mittlerweile regierte Giancana in einem Klinkerhaus in Chikagos Vorort Oak Park. Er besaß die Anteilmehrheit von drei Wäschediensten, vier Autofirmen, einem Dutzend Hotels und Motels, drei Groß-

Accardo-Nachfolger und Beherrscher Chikagos: Salvatore Giancana. Er besaß Wäschereien, Autofirmen, Hotels, Gaststätten, Fleischfabriken und Banken

fleischereien, einem Autoverleih, einer Parkgarage, acht Banken und Kleinkreditinstituten, zwei Musikbox- und Automatenfirmen sowie mehreren Restaurants und Nachtklubs.

Giancana hatte sein Imperium wohlgeordnet übernommen. In Chikago gab es nicht die lästigen Streitereien innerhalb der Cosa Nostra wie in New York. Hier war Accardo der Boß und später er. Alle anderen hatten seinen Anweisungen Folge zu leisten.

Als Giancanas Schatzmeister und Spezialist für Glücksspiel fungierte Frank Ferrara. Die »Sektion Laster und Prostitution« unterstand einem Nicht-Mafioso, Gus Alex. Für die Nichteingeweihten war Alex ein Vertreter von Musikbox- und Automatenfirmen. Das Racketeering dagegen hatte Giancana dem Mafioso Felix Alderisio, genannt Milwaukee-Phil, übertragen.

Wie so viele andere Mafiosi hatte sich Giancana mehr und mehr mit Leuten umgeben, die den Spitzen der Gesellschaft angehörten, mit Filmstars und Schlagersängern. Seine intime Freundin war Phyllis McGuire, das jüngste Mitglied des weltbekannten Gesangstrios »McGuire Sisters«. Sie war stets bei ihm, wenn die Wagen mit Kriminalbeamten dem Don auf Schritt und Tritt folgten. Deshalb strengte Giancana 1963 einen Prozeß gegen die Polizei wegen Beeinträchtigung seiner privaten Sphäre an. Natürlich gewann er. Die Polizei mußte die Verfolgergruppe von fünf auf nur eine Wagenbesatzung verringern.

Giancanas Finger reichten auch tief in die Politik des Staates Illinois.

Sein Neffe Anthony J. DeTolve saß als Senator im Kongreß des Staates, sein Schwiegersohn Anthony Tisci führte das Büro des Kongreßabgeordneten Roland V. Libonati, der einst Al Capone als Rechtsanwalt gedient hatte.

Selbstverständlich war die Polizei von Chikago immer noch die Polizei der Cosa Nostra. Im Jahre 1962 verfolgten Beamte einer besonders geheimen Abteilung der Bundeskriminalpolizei einen Wagen, in dem die Mafiosi Sam Battaglia und Rocco Salvatore saßen, bis in eine Sackgasse. Da sich die Gangster einer Verhaftung widersetzten, schlugen die Beamten so lange auf sie ein, bis diese sich »freiwillig« abführen ließen. In diesem Moment erschienen Angehörige der Chikagoer Stadtpolizei. Sie verhafteten jedoch nicht die Verbrecher, sondern die nichtuniformierten Kriminalbeamten.

Zum Bekanntenkreis von Giancana gehörte auch der Schlagersänger und Schauspieler Frank Sinatra. Zuerst mochte man noch glauben, der Gangsterboß habe sich um Sinatra bemüht, damit er sich mit einer weiteren Berühmtheit umgeben könne. Doch dann stellte die Polizei fest, daß Giancana den Sänger in dessen Nachtklub in Lake Tahoe, Staat Nevada, besucht hatte. Giancana war durch Gerichtsbeschluß das Betreten jeglicher Spielkasinos verboten worden. Dieser Nachtklub aber besaß ein Spielkasino. Die Untersuchungen begannen.

»Der Mann mit dem goldenen Arm«

Sinatra, Jahrgang 1915, war in einem Hinterhaus in New York geboren und aufgewachsen. Der Vater, ein Berufsboxer, hatte das Licht der Welt in Italien erblickt. Frank Sinatras Jugend schien der Anfang zu einer klassischen Mafia-Karriere zu sein. Wie Luciano und Capone war auch er Boß einer Bande Jugendlicher gewesen. Aber dann wurde Sinatra, der nebenbei in einem Ausflugslokal als Sänger auftrat, entdeckt. Ein traumhafter Aufstieg im Unterhaltungsgeschäft begann, der ihn bis nach Hollywood führte. Dem Milieu seiner Jugend blieb »Frankie-Boy« treu. Seine Leibwächter, mit denen er sich wie ein Mafia-Don umgab, waren durchweg Italiener. Frank Sinatra war reich geworden. Hollywood gab ihm die höchste Auszeichnung für Filmschaupieler —

den Oscar — für seine Mitwirkung in dem Film »Der Mann mit dem goldenen Arm«. Sinatra spielte darin eine Rolle, die einem Mafioso auf den Leib geschrieben sein konnte — einen rauschgiftsüchtigen Spieler. Die Gewinne aus den Sinatra-Filmen flossen übrigens auch ins Spielgeschäft — vornehmlich nach Las Vegas.

Die Wüstenstadt im Staate Nevada hatte einen kometenhaften Aufstieg genommen, seit der Gangster Siegel eines der ersten Spielkasinos errichtet und die Mafia das »Flamingo« übernommen hatte. In drei Schichten, Tag und Nacht, arbeiteten die Croupiers. Kein Tageslicht drang in die Kasinoräume. Keine Uhren gab es hier. Nichts sollte den Spielwütigen davon ablenken, seiner Leidenschaft zu frönen. Las Vegas war zu einer Stadt der Superlative geworden.

Höchste Verbrechensquote der USA: In einem Jahr wurden in der Stadt mit 65 000 Einwohnern 13 000 Verbrechen begangen.

Höchste Besucherzahlen: 1962 besuchten zwölf Millionen Touristen die Stadt, um ihr Geld in den Spielkasinos zu lassen.

Höchste Profite: Allein im »Desert Inn« wurden in den ersten Monaten des Jahres 1959 rund 1,1 Millionen Dollar eingenommen.

Höchste Pro-Kopf-Zahl an Kirchen: In den 84 Kirchen der Stadt konnte man sich ohne langwierige Formalitäten trauen lassen. Scheidungen waren ebenfalls in Rekordzeit möglich.

Größtes Schaugeschäft: Allen Kasinos waren Revue-Theater angeschlossen, in denen die berühmtesten Stars der westlichen Welt zu phantastischen Gagen auftraten. Die Striptease-Bühnen von Las Vegas rühmen sich, nackter zu sein als die einschlägigen Etablissements von Paris.

Größte Ansammlung von Spielkasinos: Insgesamt gab es in der Stadt 288; ein 289. befand sich im Stadtgefängnis — zur Unterhaltung der Häftlinge!

Der Staat Nevada, der ärmste der USA, kassierte von den Einnahmen der Spielhöllen fünf Prozent und bestritt damit 30 Prozent seines gesamten Haushalts. Die Regierung dieses Staates hatte einen Gambling Control Board geschaffen, der garantieren sollte, daß es beim Glücksspiel ordentlich und legal zuging. Ein Beamter dieser Behörde prahlte: »Eher kommt ein Kommunist nach Cape Kennedy . . . als ein Gangster nach Las Vegas.« Die Gangster brauchten nicht erst zu kommen. Sie waren schon längst da. Frank Costello schöpfte hier seine

Profite, ebenso Joe Adonis. Vor allem aber hatte sich die Chikagoer Mafia in Las Vegas eingenistet. 3,5 Millionen Dollar hatte Frank Sinatra in Spielkasino-Anteilen angelegt, in Lake Tahoe und im Sands-Hotel in Las Vegas. Nach Giancanas Besuch in Lake Tahoe ging man den Besitzverhältnissen in Las Vegas ein wenig auf den Grund. Man fand heraus, daß Sam Giancana selbst Inhaber des »Strip-Casinos« war, daß das »Flamingo« von Moe Sedway, der es in der Stunde der Ermordung von Bugsy Siegel übernommen hatte, zwar verwaltet wurde, die Eigentümer aber Costello, Adonis und Meyer Lansky waren. Man entdeckte, daß die Sinatra-Millionen eigentlich Giancanas Millionen waren, daß Sinatras Leibwächter die Mafiosi Ed Pucci und Paul D'Amato aus Chikago waren, daß Sinatra auch eng mit Joe Fischetti, dem einstigen Kompagnon Al Capones, befreundet war, daß der Sänger 1946 in Kuba gewesen und dort seinen Freund »Lucky« Luciano besucht hatte.

Die Behörden zeigten dennoch Zurückhaltung. Sie beschränkten sich darauf, Sinatra nahezulegen, seine Beziehungen zu Giancana abzubrechen.

Sinatra weigerte sich. So zwang man ihn durch Gerichtsbeschluß, seine 3,5-Millionen-Anteile zu verkaufen. Die Käufer waren Strohmänner der Mafia.

Auch Giancana kam die Justiz nur auf eine Weise bei — mit Hilfe der Steuerfahndung. Ein Prozeß begann. Giancana berief sich nach alter Cosa-Nostra-Tradition auf den 5. Zusatzartikel. Doch zum erstenmal reagierte ein Gericht anders. Es beschloß, den Zusatzartikel zur USA-Verfassung auf folgende Weise auszulegen. Man stellte dem Don völlige Straffreiheit in Aussicht, falls er aussagte — auch über die anderen Verbrechen der Chikagoer Mafia.

Doch Giancana hielt sich an die Omertà. Er schwieg. Am 1. Juni 1965 verurteilte man ihn deshalb wegen Nichtachtung des Gerichts zu einem Jahr Gefängnis. Bundesrichter William Campbell sagte in seinem Schlußwort: »Sie selbst besitzen den Schlüssel zu Ihrer Zelle!«

Giancana zog es vor, diesen Schlüssel nicht zu gebrauchen.

In Chikago aber regierte die Cosa Nostra weiter. Accardo, Battaglia und einige andere führende Mafiosi übernahmen während Giancanas Abwesenheit die Leitung der Geschäfte. Nach wie vor wurden die Geschäftsleute von den Raketeers erpreßt, nach wie vor wurden »Aufsässige« und »Verräter« ermordet, nach wie vor unternahm die Polizei nichts Ernsthaftes gegen die Verbrecher. Resignierend erklärte Chikagos Chefsheriff Arthur Bilek: »Zuweilen erinnern mich die Leute an die Deutschen während der Hitlerzeit. Man sagt ihnen, daß es in ihrer Mitte ein Buchenwald gibt, und sie meinen, das sei unmöglich, das sei reine Propaganda von außen.«

Ein Justizbeamter klagte: »Für die Bewohner dieser Stadt ist das wie ein Fußballspiel: die Cops (das sind die Polizisten – die Verfasser) gegen die Mobs. Sie sitzen auf der Tribüne, halten es einmal mit dieser, dann mit der anderen Seite – und sie merken nicht, daß sie von dem Spiel mitbetroffen sind.«

Für die Verantwortlichen war es das einfachste, die Schuld für das Versagen von Polizei und Justiz auf die »Leute« abzuschieben, auf die Opfer des Gangsterterrors, auf deren Kosten das organisierte Verbrechen blühte. Kein Wort der Anklage erhob der Chefsheriff darüber, daß das organisierte Verbrechertum ein Mittel ist, die Werktätigen auszuplündern, eine Methode – wenn auch keine seriöse – der kapitalistischen Ausbeutung überhaupt. Auf alle Fälle wurden die Verluste der Unternehmer an die Gangster und die Kosten für den erweiterten Polizeiapparat gleicherweise auf die Schultern der werktätigen Bevölkerung abgewälzt.

Der Todeskuß

Am 27. September 1963 betrat ein breitschultriger Mann, grauhaarig mit Bürstenschnitt, den Sitzungssaal des amerikanischen Senats in Washington. Ein Kronzeuge! Wieder einmal war eine Durchleuchtung von Amerikas Unterwelt angeordnet worden, diesmal von Justizminister Robert Kennedy. Doch diesmal versprach die Arbeit der Senatskommission aufregender zu werden als zu den Zeiten von Senator Copeland oder Senator Kefauver; denn Robert Kennedy konnte als Kronzeugen einen echten Mafioso präsentieren, der bereit war, alles zu sagen.

Eine Woche lang flammten täglich die Scheinwerfer im Sitzungssaal auf, übertrugen Fernsehkameras ein Bild in die Wohnungen von Millionen Amerikanern: Es zeigte Joseph (Joe) Valachi.

Valachi, Sohn italienischer Einwanderer, war 60 Jahre alt. Er hatte — wie er aussagte — in seinem ganzen Leben nur ein Jahr lang ehrlich gearbeitet. Mit 16 begann seine Verbrecherlaufbahn. Illegales Glücksspiel und Rauschgifthandel wurden sein Metier, nachdem er in feierlicher Zeremonie in die Cosa Nostra aufgenommen worden war. Joe Valachi hatte zur Familie von Vito Genovese gehört. Als Don Vito im Jahre 1959 gefaßt und endlich wegen Rauschgiftschmuggels verurteilt worden war, wanderte Valachi ebenfalls ins Gefängnis.

Nach dem Prozeß, in dem der Gangster zu 15 Jahren Zuchthaus verurteilt worden war, geriet Valachi bei den Mafiosi in den Verdacht, der Polizei gegenüber Geheimnisse verraten zu haben. Er berichtete den Senatoren, was sich damals im Gefängnis von Atlanta ereignet hatte, wo er mit Genovese in einer Gemeinschaftszelle untergebracht war. »Abends, als das Licht in der Zelle gelöscht war, fing Genovese an, von Äpfeln zu sprechen, die angefault seien. Dann ging er auf mich zu, ergriff meine Hand und küßte mich auf die Wange. Das war das Zeichen für die Mithäftlinge, mich umzubringen.«

Von diesem Tage an fürchtete Valachi um sein Leben. Er hatte Angst vor Genovese und vor der Macht, die dieser noch hinter Gittern ausübte, vor dem Don, von dem er selbst sagte: »Das war der Mann, vor dem ich die größte Achtung hatte. Dreißig Jahre lang. Ich geriet manchmal ins Stottern, wenn ich mit ihm sprach. So großen Respekt hatte ich vor ihm. Bei meiner Heirat war er Trauzeuge.«

Joseph Valachi wäre bekanntlich nicht der erste Mafioso gewesen, den man im Gefängnis ermordete. So meldete er sich freiwillig in Einzelhaft. Als er am 22. Mai 1962 in der Runde auf dem Hof des Zuchthauses spazierenging, fiel ihm ein Mithäftling auf, den er für den Gangster Joe Beck hielt. Würde Beck sein Mörder sein? An einer Baustelle auf dem Hof fand Valachi ein Stück Bleirohr. Damit schlug er den Mann von hinten nieder. Valachi sagte aus: »Dreimal schlug ich ihm hart über den Kopf. Erst als er tot war, erkannte ich, daß es nicht Beck war.«

Jetzt mußte Valachi mit dem Todesurteil rechnen. Um sein Leben zu retten, erklärte er sich bereit, ein volles Geständnis abzulegen.

Zunächst vernahmen ihn Beamte des FBI. Dann wurde er auf das Armeegelände in Fort Monmouth, Staat New Jersey, geschafft, wo sich geheime elektronische Versuchslaboratorien der US-Armee befan-

Brach die Omertà und trat als Kronzeuge vor dem Ausschuß des Senators Robert Kennedy auf: Joseph Valachi. Nach seinen Aussagen konnten die Einnahmen von der Cosa Nostra geschätzt werden. Sie betrugen jährlich 22 Milliarden Dollar, das waren mehr als die Gewinne solch großer Monopole wie General Motors oder Standard Oil

den, die durch besondere Sicherheitsvorkehrungen abgeschirmt wurden. Dort glaubte man Valachi vor dem Zugriff der Cosa Nostra sicher.

Nun saß der Mafioso vor den Senatoren und knüllte nervös ein Papiertaschentuch zwischen den Händen. Neben seinem Zeugenstuhl standen sechs Sicherheitsbeamte. Für jeden Zuhörer im Saal war ein Detektiv aufgeboten worden. Joseph Valachi sprach. Was er sagte, klang für die amerikanische Öffentlichkeit sensationell und erschreckend. Der Polizei aber mußte es nur bestätigen, was ihr ohnehin längst bekannt war.

Valachi erzählte, wie Joe Masseria und Salvatore Maranzano gestorben waren, wie man Abe Reles umgebracht und Albert Anastasia die Murder Incorporated gegründet hatte. Wie Willie Moretti starb. Immer wieder fiel der Name Vito Genovese. Er leite die Cosa Nostra noch aus dem Gefängnis, berichtete Valachi. Es gab keinen Grund, an seiner Erklärung zu zweifeln.

Der Mafioso verschwieg im Verhör auch seine eigenen Untaten nicht. Freimütig beantwortete er die Fragen des Senators McClellan über einen Mafia-Auftrag im Jahre 1924. Damals war Valachi Anfänger im Gang der 107. Straße von New York gewesen, der gerade mit einem vornehmlich aus irischen Einwanderern bestehenden Gang im Krieg lag. Don Vincent Rao hatte Valachi den Auftrag gegeben, sich bei den Iren einzuschmuggeln, damit man sie leichter fertigmachen könnte.

McClellan: »Meinen Sie mit ›fertigmachen‹ — ermorden?«

Valachi: »Genau das. Am nächsten Tag nahm ich Kontakt mit den irischen Typen auf. Darüber waren sie natürlich erstaunt. Ich sagte ihnen, daß ich bei ihnen mitmachen wolle. Dann rief ich bei Vincent Rao an und sagte ihm, das nächste Mal, wenn er mich sähe, solle er auf mich schießen, da auch ich auf ihn feuern würde. Im übrigen habe er mir einen Auftrag gegeben, den sonst nur Hunde bekommen würden.«

McClellan: »Soll das heißen — einen Mordauftrag?«

Valachi: »Einen Befehl zum Verrat. An die Iren habe ich überhaupt nicht gedacht. Ich dachte an meine eigenen Prinzipien.«

Das brave Leben des »Drei-Finger-Brown«

Die Senatoren begannen bei Valachis makabrem Geplauder Zwischenfragen an die Polizei und an die Justizbehörden zu stellen. Senator Javits wandte sich an den Vertreter der New-Yorker Polizeibehörde: »Stimmt es, daß ›Drei-Finger-Brown‹, der bekannte Gangsterchef und von Valachi bezichtigte Thomas Luchese, seit 1935 nicht mehr verhaftet worden ist? Und ist es wahr, daß er als ehrenwerter Kleiderfabrikant in New York tätig ist?«

»Jawohl!« lautete die Antwort.

Daraufhin meinte Senator Javits: »Dies ist eine der bemerkenswertesten Enthüllungen des Verhörs.«

In der Tat, kaum ein Don hatte sein Inkognito so gut zu wahren gewußt wie Thomas (Tommy) Luchese. Der 1899 in Sizilien geborene und seit 1911 in den USA lebende Luchese hatte als jugendlicher Arbeiter bei einem Unfall an einer Maschine zwei Finger verloren. Als er das erste Mal verhaftet wurde — das war 1921 —, sagte ein Polizist in Anspielung auf den Chikagoer Mörder Mordechai Brown: »Schaut mal, ›Drei-Finger-Brown‹.« Luchese beschäftigte sich mit Rauschgifthandel und Buchmacherei. Er war 26 Jahre alt, als er das Zuchthaus Sing-Sing wieder verlassen konnte. Zum Gang der 107. Straße gehörig, war er gut mit Luciano befreundet und nahm nach dessen Verurteilung Lucianos Interessen im Konfektionsracket wahr. Auf der Suche nach einer guten Tarnung für sein Racketeering fiel ihm die Braunell Li-

Carlo Gambino, Besitzer zahlreicher Grundstücke im New-Yorker Stadtteil Brooklyn und auf Long Island, übernahm im Mai 1970 die Leitung der 5 New-Yorker Familien

mited auf, eine gutgehende Konfektionsfirma, die er erst terrorisierte und dann billig aufkaufte. Seit jener Zeit war er der ehrenwerte Thomas Luchese. Er wurde ein angesehener Bürger eines Villenvorortes auf Long Island, der seinen Sohn auf die Militärakademie West Point schickte. Er fand Freunde in höchsten Kreisen, unter ihnen zwei Mitglieder des Obersten Gerichtshofes der USA, Thomas F. Murphy und Irving Saypol, sowie den Bundesstaatsanwalt Myles J. Lane. 1952 hatte Frank Costello die Leitung seiner Mafia-Familie dem weithin unbekannten Thomas Luchese übergeben. Wer nach den Äußerungen von Senator Javits annahm, Luchese würde unverzüglich festgenommen, befand sich im Irrtum.

Valachi schloß seine Aussagen vor dem Senatsausschuß mit den Worten: »Dies hier ist mein Untergang. Dies ist mein gebrochenes Versprechen. Ich bin verdammt, weil ich das hätte nie sagen sollen.«

Danach verschwand der Mafioso wieder hinter Gefängnismauern. Im Dezember 1965 erfuhr man, daß das amerikanische Justizministerium Valachi ausnahmsweise erlaubt hätte, seine Memoiren — ein Manuskript von 1180 Seiten mit dem Titel »Die wahre Sache« — zu veröffentlichen. Im Februar 1966 setzten jedoch 12 führende Italo-Amerikaner, darunter vier Kongreßabgeordnete, durch, daß die Veröffentlichung des Buches vorerst aufgeschoben wurde, weil es geeignet wäre, allgemein ein schlechtes Licht auf die Einwanderer aus Italien zu werfen. Die Initiatoren der Eingabe nutzten dabei demagogisch den Umstand aus, daß die Schilderung der von den Gangstern der Mafia und Cosa Nostra begangenen Verbrechen skrupellos zur Diskriminierung der in den USA lebenden Italiener ausgenutzt wurde. Obwohl schon der Kefauver-Ausschuß festgestellt hatte, daß der Anteil von Italienern und Sizilianern nur einen sehr geringen Prozentsatz bei den organisierten Verbrechen darstellt, ist in den USA gegenwärtig immer noch die Meinung weit verbreitet — und diese schlägt sich auch in den Publikationen nieder —, daß die eingewanderten Italiener an dem ungeheuren Anwachsen der Kriminalität in den USA Schuld trügen.

Anfang April 1966 vernahm die Öffentlichkeit die Nachricht, daß Valachi im Gefängnis Milan im Staat Michigan einen erfolglosen Selbstmordversuch unternommen hatte.

Im April 1971 starb Joe Valachi, nunmehr sechsundsechzigjährig, an Herzschlag.

Krieg in Brooklyn

»Vito Corleone war ein weitblickender Mann. Sämtliche Großstädte Amerikas waren von Unterweltkämpfen zerrissen. Zu Dutzenden flammten Guerillakriege auf, ehrgeizige Gangster versuchten sich ein eigenes Reich zu schaffen ... Der Don erkannte, daß die Zeitungen und die Behörden dieses Morden nur zum Vorwand für noch strengere Gesetze, noch härtere Polizeimethoden nehmen würden ... So beschloß er, zunächst einmal allen kriegführenden Parteien in New York City und dann denen im ganzen übrigen Land Frieden zu bringen.«

Mario Puzo in »Godfather«

Der Filmkonzern »Paramount Pictures« hatte in New York zu einer Pressekonferenz geladen. Man steckte gerade in den Dreharbeiten zu einem aufwendigen Breitwandspektakel, in das man Millionen investierte und an dem man noch mehr Millionen zu verdienen hoffte. Marlon Brando würde die Hauptrolle spielen. Ein sicheres Geschäft stand in Aussicht, denn »Paramount« verfilmte ein Buch, das monatelang die Bestsellerlisten angeführt hatte: den Roman »Godfather« (deutsch »Der Pate«) des Italo-Amerikaners Mario Puzo.

Puzo hatte die reißerische Story vom Leben und Sterben eines fiktiven Cosa Nostra-Dons namens Vito Corleone geschrieben, vom Familienleben und von den Machtkämpfen der amerikanischen Mafia erzählt.

Für die Pressekonferenz hatte man einen etwas erstaunlichen Ort ausgewählt: Das Hauptquartier der Italienisch-Amerikanischen Bürgerrechtsliga im New-Yorker Stadtteil Brooklyn. Neben »Godfather«-Regisseur Al Ruddy saß ein Vertreter der Liga, ein gewisser Anthony

Colombo. Als Al Ruddy verkündete, in dem geplanten Film werde nicht ein einziges Mal das Wort »M . . .« vorkommen, nickte Mister Colombo zufrieden. Und als Ruddy hinzufügte, diese Entscheidung sei »ohne Drohungen oder Einschüchterungen« getroffen worden, bestätigte Mister Colombo mit Nachdruck: »Mister Ruddy hat Recht. Keine Drohungen!«

Diese Pressekonferenz im März 1971 war bereits der zweite Sieg der Italienisch-Amerikanischen Bürgerrechtsliga. Vorbei schienen die Zeiten, da — wie im Jahre 1966 — FBI-Chef J. Edgar Hoover vor dem amerikanischen Repräsentantenhaus erklären konnte, die Cosa Nostra sei eine »kriminelle Bruderschaft von Mitgliedern italienischer Geburt oder Abstammung«. Im Juli 1970 nämlich hatte der damalige US-Justizminister Mitchell entschieden, die Worte »Mafia« und »Cosa Nostra« dürften künftig nicht mehr gebraucht werden, da sie von den Italo-Amerikanern als diskriminierend und beleidigend aufgefaßt werden könnten. Seit jenem Juli 1970 sprach man also bestenfalls von der »M . . .«. Auch »Paramount Pictures« würden also »ohne Drohungen oder Einschüchterungen« auf den Begriff »M . . .« verzichten. Mr. Ruddy hatte die Absicht, die Dons — genau wie Mario Puzo in seinem Roman — einmal richtig menschlich darzustellen. Das Publikum würde aus dem »Godfather« lernen, daß Morde nun einmal die unvermeidliche andere Seite des Berufs-Mafioso waren, daß Mafia-Männer aber nichtsdestoweniger Menschen wie Du und Ich mit ihren kleinen und großen Sorgen sind. So konnte »Paramount« des Beifalls auch der Italienisch-Amerikanischen Bürgerrechtsliga sicher sein.

Ein Jahr nach jener denkwürdigen Pressekonferenz schrieb das amerikanische Nachrichtenmagazin »Newsweek« anläßlich der Premiere des Filmes: »Wenn dieser geschickte, schmucke, herzbrechende Film . . . einen Fehler hat, dann ist es die Verherrlichung des Gangsterlebens, die Ausschaltung der Opfer der Gewalttätigkeit aus dem Gesichtskreis der Story, die Betonung der Rituale und der halbzivilisierten Sitten der Mafia auf Kosten einer eindeutigen Schilderung ihres verkommenen Zynismus. ›Natürlich ist es eine romantische Geschichte‹, bekannte der Autor und Ko-Drehbuchautor Puzo . . . Gewiß ist die Mafia romantisiert . . . Aber im Film erwartet man keine ernsthafte Soziologie und Realismus . . .‹« Daß eine geschickte Reklame den »Godfather«-Film zu einem Riesenerfolg machte, und ein Millionen-

Publikum in der kapitalistischen Welt die Cosa Nostra endlich einmal menschlich erlebte, konnte einer der großen Dons als Sieg für sich buchen: Joseph (Joe) Colombo, dessen Sprößling Anthony an der Seite von Regisseur Al Ruddy an jener denkwürdigen Pressekonferenz teilgenommen hatte.

Joe Colombo gründet einen Verein

Die amerikanischen Zeitungen wußten damals zu berichten, »Joe Colombo ist ein Grundstücksmakler aus Brooklyn«. Daran war nur ein winziges Körnchen Wahrheit. Der 1923 geborene Joseph Colombo hatte sich in der New-Yorker Mafia-Familie des Giuseppe Profaci langsam nach oben gearbeitet und schließlich 1962 die Führung dieser Familie in Brooklyn übernommen. Dank einer beträchtlichen Kaution erfreute er sich seiner Freiheit, eine Haftstrafe wegen Meineides brauchte er nicht anzutreten, da die Berufungsinstanzen sehr langsam arbeiteten, Prozesse wegen Juwelendiebstahls und Steuerhinterziehung standen noch aus. Ein Staatsanwalt verkündete: »Dieser Angeklagte ist bis übers Haupt in eine immerwährende Folge von Gangsterverbindungen verwickelt, die Ende der dreißiger Jahre mit den Beziehungen seines Vaters zur Unterwelt begannen.« Colombo — so der Staatsanwalt — leite wucherische Geldgeschäfte, betreibe illegale Wettbetriebe in Brooklyn und: »Detektive haben Colombo in Verbindung gebracht mit der Folterkammer im Hinterzimmer des Klubs in Brooklyn, an dem er auf unklare Weise geschäftlich beteiligt ist.«

All diese Beschuldigungen nahm Joe Colombo gelassen hin. Wütend wurde er erst, als das FBI seinen Sohn Joey verhaftete. Der hoffnungsvolle Nachfahre des Don war erwischt worden, als er Silbermünzen in Barren umschmolz, um das Edelmetall mit ansehnlichem Gewinn zu verkaufen. Und das ist in den USA strafbar.

Der Don hatte seine amerikanische Lektion gelernt, er wußte, welche Macht Interessenverbände besaßen, daß sie alles durchzusetzen vermochten. So kostete es ihn wenig Mühe, mit Hilfe seiner Mafia-Familie Tausende von Italo-Amerikanern auf die Straße zu bringen. Allnächtlich zogen die Demonstranten vor das New-Yorker Hauptquartier des FBI und forderten lautstark Joeys Freilassung. Das war die Geburtsstunde der Italienisch-Amerikanischen Bürgerrechtsliga. Das Offizielle Programm dieser Vereinigung, die schnell auf einige zehntausend Mitglieder anwuchs, lautete: Schutz der Italo-Amerikaner, von denen allein in New York 859 000 lebten, vor Diskriminierung. Das war zweifellos ein berechtigtes Anliegen, denn die Diskriminierung ethnischer Minderheiten ist in den USA gang und gäbe. Für die Cosa Nostra aber wurde diese Organisation eine ideale Waffe im Kampf gegen Justiz und Polizei. Joe Colombos Sohn Anthony wurde zum Vizepräsidenten der Liga gemacht.

Im Juni 1970 brachte die Liga 100 000 Menschen auf dem Columbus-Circle in New York auf die Beine. Vor dem Denkmal des großen Genuesers demonstrierten sie. »Wir dulden nicht mehr, daß wir verdächtigt werden, bloß weil wir italienische Namen tragen!« Die meisten Anwesenden kamen gewiß guten Glaubens und in bester Absicht. Don Joe Colombo, der an diesem Tag wie ein Volksheld gefeiert wurde, konnte zufrieden sein. Von »Joe! Joe!«-Sprechchören umjubelt, trat er auf die Rednertribüne und rief: »Ich sage euch, es gibt eine Verschwörung gegen mich und alle italienischen Amerikaner. Aber heute seid ihr und Joe Colombo unter den Augen Gottes hier beisammen, und alle, die sich uns in den Weg stellen, werden seine Hand spüren!«

Und sie spürten die Hand. Justizminister Mitchell sah sich genötigt, ein Verbot des Wortes »Mafia« auszusprechen. Die Ford Motor Company ließ aus einer von ihr finanzierten Fernseh-Krimi-Serie jeden Hinweis auf die Cosa Nostra streichen. Die seriöse »New York Times« hütete sich fortan, über Mafia-Verbrechen zu berichten, nachdem Schlägertrupps von Colombos Liga die Auslieferung der Zeitung verhindert hatten. Auf einem sogenannten Wohltätigkeitskonzert der Liga trat Mafia-Freund und -Teilhaber Frank Sinatra auf. Und Pater Louis Gigante aus Bronx betete bei einem Galadinner der Liga: »Segne dieses Mahl, segne diesen Abend, segne Joe Colombo und all das Gute, was er getan hat. Amen.«

Jagd auf »Crazy Joe«

Ein Jahr währte diese Mafia-Idylle. Am 29. Juni 1971 traf man sich wieder auf dem Columbus-Circle zum »Tag der italienisch-amerikanischen Einheit«. Wieder trat der stürmisch gefeierte Joe Colombo zur Rednertribüne.

In den ersten Reihen der Menge vor dem Columbus-Denkmal stand zwischen Fotoreportern ein Neger. Als Colombo sich anschickte, zu seinen Anhängern zu sprechen, schoß er. Zwei Kugeln trafen den Kopf des Dons. Die Leibwächter Colombos feuerten sofort zurück. Und während der Attentäter, der fünfundzwanzigjährige Jerome Johnson, tot zusammenbrach und der Don in aller Eile in ein Krankenhaus geschafft wurde, sprangen zwei von Colombos »Leutnants« in einen Wagen und jagten davon: Carmine Persico (genannt »die Schlange«) und Hughie McIntosh.

Die Polizisten, die mißmutig der Kundgebung beigewohnt hatten, wußten, daß das schnelle Verschwinden der beiden Killer nur den mutmaßlichen Anstiftern des Mordanschlages gelten konnte. Kriminalbeamte folgten Persico und McIntosh nach Brooklyn, erreichten die Ecke Atlantic und Utica Avenue und befanden sich schließlich in einer kleinen Bar, die zu dieser Stunde jedoch völlig leer war. Die Polizei ahnte sofort, was Colombos Leute hierher getrieben hatte. Diese Bar war ein Hauptquartier von Joe Gallo.

Die Presse hatte ihre Sensation. Zum letztenmal war 1957 auf einen Mafia-Don, auf Frank Costello, geschossen worden. Führte diese Bar auf die richtige Spur? Ein Experte der New-Yorker Polizei sagte: »Das organisierte Verbrechen ist diskret geworden. Wenn wirklich mal jemand gekillt werden muß, geschieht das an einem Pier um vier Uhr morgens, und niemand bemerkt etwas davon. Es gibt nur noch einen Mann in dem Geschäft, der verrückt genug ist, einen Mord am hellichten Tag vor Tausenden abzuziehen, und das ist ›Crazy Joe‹!«

Hatte »Crazy Joe« ein Motiv? Joe Gallo verdankte seinen Spitznamen »der Verrückte« einer Verhaftung, bei der ihm die Gerichtspsychiater bescheinigten, er sei »unfähig, die Beschuldigungen zu begreifen«, weil er »gegenwärtig krank sei«. Dieser Joe Gallo war — wie seine Brüder Albert und Larry — der New-Yorker Polizei seit Anfang der 60er Jahre kein Unbekannter. Die Gebrüder Gallo hatten Vito Genovese als Killer gedient und, als Genovese von der Spitze seiner Familie abtrat, versucht, sich selbständig zu machen. Dies aber war in New York nur auf Kosten des Einflußgebietes einer anderen Familie möglich. So kam es zum Konflikt mit der Profaci-Familie, zu einem Gangsterkrieg in Brooklyn, in dessen Verlauf die Gallos den Profaci-Schwager »Fat Joe« Magliocco kidnappten und sich so ein Stillhalteabkommen mit den Profaci-Leuten erzwangen. Der Gangsterkrieg hatte insgesamt 98 Tote gekostet und schließlich auch zur Verhaftung und Verurteilung Joe Gallos geführt.

Don Profaci war 1962 an Krebs gestorben, Joe Colombo hatte seine Nachfolge angetreten. »Crazy Joe« aber gab selbst im Gefängnis den Plan nicht auf, die Profaci-Familie aus ihrer Brooklyner Domäne zu vertreiben. Dort, so wußte man, freundete er sich mit farbigen Häftlingen an. Getreu alter Mafia-Tradition, die seit jeher auch Nichtitaliener aufnahm, hatte er nach seiner Freilassung besonders viele Neger um sich geschart. So war die Polizei wahrscheinlich auf der richtigen Spur, wenn sie vermutete, Johnson seien für den Mordanschlag gegen Colombo 200 000 Dollar und eine sichere Flucht versprochen worden. Die Polizei mutmaßte noch mehr: Konnte Persico nicht in das Komplott eingeweiht worden sein, gegen das Versprechen, Colombos Nachfolger zu werden? Und welche Rolle mochte der »Boß der Bosse«, der zweiundsiebzigjährige Carlo Gambino, in der Affäre gespielt haben? Traf es zu, daß Gambino, dem Nachfolger »Lucky« Lucianos, die wachsende Popularität Colombos zu viel wurde? Konnte es sein, daß er, dessen Macht als Chef aller Mafia-Familien nicht unangefochten war, den Krieg der Familien schürte, um seine eigene Macht wieder herzustellen?

New-Yorker Mordchronik

Wie dem auch sei — die Schüsse vom Columbus-Circle eröffneten einen neuen Gangsterkrieg, wie in früheren Zeiten in Chikago. Man ging wieder, wie Mario Puzo im »Godfather« so drastisch formuliert hatte, »auf die Matratzen«. Joe Gallo verbarrikadierte sich mit seinen Leuten in seinem Hauptquartier in der President Street in Süd-

Brooklyn. Doch das bewahrte ihn nicht vor der Rache des Colombo-Clans.

Am 8. April 1972 feierte Gallo seinen dreiundvierzigsten Geburtstag. Am Abend besuchte er mit Freunden ein Kabarett. Nach der Vorstellung fuhren Gallo, seine Braut und deren zehnjährige Tochter, dazu Joes Schwester und sein Leibwächter zu »Umbertos Muschelhaus«, einem Restaurant dicht neben dem Polizeigebäude von Manhattan.

Man hatte gerade das Essen bestellt, da betrat ein Mann das Restaurant, etwa 40 Jahre alt, cirka 1,72 Meter groß, in einem hellen Tweedmantel, einen achtunddreißiger Revolver schußbereit in der Hand. Wortlos trat er auf Joe Gallo zu und schoß. »Crazy Joe« kam noch einmal auf die Füße, stolperte durch das Lokal. Fünfzehn Schritte vor dem Eingang brach er zusammen, keine hundert Meter von jener Stelle entfernt, wo ein Jahr zuvor Don Vito Corleone alias Marlon Brando im gleißenden Licht der Paramount-Scheinwerfer Opfer eines Revolver-Attentats geworden war. Man setzte Joe Callo in einem Bronzesarg — Preis 5000 Dollar — bei.

Der Mafia-Krieg war voll im Gange. Ein New-Yorker Polizeisprecher erklärte: »Von seiten der Gallo-Leute ging bisher kein Hinweis auf die Mörder Joe Gallos ein. Die Mafiosi machen die Sache traditionsgemäß ohne die Polizei aus. Der Killer wird jetzt von zwei Seiten gejagt. Von uns und von den Gallos.«

Und dies waren die nächsten Meldungen.

11. April 1972: Der Restaurantbesitzer Gennaro Ciprio aus Brooklyn, der Leibwächter des Gallo-Rivalen Joe Colombo gewesen sein soll, wurde vor seinem Lokal mit Kopfschüssen tödlich verletzt aufgefunden. In New Jersey entdeckte man einen gewissen Frank Ferrano auf einem Parkplatz mit Kopfwunden — tot. Er war das sechzehnte Todesopfer des Mafia-Krieges seit dem Tode von Colombo.

12. April 1972: Nach einem anonymen Anruf fand die Polizei im Kofferraum eines alten Wagens in Brooklyn die Leiche eines furchtbar zugerichteten Mannes. Der anonyme Anrufer hatte gesagt: »Dies ist für Joe Gallo.«

2. Juni 1972: Unbekannte entführten den neunundzwanzigjährigen Emanuel Gambino, einen Neffen von Carlo Gambino. Die Familie schwieg über die Entführung.

16. Juli 1972: Die Besatzung eines Streifenwagens der New-Yorker

Polizei entdeckte gegen ein Uhr nachts auf einem Bürgersteig den von 32 Kugeln durchlöcherten Körper des einundsechzigjährigen Thomas Eboli, der 1969 nach dem Tode von Don Vito Genovese zusammen mit Gerardo Catena die Leitung der Genovese-Familie übernommen hatte. Die Polizei fand bei der Leiche mehr als 2000 Dollar in bar, dazu einen Diamantring und ein massiv goldenes Kruzifix.

11. August 1972: Auf einem Sumpfgelände im New-Yorker Stadtteil Bronx fand die Polizei die Leichen zweier junger Männer, die offenbar von »Berufskillern hingerichtet« worden waren. Die Toten wurden als Neffen des Mafioso Joseph Manfredi identifiziert. Manfredi hatte den Rauschgifthandel zwischen New York und der amerikanischen Westküste organisiert. Im Kofferraum eines am Flugplatz La Guardia geparkten Wagens entdeckte man einen weiteren ermordeten Mafioso.

15. August 1972: Ein Killerkommando erschoß im »Neapolitan Noodle Restaurant« in Manhattan zwei Angestellte einer Fleischgroßhandlung. Die beiden waren mit dem neuen Boß der Colombo-Familie, Joseph Yacovelli, und dessen Leibwächter verwechselt worden, die unmittelbar vor dem Mord das Restaurant verlassen hatten.

Hauptquartier auf dem Autofriedhof

Erst diese Bluttat schreckte die Öffentlichkeit auf. New Yorks Oberbürgermeister Lindsay erklärte: »Wir werden die Gangster aus der Stadt vertreiben. Zunächst werden wir versuchen, ihnen die Geschäftsgrundlage zu entziehen.«

Also wieder eines der nun schon allzu bekannten, sich ständig wiederholenden Versprechen, endlich dem organisierten Verbrechertum in den Arm zu fallen?

Diesmal jedoch schien die Polizei wirklich ernst zu machen.

Es hatte damit begonnen, daß vier verkleidete Polizeibeamte vor einer Bar in Brooklyn Weihnachtsbäume verkauften. In diese Bar kehrten häufig Mafiosi ein, von denen man hier und dort einmal ein Wort aufschnappen konnte. So stieß die Polizei auf einen Wohnwagen, der auf einem Autofriedhof in Brooklyn abgestellt war. Inmitten sauber gestapelter Autowracks, ringsum von einem Stacheldrahtzaun umgeben und von Schäferhunden bewacht, befand sich, so ermittelte die Polizei, ein gut getarntes und offenbar auch abhörsicheres Hauptquartier der Cosa Nostra. Trotz strenger Bewachung gelang es den Polizeibeamten, in der Decke des Wohnwagens Abhörvorrichtungen anzubringen und die Telefonanschlüsse des Wagens anzuzapfen. In einer gegenüberliegenden Schule wurde außerdem ein Beobachtungsposten eingerichtet, der über Filmkameras verfügte und jeden Besucher des Wagens auf Zelluloid bannte.

Einige Monate später — der Mafia-Krieg war in vollem Gange, und Oberbürgermeister Lindsay hatte gerade seine Drohung ausgesprochen — besaß die Polizei einige Millionen Meter Film und viele Kilometer Tonbänder voll von Gesprächen über Erpressung und Raub, Entführung und Versicherungsbetrug. Im Oktober 1972 schlug die Polizei zu. Gegen genau 667 Mafiosi, Leute, die den Wohnwagen in Brooklyn aufgesucht hatten oder die man nach den Telefongesprächen identifizierte, ergingen Haftbefehle. Dazu wurden Hunderte Polizisten ermittelt, die auf den Honorarlisten der Cosa Nostra standen. Unbehelligt blieben einige Dutzend Geschäftsleute, die im Wohnwagen zu Gast gewesen waren. Ein Staatsanwalt erklärte dazu, es habe sich um Vertreter jener 200 New-Yorker Firmen gehandelt, die von der Mafia kontrolliert würden.

Die New-Yorker Zeitungen fragten, ob »die Tage der Cosa Nostra gezählt« wären? Doch diese Frage war voreilig, denn ein von der Polizei verhafteter Mafioso ist noch längst nicht überführt und verurteilt. Und selbst ein verurteilter Don vermag noch immer, auch aus dem Gefängnis heraus, die Geschäfte seiner Familie zu leiten. Daß die Haftbefehle vom Oktober 1972 — die New-Yorker Polizei teilte übrigens niemals mit, wie viele dieser Haftbefehle tatsächlich vollstreckt wurden; auch kam es bislang zu keinem Prozeß gegen irgendeinen der Angeschuldigten — die Cosa Nostra gewissermaßen abgeschafft hätten, mag niemand zu behaupten. Statt dessen dürfte das eingetreten sein, was Schriftsteller Mario Puzo im »Godfather« Don Vito Corleone tun ließ: Es wurde wieder einmal Frieden »zwischen allen kriegführenden Parteien« geschlossen.

Ein Don läuft über

Letzter Nachklang jenes Mafia-Krieges von New York, der mit der Ermordung von Joe Colombo begonnen hatte, war folgende Meldung: Am 24. Januar 1973 fand man die Leiche von Emanuel Gambino, der im Juni 1972 entführt worden war. Und zwei prominente Mafiosi entschlossen sich, gegen die Omertà zu verstoßen. Anfang 1973 stellte sich Joseph Luparelli der Polizei, weil er fürchtete, ermordet zu werden. Luparelli »sang«. Carmine De Biase, Mitglied der Colombo-Familie, habe Joe Gallo am 8. April 1972 in »Umbertos Muschelhaus« entdeckt. Daraufhin sei von Joseph Yacovelli, Colombos Nachfolger, der Befehl zur Ermordung Gallos gegeben worden.

Der zweite Überläufer war Yacovelli selbst. Nach Luparellis Enthüllungen schien er um sein Leben zu fürchten. Am 28. Februar 1974 stellte er sich dem FBI. Wegen »Behinderung der Aufklärung eines Verbrechens« wurde sofort Haftbefehl gegen ihn erlassen. Yacovelli sollte als Kronzeuge im Mordfall Gallo auftreten. Ein Cosa-Nostra-Don, der sich freiwillig dem FBI stellte? In einem Bericht aus New York hieß es dazu: »Sein plötzliches Auftauchen wird damit in Zusammenhang gebracht, daß die Colombo-Familie dringend einen neuen Führer einsetzen will.« Yacovellis plötzliches Auftauchen war eine Flucht vor der fälligen Generalabrechnung in der Familie.

Im März 1972 behauptete die amerikanische Illustrierte »Life«: »Das exakte Datum des Kollaps ist nicht wichtig, aber die Tatsache besteht, daß das in italienischem Stil organisierte Verbrechen in diesem Lande zu Ende ist.«

Wie kam das Blatt zu diesem kühnen Schluß? Es errechnete, daß sich Ende 1971 etwa 3200 Mafiosi im Gefängnis befanden, darunter sogar einige Dons wie Raymond Patriarca (Oberhaupt der Familie von Neu-England), Carlos Marcello (Chef der Familie von Louisiana) und Simone de Cavalcante (Haupt der Familie von New Jersey). Ein Beweis für das Ende der Cosa Nostra wäre auch die Tatsache, daß einige Dons die Flucht in die Öffentlichkeit angetreten hätten: Joe Colombo mit seinen Reden am Columbus-Denkmal und Salvatore Bonanno, der sich entschlossen hätte, seine Erfahrungen und Erlebnisse dem Schriftsteller Gay Talese für dessen Buch »Honor Thy Father« zu erzählen.

»Life« ließ außer acht, daß man stets dann das Ende der amerikanischen Mafia prophezeit hatte, wenn eine Generation von Dons abtrat und jungen Leuten mit moderneren Ideen Platz machen mußte. Auch an den fünf New-Yorker Mafia-Familien war diese Entwicklung abzulesen.

1899 hatte Ignazio Saietta die Mafia von New York ins Leben gerufen. Als man ihn zu dreißig Jahren Gefängnis verurteilte, brach die Mafia in New York auseinander, ihr Ende schien da. Doch 1920 herrschte Joe Masseria in der Mafia. Der Alkoholschmuggel wurde wichtiger als Mord und Raub.

1931 wurden Masseria und sein Nachfolger Salvatore Maranzano ermordet. Wieder schien das Ende des organisierten Verbrechertums gekommen. Doch nun entstanden die fünf Familien, von tatkräftigen Dons der nächsten Generation geleitet. An die Stelle des Alkoholschmuggels traten nun illegale Glücksspiele und schließlich der Rauschgiftschmuggel.

Als »Lucky« Luciano, der als »Boß der Bosse« galt, 1946 nach Italien deportiert wurde, übernahm Francesco Scalici seine Familie. Er wurde 1957 ermordet. Seither leitete der über siebzigjährige Carlo Gambino diese Familie und erhob zugleich Anspruch auf den Titel »Boß der Bosse«.

Von 1931 an stand Frank Costello der zweiten New-Yorker Mafia-Familie vor. 1957 trat er nach einem Mordanschlag ab. Er starb im Februar 1973 an einem Herzinfarkt. Nachdem auch dessen Nachfolger Thomas Luchese (»Drei-Finger-Brown«) eines natürlichen Todes gestorben war, wurde die Frage einer starken Führung akut.

Die dritte Familie von New York leitete seit 1931 Joe Profaci. Sein Tod im Jahre 1962 brachte Joe Colombo an die Macht. Nach der Auseinandersetzung um die Führung, in deren Verlauf der Colombo-Nachfolger Yacovelli zur Polizei überlief, galt Joseph Magliocco als aussichtsreichster Kandidat, zumal er die Familie bereits interimistisch geleitet hatte.

Bananen-Joe verschwindet

Familie Nr. 4 war seit 1931 in den Händen von Joe Adonis gewesen. Nachdem er 1956 nach Italien ausgewiesen worden war, wurde Joe Bonanno sein Nachfolger.

Joe Bonanno — das war ein Name, der der Polizei vor Jahren Rätsel aufgegeben hatte, als man wieder einmal das Ende der Cosa Nostra voraussagte.

Am 21. Oktober 1964, kurz nach Mitternacht, hielt in New Yorks eleganter Park Avenue ein Taxi, dem der Rechtsanwalt William Maloney und der neunundfünfzigjährige Joseph Bonanno entstiegen. Die beiden gingen auf ein Appartementhaus zu, in dem Maloney wohnte, als aus dem Schatten des Hauseingangs zwei Männer in Trenchcoats stürzten, die Hüte tief in ihre Stirn gezogen. Die beiden Fremden packten Joseph Bonanno an den Armen. »Los komm, Joe«, zischte der eine. »Mein Boß will dich sprechen!«

Bonanno versuchte gar nicht erst, Widerstand zu leisten. Rechtsanwalt Maloney dagegen protestierte. »Was zur Hölle geht hier vor? Der Mann ist mein Klient!«

Die Trenchcoat-Männer waren jedoch nicht bereit, zu dieser nächtlichen Stunde auf der Park Avenue mit dem Anwalt zu diskutieren. »Hau ab!« schrie einer. Der Rechtsanwalt sprang in den Hauseingang und duckte sich vor den Geschossen, die diese Aufforderung unterstreichen sollten. Die Männer stießen Bonanno den Gehweg entlang. Mit weitem Abstand folgte ihnen Maloney, eng an die Hauswand gepreßt. Als er die nächste Straßenecke erreichte, sah er gerade noch, wie sein Klient in eine helle Limousine gezerrt wurde, die mit aufheulendem Motor davonjagte.

Wenige Minuten nachdem William Maloney die Polizei von dem Vorfall unterrichtet hatte, tickten die Fernschreiber, gaben die Sprecher der Funkleitzentralen im Staat New York hastig die Nachricht durch: »Joe Bonanno entführt!« In den Archiven der großen Zeitungsredaktionen suchte man fieberhaft Angaben über das Opfer heraus.

Doch die Archive stimmten nicht in allem überein. In wieviel Variationen allein der Name wiedergegeben wurde! Joseph Bonanno, Joseph Bonono, Joe Bananni, Joe Bananas. Aber die anderen Angaben deckten sich.

1906 wurde er als Giuseppe Bonanno in Sizilien geboren, 1924 wanderte er in die USA ein. 1930 war er zum erstenmal verhaftet worden, als er für Al Capone eine Ladung Maschinengewehre von New York nach Chikago transportierte. 1938 verschwand er für kurze Zeit aus den USA, kehrte aber bald wieder über Kanada zurück und erwarb die amerikanische Staatsbürgerschaft. Joe Bonanno war ein vielseitiger Geschäftsmann. Er besaß Beerdigungsinstitute und Wäschereien, Konfektionsbetriebe und eine Importgesellschaft für Olivenöl und Käse. 1957 wurde er festgenommen, als er an der Konferenz der Gangsterchefs in Appalachin im Staate New York teilnahm.

Und dieser Mann war verschleppt worden! Ein Prominenter der Unterwelt! Vermutungen und Thesen wurden aufgestellt.

»Die Polizei befürchtet, daß Bonanno Opfer eines Gangstermordes ist, der möglicherweise von den zwei ›Gunmen‹ ausgeführt worden ist, die ihn in der Park Avenue kidnappten«, berichtete die Nachrichtenagentur UPI.

»Wenn man mich fragen würde, ich würde sagen, Joe Bananas liegt irgendwo auf dem Grunde eines Flusses«, erklärte ein Beamter des amerikanischen Justizministeriums.

»Man dürfte ihn kaum je lebend wiedersehen«, meinte Chefinspektor Walter F. Henning.

»Wir suchen nach ihm«, erklärte ein New-Yorker Kriminalbeamter, »denn wir möchten ihn natürlich gern vernehmen.«

Eine Vernehmung stand Joe Bonanno bevor, als er verschwand. Er sollte am folgenden Tag vor einem Geschworenengericht über kriminelle Aktivitäten seiner Familie aussagen. Es gab keinen Zweifel, der ehrenwerte Geschäftsmann Bonanno beschäftigte sich mit Rauschgifthandel und Erpressungen. Wollte ihn eine konkurrierende Bande beseitigen? Fürchteten die eigenen Leute, Bonanno würde vor Gericht Aussagen machen, die sie belasten könnten? Oder war es nicht wahrscheinlicher, daß Bonanno die Entführung selbst organisierte, um der Vernehmung zu entgehen? War er wirklich tot?

Am 18. Dezember 1964 überraschte Rechtsanwalt William Maloney die New-Yorker Presse mit der Mitteilung, sein Klient sei am Leben, und es gehe ihm gut. Auf einer eilig einberufenen Pressekonferenz sagte er: »Ich war erfreut zu erfahren, daß Bonanno am Leben ist, daß es ihm gut geht und daß er wieder auftauchen will. Ich habe den Informanten beauftragt, Bonanno zu sagen, ich würde ihn Montag früh um neun in meinem Büro erwarten, damit er sich auf sein Erscheinen vor dem Gericht vorbereiten könne. Ich sagte ihm, daß ich Generalstaatsanwalt Robert M. Morgenthau informieren würde.«

Wer war der Informant am Telefon? Maloney behauptete, es sei Bonannos Sohn Salvatore gewesen, zweiunddreißig Jahre alt und verheiratet mit der Nichte des New-Yorker Mafia-Chefs Joseph Profaci. Salvatore verschwand am selben Tage, an dem man seinen Vater entführte.

Doch Joe Bonanno erschien am Montag, dem 21. Dezember 1964, nicht in Maloneys Büro. Dafür wurde Salvatore als wichtiger Zeuge am 2. Januar 1965 in Tucson, Staat Arizona, verhaftet. Das Gericht hatte sich inzwischen etwas näher mit Joe Bonanno und seiner Mafia-Familie beschäftigt, hatte 35 Zeugen vernommen und herausgefunden, daß etwa 60 Gangster dieser Familie angehören, deren Aktivität bis nach Kanada und in den Westen der USA reichte.

Fast eineinhalb Jahre waren vergangen. Unerwartet meldete sich am 17. Mai 1966 Joseph Bonanno im Büro von Generalstaatsanwalt Morgenthau in New York. Er schien kaum verändert, schwieg sich aber darüber aus, wo er sich seit dem 21. Oktober 1964 aufgehalten hatte.

Wer glaubte, Joe Bonanno würde bald vor Gericht stehen, hatte sich geirrt. Generalstaatsanwalt Morgenthau forderte — und erhielt — von Bonanno eine Kaution von 150 000 Dollar.

Am 31. Dezember 1966 war in der »New York Times« zu lesen, daß nach Angaben der amerikanischen Regierung Joseph Bonanno Besitzer von Spielkasinos in der mittelamerikanischen Inselrepublik Haiti sei, daß sein »Leutnant« Vito di Filippo bereits seit November 1965 in engem Kontakt mit Haitis Diktator Duvalier stehe und von ihm gegen eine entsprechende Bestechungssumme die Konzession für das Kasino »International« in der Hauptstadt Port-au-Prince erworben habe.

Heute weiß man, daß Joe Bonanno 1964 versucht hatte, die Führung aller fünf New-Yorker Familien an sich zu reißen. Als das mißlang, inszenierte er selbst seine Entführung, versteckte sich in Kanada, bis Gras über die Sache gewachsen war und die anderen Mafia-Dons sich beruhigt hatten. In Tucson im US-Staat Arizona baute er sich ein neues eigenes kleines Mafia-Reich mit weitreichenden Verbindungen auf.

An die Spitze der New-Yorker Bonanno-Familie war inzwischen Carmine Galente gerückt.

Gekaufte Polizei

Blieb die fünfte Familie, jene des Don Vito Genovese, der am 14. Februar 1969 im Gefängnis Springfield in Missouri starb. Nach Genoveses Verhaftung im Jahre 1959 hatte Anthony Strollo die Leitung der Familie übernommen, bis er eines Nachts spurlos verschwand. Danach teilten sich zwei die Führung: Gerardo Catena und Thomas Eboli, denen Carlo Gambino nachfolgte.

In vier der fünf New-Yorker Familien hatte wieder einmal ein Generationswechsel stattgefunden. Die alten Bosse, die die großen Vermögen gemacht hatten, waren gegangen. Und die Profite waren mit Sicherheit enorm. Das Mafia-Geschäft war vielseitig geworden und ging vorübergehend dezent auf leisen Sohlen.

Die wichtigsten Zweige, an denen die Cosa Nostra verdient, sind der Rauschgifthandel, »loan sharking« — die Vergabe von Krediten zu Wucherzinsen —, illegales Glücksspiel, »labor racketeering« — die Erpressung von Firmen und Pseudogewerkschaften —, neuerdings aber auch das Geschäft mit der Pornographie. Die New-Yorker Firmen, die pornographische Erzeugnisse vertreiben, werden von Joseph Brocchini kontrolliert, einem Freund von Thomas Luchese. Der geschätzte Profit der Mafia für 1970 aus diesem Geschäft betrug 500 000 Dollar.

Welch gigantisches Geschäft allein der Rauschgifthandel ist, vermag man aus den Zahlen abzulesen, die ein leitender Beamter der Rauschgiftbekämpfungsbehörde von New York im Februar 1980 nannte. Er schätzte, daß etwa 300 000 US-Bürger heroinsüchtig seien. Sechs Millionen Amerikaner würden regelmäßig Kokain schnupfen, und zwischen 25 und 30 Millionen Bewohner der Vereinigten Staaten seien dem Marihuana oder chemischen Drogen — z. B. LSD — verfallen. In den USA würden alljährlich etwa 60 Millionen Dollar für Rauschgift ausgegeben. Die jährliche illegale Einfuhr belaufe sich auf 5 Tonnen

Heroin, 25 Tonnen Kokain und etwa 15 000 Tonnen Marihuana. Der New-Yorker Distriktanwalt für Drogendelikte, Clifford Fishman, gab die Ohnmacht der Behörden zu Protokoll, als er feststellte: »Drogensucht ist ein soziales Problem. Menschliches Elend, Armut und Diskriminierung·in der Ausbildung sind die grundlegenden Ursachen für die Rauschgiftsucht. Um die Sucht zu beseitigen, müssen wir die Bedingungen ändern, die sie hervorrufen.« Eben das aber kann in einer kapitalistischen Gesellschaft nicht gelingen. Der Rauschgiftmißbrauch nimmt zu. 1977 entdeckte die amerikanische Polizei bei etwa 19 000 Jungen und Mädchen im Alter unter 14 Jahren Rauschgift. Und die Cosa Nostra verdient daran.

Dabei sind die USA in der westlichen Welt keine Ausnahmeerscheinung. 1979 zählte man beispielsweise in der BRD bis zu 80 000 Heroinabhängige und 615 Rauschgifttote.

Doch die Gewinne aus dem Rauschgiftgeschäft machen nur einen Teil des Cosa-Nostra-Einkommens aus. Das amerikanische Justizministerium ließ verlauten, es sei im Besitz von Dokumenten, aus denen hervorgehe, daß mehr als 200 000 Personen, Unternehmen oder Gesellschaften »in der einen oder anderen Weise« der amerikanischen Mafia angehören.

Wer soll dagegen vorgehen? Die Polizei?

Es ist offensichtlich, daß große Teile sowohl der amerikanischen Polizei als auch der Verwaltungen von der Cosa Nostra gekauft worden sind. So »besitzt« sie in der Stadt Reading in Pennsylvania die ganze Gemeindeverwaltung, einschließlich des Bürgermeisters, sowie die gesamte Polizei. In der Stadt Columbus in Ohio verhaftete die örtliche Polizei auf Anweisung der Cosa-Nostra-Bosse drei Spezialagenten des FBI, die die Mafia-Aktivitäten in der Stadt untersuchen sollten. Allerdings mußte man die FBI-Leute wieder freilassen und acht Polizisten verurteilen, weil sie von der Cosa Nostra pro Mann 8000 Dollar erhalten hatten. Doch weiter geschah nichts.

Im November 1969 wurde bekannt, daß in New Orleans Gangster der Familie Marcellos gemeinsam mit Polizisten Raubzüge unternommen hatten. Von Polizeihubschraubern waren sie dabei gegen unliebsame Überraschungen abgesichert worden! In New Yorks Stadtteil Brooklyn mußten acht Polizeibeamte vom Dienst suspendiert werden, weil sie von dem Mafioso und Glücksspielorganisator Samuel Vera mehr als 50 000 Dollar Schweigegelder erhalten hatten. Die Tatsache wurde bekannt, als ein Konkurrent von Vera krankenhausreif geschlagen worden war und daraufhin die ganze Angelegenheit an die große Glocke hängte, um sich zu rächen.

Mindestens genausoviel Energie, wie auf die Infiltration der Polizei, verwendet die Cosa Nostra auf das Eindringen in die Verwaltung.

Gespickt von »Tony Ducks«

Zum Weihnachtsfest des Jahres 1967 wurden die Einwohner von New York von ihrer Stadtverwaltung mit einer Sensation beschert. Der der Republikanischen Partei angehörende Oberbürgermeister John V. Lindsay, der sein Amt mit der Wahlparole gewonnen hatte, er wolle aus New York eine »saubere Stadt« machen, mußte einen der größten Skandale seit der Amtszeit seines berüchtigten Vorgängers William O'Dwyer eingestehen. Das Peinliche war, daß im Mittelpunkt des Skandals Lindsays enger Freund und »junger Mann«, James L. Marcus, stand. Marcus hatte in Lindsays Wahlkampagne eine wichtige Rolle gespielt und nicht geringen Anteil daran gehabt, daß der Republikaner schließlich in das New-Yorker Rathaus einzog. Als Gegenleistung hatte er Marcus in die Stadtverwaltung geholt, zunächst als seinen persönlichen Berater und schließlich als Kommissar für Wasser-, Elektrizitäts- und Gasversorgung.

Dieser Marcus war ein äußerst geschäftstüchtiger Mann und führte einen aufwendigen Lebensstil. Er betrieb private Hypothekengeschäfte, gründete eine Gesellschaft für Entwicklungshilfe und unternahm Börsenspekulationen, die ihm unglücklicherweise 30 000 Dollar Schulden einbrachten. Auf der Suche nach Geldgebern war Marcus an die Loansharks, die »Kredithaie« der Cosa Nostra, geraten. Sie deckten seine Schulden ab und hatten ihn in der Hand.

Eines Tages meldete sich bei ihm Anthony Corallo, ein unter dem Namen »Tony Ducks« bekannter und wegen Rauschgifthandels vorbestrafter Mafioso, der inzwischen seine Geschäfte auf das Bauwesen ausgedehnt hatte. Corallo machte Marcus darauf aufmerksam, daß die Stadtverwaltung beabsichtige, die riesigen Wasserbecken in einem

Park im Stadtteil Bronx reinigen und generalüberholen zu lassen — ein 800 000-Dollar-Auftrag. Marcus schrieb diesen Auftrag nicht — wie üblich — öffentlich aus, sondern übergab ihn der Cosa-Nostra-Firma. Er selbst verdiente an dieser Gefälligkeit 16 000 Dollar.

Die Marcus-Affäre blieb kein Einzelfall. Die Cosa-Nostra, so stellte man fest, kontrollierte seit Jahren die gesamte Abwicklung des Luftfrachtgeschäftes auf den New-Yorker Flughäfen. Die Mafiosi hatten einen »Bundesverband der Luftfrachtunternehmen« gegründet, der von Anthony Di Lorenzo geleitet und kontrolliert wurde. Die Luftfrachtgesellschaften wurden nun gezwungen, gegen eine Aufnahmegebühr von 5000 Dollar und fette Jahresbeiträge diesem Bundesverband beizutreten. Firmen, die sich weigerten, kamen bald in Schwierigkeiten: Ihnen wurden die Lastwagen gestohlen, und die von ihnen beförderte Fracht wurde beschädigt.

Auf den New-Yorker Kennedy-Flugplatz gelangte übrigens einmal ein so fetter Brocken vor das gefräßige Maul der Cosa Nostra, daß sie einfach nicht widerstehen konnte, zuzuschnappen. Es war am 11. Dezember 1978. Die westdeutsche Commerzbank hatte größere Mengen abgenutzter Dollarnoten von Frankfurt am Main nach New York zu verfrachten. Die BRD-Fluggesellschaft Lufthansa übernahm den Transport. Mit gepanzerten Fahrzeugen brachte man die Geldscheine zum Frankfurter Flugplatz, mit gepanzerten Fahrzeugen wurden sie in New York von der Maschine abgeholt und im Tresor der dortigen Lufthansa-Vertretung deponiert, der durch ein kompliziertes Schlüsselsystem, durch eine raffinierte Alarmanlage und einen Fernsehmonitor gesichert war. Zwei weitere Ladungen folgten auf gleiche Weise, bis hundert Kilogramm Dollarnoten im Wert von 5,8 Millionen Dollar den Weg über den Atlantik hinter sich gebracht hatten.

Am frühen Morgen des 11. Dezember 1978 kamen die Spezialisten der Cosa Nostra, fünf Minuten nach drei, in einem schwarzen Ford-Lieferwagen. Sie sprengten die Kette, die ein schweres Stahlgitter sicherte — der Weg zur Lufthansa-Halle auf dem Flugplatz war frei. Der Lufthansa-Angestellte Kerry Whelan bemerkte den Wagen erst, als dieser schon an der Frachtrampe vorfuhr. Sechs Männer, die Gesichter hinter Masken verborgen, stürmten heraus. Einer hatte ein Gewehr in der Hand, die anderen trugen Revolver. Whelan wollte flüchten, aber die Gangster holten ihn ein und schlugen ihn nieder. Ein Nachtwächter wurde mit vorgehaltener Waffe gezwungen, die Räuber in den Verwaltungstrakt der Frachthalle zu führen und per Telefon den Schichtleiter unter einem Vorwand dorthin zu locken. Dann mußte er die Alarmanlage ausschalten, die Halle öffnen und hinter dem einfahrenden Lieferwagen wieder schließen. Nachdem alle anwesenden Angestellten gefesselt worden waren, luden die Mafiosi in aller Ruhe die 35 Metallcontainer mit den Dollar auf. Nach einer Stunde verließen sie unbehelligt das Flugplatzgelände.

Es stand außer Frage: Hier waren Profis am Werk gewesen. Die New-Yorker Polizei tippte auf die Cosa Nostra. Sie nahm Angelo Sepe fest, einen aktenkundigen Mafioso der Luchese-Familie, dem dann allerdings nichts nachzuweisen war. Sie suchte Thomas Desimone, der inzwischen untergetaucht war. Sie fahndete nach Helfershelfern unter dem Lufthansa-Personal. Aber nie kam ein Täter vor Gericht, nie wurde das Geld wiedergefunden. Den Schaden der Commerzbank deckte die Versicherung.

Der Mafia-Konzern

Francis A. Vitello, ein kleiner Mafioso und vorbestrafter Buchmacher, hatte sich geweigert, seinen Rechtsanwalt zu bezahlen. Damit brachte er eine Tatsache ans Licht, die die Cosa Nostra bis dahin ängstlich geheim gehalten hatte, denn Vitello besaß bei der Schweizerischen Bankgesellschaft eines jener berühmtberüchtigten Nummernkonten, bei denen die Bank nicht nach dem Woher und Wohin des Geldes fragt und alle Transaktionen mittels Kennwort abgewickelt werden. Das kapitalistische Bankgeheimnis schützt Ausbeuter und Verbrecher.

Von Vitellos Konto — Kennwort: »Boston« — waren 702 000 Dollar auf mysteriöse Weise verschwunden. Peinlich an der Sache war nur, daß das Geld nicht Vitello gehörte, sondern dem Cosa-Nostra-Chef von Boston, Raymond Patriarca. Die Cosa Nostra stellte Nachforschungen an und fand heraus, daß es einige gewitzte amerikanische Gauner fertiggebracht hatten, das Geld auf ihr eigenes Konto zu transferieren. Bei der Wiederbeschaffung des Geldes wollte man nun jedes Aufsehen vermeiden. Mit Hilfe eines Rechtsanwaltes einigten sich

Gauner und Gangster auf einen Vergleich. Alles wäre gut gegangen, hätte sich Vitello nicht geweigert, besagten Rechtsanwalt zu bezahlen. Dieser klagte gegen Vitello, und so erfuhr die amerikanische Öffentlichkeit von der erstaunlichen Tatsache, daß die Cosa Nostra ihre Millionengewinne auf Schweizer Nummernkonten in Sicherheit bringt. Einmal aufmerksam geworden, ermittelte man auch, daß der Cosa-Nostra-Chef von Philadelphia, Angelo Bruno, als Sicherheit bei einem Importgeschäft mit Musikautomaten einen gedeckten Scheck einer Schweizer Bank über 50 Millionen Dollar vorgelegt hatte.

Mehr aber erfuhr man nicht, denn das Bankgeheimnis gehört mit zu dem Allerheiligsten im Kapitalismus!

Zu dieser Riesensumme konnte die amerikanische Mafia nur kommen, weil sie außerordentlich fest und tief im Wirtschaftsleben verwurzelt ist. 1964 gab eine Untersuchung der Zeitschrift »U. S. News & World Report« konkrete Hinweise. »In den vergangenen Monaten wurde entdeckt, daß Gangster mit einem langen Vorstrafenregister Multi-Millionen-Dollar-Unternehmen infiltrieren. Darunter befinden sich Banken und Wallstreet-Börsenmakler-Firmen, Grundstückskonzerne, ehrbare Gesellschaften, die in vieler Weise der Öffentlichkeit dienen. Eine Tatsache ist sicher: Die Unterwelt-Invasion legitimierter Unternehmen ist zu einem großen Geschäft geworden.«

Anfang 1972 stellte sich in New York der Börsenmakler Mike Hellerman der Staatsanwaltschaft. Nachdem ihn die Cosa Nostra, seine Gläubiger und das FBI gejagt hatten, glaubte er sein Leben nur dadurch retten zu können, daß er auspackte. In dem Buch »Wall Street Swindler« nannte Hellerman später Details über den Absatz gestohlener Wertpapiere, über manipulierte Kursschwankungen für völlig wertlose Aktien und über die Ausplünderung von Firmen bis zum völligen Bankrott. So gab er zum besten, wie er mit Hilfe von Bestechungsgeldern innerhalb von drei Tagen den Börsenkurs der Mafia-Firma At-Your-Service-Leasing von drei auf neun Dollar hochgetrieben hatte. Nachdem die Mafia alle Aktien abgestoßen hatte, ließ Hellerman den Kurs zusammenbrechen, und die Aktienkäufer waren die Verlierer. Der Börsenmakler wies nach, daß die Cosa Nostra aus solchen Manipulationen an der Börse Riesengewinne zieht.

»U. S. News & World Report« veröffentlichte 1964 eine — bei weitem nicht vollständige — Liste von Cosa-Nostra-Aktivitäten im Geschäftsleben. Aus leicht erkennbaren Gründen verzichtete die Zeitschrift auf die Nennung von Namen. Sie schrieb:

»Grundstücke: Allein in New York City vermutet Distriktanwalt Robert M. Morgenthau Investitionen der Unterwelt im Grundstückgeschäft, die ›in die Hunderte Millionen gehen‹. Mafia-Mitglieder sind Hauptaktionäre in einem Konzern, dem zwei berühmte Wolkenkratzer-Bürohäuser gehören. ›Das war eine Operation von einer Drittel Milliarde Dollar‹, sagte Mr. Morgenthau ... Gangster sollen auch die Aktienmehrheit an einem der bekanntesten Wolkenkratzer in Manhattan besitzen. Schließlich wird ein in New York gut bekanntes Hotel ausschließlich von Kriminellen betrieben. Regierungsbeamte erklären, daß die Gangster auch Hotels und Motels in Miami und Miami Beach, in Las Vegas, Detroit, Chikago und vielen anderen Städten besitzen ...

Bankwesen: Untersuchungsbeamte glauben, daß Racketeers und Spieler ihren Fuß in viele große Banken gesetzt haben, indem sie Aktien erwarben. Sie scheinen ihre Position als Aktionäre dazu benutzen zu wollen, besondere Vergünstigungen zu erhalten — was ihnen meist gelingt. In Detroit ist, einem Beamten in Washington zufolge, eine mittelgroße Bank ganz in die Hände des ›Mob‹ (Synonym für die Cosa Nostra — die Autoren) übergegangen. ›Sie ist als Ganoven-Bank bekannt‹, erklärte der Beamte. Wir haben Grund zu der Annahme, daß sie ungesicherte Kredite an die Mafia-Führer gibt. Sie eröffnet ihnen große Konten unter fiktiven Namen oder über Strohmänner, die keine Fragen stellen. In Miami existiert bei einer Bank eine nahezu gleiche Situation. In New York City kontrollieren bekannte Gangster zwei Banken ... Ein Chikagoer Polizeibeamter erklärte: ›In den vergangenen Jahren sind die Gangster in der Finanzwirtschaft besonders aktiv geworden, insbesondere in Klein-Kredit-Gesellschaften und in Banken.‹

Bekleidungsindustrie: Die Konfektionsindustrie, in New York konzentriert, ist seit langem dafür bekannt, daß die Racketeers sie überrannt haben. Viele von ihnen sind Millionäre geworden. Experten führen diese erfolgreichen Operationen auf die Tatsache zurück, daß viele dieser Racketeers in ihren Unternehmen keine Gewerkschaften dulden. Das hält ihre Kosten niedriger ... Die Racketeers halten sich die Gewerkschaften vom Leibe, sagen Experten, indem sie Mafia-Killer und Schläger als ›Arbeitsberater‹ anheuern.

Andere Industrien: Ein bekannter Führer der Mafia von Detroit hatte einen engen Kontakt zu einer Herdfabrik in Detroit. Heute ist er im Geschäft mit Tankstellen und Auto-Service. — Allein in Detroit haben Mafia-Mitglieder legale Geschäfte im Werte von 50 Millionen Dollar infiltriert, erklärte Polizeichef George Edwards. Er nannte 98 Betriebe, die der Mafia zugerechnet werden können.«

Die abschließende und zusammenfassende Liste der Zeitschrift »U. S. News & World Report« ist mehrere Seiten lang. Sie zählt nur jene Geschäftszweige auf, in denen Mafiosi Fuß gefaßt haben. Sie reicht von Banken über Hotels bis zum Baugewerbe, in die Textilindustrie, die Automatenindustrie, den Lebensmittelhandel bis zum Antiquitätenhandel.

Einen Überblick über die wichtigsten Mafia-Geschäfte gibt die nachfolgende Aufstellung, die während der Untersuchung der Appalachin-Konferenz angefertigt worden war.

Dominick Alaimo: Chemikalien-Handel, Beteiligung an Kohlegesellschaften, Bekleidungsindustrie;

Joseph Barbara sen.: Getränkeindustrie (Canadian Dry);

Joseph Barbara jun.: Getränkeindustrie, Müllabfuhr;

Joseph Bonanno: Beerdigungsfirmen, Import-Export, Wäschereien, Lebensmittelhandel;

John Boventre: Konfektionsindustrie, Import-Export, Grundstücksgesellschaften;

Russel Buffalino: Autohandel, Kohlegesellschaften, Bauwesen, Konfektion, Juwelen- und Pelzhandel;

Roy Carlisi: Rennställe, Einzelhandel, Grundstücke;

Paul Castellano: Einzelhandel;

Gerardo Catena: Automaten, Vergnügungsindustrie, Ölindustrie, Papierindustrie, Grundstücke, Restaurants, Transportwesen;

Joseph Civello: Lebensmittelhandel;

James Colletti: Lebensmittelhandel, Grundstücke, Restaurants;

Frank Cucchiara: Lebensmittelhandel, Restaurants;

John Democco: Automaten, Grundstücke, Restaurants;

Joseph Falcone: Automaten, Grundstücke;

Salvatore Falcone: Rennställe, Lebensmittelhandel, Grundstücke;

Carlo Gambino: Konfektion, Papier, Metallindustrie, Großhandel;

Vito Genovese: Rennställe, Import-Export, Lampenindustrie, Großhandel, Grundstücke, Restaurants, Metallindustrie;

James La Duca: Vergnügungsindustrie, Hotels, Getränkeindustrie, Transportwesen;

Louis Larasso: Bauwesen;

Carmine Lombardozzi: Automaten, Bauwesen, Grundstücke, Versicherungen, Fernsehsender, Transportwesen, Lebensmittelhandel;

Joseph Magliocco: Dienstleistungen, Import-Export, Wäschereien, Lebensmittelgroßhandel;

Frank Majuri: Bauwesen;

Rosario Mancuso: Bauwesen, Box-Promoter, Restaurants;

Michele Miranda: Transportwesen, Automaten, Rennställe, Versicherungen, Juwelen- und Pelzhandel;

Joseph Profaci: Bauwesen, Textilindustrie, Import-Export, Lebensmittelhandel;

Vincent Rao: Bauwesen, Konfektion, Grundstücke, Restaurants;

Joseph Riccobono: Konfektion, Juwelen- und Plezhandel;

Joseph Rosato: Transportwesen;

John Scalish: Automaten;

Angelo Sciandra: Kohlegesellschaften, Vergnügungsindustrie, Transportwesen;

Costenze Valente: Papier, Restaurants;

Frank Zito: Automaten, Lebensmittelhandel.

Diese Aufstellung ist bereits einige Jahre alt und keineswegs vollständig. Aber schon sie gibt einen Eindruck von der ökonomischen Macht der Cosa Nostra, von der das amerikanische Nachrichtenmagazin »Time« im Mai 1977 schrieb: »Beamte des Justizministeriums glauben, daß der Mafia mindestens 10 000 legale Firmen gehören, die im Jahr schätzungsweise Profite in Höhe von 12 Milliarden Dollar machen.« Das Blatt zitierte sodann Chikagoer Behörden, die meinten, infolge der Gangster-Aktivitäten müsse der durchschnittliche amerikanische Bürger bei jedem Kauf im Wert von einem Dollar zwei Cents zusätzlich für die Cosa Nostra drauflegen.

Im Januar 1980 veröffentlichte das amerikanische Wirtschaftsmagazin »Fortune« eine Liste der umsatzstärksten USA-Konzerne. Auf Platz 1 stand die Automobilfirma General Motors, auf Platz 2 der Ölkonzern Exxon (vormals Standard Oil of New Jersey). Nach der Höhe des Umsatzes, so »Fortune«, müsse dann eigentlich auf Platz 3 die Cosa Nostra folgen — mit 50 Milliarden Dollar. Das entspricht der Hälfte aller Rüstungsausgaben der USA. Die Experten von »Fortune« meinten jedoch einschränkend, ihre Zahlen würden nur einen Bruchteil der tatsächlichen Mafia-Geschäfte erfassen, denn nach dem Profit müsse die Cosa Nostra auf Platz 1 dieser Liste gesetzt werden. Und sie zitierten einen Beamten des FBI, der resignierend sagte: »Ich glaube nicht, daß Ihnen noch irgendein Geschäftszweig einfallen kann, an dem sich der Mob noch nicht versucht hat.«

»Kredithaie« am Werk

Eine wesentliche Methode bei der Infiltration der Geschäftswelt ist die Zuhilfenahme des Loan-shark, des »Kredithais«. Diese Methode des Kreditwuchers war bekanntlich zuerst auf den Docks von New York in kleinem Umfang ausprobiert worden. Jetzt wird sie in großem Stil betrieben. Dabei leistet der erbitterte Konkurrenzkampf auf Leben und Tod, der im kapitalistischen Geschäftsleben üblich ist, den Mafiosi Vorschub. Firmen, die sich in Zahlungsschwierigkeiten befinden und denen die Konkurrenz jeden Weg zu einem Kreditinstitut vermauert, sehen oft als einzigen Ausweg das Abkommen mit dem Loan-shark der Mafia, der allerdings phantastische Zinsen verlangt.

So berichtete die Besitzerin eines größeren Transportunternehmens in New York, sie sei gezwungen gewesen, bei den Mafiosi einen Kredit von 10 000 Dollar aufzunehmen. Als sie nicht termingemäß die Zinsen begleichen konnte, drohten die Gangster telefonisch: »Wenn Sie nicht sofort zahlen, wird es Ihnen gehen wie Ihrem Lastwagen.« In der folgenden Nacht jagten die Mafiosi einen ihrer Lastwagen mit einer Bombe in die Luft.

Dabei gehört es nicht in jedem Fall zur Taktik der Cosa Nostra, eine Firma unbedingt zu übernehmen. Um die Konkurrenz der legalen Geschäfte auszuschalten, wird oftmals auch ein betrügerischer Bankrott organisiert. Ein Musterbeispiel dafür war Anfang 1961 der Fall der Murray Packing Company.

Die Murray Packing Company war im Fleischgroßhandel von New York tätig. Zu ihren Kunden gehörte die Pride Wholesale Meat and Poultry Corporation. Was Joseph Weinberg, sein Sohn Stanley und David Newman, die drei Besitzer der Murray Packing Company, nicht wußten, war, daß der Präsident der Pride Corporation, Peter Castellane, ein Mafioso war, ein Cousin des Dons Carlo Gambino und Mitglied von dessen Familie. Ihm gehörten eine Reihe Supermarkets. Castellana betrieb gemeinsam mit Mafia-Don Carmine Lombardozzi die Jo-Ran Trading Company.

Im Dezember 1960 geriet die Murray Packing Company in Geldverlegenheiten. Außenstände konnten nicht fristgemäß eingetrieben werden. Schulden waren zu bezahlen. Die Zeit für die Loan-sharks war gekommen. Bei Weinberg und Newman tauchte ein Mann auf, der versicherte, Geld auftreiben zu können. Er war den Besitzern der Gesellschaft nicht unbekannt, denn er arbeitete für einen anderen Murray-Kunden, die Mercury Hotel Supply Company. Sein Name lautete Joseph Pagano. Was sie nicht wußten, war, daß auch Pagano ein Mafioso aus der Genovese-Familie war.

Pagano brachte den Weinbergs das Geld, einen Scheck der Jo-Ran Trading Company über 8500 Dollar, der die Unterschrift von Carmine Lombardozzi trug. Der Zinssatz dieses Darlehens betrug pro Woche ein Prozent, also 85 Dollar. In den folgenden Wochen zahlte die Murray Packing Company stets pünktlich die Zinsen, doch die Gesamtschuld von 8500 Dollar verminderte sich dadurch nicht. Die finanziellen Schwierigkeiten der Firma dauerten an.

Im Januar 1961 zwangen die Mafiosi die Weinbergs, ein Drittel ihrer Anteile zu verkaufen — an Pagano und damit an die Cosa Nostra. Zum Schutz ihrer Investitionen setzte die Mafia durch, daß Pagano zugleich Präsident der Gesellschaft wurde. Schecks der Firma mußten von nun an Paganos Unterschrift tragen.

Zunächst schien dieser Wandel in der Geschäftsführung dem Geschäft zugute zu kommen. Die Umsätze stiegen. Die Pride Wholesale Meat and Poultry Corporation — also die Mafia-Firma —, die früher in der Woche für etwa 1000 Dollar Ware bezogen hatte, kaufte im Januar 1961 für 241 000 Dollar, im Februar für 298 000 Dollar und im März gar für 922 000 Dollar. Doch die Sache hatte einen Pferdefuß. Castellanas Firma kaufte zu Unterpreisen. Schon hatte die Mafia die

Murray Packing Company so fest in der Hand, daß sich deren einstige Alleinbesitzer nicht mehr dagegen wehren konnten, daß ihre Ware zu Unterpreisen verschleudert wurde, zu Preisen, die unter den eigenen Gestehungskosten lagen.

Was konnte das Ziel solcher Transaktionen sein? Zweifellos wollte man in diesem Fall die Murray Packing Company ruinieren, damit eine Konkurrenzfirma aus der Welt schaffen und die Konkursmasse den eigenen Unternehmen zuschlagen.

In der letzten Märzwoche hatte die Pride Wholesale Meat and Poultry Corporation 750 000 Dollar an die Murray Packing Company zu zahlen. Peter Castellana hatte zu diesem Zweck einen Kredit bei der Commercial Bank of America in Höhe von 150 000 Dollar aufgenommen, zwang aber zugleich die Murray Packing Company, ihre Konten auf dieselbe Bank zu übertragen.

Für das letzte Stadium der Operation schaltete Castellano den Mafioso Gondolfo Sciandra, der ebenfalls im Fleischgeschäft tätig war, ein. Sciandra erhielt von Castellano die Schecks der Pride Wholesale Meat and Poultry Corporation und leitete sie an den nunmehrigen Murray-Geschäftsführer Pagano. Pagano zahlte den Scheck bei der Bank ein, präsentierte aber sogleich einen Scheck der Murray Packing Company in derselben Höhe, den er sich auszahlen ließ, und das Geld gab er an die Mafiosi zurück. Der Buchführung zufolge waren also alle Käufe der Pride Wholesale Meat and Poultry Corporation bezahlt worden, in Wahrheit aber lieferte die Murray Packing Company Ware, ohne einen Cent dafür zu erhalten. Auf diese Weise stahl Pagano allein an einem einzigen Tage 125 000 Dollar.

Innerhalb weniger Wochen war die Murray Packing Company bankrott. Die beiden Weinbergs, Newman und Joseph Pagano kamen vor Gericht. Die Weinbergs und Newman wurden wegen betrügerischen Bankrotts zu längeren Haftstrafen und hohen Geldstrafen verurteilt. Pagano, der sich an die Omertà hielt und vor Gericht beharrlich schwieg, war nichts nachzuweisen. Er erhielt lediglich 19 Monate Haft wegen Nichtachtung des Gerichts.

Verbrecher mit weißem Kragen

Der Fall der Murray Packing Company lag an der Grenze zwischen den herkömmlichen Praktiken der Gangster und jener seit langem herausgebildeten Kriminalität, die man in den USA White-Collar-Crime, »Verbrechen der weißen Kragen«, nennt. Die Bezeichnung spielt auf die soziale Stellung dieser Verbrecher an, die in der herrschenden Oberschicht zu finden sind. Ein Soziologe aus der BRD hatte diese Erscheinungsform der Kriminalität vor einigen Jahren folgendermaßen charakterisiert: »Der ›Weiße-Kragen-Verbrecher‹ ist ein voll anerkanntes Mitglied der gegenwärtigen Gesellschaft und wird auch nach einer ›Panne‹ wieder mit offenen Armen in die Gesellschaft aufgenommen.« Nur wenige Fälle dieser Kriminalität kommen an das Licht der Öffentlichkeit, und dann verläuft die Aufklärung der Skandale oft im Sande. Die Hauptverantwortlichen werden kaum zur Rechenschaft gezogen. Vor Gericht landen nur die kleinen Verbrecher, die von den interessierten Firmen bestochenen Beamten, Abgeordneten und Militärs, die auf diese Weise schnell reich werden wollten. Die Monopolgesellschaften mit ihren Machtmitteln finden in den Gesetzen immer genug Lücken zum Hindurchschlüpfen.

Im Vergleich zu den großen Rüstungs-, Subventions- oder Finanzskandalen mit ihren oft in die Hunderte von Millionen gehenden Summen nehmen sich die Praktiken der Cosa Nostra fast bescheiden aus.

Die Brüder Jerry und Gene Catena von der New-Yorker Cosa Nostra beispielsweise versuchten, einen Anteil am Waschmittel-Boom zu erhaschen. Ihr Erzeugnis taugte zwar nicht viel, aber 600 Verkäufer waren geschäftstüchtig genug, die Waren dennoch an den Kunden zu bringen. Doch bald erkannten die Catenas, daß das Geschäft erst gewinnbringend war, wenn es ihnen gelang, ihr Produkt in eine der großen Supermarket-Ketten unterzubringen. Die A&P-Organisation war zum Geschäftsabschluß bereit. Sie nahm keinen Anstoß daran, daß das Waschpulver nicht viel taugte. Dergleichen Betrug gehört zu den Spielregeln kapitalistischen Geschäftslebens. Auch nicht die Tatsache, daß die Catenas Mafiosi waren, sondern der Umstand, daß Untersuchungen gegen die Cosa Nostra liefen, veranlaßte die Firma, den Vertrag aufzukündigen. Sie befürchtete, daß eine Nennung ihres Firmennamens im Zusammenhang mit den Untersuchungen gegen die Cosa Nostra sofort von einem der vielen Konkurrenzunternehmen zur Abwerbung der Kunden ausgenutzt werden würde.

Gene Catena wütete über die mißglückte Geschäftsoperation und schickte seine Gangster zum Angriff vor. Erst brannten drei Geschäfte der A & P nieder, dann wurde der Chef des Supermarket-Unternehmens in Brooklyn, James B. Walsh, ermordet. Zuletzt fand man den Manager der A & P im New-Yorker Stadtteil Bronx, John P. Massener, erschossen auf.

Doch die A & P gab nicht nach, sondern informierte Polizei und Staatsanwaltschaft, die aber keine Beweise fand. Das Risiko schien den Catenas schließlich zu groß, und sie wandten sich anderen, schwächeren Geschäftspartnern zu.

Neue Möglichkeiten entdeckte die Cosa Nostra, als die Kreditkarten eingeführt wurden. Angesichts der riesigen Ausmaße von Scheckbetrügereien, war kaum noch ein Geschäftsmann bereit, einem Kunden seine Ware gegen einen Scheck zu verkaufen. Die Auswirkungen bekamen zuerst die kleineren Banken und Kreditinstitute zu spüren, deren Geldeinlagen stark zurückgingen. Die repräsentativen Großbanken waren dadurch geschützt, daß sie hohe Mindesteinlagen forderten, die kleine Gauner sich nicht leisten konnten. Ihren Schecks begegnete man auch mit weniger Mißtrauen, weil solche finanzstarken Banken zumeist auch ungedeckte Schecks einlösten, damit ihr Ansehen nicht litt.

So kamen Sparkassen und Kleinbanken auf den Gedanken, Kreditklubs zu gründen, deren Mitglieder in allen Geschäften, Restaurants und Hotels, die mit dieser Gesellschaft zusammenarbeiteten, gegen Vorlage ihrer Kreditkarte Waren oder Leistungen erhielten, ohne sogleich zahlen zu müssen, denn die Gesellschaft deckte deren Ausgaben bis zu einer bestimmten Höhe. Obwohl die Kreditgesellschaften ein ganzes System von Sicherungen vor Betrug eingebaut haben, finden Verbrecher immer wieder Lücken. Die Verluste der Kreditkartenbranche durch betrügerische Manipulationen schätzt man allein auf 100 Millionen Dollar. Ein Privatmann, der sich auf diese Weise bereichern wollte, liefe Gefahr, bald gefaßt zu werden. Das Verbrechersyndikat dagegen ist meist schneller als das Kontrollsystem.

Die Macht des Don Carlo

Die Anlage der ungeheuren Gewinne aus dem organisierten Verbrechen in der amerikanischen Wirtschaft, die Bildung des Mafia-Konzerns, veränderten die »Arbeitsbedingungen« der Cosa Nostra von Grund auf. Das konnte nicht ohne Folgen auf den Führungsstil bleiben. Damit stellte sich auch wieder einmal die Frage nach den Anforderungen, denen ein Don genügen müßte. Die Mafia kennt keine Erbfolge, in der ein Sohn vom Vater Titel und Geschäft erbt. So scheint sich alle dreißig bis vierzig Jahre jener blutige Kampf um die Macht zu wiederholen.

Nur einer der alten Dons war geblieben: Carlo Gambino, der 1921 aus Palermo in die USA gekommen war. Gambino führte einen aufwendigen Lebensstil. Neben seiner eleganten Wohnung am Ocean Parkway in Brooklyn besaß er eine teure Villa in einem Wohnviertel der besseren Gesellschaft auf Coney Island.

Es war stets Gambinos Stärke, sich von den auffälligen Aktionen und den Machtkämpfen der anderen Familien fernzuhalten. Er blieb unbehelligt, als die Polizei nach der Appalachin-Konferenz Untersuchungen anstellte. Seine Familie profitierte stets von den Kämpfen der anderen. Deshalb war auch die Vermutung nicht unbegründet, daß Gambino den Kampf zwischen den Colombos und den Gallos geschürt habe, um seine eigene Machtposition zu festigen. Das amerikanische Nachrichtenmagazin »Time« mutmaßte deshalb auch am 31. Juli 1972 nach dem Mord an Thomas Eboli: »Ebolis Ermordung gibt dem alternden Carlo Gambino die effektive Kontrolle über die Genovese-Familie, denn Gerardo Catena befindet sich im Gefängnis, während ein anderer Boß dieser Familie, Mike Miranda, mit seinen achtundsiebzig Jahren nicht in der Lage ist, noch eine führende Rolle spielen zu können.«

Don Carlo Gambino genoß seine Macht und seine Popularität. Im April 1973 berichtete man aus New York:

»Carlo Gambino erfreut sich seit dem Film ›Godfather‹ einer ungeheuren Beliebtheit. Als er auf Long Island Gast einer Hochzeit war, kniete das Brautpaar vor ihm nieder und küßte seine Hände. Als der Gastgeber auf Gambinos Wohl anstieß, intonierte die Kapelle die Titelmelodie aus dem ›Godfather‹. Fragte ein Reporter den greisen

Gangsterkönig, wie ihm der ›Godfather‹-Film gefallen habe. ›Gut — sehr gut‹, antwortete der ›Boß der Bosse‹ und lächelte.«

Am 17. Oktober 1976 starb Carlo Gambino im Alter von 74 Jahren. Der Tod ereilte den obersten Chef der Cosa Nostra in seinem Appartement in Brooklyn nach langem Herzleiden. Wenige Tage später versammelten sich Hunderte Neugierige vor der Kirche Lady of Grace, wo der 7000-Dollar-Bronzesarg aufgebahrt war. Sie bestaunten die Auffahrt von dreizehn schwarzen Cadillacs, während FBI-Beamte die Insassen fotografierten und ihre Namen notierten; denn zum Trauergottesdienst erwartete man die Mafia-Spitzen aus allen Teilen der USA.

In Polizeikreisen war man sich sicher, daß der Tod Gambinos wieder einmal eine neue Ära in der Geschichte der Cosa Nostra einleiten würde. Ein Polizeisprecher äußerte: »In den nächsten Monaten werden wir es wieder häufiger mit nicht identifizierten männlichen Leichen zu tun haben.« In Carlo Gambino sah man einen Mann, der Aufsehen und Skandale haßte und die diskreten Mittel bevorzugte. Von den möglichen Nachfolgern aber wußte man, daß sie eher auf Gewalt setzten.

Schon kurz nach der Trauerfeier für den »Capo di tutti Capi« trafen sich Dons, Capos und Consiglieri in einem Motel unweit des Kennedy-Flughafens in New York. Es waren die Spitzen der Gambino-Familie und die Abgesandten aller anderen Familien — insgesamt an die hundert Leute. Drei Dons stellten sich gewissermaßen zur Wahl:

Joe Bonanno, mittlerweile 71 Jahre alt, war aus Tucson/Arizona angereist. Obwohl er dort eine neue Mafia-Familie gegründet hatte, hoffte er nunmehr, die Kontrolle über seine alte New-Yorker Familie wieder übernehmen zu können.

Sodann meldete der zweiundsechzigjährige Daniello Dellacroce, ein langjähriger Unterführer Gambinos, Ansprüche auf eine Führungsposition an. Dellacroce hatte nur sechs Jahre seines Lebens im Gefängnis zugebracht — wegen versuchten Einbruchs, Raubüberfalls und Steuerhinterziehung. Er war Spezialist für Kreditwucher und Glücksspiel und in jenen Tagen gerade erst aus dem Gefängnis entlassen worden, wo er sechs Monate wegen »Nichtachtung des Gerichts« abgesessen hatte.

Kronprinz war jedoch der sechsundsechzigjährige Carmine Galente. »Lillo« oder »die Zigarre«, wie er von Freunden genannt wurde, war

1974 vorzeitig auf Bewährung aus dem Gefängnis Lewisburg entlassen worden, wo er eine zwanzigjährige Strafe verbüßte. Er begann sofort, die Herrschaft über die New-Yorker Bonanno-Familie zurückzuerobern. Philip Rastelli, der seit Galentes Einzug in Lewisburg an der Spitze dieser Familie gestanden hatte, weigerte sich zunächst, wieder zurückzutreten. Aber als sein Stiefsohn auf offener Straße ermordet wurde, zog es Rastelli vor, zugunsten Galentes den Stuhl zu räumen.

Bei der Mafia-Konferenz in dem Motel am Kennedy-Flughafen schien sich der ellenbogenstarke Galente durchzusetzen.

Daniello Dellacroce gab eilig bekannt, er werde sich aus Gesundheitsgründen nach Florida, in seine Villa in Key Largo, zurückziehen. Der Chef der Aufklärungsabteilung »Organisiertes Verbrechen« der New-Yorker Polizei kommentierte Galentes Absicht, nun als »Boß der Bosse« an der Spitze der Cosa Nostra zu stehen, mit den Worten: »Seit den Tagen von Vito Genovese hat es keinen mehr gegeben, der rücksichtsloser und gefürchteter ist. Die übrigen sind aus Kupfer, er ist aus purem Stahl.«

Und was unternahm die Polizei? »Zu diesem Zeitpunkt ziehen wir es vor, ihn zu beobachten und zu sehen, was er tun wird.« Und so schaute die Polizei zu, wie ein neuer Gangsterkrieg zwischen Carmine Galente und dem angeblich resignierenden Daniello Dellacroce um die Macht in der Cosa Nostra entbrannte.

»Rekordernte an Leichen«

Die ersten Nachrichten waren beunruhigend genug: Der Boß der Familie von New Orleans, Carlos Marcello, so hieß es, habe die Zahl seiner Leibwächter verdoppelt. Der Boß von San Francisco verlasse kaum noch seine Wohnung.

Dann schlugen die Killer zu. Im New-Yorker Stadtteil Hastingson-Hudson entdeckte Ende August 1977 ein Autofahrer neben dem Straßengraben eine hölzerne Truhe, ein scheinbar antikes Stück. Darin lag, in ein blutiges Laken gewickelt, die Leiche eines Mannes. Der Kopf zeigte mehrere Einschüsse. Das war bereits der achtzehnte Mafia-Mord seit Anfang 1977.

Wenige Stunden nach diesem Fund erhielt ein Polizeirevier in Brooklyn einen anonymen Anruf. »Schauen Sie mal zur 84. Straße — Ecke Utrecht-Avenue, da steht ein goldfarbener Cadillac. Er dürfte für Sie interessant sein.« Eine Polizeistreife fand im Kofferraum dieses Wagens eine männliche Leiche in einem Plastiksack, getötet durch Kopfschüsse — später identifiziert als Stephan Casale.

Kaum 24 Stunden danach stieß die Polizei in einer Garage im Stadtteil Bronx auf einen schweren Überseekoffer mit der Leiche des fünfundzwanzigjährigen Louis Gioia. »Wir haben wieder mal«, sagte ein Kripo-Beamter, »eine Rekordernte an Leichen.«

Alle Toten waren mit der Genovese-Familie liiert gewesen, die jetzt von Frank Tieri geführt wurde. Eines Tages wurde der siebenundsechzigjährige Eli Ziccarol, der Stellvertreter Tieris, entführt. Die Kidnapper kassierten zwar ein Lösegeld von 100 000 Dollar, doch Ziccarol tauchte nie wieder auf.

Die Rache ließ nicht lange auf sich warten. In einem Farmerhaus bei Miami in Florida — dort, wohin sich Daniello Dellacroce zurückgezogen hatte — fand man sechs Tote. Sie waren mit Tüchern gefesselt und danach erschossen worden. Nun starben innerhalb von nur einer Woche 25 Mafiosi. Im Lift eines Chikagoer Bürohochhauses lagen blutüberströmte Leichen. Bei allen Toten fand sich das gleiche Zeichen: die nach außen gestülpte linke Hosentasche.

Die Mordserie nahm auch im folgenden Jahr ihren Fortgang. Offenbar war die Entscheidung zwischen Galente und Dellacroce noch immer nicht gefallen. Und die Polizei schaute weiter zu. Allein im März 1978 entdeckte sie in New York fünfmal Gangsterleichen in Kofferräumen abgestellter Autos. Am 1. Juli 1978 explodierte in Manhatten ein mit Eiscreme beladener Lastwagen, zerstörte Hunderte von Fensterscheiben umliegender Häuser und verletzte mehr als hundert Passanten. Auch der Handel mit Eiscreme wird in New York von der Mafia beherrscht.

Zu dieser Zeit befand sich Carmine Galente bereits wieder im Gefängnis. Da war noch eine Reststrafe abzusitzen. Galente, der auf Bewährung aus der Haft entlassen worden war, hatte sich nicht bewährt und die Auflage des Gerichts, den Umgang mit der Mafia zu meiden, mißachtet. So mußte der Boß wieder eine Zelle beziehen, diesmal im Metropolitan Correction Center in New York. Und in diesem Gefängnis ereignete sich allabendlich etwas Erstaunliches. Das amerikanische Nachrichtenmagazin »Time« schrieb: »Abend für Abend, unmittelbar vor der Schlafenszeit für die Häftlinge, gingen zwei Triggermen der Mafia hinauf zum modernen zwölfstöckigen Metropolitan Correction Center.

Mit unbekannter Hilfe von drinnen öffneten sich auf mysteriöse Weise die verschlossenen Türen für die Gunmen, die in der Halle vor einer bestimmten Zelle Position bezogen (In dieser Zelle lag Carmine Galente.) Als die Lichter gelöscht wurden, ließen sich die beiden bewaffneten Männer zu einer nächtlichen Wache nieder. Ihre Aufgabe: Andere Gangster davon abzuhalten, Lillo für immer in den Schlaf zu versetzen.«

Die amerikanische Zeitschrift kommentierte diesen allabendlichen Vorgang mit den Worten: »Die außerordentliche nächtliche Schildwache von Galentes Leibwächtern demonstriert sowohl den bemerkenswerten Einfluß der Mafia in US-Gefängnissen als auch die Tatsache, daß es keine Ruhe für einen Gangster gibt, der ›Pate‹ werden will und dem das mißlingt.«

»Time« behauptete sodann, im September 1978 hätten die Dons auf eine Forderung von Daniello Dellacroce hin beschlossen, Galentes Ansprüche auf die Position des »Bosses der Bosse« zurückzuweisen, ihm die Führung der Familie abzunehmen und ihn aus dem Weg zu räumen. Lillo habe im Gefängnis davon erfahren und deshalb mit Hilfe bestechlicher Wärter seine eigenen Leibwächter einschleusen lassen, weil er selbst hinter Gittern einen Mordanschlag fürchtete.

Im Februar 1979 hatte Carmine Galente seine Strafe verbüßt. Er verbarrikadierte sich in seinem Appartement in einem eleganten Wohnviertel in Manhattan. Fuhr er gelegentlich in die Chemische Reinigung, die er seit Jahren als Tarngeschäft betrieb, wechselte er unterwegs mehrfach den Wagen. Trotzdem blieben ihm nur noch fünf Monate.

Am 12. Juli 1979, einem drückend heißen Tag, kam der kleine glatzköpfige Mann, der trotz seiner nur 1,60 Meter zeit seines Lebens gefürchtet wurde wie kaum ein anderer, in »John and Marys American Italian Restaurant« in der Knickerbocker Avenue in Brooklyn. Nach dem Essen paffte er eine dicke Zigarre, trank Rotwein und unterhielt sich angeregt mit seinen drei Tischnachbarn.

Plötzlich eilten im Sturmschritt drei Männer mit vermummten Ge-

sichtern durch das Restaurant. Sie holten unter den Jacken Schrotflinten hervor und eröffneten das Feuer. Die Zigarre im Mundwinkel, so
sank der neunundsechzigjährige Carmine Galente, von mehreren
Schüssen in die Brust getroffen, tot zusammen – stilecht nach sizilianischem Brauch mit der Lupara erschossen. Es starben auch sein Leibwächter und der Besitzer des Restaurants.

Diesmal gab es keine prunkvolle Beisetzung mit Cosa-Nostra-Gä-
sten aus dem ganzen Land. Galente hatte seit Jahren von seiner Frau
getrennt mit einer Mätresse zusammengelebt. Deshalb erklärte die Erz-
diözese New York: »Eine liturgische Feier würde einen Skandal auslösen.« Nur wegen der Verletzung des katholischen Ehesakramentes?

Am Grabe von Carmine Galente sprach der Priester Felician Napoli
ein Gebet. Und es gab wieder eine neue »Rekordernte an Leichen.«

Mordserie in Corleone

> »Mit der Ausnahme von Schafen, die in Schafhürden au-
> ßerhalb der Stadt oder an deren Peripherie gehalten wer-
> den, lebt der größte Teil des Viehs und der Haustiere zu-
> sammen mit den Menschen in den Häusern. Die offiziel-
> len Zahlen geben an: 2600 Maultiere, Pferde und Esel;
> 3183 Schafe; 163 Kühe; 1020 Ziegen und Schweine, zu-
> sammen mit unzähligen Hühnern, Katzen und Hunden.«

> Professor Silvio Pampiglione von der Universität Rom, der die Zustände in
> der 20 000 Einwohner zählenden westsizilianischen Stadt Palma di Monte-
> chiaro untersuchte

Calogero Vizzini, auch Don Calò genannt, befahl keuchend seinem
Chauffeur, den Wagen anzuhalten. Ächzend quälte sich der beleibte
Mafia-Chef aus dem Auto und setzte sich erschöpft an den Straßen-
rand. Nicht allein die unbarmherzige Julisonne trieb dem stöhnenden
Mann Schweißperlen auf die Stirn. Eine Herzattacke schüttelte den
Siebenundsiebzigjährigen, einer jener vielen Anfälle, die ihn in der
letzten Zeit immer häufiger befielen. Allzu üppige Mahlzeiten — dieser
Leidenschaft frönten fast alle Mafia-Größen — hatten die Krankheit
gefördert. Der Chauffeur, der an unfreiwillige Aufenthalte bereits gewöhnt war, sah erschrocken, wie Don Calò plötzlich zusammensackte.
Ein eilig herbeigerufener Arzt konnte nur noch den Tod durch Herzschlag feststellen. Im Gegensatz zu seinen vielen Opfern war der Mafia-König am 15. Juli 1954 eines friedlichen Todes gestorben, zufällig
gerade dort, wo er einst um die Jahrhundertwende als kleiner Räuber
seine Laufbahn begonnen hatte.

In seinem Heimatort Villalba, der Hochburg der Mafia, herrschte
Trauer. Die Geschäftsstelle der Partito Democrazia Cristiana, der

Christlich-Demokratischen Partei, schloß zum Zeichen der Anteilnahme für acht Tage ihre Pforten. Auf den Amtsgebäuden des Ortes wurden die Flaggen auf halbmast gesetzt. Vor der Kirche, in der ein Trauergottesdienst für den Onorevole, den Ehrenwerten, Don Calò zelebriert wurde, hing ein Tuch mit riesigen Lettern: »Er war ein edler Mensch.« Sein Nachruf lautete: »Calògero Vizzini, mit den Fähigkeiten eines Genies, steigerte er den Ruhm seines vornehmen Geschlechts scharfsinnig, dynamisch, unermüdlich, gab den Arbeitern der Äcker und Schwefelminen Arbeit und Brot, wirkte Gutes und schuf sich einen Namen, der innerhalb und außerhalb Italiens geschätzt wurde. Er lächelte stets, und heute im Frieden Christi empfängt er von Freunden und Feinden das schönste Zeugnis: Er war ein Ehrenmann.«

Der wohl abgefeimteste Schurke der Insel hinterließ Besitz und Vermögen, das viele Millionen Lire zählte. Dieses Erbe fiel seinen Verwandten zu. Aber das Oberhaupt der »Ehrenwerten Gesellschaft« hinterließ auch ein Reich mit lohnenden Pfründen, das gegen etwaige Konkurrenten mit harter Hand zu regieren war.

Alle Eingeweihten wußten, daß der Nachfolger ein schweres Amt antreten würde. Die Mafia war uneinig und zerstritten wie nie zuvor, sie befand sich außerdem in einer tiefen Krise. Mit dem industriellen Aufschwung Italiens in den fünfziger Jahren hatten die herrschenden Monopole erkannt, daß Sizilien vorteilhafte Bedingungen für Investitionen bot. In dieser rückständigen Region, wo die Zeit so lange stillgestanden und die feudale Ordnung länger als irgendwo in Europa überlebt hatte, war nicht nur ein billiges Arbeitskräftereservoir vorhanden, mehr noch lockten die Regierungssubventionen. Vornehmlich in die Städte Siziliens zog die moderne Industrie ein, die Massenarbeitslosigkeit dagegen blieb bestehen, denn in den weitgehend automatisierten Fabriken wurden nur wenige Arbeiter gebraucht. Die Industrialisierung löste die sozialen Probleme Siziliens nicht, und sie beseitigte auch nicht — entgegen den Erwartungen vieler bürgerlicher Soziologen — die Mafia. Die Geschichte ihres amerikanischen Ablegers, der Cosa Nostra, zeigte, daß die auf feudalem Boden entstandene Mafia in der Lage war, sich schnell der neuen, entwickelten kapitalistischen Ordnung anzupassen. Anstatt ihr der Nährboden entzogen wurde, bewirkte der industrielle Aufschwung in den Städten Siziliens das Gegenteil, die Mafia wurde besonders dort groß. Vor allem in der Regional-

Der Nachfolger des Mafia-Oberhauptes trägt die sogenannte Nabelschnur, die linke Kordel des Sarges: Genco Russo (im Vordergrund) war als Mafioso zum Großgrundbesitzer geworden

hauptstadt Palermo wuchs eine »neue« Mafia heran, die nicht nur schneller Reichtum und Macht anzuhäufen verstand, sondern auch bald der »alten« Mafia und deren Oberhäuptern die Führung streitig machte.

Selbst das Begräbnis von Don Calò wurde von der offen zutage tretenden inneren Krise überschattet. Wer Augen hatte zu sehen, stellte fest: Ungewöhnlich lange Zeit hatten die Gewaltigen der »Onorata Società«, die Dons und Capos, die von überall herbeigeströmt waren, benötigt, sich zu einigen, ehe das Zeichen kam und der Leichenzug sich in Bewegung setzen durfte.

Diese Trauerfeier vollzog sich nach traditionellem Mafia-Ritus. Derjenige, der die linke Kordel, die sogenannte Nabelschnur, des Sarges ergriff, war vorher zum Nachfolger bestimmt worden. Bei diesem Leichenbegräbnis hielt Don Giuseppe (Genco) Russo das Zeichen, das von seiner neuen Macht kündete.

Der sechsundfünfzigjährige Russo war als Sohn eines Kleinbauern geboren worden, hatte sich aber unter den Fittichen der Mafia zu einem Großgrundbesitzer entwickelt. Russo konnte, so paradox es klingen mag, seine Ländereien mehren, als Anfang der fünfziger Jahre eine Agrarreform verkündet wurde. Die Ereignisse um das Lehngut Polizello, das sich Russo einverleibte, offenbarten einmal mehr, wie die Forderung nach einer Bodenreform verfälscht und verraten wurde. Der Staat enteignete damals den alten Feudaladel gegen eine außerordentlich hohe Entschädigung und — schuf neue Großgrundbesitzer. Statt den Boden selbst an die Bauern aufzuteilen, übertrugen die Behörden solchen Leuten wie Russo diese Aufgabe. Der Mafia-Chef verfuhr wie ein mittelalterlicher Feudalherr und belehnte treue Vasallen und deren Günstlinge mit Land. Er gewann so wirtschaftlichen Einfluß und Macht über sie. Einem Reporter gegenüber äußerte Russo freimütig: »Mit vierzehn Jahren ging ich mit meinem Vater tagsüber auf die Felder arbeiten, heute bin ich ein wohlhabender Großgrundbesitzer.« Daß er dutzende Male vor dem Richter gestanden hatte und wegen Mordes, Raubmordes, Gewalttätigkeit, Viehraubes, Erpressung und anderer Verbrechen angeklagt worden war, verschwieg Russo dem Journalisten.

Don Genco Russo, der meist einen Schlapphut trug und seine Gesprächspartner mit stechenden Blicken zu mustern pflegte, war sehr schweigsam und mißtrauisch.

Jetzt begleitete Zio Peppe, Onkel Peppe, wie Genco Russo auch und mit dem Ausdruck höchsten Respektes genannt wurde, den einst unumstrittenen Patriarchen der Mafia auf seinem letzten Weg. Sicher ahnte er, daß an jenem Julitag 1954 mehr als nur ein Leichnam zu Grabe getragen wurde. Auch die alte, feudale Mafia ging unaufhaltsam diesen Weg. Ständig wurde ihr Machtbereich beschnitten. Russos Wahl war ein Kompromiß, denn die in den Städten neu aufgestiegenen Mafia-Führer duldeten keinen aus ihrer Mitte als Chef. Der Kampf um die Domänen in den Städten hatte erst richtig begonnen, und noch wußte man nicht, wer ihn überstehen oder gar als Mächtigster aus ihm hervorgehen würde.

Keineswegs zufällig hielt Paolo Bonta, der Mafia-Chef von Palermo, die andere Kordel und schritt neben Genco Russo. Bonta verkörperte die neuen Kräfte in der Mafia, die auf die wirtschaftliche Durchdringung der Insel eingestellt waren. Doch die traditionellen Mafiosi stemmten sich gegen diese Entwicklung. Sie dämmten die Profite ihrer Brüder in den Städten ein und beschworen so eine Auseinandersetzung herauf— den Krieg zwischen »alter« und »neuer« Mafia, zwischen — wenn man vereinfachen darf — feudaler und kapitalistischer Mafia. Die Situation konnte man mit der Liquidierung der Mustache-Petes in den USA vergleichen.

Den neuen Mafiosi standen bei diesem Machtkampf übrigens fast 400 italo-amerikanische Gangster, die nach 1945 von den USA nach Sizilien deportiert worden waren, mit Rat und Tat zur Seite. Was sich beispielsweise in der Stadt Corleone in jenen Jahren ereignete, darf als typisch für jene Jahre der Umwandlung der Mafia bezeichnet werden.

Skelett im Brunnen

Der Schauplatz, Corleone, eine Stadt mit 15 000 Einwohnern, liegt etwa 60 Kilometer von Palermo entfernt. Das Oberhaupt der Mafia in dieser Stadt war Dr. Michele Navarra, der Chefarzt des Krankenhauses. Er schaltete und waltete wie seine Vorgänger, hatte Macht und Ämter angehäuft: Vorsitzender der klerikalen Bonomiana, der Landwirtschaftsvereinigung von Corleone, Inspektor der Darlehenskasse, der Cassa Mutua Malattie in Corleone und neun umliegenden Ortschaften, sowie Parteiinspektor der Democrazia Cristiana. In diesem tristen Ort mit den armseligen Häusern, die sich altersschwach an einen Berghang lehnten, geschah nichts ohne den Chef des Unterweltordens. Er erpreßte und trieb Tribute ein.

Nach dem Krieg bewilligte der Staat Kredite für die Agrarreform. Navarra ließ sich sofort zum Verwalter des Fonds für sein Gebiet bestellen. Nur er entschied, wer kreditwürdig war. Der Mafia-Arzt manipulierte so, daß er bald Herr über Tausende Hektar Land war und die 35 000 Kleinpächter und Landarbeiter in der Umgebung von Corleone kontrollierte.

Zwischen den Jahren 1954 und 1958 hatten sich vierzehn gut bezahlte Beamte der Ente di Riforma Agraria Siciliano (ERAS) mit der Bodenreform im Bezirk Corleone zu befassen. Diese Verwaltungsbehörde für die Bodenreform in Sizilien enteignete in diesem

Repräsentieren zwei Gruppierungen in der Mafia: Luciano Liggio und Dr. Michele Navarra. Schauplatz ihres Machtkampfes wurde die Umgebung von Corleone

Zeitraum 921 Hektar Land ehemaliger Lehngüter und verteilte es. Insgesamt jedoch umfaßte der Corleone-Bezirk 17 485 Hektar Ackerland!

Der italienische Agrarexperte Dr. Antonio Loschiavo, der in Corleone die Auswirkungen der Bodenreform studierte, stellte in einem Untersuchungsbericht fest: Von 2161 Antragstellern erhielten nur 152 das ersehnte Land. »Ein Teil des unter die Landempfänger verteilten Landes (etwa 623 Hektar) gehört zum schlechtesten Boden des Corleone-Gebietes.« Und so resümierte Dr. Loschiavo: »Die Bodenreform hat wohl den Großgrundbesitz als solchen reduziert, hat jedoch am Hauptbestand der Kulturen — Getreidebau und Weideland, die für den Großgrundbesitz bezeichnend sind — keine Änderungen vorgenommen.« Wie überall auf Sizilien, wo insgesamt 6570 Beamte der ERAS wirkten, wurde die Agrarreform sabotiert: Das zu verteilende

Land wurde meist auf Steinwüsten parzelliert. Neue Wohnsiedlungen, die mit den Krediten der ERAS errichtet wurden, blieben unbewohnbar, weil die Wasseranschlüsse »vergessen« worden waren, und verfielen wieder.

Die Bewohner von Corleone ließen sich nicht widerstandslos in das Joch der Mafia und Landbarone zwingen. Die Grabsteine auf dem Friedhof der Stadt geben Auskunft über einen blutigen und verzweifelten Kampf. Als nach dem Krieg eine mächtige Bewegung für die Besetzung brachliegender Ländereien in Corleone entstand, erstickte die Mafia sie buchstäblich in Blut. Von 1944 bis 1948 wurden in Corleone 153 Ermordete zu Grabe getragen. Erbarmungslos waren sie von den Mordschützen der Mafia mit der Lupara, der Wolfsflinte, gemeuchelt worden. Diese Verbrechen trugen der kleinen sizilianischen Stadt den traurigen Ruhm ein, der Ort mit der höchsten Mordquote der Welt zu sein.

Aber es gab immer wieder Mutige, die der Allmacht der Mafia die Stirn boten. Zu ihnen gehörte vor allem der sozialistische Sekretär der örtlichen Arbeiterkammer, Placido Rizzotto, der eine landwirtschaftliche Genossenschaft gegründet hatte. Die Kooperative trug den Namen Bernardino Verros, der nach dem ersten Weltkrieg als Bauernführer ebenfalls eine Genossenschaft ins Leben gerufen hatte und von der Mafia ermordet worden war. Placido Rizzotto wollte das Werk Verros fortsetzen. Den Landlosen sagte er: »Ich glaube nicht, daß wir hier immer wie Tiere werden leben müssen.«

Der Gewerkschaftsführer wollte auch Brachland, das die Mafia kontrollierte, den Besitzlosen übergeben. Als er sich nicht von den Warnungen seiner Freunde beeindrucken ließ und auch den Drohungen der Bruderschaft trotzte, sprachen Dr. Navarra und seine Kumpane das Todesurteil.

Am Abend des 10. März 1948 wurde der dreiunddreißigjährige Placido Rizzotto bei einem Gang durch die Via Marsala in Corleone von zwei jungen Männern eingeholt. Ehe er begriff, faßte ihn einer der Verfolger unter den Arm, stieß ihm die Mündung einer Pistole zwischen die Rippen und sagte: »Komm mit! Keine Angst, ich erschieße dich nicht! Ich will dir nur ein paar Worte sagen.«

Vor der Stadt stieß zu den beiden Entführern ein dritter Mann, der den Sekretär der Arbeiterkammer ermordete. Zufällig war der zwölfjährige Hirtenjunge Giuseppe Laterza, der in der Nähe des Tatortes

Die Frauen in Corleone trugen immer Trauerkleider. 153 Ermordete wurden zwischen 1944 und 1948 zu Grabe getragen, als die Mafia die Bewegung der Pächter, die brachliegende Ländereien besetzten, mit blutigem Terror zu erstikken versuchte

gerade eine Schafherde hütete, Zeuge des Mordes geworden. Mit einem Nervenschock mußte er in das Krankenhaus von Corleone gebracht werden. Dort nannte er auch den Namen des Mörders: Luciano Liggio. Im Krankenhaus gab Chefarzt Dr. Navarra seinem jungen Patienten eine Injektion, die dafür sorgte, daß der einzige Zeuge des Verbrechens starb. Auf den Totenschein schrieb Navarra: »Herzlähmung nach einem Anfall von delirium tremens.« Es war nicht der erste derartige Totenschein, den Navarra ausstellte. Und die Gerüchte wollten nicht verstummen, daß er auf diese Weise Chefarzt geworden sei. Schließlich mußte gegen ihn ein gerichtliches Verfahren wegen Mordverdachts eingeleitet werden.

Von Placido Rizzotto fand die Polizei vorerst keine Spur. Wo kein Tatzeuge und keine Leiche existierten, konnte auch keine Mordanklage erhoben werden. Erst zwei Jahre später sagte einer der beiden Entführer, ein gewisser Criscione, aus und verriet, wo man das Opfer hatte verschwinden lassen. Feuerwehrleute entdeckten in einer etwa sechzig Meter tiefen Grube am Monte Busambra — einem Berg zwanzig Kilometer nordöstlich von Corleone — das Skelett und Stoffreste der Kleidung. Das Verstecken von Leichen in einer Grube war eine oft geübte Mafia-Technik.

Als der kommunistische Abgeordnete Giancarlo Pajetta am 21. Dezember 1949 im italienischen Parlament eine Untersuchung dieses politischen Mordes verlangte, würgte der Innenminister eine Debatte mit der Bemerkung ab: »Rizzotto wurde während eines Streites umgebracht, dessen Ursachen in der Zuteilung gewisser Grundstücke an eine Genossenschaft zu suchen sind.« Es wäre anzunehmen, daß »die Verantwortlichen unter Rizzottos eigenen Gefährten zu suchen sind.«

Der Täter, Luciano Liggio, wurde schließlich verhaftet. Doch vor dem Gericht stand ein Mörder, dem man nichts beweisen konnte oder wollte. Rechtsanwalt Dino Canzeroni, der mit der Mafia von Corleone eng liiert war, verteidigte Liggio leidenschaftlich. Seinem Schützling wurde kein Haar gekrümmt. Wieder blieb ein Mord an einem Bauernführer ungesühnt, einer von so vielen nach dem Blutbad an der Portella della Ginestra am 1. Mai 1947.

Am 21. Dezember 1947 war der Gewerkschaftsfunktionär Niccolo Azoti in Baucina ermordet worden.

Am 2. März 1948 wurde der Gewerkschafter Epifano Li Puma zusammen mit seinen beiden Söhnen — zehn und zwölf Jahre alt — in Petralia Soprana erschossen.

Am 16. März 1948 wurde der fortschrittliche Rechtsanwalt Vincenzo Campo in Gibellina getötet, weil er sich bei den Wahlen der Kandidatur eines Mafioso widersetzte.

Am 11. April 1948 wurden die beiden Gewerkschaftsführer Vincenzo Lo Sacona und Giuseppe Carubia in Partinico ermordet.

Diese Mordwelle hielt auch in den folgenden Jahren an.

Der »Mann ohne Gesicht«

Auch in Corleone und Umgebung wurde weiter gemordet. Die »Onorata Società« mit ihrem Chef Dr. Navarra gab keinen Pardon. Wer sich ihren und seinen Interessen in den Weg stellte, wurde beseitigt. Diese

Aufgabe fiel meist Luciano Liggio zu, der ein ebenso sicherer Scharfschütze wie kaltblütiger Mörder war. Die Mafiosi nannten ihn respektvoll »O Ficatieddu«, »der Unerschrockene«.

In einem Geheimbericht, den die Carabinieri im Jahre 1949 an die Gerichtsbehörden sandten, wurde der Mörder so charakterisiert: »Luciano Liggio, Sohn des Francesco Paolo, geboren am 3. Januar 1925 in Corleone, ist ein zu jeder verbrecherischen Handlung fähiger Mann. Er kennt keine Skrupel, und seine moralische Einstellung ist schlecht. In seinen Racheakten und in der Ausführung seiner Verbrechen hat er die menschliche Persönlichkeit jeden Wertes und jeder Bedeutung beraubt. Sich seinem Willen zu widersetzen ist gefährlich. Das Volk sieht in Liggio ohne jeden Zweifel den Urheber eines großen Teiles der Morde, die sich in letzter Zeit in Corleone ereignet haben und offiziell Unbekannten zugeschrieben werden.«

In diesem Bericht fehlte eine anscheinend nebensächliche Angabe, die aber für die kommenden Ereignisse sehr aufschlußreich gewesen wäre. Der junge Liggio war Ende der zwanziger Jahre mit seinen Eltern in die Vereinigten Staaten ausgewandert und hatte eine Ausbildung als Killer in der Cosa Nostra erhalten. Ihm hilfreich zur Seite stand Vincente Collura, der ebenfalls seine Lehrjahre bei den amerikanischen Gangstern absolviert hatte. Collura befand sich bereits kurz nach der Landung der 7. US-Armee wieder auf Sizilien, als in ihrem Kielwasser zahlreiche amerikanische Mafiosi in die Heimat zogen.

Liggios Bande hatte nach amerikanischem Muster ein Racket aufgezogen. Sie »beschützte« Viehtransporte. Wer nicht zahlte, dem wurde das Vieh gestohlen, das wiederum andere Bandenmitglieder zu niedrigen Preisen aufkauften und über den wichtigen Handelsplatz Corleone zur Schwarzschlachtung nach Palermo trieben.

Liggio, das Oberhaupt der »jungen Löwen«, wie sich seine Anhänger nannten, verkörperte die junge Mafia-Generation, die im Gegensatz zu den »Alten« vom Schlage eines Dr. Michele Navarra standen, der nach den Riten und Sitten der Vorväter verfuhr.

Die »Jungen« begannen sich über den Trödel der traditionellen Mafiosi lustig zu machen. Sie modernisierten alte Formen des Umgangs, bereicherten und erneuerten den Jargon. Man könnte dafür das treffende Wort »amerikanisierten« einsetzen. Sie sprachen nicht mehr vom Picciotto, sondern vom Killer. Den Chef redeten sie mit Boß an. Die

Lupara ersetzten sie durch die Maschinenpistole, die altväterliche Erpressung durch das Racket. Statt der Coppola Storte, der traditionellen Schiefmütze der Mafiosi, trugen sie leuchtende Hemden mit grellfarbenen Krawatten. Sie fuhren am liebsten Alfa-Romeo »Giulietta«, schnittige und schnelle Sportwagen.

Navarra beobachtete mit Unbehagen und Groll den Verfall geheiligter Mafia-Sitten. Doch solange jeder die Domäne des anderen respektierte, bestand zwischen ihm und Liggio ein gutes Einvernehmen.

Inzwischen fahndete die Polizei weiter nach Luciano Liggio. Sie benutzte dazu ein Bild von ihm, das aus dem Jahr 1945 stammte. Woher sollte sie wissen, daß der Bandit sein Gesicht durch eine kosmetische Operation hatte verändern lassen? In der »Ehrenwerten Gesellschaft« trug diese Tatsache, die allgemein bekannt war, ihm einen weiteren Spitznamen ein — »Mann ohne Gesicht«.

Für die Hilfe von Rechtsanwalt Dino Canzeroni vor Gericht dankte Liggio auf seine Weise, denn Canzeroni wollte bei den Wahlen 1958 für die Regierungspartei Democrazia Cristiana kandidieren.

Es gab in Corleone gewiß Leute, die vielleicht dem Mafia-Anwalt ihre Stimme versagen konnten. Solche unberechenbaren Faktoren wurden von Liggio ausgeschaltet. Unter Drohungen mußten sie bei Dr. Navarra in der Klinik erscheinen und sich ein Attest abholen. Die Atteste bescheinigten, daß die Besitzer entweder stark kurzsichtig oder gar blind waren. In diesen Fällen mußten die Wähler mit einem Begleiter die Wahlzelle betreten. Es versteht sich, daß die Betreuer Mafiosi waren. Sie achteten darauf, daß die Wahlzettel so angekreuzt wurden, wie es der Chef befohlen hatte. Und Dino Canzeroni zog als Abgeordneter in das sizilianische Regionalparlament ein.

Selbstverständlich sorgte sich der famose »Volksvertreter« auch nicht mehr als seine Vorgänger um das allgemeine Wohl der Gemeinde Corleone. Seit vier Jahren schon stand beispielsweise ein Krankenhaus in dem Ort: Platz für 100 Betten, mit modernen Apparaturen und Geräten ausgerüstet. Aber in dieser Heilstätte konnte man nicht einmal am Blinddarm operiert werden. Der Grund war einfach: Der Mafia-Chef und Chefarzt des alten Krankenhauses, das der »Confrater dei Bianchi«, der »Weißen Bruderschaft«, gehörte, wollte es nicht, denn noch war in Palermo die Besetzung des Direktorpostens im neuen

Krankenhaus nicht zugunsten von Dr. Navarra entschieden worden. Darum existierten weder Kanalisation noch Wasseranschluß zu dem neuen Krankenhaus.

Die Abrechnung

Im Jahre 1958 brach der Konflikt zwischen Navarra und Liggio, der schon lange im Untergrund geschwelt hatte, offen aus. Eines Tages wurde der aus den USA heimgekehrte Freund von Liggio, Vincente Collura, im Zentrum von Corleone hinterrücks mit der Wolfsflinte erschossen. Man brauchte wirklich keine große Kombinationsgabe zu besitzen, um im Anstifter und Auftraggeber des Mordes Navarra zu vermuten.

Der italo-amerikanische Gangster Collura starb nicht nur, weil dem alten Mafia-Chef allein der neue Stil der Liggio-Bande mißfallen hatte. Im Hintergrund standen ökonomische Interessen. Michele Navarra kontrollierte die Wasserversorgung der Umgebung von Corleone. Überall saß die Mafia am Wasserhahn und verdiente an dem auf Sizilien seltenen, kostbaren Naß, das in vielen Gebieten noch heute rationiert ist. Als sich ein Konsortium, das Consorzio Hidro-agricolo, für den Bau eines Staudammes konstituierte, lancierte Navarra seine Leute in dieses Gremium, die das Projekt nach besten Kräften sabotierten. Das Vorhaben, das mit 45 Milliarden Lire Baukosten veranschlagt worden war, sah die Bewässerung von Hoch- und Mittel-Belice vor.

Luciano Liggio dachte anders als seine Gegenspieler. Errichtete man einen Damm, konnte er sich an den Transportarbeiten und an den Materiallieferungen bereichern, und damit der Bau nicht gestört würde, könnte er ihn »beschützen« — gegen entsprechende Gebühren natürlich! Auf diese Weise hatten die Brüder und Cousins im fernen Amerika ihre Riesenvermögen erworben, und so hielten es neuerdings auch die jungen Mafiosi in Palermo. Erst wurden Bauanlagen zerstört, dann erschienen sie mit unschuldiger Miene und boten ihren »Schutz« an. Die jungen Mafiosi hatten schnell begriffen, daß die kapitalistische Entwicklung auf der Insel, diesem Hinterhof Europas, ihnen größere Profite brachte. Aus diesem Grunde befürworteten sie den Bau von Fabriken, Brücken, Wohnhäusern, Staudämmen und Hotels. Bei den vorwiegend feudalen Verhältnissen in der Landwirtschaft konnten die traditionellen Mafiosi dagegen nur langsam Reichtum anhäufen.

Im Sommer 1958 lud Navarra seinen Widerpart zu einem Friedensgespräch in einen verlassenen Schuppen am Rande der Stadt ein. Liggio begab sich mit einigen Mitgliedern seiner Bande zu dem Treffpunkt. Als sie vor der halbverfallenen Lagerhalle erschienen, empfing sie ein Kugelregen. Das Attentat auf Luciano Liggio, der seinem Kumpan Collura in den Tod folgen sollte, mißlang. Der »Mann ohne Gesicht« wurde nur leicht verletzt und schwor Rache. Eine passende Gelegenheit zur Vergeltung ließ nicht lange auf sich warten.

Am 12. August 1958 kehrte Dr. Navarra mit seinem Kollegen Dr. Giovanni Russo von einem Ausflug zurück. Der Mafia-Chef saß am Steuer seines FIAT 1100. Einige Kilometer vor Corleone, in einer unübersichtlichen Kurve, versperrte plötzlich ein querstehender Wagen den Weg. Navarra konnte seinen FIAT noch rechtzeitig zum Halten bringen und atmete nach dem geglückten Manöver auf. Da blitzte im gegenüberliegenden Wagen Mündungsfeuer auf. Der Mafia-Chef von Corleone und sein Begleiter waren sofort tot. Die Polizei zählte später 171 Geschosse im Wagen und in den Körpern der beiden Ärzte, die aus fünf Maschinenpistolen abgefeuert worden waren. Diese Abrechnung geschah nach amerikanischem Gangsterstil, ganz der Schule eines Anastasia würdig.

Es war kein Zufall, daß »alte« und »neue« Mafia gerade im Wassergeschäft zuerst und besonders hart aneinandergerieten.

Danilo Dolci klagt an

Auf dem größten Teil der Insel beträgt der jährliche Wasserverbrauch pro Einwohner 60 Kubikmeter, in der norditalienischen Metropole Mailand sind es dagegen 600 Kubikmeter. In den ärmsten Orten Siziliens kostet ein Kubikmeter Wasser zehnmal soviel wie in der Hauptstadt Palermo, wo im Hochsommer zuweilen nur Stunden am Tage die Wasserversorgung funktioniert und die Einwohner an den Hydranten Schlange stehen. Auch 1980 noch ist es im Innern der Insel üblich, daß die Wasserleitungen nur alle vier bis fünf Tage das kostbare Naß hergeben.

Südlich von Palermo entspringen zwei Flüsse — der Jato und der Belice. Seit 1929 wartet die etwa 200 000 Menschen zählende Landbevölkerung im Gebiet beider Oberläufe auf Talsperren, die auch Flüsse regulieren und ihre Felder bewässern sollen. Zur Not kommt die ungeheure Verschwendung: In Westsizilien fließen jährlich etwa 200 Millionen Kubikmeter ungenutzt ins Meer. In den Wintermonaten richtet das Hochwasser große Schäden durch Überschwemmungen an.

Seit 1954 machte ein Mann von sich reden, Danilo Dolci, ein katholischer Schriftsteller und Soziologe. 1924 in Triest geboren, hatte er Architektur studiert und baute dann Häuser für die von Wohltätigkeitsorganisationen geschaffene Kommune Nomedelfia. 1952 ging er nach Sizilien. Er teilte das Leben armer Sizilianer und lernte bitterste Armut und noch größere Unwissenheit kennen.

Er brandmarkte die erschütternden Zustände, unter denen 35 000 Menschen im Gebiet von Partinico, Montelepre und dem Fischerdorf Trappeto leben mußten. »Es gibt hier kaum Schulen, zuwenig Lehrer und fast nirgends Geld für Schulbücher. Die Leute essen Kräuter, Schnecken und Frösche. Sie hausen zum Teil in Tuculs, in Strohhütten, wie man sie bei manchen afrikanischen Stämmen findet. Tagelöhner erhalten für den Arbeitstag 200 bis 300 Lire, während ein Kilo Brot 115 Lire kostet.«

Dolci forschte nach den Ursachen und stieß dabei auch auf das große Übel, auf die Mafia, die er in seinen Büchern anprangerte. Mit der Anklage allein gab sich der Sozialreformer nicht zufrieden. Er begann den Kampf gegen den weitverbreiteten Analphabetismus, richtete eine Schule für Bauernkinder ein und lehrte Erwachsene das Schreiben und Lesen.

Im Jahr 1954 forderte er von der Regierung den Bau eines Staudamms am Jato — im Namen zahlloser Bauern. Danilo Dolci begründete das Verlangen. »Das Wasser, das kostbare Gut für das durstige sizilianische Land, muß den Händen derjenigen entrissen werden, die davon profitieren. Staudämme müssen in den Flüssen errichtet werden, Wasserreservoirs angelegt werden. Das Land muß bewässert werden.«

Um seinen Worten Nachdruck in der italienischen Öffentlichkeit zu verleihen, traten Dolci und mit ihm viele Freunde und Anhänger für mehrere Tage in den Hungerstreik. Acht Jahre später protestierte er mit einem weiteren Hungerstreik dagegen, daß mit dem Bau noch immer nicht begonnen worden war.

Dieses Spiel wiederholte sich bei der Affäre um den ebenfalls versprochenen Bruca-Staudamm bei Roccameno. Bereits 1950 hatte die Regierung den Beschluß bekanntgegeben, den Damm zu errichten. 1952 wurden mehrere Milliarden Lire Baukosten bewilligt. 1962 — zehn Jahre später — mußte eine Untersuchungskommission feststellen, daß die Gelder spurlos in dunklen Kanälen versickert waren — wie das Wasser in der rissigen und ausgetrockneten Erde.

Danilo Dolci, der den Unterdrückten mit allen Mitteln zu ihrem Recht verhelfen wollte, ließ trotz vieler Rückschläge nicht locker. Er gab im Frühjahr 1965 das Signal zu einem Hungerstreik. Weil es um Wasser für 100 000 Hektar Land ging, weil der Dammbau immer wieder verzögert wurde, ließ er in dem kleinen Ort Roccamena im Belice-Tal Plakate mit einem Trauerrand und der mahnenden Aufschrift »Das Tal stirbt!« kleben. Einwohner führten auf der Hauptstraße nach Roccamena einen Sitzstreik durch und blockierten den Verkehr. Die Aktion endete mit einem Protestmarsch nach Rom. Dolci rüttelte die Einwohner auf und erinnerte sie immer wieder daran, daß nur sie selbst ihr Schicksal verändern könnten. Im Jahre 1957 erhielt Danilo Dolci für seinen selbstlosen Kampf den Lenin-Friedenspreis.

Danach sammelte Dolci Arbeitslose um sich und begann mit ihnen eine Straße instand zu setzen. Er hoffte, die Behörden dadurch zu zwingen, daß sie den Arbeitenden Lohn zahlen würden, denn die bürgerlich-demokratische italienische Verfassung garantiert im Artikel vier: »Die Republik erkennt das Arbeitsrecht aller Bürger an. Jeder Bürger hat, nach seiner Wahl und seinen Möglichkeiten, die Pflicht, einen wirksamen Arbeitsbeitrag zum materiellen und geistigen Fortschritt des Landes zu leisten.«

Doch die Polizeibehörden ließen die Arbeitswilligen verhaften, und die Richter verhängten eine Gefängnisstrafe »wegen Beschädigung öffentlichen Eigentums« gegen Danilo Dolci, der für soziale Gerechtigkeit kämpfte.

Aber Dolci ließ sich nicht entmutigen. Angesichts der 500 000 Auswanderer in den Nachkriegsjahren, der mehr als 130 000 Arbeitslosen und Zehntausenden Kurzarbeitern erhob er immer wieder seine

Stimme. Im Frühjahr 1967 unternahm er an der Spitze von mehreren tausend Sizilianern einen sechstägigen »Marsch der Hoffnung und des Protestes« durch die Mafia-Hochburgen in Westsizilien. Der etwa 150 Kilometer lange Marsch führte von Partanna in die Hauptstadt Palermo. Auf ihrem Weg durch 34 Orte prangerten die Demonstranten die sozialen Mißstände an.

Mafiosi vom Schlage eines Luciano Liggio waren auch für Staudämme, jedoch aus wesentlich anderen Motiven. Der Termin der Fertigstellung interessierte sie weniger. Sie ließen vielmehr die staatlichen Baugelder in ihre Taschen fließen. Sie stoppten oft Materialzufuhr und Bauarbeiten, damit neue Summen bewilligt wurden. Hemmnisse legte ebenfalls die »alte« Mafia in den Weg, die weiterhin ihre Gewinne aus der Wasserknappheit schöpfen wollte. Oft sogar ging sie mit Sprengstoffattentaten gegen die Bauplätze vor.

»Auge um Auge, Zahn um Zahn«

Luciano Liggio gab sich keinesfalls damit zufrieden, daß der »alten« Mafia von Corleone das Haupt abgeschlagen war. Er war in der Geschichte der »Onorata Società« zu sehr bewandert, um nicht zu wissen, daß der Navarra-Bande wie einer Hydra sofort neue Köpfe nachwachsen würden. Der Kampf tobte also weiter.

Am 6. September 1958 wurden fünf »Navarraner« ermordet. Wenige Zeit später verschwanden spurlos zwei weitere Männer. Der »Mann ohne Gesicht« liquidierte einen Konkurrenten nach dem anderen. Ein gewisser Angelo Ventaloro fürchtete so um sein Leben, daß er sich seit dieser Zeit für Jahre keinen Schritt aus seinem Hause wagte, nicht einmal zum Fest seines Schutzheiligen.

Das unerbittliche Gesetz des »un occhio per un occhio, un dente per un dente« (»Auge um Auge, Zahn um Zahn«) ließ auch in den nächsten Jahren weitere Morde folgen. Noch im Jahre 1962 verschwand spurlos der christlich-demokratische Stadtverordnete Vincenzo Listi aus Corleone, der ebenfalls zu den Freunden Dr. Navarras gezählt hatte. Polizisten durchstöberten alle Brunnen und Gruben, forschten in den Bergen und Grotten — vergeblich. Die Leute aus Corleone machten sich darüber ihre eigenen Gedanken, wenn sie den Namen Liggio auch nicht auszusprechen wagten, nachdem die Polizei über ein Jahrzehnt vergeblich nach ihm fahndete.

Am 23. August 1963 erregte der Abgeordnete der Partito Democrazia Cristiana und Rechtsanwalt Dino Canzeroni Aufsehen. Während einer lebhaften Debatte über die Mafia im Regionalparlament von Sizilien meldete sich Canzeroni, der bis zu diesem Zeitpunkt wenig Beachtung gefunden hatte, zu Wort. Sein Name sollte nach dieser Rede in den Spalten aller sizilianischen und italienischen Zeitungen an führender Stelle genannt werden. Der Abgeordnete, der 1958 mit der Hilfe von Dr. Navarra und Liggio gewählt worden war, überspannte den Bogen, als er vor den Abgeordneten behauptete, sein ehemaliger Mandant wäre kein Bandit, sondern ein »bedauernswertes Opfer der Kommunisten«. Diese Selbstenthüllung war einigen seiner Parteifreunde so peinlich, daß sie ihm demonstrativ den Rücken zukehrten.

Wenige Wochen später — Anfang September — entdeckte die Polizei am Monte Busambra drei Leichen. Den Beamten bereitete es keine so große Mühe, die von Kugeln durchsiebten Männer zu identifizieren. Die Toten waren Paolo Francesco Streva, 50 Jahre, Antonio Modella, 36 Jahre, und Biago Pomilla, 33 Jahre. Streva war derzeitiger Chef der Navarra-Bande. Die beiden anderen Opfer gehörten zum Gang Liggios. Alle Spuren und Anzeichen deuteten darauf hin, daß ein erbittertes Feuergefecht zwischen beiden rivalisierenden Banden stattgefunden hatte.

Erst am 15. Mai 1964 konnte Luciano Liggio in einem Haus von Corleone verhaftet werden. Zusammen mit 63 Mafia-Kumpanen wurde ihm im Juni 1969 in der süditalienischen Hafenstadt Bari der Prozeß gemacht, nachdem Liggio und seine Anwählte das Verfahren immer wieder verzögert hatten.

Luciano Liggio tat sehr selbstsicher. Als er gefragt wurde, ob es eine Mafia gebe, erwiderte er: »Wenn mit Mafia bestimmte Episoden gemeint werden, die mir angelastet werden, so gibt es keine Mafia.« Seine Gelassenheit war nicht gespielt. In der Sitzung des Schwurgerichtes, das sich zur Urteilsfindung zurückgezogen hatte, verlas der Vorsitzende Drohbriefe aus Sizilien, die ihre Wirkung auf das Tribunal nicht verfehlten. Am 10. Juni 1969 wurde Luciano Liggio »mangels Beweisen« freigesprochen.

Der Staatsanwalt legte gegen das Urteil sofort Berufung ein. Gegen den Mafia-Chef wurde ein neuer Haftbefehl erlassen, am 19. Juni sollte er sich bei der Polizei in Corleone melden. Doch er dachte nicht daran. Erst im Oktober fühlte sich sein Anwalt bemüßigt, den Behörden mitzuteilen, daß sich sein Mandant zu einer Behandlung in die römische Luxusklinik »Villa St. Margherita« begeben habe. Die Polizei schickte jeden Tag einen Beamten in das Krankenhaus, der sich erkundigen mußte, ob sich der Patient Liggio noch in seinem Zimmer befände. Am 21. November sollte er entlassen werden, doch schon am 19. November verschwand der Bandit, nachdem er die Krankenhausrechnung von umgerechnet 18 000 Mark beglichen hatte. Andere Länder wurden eingeschaltet, zuletzt suchte man ihn im Frühjahr 1971 vergeblich bei Verwandten in den USA.

Inzwischen häufte sich beim Staatsanwalt neues Belastungsmaterial. Bei dem Prozeß in Bari waren nur drei Morde von Liggio verhandelt worden. In Wirklichkeit verdächtigte man ihn, 30 Morde selbst begangen zu haben, 50 weitere Morde sollen auf seinen Befehl hin ausgeführt worden sein.

Fast 200 Menschen starben in Corleone nach Kriegsende eines gewaltsamen Todes, die Opfer des blutigen Machtkampfes zwischen der »alten« und der »neuen« Mafia mitgerechnet.

Die Lupara im Kloster

> »Vielleicht sind wir ein wenig zurück, was die Hygiene anbelangt, aber Kriminalität und Armut sind nicht schlimmer als in vielen anderen Teilen des Landes, und der moralische Verfall im Norden ist viel gefährlicher.«
>
> Kardinal Ernesto Ruffini, Erzbischof von Palermo

Am Rande von Mazzarino — einer trostlosen Kleinstadt mit 19 000 Seelen — liegt ein Kapuzinerkloster, ein halbverfallener Bau, der sich kaum von den anderen Häusern im Ort unterscheidet. Man sagt, auf Sizilien sei die Armut zu Gast, aber in Mazzarino wohne sie. Die meisten Bewohner sind Analphabeten und arbeitslos. Nur 80 Zeitungen werden dort täglich verkauft.

Dieses Nest wurde weltbekannt durch sein Kloster, obwohl Klöster auf der Insel nichts Außergewöhnliches sind; ebenso wie die Mönche in der braunen wollenen Kutte mit der spitzen Kapuze und den Sandalen an den bloßen Füßen. Die römisch-katholische Kirche zählt 15 000 Brüder, die sich dem Armutsgelübde unterworfen haben. Sie mußten ihre weltlichen Namen ablegen und sollten strengste Askese befolgen.

Die Mönche von Mazzarino beschäftigten sich allerdings mit sehr weltlichen Dingen, die sie beim Eintritt in diesen franziskanischen Orden eigentlich mit ihren Zivilsachen abgestreift haben sollten. Es stellte sich jedoch bei einer späteren Untersuchung heraus, daß diese Ordensbrüder unter ihren weltlichen Namen Bankkonten besaßen, auf die sie beträchtliche Summen überwiesen hatten.

Im Jahre 1956 begannen die vier Patres Carmelo, Vittorio, Agrippino und Venanzio mit der Aufbesserung ihrer Bankkonten. Ihnen hatte sich der Laienbruder und Klostergärtner Carmelo Lo Bartolo angeschlossen, der die Verbindung zu einer Mafia-Bande herstellte.

342

Mafia und Klerus beherrschen die sizilianische Landbevölkerung. Links das Mafia-Oberhaupt Genco Russo

Ihr erstes Unternehmen richtete sich gegen den Provinzial ihres Ordens, Pater Constantino, von dem sie 200 000 Lire — damals noch 1280 Mark — erpreßten. Das Geld trieb Pater Agrippino ein. Mit Unschuldsmiene trat er vor den Provinzial hin und erklärte, zwei Banditen hätten ihn auf der Landstraße angehalten und gedroht, daß sie das Kloster in die Luft sprengen wollten und Pater Constantino töten würden, wenn dieser nicht die geforderte Summe bezahle. Der Priester erstattete keine Anzeige. Er zahlte und schwieg. Er kannte die Mafia und respektierte die Omertá.

Pater Carmelo liest die Totenmesse

Nach diesem Coup hatten die Patres nicht mehr viel Zeit für fromme Übungen. Sie dienten der »Ehrenwerten Gesellschaft« als Briefträger und Geldkassierer. Einen solchen Drohbrief empfing im November 1957 der zweiundsiebzigjährige Gutsbesitzer Angelo Cannada. »Wenn Sie uns nicht die zehn Millionen Lire geben, haben wir die Absicht, uns an Sie, Ihre Frau und Ihr Kind zu halten. Informieren Sie die Polizei, werden wir Ihnen mit einer Maschinengewehrsalve heimzahlen. Wir geben Ihnen eine Woche Zeit.«

Cannada zahlte nicht. Er reagierte überhaupt nicht. Die Leute sagten später, daß ihn nur sein sprichwörtlicher Geiz davon abgehalten hätte. Nach einer Woche erhielt er einen weiteren Brief: »Wenn Sie nicht innerhalb von drei Tagen die zehn Millionen übergeben, werden wir wissen, was wir zu tun haben. Die Geldsumme müssen Sie dem Pater Carmelo übergeben.«

Angelo Cannada kannte den würdig aussehenden Klosterprior Carmelo, einen Endsiebziger, ausgezeichnet. Carmelo las seit Jahrzehnten die Messe in seiner Privatkapelle und war der Beichtvater der Familie Cannada.

Bei seiner nächsten Beichte berichtete der Gutsbesitzer auch von dem Ansinnen, das die Banditen an ihn gerichtet hatten. Zwischen beiden entwickelte sich folgender Dialog.

Carmelo: »Du hast schon vier Briefe erhalten und nicht geantwortet. Du mußt zahlen, mein Sohn, und zwar sofort. Man will das Geld spätestens morgen haben.«

Cannada: »Wer, man?«

Carmelo: »Leute, die ich auch nicht kenne.«

Cannada: »Nun gut, ich bin bereit, zweihundertfünfzigtausend Lire zu zahlen. Mehr kann ich nicht. Ich stelle mich unter Ihren Schutz, Pater. Unter den Schutz Gottes.«

Carmelo: »Gott ist Gott, aber nur wir selber können dafür sorgen, daß wir nicht getötet werden. Zehn Millionen Lire, am liebsten in bar. Ich darf Sie warnen, mein Sohn. Ich darf Sie in aller Demut warnen. Wenn Sie nicht zahlen, werden Sie von der Mafia mit einer Lupara erschossen.«

Der Gutsbesitzer blieb weiter hartnäckig und verweigerte das Geld. Carmelo schickte darauf Venanzio zu ihm ins Haus, der als ein glänzender Prediger in der Umgebung bekannt war. Doch auch er konnte Cannada nicht umstimmen.

Nun hielten die Mafiosi und ihre Handlanger im Kloster die Zeit für gekommen, stärkere Druckmittel anzuwenden. Am 28. Mai 1958 unternahm der Gutsherr mit seiner Frau und seinem Sohn einen Ausflug. Unterwegs wurde ihr Auto von drei Banditen, die sich Strümpfe über den Kopf gezogen hatten, gestoppt. Cannada mußte aussteigen. Die Maskierten verkündeten ihm, daß er für seinen Ungehorsam gegenüber der Mafia bestraft werden würde. Als »letzte Warnung« schossen sie ihm mit einer Lupara in den Oberschenkel. Cannda verblutete an der Wunde und war bereits tot, als er in das Krankenhaus eingeliefert wurde.

Carmelo las für die Hinterbliebenen die Totenmesse. In bewegenden Worten würdigte er den Verstorbenen, dessen Seelenheil ihm anvertraut worden war.

Die Mafia-Mönche ließen sich auch durch die Trauer nicht von ihrem eigentlichen Ziel abhalten. Nach der Totenmesse wandte sich der Pater an die Witwe und sagte: »Jetzt mußt du zahlen. Man will jetzt zehn Millionen oder das Leben deines Sohnes.«

An dieser Unterhaltung nahm der Bruder der Frau teil. Er unterbreitete einen Vermittlungsvorschlag. Man würde 100 000 Lire — 640 Mark — zahlen. Der Mönch glaubte sich verhöhnt und bemerkte, daß er sich nicht mit einem »Zigarettengeld« abspeisen ließe.

Schließlich erzielten beide Seiten eine Einigung. Die Sorge um das Leben ihres Kindes hatte Frau Cannada weiter mit dem Mafia-Mönch feilschen lassen. Sie zeigte ihm die Geschäftsbücher und überzeugte den Erpresser davon, daß sie nur drei Millionen Lire zahlen könne. Carmelo kassierte das Geld in sechs Monatsraten zu je 500 000 Lire. Vorher hatte er die Witwe noch einmal eindringlich gemahnt: »Aber ja nicht die Nummern der Banknoten notieren, sonst weißt du, was passiert.«

Die Dolce Vita der Mönche

Als nächstes Opfer hatten sich die Mafia-Mönche Angelo Sapio, den Bürgermeister von Licata und einen Verwandten von Cannada, ausgesucht. Diesem Mann saß der Schreck über die Ermordung von Cannada noch so tief in den Gliedern, daß er es nicht wagte, das Geld zu verweigern. Sapio lieferte sogar selbst die geforderte Summe im Kloster ab. Carmelo lobte ihn dafür. »Sie sind ein kluger Mann. Hätten wir Sie früher gekannt, so hätte Ihr Verwandter nicht daran glauben müssen.«

Von hieraus unternahmen die Mafia-Mönche ihre Raubzüge: das Kapuzinerkloster in Mazzarino. Im Vordergrund Pater Vittorio, einer der verbrecherischen Mönche

Pater Agrippino bestellte sich die Schwester des Apothekers Calojanni aus Mazzarino, der das folgende Opfer der Mönche werden sollte, ins Kloster. Ort der Erpressung wurde der Beichtstuhl. Hier teilte der Priester der Frau mit, daß ein Mann drei Millionen Lire von ihrem Bruder verlangt hätte, die ihm, als Überbringer, auszuhändigen wären.

Die erschrockene Frau erzählte dem Bruder, was sie erlebt hatte. Aber Calojanni winkte nur ägerlich ab.

Nach zwei Wochen geriet seine Apotheke in Brand. Er konnte das Feuer noch in letzter Minute löschen, ehe es größeres Unheil anrichtete. Einige Tage nach dem mysteriösen Brand erschienen die Mönche Venanzio und Agrippino in der Apotheke. Da sie Calojanni nicht antrafen, fragten sie dessen Schwester: »Warum hat dein Bruder immer noch nicht gezahlt? Genügte ihm der Brand noch nicht? Jetzt kann es ihn den Kopf kosten.«

Calojanni bekam Angst und zahlte. Er konnte es sich jedoch nicht verbeißen, den kassierenden Ordensbruder anzuknurren: »Euer Kloster ist ein Banditennest!«

Was der Apotheker im schwer unterdrückten Zorn gesagt hatte, flüsterten sich die Einwohner von Mazzarino ebenfalls hinter der vorgehaltenen Hand zu. Die Gerüchte drangen auch an das Ohr von Polizeichef Di Stefano, der mit der Untersuchung der Mordaffäre Cannada beauftragt worden war. Doch bei seinen Ermittlungen war er bisher immer wieder gegen eine unsichtbare Mauer des Schweigens angelaufen.

Der Polizeichef von Mazzarino ließ sich nicht von der neuen Fährte abbringen. Angeblich nährten sich die Kapuzinermönche nur von milden Gaben und dem Ertrag eines Obstgartens. Seine Nachforschungen förderten bald die Existenz respektabler Bankkonten und die geschäftlichen Manipulationen der Patres zutage. Sie erwarben und verkauften Land, handelten mit Vieh und verliehen Geld zu Wucherzinsen.

Der Polizeichef Di Stefano erhielt auch anonyme Briefe, in denen Einwohner des Ortes versuchten, sich gegen die Erpresser in der Mönchskutte zu wehren. Sie schilderten, welche geradezu unwahrscheinlichen Vorgänge sich hinter den Klostermauern abspielten.

Die sizilianische Geschichte der letzten hundert Jahre kennt genügend Beispiele für unfromme Pater. Frati Banditi, Banditenmönche, betätigten sich als Wegelagerer und überfielen einsame Bauernhöfe. In dem Bergort Stefano griffen die Einwohner eines Tages zur Selbsthilfe und verteidigten sich mit der Waffe in der Hand gegen die räuberischen Mönche eines Benediktinerklosters, das noch einmal im Jahre 1923 von sich reden machte. Ein Mafia-Mönch hatte den Abt des Klosters enthauptet, der das Mafia-Oberhaupt der Umgebung gewesen war. Im Jahre 1945 schoß ein Mönch, der der »Ehrenwerten Gesellschaft« diente, auf den Bischof von Agrigent.

Die Briefe ohne Absender berichteten, daß die Mönche Waffen unter ihren Kutten trügen. Ein Pater Guglielmo schösse allabendlich mit einer Pistole aus dem Fenster. Ein anderer Mönch wäre mit dem Prior Carmelo aneinandergeraten; der Streit hätte mit Handgreiflichkeiten und der Ausweisung des Mönches geendet. Der anonyme Briefschreiber — offensichtlich ein Klosterdiener — hätte beobachtet, wie jener Mönch, sorgfältig eine Maschinenpistole in seinem Gepäck versteckte, ehe er das Kloster verließ.

Auch mit dem Keuschheitsgelübde nahmen es die Mönche nicht so genau. Wie Di Stefano ermittelte, kamen nachts Frauen in Mönchskutten in das Kloster, um den Kapuzinern die Zeit zu vertreiben. Damit begnügten sich die Patres jedoch nicht, sondern betrieben einen schwunghaften Handel mit Pornographie. Sie belieferten mit solchen Erzeugnissen einen umfangreichen Kundenkreis. Di Stefano ließ ein Dienstmädchen festnehmen, in deren Wohnung man eine stattliche Sammlung von obszönen Fotografien entdeckt hatte. Jeder Zuhälter in Palermo wäre angesichts dieser reichen Sammlung vor Neid erblaßt, wie die Zeitungen später berichteten.

Diese Zustände waren skandalös, aber der Polizeichef Di Stefano wagte es nicht, etwas gegen die Klosterinsassen zu unternehmen, ohne handfeste Beweise zu haben. Dazu kannte er die Verhältnisse auf der Insel und die Macht von Klerus und Mafia zu genau. Anonyme Briefe erkennt kein Gericht als Beweisstücke an, und lebende Zeugen würde er in diesem Fall wohl kaum finden. Di Stefano konnte nur hoffen, daß ihm der Zufall einen Anlaß zum Einschreiten bringen würde. Diese Gelegenheit kam dann auch — nachdem die verbrecherischen Mönche bereits jahrelang ihr Unwesen getrieben hatten.

Der Tod des Klostergärtners

Ende Mai 1959 feuerten drei Mafia-Schützen mit der Lupara auf einen Mann namens Giovanni Stuppia. Dieser, ein Polizist, von dem die Mönche mit der üblichen Todesdrohung 40 000 Lire erpressen wollten, hatte Anzeige erstattet und eigene Untersuchungen angestellt. Obwohl er schwer verletzt war — die Geschosse hatten seine beiden Oberschenkel aufgerissen —, überlebte Stuppia das Attentat. Außerdem hatte er die Täter erkannt. Di Stefano verhaftete die drei Bauern: den vierzigjährigen Giuseppe Salemi, den achtundzwanzigjährigen Girolamo Azzolina und den dreiundzwanzigjährigen Philippo Nicoletti.

Bei einer Durchsuchung des Klosters, die in diesem Zusammenhang vorgenommen wurde, fand man eine Lupara, schwarze Seidenstrümpfe, die die Banditen als Maske getragen hatten, und eine Schreibmaschine der Firma »Olivetti«. Ein Schrifttypenvergleich ergab einwandfrei, daß die Drohbriefe auf dieser Maschine geschrieben worden waren. Polizeichef Di Stefano erwirkte Haftbefehle gegen die vier Mönche Carmelo, Vittorio, Agrippino und Venanzio.

Der Fünfte der Verbrecher, der Klostergärtner Lo Bartolo, konnte rechtzeitig flüchten. Kapuzinermönche schmuggelten ihn von Kloster zu Kloster. In der Hafenstadt Genua fühlte er sich bereits so sicher, daß seine Leichtfertigkeit ihm zum Verhängnis wurde. Lo Bartolo konnte verhaftet werden und wurde nach Sizilien zurückgebracht. Unter starker Bewachung und in Handschellen lieferte man ihn in das Provinzgefängnis von Caltanisetta — unweit von Mazzarino — ein.

Würde Lo Bartolo ein Geständnis ablegen, um ein mildes Urteil zu erreichen? Die drei festgenommenen Attentäter waren gegen ihn nur kleine Fische, Handlanger, die über die Verbindungen zwischen Kirche und Mafia kaum etwas wußten.

Lo Bartolo schwieg — für immer. Er nahm sein Geheimnis mit ins Grab. Im Juli 1959 wurde er in seiner Zelle erdrosselt aufgefunden. Der Gefängnisarzt schrieb auf den Totenschein: »Selbstmord durch Erhängen.« Doch niemand glaubte daran. Lo Bartolo hätte sich auf dem Boden wälzen müssen, um einen Selbstmord auf diese Art zu verüben. Der Strick war am Haken eines niedrigen Klapptisches befestigt.

Einer der Frati Banditi, der Pater Venanzio, schrieb aus dem Gefängnis an einen Kloserbruder in Mazzarino: »Jetzt laufen die Dinge besser. Nun besteht keine Gefahr mehr, weder für mich noch für die anderen.« Nun konnte und sollte alle Schuld auf den toten Klostergärtner geschoben werden.

Prozeß in Messina

Zur Gerichtsverhandlung gegen die vier Kapuzinermönche und ihre drei weltlichen Helfer im Frühjahr 1962 entsandten italienische und ausländische Zeitungen über hundert Sonderberichterstatter. Dieser Prozeß war sogar für sizilianische Verhältnisse eine echte Sensation.

Vom Gericht mit ausgesuchter Höflichkeit behandelt: die angeklagten Mafia-Mönche Agrippino, Venanzio, Carmelo und Vittorio (von links nach rechts). Die Omertà schützte sie auch vor Gericht

Vom ersten Tage an konnten aufmerksame Zuschauer in den Verhandlungen aufschlußreiche Szenen beobachten. Während die drei weltlichen Angeklagten in Ketten auf der Anklagebank saßen, hielten die vier Mönche den Rosenkranz in der Hand und murmelten oft Gebete. Sie durften auch weiter gemeinsam beten und die Messe besuchen. So hatten sie Zeit, ihre Aussagen gegenseitig abzustimmen. Noch bedenklicher stimmte, mit welcher Unterwürfigkeit die in Gala-Uniformen gekleideten Carabinieri den Mönchen begegneten und wie zuvorkommend das Gericht sie behandelte. Die Verteidigung hatten prominente Anwälte übernommen — Professor Carnelutti, Mitglied der Christlich-Demokratischen Partei — er rühmte sich, daß er dafür keinen einzigen Lire nehmen würde —, und der ehemalige Präsident der Region Sizilien, Alessi, von dem berichtet wurde, er hätte früher in Mazzarino öfter »geistliche Übungen« verrichtet. Während des Prozesses sah man auffallend viele Kapuzinermönche und kirchliche Würdenträger in den Gängen. Auf den Zuschauerbänken wurden alle Reden der Verteidiger von beifälligem Gemurmel begleitet.

Die katholische Kirche und die Mafia beherrschten die sizilianische Gesellschaft, und jeder bürgerliche Richter und Staatsbeamte in Italien respektierte die Macht des Klerus, selbst wenn er ein Gegner der Mafia war. Welche Auswirkungen würde ein Bloßstellen von Mönchen —

und damit des gesamten Ordens — auf die süditalienische Landbevölkerung haben? Kirchliche Kreise und die klerikale Christlich-Demokratische Partei konnten jedenfalls kein Interesse an einem solchen Skandal haben. So lag es nahe, daß der Prozeß den Skandal vertuschen sollte, anstatt die Zusammenhänge aufzuklären.

Die Mönche hatten sich auf diese Taktik eingestellt. In ihren Aussagen behaupteten sie, daß der eigentliche Bandit der Klostergärtner Lo Bartolo gewesen wäre, der sich seiner Verantwortung durch Selbstmord entzogen hätte. Dieser Bösewicht hätte allein die wahren Hintermänner gekannt. Er hätte die vier Mönche gezwungen, Briefträger und Kassierer bei den Erpressungen zu spielen. Sie wären nur unschuldige Opfer dieses gemeinen Verbrechers.

Die Angeklagten Nicoletti, Salemi und Azzolina konnten sich vor Gericht an nichts erinnern. Auf die Fragen der Richter antworteten sie: »Ich weiß nicht!« — »Ich kenne niemanden!« — »Ich habe es vergessen!« Die Omertà führte auch in diesem Prozeß Regie.

Klosterdiener Nicoletti, der bereits ein Geständnis abgelegt hatte, widerrief seine Aussagen teilweise. Er gab zu, am Mord an Cannada und am Anschlag auf Stuppia beteiligt gewesen zu sein, aber seine Komplicen wollte er nicht mehr kennen.

Vor einer weiteren Vernehmung bat Nicoletti um Ausschluß der Öffentlichkeit. »Ich fürchte mich«, sagte er. »Lo Bartolo ist tot, und ich will nicht dasselbe Ende nehmen wie er.«

»Wollen Sie damit sagen, daß Lo Bartolo von jemandem umgebracht wurde?« fragte der Gerichtsvorsitzende.

»Ich will damit gar nichts sagen. Ich weiß gar nichts. Ich habe nichts als Angst — um mein Leben und das meiner Familie. Lo Bartolo ist tot.«

Pater Carmelo fügte gewichtig hinzu: »Bei uns in Mazzarino ist es so: Wer spricht, stirbt. Wer nicht spricht, bleibt am Leben.«

Ein Richter staunte darüber. Da rief Carmelo verwundert: »Herr Richter, in welcher Welt leben Sie eigentlich? Kennen Sie Sizilien nicht?«

Sollten die Mitglieder des Gerichts nicht gewußt haben, daß die Hand der Mafia mißliebige Leute selbst in der Gefängniszelle erreichte? Dabei hatte man erst kurz zuvor in der italienischen Presse von dem Schicksal eines jungen Sizilianers erfahren, der im Dezember

1961 auf Befehl der Mafia acht Tage lang in seiner Zelle von zwölf Männern gefoltert worden war. Kannten sie nicht das Schicksal des Giuliano-Mörders Gaspare Pisciotta?

Die Gerichtskomödie ging weiter. Die Kronzeugen der Anklage, die Witwe des ermordeten Angelo Cannada und ihr Bruder, verweigerten die Zeugenaussage. Wenige Tage vor der Urteilsverkündung verzichtete Frau Cannada auf ihren Schadensersatzanspruch gegen die Mönche. Mehr noch, Frau Cannada sandte an das Gericht ein Telegramm, in dem sie die Erklärungen ihres Verteidigers widerrief. Dieser Mann hatte die unerwartete Handlungsweise der Witwe mit »Druckversuchen von außen her« erklärt. In diesem Telegramm, das während der Schlußsitzung verlesen wurde, bestritt sie, einem Ansinnen der Mafia gefolgt zu sein, allein ihre Überzeugung, daß die Patres unschuldig wären, hätte sie zu der Sinnesänderung veranlaßt.

Auch andere Zeugen aus Mazzarino vergaßen ihre Erlebnisse, nachdem sich die Mafia in Erinnerung gebracht hatte. Dem Apotheker Calojanni waren plötzlich die genauen Umstände der Erpressung entfallen, er wollte nicht noch einen Brand in seiner Apotheke. In der Garage des Carabinieri offiziers, der die Mönche verhaftet hatte, detonierte eine Bombe. Einem Zeugen wurden die Weinstöcke und Olivenbäume abgehackt. Unbekannte Täter stachen drei Rindern die Augen aus und hinterließen einen Zettel mit den Worten: »Damit Du in Zukunft weißt, was Du der Polizei zu sagen hast: Du hast nichts gesehen!«

Vor diesem Hintergrund schleppte sich der Prozeß hin. Er endete nach drei Monaten mit einem Urteil, das viele Beobachter prophezeit hatten: Die weltlichen Angeklagten Salemi und Azzolina erhielten je 30 Jahre und Nicoletti 14 Jahre Freiheitsstrafe, aber die Mönche wurden freigesprochen.

Als der Gerichtsvorsitzende dieses Urteil verkündete, brachen die Leute auf den Zuschauerbänken — unter ihnen viele geistliche Würdenträger — in einen frenetischen Jubel aus. Noch am selben Abend kehrten die Mönche triumphierend in ihr Kloster zurück.

Sie lasen wieder Messen und hielten Gottesdienste ab. Sie nahmen wieder den Gläubigen aus der Umgebung die Beichte ab. Verhallt war auch die Rede des Staatsanwaltes, der ein erschütterndes Bild der Rückständigkeit auf Sizilien gegeben hatte, die Halbanalphabeten wie die mitangeklagten Landarbeiter in die Arme der Mafia treibt. Die

»Ehrenwerte Gesellschaft« bezeichnete er als eine »Schande Siziliens und der ganzen Nation«. Das Kloster von Mazzarino nannte er das »Zentrum einer Erpresser- und Mörderbande«. Doch alle Anklagen fruchteten nichts. Das Gericht erkannte auf »unausweichlichen Notstand« für die Mafia-Mönche und ließ dabei selbst solche Beweise unbeachtet, daß sich die Mönche auf Raubzügen bereicherten und stattliche Konten angelegt hatten.

Dieser Prozeß hatte jedoch die Öffentlichkeit erregt. Das Urteil zugunsten des kompromittierten Klerus rief einen Sturm der Empörung hervor. Zwei Staatsanwälte legten Berufung ein, der Rechtsberater der Schöffen forderte eine Revision der Urteile. Noch einmal – im Sommer 1963 – kamen die Verbrechen der Kapuzinermönche aus Mazzarino, die zehn Aktenordner mit je drei- bis vierhundert Seiten füllten, zur Sprache. Fünfzehn Rechtsanwälte, die sich an der Verteidigung beteiligten, wurden registriert.

Das Plädoyer des Staatsanwaltes währte sechzehn Stunden. Er bewies: Die Mönche waren nicht die Opfer, sondern die Organisatoren der Verbrechen. Das Schöffengericht beriet zwölf Stunden, ehe es die beantragten Strafen bestätigte: je dreizehn Jahre Freiheitsentzug für Carmelo, Agrippino und Venanzio. Nur Vittorio konnte auch diesmal nichts bewiesen werden. Bei der Urteilsverkündung riefen Freunde, Verwandte und Gesinnungskumpane der Verurteilten wütend: »Mörder! Ihr habt Unschuldige verurteilt!«

Im Februar 1965 wurde offenbar, daß sich der Klerus mit dieser Niederlage nicht abfinden würde. Die Anwälte der Mafia-Mönche konnten beim Obersten Gerichtshof durchsetzen, daß die im Jahre 1963 gefällten Urteile gegen die drei Patres wieder aufgehoben wurden. Nur die Strafen gegen die Laien, die zu 30 beziehungsweise 14 Jahren Zuchthaus verurteilt worden waren, blieben bestehen.

Seelsorge für Gangster

Zur Praxis der amerikanischen Behörden in der Nachkriegszeit gehörte es, Gangster italienischer Abstammung aus den USA auszuweisen und sie nach Italien zurückzuschicken. Mit solchen Maßnahmen

Sammelte unter der römischen Oberschicht für die arbeitslosen Gangster: Franziskanerpater Blandino (rechts). Die Herzogin Puccini (links) spendete eine beträchtliche Summe. Das Elend der notleidenden sizilianischen Landbevölkerung interessiert sie nicht

glaubte man die Kriminalität in den USA ernsthaft zu bekämpfen. Doch solche Gangsterbosse wie Charles Luciano, Ralph Liguori und Joe Adonis führten ihre dunklen Geschäfte im Rauschgift- und Zigarettenschmuggel über Strohmänner weiter. Von Italien aus lenkten sie die Tätigkeit der Cosa Nostra.

Unter den Deportierten befanden sich viele kleine Gangster, die kein großes Bankkonto besaßen. Ihnen wollte der Pater Blandino della Croce beim Eingewöhnen in die neue Heimat helfen. Auch schon vorher hatte der Pater unter Verbrechern gearbeitet. Der ehemalige Militärgeistliche betreute nach 1945 italienische Kriegsverbrecher, die von den Briten und Amerikanern abgeurteilt worden waren. Sinnigerweise hatte der fromme Mann seine Zelle in einem Kloster bei Rom mit zwei schweren Colts dekoriert.

Nicht das große Elend der italienischen Arbeitslosen in den Vorstädten Roms kümmerte den Pater, sondern die arbeitslosen Killer aus den USA, die sich mit den für sie ungewohnten Verhältnissen in Italien nur schwer abfinden konnten und die ständig nach Wegen forschten, auf denen sie illegal in die USA zurückkehren konnten. Meist geschah das über Mexiko. Andere Gangster suchten Anschluß an die italienische Unterwelt.

Pater Blandino ging zu Luciano und anderen wohlhabenden Mafiosi und bat um Hilfe für die deportierten Gangster. Luciano richtete einen Appell an die Mafia-Millionäre in Amerika, und bald darauf trafen die ersten Spenden von anonymen Absendern ein. Auch die römische Oberschicht entdeckte ihr Herz für notleidende Verbrecher. Die Herzogin Maria Teresa Puccini stellte sich mit Pater Blandino den Kameras der Reporter, als sie ihm einen Scheck für das Banditen-Hilfswerk überreichte. Mit den reichlichen Spenden gründete der Pater Heime für die deportierten Gangster.

Ihre Waffen nahmen die aus den USA verstoßenen Verbrecher in die Heime des Paters allerdings mit. Wer würde denn so leichtfertig auf sein Werkzeug verzichten? Eine Polizeifahndung brachte später die skandalösen Tatsachen ans Licht: Von den sicheren Unterkünften des Paters aus hatten die Banditen ihre Raubzüge gestartet. Die Polizei hob die Verbrechernester aus.

Die siebzehn Arme des heiligen Andreas

Eine Einnahmequelle besonderer Art hatte sich die Mafia in dem bei Foggia, Apulien, gelegenen Kloster San Giovanni Rotondo erschlossen. Hier lebte der Pater Pio, dem man nachsagte, daß an seinem Körper blutende Wundmale — Stigmata, Symbole der Kreuzigungswunden Christi — auftraten. Die »Ehrenwerte Gesellschaft« wußte die tiefe Religiosität der katholischen Gläubigen in Italien gut zu nutzen. Dazu gehörte auch der Glaube an die Heilkraft stigmatisierender Menschen. Viele, sehr viele von Krankheiten und unheilbaren Leiden Geplagte wollten mit Pios Hilfe eines Wunders teilhaftig werden. Sie kamen in Scharen.

Das Geschäft florierte. Man baute Hotels und Restaurants, die den Strom der Wallfahrer aufnehmen konnten. Die Mafia trat als Bauherr auf. Die Preise für die Unterkünfte diktierte auch die Mafia. Wollte man an einer Messe des Paters teilnehmen, mußte man Tage warten, und wer vor dem Wunderpater sogar eine Beichte ablegen wollte, hatte sich in eine Liste einzutragen. Wer genug Geld besaß, konnte die Wartefrist mit Agenten des Paters herunterhandeln. Arme Wallfahrer konnten zwar für eine geringe Summe ebenfalls ihre Wartezeit verkürzen, wurden jedoch in dunkle Räume geführt, wo falsche Wunderpatres ihr Werk verrichteten. Schallplatten waren zu erwerben, auf die von dem Mönch gelesene Gebete und Messen aufgenommen waren, die ebenfalls Wunder bewirken sollten. Schließlich konnten die herbeiströmten Gläubigen sogar blutgetränkte Mullbinden des Paters als Reliquie erwerben. Findige Reporter kauften diese Verbände auf und ließen in Labors eine chemische Analyse vornehmen. Angesichts so vieler Hunderte Meter Stoff, die mit Blut gefärbt sein sollten, hatten sie Verdacht geschöpft. Das Untersuchungsergebnis schlug unter der gläubigen Bevölkerung Italiens wie eine Bombe ein. Der Mull war mit Hühnerblut getränkt worden! Dieser Skandal schlug so hohe Wellen, daß die Kirchenbehörden zur Beschwichtigung der Betrogenen eine Untersuchung einleiten mußten.

Das Geschäft mit Reliquien und anderen der kirchlichen Andacht dienenden Gegenständen hatte die Mafia schon recht früh entdeckt. Sie besaß ein Monopol für den Verkauf von Andachtskerzen, Heiligenbildern, Statuen und Reliquien. Mit Hilfe der zurückgekehrten italo-amerikanischen Gangster, die die kapitalistischen Geschäftsmethoden beherrschten, eroberte sie neue Absatzgebiete in Süd- und Nordamerika.

Die italienische Zeitschrift »L'Ora« veröffentlichte eine aufschlußreiche Statistik von Reliquien, die geschäftstüchtige Mafiosi in Umlauf gesetzt hatten. Danach existierten 17 Arme des heiligen Andreas, 13 Arme des Sankt Etienne, 12 Arme von Sankt Philipp, 10 Arme der heiligen Thekla, 60 Finger von Johannes dem Täufer und 40 Köpfe der heiligen Juliana! In die USA waren 20 Rüstungen der Jeanne d'Arc und dieselbe Anzahl von Mönchskutten des heiligen Franz von Assisi sowie 50 Rosenkränze der heiligen Bernadette ausgeführt worden. Besonderer Schlager war der Stab von Moses, mit dem er die Kinder Israels in das gelobte Land geführt hatte.

Im Oktober 1965 schließlich wurde der Kapuzinerpater Antonio aus dem Albano-Kloster bei Rom als Komplize von Zigarettenschmugglern entlarvt.

Unter diesen Umständen schien es dem Vatikan angemessen, die Lawine von Skandalen nicht weiterrollen zu lassen. Papst Paul VI. ordnete eine Inspektion der Klöster und ihrer Beziehungen zur Mafia und zu anderen Verbrechern an.

Wie auch die Untersuchungen der weltlichen und geistlichen Gerichte über die kirchliche Mafia verlaufen, eines kann mit Sicherheit schon vorausgesagt werden, sie werden keine anderen Ergebnisse zeigen als die Untersuchungen über die Mafia in der Wirtschaft des Landes. Zu eng ist die »Ehrenwerte Gesellschaft« mit der bestehenden Ordnung auf Sizilien und in Italien verfilzt, als daß es gelingen würde, sie zu vernichten, ohne an den Grundfesten dieser Ordnung zu rütteln.

Bandenkrieg in Palermo

Journalist: »Stimmt es, daß die Stadtverwaltung von Palermo der Mafia die Kontrolle des Baugewerbes in die Hände gespielt hat?«

Bürgermeister: »Wenn Sie mit dieser Frage sagen wollen: Es gibt genausogut eine Mafia für das Baugeschäft, wie es eine Mafia für die städtischen Anlagen, die Wasserleitung, die Märkte, ja sogar für die Friedhöfe gibt, so muß ich eingestehen, daß auf dieser Insel die Mafia blüht, überall wo der Handel zwischen Produzent und Konsument Mittelsmänner erfordert.«

Aus einer Pressekonferenz des christlich-demokratischen Stadtoberhauptes von Palermo, Dr. Salvo Lima, im Juli 1963

Der Barbesitzer Gaetano Galatolo wartete hinter der Haustür. Seinen Leibwächter, einen sizilianischen Gangster amerikanischer Schule, hatte er vorausgeschickt, damit dieser nachsehe, ob keine Gefahr bestehe. Nach wenigen Minuten gab er seinem Chef das verabredete Zeichen. Der korpulente Galatolo hatte jedoch gerade die Tür ins Schloß geworfen, als in rasender Fahrt eine schwarze Limousine nahte. Galatolo brach unter den Schüssen zusammen, die aus dem fahrenden Wagen auf ihn abgegeben wurden.

Der Chef des Hafenviertels, der mit seiner »Weihwasserbande« zur »neuen« Mafia gerechnet wurde, lebte nicht mehr. Die großkalibrigen Schrotkugeln aus der Lupara hatten seinen Körper regelrecht zerfetzt. Die Mordwaffe ließ keinen Zweifel über die Herkunft der Täter. Der Mord, der an diesem Julitag des Jahres 1956 geschehen war, trug eindeutig die Handschrift der alteingesessenen Mafia. Er leitete einen gnadenlosen Kampf um die Vorherrschaft zwischen beiden Gruppen ein.

Der Konflikt war ausgebrochen, als die Stadtverwaltung von Palermo den alten, bereits halbverfallenen Barackenmarkt im Gartengebiet abreißen ließ und im Hafenviertel Acquasanta neue Markthallen eröffnete. Außer den Gemüse- und Obsthändlern siedelten auch die Mafiosi um. Sie wollten auch in Zukunft für jede Zitrone, jede Tomate und jeden Sack Kartoffeln ihre Steuer erheben und einziehen. In Acquasanta herrschte jedoch die Bande von Galatolo, die sogenannte Weihwasserbande. Sie duldete keine Konkurrenten in ihrem Reich und wollte auch den neuen Geschäftszweig kontrollieren, von den Händlern der Markthallen kassieren. Die »Alten« wehrten sich verzweifelt. Mit dem Mord an dem Barbesitzer Gaetano Galatolo verteidigten sie ihre älteren Ansprüche in dieser Branche nachdrücklich.

Der Gegenschlag ließ nicht lange auf sich warten. Zuerst nahmen die Killer der »Weihwasserbande« die Verfolgung des Leibwächters Giuseppe Licandro auf, der in verdächtiger Eile das Weite gesucht hatte. Nur er konnte den Chef verraten haben. In Norditalien fand die Polizei kurz darauf seine Leiche. Noch vor der Ermordung des Verräters bezahlte ein gewisser Christoforo di Caccomo, ein führender Vertreter der Mafia vecchia, der »alten« Mafia im Obst- und Gemüsesektor, den Streit der beiden rivalisierenden Banden mit dem Leben.

Dann folgte Schlag auf Schlag. Erst wurde Giuseppe Greco, der Vertreter einer alteingesessenen Mafia-Familie, getötet, wenige Tage danach folgte ihm sein Schwager Pararopol ins Grab. Da die überschneidenden Interessensphären sich nicht nur auf einen Wirtschaftszweig konzentrierten, sondern auf miteinander verflochtene Branchen, weitete sich dieser Machtkampf aus und erfaßte fast alle Mafia-Familien von Palermo.

Onkel Ninos Streich

In Villabate, einem Vorort von Palermo, herrschte der Mafia-Chef Antonio Cottone wie ein absolutistischer Fürst. Er widmete sich mit seinem Freund Luciano Liggio aus Corleone dem einträglichen Viehhandel und besaß mehrere Fleischereien. Sein Bankkonto belief sich auf zwei Milliarden Lire, etwa 13 Millionen Mark. Onkel Nino, wie er auch genannt wurde, reiste oft nach New York und traf sich dort mit dem Cosa-Nostra-Boß Joe Profaci. Manchmal telefonierte er auch mit seinem Kumpan in Übersee.

Auf seine Zufriedenheit fiel jedoch ein Schatten, denn in Villabate existierte noch eine andere Mafia-Familie, die Guiseppe Di Peri führte und die vor allem am Zigarettenschmuggel Riesensummen verdiente. Sie protzte mit ihrem Geld und ihrer Macht, und das verdroß den traditionell denkenden Mafioso Nino Cottone sehr. Er beschloß, die Emporkömmlinge in ihre Schranken zu weisen.

Eines Tages hatten Di Peris Leute siebzig Kisten Zigaretten geschmuggelt und in einem Versteck verborgen. Als sie am nächsten Tag die Beute weiterbefördern wollten, war sie verschwunden. Di Peri kam das Gerücht zu Ohren, daß Männer von der Cottone-Bande den Raub bewerkstelligt hätten. Mit unterdrückter Wut beklagte er sich über den Raub. Kurz angebunden nahm Cottone den Bericht entgegen und versprach, Nachforschungen anzustellen.

Einige Tage später wurden tatsächlich auch mehrere Kisten »gefunden« und Di Peri zurückgegeben. Bereits wenige Stunden danach aber erschienen im Versteck der Zigarettenschmuggler plötzlich vier Polizeibeamte und beschlagnahmten die Kisten.

Als die Mafiosi der Familie Di Peris über diesen überraschenden Besuch nachdachten, kam ihnen ein furchtbarer Verdacht. Und Cottone wies die Beschuldigung nicht zurück, im Gegenteil, er verbreitete, daß vier seiner Leute in den Uniformen gesteckt und Di Peris Komplicen an der Nase herumgeführt hätten. Die Zigaretten blieben für immer verloren. Zum Schaden mußte Giuseppe Di Peri noch den Spott ertragen. Sein Ansehen einzubüßen, das ist mehr, als ein Mafioso gewöhnlich ertragen kann.

Am 22. August 1956 ereilte Nino Cottone das Geschick, das viele Männer der »Ehrenwerten Gesellschaft« in jenen Tagen traf. Der Mordschütze hieß Angelo Galatolo und war ein Bruder des Barbesitzers. Die »alte« Mafia machte ihn innerhalb von 24 Stunden ausfindig — zu einem Zeitpunkt, als sich die Polizei noch in Mutmaßungen über den möglichen Täter erging. Der Picciotto schoß Angelo Galatolo mit seiner Lupara mitten ins Gesicht.

Am 26. August 1956 mußte der Mafia-Chef des Hafens und Cottone-Freund Nicola D'Alessandro sein Leben lassen. Wiederum verstrichen nur 24 Stunden, bis die »alte« Mafia die Lupara abdrückte. Diesmal galt der Anschlag Giuseppe Di Peri, aber er überlebte. Der Verletzte versuchte, außer Reichweite der Mafia-Vendetta zu gelangen. Er flüchtete nach Norditalien. Drei Tage nach dem ersten Attentat trafen ihn Geschosse aus der Wolfsflinte am Comer See. Den zweiten Mordanschlag überlebte Giuseppe Di Peri nicht.

Das Geschäft mit den Särgen

In Palermo wußte jeder Einwohner, daß die Mafia sogar an den Toten verdiente. Die »Onorata Società«, die die Sizilianer durch das ganze Leben begleitete, fehlte auch nicht auf deren letztem Weg.

Das Bestattungswesen in Palermo kontrollierte der Mafioso Carmelo Napoli. Die Sargfabrikation konzentrierte sich auf die Gegend der Via dei Claderei, Discesa dei Guidici, Rua Formaggi und Via del Ponticello. Sie wurde von den drei großen Bestattungsunternehmen Nicolo Vitrano, Antonio Trinca und Antonio Trinca junior beherrscht. Diese hatten sich mit Hilfe der »Ehrenwerten Gesellschaft« ihre festen Absatzmärkte geschaffen, und wehe dem, der in diesen Geschäftszweig einzudringen versuchte.

In Palermo erzählt man noch heute die Geschichte von einem Mann, der wirklich naiven Gemüts gewesen sein mußte und geglaubt hatte, die drei Großen des Bestattungswesens unterbieten zu können. Seine Angebote waren so preiswert, daß sich auch sofort Kunden meldeten.

Er richtete aber nur eine Beerdigung aus. Sie begann damit, daß die Sargträger nicht erschienen. Als schließlich Ersatz besorgt war und sich der Trauerzug in Bewegung setzen wollte, brach die Bahre, und der Sarg mit dem Toten stürzte zum Entsetzen der Angehörigen und Trauergäste zu Boden. Schließlich erreichte man die Kirche. Aber der Trauergottesdienst begann mit großer Verspätung, weil der Priester und seine Helfer fehlten. Der herbeigeholte Geistliche entschuldigte sich, man hätte ihn doch telefonisch verständigt, daß die Beerdigung um einen Tag verschoben worden wäre. Nachdem der Trauerzug seinen Weg in Richtung Friedhof genommen hatte und alle glaubten, nun könne nichts mehr passieren, explodierte ein Knallkörper. Die Pferde scheuten und gingen mit dem Leichenwagen durch. Man brachte sie zum Stehen und erreichte schließlich das Grab, wo die aufgebrachten Angehörigen feststellen mußten, daß dort kurz zuvor ein anderer Toter seine letzte Ruhestätte gefunden hatte. Als der Unternehmer den Sarg schließlich in die Erde senken konnte, wußte er, daß auch seine Firma an diesem Tage zu Grabe getragen worden war.

Andere kleine Unternehmer verhielten sich klüger. Sie verhandelten mit Vitrano und den Trincas und waren bereit, für jedes Begräbnis eine bestimmte Summe zu entrichten. Außerdem übersahen sie geflissentlich, daß es zu deren Gepflogenheiten gehörte, Blumen und Kränze nach der Beerdigung von den Gräbern zu nehmen und erneut zu verkaufen.

Der Verkauf von Tabuttis, wie im sizilianischen Dialekt die Särge heißen, brachte weitere Nebenverdienste. Särge wurden in die umliegenden Orte von Palermo geliefert. Sie eigneten sich wunderbar für den Transport heißer Waren. In Särgen, die mit Luftlöchern versehen waren, wurden auch gesuchte Verbrecher aus den Gefahrenzonen heraus in Sicherheit gebracht.

Eines Tages begann sich Carmelo Napoli außer für Tabuttis und Blumen auch für die Friedhöfe, die von der Mafia der städtischen Anlagen kontrolliert wurden, zu interessieren. Er entdeckte auch, daß der Viehhandel ein lohnendes Geschäft bot. Doch diese Gebiete unterstanden längst der Oberhoheit anderer Mafia-Banden. Zwangsläufig mußte er mit ihnen zusammenstoßen.

Plötzlich verschwand sein Hund. Schon einen Tag später besaß Napoli Gewißheit über den Verbleib des Tieres, nachdem er ein Paket bekommen hatte. Es enthielt den abgeschnittenen Kopf seines Hundes. Der traditionellen Todesdrohung der Mafia war noch ein Kuvert mit Trauerrand beigefügt, in dem eine Todesanzeige steckte. »Mit tiefer Bewegung geben wir das Hinscheiden unseres treuen Freundes Carmelo Napoli bekannt.«

Verließ der schon Totgesagte jetzt mit seinem Leibwächter sein Haus, bevorzugte er die belebtesten Straßen der Stadt. Er schlürfte seinen Kaffee in einem Espresso dicht neben der Präfektur. Ausgerechnet dort ereilte ihn im Juli 1956 das zugedachte Schicksal. Aus einem FIAT wurde ein ganzes Magazin einer Maschinenpistole auf ihn abgefeuert. Carmelo Napoli starb und mit ihm ein unschuldiger Greis, der in die Schußbahn des Schützen geraten war.

Die Polizei sperrte sofort das Stadtviertel ab. Umsonst, sie konnte wieder einmal nicht die geringste Spur von dem Mörder finden. Die Freunde von Carmelo Napoli hatten mehr Glück. Sie stellten den Täter und lynchten ihn. Die Polizei identifizierte dessen übel zugerichtete Leiche. Der Tote hieß Vito Frenna und war ein Mafia-Gewaltiger über Friedhöfe und städtische Anlagen gewesen.

In diesem Sommer 1956 hielt der Tod reiche Ernte unter den Mafiosi. Mehr als 70 Männer der »Ehrenwerten Gesellschaft« wurden zu Grabe getragen. Dann griff der Oberste Rat der Mafia ein. Die Dons und Capos schlossen einen Waffenstillstand. Die Morde hatten zu großes Aufsehen erregt. Mit weiteren Bluttaten mußten ernste Maßnahmen der Polizei geradezu herausgefordert werden.

Wie man Bürgermeister wird

Anfang der fünfziger Jahre wuchsen in Palermo — erst zögernd, dann immer stürmischer — neue Bauten empor, die sich meist über die alten Paläste und Wohnhäuser erhoben. Sie schienen hochmütig auf die schäbigen Hütten zu blicken, in denen mindestens ein Viertel der 600 000 Einwohner der Stadt vegetierte. Wolkenkratzer, Paläste aus Glas und Beton, herrliche Villen — Ausdruck des wirtschaftlichen Aufschwungs Siziliens, der den Konzernen Norditaliens und den ausländischen Monopolen zugute kam. Die Armen blieben weiter die Zaungäste des italienischen »Wirtschaftswunders«, das nun auch die Mittelmeerinsel erreicht haben sollte.

Die Preise für Grundstücke zogen sprunghaft an, ebenso die Pachtzinsen, Vermittlungsgebühren und Baukosten. Die Grundstücksspekulationen lockten die jungen Glücksritter der Mafia. Hier rechnete man nicht nach Tausenden, Zehntausenden oder Hunderttausenden, sondern manipulierte mit Millionen und Milliarden Lire.

Im Jahre 1956, in der Zeit der Machtkämpfe, begann die Karriere eines jungen Beamten, der selbstverständlich auch ein Mitglied der

Partito Democrazia Cristiana war. Dr. Salvo Lima wurde Assessor beim Amt für öffentliche Arbeiten der Stadt Palermo. Von diesem Posten aus wollte er den Sessel des Bürgermeisters erobern. Systematisch baute Lima seine Macht aus. Er wußte, wie man sich Verbindungen und Beziehungen verschaffte. So bekamen vor allem Mafiosi, die spekulieren und Geld machen wollten, die Baubewilligungen, Lizenzen und Kredite.

Es geschahen erstaunliche Dinge. Eine Firma, die nur die Pacht für einige Straßen zurückerlangen wollte, verzichtete auf ein Guthaben bei der Stadtverwaltung von mehr als einer Milliarde Lire. Ein großes Gebäude wurde auf einem Boden errichtet, der völlig ungeeignet war und der Stadt zu anderen Zwecken dienen sollte.

In diesen Jahren blühten auch die Geschäfte des Paolo Bonta, Don Paolino genannt, jenes Mafia-Führers aus Palermo, der beim Begräbnis des Mafia-Patriarchen Don Calò Vizzini neben dessen umstrittenem Nachfolger Genco Russo zu finden gewesen war. 1945 war Bonta noch mit den Monarchisten liiert gewesen und hatte mehrere Klubs eingerichtet, in denen adlige Müßiggänger dem Glücksspiel frönen konnten. Als die Monarchisten immer mehr an politischem Einfluß verloren, orientierte sich Bonta auf die nach seiner Meinung zukunftsträchtige Christlich-Demokratische Partei. Diese Schwenkung fiel ihm leicht. Seine Cousine Margherita Bontade, Vorsitzende des katholischen Frauenbundes, christlich-demokratische Abgeordnete und Protegé von Kardinal Ruffini, ebnete den Weg — auch zu Dr. Salvo Lima, denn Bonta wollte ebenfalls an den Grundstücksspekulationen verdienen. Seine Gewinne legte er in großen Industrieunternehmen an, wie dem Werk »Elettronica Sicula«, in dem auch nordamerikanisches Kapital steckte. Als dort der Allgemeine Italienische Arbeiterverband (CGIL) — die von Kommunisten und Sozialisten geführte Gewerkschaft — 1959 Kandidaten für die Betriebsratswahlen aufstellen wollte, verhinderte Bonta, daß CGIL-Männer auf die Liste gesetzt wurden. Der Direktor der »Elettronica Sicula« entgegnete protestierenden Arbeitern: »Paolo Bonta hilft uns, ohne ihn haben wir weder Wasser noch Boden, um uns auszubreiten, noch die so benötigten friedlichen Arbeitskräfte.«

Unter den Mafiosi, die an dem großen Geschäft verdienen wollten, befand sich auch ein gewisser Vassallo. Er verkaufte Pferdefutter, be-

Avancierte unter den Fittichen der Bau-Mafia zum Oberbürgermeister von Palermo: Dr. Salvo Lima

vor sein schwindelerregender Aufstieg begann, der ihn zu einem der größten Bauherrn der Stadt werden ließ. Er bekam einen ungedeckten Kredit von vier Milliarden Lire von lokalen Banken und Finanzinstituten zugeschanzt. Sogar die Nationalbank gewährte ihm ohne jede Garantie einen Kredit. Vassallo vermietete Schulräume an die Provinzverwaltung von Palermo und erhielt dafür jährlich 78 Millionen Lire. Als später die Geschäfte des Mafioso durchleuchtet wurden, stieß man auf bemerkenswerte Dinge. Vassallo kassierte bereits Pachtgelder, noch bevor die Schule überhaupt fertiggestellt war. Nachdem sie schließlich mit siebenmonatiger Verspätung übergeben worden war, konnte sie wegen großer baulicher Mängel nicht benutzt werden. Aus der Steuerkasse der Provinz mußten zusätzlich beträchtliche Mittel ausgegeben werden.

Die kommunistischen Abgeordneten von Palermo legten auf einer Pressekonferenz eine aufsehenerregende Dokumentation vor. Sie wiesen nach, daß in mindestens sieben Fällen der Bebauungsplan der Stadt im Interesse der Bau-Mafiosi abgeändert worden war. Und es gab tatsächlich einen Plan, der vorsah, das Ucciardone-Gefängnis abzureißen, um das Gelände den Bauspekulanten zu überlassen!

Dr. Salvo Lima, der bis 1968 Oberbürgermeister von Palermo war, ging danach als christdemokratischer Abgeordneter nach Rom. Dort erhielt er 1972 den Posten eines Staatssekretärs im Finanzministerium.

»Trotyl-Giuliettas«

Den wohl lukrativsten Zweig der Mafia — den Rauschgifthandel — führte auf Sizilien ein gewisser Cesare Manzella, der seine Dollarmillionen aus den Spielhöllen von Chikago und dem Rauschgifthandel geschöpft hatte, bevor er sich in der Kleinstadt Cinisi bei Palermo niederließ. Seine Mitbürger sahen in ihm einen begüterten und zugleich wohltätigen Bürger ihrer Gemeinde. Manzella hatte eine beträchtliche Summe für den Bau eines Waisenhauses gestiftet. Auf Vorschlag der Honoratioren der Stadt wurde er zum Präsidenten der Katholischen Aktion, der Dachorganisation klerikaler Verbände, gewählt. Dieser »Philanthrop« steuerte den Rauschgiftschmuggel von den Ländern des Nahen Ostens über Sizilien nach den Vereinigten Staaten. Er war Oberhaupt des gewaltigen Schmugglerringes geworden, nachdem sein Vorgänger Luciano im Januar 1962 im Flughafenrestaurant von Neapel plötzlich verstorben war. Der glatzköpfige Manzella sollte jedoch seinen ehemaligen Chef nicht lange überleben.

Eines Tages wurde aus Sicherheitsgründen ein Ortswechsel für den Transporteur, der die Ware mit seiner Yacht beförderte und unweit von Palermo übergab, vorgenommen. Die Rauschgift-Mafiosi verlagerten den Treffpunkt an die Südküste, wo die Sendung von einem neuen Mittelsmann in Empfang genommen werden sollte. Manzella bestimmte für diese Aufgabe einen jungen Gangster, einen gewissen Calcedonio Di Pisa, der in Männern wie Luciano Liggio seine Vorbilder sah. Di Pisa liebte schnelle Autos, er fuhr einen knallgelben »Giulietta«, bevorzugte schwarze Seidenhemden und auffällige Krawatten. Er kannte sich im Schmugglergeschäft aus und begann mit seinen Erlösen im einträglichen Grundstückshandel zu spekulieren.

Dieser Gangster holte das Heroinpaket vor der Küste von Agrigent ab. Es wanderte danach über die sizilianische Zentrale Palermo auf ein Überseeschiff, mit dem es nach New York weiterbefördert wurde.

Nach etwa vierzehn Tagen ging auf das Konto von einem Strohmann Manzellas das Geld ein. Die überwiesene Summe entsprach aber nicht dem vereinbarten Preis. Ein Anruf in New York brachte eine unangenehme Nachricht. Die dort empfangene Menge war kleiner als die abgesandte. Jemand mußte auf eigene Rechnung gearbeitet haben. Der Verdacht traf zwei Leute — den Seemann auf dem Transatlantikschiff und den Mittelsmann Di Pisa. Den ersten Verdächtigen vernahm die amerikanische Filiale. Doch nach dem Verhör erklärte sie, daß dieser unschuldig wäre.

In Palermo wurde Di Pisa vor ein Mafia-Gericht geladen. Auch hier wurde auf Freispruch entschieden. Aber dieses Urteil war nicht einstimmig gefaßt worden. Die Brüder Angelo und Salvatore La Barbera verlangten kategorisch die Hinrichtung. Es ist sicher, daß dabei nicht nur persönliche Ressentiments gegen den geckenhaften Mafia-Kumpan, sondern ernsthafte geschäftliche Überlegungen eine Rolle spielten — die Brüder Barbera und Di Pisa waren Konkurrenten im städtischen Bauprogramm. Im Dezember 1962 wurde Di Pisa ermordet, wahrscheinlicher Täter war Pietro Torretta, ein führendes Mitglied der Barbera-Bande.

Kurz danach — Anfang 1963 — vermißte man Salvatore La Barbera. Sein ausgebranntes Auto wurde auf einem Feldweg bei Agrigent gefunden. Es fehlte jeder Anhaltspunkt über den Verbleib des Besitzers.

Als Manzella an einem Aprilabend vom Besuch bei den Nonnen im »Heilig-Herz«-Kloster heimkehrte, fand er die Einfahrt zu seiner Villa durch ein anscheinend gedankenlos geparktes Auto versperrt. Knurrend stieg er aus seinem Fahrzeug, um den anderen Wagen, der die Zufahrt zu seinem Besitztum blockierte, beiseite zu fahren. Ein Bediener seines Hauses stürzte eilfertig herbei, um seinem Herrn behilflich zu sein. Manzella drückte auf die Klinke des Wagens, da gab es eine gewaltige Explosion. Der Wagen war ein »Trotyl-Giulietta« gewesen, ein Sportwagen, den man mit Sprengstoff gefüllt hatte. Die Ladung zerriß beide Männer und ließ die Fensterscheiben in weitem Umkreis bersten. Von Manzella fand die Polizei nur noch einen Schuh, seinen breitkrempigen Hut und seine Brieftasche, die in den Zweigen eines Baumes hing. Angelo La Barbera hatte eine neue Mordmethode in die Geschichte der Mafia eingeführt.

Die letzten Zweifel an der Urheberschaft von Angelo La Barbera an diesem Sprengstoffattentat schwanden, als dieser fluchtartig Sizilien verließ. Sein Weg führte ihn nach einem kurzen Abstecher in Rom in die norditalienische Industriemetropole Mailand.

Der neununddreißigjährige Angelo La Barbera, der in seinem Paß als Industrieller ausgewiesen war, besuchte an einem Maiabend einen

Führte eine neue Mordmethode in der Mafia ein, den „Trotyl-Giulietta":
Angelo La Barbera

alten Freund. Eine Stunde nach Mitternacht verließ er das Haus und setzte sich hinter das Lenkrad seines Wagens. Er konnte ihn nicht mehr starten.

Zwei Autos stoppten mitten auf der Straße. Die Türen sprangen auf. Die ersten Geschosse durchschlugen die Windschutzscheibe von La Barberas Fahrzeug. Weitere Kugeln verletzten ihn an Kopf und Hals. Er verlor jedoch selbst in dieser Situation nicht die Nerven und suchte erst Deckung, dann kroch er über den Vordersitz und erreichte, die Pistole im Anschlag, den Bürgersteig und erwiderte das Feuer. Die Angreifer flüchteten — zwei von ihnen mußten den Spuren nach verwundet worden sein.

Im Krankenhaus von San Vittore entdeckte man in La Barberas Körper vier Kugeln — in Arm, Schulter, Brustkorb und Leiste — und ein weiteres Geschoß im Kopf. Das war allerdings schon einige Jahre dort.

Angelo La Barbera befand sich außer Lebensgefahr. Auf die Fragen der Polizei antwortete er: »Ich habe nichts gesehen. Ich habe keine Ahnung, wer etwas gegen mich haben könnte. Ich bin ein anständiger Mensch.« Als ihm das Verhör lästig wurde, sagte er: »Mein Hals schmerzt zu sehr, ich kann nicht mehr sprechen.«

Erst Erkundigungen in Palermo gaben der Mailänder Polizei Aufschluß, welch großen Gangster sie gefangen hatten. Auf dem Konto von La Barberas Bande standen Erpressung, Rauschgifthandel,

Schmuggel, sechs Morde, vier Mordversuche, zwei Sprengstoffattentate und die Urheberschaft am spurlosen Verschwinden von mindestens vier Personen!

Bombe unter der Motorhaube

Nach dem Anschlag auf Angelo La Barbera in Mailand setzte ein neuer Ausrottungsfeldzug gegen seine Sippe und seine Anhänger ein. Manzellas Kumpane, die hauptsächlich im Rauschgiftschmuggel tätigen Brüder Rimi und Salvatore Greco — auch Toto genannt — wollten diesen Streit auf bewährte Gangsterart mit dem Revolver entscheiden.

Zuerst traf es den Barbera-Intimus Don Mommo Grasso, den Mafia-Chef von Misilmeri, und seinen Sohn. Beide waren eines Tages wie vom Erdboden verschluckt. Sie sollten auch nie wieder gesehen werden.

Am Abend des 18. Juni 1963 fuhr ein silbergrauer FIAT »Giulietta« in das neue, von wohlhabenden Leuten bewohnte Stadtviertel Borgata Uditore und stoppte in der Via Antonio Ciaccio vor dem Haus Nummer 6. Hier wohnte kein anderer als der Geschäftsführer der La Barberas, der zweiundfünfzigjährige Pietro Torretta. Zwei Männer stiegen aus dem Wagen und gingen in das Haus, während der Chauffeur den Motor weiterlaufen ließ.

Es verging kaum eine Minute, da hallten Schüsse durch das Haus. Über die Balkonbrüstung im ersten Stock stürzte einer der »Besucher« auf das Straßenpflaster. Der Mann kroch auf allen vieren weiter. Der wartende »Giulietta«-Fahrer öffnete den Wagenschlag, zog den Schwerverletzten hinein und brauste davon. Er lieferte den inzwischen Bewußtlosen in einem nahen Krankenhaus ab. Kurze Zeit später starb der Mann an den Folgen des Fenstersturzes und seinen Schußverletzungen. Vier Kugeln steckten in seinem Körper, wie die Ärzte später mitteilten.

Den zweiten Killer entdeckte die Polizei in der Wohnung Torrettas, von vier Kugeln getötet. Torretta selbst war beim Eintreffen der Polizei verschwunden. Die Toten waren nur unbedeutende Picciotti, Killer der Mafia.

Am 30. Juni 1963 explodierte in Ciaculli ein „Trotyl-Giulietta". Das Attentat tötete sieben Polizisten

Am 29. Juni 1963 explodierte in Villabate, wo inzwischen die Mafia-Dynastie Di Peri die Nachfolge der Cottones angetreten hatte, ein »Trotyl-Giulietta«. Das Mordauto hatte vor der Garage Di Peris gestanden. Der Anschlag kostete zwei unschuldigen Passanten das Leben, ein dritter Mann, der sich auf dem Wege zur Arbeit befand, überlebte als Krüppel. Alle drei Männer waren neugierig vor dem Wagen stehengeblieben, aus dessen Innern rätselhafter dunkler Rauch quoll.

Einen Tag später — am 30. Juni — erhielt die Polizei aus Ciaculli, unweit von Villabate gelegen, einen anonymen Anruf. Ein »Giulietta« stände auf einer Straße, und niemand wüßte, wem dieser Wagen gehöre. Sofort wurden Spezialisten der Carabinieri an den Tatort entsandt, um das verdächtige Fahrzeug zu untersuchen. Alles schien diesmal denkbar einfach. Auf dem Rücksitz im Innern des Wagens erblickten die Beamten einen Benzinbehälter, an dem eine Zündschnur befestigt war. Sie war offensichtlich angezündet worden, aber wieder erloschen.

Die Beamten schauten noch in den Kofferraum, konnten aber beim besten Willen nichts entdecken. Dann hob ein Carabiniere die Motorhaube an und löste eine gewaltige Explosion aus. Sechs Mann starben auf der Stelle, der siebente Carabiniere auf dem Wege ins Krankenhaus. Sie waren in eine Falle gegangen, denn der Benzinkanister im Innern des Wagens war nur Tarnung. Doch die Polizei glaubte mit Bestimmtheit annehmen zu können, daß nicht ihr der Anschlag gegolten hatte.

Vielleicht dem anonymen Telefonanrufer?

Die größte Jagd auf die Mafia

Die Nachricht von dieser Bluttat platzte in Rom mitten in die großen Feierlichkeiten zum Krönungstag des neuen Papstes Paul VI. Eine Welle der Empörung flutete durch Italien. Für das Massaker von Ciaculli wurde Sühne verlangt.

Palermo befand sich in diesen Tagen zeitweise im Ausnahmezustand, Hektik kennzeichnete die Atmosphäre. Ein abgestelltes Auto, dessen Besitzer nicht ermittelt werden konnte, wurde mit Sandsäcken abgedeckt und in die Luft gesprengt.

Carabinieri durchkämmten ganze Stadtteile. Panzerwagen patrouillierten durch die Straßen. Leuchtkugeln und Scheinwerfer erhellten die Nacht, um Flüchtigen das Ausbrechen zu erschweren. Die Straßen von Palermo wurden ständig kontrolliert, der Bahnhof, der Hafen und der Flugplatz von verstärkten Einheiten überwacht. Vor der Küste kreuzten Schnellboote, um den Mafiosi den Fluchtweg zum italienischen Festland abzuschneiden. Mit Hubschraubern und Spürhunden durchstöberten Suchtrupps das grottenreiche Hinterland Palermos. Razzien und Haussuchungen lösten einander ab. Nicht nur in Palermo, auch in den anderen als Mafia-Nester bekannten Orten. Vorerst blieben nur kleine Verbrecher in den Netzen hängen.

Carabinieri umzingelten am 15. Juli 1963 das kleine sizilianische Bergdorf Sciara, unweit von Palermo. Sie ergriffen Antonio Mangiafridda, Giorgie Panceza und Vincenzo Di Bella, drei Männer, die im Dezember 1961 wegen eines Mordes verurteilt und — vom Kassationsgericht wieder freigesprochen worden waren.

Aber daß diese Mörder überhaupt aufgestöbert werden konnten, war das Verdienst einer kleinen, verbitterten Frau. Francesca Serio, die Mutter des ermordeten Salvatore Carnevale, brach die Omertà. Sie verriet die Mörder ihres Sohnes. Ihr Fall erregte in Sizilien Aufsehen.

Salvatore Carnevale, der sozialistische Sekretär der Arbeiterkammer in Sciara, hatte sich gegen die Willkür der Großgrundbesitzerin und Fürstin von Notabartolo aufgelehnt. Er setzte gegen den Willen der Mafia durch, daß die Halbpächter einen größeren Teil der Ernte bekamen. Außerdem forderte er die Pächter auf, das Land zu besetzen, das ihnen nach den Bestimmungen der Landreform zustand.

Die Mafia warnte Carnevale. Die Verwalter der Fürstin, selbst in den Diensten der Bruderschaft stehend, wollten ihn bestechen. Er wies sie ab.

Am Morgen des 16. Mai 1955 wurde der zweiunddreißigjährige Salvatore Carnevale erschossen — auf offener Straße und vor den Augen seiner Nachbarn. Es war auf Sizilien der neununddreißigste Mord an einem Gewerkschaftsfunktionär seit Kriegsende. Am Abend raubten die Mörder vierzig Hühner und feierten nach altem Brauch den Sieg der Mafia.

Francesca Serio schwor damals: »Turri ist tot. Ich kann ihn nicht mehr lebendig machen. Aber ich werde nicht aufhören, gegen seine Mörder zu kämpfen.«

Am 15. Juli 1963 erlebte Francesca Serio, wie die Mörder ihres Sohnes zum zweitenmal abgeführt wurden.

Aber wo steckten die großen Gangster? Wo war Pietro Torretta, der vermutliche Attentäter von Ciaculli, untergeschlüpft?

Die Kommunisten forderten im Parlament endlich konkrete Maßnahmen. Ihr Senator Girolamo Li Causi, der nach dem Krieg als erster Politiker der Mafia die Stirn geboten hatte, prangerte die Verschleppungstaktik der Regierung an. Schon 1958 sollte eine Kommission das

Eine Welle der Empörung ging nach dem Sprengstoffattentat von Ciaculli durch Italien. Würde diesmal die Mafia zerschlagen werden?

Mafia-Unwesen untersuchen. Bis zum Jahre 1962 wurde jedoch die Bildung dieses Ausschusses verzögert. Die Commissione parlamentare d'inchiesta sulla Mafia hielt mehr als hundert Sitzungen ab, ihre Mitglieder bereisten Sizilien, und ihre Untersuchungsergebnisse füllten viele Aktenschränke.

Der Ausschuß empfahl, ein Gesetz gegen die »Onorata Società« vorzubereiten. Beamte der Justiz- und des Innenministeriums arbeiteten eine Vorlage aus. Doch zum Erstaunen der Italiener stand darin nicht einmal das Wort »Mafia«. Die Ministerialbeamten hatten den Gesetzentwurf mit »Verhütung und Verfolgung besonderer Formen des organisierten Verbrechertums« betitelt. Und die Mafiosi bezeichnete man als »Personen, die verdächtig sind, verbrecherischen Organisationen anzugehören«.

Berichterstatter erinnerten die Öffentlichkeit daran, daß bereits vor etwa 90 Jahren die erste Anti-Mafia-Kommission auf die Mittelmeerinsel entsandt worden war. Ein Chronist berichtete damals: »Am 4. November 1875 um fünf Uhr nachmittags kamen in Palermo auf dem Kriegsschiff ›Il Messaggioro‹ die ehrenwerten Mitglieder der Untersuchungskommission für Sizilien an . . .« Einzige Ausbeute war ein oberflächlicher, nichtssagender Bericht gewesen.

Nach dem Ciaculli-Attentat sollte die Kommission endlich die Wurzeln der Bruderschaft aufdecken und abschlagen helfen. Zum Vizepräsidenten wurde der kommunistische Senator Girolamo Li Causi berufen, der einmal über die Mafia gesagt hatte: »Gerechtigkeit wird auf der Insel erst wieder herrschen, wenn dieser Krebsschaden ausgerottet ist.«

Aber neben diesem Mann wurde auch der christlich-demokratische Abgeordnete Nino Gulotti als Vizepräsident nominiert. Die Linksparteien lehnten Gulotti als befangen ab. Sie verwiesen auf ein Zeitungsfoto, das den Abgeordneten auf einem Fest neben dem Mafia-Oberhaupt Genco Russo zeigte. Gulotti verteidigte sich, daß er keinen Überblick besäße, wer sich damals zu ihm an den Tisch gesellt hätte. Die Fraktion der Partito Democrazia Cristiana erzwang seine Nominierung, denn Gulotti hatte einen delikaten Auftrag. Er sollte verhindern, daß die Untersuchungen auch auf die Verbindung seiner Partei mit der »Ehrenwerten Gesellschaft« ausgedehnt würden.

Doch getrieben von den Kommunisten und den anderen Linkskräften begann die Operation Anti-Mafia. Den Auftakt bildete am 15. Januar 1964 eine gemeinsame Sitzung im Palazzo dei Normanni mit dem Regionalparlament. Dann ging der Ausschuß an die Arbeit, selbst der Untersuchung durch die aufgerüttelte öffentliche Meinung unterworfen.

Ein Vaterunser für Onkel Peppe

Im Februar 1964 erhielt die Untersuchungskommission einen anonymen Wink. In einem Vorort Palermos sollte sich Pietro Torretta aufhalten.

Entsicherte Maschinenpistolen in der Hand, riegelten die Carabinieri des Einsatzkommandos den Gebäudekomplex ab, in dem sie Torretta vermuteten. Sie durchsuchten sechs Wohnungen und zwei Warenhäuser nach dem Mafia-Chef. Sie tauchten auch bei der Schwester Torrettas auf, ebenfalls ohne Ergebnis. Da bemerkte ein Polizist, der den Dachfirst erklommen hatte, eine elektrische Alarmanlage. Sie führte von der Wohnung der Schwester zu einem Zimmer, in dem sich Pietro Torretta befand.

Der überraschte Torretta versuchte, durch das Fenster zu fliehen. Aber er starrte in das blendende Licht plötzlich eingeschalteter Scheinwerfer, hinter denen Polizisten mit Maschinenpistolen standen. Torretta gab auf und flehte: »Schießt nicht, ich bin unbewaffnet!« Die Polizisten förderten aus seinem Versteck drei Maschinenpistolen, eine Pistole und reichlich Munition zutage.

Pietro Torretta wurden dreizehn Morde zur Last gelegt. Den Anschlag mit dem Sprengstoffauto stritt er wütend ab. Zu seinen letzten zwei Morden in der Via Antonio Ciaccio erklärte er im ersten Verhör zynisch: »Ich kannte die beiden Männer nicht und kam zufällig in das Wohnzimmer, als sie auf Freunde von mir zu schießen begannen.« Bei der Schießerei hätte er sich rein zufällig eine Schußwunde im Oberschenkel zugezogen.

Nicht ganz so dramatisch verlief der größte Fang der Polizei: Als sich das Mafia-Oberhaupt Genco Russo, auch Onkel Peppe genannt, in die Enge getrieben sah, zog er es vor, sich am 5. Februar 1964 selbst der Polizei zu stellen. Die überraschten Beamten von Caltanissetta begrüßte er mit den Worten: »Sie können sich gar nicht vorstellen, wie glücklich ich bin, Ihre Bekanntschaft zu machen.«

Kaum saß Russo in seiner Zelle, da begann sich die Mafia zu rühren. Sie ließ eine Bittschrift kursieren, die der christlich-demokratische Bürgermeister von Mussomeli, dem Geburtsort Genco Russos, verfaßt hatte: »Der Endesunterzeichnete erklärt, daß Herr Genco Russo jederzeit ein unbescholtener Mann war, korrekt und moralisch anständig, ein tief religiöser Mensch, eine politische Persönlichkeit der Verwaltung von Mussomeli. Er hat sich für das Wohl seiner Mitmenschen eingesetzt, die er so liebt.« Die Petition trug 25 000 Unterschriften. Die »Onorata Società« gab sich nicht geschlagen.

Was die in dem Schreiben erwähnte »politische Persönlichkeit« betrifft, so stimmte die Feststellung sogar. Bei den Wahlen im Jahr 1960 kandidierte Russo für die Christlich-Demokratische Partei in Mussomeli. So wird verständlich, daß ihm sein Freund, der Rechtsanwalt und Sektionssektretär der Partito Democrazia Cristiana von Caltanissetta, Vincenzo Noto, dieses Zeugnis ausstellte: »Genco Russo ist ein Ehrenmann, ein edelmütiger Mensch, der sich immer bemüht, die Schwachen zu schützen und den Bedürftigen zu helfen. Die Mafia existiert nicht als Verbrecherorganisation. Mafia bedeutet Großzügigkeit, Gastfreundschaft, Nächstenliebe.«

Selbstverständlich durfte als Leumund der Klerus nicht fehlen! In der Sankt-Antonius-Kirche von Mussomeli forderte Pater Pasquale Schifano zum Schluß seiner Predigt die Gläubigen auf: »Und jetzt ein Vaterunser für Onkel Peppe!«

Gegenüber einem Journalisten äußerte sich der auf Russos Seelenheil bedachte Pater erregt: »In Mussomeli unterzeichnete die gesamte Geistlichkeit ausnahmslos die Bittschrift für Genco Russo, verstehen Sie? Zwanzig Geistliche haben unterschrieben, haben sich erboten, für denjenigen auszusagen, den man das Haupt der Mafia nennt.«

Auch diesmal traf es den Oberschurken nicht allzu hart. Er wurde für fünf Jahre auf das italienische Festland verbannt. Seinen neuen Aufenthaltsort, das Dorf Lovere bei Bergamo in der Lombardei, konnte er sich selbst wählen. Wieder einmal hatte man Russo nichts nachweisen können. Seine Verbannung erfolgte lediglich auf Grund einer neuen Sonderbestimmung, die es zuließ, daß Personen, die als Mafiosi verdächtigt wurden, isoliert werden durften. Der Staat zahlte Russo einen täglichen Unterhalt von 700 Lire.

Am 2. August 1965 wurde ein Verbindungsmann zwischen der Mafia und der Cosa Nostra verhaftet: Frank Coppola. Bereits im Oktober 1952 hatte der kommunistische Senator Girolamo Li Causi vergeblich die Behörden auf ihn aufmerksam gemacht

Daraufhin schrieb der sizilianische Landarbeiter Sebastiano Cirmi an die Regierung und bat darum, auch ihn zu einem Zwangsaufenthalt in Italien zu verurteilen. »Ich bekomme eine Invalidenrente von 400 Lire am Tag, um mich und meine Frau zu erhalten. Aber würde ich zu einem Leben auf dem Festland verurteilt, müßte mir doch die Regierung bezahlen, was sie Genco Russo gibt, nämlich 700 Lire am Tag. Wenn ich auch mein ganzes Leben kein Verbrechen begangen habe, würde ich gern ein Urteil annehmen, das es mir erlaubt, ein wenig besser und ein wenig länger zu leben.«

Die Operation Anti-Mafia lief weiter. Am 2. August 1965 wurde in der Augenklinik von Bologna Genco Russo erneut festgenommen und nach Palermo transportiert.

Zwölf Stunden zuvor hatte die römische Polizei einem anderen Mafia-Boß in seinem Landhaus in Pomezia die Handschellen angelegt. Sie verhaftete den aus Kansas City und Las Vegas her bekannten Frank Coppola, jetzt 65 Jahre alt, der 1948 aus den USA ausgewiesen worden war. Seit jener Zeit hatte er sich als Rauschgifthändler betätigt und war nach dem Tod von Luciano und Manzella der Verbindungsmann zwischen der Mafia und der Cosa Nostra geworden. Seine Tätigkeit war den italienischen Behörden seit mindestens 13 Jahren bekannt. Bereits am 14. Oktober 1952 hatte der kommunistische Senator Girolamo Li Causi in einer Senatssitzung die Bestrafung von Coppola verlangt und erklärt: »Gegen Ende März dieses Jahres entdeckten die Abteilungen der Steuerpolizei, der Guardi Finanza von Sizilien und Latium, auf dem Bahnhof von Alcamo einen Menschen, in dessen Koffer sich Heroin befand. Die Nachforschungen ergaben, daß der noch heute flüchtige Hauptverantwortliche ein gewisser Francesco Paolo Coppola ist, ein ehemaliger amerikanischer Gangster, wie ihn die Polizei bezeichnet, aus den Vereinigten Staaten ausgewiesen und gut befreundet mit politischen Kreisen der Hauptstadt und der Insel. Dieser Herr hat in Anzio fünfzig Hektar Land für fünfzig Millionen Lire gekauft. Anläßlich der Hochzeit seiner Tochter erhielt Coppola Glückwünsche von mehr als vierhundert Politikern, Männern der Wirtschaft und hohen Staatsbeamten, darunter auch von Offizieren und Angestellten der Polizei.«

Anstatt im Gefängnis für seine Taten zu büßen, managte Coppola in Sizilien den christlich-demokratischen Abgeordneten Girolamo Messeri. Kannte Coppola Messeri, der unter Mussolini hohe Ämter bekleidet hatte, etwa aus Chikago, wo dieser von 1939 bis 1940 Leiter des italienischen Konsulats gewesen war?

Coppola wurde 1958 in Partinico mit großen Ehren empfangen. Dort wohnten nicht nur mehrere Verwandte von ihm, dort sollte auch Messeri bei den Wahlen für den Senat kandidieren. Die Ankunft des Mafioso war für die Honoratioren des Ortes ein Festtag. So ließ Pater La Rossa ihn von einem Fanfarenzug am Bahnhof begrüßen, ehe in der Villa Margherita getafelt wurde.

Was dann weiter geschah, berichtete ein Zeuge am 28. November 1963: »Im allgemeinen kommt Frank Coppola einige Tage vor den Wahlen nach Partinico. 1958 gesellte sich Frank Coppola unweit unseres Hauses zu mir (seine Schwestern wohnen neben uns) und forderte mich auf, für Messeri zu stimmen. ›Geben Sie Ihre Stimme Messeri‹, sagte er und gab mir einen Zettel mit der Aufforderung, Messeri zu wählen. ›Den müssen wir hochspielen‹, fügte er hinzu, ›damit er uns später von Nutzen sein kann.‹

Frank Coppola machte auch durch seine Verwandten, Giacomino Coppola (der mit der Aufforderung, für Messeri zu stimmen, Zettel verteilte) und seine Schwestern, Propaganda für Messeri. Während der Wahlen 1958 verteilten die Diener Coppolas an diejenigen Kuchen, die für Messeri hatten stimmen lassen. Ein Neffe des Frank Coppola, Pino Coppola, fuhr während der letzten Wahlen am 28. April 1963 mit seinem mit Plakaten der Democrazia Cristiana beklebten FIAT etwa 600 Leute zur Wahl.«

Girolamo Messeri wurde zum Senator gewählt. Er war, als der Zeuge aussagte, Staatssekretär für Außenhandel.

Konnte es überhaupt gelingen, der »Ehrenwerten Gesellschaft« die Wurzeln abzuschlagen, deren Geflecht in alle Zweige der Wirtschaft und des öffentlichen Lebens reicht?

Am 23. Oktober 1967 begann in einer Turnhalle von Catanzaro, der Provinzhauptstadt von Kalabrien, der größte Prozeß in der italienischen Geschichte. Auf den Anklagebänken, die aus Sicherheitsgründen ein 20 Meter langer Käfig aus Stahlrohr umgab, saßen 113 Mafiosi, die von einer Kompanie Carabinieri bewacht wurden.

Nach jahrelangen Vorbereitungen hatten sich die Justizbehörden mit Cantanzaro für eine Stadt auf dem Festland als »Schauplatz der Gerechtigkeit« entschieden. Der Mammutprozeß konnte nicht auf Sizilien stattfinden, weil Zwischenfälle durch die Mafia befürchtet werden mußten. Daß die Macht der Bruderschaft längst nicht gebrochen war, wurde nicht nur in Catanzaro spürbar.

Während hochdotierte Rechtsanwälte keine Winkelzüge scheuten, die Anklage zu Fall zu bringen, wurde Westsizilien im Januar 1968 von einer Erdbebenkatastrophe heimgesucht. Zehntausende Menschen verloren ihr Obdach. Sogleich schaltete sich die »Ehrenwerte Gesellschaft« ein, um aus dem Elend ihrer Landsleute Profit zu schlagen. Bauern waren gezwungen, ihre Wirtschaften zu einem Bruchteil des Wertes zu verkaufen. Die Mafiosi bemächtigten sich der Verteilung von Spenden und Hilfsgütern und gewährten an Notleidende Kredite für Zinssätze bis zu 40 Prozent. Da Grundstücks- und Bauspekulatio-

nen zu den Domänen der »Onorata Società« zählen, verdiente sie auch
an den Geldern, die für den Wiederaufbau in den zerstörten Ortschaften gedacht waren.

Noch dreizehn Jahre danach leben viele Erdbebenopfer in Baracken.
Der Prozeß in Cantanzaro endete nach vierzehn Monaten Dauer: Angelo La Barbera wurde zu 22 Jahren, Pietro Torretta zu 27 Jahren Gefängnis verurteilt. Die beiden Mafia-Chefs hatten nicht nur zahlreiche
Verbrechen begangen, sondern sich auch einen erbitterten Kampf um
die Vorherrschaft in Palermo geliefert, der viele Todesopfer gefordert
hatte. Die meisten Mafiosi kamen glimpflich davon: Sie mußten zwischen drei Monaten und vier Jahren hinter Gitter. Vierzig wurden
»mangels Beweisen« freigesprochen. Auch dieser Prozeß hatte nicht
den Lebensnerv der Bruderschaft getroffen.

Angelo La Barbera, der 1963 in Mailand knapp dem Tod entgangen
war, kam in das Gefängnis der mittelitalienischen Stadt Perugia. Es
war an einem Herbsttag im Jahr 1975. Die Insassen drehten zur Mit-
tagszeit im Hof ihre Runden. Da stürzten sich mehrere Häftlinge auf
die Wärter und überwältigten sie. In der Zwischenzeit stürmten drei
Männer in das Gefängnishospital. Die alarmierte Wachmannschaft
fand dort wenig später einen Häftling mit acht Messerstichen in der
Brust: Angelo La Barbera lebte nicht mehr. Der blutige Machtkampf
zwischen zwei Mafia-Familien hatte wieder einmal hinter Gefängnismauern seine Fortsetzung gefunden.

Der weiße Tod

>»Es ist bekannt, daß die Mafia sogar in Sizilien ihr Ge-
sicht verändert hat. Die Zeit der ländlichen Mafia, der
Zolleinzieher, der jugendlichen Helfershelfer, der Schrot-
flinte und des Maulesels ist vorbei. Die neue Mafia der
sechziger Jahre, die nicht mehr den Landbesitz, sondern
den Immobilienmarkt in Palermo als Betätigungsfeld gewählt hat, warf die malerische Maske ab, die ihr früher
einmal den Anschein und das Prestige einer Geheimgesellschaft verliehen hatte. Heute besteht sie aus einer Gruppe
von Geschäftsleuten, von Industriekapitänen, von Groß-
händlern, doch auch von Politikern.«

Dominique Fernandez, Professor an der Universität von Rennes, in der
Mailänder Zeitung »Corriere della Sera« vom 18. Januar 1973

Es geschah am 16. September 1970. Der neunundvierzigjährige Journalist Mauro de Mauro verließ gegen zehn Uhr abends das Redak-
tionsgebäude der Zeitung »L'Ora« in Palermo. Nachdem er einige
Worte mit dem Pförtner gewechselt hatte, stieg er in seinen Wagen,
um nach Hause zu fahren. Unterwegs hielt er noch einmal, kaufte Zigaretten und eine Flasche Wein. Als er vor seinem Haus stoppte, erwarteten ihn drei Männer, die wortreich auf ihn einsprachen. Schließlich setzte er sich mit seinen Gesprächspartnern wieder in das Auto
und fuhr eilig davon. Die letzte Szene konnte die Tochter des Journalisten beobachten, und sie entnahm dem Ton der Stimmen, daß ihr Vater zumindest einen der Männer gekannt haben mußte.

Seit jener Stunde fehlt von Mauro de Mauro jede Spur. Am Stadtrand von Palermo fand die Polizei am nächsten Tag seinen Wagen mit
den kurz vor seinem Verschwinden gekauften Zigarettenschachteln

und der Flasche Wein. Von seinen Begleitern konnten die Kriminalbeamten nicht einmal einen Fingerabdruck entdecken.

Der sizilianische Journalist galt als Kenner der Mafia und ihres verschlungenen Machtlabyrinths. Aus seiner Feder stammten zahlreiche Beiträge, die das Wesen der »Ehrenwerten Gesellschaft« bloßlegten und ihre zahlreichen Verbrechen enthüllten. Wenige Wochen zuvor schrieb Mauro de Mauro: »Die Mafia — sie ist potenter denn je, sie ist unblutiger, aber dennoch gefährlicher, wie sie immer dann am gefährlichsten war, wenn sie keine direkten Blutspuren hinterließ. Aber die Journalisten, Richter und Carabinieri, die sie 1963 noch kaltblütig niedergeschossen hätte, rührt sie nicht an, weil sie jedes Aufsehen verhindern will.« Diesen verhängnisvollen Irrtum sollte Mauro de Mauro mit dem Tode bezahlen.

Im Sommer 1972 erregte ein sensationeller Bericht in der italienischen Presse, der sich auf die Aussage eines sizilianischen Geistlichen stützte, großes Aufsehen. Der Priester, der seinen Namen nicht preisgab, schilderte den Inhalt der Beichte des Mafia-Killers Giuseppe P. aus Palermo, der Mauro de Mauro entführt haben will. Nach dieser Darstellung soll sich an jenem 16. September 1970 folgendes ereignet haben: Nachdem der Journalist aus seinem Auto gestiegen war, wäre Giuseppe P., den Mauro de Mauro kannte, auf ihn zugetreten. Der Mafioso hätte ihn mit zwei Männern bekanntgemacht und gesagt, daß sie wichtige Details über den Fall Mattei, den mysteriösen Tod des Präsidenten der staatlichen italienischen Erdölgesellschaft ENI, liefern könnten. Darauf habe sich der Journalist sogleich bereit erklärt, mit ihnen zu fahren. In einer Wohnung hätten ihm die Mafiosi gewaltsam Rauschgift gespritzt und ihn danach unter Foltern verhört. Was sie von ihm erfahren wollten, darüber wurden keinerlei Angaben gemacht. Es hieß in jenem Bericht nur, daß er neunzehn Tage in einem Mafia-Versteck gefangen und später mit einem Krankenwagen in die Hafenstadt Agrigento transportiert worden sei. Im Morgengrauen des 8. Oktober hätten sie ihn in einem einsamen Winkel des Hafens auf einen Fischkutter getragen, wo er — bewußtlos oder tot — in eine Blechkiste gesteckt und ins Meer versenkt worden wäre.

Es sei dahingestellt, wie weit der hier geschilderte Vorgang stimmen mag. Fest steht zweifellos, daß sich die Mafia immer wieder dieser Methode bedient, um ihr mißliebige Personen spurlos verschwinden zu lassen. Kein anderer als Mauro de Mauro hat darüber bereits 1961 in der Zeitung »L'Ora« geschrieben: »Die weiße Stutzflinte terrorisiert leise die Mafia-Landschaft von Palermo. Sie zielt nicht auf Unschuldige, Fremde und Nichtmafiosi und ›schießt‹ nur auf einen bestimmten Kreis von Leuten, aber deshalb ist sie nicht weniger barbarisch. Es ist der weiße Tod, der keine Spuren hinterläßt, den Richtern, Gerichtsmedizinern und Gutachtern keine Arbeit macht — jedenfalls nicht gleich. Die Opfer verschwinden von einem Tag auf den anderen, und man erfährt nie mehr etwas über sie.«

Warum starb Mauro de Mauro den weißen Tod? Bevor der Journalist beseitigt wurde, befaßte er sich mit dem Fall Enrico Mattei. Er recherchierte für den italienischen Regisseur Francesco Rosi, der damals einen Film über Mattei vorbereitete. (Er ist inzwischen fertiggestellt und trägt den Titel »Enrico Mattei«.) Francesco Rosi hatte sich bereits in seinem kritischen Film »Wer erschoß Salvatore G.?« dem Mafia-Thema zugewandt und den Tod des sizilianischen Banditenkönigs Salvatore Giuliano und die ungebrochene Macht der Mafia geschildert.

Alle Hinweise deuten darauf hin, daß Mauro de Mauro bei seinen Nachforschungen über den Tod Matteis auf bisher unbekannte Tatsachen gestoßen sein mußte. Vor seinem Verschwinden sagte er zu einigen Freunden: »Wenn die Sache stimmt, muß man mir eine Professur für Journalismus an der Universität geben.« Er kündigte an, daß er die Namen der Männer nennen werde, die an der Verschwörung gegen Mattei beteiligt waren. Und zu Francesco Rosi bemerkte er: »Ein paar Einzelheiten fehlen noch. Die Sache riecht nach einer großen Sensation, bei der vielen Hören und Sehen vergehen wird.«

ENI-Präsident Enrico Mattei hatte mit der Schaffung einer staatlichen italienischen Erdöl- und Erdgasindustrie eine Bresche in das Ölkartell der »Sieben Schwestern«, wie die mächtigsten amerikanischen, britischen und holländischen Gesellschaften genannt werden, geschlagen. Er beschwor ihren Zorn herauf, als er arabischen Entwicklungsländern günstigere Konditionen bot als diese großen Konzerne, die bisher die Preise diktierten und die Bedingungen für Konzessionen bestimmten. Die Monopole sahen auch ihre Vormachtstellung gefährdet, als ENI-Präsident Mattei sowjetisches Öl kaufte und eine Erdgaspipeline aus der UdSSR nach Italien plante.

Enrico Mattei erhielt Morddrohungen. Sein Pilot Bertucci, der das

Privatflugzeug des Industriellen steuerte, mußte ständig die Maschine bewachen. Als er am 27. Oktober 1962 mit Mattei von Catania (Sizilien) nach Mailand zurückflog, stürzte das Flugzeug kurz vor der Landung in der norditalienischen Industriemetropole ab. Der Pilot und der ENI-Präsident konnten nur noch tot aus den Trümmern geborgen werden. Auf dem Flughafen in Catania erinnerte man sich, daß Bertucci kurz vor dem Abflug ans Telefon des Restaurants gerufen wurde und deshalb die Maschine für Minuten aus den Augen gelassen hatte.

Der italienische Historiker Michele Pantaleone, der sieben Bücher über die Mafia geschrieben hat und als besonders profunder Kenner der »Onorato Società« gilt, fand heraus, daß Carlos Marcello — Spitzname »Knirps« — von der Cosa Nostra im Oktober 1962 an einer Geheimkonferenz amerikanischer Ölindustrieller in Tunis teilgenommen hatte. Danach sei er über Madrid nach Catania geflogen, wo er zwei Tage vor dem Absturz von Mattei eintraf.

Seit mehr als achtzehn Jahren ist der Fall Mattei ungeklärt. Es bestehen jedoch keine Zweifel, daß zwischen dem Verschwinden von Mauro de Mauro und diesem Fall ein Zusammenhang besteht. Unumstößlich ist auch die Tatsache, daß die Mafia hier ihre Hand im Spiele hatte.

Der weiße Tod ereilte übrigens nicht nur Mauro de Mauro: 1970 verschwanden nach polizeilichen Angaben 26 Männer auf der Mittelmeerinsel spurlos, und weitere 137 Sizilianer wurden von den Killern der Geheimorganisation umgebracht.

Das Ende des Oberstaatsanwalts

Es war wie fast an jedem Arbeitstag: Der fünfundsechzigjährige Pietro Scaglione, Oberstaatsanwalt von Palermo, setzte im Zentrum der sizilianischen Hauptstadt seinen Sohn ab und fuhr anschließend zum Capuccini-Friedhof. Dort legte er frische Blumen auf das Grab seiner Frau. Auf dem Rückweg passierte er die Via Cipressi, eine öde Straße am Stadtrand von Palermo. Plötzlich stellte sich ein Auto quer über die schmale Fahrbahn und blockierte den Weg. Männer sprangen heraus und feuerten aus Maschinenpistolen. Der Chauffeur des Oberstaatsanwalts war sofort tot, Pietro Scaglione blutete aus elf Schußwunden und starb am 5. Mai 1971 auf dem Weg ins Krankenhaus.

Für diesen Mord am hellichten Tag fand die Polizei nur einen einzigen Zeugen — einen elfjährigen Jungen, der den Hergang der Bluttat so schilderte: »Plötzlich schnitt dem blauen FIAT (Scagliones Auto) ein weißer FIAT den Weg ab, aus dem zwei Männer stiegen. Zwei weitere Männer kamen aus einem Haus. Die vier schossen auf den blauen Wagen, stiegen dann in den weißen und fuhren fort.« Aus welchem Haus die Männer kamen, daran konnte er sich ebensowenig erinnern wie an ihr Aussehen. Bei einer späteren Aussage behauptete der Junge, daß der Wagen der Mörder nicht weiß, sondern schwarz gewesen wäre.

Trotz zahlreicher Festnahmen waren die Täter nicht zu ermitteln, doch zweifelte nach Ausführung des Verbrechens niemand daran, daß diese Bluttat auf das Konto der Mafia kam. Niemand konnte dem hohen Justizbeamten nachsagen, daß er sich im Kampf gegen die »Ehrenwerte Gesellschaft« hervorgetan habe. Im Gegenteil, in letzter Zeit erregte er durch sein Verhalten Verdacht. Auf Verlangen der parlamentarischen Anti-Mafia-Kommission beschloß der Oberste Justizrat die Versetzung von Scaglione auf das italienische Festland. In Kürze sollte er seinen neuen Posten in Lecce, in der Provinz Apulien, antreten.

»Dieser Beschluß war so gut wie ein Todesurteil für Scaglione«, erklärte Mafia-Experte Michele Pantaleone das Motiv für den Mord. »Der Oberstaatsanwalt wußte zuviel, und der Kodex der Unterweltorganisation verlangt, daß solche Geheimnisträger der Mafia Sizilien nicht verlassen dürfen.«

Oberstaatsanwalt von Palermo ein enger Vertrauter der Mafia? Das schien eine ungeheuerliche Beschuldigung zu sein. Auch die Zeitung »L'Ora« sagte Scaglione Verbindungen zu dieser Verbrecherorganisation nach. Die Familie des Ermordeten wies jedoch die Vorwürfe empört zurück und strengte eine Verleumdungsklage an — und brachte den Stein ins Rollen.

Der Prozeß gegen den Chefredakteur und fünf weitere Mitarbeiter von »L'Ora« wurde dem Gericht von Genua übertragen, weil es — wie es in der Begründung dazu hieß — keine direkten Beziehungen zu den Interessen Siziliens habe und daher unparteiisch sei.

Im Juli 1973 legte ein Carabinierioffizier dem Genueser Richter Mario de Luca ein versiegeltes Päckchen auf den Schreibtisch. Es enthielt das Resultat einer eingehenden Untersuchung der Tätigkeit Pietro Scagliones. Auf 55 Schreibmaschinenseiten wurden die Bande des ermordeten sizilianischen Oberstaatsanwalts zur Mafia enthüllt.

Pietro Scaglione wurde am 2. März 1906 in dem westsizilianischen Ort Lercara Friddi — einer Hochburg der »Ehrenwerten Gesellschaft« — geboren. Seine Karriere, die 1933 im Justizapparat von Palermo begann, hatte er auch der Bruderschaft zu verdanken. Im Jahre 1949 zum stellvertretenden Oberstaatsanwalt aufgestiegen, spielte er bereits eine zwielichtige Rolle, als der Bandit Salvatore Giuliano sein Unwesen auf der Mittelmeerinsel trieb. Auch in der folgenden Zeit verschwanden viele Eingaben und anonyme Hinweise über die Mafia, die Ermittlungen wurden verschleppt, endeten meist ohne Ergebnis in den Aktenschränken der Behörden und verstaubten dort.

Scaglione bekam 1963 von der Stadtverwaltung Palermos — ein Jahr zuvor war er zum Oberstaatsanwalt ernannt worden — ein Aktenbündel, das fast zehn Kilogramm wog. Es enthielt Belastungsmaterial über skandalöse Manipulationen von Baufirmen und Grundstücksmaklern, über Korruptionsaffären, in denen Verwaltungsbeamte verwickelt waren, und Dokumente über die Tätigkeit der Mafia. Scaglione brachte es fertig, diese Akten drei Jahre nicht zu bearbeiten. Als er sie schließlich weitergeben mußte, wurden Verfahren gegen 57 Personen eingeleitet. Man beschuldigte sie aber lediglich, das Baurecht verletzt zu haben, und belegte sie mit milden Geldbußen.

Doch dringenden Verdacht, mit der Mafia gemeinsame Sache zu machen, erregte der Oberstaatsanwalt erst im Fall des Mafia-Chefs von Corleone, Luciano Liggio. Am 10. Juni 1969 wurde der des mehrfachen Mordes und anderer Verbrechen angeklagte Liggio »mangels Beweise« freigesprochen. Doch der Generalstaatsanwalt legte sofort Berufung ein, und zwei Tage später wurde erneut Haftbefehl gegen Liggio erlassen. Oberstaatsanwalt Scaglione hatte mit juristischer Spitzfindigkeit einen Haftbefehl erlassen, der nur für Corleone, den ständigen Wohnsitz des gesuchten Mafioso, Gültigkeit besaß. Inzwischen hielt sich Liggio in einer Klinik in Rom auf, wurde jedoch nicht festgenommen. Ein Polizist erkundigte sich täglich, ob sich der Patient noch in seinem Zimmer befände. Als dann schließlich der Fahndungsbefehl auf das gesamte italienische Territorium ausgedehnt wurde, tauchte Liggio am 19. November 1969 wieder einmal unter.

Das Belastungsmaterial, das dem Genueser Richter übergeben wurde, förderte aber noch ganz andere Tatsachen über den Toten ans Licht. Die Schwester von Scaglione ist mit einem gewissen Vito Riggio verheiratet, der einer bekannten Mafia-Familie angehört, die in zahlreiche Mordfälle verwickelt ist.

Pietro Scaglione trat 1942 — er war damals Amtsrichter in Palermo — als Trauzeuge von Giuseppe Bertolini, einem guten Freund des italo-amerikanischen Mafia-Bosses Frank Coppola, auf. Als Taufpate von Scagliones Sohn fungierte Pietro Longo. »Der Name dieses Mafioso war sogar für die Experten in Sachen Mafia eine Offenbarung. Longo hielt sich immer im Hintergrund. Er war es, der Scaglione in den Kreis der Mafia eingeführt hatte und später das Verbindungsglied zwischen ihm und der Führung der sizilianischen Unterwelt blieb«, schrieb der italienische Journalist Romano Cantore in der Mailänder Zeitschrift »Panorama« zu diesen Enthüllungen.

Doch vielleicht mehr noch als die Affäre Scaglione erschütterte ein anderer Skandal das Ansehen der italienischen Justiz. Am 5. April 1973 wurde der dreiundfünfzigjährige hochgewachsene, bärtige Polizeichef von Rom, Angelo Mangano, als er abends nach acht Uhr im Süden von Rom vor sein Haus trat, von Unbekannten mit fünf Pistolenschüssen niedergestreckt und lebensgefährlich verletzt. Er war einer der fähigsten Beamten. Bereits im Mai 1964 hatte er Mafia-Chef Luciano Liggio verhaftet. Ein Untersuchungsrichter, der hinter diesem Anschlag den Mafia-Chef Frank Coppola vermutete, ließ dessen Telefon in einer römischen Privatklinik überwachen. Doch wenig später wußte Coppola von dieser Maßnahme. Und Anfang 1974 platzte die Bombe: Der Sizilianer Carmelo Spagnuolo, Generalstaatsanwalt des römischen Appellationsgerichts, soll den Mafioso gewarnt haben. Spagnuolo wurde beschuldigt, er habe im Justizpalast Roms wichtige gerichtliche Untersuchungen einfach archivieren und Tonbandaufzeichnungen frisieren lassen. Ferner würde er ständig seine »Freunde von der Mafia« über gerichtliche Untersuchungen informieren, wofür er von diesen bezahlt werde.

Mafia-Export nach Norditalien

Im Mai 1971 machte ein vierfacher Mord in der norditalienischen Industriestadt Turin Schlagzeilen: Der einundvierzigjährige Carmelo Manti erschoß vier »Geschäftsfreunde«, weil sie ihn nach seinen Angaben vor der Polizei »bis aufs Blut ausgepreßt hätten«. Der Mann war Handlanger von Elementen, die Kapital aus der Not ihrer süditalienischen Landsleute schlugen, die nach dem industrialisierten Norden ausgewandert waren. Der römische Korrespondent der »Süddeutschen Zeitung« (BRD) beschrieb die Methode. »Man bildet eine schwarze Arbeitskolonne, die sich aus den Neuankömmlingen ohne Schwierigkeiten anheuern läßt. Die armen Teufel sind mit jeder Beschäftigung und fast jeder Entlohnung zufrieden — zumal jetzt, da die Bauindustrie in einer Krise steckt. Ein hilfreicher Kumpan, bereits arriviert, ›vermittelt‹ die nötigen Leute, ein zweiter beschafft dem neuen Capo Aufträge — und beide beziehen dafür saftige Prozente.«

Capo Carmelo Manti führte nicht nur an die Mafia große Gewinne ab, er steckte selbst genügend ein. Den Rest verteilte er an die Schwarzarbeiter, die weder Arbeitsbuch noch Versicherung besaßen. Er verdiente lange gut an dem Menschenhandel, bis eines Tages seine »Geschäftsfreunde« ihren Anteil so erhöhten, daß ihm nur ein bescheidener Gewinn blieb. Der Capo geriet darüber so in Wut, daß er kurzerhand vier Mafiosi niederschoß.

Dieser Fall warf ein Schlaglicht auf eine Entwicklung, die sich bereits seit geraumer Zeit abzuzeichnen begann: Die »Ehrenwerte Gesellschaft« ist längst auch im Norden heimisch geworden. Ihre Opfer finden sich unter den Landsleuten aus dem Süden, von denen in den Jahren 1960 bis 1970 mehr als 2,3 Millionen ausgewandert sind, entweder in den Norden Italiens oder ins Ausland — im vorangegangenen Jahrzehnt waren es 1,7 Millionen Menschen. Die italienische Zeitschrift »Rinascita« bemerkte zu dieser Entwicklung: »Ein ernster Skandal ist der erschreckende Zustand des Verfalls, in dem sich umfangreiche Gebiete Süditaliens befinden, die von Auswanderung, Entvölkerung, fehlender Politik zur Entwicklung der Landwirtschaft ernsthaft betroffen sind ... Eine Million verließ (von 1960 bis 1970 — die Verfasser) die Landwirtschaft, gleichzeitig wurden in den anderen Produktionsbereichen nur 300 000 Arbeitsplätze geschaffen.« Auf Sizilien ist im Laufe eines Jahres — von 1970 bis 1971 — die Zahl der Arbeitsplätze um 39 000 zurückgegangen und hat damit ihren niedrigsten Stand seit 1945 erreicht.

Auch ein Jahrzehnt später sollten 300 000 Sizilianer noch eine Arbeit suchen. Und am 6. Juli 1980 stellte der italienische Korrespondent der »Neuen Zürcher Zeitung« über das wirtschaftliche und soziale Gefälle in Italien fest: »Das Einkommen im Süden beträgt nur sechzig Prozent des nationalen Durchschnitts.«

Diese Völkerwanderung, wie der Zug von Süden nach Norden in Italien genannt wird, schaffte der Mafia einen neuen Nährboden. Und daß er entsprechend bestellt werden konnte, dafür sorgte unfreiwillig der Staat. Nach einem Gesetz aus dem Jahr 1965 wurden Mafia-Verdächtige vor allem nach Oberitalien verbannt. Die Gangster sollten mit dieser Maßnahme von ihren traditionellen Verbindungen abgeschnitten werden. Im April 1974 gab es in ganz Italien etwa 1374 Orte, in die Mafiosi zu einem Zwangsaufenthalt geschickt wurden. Die Männer, die in vielen Fällen sogar ihre Familien mitnahmen, dürfen ihre Wohnung nicht vor acht Uhr morgens und nicht nach Sonnenuntergang verlassen, sie müssen sich regelmäßig bei der Polizei melden. Doch diese Beschränkungen hindern sie nicht, ihre dunklen Geschäfte über Telefon abzuwickeln. Sie statten sogar — wie man herausgefunden hat — Blitzbesuche per Flugzeug bei Komplizen in Sizilien ab.

»Mit dieser Verbannung in den Norden haben wir Sizilianer eine regelrechte Bazillienausfuhr eingeleitet. Diese Verbrecher auf ganz Italien loszulassen hat in der Praxis bedeutet, Gegenden zu befruchten, wo es vorher das Phänomen der Mafia noch nicht gab«, erklärte der Abgeordnete Cesare Terranova, der sich als Staatsanwalt im Kampf gegen die Mafia Hochachtung erworben hat und bei den letzten Wahlen auf der Liste der Kommunistischen Partei kandidierte, obwohl er ihr nicht angehörte. Cesare Terranova zog als Abgeordneter in das italienische Parlament ein und arbeitete in der Anti-Mafia-Kommission mit.

Die Entführungs-GmbH

Im Februar 1974 wurde der steinreiche Mailänder Geschäftsmann Pietro Torielli nach 52 Tagen Gefangenschaft von seinen Entführern freigelassen. Seine Familie hatte den Kidnappern die enorme Summe von 1,25 Milliarden Lire (etwa sechs Millionen Mark) gezahlt. Im Vergleich zu anderen Fällen von Menschenraub — in den zehn Monaten zuvor zählte man in Italien 25 Entführungen — lief für die Verbrecher nicht alles glatt ab. Der Sizilianer Michele Guzzardi, der mit der Tochter des Hausmeisterehepaares in der Villa Toriellis verlobt war, bot sich als Vermittler an. Mehrmals führte er die Ehefrau des Mailänder Multimillionärs an geheime Orte, wo sie das Lösegeld für ihren Gatten sozusagen in Raten übergab. Sie lernte dabei bestimmte Gewohnheiten der Gangster kennen, die der Polizei wertvolle Fingerzeige geben sollten. Und noch ein Umstand wurde den Entführern zum Verhängnis: 300 Millionen der Beute bestanden aus gefälschten 10 000-Lire-Scheinen. Beim Bruder der Hausmeisterfrau, einem gewissen Michele Misiti, fand die Polizei später einen der gefälschten Geldscheine aus der gleichen Serie, die den Banditen übergeben worden war. Wenig später entdeckte ein Mann in einem Straßengraben einen Jutesack voller Geld — er enthielt alle »Blüten« aus der Lösegeldsumme. Misiti wurde ebenso wie Michele Guzzardi und dessen Bruder Calogero festgenommen. Nachforschungen in Palermo ergaben, daß die Brüder in Mafia-Kreisen verkehrten.

Die Hoffnung der Polizei, daß andere Geldscheine sie zu Komplizen der Kidnapperbande führen würden, erfüllte sich zwar nicht, aber sie fand eine Verbindung der Guzzardis zu den sieben Brüdern Taormina, die aus Palermo stammten und alle als Mafiosi einschlägig vorbestraft waren.

Carabinieri und Polizei durchsuchten zum zweitenmal ein Bauerngehöft der Taorminas in Calvenzano bei Mailand. Sie holten auch die Kühe aus dem Stall, entfernten Mist und Stroh und stießen dabei auf einen Deckel. Darunter befand sich ein unterirdischer Gang, der zu einer ausbetonierten Zelle führte. Darin stand ein Feldbett, auf dem eine Person lag, die eine Jacke über den Kopf gezogen hatte. Sie wollte unter keinen Umständen ihr Gesicht zeigen und gab auch keine Antworten. Es war der vor fünf Monaten entführte siebenundzwanzigjährige Turiner Industrielle Luigi Rossi di Montelera. Die Kidnapper hatten ihm bei Todesstrafe verboten, sich zu bewegen, seinen Kopf freizumachen und zu antworten.

Längst hatte man die Mafia in Verdacht, hinter den zahlreichen Entführungen in Italien zu stecken. Die Zeitungen schrieben in Erinnerung an die Murder Incorporated, die Mord-GmbH, des Cosa-Nostra-Chefs Albert Anastasia in den USA von einer Entführungs-GmbH. Die Banditen wählen die Opfer nach ihrem Reichtum aus. Sie verfügen sogar über Bankinformationen, und nach Ansicht der Fachleute kennen sie die Vermögensverhältnisse zumeist besser als das Finanzamt. Einige Wochen werden die Lebensgewohnheiten beobachtet, und dann läuft der Menschenraub nach einem minutiösen Plan ab.

Ein weiteres Indiz dafür, daß die Mafia hier ihre Hand im Spiel hat, ist auch der Umstand, daß der achtunddreißigjährige sizilianische Priester Agostini Coppola die Lösegeldverhandlungen zur Freilassung des ebenfalls gekidnappten Industriellen Luicano Cassiana führte. Der Millionär war am 16. August 1972 entführt und ein halbes Jahr später gegen eine erhebliche Summe wieder auf freien Fuß gesetzt worden. Der Geistliche, der im Mai 1974 in Neapel festgenommen wurde, ist ein Enkel des Mafia-Bosses Frank Coppola. Im Hause des Priesters fand die Polizei auch einen langgesuchten Mafioso, der aus seinem norditalienischen Verbannungsort entwichen war.

Der Fall Taormina war ein weiterer Beweis für den Mafia-Export in die Großstädte Norditaliens. Der zweiundvierzigjährige Giacomo Taormina wurde 1964 gemeinsam mit seinem Bruder Vicenzo in Palermo verhaftet. Ein Gericht verurteilte ihn drei Jahre später wegen Raubes, Diebstahls und krimineller Vereinigung zu elf Jahren und sechs Monaten Gefängnis. Im Januar 1970 wurde er entlassen und zum Zwangsaufenthalt in Treviglio östlich von Mailand verpflichtet. Dort kaufte er in der Umgebung Bauerngehöfte für 80 Millionen Lire, heiratete ein Mädchen aus der Gegend und ließ seine Brüder nachkommen. Längst hatten sich Hunderte Mafiosi auf ähnliche Weise in Oberitalien etabliert, wo sie am Zigaretten- und Waffenschmuggel, an Rauschgift und Prostitution sowie der Vermittlung von Schwarzarbeitern aus dem heimatlichen Süden verdienten.

Nach der Affäre Taormina gab die italienische Polizeiführung in Rom die Order, keine Mafiosi mehr in den Norden zu schicken. Nach

Ansicht von Senator Zuccala kam diese Maßnahme jedoch zu spät, weil die Infiltration Oberitaliens durch die Mafia bereits erfolgt sei. Dieser Mann mußte es wissen, denn er leitete eine Kommission, die fünf Jahre lang in den Großstädten des Nordens die kriminellen Folgen des Mafia-Exports recherchierte.

Ist Palermo auf Sizilien die Zentrale der »Ehrenwerten Gesellschaft«, so hat Mailand die gleiche Funktion in Oberitalien. Diese Feststellung sollte durch den spektakulärsten Fang der Polizei nachdrücklich bestätigt werden.

Am 16. Mai 1974, sieben Uhr morgens, klingelte die Polizei in einem Mailänder Luxusappartement in der Via Ripamonti Luciano Liggio aus dem Bett. Widerstandslos ließ sich der seit viereinhalb Jahren spurlos verschwundene Mafia-Boß festnehmen. Die Beamten fanden drei Revolver in seinem Nachtschränkchen. Wie sich herausstellte, hatte der meistgesuchte Mafioso dort bereits über ein Jahr als harmloser Herr Paranzani gelebt. »Er war immer so höflich und vornehm«, sagte eine Nachbarin über den mehrfachen Mörder Luciano Liggio, der sich zum zweitenmal durch einen chirurgischen Eingriff in einer römischen Privatklinik das Gesicht hatte verändern lassen. Er konnte erst durch Fingerabdrücke überführt werden.

Mit dem Mafia-Boß wurden auch seine beiden Leibwächter, die Brüder Ignazio und Giuseppe Pullaro, verhaftet. Ihre Spur hatte den Aufenthalt von Liggio verraten. Als nämlich der entführte Rossi di Montelera auf dem Bauerngehöft gefunden wurde, entdeckte die Polizei, daß weitere verlassene Anwesen in dieser Gegend von Sizilianern aufgekauft worden waren. Einen der Höfe besaßen die Brüder Pullaro, die in Mailand eine kleine Weinhandlung betrieben. Dieses Geschäft, so ermittelten die Beamten, diente jedoch nur zur Tarnung ihrer eigentlichen Tätigkeit, den Mafia-Boß Luciano Liggio in seinem Luxusappartement zu bewachen, von dem aus er Rauschgifthandel betrieb und nach Meinung der Polizei auch die Entführungen inszenierte.

Der unerschrockene Cesare Terranova hatte dafür gesorgt, daß Liggio hinter Gefängnismauern verschwand. Der Staatsanwalt zog sich damit den Zorn des »Bosses der Bosse« zu, wie Liggio häufig tituliert wurde. Wenig später brach ein verhafteter Mafioso die Omertà, die Schweigepflicht. Vor Polizeibeamten sagte er aus: »Liggio regiert aus dem Gefängnis weiter. Er will Terranova umbringen, und wenn er dafür selbst aus dem Gefängnis ausbrechen muß. Er hat ihm persönlich blutige Rache geschworen.«

Bei den Parlamentswahlen im Juni 1979 bewarb sich Terranova nicht mehr als Abgeordneter. Er kehrte nach Sizilien zurück und wurde Präsident des Appellationsgerichtes von Palermo. Freunde hatten ihm davon abgeraten, und die Behörden stellten ihm zum persönlichen Schutz einen Leibwächter.

Am Morgen des 25. September 1979 fuhr der Gerichtspräsident in seinem Dienstwagen zum Tribunal. Im dichten Verkehrsgewühl keilten plötzlich mehrere Autos seinen Wagen ein. Drei Männer feuerten aus Maschinenpistolen. Der achtundfünfzigjährige Cesare Terranova und sein Leibwächter starben im Kugelhagel.

Diesem kaltblütigen Mord waren bereits drei Anschläge auf hohe sizilianische Beamte in Palermo vorangegangen:

Im Mai 1979 trafen Todesschützen der Mafia den Vizekommandanten der Schutzpolizei von Palermo, Calogero Di Bona. Zwei Monate später wurde der Chef der Mobilen Einsatztruppe von Palermo, Boris Giuliano, erschossen.

Im August beseitigte die »Ehrenwerte Gesellschaft« den Polizei-Oberst Giuseppe Russo in einem Wäldchen bei Palermo.

Dann kam der Mord an Cesare Terranova. Am 6. Januar 1980 trafen sechs Revolverkugeln den Vorsitzenden der Regionalregierung von Sizilien, Piersanti Matarella, als er mit seiner Familie aus der Kirche heimkehrte. Matarella war Mitglied der christdemokratischen Partei. Sein Vergehen in den Augen der Mafia: Er trat für eine Beteiligung der Kommunisten an der Regionalregierung Siziliens ein.

Der Generalstaatsanwalt von Palermo, Gaetano Costa, wurde am 6. August 1980 auf offener Straße von einem Motorradfahrer angeschossen und erlag wenig später seinen Verletzungen. Costa befaßte sich mit dem internationalen Rauschgiftschmuggel und vertrat unter anderem die Anklage gegen sizilianische Mafia-Banden, die eng mit der Cosa Nostra in den USA und in Kanada zusammenarbeiteten.

Niemand zweifelt daran, daß Mafia-Chef Luciano Liggio diese Bluttaten aus dem Gefängnis befohlen hatte. Aus der Zelle regiert er sein Imperium weiter, das über enge Verbindungen zu den amerikanischen Mafia-Brüdern verfügt. Sizilien ist nach wie vor ein Hauptumschlagplatz für Heroin und andere Drogen zwischen Europa und Amerika. Der Polizeichef von Palermo, Vicenzo Immordino, erklärte im Mai 1980: »Die Beziehungen zur Cosa Nostra in den USA sind so brillant, daß wir es wirklich mit einem multinationalen Verbrechersyndikat zu tun haben.«

Mafia — und kein Ende?

> »Dieses Syndikat hat so viel Macht und Einfluß, daß man
> es als eine Privatregierung des organisierten Verbrechens
> bezeichnen könnte.«
>
> Schlußfolgerung eines Untersuchungsausschusses des amerikanischen Se-
> nats, zwei Jahre nach den sensationellen Aussagen von Joseph Valachi

Seit dem Jahr 1962 untersuchte in Italien eine parlamentarische Kommission das Treiben der Mafia. Sie legte unzählige Akten und Dossiers
über die »Ehrenwerte Gesellschaft« und ihre Unterwanderung von Justiz, Verwaltungs- und Bankwesen sowie ihre Verfilzung mit der Politik an. Ende 1970, als die Empörung über den Mord an dem Journalisten Mauro de Mauro hohe Wellen schlug, versprach ihr Vorsitzender,
der Genueser Rechtsanwalt und christlich-demokratische Abgeordnete
Francesco Cattanei, eine schnelle Veröffentlichung des Schlußberichts
und erklärte: »Wir werden Politiker nicht verschonen und sie beim Namen nennen.« Cattanei fügte hinzu, dieser Bericht werde »einer wahren Explosion gleichkommen und die italienische Öffentlichkeit wie
ein Erdbeben erschüttern«.

Am 25. Mai 1972 wurde der so emphatisch angekündigte Bericht der
Anti-Mafia-Kommission veröffentlicht. Dazu schrieb der italienische
Korrespondent der »Neuen Zürcher Zeitung«: »Es handelt sich um
zwei große, graue Bände von insgesamt über 2000 Seiten, in deren
Anhang sich viele Dokumente, Protokolle, Register und Studien
befinden. Ein erster Überblick bestätigt die skeptischen Vorberichte
in der italienischen Presse: Es handelt sich im Grunde um einen Zwi-
schenbericht, der brennende aktuelle Themen ausspart, Namen ver-
meidet und auch sonst manchen exakten Aussagen und Angaben
aus dem Weg geht ... Die schweren Fälle von Verbrechen, die der

Mafia zugeschrieben werden, vermag auch dieser Bericht nicht aufzuhellen.«

Nach den italienischen Parlamentswahlen von 1972 wurde die Anti-Mafia-Kommission neu gebildet. Dabei lancierte die regierende Democrazia Cristiana den sizilianischen Abgeordneten Giovanni Matta in diesen Untersuchungsausschuß, obwohl er unter dem dringenden Verdacht steht, als Bauassessor in Palermo mit den Grundstücksspekulanten der Mafia gemeinsame Sache gemacht zu haben. Er war in dieser Angelegenheit von einem früheren Anti-Mafia-Ausschuß vernommen worden. Die italienische Zeitung »L' Espresso« nannte die Nominierung einen Skandal und fragte: »Wer hat Matta in den Anti-Mafia-Ausschuß geschickt? Könnte jemals ein Mann wie Matta, das heißt ein kleiner Provinzpolitiker, das Parlament allein herausfordern, sich erheben und ausrufen, daß er da ist und bleibt, um seine Freunde zu verteidigen?«

Angesichts der Obstruktion der Democrazia Cristiana traten die Ausschußmitglieder der Linksparteien zurück. Der folgende Vorsitzende, der christlich-demokratische Senator Luigi Carraro, erklärte nach der Neubildung der Kommission, der frühere Anti-Mafia-Ausschuß sei nach seiner Ansicht »zu weit gegangen«. Er beabsichtige erst einmal, das gesammelte Material zu ordnen ...

Inzwischen füllt das zusammengetragene Beweismaterial ganze Aktenschränke. Die Democrazia Cristiana erreichte dank ihrer Mehrheit im Anti-Mafia-Ausschuß, daß wichtige Erkenntnisse zum Staatsgeheimnis erklärt und vorerst für fünfzig Jahre in Panzerschränken vergraben wurden. Dort befindet sich jedoch nur ein Teil der Wahrheit. Der Bericht »Mafia und Politik« enthält auf Betreiben der Christdemokraten keine Namen. Eine schonungslose Enthüllung würde den Pakt zwischen Mafia und führenden Politikern bloßlegen, und das käme letztlich einer Selbstenthüllung führender Gesellschaftskreise, ja des ganzen Systems gleich.

Das Ehrenwerte Geschäft

Im Mai 1967 stellte der kalifornische Soziologe Professor Donald Cressey fest, die Cosa Nostra sei »eine größere Bedrohung für die USA, als die Gangster der Al-Capone-Ära in den dreißiger Jahren«. Zur selben Zeit aber mußte der ehemalige Generalstaatsanwalt Nicholas Katzenbach als Vorsitzender einer vom damaligen USA-Präsidenten Johnson eingesetzten neuen Untersuchungskommission »allgemeines Desinteresse der Öffentlichkeit angesichts der wachsenden Prosperität des organisierten Verbrechertums« zugeben. John Gardiner, Professor an der Harvard-Universität, der das Wirken der Cosa Nostra in einer mittleren Stadt der USA untersucht hatte, kam zu der Feststellung, daß »Bürgermeister, Polizeichefs und andere Beamte jahrelang auf den ›Gehaltslisten‹ des Glücksspiel-Syndikats standen«.

Natürlich kann man die Ursachen der rasch wachsenden Kriminalität in den USA und der Integrierung des organisierten Verbrechertums in die amerikanische Gesellschaft weder mit einer besonderen Gerissenheit noch mit spezifischen Charaktereigenschaften der Italo-Amerikaner oder anderer ethnischer Gruppen in den USA erklären. Sowohl an der Geschichte der Cosa Nostra wie auch an jedem anderen beliebigen Fall eines organisierten Verbrechens ist nachzuweisen, daß sie ihre unmittelbaren und mittelbaren Wurzeln im kapitalistischen System hat. Dafür sind auf den vorhergehenden Seiten genügend Beispiele geliefert worden. Die Wolfsgesetze dieser Gesellschaft, die Verfilzung von Staatsapparat und privaten Interessen sowie die Nichtachtung der Gesetze durch die Besitzenden, ja durch die Hüter der Ordnung auf allen Ebenen — vom Regierungsbeamten bis hinunter zum letzten Streifenpolizisten — bilden eine Ursache dafür. Die kapitalistische Moral des sich Bereicherns um jeden Preis, dazu die Erziehung zum Verbrechen durch Literatur, Film und Fernsehen sind die andere Seite.

Daß der wachsenden Kriminalität ökonomische Ursachen zugrunde liegen, bestätigte auch der frühere amerikanische Justizminister Ramsay Clark. In Clarks Buch »Kriminalität in Amerika« finden sich folgende Feststellungen:

»Die Kriminalität in den USA ist außerordentlich mannigfaltig. Das Verbrechertum im ›weißen Kragen‹ eignet sich alljährlich Milliarden Dollar durch Steuerhinterziehung, Veruntreuung, Gaunergeschäfte und Betrug von Käufern an. Das organisierte Verbrechertum ergaunerte Hunderte Millionen Dollar durch Glücksspiele, Wucher, Rauschgifthandel, Erpressung, Prostitution, Beamtenbestechung, wobei es manchmal zur Gewaltanwendung und, wenn nötig, auch zu Mordtaten kommt... Die Motive der meisten Verbrechen sind ökonomischer Natur. Sieben von acht der Polizei bekannt gewordenen Schwerverbrechen sind Eigentumsdelikte. Viele Verbrechen an Personen, wie Raubüberfall, Menschenraub und mitunter auch Überfälle und Morde, stehen ebenfalls mit Aneignung fremden Eigentums in Zusammenhang... Viele Verbrechen sind eine Folge des Mißverhältnisses zwischen unserer Propaganda und unserer Wirklichkeit. Sie zeugen von der Heuchelei, die unsere ganze Gesellschaft beherrscht.«

Und Clark kam schließlich zu der Folgerung: »Wenn die Gesellschaft das Glücksspiel, den Rauschgifthandel und die Prostitution wirklich unter Kontrolle bringen will, muß sie Bildungs-, Erziehungs- und Aufklärungsarbeit leisten... Die Finanzierung politischer Kampagnen ist das klassische Beispiel jener Heuchelei, mit der wir uns abfinden müssen. Der größere Teil der Mittel für die Durchführung politischer Kampagnen auf Bundesebene und in der Regel auf der Ebene der Bundesstaaten wird unter Verletzung des Gesetzes zusammengebracht. Das Bundesgesetz sieht vor, daß der Präsidentschaftskandidat für den Wahlkampf nicht mehr als drei Millionen Dollar aufwenden darf. Bei den jüngsten Wahlen lagen die Ausgaben der politischen Parteien um ein Vielfaches über dieser Summe.«

In welchem Maße heutzutage die amerikanische Öffentlichkeit beispielsweise die Cosa Nostra als einen integrierten Bestandteil des gesellschaftlichen Systems begreift, vermag nichts deutlicher zu zeigen, als eine Meldung der amerikanischen Nachrichtenagentur Associated Press vom 8. September 1972. Dieses bemerkenswerte Dokument hat folgenden Wortlaut:

»Palo Alto (AP). ›Manager der amerikanischen Wirtschaft können einiges von den führenden Mitgliedern der Mafia lernen‹, meint A. J. Tasca, der vor 34 Jahren auf Sizilien geboren wurde und jetzt als Manager einer großen Firma in Minneapolis tätig ist. Auf einer Tagung in Palo Alto (Kalifornien) erklärte er, einer der Gründe für das Überleben der Mafia seit Jahrhunderten sei ihre einmalige Organisation. Tasca erklärte, die Mafia komme mit drei bis vier ›Entscheidungsebenen‹ aus, während in großen amerikanischen Unternehmen nach und nach bis zu zehn solcher Ebenen entstanden seien. Die Mafia habe auch nur ein ›Minimum an Bürokratie‹ und passe sich viel rascher als manche Firma neuen Entwicklungen an. Ferner sei ihre Personalpolitik sehr effektiv. Tasca betonte, daß er die illegalen Aktivitäten der Mafia nicht entschuldigen wolle. Das Studium der Organisation könne aber von Nutzen sein.«

All dies, so muß noch einmal betont werden, war eine seriöse, ernst gemeinte Meldung.

Wellen des Verbrechens

Dabei ist festzuhalten, daß die Cosa Nostra nur einen Teil – und nicht einmal den größten – der Kriminalität in den USA darstellt. Besondere Bedingungen bei der italienischen Einwanderung in die USA haben diese spezifische Form des organisierten Verbrechens entstehen lassen, so, wie die besondere Lage auf Sizilien die Entwicklung der Mafia begünstigt hatte. Das spricht nicht gegen die Italiener oder die italienischen Einwanderer in die USA. Schließlich ist Italien andererseits gegenwärtig das Land mit der stärksten kommunistischen Partei der kapitalistischen Welt, und unter den Italo-Amerikanern finden sich eine Vielzahl aufrechter und tapferer Kämpfer für den Fortschritt. Der Leser dieses Buches sollte nie vergessen, daß die Autoren die Mafia und die Cosa Nostra nur deshalb zum Gegenstand ihrer Betrachtungen nahmen, weil deren spezifische Formen sich besonders gut dazu eigneten, die Verknüpfung zwischen Verbrechen und kapitalistischer Gesellschaft darzustellen. Man hätte ebensogut andere Beispiele finden können. Auch ist das organisierte Verbrechen kein Monopol der USA oder Italiens. Dafür mögen folgende Vorfälle stehen, die sich beliebig erweitern ließen.

Anfang Mai 1966 gaben die Direktoren der »Mecca-Croup«, eines in Großbritannien beheimateten Konzerns, der Klubs und Tanzlokale besitzt, auf einer Pressekonferenz bekannt, daß sie sich dem Druck eines gut organisierten Rackets ausgesetzt sähen. Die Racketeers wären bei den Direktoren erschienen, um für die Unternehmen des Konzerns ihren »Schutz« anzubieten. Da sie abgewiesen worden wären, hätten sie begonnen, die Gäste zu terrorisieren und am Besuch der »Mecca«-Lokale zu hindern. Außerdem hätten die Gangster gedroht, die Einrichtungen der konzerneigenen Lokale und Klubs zu demolieren.

August 1973: Mehr als 1000 Männer, die mit Charterflugzeugen und Luxuslimousinen in die japanische Hafenstadt Chiba gekommen waren, versammelten sich vor dem Gefängnis. Sie warteten geduldig, bis sich das Tor öffnete und ein gewisser Shigemasa Kamoda erschien. Da brachen die Männer in den Jubelruf »Banzai« (Ewiges Leben) aus und fuhren mit dem soeben Freigelassenen in das größte Hotel der Stadt, um das Ereignis gebührend zu feiern.

Der ehemalige Häftling — er büßte wegen Mordes eine elfjährige Freiheitsstrafe ab — ist der Boß der nach ihm benannten Kamoda-Gumi (Kamoda-Bande). Sie zählt zu den 3500 organisierten Gruppen der japanischen Unterwelt, denen nach unvollständigen Angaben der Polizei etwa 140 000 Yakuza (Gangster) angehören. Nach dem zweiten Weltkrieg nahm das organisierte Verbrechen auch in der spätkapitalistischen Gesellschaft Japans einen beispiellosen Aufstieg. Die Banden kontrollieren Glücksspiel, Nachtbars, türkische Bäder und Prostitution in den Vergnügungsvierteln der Großstädte, sie verdienen am Rauschgifthandel und an der Bodenspekulation, sie erpressen Straßenhändler, Gastwirte und kleine Ladenbesitzer, sie manipulieren das Wettgeschäft und treten als Geldverleiher zu Wucherzinsen auf, sie beherrschen das Showgeschäft und den Berufssport, sie kaufen Aktienpakete und stellen Rollkommandos gegen Streikende. Ihre Verbindungen reichen bis in die Kreise der Politik und Hochfinanz.

Gewisse Ähnlichkeiten mit der italienischen und amerikanischen Mafia sind frappierend: Ende der sechziger Jahre veranstalteten sie — wie einst die Cosa Nostra mit der Appalachin-Konferenz — ein Treffen der mächtigsten Gumi, wo in langwierigen Verhandlungen die Einflußsphären festgelegt wurden. Sie erreichten damit, daß sich die bewaffneten Auseinandersetzungen zwischen den einzelnen Banden stark verminderten, wenn auch bis heute immer wieder Rivalitäten mit blutigen Fehden enden, weil es zu Übergriffen auf fremde Reviere kommt. Die Yakuza verfügen über moderne Bewaffnung: automatische Gewehre und Pistolen, sogar leichte Maschinengewehre und Granatwerfer. Auf das Konto dieser Gangsterarmee kommen etwa 600 000 kriminelle Akte im Jahr — von Erpressung bis zum Mord.

Auch die japanischen Gumi haben ihren sogenannten Ehrenkodex. Nach dem Brauch feudaler Samurai-Ritter schwören die Yakuza, die gewöhnlich erst nach einem Jahr Probezeit in die Gang aufgenommen werden, ihrem Oyabun (Chef) Treue und blinden Gehorsam. Sie geben das Versprechen, für die »Ehre der Gruppe« in den Tod zu gehen. Die Oyabun verschiedener Ränge sind stark tätowiert, und zum Beweis ihrer Aufrichtigkeit und Treue gegenüber der Gumi hacken sie sich häufig das Ende des kleinen Fingers der linken Hand ab.

Seit einiger Zeit bedienen sich die Reaktionäre dieses Landes der Rollkommandos, die aus Yakuza bestehen und in Judo und Karate ausgebildet sind. Sie verüben Terrorakte gegen linke Politiker und werden als Streikbrecher eingesetzt. Gegen entsprechende Gebühren leiht die japanische Mafia den Konzernen sogenannte Sokaiya aus, die oft Uniformen und Schlagstöcke tragen, die denen der Polizei täuschend ähnlich sind. In schwarzweißen Streifenwagen fahren die Schlägergarden zu ihren Einsatzorten. Die staatliche japanische Rundfunk- und Fernsehgesellschaft NHK enthüllte, daß von 258 Gesellschaften, bei denen Ermittlungen angestellt wurden, 251 jährlich 5 bis 60 Millionen Yen an die Banden abführten. Die drittgrößte japanische Tageszeitung »Mainichi Shimbun« schrieb dazu: »Unsere politischen und finanziellen Kreise beklagen sich zwar andauernd über die organisierte Gewalt, geben aber den Gangstersyndikaten weiter Geld. Soll in unserer Gesellschaft mit dem organisierten Verbrechen aufgeräumt werden, so muß man aufhören, die Unterwelt in der Politik zu gebrauchen.«

Die Gegenwart der meisten kapitalistischen Länder ist gekennzeichnet durch einen beispiellosen Aufstieg des Verbrechens. So veröffentlichte das Nachrichtenmagazin »Der Spiegel« bereits 1967 einen alarmierenden Bericht: »Tatsächlich schlägt über Westdeutschlands 15 000 Kriminalbeamten eine Verbrechenswelle nie dagewesenen Ausmaßes zusammen: Die Kriminalität der Bundesrepublik nahm innerhalb des letzten Jahrzehnts etwa dreimal so schnell zu wie die Bevölkerung und erreichte 1966 mit nahezu zwei Millionen polizeibekannt gewordenen Verbrechen und Vergehen gegen die Strafgesetze . . . einen Rekord. In der Bundesrepublik werden im Schnitt pro Tag fünf Morde und Totschläge begangen oder versucht, 17 Frauen genotzüchtigt, 170 Autos entwendet; jede Stunde wird 130mal gestohlen und eingebrochen.«

Eine Verbrechenswelle ohne Ende?

Nicht nur ohne Ende — eine Verbrechenswelle auch in neuen Dimensionen, wie sie in der gesamten kapitalistischen Welt gang und gäbe ist.

In New York bestach eine Bande einen Reparaturmechaniker der Firma, die die Druckmaschinen für die Kreditkartengesellschaft Diners Club lieferte. Dieser Mechaniker besorgte den Gangstern 5000 Blankokreditkarten und die Namen von Mitgliedern des Klubs. Die Gangster kauften ein, die Summen wurden den ahnungslosen Mitgliedern, deren Namen man mißbrauchte, angerechnet. Eine andere Bande in New York schädigte eine Luftfahrtgesellschaft um 20 000 Dollar, als sie brieflich Flugkarten bestellte und dabei die Kreditkartennummer einer großen Firma angab.

Wodurch unterscheiden sich die Gangster der Cosa Nostra von einem Geschäftsmann, der Arbeiten berechnet, die nie ausgeführt wurden, der Preisnachlässe gewährt, die auf Schwindel beruhen, oder Lebensmittel fälscht — Praktiken, die in allen kapitalistischen Ländern üblich sind?

Der seinerzeitige hessische Generalstaatsanwalt Bauer erklärte in einem Interview auf die Frage, welche Ausmaße diese Art Kriminalität in der BRD habe: »Wir erleben tagaus und tagein den Steuerschwindel in allergrößtem Maßstab, wir erleben den Subventionsschwindel ... Die moderne Wirtschaft lädt geradezu zum Versicherungsbetrug ein ... Weil hier überall Cleverness oberstes Gebot ist, gilt eigentlich jenes Motto, das die Amerikaner formuliert haben: Ehrlichkeit währt am längsten, aber Geschäft ist Geschäft ... Die entscheidenden Werte der modernen Gesellschaft bei uns, aber darüber hinaus in weiten Teilen des Westens, ist der äußere Status des Menschen, es sind Statussymbole, die sich im Kraftwagen widerspiegeln, und die zwangsläufig zur Folge haben, daß man mehr an den Erfolg glaubt als an die Moral und die Anständigkeit. Der Erfolg heiligt die Mittel.«

Mafia-international

Es gibt viele Anzeichen dafür, daß die Mafia in den letzten Jahren mit mehr oder weniger Erfolg versucht hat, ihre Tätigkeit auch auf andere Staaten auszudehnen.

Einerseits wurde sie in Ländern aktiv, die einen hohen Prozentsatz von italienischen Einwanderern aufwiesen, die man entweder für Unterweltaktivitäten anwerben oder erpressen konnte. Hierzu kann man Kanada, Australien und die BRD rechnen. Sodann bemühte sie sich mit Erfolg, in Länder einzudringen, deren hochentwickelte kapitalistische Strukturen dem organisierten Verbrechertum optimale Möglichkeiten boten. Schließlich faßte sie in einigen Ländern Lateinamerikas Fuß, die als Ausgangs- oder Transitländer für den Rauschgifthandel interessant waren.

Zur letzten Kategorie zählt Kolumbien. Bereits 1975 kam eine kolumbianische Zeitung zu dem Schluß, die Mafia habe in dem Land »eine Stellung und Bedeutung erlangt, die sie seit langem in den USA und in Italien besitzt. Sie ist zum Staat im Staate geworden, unberührbar und unangreifbar«.

In Peru wurden in den Gebirgsregionen der Zeitschrift »Andean Report« (Lima) im Jahr 1980 zufolge etwa 40 000 Tonnen Kokablätter geerntet — Ausgangsmaterial für das Rauschgift Kokain. Die Regierung vermutet, daß ein Großteil davon in geheimen Labors zu Paste verarbeitet und dann über Kolumbien in die USA geschmuggelt wird. Die Gewinnspanne ist gigantisch — ein Kilo Kokain bringt in den USA rund 50 000 Dollar. Und so werden die Profite der in Kolumbien tätigen Mafia auf jährlich 1,5 Milliarden Dollar geschätzt. Das ist weitaus mehr als die Einkünfte aus Kolumbiens wichtigstem legalem Exportgut, dem Kaffee. Obwohl die kolumbianische Spezialeinheit »Procuradia General« 1979 einige hundert Drogenhändler festnahm, in Peru illegale Kokapflanzungen von Flugzeugen aus vernichtet und in Bolivien drei große Schmuggelorganisationen ausgehoben wurden — das Übel konnte nicht ausgerottet werden.

Seit langem schon haben die Cosa Nostra und die Mafia erfolgreich Kontakte nach Frankreich geknüpft, wo sie besonders mit Gangstern zusammenarbeiten, die aus Korsika stammen. Le Havre und Marseille sind heute wahrscheinlich die Hauptumschlagplätze für das über Sizilien aus dem Nahen Osten kommende Rauschgift.

Im Dezember 1965 verhafteten Beamte des Bureau of Narcotics Major Hermann Conder, Versorgungsoffizier der US-Armee. Conder war in Orleans, Frankreich, stationiert gewesen. Als der Major in die USA zurückversetzt wurde, durchsuchten Beamte besonders sorgfältig den zu seinem Umzugsgut gehörenden luxuriösen Wohnwagen. In einem Eiskasten fanden sie 95 Kilo reines Heroin. Nach Conders Festnahme folgten Verhaftungen in den USA und in Frankreich, dabei wurde auch sein Auftraggeber gefaßt: Francesco Dioguardi alias Frankie Dio, der Bruder des berüchtigten Gangsters Johnny Dio. Die weiteren Ermittlungen ergaben Aufschluß über den Weg des Rauschgiftes: Es kam von der sizilianischen Mafia, wurde unter Einschaltung korsischer Verbrecher nach Frankreich gebracht, von wo es Conder an die Cosa Nostra weiterleiten sollte. Conder wurde gegen eine Kaution von 108 000 Dollar freigelassen.

Auch aus Großbritannien wurde über Mafia-Aktivitäten berichtet. Seit 1960 gibt es ein Gesetz über die Zulassung von Glücksspielen. Danach entstanden auf den britischen Inseln 1300 Spielkasinos, davon allein 300 in London. Innenminister Callaghan klagte im Mai 1969: »Per Jet fliegen Glücksspieler aus aller Welt nach London. Leute mit miserablem Ruf spielen in unseren von amerikanischen Kriminellen kontrollierten Spielkasinos.« Die Cosa Nostra hatte damals sofort ihre Chancen erkannt und genutzt. Angelo Bruno, Mafia-Oberhaupt von Philadelphia, wurde das Glücksspiel in England als Domäne zugesprochen. Heute ist er der ungekrönte Spielhöllen-König.

Es gibt auch Indizien dafür, daß sich die Mafia in der BRD etabliert hat. Die in München erscheinende »Süddeutsche Zeitung« bemerkte in ihrer Ausgabe vom 13./14. Januar 1973: »So lieferte vor zwei Jahren Interpol in einem Fernschreiben an das Bundeskriminalamt Hinweise, die zur Verhaftung von 38 Mitgliedern einer italienischen Gangstertruppe in Frankfurt führten. Beim Abhören der Telefongespräche mit der örtlichen Zentrale der Clique in einer Kaschemme in Bahnhofsnähe wurde die Kripo Zeuge unverfälschter Mafia-Pläne. Sogar die fernmündliche Bestellung eines Mordes nahmen die Beamten zu Protokoll. Auch sonst fehlt es nicht an Hinweisen zum Thema Mafia. So wurde erst jetzt bekannt, daß der italienische Konsul in Suttgart vor Jahresfrist die deutsche Polizei davon informiert hatte, daß sich einige

Dutzend italienische Gangster zwischen Karlsruhe und Baden-Baden in das Glücksspielgeschäft eingeschaltet hätten.«

»Der legendäre Kriminellen-Bund streckt seine Fangarme in die Bundesrepublik aus«, hieß es in der Januarausgabe 1973 des Kölner Wirtschaftsmagazins »Capital«. Die Mafia verdiene am Menschenhandel mit illegal vermittelten italienischen Arbeitern und kassiere beim großen Geschäft mit Rauschgift, sie kontrolliere einen Teil des Obst- und Gemüsegroßhandels und betreibe einen umfangreichen Markt mit gestohlenen Kunstwerken, sie erpresse von italienischen Gastarbeitern und Geschäftsleuten Schutzgebühren und verdiene an Glücksspiel und Prostitution.

Nur selten kam bei spektakulären Ereignissen ans Licht, wie tief sich die Mafia bereits in der BRD festgesetzt hatte.

13. April 1980. An diesem Sonntagvormittag, genau um 11 Uhr 25 erdröhnte in der Haftanstalt Wuppertal-Bendahl eine Explosion. Eine Ladung Dynamit riß eine Metalltür aus den Fugen und schleuderte sie meterweit auf den Gefängnishof, wo gerade fünfzig Häftlinge ihren »Freigang« unternahmen. Fünf von ihnen nutzten die Gelegenheit und flüchteten durch die Öffnung: ein Deutscher, drei Jugoslawen und ein Italiener namens Arcangelo Maglio. Für die Polizei gab es keinen Zweifel: Der deutsche Gefangene hatte einfach die Gelegenheit benutzt, die Jugoslawen möglicherweise auch. Die Sprengung sollte auf jeden Fall Maglio zur vorzeitigen Freiheit verhelfen.

Maglio, nach seinem Vornamen in Unterweltkreisen als »Erzengel« bekannt, hatte früher in Wuppertal das »Café de Paris« betrieben, das weiterhin als Ganoven-Treff bekannt war. Nun sollte er vor Gericht gestellt werden, weil er ein Racket aufgezogen hatte und bei aus Italien stammenden Inhabern von Eisstuben, Grillbuden und Pizzerias »Schutzgelder« kassiert hatte. Mit seiner Bande betrieb er illegale Spielkasinos, und die Polizei vermutete, daß er bei Überfällen auf Sparkassenfilialen und Juweliergeschäfte mitwirkte. Die großbürgerliche »Frankfurter Allgemeine Zeitung« spekulierte am 16. April 1980, daß nach der Verhaftung Maglios »die Drahtzieher der Mafia befürchteten, Maglio werde in Kürze in seinem Strafprozeß etwas ausplaudern, so daß man sich entschlossen habe, ihn ›aus dem Verkehr zu ziehen‹, um ihn mit eigener Hand zu bestrafen«.

Immerhin wußte man, daß die Omertà auch in der BRD gilt. Der

Gärtner Ureste Tomasco aus Radevormwald hatte vor Gericht ausgesagt, wie die Mafia von ihm 15 000 DM erpreßte. Anschließend erklärte er: »Ich weiß, daß ich für diese Aussage zahlen muß.« Tatsächlich detonierte am 11. Januar 1980 eine Bombe in seinem Haus. Bereits ein Jahr zuvor war der Bordellbesitzer Georg Finetta in Wuppertal auf offener Straße niedergeschossen worden. Der Täter Emilio Boccolotto, ein Freund Maglios, konnte nach seiner Verhaftung während einer psychiatrischen Untersuchung aus dem Landeskrankenhaus Langenfeld flüchten. Wenig später fand ein Fischer am Ufer des Ennepe-Stausees einen Plastsack mit dem Oberkörper eines Mannes ohne Kopf und ohne Arme. Die Polizei identifizierte ihn später als den siebenundfünfzigjährigen Luigi Masetti. Warum hatte man ihn umgebracht? Die BRD-Mafia hatte begonnen, sich dem Niveau der sizilianischen Mutter und der Cosa Nostra anzunähern.

Nun kam eine Expertentagung des BRD-Bundeskriminalamtes zu der Schlußfolgerung: »Gebilde vom Kaliber der Mafia kann es hierzulande nicht geben, weil eine Verfilzung mit Politik und Polizei nicht feststellbar und auch künftig kaum denkbar ist.« Entspricht die Feststellung den Tatsachen? Warum wurde beispielsweise in Krefeld ein Staatsanwalt wegen Begünstigung von Gangstern verhaftet? In Hamburg mußte man eine Sonderkommission der Kripo bilden. Sie hatte nach Kriminalbeamten zu fahnden, die gegen Schmiergeld Razzien verpfiffen hatten. Ein V-Mann, der die Staatsanwaltschaft informiert hatte, starb — angeblich durch Selbstmord. Und auch in Wuppertal saß ein Kriminalhauptmeister hinter Gittern. Er soll ein Verbindungsmann der Maglio-Mafia gewesen sein.

Auch als »Transitland« für Operationen der Mafia und der Cosa Nostra ist die BRD interessant geworden. Im März 1979 standen in München drei BRD-Bürger vor Gericht, weil sie versucht hatten, den Vatikan um 950 Millionen Dollar zu betrügen. Sie wollten ihm Aktien verkaufen, die in den USA bei der Post gestohlen worden oder gefälscht waren. Diese Männer waren als unverdächtige Mittelsmänner eingeschaltet worden, um die Geschäftspartner im Kirchenstaat in Sicherheit zu wiegen. Die Wertpapiere hatte man bei einer Schweizer Bank hinterlegt, die aber mißtrauisch war und die Aktien von der New-Yorker Bankenaufsicht überprüfen ließ. Als der Schwindel herauskam, schaltete man das FBI ein. Die Spur führte zu den Cosa-Nostra-Leuten Vincent Rizzo und Matty Di Lorenzo. In New York kamen 26 Mafiosi vor Gericht, die Helfer in der BRD wurden ein Jahr später verurteilt.

Mit Sicherheit hat sich die Mafia auch in Australien festgesetzt. So wurde in der Nacht des 18. Januar 1964 in Melbourne der neununddreißigjährige Antonio Monaco erschossen — auf klassische Weise mit einer Lupara. Monaco war als Großhändler auf dem Victoria-Obst- und Gemüsemarkt der Stadt tätig gewesen. Dieser Markt versorgt nicht nur die Stadt, sondern auch die Bundesstaaten Queensland und Tasmania. Der jährliche Güterumschlag auf diesem Markt wird auf 45 Millionen Tonnen geschätzt. Es scheint, als habe die Mafia in traditioneller Weise, wie zu Beginn ihrer Tätigkeit in den USA, damit begonnen, sich dieses Marktes zu bemächtigen.

Seit 1958 galt Domenico Italiano als Boß der Mafia-Organisation, die den Victoria-Markt kontrollierte und an jedem Kilo umgeschlagener Ware mit einem Prozent beteiligt war. Als Italiano am 17. September 1962 starb, brach ein Streit um die Nachfolge aus. Italianos Intimus und erwählter Nachfolger, der siebenunddreißigjährige Vincenzo Angiletta, wurde am 4. April 1963 ermordet. Am 4. November 1963 brach der einundvierzigjährige Obstgroßhändler Domenico Demarte nach einem Schuß aus der Lupara zusammen. Demarte überlebte. Bei polizeilichen Vernehmungen aber schwieg er und hatte nur eine Erklärung: »Vielleicht war es ein Verrückter!« Die australische Polizei könnte bisher keinen der Mordfälle aufklären.

Besonders aktiv sind die Mafiosi in Kanada. Hier hat die amerikanische Cosa Nostra Zweigstellen ins Leben gerufen. Neben dem traditionellen Racketeering hat sie sich in Kanada zugleich dem Eindringen in die Geschäftswelt zugewandt. So ermittelte die Polizei, daß zwei bedeutende Firmen, die Crown Security in Montreal und die L. and P. Electrical Products in Toronto, Scheinunternehmen der Mafia waren. Die Crown Security gehörte dem Appalachin-Teilnehmer Carmine Galente und diente zur Tarnung des Rauschgifthandels, die andere Firma betrieb der Mafioso Albert E. Di Palma, der sich noch nebenbei mit Mädchenhandel befaßte.

Mit dem zunehmenden Eindringen der Cosa Nostra in Kanada beschäftigte sich im Juli 1965 eine Bundeskonferenz. Der Polizeichef von Winnipeg berichtete bei dieser Gelegenheit von dem zunehmenden

Einfluß der Mafia in der Provinz Manitoba. Als Hauptzentren der Cosa Nostra in Kanada wurden Montreal an der Ost- und Vancouver an der Westküste genannt. Die Konferenz endete mit dem Beschluß, die Zusammenarbeit zwischen den Polizeiorganen der einzelnen Provinzen zur Bekämpfung der Mafia zu verbessern.

Die Pläne der kanadischen Polizei blieben Papier. Zwei Jahre nach der Konferenz wußte man, daß Montreal Hauptumschlagplatz der Rauschgifttransporte der Mafia-Familie von Joe Bonanno war. Aber auch die nunmehr von Thomas Eboli geführte Familie des im Februar 1969 im Gefängniskrankenhaus von Springfield verstorbenen Vito Genovese und der Clan von Stefano Maggadino bezogen ihren »Stoff« aus Montreal. Auch in Kanada wird man dem organisierten Verbrechertum erst dann Herr werden, wenn man die gesellschaftlichen Verhältnisse verändert hat, die den idealen Nährboden der Kriminalität bilden.

Die gleichgültige Gesellschaft

Die gesellschaftlichen Verhältnisse in den USA wie in allen anderen kapitalistischen Ländern fordern die kleinen und großen Gauner geradezu heraus, sich zu bereichern. Das Verbrechen, die Gewalt bilden einen normalen Bestandteil des Lebens, und sie werden noch verherrlicht. In der englischen Wochenzeitung »Tribune« berichtete der Journalist Clive Jenkins von einer Reise in die USA. »In Manhattan fühlt man sich, wenn es dunkel wird, nicht sicher, so wie in vielen anderen amerikanischen Städten auch. Man sagt: Man kann nicht durch New York wandern, ohne Gefahr zu laufen, seine Brieftasche, seine Jungfernschaft oder sein Leben zu verlieren — und es ist etwas daran. Vor dem Fernsehschirm im Hotel, spät in der Nacht, erschreckt einen die alte, abgenützte Grausamkeit. Schauspieler übertrumpfen einander an Roheit — stundenlang. Diese Angriffe auf die Nerven der Menschen müssen wohl auch dazu dienen, ihr Gewissen zu betäuben.«

Der Meinungsmaschine gelingt es tatsächlich, das Gewissen vieler zu betäuben. Aufsehen erregte eine Untersuchung, die Soziologen im New-Yorker Stadtteil Queens unternommen hatten. Dort war eine achtundzwanzigjährige Frau von einem Gewohnheitsverbrecher auf offener Straße durch Messerstiche getötet worden. Der Kampf zwischen dem Opfer und dem Mörder hatte über 35 Minuten gedauert. Vierzig Leute hatten diesem Mord die ganze Zeit zugesehen, aber niemand hatte die Polizei gerufen.

Die Soziologen befragten die Augenzeugen der gräßlichen Bluttat. Auf die Frage, warum der Betreffende nicht Hilfe geholt oder selbst geholfen hätte, erhielten sie zur Antwort: »Ich weiß es nicht!« — »Ich war zu müde.« — »Ich habe meine eigenen Sorgen. Ich kümmere mich im Prinzip nicht um die Angelegenheiten anderer Leute.«

Als das amerikanische Bundeskriminalamt seine Kriminalstatistik für 1969 vorlegte und zugleich eine Bilanz der sechziger Jahre zog, schrieb eine Zeitung: »Die Gefahr für jeden Amerikaner, Opfer eines schweren Verbrechens zu werden, hat sich im Verlaufe des letzten Jahrzehnts mehr als verdoppelt. Die Steigerungsrate an schweren Verbrechen (1969 waren es 5 Millionen Fälle) betrug von 1960 bis 1968 ganze 148 Prozent. Dies geschah 1969 in den USA: 14 950 Morde, Diebstahl von insgesamt 62 Millionen Dollar, 871 000 Autodiebstähle. Von 1968 zu 1969 war die Zahl der Raubüberfälle um 13 Prozent (zu 1960 um 160 Prozent) gestiegen. Ein Sprecher des amerikanischen Justizministeriums aber sagte ratlos: ›Kein Mensch kann diesen Trend erklären. Die große Frage dieses Jahrhunderts ist, was die Kriminalität auslöst.‹«

In solchen Worten zeigt sich die Unfähigkeit, die Kriminalität als integrierenden Bestandteil der kapitalistischen Gesellschaft zu begreifen. Diesen Zusammenhang will man auch nicht sehen, weil man dann das kapitalistische System in Frage stellen müßte. So bleibt man an der Oberfläche, sieht nur die »Tatsachen« und lamentiert über den »Trend«, den eine Untersuchungskommission des FBI im Juli 1965 so beschrieb:

»Wie man es auch mißt, die Statistiken sind erschütternd, und ihr Pulsschlag kann auf jeder Ebene des amerikanischen Lebens gefühlt werden ... In einigen städtischen Regionen bleibt fast die Hälfte aller Bewohner aus Angst vor einem Überfall nachts zu Hause, ein Drittel ist so vorsichtig geworden, daß die Leute mit keinem Fremden sprechen, ein Fünftel ist so verschreckt, daß die Leute aus ihrer Gegend wegziehen wollen. Immer mehr Leute berichten, daß sie zur Selbstverteidigung Schußwaffen im Hause haben. Wachhunde sind so populär geworden, wie einst der friedliche Familien-Schoßhund.«

An anderer Stelle stellte die Kommission fest: »Die erreichbaren Statistiken spiegeln lediglich das sichtbare Verbrechen wider; die erfolgreichen Verbrechen aber bleiben geheim oder unsichtbar. Außerordentlich zahlreich sind schon die schweren Verbrechen, von denen die Opfer niemals berichten. Keinerlei Angaben erfassen den normalen Konsumenten und den geprellten Geschäftsmann, die nicht wissen, daß man sie übers Ohr gehauen hat. Unterschlagungen, Preistreiberei, Steuerhinterziehung, aktive und passive Bestechung, all diese Gesetzesverletzungen sind weiter verbreitet als die Zahl der Fälle, die abgeurteilt wurden, vermuten läßt.«

Schon diese Kommission hatte auf die rasche Steigerung der Kriminalitätsrate hingewiesen. Für 1968 wurden dann folgende Zahlen errechnet: Alle 39 Minuten ereignete sich in den USA ein Mord, alle 17 Minuten eine Vergewaltigung, alle 2 Minuten ein Überfall, alle 41 Sekunden ein Autodiebstahl, alle 25 Sekunden ein Diebstahl und alle 17 Sekunden ein Einbruch. Ein Berichterstatter schrieb lakonisch: »Gewalttätigkeit und Sadismus gehören zum amerikanischen Alltag wie Deodorant und Kopfschmerzenpillen.«

Der Trend aber hält an. Am 8. April 1974 schrieb die Zeitschrift »U. S. News & World Report«: »Nach einer einjährigen Pause scheint die Zahl der schweren Verbrechen und Gewaltverbrechen in unserem Lande erneut zuzunehmen. Aus soeben veröffentlichten vorläufigen Statistiken des Federal Bureau of Investigation (FBI) für das Jahr 1973 geht folgendes hervor: Die Zahl der Verbrechen, angefangen vom Autodiebstahl bis zum Mord, erhöhte sich im vorigen Jahr um 5 Prozent ... Bei Gewaltverbrechen — Mord, Vergewaltigung, schwerer Körperverletzung und Raubüberfall — war eine Zunahme um 4 Prozent zu verzeichnen, etwas mehr als die zweiprozentige Erhöhung im Jahre 1972 gegenüber dem vorangegangenen Jahr. Justizminister William B. Saxbe erklärte: ›Ich bin über die neuerliche Zunahme der Kriminalität sehr beunruhigt, weil die Statistiken keinen Aufschluß über die Ursachen geben.‹ Er fügte hinzu, diese Zunahme könnte zum Teil auf eine bessere Registrierung zurückzuführen sein, doch zahlreiche Verbrechen würden gar nicht gemeldet. Der stärkste Anstieg war bei Vergewaltigungen zu verzeichnen — 10 Prozent —, gefolgt von Mord und schwerer Körperverletzung mit einer Zunahme der Fälle um jeweils 6 Prozent, während bei Raubüberfällen — den am häufigsten ver-

übten Gewaltverbrechen — die geringste Zunahme, 1 Prozent, registriert wurde. Die Zahl der Eigentumsdelikte — Einbruch, Diebstahl
und Autodiebstahl — stieg insgesamt um 5 Prozent. In Vorstädten und
ländlichen Gebieten ist weiterhin ein stärkeres Anwachsen der Kriminalität zu verzeichnen — um jeweils 10 Prozent — als in den Großstädten, wo die Zahl der schweren Verbrechen um 3 Prozent zunahm. Am
stärksten nahm die Zahl der Gewaltverbrechen in den Vorstädten zu —
um 13 Prozent —, wobei eine neunprozentige Erhöhung der Zahl der
Fälle von Mord und Vergewaltigung und eine fünfzehnprozentige Zunahme der Fälle von schwerer Körperverletzung registriert wurden ...
Sogar in einigen Städten, die ein generelles Absinken der Zahl der
schweren Verbrechen verzeichneten, nahmen die Gewaltverbrechen zu
— wie z. B. in San Francisco, wo die Zahl der Mordfälle von 81 im
Jahre 1972 auf 107 im vorigen Jahr anstieg, die der Vergewaltigungen
von 505 auf 540 und die der Raubüberfälle von 4753 auf 4817. Diese
Ziffern sind ein Hinweis für die Organe des Justizapparates, daß die
wachsende Kriminalität — die in einem einzigen Jahr während der
sechziger Jahre einen Anstieg um 14 Prozent erreichte — nach wie vor
ein Problem ist, mit dem man sich in Amerika auseinandersetzen muß.«

Mit dem Verbrechen leben

Der normale Bürger der USA hat sich längst damit abgefunden, daß er
täglich mit dem Verbrechen, mit dem Angriff auf sein Eigentum, auf
sein Leben und seine Gesundheit rechnen muß. Die Zahl der Berichte
über diesen Aspekt des amerikanischen Lebens sind umfangreich —
deshalb sei aus der Flut der Untersuchungen hier nur aus einem Artikel
zitiert. Das amerikanische Nachrichtenmagazin »Newsweek« veröffentlichte ihn am 18. Dezember 1972 unter der Überschrift »Mit dem
Verbrechen leben«. Dort heißt es: »Sie war eine jener unscheinbaren
alten Frauen, die ihre letzten Tage in der Anonymität der Innenstadt
verbringen, sie lebte in einem billigen Hotel in San Franciscos etwas
anrüchigem Viertel Tenderloin. Ihre Freunde waren die anderen Mieter, die sich stets zum Fernsehen in der Halle versammelten. Jeden Tag
machte sie einen kurzen Spaziergang zu einem nahegelegenen Selbst-

bedienungsrestaurant, wo sie ihre Mahlzeiten einnahm. Dann wurde sie eines Abends auf der Straße überfallen, niedergeschlagen und beraubt, und von da an ließ die Furcht sie nicht mehr los. Tagelang saß sie wie angewurzelt in der Halle und betrachtete selbst die Stammgäste mit Mißtrauen. Schließlich zog sie sich in ihr eigenes Zimmer zurück, als alte Freunde sie besuchen wollten, weigerte sie sich, die Tür zu öffnen, aus Angst, daß sich ein Fremder in ihr Zimmer drängen könnte. Vierzehn Tage lang sah sie niemand, bis schließlich ein Hotelangestellter, der sich Sorgen machte, nach oben ging, um nachzusehen. Dort lag sie auf dem Fußboden, sie war schon seit einer Woche tot. Im amtlichen Bericht hieß es, sie sei an einer durch Streß entstandenen Ulcus-Perforation, kompliziert durch unzureichende Ernährung, gestorben. Die wahre Todesursache war Angst.«

Aus diesem Fall folgerte »Newsweek«: »Die Herrschaft des Verbrechens in den USA ist heute sowohl eine Realität als auch eine Geistesverfassung. Wenn auch wenige Bürger aus Angst sterben, so sind doch ihre niederdrückenden Auswirkungen ein grausamer Bestandteil des täglichen Lebens für Millionen von Menschen geworden, die in den Städten Amerikas und in ihrer Umgebung leben. Aus einigen Statistiken geht zwar hervor, daß die steigende Kriminalitätskurve zum Stillstand kommen könnte, doch die Furcht vor Verbrechen scheint solche Ausmaße anzunehmen, daß sich eine neue Mentalität herausgebildet hat — das Gefühl, in einer Festung zu leben, wodurch sich die Art, wie die Menschen sich selbst sehen, wie auch ihre Lebensweise ändert. Es ist erschreckend, wie alltäglich die Symptome bereits geworden sind: Man hat vier Schlösser an der Wohnungstür, man verzichtet auf die abendliche Bridge-Partie (oder spielt sie vor Sonnenuntergang), in Taxis und Bussen wird kein Wechselgeld mehr herausgegeben, in den Oberschulen gibt es bewaffnete Wachposten — und fast alle haben ständig ein Gefühl der Unsicherheit.«

An anderer Stelle hieß es in der Untersuchung des amerikanischen Nachrichtenmagazins: »Die Art, wie die Amerikaner mit dem Verbrechen leben, ist ein erschreckendes Zeugnis für die Fähigkeit des Menschen, sich anzupassen — selbst an unerträgliche Situationen. Ein bekannter Fernsehansager in New York steckt sich jeden Abend einen Polizeiknüppel in den Ärmel, bevor er nach den 23-Uhr-Nachrichten das Studio verläßt. Ein Geschäftsmann aus Atlanta geht dreimal in der

Woche zur Bank, damit er jedesmal nicht mehr als 15 Dollar Bargeld bei sich zu tragen braucht. Auch seine Nachbarn sind wachsam. In der Methodisten-Kirche St. Markus begann der Gottesdienst am Mittwoch abend sonst immer zur Abendbrotzeit und war um 22 Uhr beendet. Jetzt wurden die Zeiten geändert, man ißt bereits um 17.30 Uhr, so daß jeder um 20 Uhr wieder zu Hause in Sicherheit ist ... Um sich heute auf den Straßen der amerikanischen Städte behaupten zu können, sind vielfältige Schutzmaßnahmen nötig: Man hält sich fern von dunklen Hauseingängen, geht an der Bordschwelle entlang, trägt eine zweite Geldbörse mit etwa 5 Dollar ›Überfallgeld‹ bei sich und hält seinen Schlüssel schon bereit, bevor man die Haustür erreicht hat ... ›Wenn mir auf der Straße Jugendliche entgegenkommen, achte ich darauf, ob sie Turnschuhe anhaben‹, erklärte ein Bewohner Harlems. Er meint, daß Rowdys Tennisschuhe tragen, um sich schnell aus dem Staub machen zu können. Dennoch ist er zweimal überfallen worden. ›Ich hatte noch Glück‹, sagte er. ›Ich bin nur leicht verletzt worden.‹ Zahlreiche Opfer erklärten später, sie wünschten, sie hätten eine Pistole gehabt, und viele kaufen sich auch wirklich eine, trotz der Warnungen von offizieller Seite, daß Feuerwaffen für Bürger, die sich an die Gesetze halten, eher eine Gefahr als einen Schutz bedeuten ... Der Wahlspruch ›my home is my castle‹ ist selten so wörtlich befolgt worden. In Washington wird das Projekt Tiber Island, ein luxuriöses Hochhaus mit 820 Appartements, Tag und Nacht von Posten bewacht, und die Eingänge sind stets verschlossen. Jeder Mieter braucht einen besonderen Ausweis zum Betreten der Garage, einen weiteren zur Bedienung des Fahrstuhls sowie verschiedene Schlüssel für die Eingangstür und sein Appartement ... Calvin Tilden und seine Frau Mary, die in San Franciscos elegantem Viertel Presidio Heights leben, wo Einbrecher mit Möbelwagen ganze Häuser ausgeräumt haben, versahen ihr Haus jetzt mit zusätzlichen Schlössern, einem Eisentor und einer außen angebrachten Wechselsprechanlage ... Tilden hat ein ausgeklügeltes System zur optischen und akustischen Identifizierung jedes Besuchers.«

Und der Staat? Die Polizei? Die Aussichten, die »Newsweek« malt, sind trübe. »Trotz der wahrscheinlich umfassendsten und kostspieligsten Attacke, die jemals gegen Verbrechen auf der Straße gestartet wurde, bleibt der Alpdruck bestehen. Angespornt durch Zuschüsse von

Washington in Höhe von 850 000 000 Dollar, verstärkt die Polizei im ganzen Lande ihre Reihen und experimentiert mit Hubschraubern, Computern und verbesserten Patrouillentechniken. Geschäftsleute und Hausbesitzer, die mit diesen Bemühungen von offizieller Seite nicht zufrieden sind, haben eine florierende neue Industrie gegründet, deren Produkte ein wachsendes Heer von privaten Wachposten sowie eine verwirrende Vielzahl seltsam anmutender Alarmvorrichtungen sind. Selbst einfache Bürger ... schließen sich zu Selbstschutzzwecken zusammen — sie machen Kontrollgänge durch ihre Wohnhäuser, ganze Wohnblocks und Wohnviertel. Bedauerlicherweise sind Resultate umstritten.«

Eine Hand wäscht die andere

Doch trotz Computer und Hubschrauber ist die Polizei ohnmächtig — und dies natürlich nicht zufällig.

In New York beispielsweise sank die Aufklärungsquote bei Mordfällen innerhalb eines Jahres von 83,3 Prozent auf 78,1 Prozent. Inspektor Joseph McLaughlin von der New-Yorker Kriminalpolizei klagte: »Wir müssen uns um zu viele andere Straftaten kümmern, dadurch werden wir an der Mordaufklärung gehindert.«

Der New-Yorker Polizeiinspektor erwähnte natürlich nicht, daß die Verfilzung zwischen Verbrechertum und Polizei nach wie vor existiert. Aus einem Bericht der amerikanischen Zeitschrift »Life« vom Dezember 1968 geht hervor, daß die Cosa Nostra in Chikago in »10 von 21 Distrikten, im Raubdezernat und in der Abteilung für illegale Wettbüros« leitende Beamte bezahlt. Al Capone ist — wie Bonnie und Clyde — zum amerikanischen Filmhelden avanciert, seine Nachfolger regieren noch heute. Als im Sommer 1968 in Chikago der Konvent der Demokratischen Partei zusammentrat, um einen Kandidaten für die Nachfolge Präsident Johnsons zu nominieren, stand auf der Delegiertenliste auch der Name von John D'Arco. D'Arco hatte seine Karriere als kleiner Mafioso bei Al Capone begonnen. Nach dem Generationswechsel in den dreißiger Jahren schickte ihn die Cosa Nostra in den Kongreß des Staates Illinois. 1951 zog D'Arco in die Chikagoer Stadtverwaltung ein. Er setzte zahlreiche Verbrecher auf die Gehaltslisten der Stadtverwaltung, wurde schließlich zum unumstrittenen politischen Boß des wichtigen 1. Bezirks und Mitglied des obersten Gremiums der Demokratischen Partei. Der »starke Mann« dieser Partei, Chikagos Oberbürgermeister Daley, erklärte öffentlich, John D'Arco sei ein »feiner Kerl«.

John D'Arco nahm an dem berüchtigten Konvent in Chikago nicht teil, er zog es vor, als Vertreter den Mafioso Vito Marzullo zu schikken. Die Polizei trat vor dem Parteigebäude in Aktion, doch nicht gegen Verbrecher. Sie knüppelte vielmehr die Gegner des Vietnamkrieges nieder, die vor dem Gebäude demonstrieren wollten. Lakonisch sprach ein Untersuchungsbericht über die Ereignisse in Chikago von einer »Orgie des Sadismus: uniformierte Gewalt, die schließlich gar kein bestimmtes Objekt mehr hatte«. Ein ausländischer Berichterstatter notierte in jenen Tagen in Chikago: »Polizeibanden, die ohne Führung zwei Nächte lang eine Großstadt terrorisierten, begingen im Namen von Recht und Ordnung kriminelle Delikte von schwerer Körperverletzung bis zum Raub.«

Den unmittelbaren Nutzen solchen Terrors gegen fortschrittliche Kräfte, nicht zuletzt gegen die Bewegung der amerikanischen Neger, hat das organisierte Verbrechen, denn die Orientierung der Polizei auf die Niederschlagung politischer und sozialer Proteste kann nur zu Lasten anderer polizeilicher Aufgaben erreicht werden. Schließlich bedroht die Cosa Nostra auch nicht das herrschende gesellschaftliche System, sondern ist ein integrierender Bestandteil dieser Ordnung.

Nach Meinung von Ralph Salerno, der eine Untersuchung über die amerikanische Mafia veröffentlichte, kann die Cosa Nostra die Wahl von mindestens 25 Abgeordneten des amerikanischen Repräsentantenhauses beeinflussen. 15 Kongreßabgeordnete des Staates Illinois sind von der Cosa Nostra gekauft. Salerno stellte fest, daß beispielsweise der Abgeordnete für New Jersey, Cornelius Gallagher, eng mit dem Cosa-Nostra-Mann Joe Zicarelli befreundet ist. Gallagher aber gehört dem »Home Government Operations Committee« an, einem Kongreßausschuß, der die Bundesbehörden beaufsichtigt, die das organisierte Verbrechertum bekämpfen sollen!

Nach Schätzungen von Professor Cressey von der Universität Kalifornien stammen 15 Prozent der für den amerikanischen Wahlkampf verwendeten Summen aus den Fonds der Cosa Nostra. Aufsehen erregte, daß der persönliche Referent des seinerzeitigen Präsidenten des Repräsentantenhauses, McCormack, und ein mit ihm befreundeter Rechtsanwalt die Interessen eines der Mafia gehörenden Hotel-Belieferungskonzerns wahrgenommen hatten. Sie bedienten sich der Autorität McCormacks, um die Freilassung zweier verurteilter Mafiosi zu erreichen.

Im Jahr 1967 hatte der damalige USA-Präsident Lyndon B. Johnson das Justizministerium beauftragt, ein koordiniertes Programm gegen das organisierte Verbrechen auszuarbeiten. Vier Jahre später bildete man den »Nationalrat gegen das organisierte Verbrechen«. Er tagte insgesamt fünfmal. Eine Kontrollbehörde der amerikanischen Regierung klagte, daß dieser Rat es nicht einmal fertiggebracht habe, »eine Strategie zu entwickeln«.

Ebenfalls 1967 waren die sogenannten Strike Forces des FBI geschaffen worden, die Experten aus verschiedenen Bereichen — Steuerfahndung, Rauschgiftbekämpfung, Justiz — zur Verfolgung der Cosa Nostra zusammenfaßten. Doch sie traten nie in Aktion, angeblich »wegen interner Rivalität«, wie das amerikanische Nachrichtenmagazin »Time« zu berichten wußte.

Johnsons Nachfolger Richard M. Nixon ließ die Mittel für die Bekämpfung der Mafia und anderer Gangsterorganisationen auf 61 Millionen Dollar erhöhen. Er unterzeichnete am 29. Juli 1970 ein Gesetz zur verstärkten Bekämpfung der Kriminalität in der Hauptstadt Washington, das später als Modell für Gesetze in den einzelnen Staaten der USA dienen sollte. Dieses Gesetz, das am 29. Januar 1971 in Kraft trat, erlaubte der Polizei, »Verdächtige« bis zu 60 Tagen in »Vorbeugehaft« zu nehmen, und sah eine erweiterte Telefonüberwachung vor. Doch sehr schnell stellte sich heraus, daß die Cosa Nostra auch von diesem Gesetz nichts zu befürchten hatte, denn es wurde viel mehr benutzt, noch brutaler gegen fortschrittliche Kräfte und insbesondere gegen die Kampforganisationen der amerikanischen Neger vorzugehen.

Im November 1979 wurde dem USA-Kongreß ein Bericht über die Bekämpfung der Cosa Nostra vorgelegt. Danach waren in den vier Jahren zuvor 1226 Fälle von Mafia-Verbrechen vor amerikanischen Gerichten verhandelt worden. Davon endeten 640 — also 52 Prozent — mit einem Freispruch. Von 586 Schuldsprüchen waren 338 niedriger als zwei Jahre, und 207 lagen sogar noch unter sechs Monaten. Man

416

hatte fünf Geldstrafen von mehr als 10 000 Dollar ausgesprochen, 133 Geldbußen bis zu hundert Dollar, und in einem Fall war eine Geldstrafe von 25 Dollar verhängt worden. Resignierend meinte der Mafia-Experte Ralph Salerno von der New-Yorker Polizei: »Wir haben das Patensyndrom akzeptiert — Amerika ist zur Mafia übergelaufen.«

»Patensyndrom« — tatsächlich, die kapitalistische Gesellschaft ist von der Mafia-Krankheit befallen. Die Cosa Nostra gedeiht prächtig, wo immer ihr die kapitalistischen Bedingungen es erlauben. Allerdings nur dort, denn wenn es noch eines Beweises bedurft hätte, daß es nur die gesellschaftlichen Verhältnisse sind, die darüber entscheiden, ob dem organisierten Verbrechertum der Garaus gemacht werden kann, so fand sich sogar auf dem amerikanischen Kontinent das Beispiel dafür: Auf Kuba wurde die Mafia innerhalb weniger Wochen mit Stumpf und Stiel ausgerottet. Nachdem die Revolutionäre, vom Volk umjubelt, am 1. Januar 1959 in Havanna eingezogen waren, dauerte das nur wenige Wochen. Nicht findige Polizisten und Justizbeamte allein vollbrachten diesen Sieg über das Übel. Es war möglich durch die Veränderung der gesellschaftlichen Verhältnisse. Deshalb auch scheiterte der von der Cosa Nostra unterstützte Versuch, die Wandlungen auf der Karibik-Insel wieder rückgängig zu machen.

Don Giancana und die CIA

Sam Giancana, der sechsundsechzigjährige Don der Chikagoer Mafia-Familie, kehrte am 19. Juni 1975 aus Houston in Texas zurück. Der Herr und Gebieter über schätzungsweise 1500 Mafiosi hatte gerade eine Gallenblasenoperation hinter sich gebracht. Obwohl er auf Schritt und Tritt vom FBI überwacht wurde, erfreute er sich so ziemlich jedweder Handlungsfreiheit. Das eine Jahr Gefängnis, zu dem er 1965 wegen »Nichtachtung des Gerichts« verurteilt worden war — »Big Sam« hatte jegliche Aussage verweigert —, saß er ab und zog sich sodann, um allen weiteren unbequemen Fragen aus dem Wege zu gehen, nach Mexiko zurück. Im Juli 1974 war er von den Mexikanern ausgewiesen worden, und nun kam Giancana, Tony Accardos Nachfolger, wieder heim nach Chikago.

Vom Flugplatz fuhr er mit wenigen Freunden in sein festungsartiges Haus in Chikagos Vorort Oak Park. Dorthin folgten ihm auffällig-unauffällig einige Beamte des FBI und der Chikagoer Polizei. Sie notierten, daß sich ein Partner des Don, sein Chauffeur und Leibwächter, seine Tochter und sein Schwiegersohn zu einer Willkommensparty im Haus versammelt hatten. Um 22 Uhr 30 schien es, wie die Beamten später zu Protokoll gaben, als seien alle Gäste gegangen. So machten auch sie Feierabend.

Eine Stunde später ging Giancana hinunter in die Küche seiner Villa und nahm Würstchen und Spinat aus dem Kühlschrank. In diesem Augenblick fielen Schüsse — sieben Kugeln trafen den Don in Gesicht und Genick. Butler Joseph Dispersio, 82 Jahre, fand später seinen Boß rücklings auf dem Boden. Giancana war tot und der — oder die — Mörder entkommen. Dispersios Aussage lautete: Er und seine Frau hatten in ihrem Zimmer im zweiten Stock ferngesehen und keine Schüsse gehört, vielleicht deshalb, weil die Klimaanlage gelaufen sei.

Der Chef der Justizabteilung von Chikago, Peter Vaira, hatte seine eigene Theorie über den Mord. »Es sieht nicht aus, als sei es ein offizieller Mafia-Schlag . . . und die Art und Weise, wie es geschah, läßt uns annehmen, als sei es etwas Persönliches.« Und weshalb kam er zu diesem Schluß? Die tödlichen Schüsse seien aus einer kleinen Pistole vom Kaliber 22 abgefeuert worden, »und das ist nicht die Sorte Artillerie, die die Mafia normalerweise benutzt«.

War es also nicht eine jener internen Abrechnungen, die die Geschichte der Cosa Nostra seit Dezennien kennt? Andere Untersuchungsbeamte in Chikago versicherten eilfertig, es gehe offenkundig um einen »Konflikt zwischen den Alten und Jungen«: »Die jüngeren Mafia-Mitglieder sind zunehmend mit der Art und Weise unzufrieden, mit der die Rackets der Familie betrieben werden, und vor allem mit der Aufteilung der Profite.« Die »Jungtürken« hätten Giancana aufs Korn genommen, weil er der am leichtesten Verwundbare unter den alten Bossen gewesen sei.

Der oder die Mörder Giancanas wurden nie aufgespürt.

Fünf Tage, nachdem die tödlichen Schüsse in der Villa von Oak Park gefallen waren, trat ein ungewöhnlicher Zeuge vor dem Church-Ausschuß des amerikanischen Senats auf. Dieser Ausschuß unter Vorsitz des Senators Frank Church war eingesetzt worden, um gewisse

Aktivitäten des amerikanischen Geheimdienstes CIA zu untersuchen. Die CIA war ins Zwielicht geraten, weil ihre Aktionen nicht nur im Ausland, sondern auch in den USA selbst so offensichtlich gegen Gesetze verstießen, daß die Öffentlichkeit Aufklärung forderte.

Der Church-Ausschuß fand beispielsweise heraus, daß die CIA an der Ermordung des ersten Ministerpräsidenten des Kongo, Patrice Lumumba, beteiligt war. Im März 1975 wurde sodann eine weitere erstaunliche Geschichte publik. Zwei ehemalige Berater des früheren amerikanischen Justizministers Robert Kennedy ließen nämlich durchblicken, daß die CIA schon im Jahre 1960 Pläne zur Ermordung Fidel Castros ausgeheckt hätte. Die Idee dazu war geradezu abenteuerlich: Dem kubanischen Regierungschef sollten vergiftete Zigarren untergeschoben werden. In den CIA-Labors war bereits mit Giften experimentiert worden, und einer der CIA-Direktoren hatte den früheren FBI-Agenten Robert A. Maheu um Mithilfe gebeten.

Nicht zufällig, so stellte sich dann heraus, war die CIA auf diesen Ex-FBI-Mann verfallen, denn Maheu hatte noch alte Kontakte zur Cosa Nostra. Im CIA-Hauptquartier Langley wußte man natürlich, daß die Mafia mit Fidel Castro gewissermaßen eine alte Rechnung zu begleichen hatte.

Erinnern wir uns: Zu Beginn des Jahres 1947 hatte Luciano Kuba einen Besuch abgestattet. Zusammen mit seinem alten Freund und Kompagnon Meyer Lansky, den bald eine enge Freundschaft mit Kubas Diktator Fulgencio Batista verband, begründete »Lucky« das Glücksspiel-Imperium der Cosa Nostra auf der Karibik-Insel. Die Lizenz für ein Spielkasino kostete die Mafiosi 250 000 Dollar an Bestechungsgeldern. Batista zeigte sich erkenntlich und stutzte die kubanischen Gesetze so zurecht, daß solche Kasinos ganz legal eröffnet werden durften. Außerdem strich er die Importzölle sowohl für Baumaterial als auch für die Spielgeräte. Der kubanische Arbeitsminister, übrigens Batistas Bruder, stufte indessen die Croupiers als »Techniker« ein, denen laut Gesetz eine zweijährige steuerfreie Arbeitserlaubnis auf der Insel zustand.

Damit begann eines der ganz großen Geschäfte der Cosa Nostra. Bald gehörten dem amerikanischen Gangstersyndikat in Havanna zehn Spielbanken. Und diese glücklichen Zeiten endeten abrupt, als am 1. Januar 1959 die »Barbudos«, die bärtigen kubanischen Revolutionäre, in Havanna einzogen. Innerhalb weniger Tage vollbrachte die kubanische Revolution, was dem allmächtigen Staatsapparat der USA bis heute nicht gelungen ist: Sie fegte das organisierte Verbrechen fort.

Die CIA wollte Fidel Castro nicht vergessen, daß er das Sakrileg beging, Kuba auf den Weg des Fortschritts und des Sozialismus zu führen. Die Mafia wollte Fidel Castro nicht vergeben, daß er sie von ihrer großen Profitquelle verjagt hatte. Ein Bündnis zwischen beiden, dem Geheimdienst und der Unterwelt, lag auf der Hand. FBI-Agent Maheu fiel die Aufgabe zu, den Kontakt zu knüpfen.

Maheu wandte sich also an Sam Giancana, den Spielhöllen-Boß der Cosa Nostra. Nachdem »Big Sam« grünes Licht gegeben hatte, stiegen noch andere wohlbekannte Mafiosi ein: Russel Buffalino, James Plumelli und Salvatore Granelli aus New York. Sie hatten zusammen eines der Kasinos in Havanna betrieben und in Kuba einen Pferderennplatz kontrolliert. Im Januar 1959 mußten sie bei ihrer überstürzten Flucht von der Insel 450 000 Dollar bei Mittelsmännern zurücklassen. Angesichts dieser Verluste waren sie zu allem bereit. Außerdem hatten sie in der Stunde der eiligen Abreise aus Kuba auf einem Feld in der Nähe der Hauptstadt Kleingeld im Wert von 300 000 Dollar, das aus Spielautomaten stammte, vergraben. So erklärten sie sich bereit, für die CIA aus ehemaligen Kumpanen auf der Insel ein Agentennetz aufzubauen. Für die Bezahlung dieser Agenten stellten sie der CIA die zurückgelassenen 450 000 Dollar als Vorschuß zur Verfügung.

Maheu sagte später in einem Interview über seine Mafia-Kontakte darüber: »Ich bin überzeugt, diese Männer waren bereit, den Auftrag zu übernehmen, weil sie tatsächlich glaubten, damit einen Beitrag für unsere nationale Sicherheit zu leisten.«

Mafia-Teams nach Havanna

Zu den plötzlich vom Patriotismus erfaßten Gangstern gehörte auch John Roselli mit dem beziehungsreichen Spitznamen »Il Capo«. Als um 1910 der sechsjährige Roselli mit seinen Eltern in die USA kam, hieß er noch Filippo Sacco. Mit Zwanzig verdiente er sich bei Al Capone die Sporen. Nachdem man ihn wegen Drogenbesitzes festgenommen hatte, legte er sich den neuen Namen John Roselli zu. In den dreißiger Jahren war er dann im Auftrag der Chikagoer Familie nach Hollywood gegangen, wo er zwei Nachtclubs kaufte, zwei Kriminalfilme finanzierte und ein Starlet heiratete. Als er versuchte, von Filmfirmen eine Million Dollar zu erpressen, wanderte er für zwei Jahre hinter Gitter. Danach war Roselli im Glücksspiel-Gewerbe tätig. Er leitete das Kasino »Sans Souci« in Havanna und überwachte seit der Vertreibung aus Kuba die Mafia-Geschäfte in Las Vegas.

Der CIA-Beamte James O'Connell, den man 1960 mit dem Mordanschlag auf Fidel Castro betraut hatte, zeigte Maheu die Giftkapseln. Und er meinte, Rosellis Kontakte nach Kuba müßten nutzbar sein, um das Gift an den Mann zu bringen. Die CIA zahlte dem angeheuerten Mörder 150 000 Dollar und versprach für den »Erfolgsfall« noch mehr. Roselli und Giancana aber waren an Geld nicht so sehr interessiert. Die CIA sollte sich dafür verwenden, daß die gegen sie von den Justizbehörden eingeleiteten Verfahren niedergeschlagen würden.

Im Nachhinein läßt sich der Weg der vergifteten Pillen, die Fidel Castro zugedacht waren, nur noch bis nach Miami verfolgen. Bekam der ursprünglich angeheuerte Killer kalte Füße? Dies mutmaßte das amerikanische Nachrichtenmagazin »Time«. Jedenfalls scheint es, als hätten sich Roselli und Giancana nach einem Ersatzmann umgesehen und ihm die Kapseln übergeben. Drei verschiedene Teams der Mafia seien nach Kuba in Marsch gesetzt worden.

Die CIA legte ihre abenteuerlichen Kuba-Pläne auch dann noch nicht beiseite, als im November 1960 ein neuer USA-Präsident gewählt wurde: Der Demokrat John F. Kennedy löste den Republikaner Dwight D. Eisenhower ab. In diese Zeit des Präsidentenwechsels fiel eine Privatfehde Sam Giancanas, der vermutete, seine Freundin Phyllis McGuire habe in Las Vegas ein Verhältnis mit einem Schauspieler. »Big Sam« wollte im Hotelzimmer des Nebenbuhlers »Wanzen« installieren lassen, doch seine Leute wurden auf frischer Tat ertappt. Neben der Polizei von Las Vegas interessierte sich auch das FBI für diesen Fall. Ex-FBI-Mann Maheu informierte also Colonel Edwards von der CIA: Giancana erwarte dringlich, vor den Nachstellungen des Bundeskriminalamtes in Schutz genommen zu werden. Prompt teilte die CIA dem stellvertretenden USA-Justizminister Herbert J. Moll jun. mit, wenn man Giancanas Leute verfolge, werde zwangsläufig die Zusammenarbeit zwischen CIA und Mafia ans Licht kommen. Der ins Bild gesetzte neue amerikanische Justizminister Robert Kennedy, Bruder des Präsidenten, schlug das Verfahren nieder.

Im April 1961 versuchte die CIA die kubanische Revolutionsregierung auf andere Weise zu stürzen. Die berühmt-berüchtigte Invasion in der Schweinebucht fand statt und scheiterte kläglich. Dieses gigantische Fiasko hielt den Geheimdienst aber nicht davon ab, neue Mordpläne gegen Castro zu diskutieren, zu projektieren und sogar Kriegsminister McNamara über die aberwitzigen Ideen auf dem laufenden zu halten. Auch Justizminister Robert Kennedy, oberster Mafia-Bekämpfer der USA, war im Bilde. Der damalige Pressesprecher des amerikanischen Präsidenten, Bill Moyers, sagte später in einer Fernsehdiskussion: »Die Mafia-Verschwörung, begonnen in der Eisenhower-Ära, ging bis zum Frühjahr 1963. Zu dieser Zeit wußte Robert Kennedy einerseits als Justizminister vom Geheimkrieg der CIA. Auf der anderen Seite führte er gleichzeitig einen Krieg gegen das organisierte Verbrechen — Giancana und Trafficante standen auf einer Sonderliste von Mafia-Figuren, gegen die Anklage erhoben werden sollte. Während ein Arm der Regierung also versuchte, diese Männer hinter Schloß und Riegel zu bringen, hatte ein anderer sie bereits angeheuert, mit dem Auftrag, Fidel Castro zu töten. Der Bruder des Präsidenten wurde über die Mafia-Verbindung 1962 von der CIA informiert. Vielleicht hat er geglaubt, daß das Mafia-Komplott nicht weiter betrieben werde. Aber seine Reaktion scheint bezeichnend. Kennedy gab keine Aufträge oder Weisungen, derartige Aktivitäten künftig zu unterlassen.«

Die Freundin des Präsidenten

Aber nicht nur wegen der Pläne Washingtons, auf Kuba einen Umsturz herbeizuführen, war für die amerikanischen Behörden die Cosa-Nostra-Frage delikat. Im Dezember 1975 wurden FBI-Dokumente bekannt, die eine noch ganz andere Seite — eine innenpolitische — enthüllten. Das FBI hatte Anti-Mafia-Flugblätter hergestellt und mit der Unterschrift »Kommunistische Partei der USA« versehen. An führende Mafiosi wurden Drohbriefe versandt, die ebenfalls den Eindruck erwecken sollten, als seien sie von der KP der USA verschickt worden.

Das FBI hoffte, auf diese Weise die Cosa Nostra zu einem handfesten Vorgehen gegen die Kommunisten provozieren zu können.

Möglicherweise aber gab es noch einen anderen Grund, der die Behörden veranlaßte, sich gegenüber den Cosa-Nostra-Bossen zurückzuhalten. Präsident John F. Kennedy, der in dem Ruf stand, gelegentlichen Seitensprüngen nicht abgeneigt zu sein, hatte 1960 durch Vermittlung seines Freundes, des Mafia-Intimus Frank Sinatra, eine gewisse Judith Exner kennengelernt. Dieses dunkelhaarige Partygirl schenkte seine Zuneigung aber nicht nur allein dem Präsidenten, sondern zur gleichen Zeit auch Sam Giancana und John Roselli. So konnte denn der Church-Ausschuß 1975 in seinen Protokollen festhalten:

1. Judith Exner sei tatsächlich mit Kennedy »bekannt« gewesen und habe mindestens siebzigmal mit dem Präsidenten im Weißen Haus von der Villa Sam Giancanas in Chikago aus telefoniert.

2. John F. Kennedy habe im März 1963 seine Beziehung zu Judith Exner gelöst, nachdem FBI-Chef J. Edgar Hoover den Justizminister Robert Kennedy über ihr Verhältnis mit den Mafia-Bossen informiert hatte.

Judith Campbell, geborene Exner, sagte im Dezember 1975 auf einer Pressekonferenz aus, sie habe nie etwas von der Mafia-Zusammenarbeit mit der CIA gewußt, sie habe nie mit Kennedy über ihre Beziehungen zu Giancana und Roselli gesprochen. Auf die Frage, ob sie John F. Kennedys Geliebte war, antwortete sie: »Kein Kommentar.«

Senator Frank Church erklärte zur gleichen Zeit: »Nichts bewies, daß sie benutzt wurde, um Einfluß auf den Präsidenten auszuüben.«

Einen prominenten Zeugen zur CIA-Mafia-Verbindung konnte der Church-Ausschuß nicht mehr vernehmen: Sam Giancana. Sieben Kugeln verhinderten, daß »Big Sam« Rede und Antwort stand und womöglich die CIA oder den am 22. November 1963 in Dallas in Texas unter mysteriösen Umständen ermordeten Präsidenten Kennedy ins Zwielicht bringen konnte. Statt dessen »sang« John Roselli. Als habe er das alte Mafia-Gebot »Wer nicht schweigt, muß sterben« vergessen, erklärte Roselli nach seiner Aussage: »Warum sollte irgend jemand einem alten Mann wie mir irgend etwas antun?«

Die Zeitungen berichteten: »Roselli wurde nach seiner Aussage diskret verabschiedet. Er verließ das Gebäude auf dem Capitol-Hill in Washington über dieselbe Hintertreppe, über die er gekommen war.

Strenger bewacht wahrscheinlich als Leonid Breshnew bei seinem letzten Staatsbesuch in den USA.«

Ob Roselli in der Lage sein würde, seine Aussage vor dem Senatskomitee oder irgend einem anderen Gremium zu wiederholen, wisse danach niemand, setzte die Zeitung prophetisch hinzu. »Denn möglicherweise kann es ihm ergehen wie seinem Mafia-Freund Sam Giancana.«

Und genau so erging es ihm! Am 28. Juli 1978 verschwand John Roselli spurlos. Zuletzt hatte man den weißhaarigen Einundsiebzigjährigen auf dem von ihm bevorzugten Golfplatz in Florida gesehen. Zwei Wochen später entdeckten Fischer vor der Küste von Miami ein im Meer treibendes, mit Ketten beschwertes Benzinfaß, in dem sich eine bereits in Verwesung übergegangene Leiche befand. Die Polizei konnte nur noch Bruchstücke von Fingerabdrücken sichern, aber die reichten dem FBI, den Toten zu identifizieren: John Roselli. Er war offenbar erstochen und dann mit dem Faß versenkt worden.

Diesmal unternahm niemand den Versuch, einen »Generationskonflikt« in der Cosa Nostra als Mordgrund anzunehmen. Senator Church erklärte: »Bei einem Mord könnte man vermuten, daß er nichts mit unseren Untersuchungen zu tun hat, aber bei zweien gibt mir die Sache zu denken. Ich muß bekennen, daß es jetzt Gründe gibt, gespannt zu sein.« Church meinte, nun müsse eine gründliche FBI-Untersuchung des Falles eingeleitet werden, zumal erstaunlicher- oder interessanterweise das FBI keine eingehende Untersuchung des Mordes an Giancana angestellt habe.

Von einem Resultat der FBI-Recherchen im Falle Roselli sollte man nie erfahren, denn ein früherer Anwalt Rosellis deutete Zusammenhänge zwischen dem Anti-Castro-Komplott der CIA und dem Mord an Präsident Kennedy an. Einen Monat nach dem Leichenfund vor Miami schrieb die »New York Daily News« unter Berufung auf Freunde des toten Gangsters: Roselli habe kurz vor seinem Tode erzählt, er kenne diejenigen, die den Präsidentenmord arrangiert hätten. Es seien dieselben Leute gewesen, die er früher für den Mordanschlag gegen Castro angeheuert hätte. Der angebliche Präsidentenmörder Lee Harvey Oswald sei von ihnen nur vorgeschoben und anschließend ebenfalls umgebracht worden. Nach dieser Enthüllung entsann man sich auch folgender Tatsache: Jack Ruby, jener Nachtklubbesitzer aus Dallas, der Oswald kurz nach dessen Festnahme unter den Augen der

Polizei niederschoß, war seit Jahrzehnten mit der Cosa Nostra liiert. Man bekam heraus, daß Ruby mehrfach mit Sam Giancana und John Roselli zusammengetroffen war. Ein ehemaliger CIA-Mitarbeiter enthüllte, daß Ruby Anfang der sechziger Jahre illegal nach Kuba gereist sei. Geschah es im Auftrag der Mafia oder der CIA? Sollte der Mordanschlag gegen Fidel Castro vorbereitet werden? Schließlich erinnerte man sich daran, daß Präsident Kennedy im Sommer 1963 die Weisung gegeben hatte, alle Diversionsakte gegen Kuba einzustellen, und das sei auf den Widerstand der CIA gestoßen.

Auch in diesem Fall verliert sich die Wahrheit im Dunkel. Aber immerhin nahm man in den USA die Gerüchte und Berichte so ernst, daß der Kongreß-Ausschuß zur Untersuchung der Morde an John F. Kennedy und Martin Luther King zweimal einen der Cosa-Nostra-Chefs zur Vernehmung vorlud: Santos Trafficante. Er ist, wie man weiß, einer jener zwölf Mafiosi, die im Oktober 1966 in »La Stellas Restaurant« in New York festgenommen und nach einer Stunde gegen Kaution wieder freigelassen wurden.

Der erste Auftritt Trafficantes vor dem Ausschuß im März 1977 war wenig ergiebig — der Mafioso hielt sich an die Omertà. Vierzehn Fragen wurden gestellt, und vierzehnmal hörten die Ausschußmitglieder die stereotype Antwort: »Ich verweigere die Aussage auf diese Frage.«

Im September 1978 stand Santos Trafficante, der einstige Manager eines Spielkasinos in Havanna, nunmehr 63 Jahre alt, noch einmal vor den Senatoren. Diesmal hatte man ihm zugesichert, falls er sich mit seinen Aussagen selbst belaste, sei ihm Straffreiheit gewährt. Es ging um einen Ausspruch. Der kubanische Konterrevolutionär José Aleman hatte ausgesagt, Trafficante habe 1963 in einem Gespräch über Kennedy gesagt: »Es wird ihn treffen.«

Der Cosa-Nostra-Mann, im eleganten Nadelstreifen-Anzug, interpretierte seinen damaligen Ausspruch so: »Ich habe damit gemeint, er würde von dem republikanischen Gegenkandidaten bei der nächsten Wahl ausgespielt werden.« An Schüsse habe er niemals gedacht.

Frage: »Haben Sie vorher von dem Mord an Kennedy gewußt?«

Antwort: »Absolut nicht. In keiner Weise.«

Santos Trafficante gab vor dem Ausschuß nur zu, was ohnehin bekannt war: die Zusammenarbeit zwischen Mafia und CIA. »Ich habe der amerikanischen Regierung geholfen, aus Patriotismus.«

Bibliographische Notizen

Zu den grundlegenden Arbeiten über dieses Thema, die von den Autoren bis 1968 kritisch ausgewertet werden konnten, gehören *Mafia — Macht und Geheimnis der Schwarzen Hand* von Martin W. Duyzings (Berlin 1964), *Die Ehrenwerte Gesellschaft* von Norman Lewis (Düsseldorf 1965) und *Mafia e politica* von Michele Pantaleone (Turin 1962), die recht umfangreiches Material zur Geschichte der Mafia bieten. Bei der Darstellung des amerikanischen Ablegers der Mafia, der Cosa Nostra, stützten sich die Autoren vorwiegend auf *Brotherhood of Evil — The Mafia* von Frederic Sondern jun. (New York 1960), *Mafia* von Ed Reid (London 1957) und *The Luciano Story* von Sid Feder und Joachim Joesten (New York 1954). Im Gegensatz zu diesen Publikationen, die oft nicht über eine Fülle von Details hinausgehen, sind in dem Aufsatz *Plutokratie und Gangstertum in Amerika* von W. Minajew (in der Zeitschrift »Neue Welt«, Berlin, Jahrgang 1949, Heft 3 und 4) und in der Broschüre *Gangster und Racket im Dienste der Monopole* von B. S. Nikiforew (Berlin 1958) der Zusammenhang zwischen organisiertem Verbrechertum und kapitalistischer Gesellschaft geschildert.

Die Entstehungsgeschichte und der Charakter der Mafia (Kapitel »Die Wurzeln der ›Onorata Società‹«) sind unter Verwendung historischer Literatur und zahlreicher Hinweise spezieller Untersuchungen beschrieben worden. Die Autoren stützten sich dabei auf Einschätzungen des marxistischen Theoretikers *Antonio Gramsci (Die süditalienische Frage, Berlin 1955)* sowie auf Analysen, die in der von der Italienischen Kommunistischen Partei herausgegebenen Zeitschrift »Vie Nuove« erschienen sind. Ferner zogen die Autoren den Zeitschriftenaufsatz *Episoden aus der Geschichte der Mafia* von dem sowjetischen Historiker N. Rusakow (in »Novaja i novejšaja istoria«, Moskau, Jahrgang 1967, Heft 1 und 3) heran.

Die in dem Kapitel »Die Schwarze Hand« geschilderte Ermordung des amerikanischen Polizeioffiziers Petrosino, die in den erwähnten Büchern von Frederic Sondern, Martin W. Duyzings und Norman Lewis belegbar ist, wird auch von Danilo Dolci in *Umfrage in Palermo (Berlin 1961)* angeführt.

Die Darstellung der Vorgänge, die mit der Person Al Capones verbunden sind, und die Entwicklung der Cosa Nostra in der Zeit der Prohibition (Kapitel »Der Aufstieg des Al Capone«) stützen sich vorwiegend auf die Schilderungen von Frederic Sondern sowie von Sid Feder und Joachim Joesten. Zahlreiche Angaben über Capone, darunter sein Vorstrafenregister, fanden sich in *Hans von*

Hentig, Der Gangster (Göttingen-Heidelberg 1959). Dieses Buch enthält auch viel Material über andere Mafiosi. Einzelheiten über das Bootlegging und über die Bordellrackets geben *Charles Hamilton* in *Men of the Underworld (New York 1952)* und der bekannte französische kommunistische Schriftsteller *Vladimir Pozner* in *Die unvereinigten Staaten (Berlin 1949)*. Nur mit Vorbehalt dagegen konnten die tendenziösen Angaben von *Don Whitehead, The FBI-Story (New York 1965)*, verwendet werden, der die Tätigkeit des FBI verherrlicht, die Bestechlichkeit und das Versagen der Polizei verschweigt.

Für das Kapitel »Die Mustache-Petes treten ab« wurden *Murder Inc.* von *Burton B. Turkus* und *Sid Feder (New York 1951)* herangezogen. Das Kapitel »Pech für ›Lucky‹« stützt sich stark auf das bereits erwähnte Buch von *Feder* und *Joesten*. Brauchbares Material zu diesen beiden Kapiteln sowie zu den Kapiteln »Amerika im Spinnennetz« und »Kämpfe um die Macht« findet sich in der Untersuchung *Les Caids de New York* von *Stéphane Grouff* und *Dominique Lapierre (Paris 1958)*.

Einzelheiten über den im Kapitel »Der Polyp von New York« angeführten Mord an dem Gewerkschaftsführer Peter Panto enthält der Artikel von *John Wolfard, New-Yorker Hafenarbeiter gegen ihre verbrecherischen Führer* (in *»Weltgewerkschaftsbewegung«, Berlin, Jahrgang 1952, Heft 2*). Die Zusammenstellung von Morden an amerikanischen Gewerkschaftern ist *Jürgen Kuczynski, Die Geschichte der Lage der Arbeiter unter dem Kapitalismus, Band 30: Darstellung der Lage der Arbeiter in den Vereinigten Staaten von Amerika seit 1898 (Berlin 1966)* entnommen. Der »Fall Reles« wurde von der Untersuchungskommission des Senators *Estes Kefauver* behandelt. Das Material, das der Ausschuß sammelte, findet sich in dem Report des Senators *Crime in America (London 1958)* sowie in den Berichten der amerikanischen Nachrichtenmagazine *»Time«* und *»Newsweek«*. Diesen Quellen sind auch die wörtlichen Wiedergaben von Dialogen und Verhören entnommen. Auf die Untersuchungen des Kefauver-Ausschusses stützt sich auch das mehrfach zitierte Buch *Organized Crime in America* von *Gus Tyler (Ann Arbor 1962)*.

Über das »Unternehmen Pastorius« (Kapitel »Die Mafia und die Generale«) sind nach Kriegsende mehrere Zeitungsaufsätze erschienen. Über die Zusammenarbeit zwischen der Cosa Nostra und dem Marinegeheimdienst in den USA haben zuerst *Sid Feder* und *Joachim Joesten* in ihrem Buch berichtet. Ausführlich schildert auch *Norman Lewis* in seinem Tatsachenbericht über die »Ehrenwerte Gesellschaft«, der sich zum Teil auf eigene Erlebnisse als britischer Offizier auf Sizilien stützt, die Verbindungen zwischen dem Geheimdienst und der Mafia bei der Vorbereitung und Ausführung der Invasion auf Sizilien. Zur Landung in Sizilien und Süditalien und der politischen Entwicklung in Italien danach wurden folgende Veröffentlichungen herangezogen: *Geschichte des Großen Vaterländischen Krieges der Sowjetunion, Band 3 (Berlin 1964); Luigi Longo* und *Pietro Secchia, Der Kampf des italienischen Volkes für seine Befreiung (Berlin 1959); Umberto Marsola, März 1943 – 10 Uhr (Berlin 1963)* sowie *Paolo Robotti* und *Giovanni Germanetto, Dreißig Jahre Kampf der italienischen Kommunisten 1921–1951 (Berlin 1955)*. Der Bericht über Salvatore Giuliano fußt auf den bereits erwähnten zusammenfassenden Mafia-Darstellungen, auf *Gavin Maxwells* Tatsachenbericht *Wer erschoß Giuliano? (Hamburg 1963)* sowie auf zahlreichen Artikeln in der *»Neuen Zürcher Zeitung«* und in dem amerikanischen Nachrichtenmagazin *»Time«* sowie auf dem Bericht der parlamentarischen Anti-Mafia-Kommission. Die Verbindung der Mafia mit Politikern der christlich-demokratischen Partei Italiens deckten Prozeßberichte und eine von *Danilo Dolci* zusammengestellte Dokumentation auf, die gleichzeitig von den italienischen Zeitungen *»L'Unità«, »Paese Sera«* und *»L'Ora«* veröffentlicht wurde. Die Aussagen De Marias über den Tod Giulianos sind einem Aufsatz aus der Zeitschrift *»Der Reporter« (Jahrgang 1955, Heft 12)* entnommen. Die Darstellungen der Kapitel *»Amerika im Spinnennetz«, »Geschäft mit Träumen«* und *»Kämpfe um die Macht«* stützen sich weitgehend auf Angaben der USA-Presse *(»New York Times«, »Time«, »Newsweek«, »Life«)*, die die Vorgänge sowie das Zusammenspiel zwischen Cosa Nostra und amerikanischen Politikern als Waffen im politischen Konkurrenzkampf nutzten. Auf die Freundschaft zwischen Willie Bioff und dem Senator Barry Goldwater geht auch *Fred J. Cook* in *Die rechtsradikalen Mächte in den USA und Goldwater (Hamburg 1965)* ein. Die Zeitschrift *»Time«* berichtet über die Vorgänge in Kansas City deshalb ausführlich, weil der *»Time«*-Besitzer Henry Luce als Republikaner dem demokratischen Präsidenten Truman schaden wollte.

Für die Darstellung der Einzelheiten über Rauschgifte wurde *Jean-Luc Bellanger, Die Jagd nach dem Drachen (Leipzig 1965)*, herangezogen. Einige Beispiele des Rauschgiftmißbrauchs durch Jugendliche sind dem Buch von *Albert E. Kahn, Das Spiel mit dem Tode (Berlin 1955)*, sowie der amerikanischen Presse entnommen worden.

Die Vorgeschichte und die Vorgänge auf der Appalachin-Konferenz gibt *Frederic Sondern* in seinem bereits angeführten Buch sehr ausführlich wieder; Details dazu sind ebenfalls in dem bereits genannten Buch über die Mord-GmbH von *Turkus* und *Feder* sowie in Berichten der Zeitung *»New York Times«* enthalten. Die chiffrierten Briefe Don Ciccios sind nach *Sondern* zitiert. Aus demselben Buch stammt die Aufstellung über wirtschaftliche Macht der amerikanischen Mafiosi im Schlußkapitel.

Der Mord an Placido Rizotto und seine Hintergründe (Kapitel *»Mordserie in Corleone«*) wurde außer der genannten Literatur vor allem auf Grund der unter dem Titel *Vergeudung* erschienenen Untersuchungen *Danilo Dolcis (Berlin 1968)* dargestellt. Das Material für die Beschreibung der Wasser-Mafia ist ebenfalls den Werken von *Dolci* entnommen, besonders seinem Buch *Banditen in Partinico (Freiburg 1962)*. Ferner wurden für den Bericht über den Mafia-Terror Artikel der *»Vie Nuove«* sowie der Fortsetzungsbericht *Die blutige Legende von der Mafia*, der in der *»L'Humanité«* erschienen ist *(14. bis 17. Februar 1964)*, herangezogen.

Der Abschnitt über die Banditenmönche von Mazzaroni (Kapitel *»Die Lupara im Kloster«*) stützt sich vor allem auf Prozeßberichte, die fast in der gesamten Weltpresse erschienen sind. Die Aufstellung über den Handel mit gefälschten Reliquien stammt aus dem Buch von *Lewis* über die Mafia. Die Tätigkeit des Gangster-Paters Blandino della Croce ist in einem Artikel des BRD-Nachrichtenmagazins »*Der Spiegel*« (vom 8. Januar 1958) am ausführlichsten dargestellt worden.

Der »Bandenkrieg in Palermo« ist aktuellen Berichten der italienischen Presse entnommen worden, wobei in den bürgerlichen Zeitungen die Sensation im Vordergrund steht und der gesellschaftliche Hintergrund der Mafia gar nicht oder nur am Rande behandelt wird. Die Darstellung der Mafia im Bestattungsgewerbe gründet sich neben *Duyzings* Schilderung besonders auf *Danilo Dolcis Umfrage in Palermo* und auf einen Aufsatz in der Zeitung »*El Moudjahid*« (die in Algier erscheint, das während der französischen Kolonialherrschaft neben Tunis oft Zufluchtsort für Mafiosi gewesen ist). Der Text der Bittschrift für Genco Russo sowie das Eintreten des Klerus entstammen Artikeln der »*Vie Nuove*« und »*L'Humanité*«. Die Ereignisse um Frank Coppola sind in einer eindrucksvollen Dokumentation von *Danilo Dolci* enthalten, die die »*Vie Nuove*« brachte, und in einer Betrachtung der italienischen Zeitschrift »*L'Ora*«.

Die Aussagen Joseph Valachis (Kapitel »Mafia — und kein Ende!«) sind der »*New York Times*« entnommen, wo sie Ausgangspunkt für mehrere größere Untersuchungen waren, wie die Beschreibung des Eindringens der Cosa Nostra in die Wirtschaft der USA und die des Glücksspielsyndikats in Las Vegas. Die Resultate der Untersuchungen des von Präsident Johnson berufenen Ausschusses, die 1967 bekannt wurden, veröffentlichte das amerikanische Nachrichtenmagazin »Time«.

Weiteres Material zum Thema ihres Buches entnahmen die Autoren nicht speziell aufgeführten Artikeln und Berichten der folgenden Zeitschriften und Zeitungen: »*Time*«, New York (Jahrgang 1947–1980); »*Newsweek*«, New York (Jahrgang 1946–1980); »*U. S. News & World Report*« (Jahrgang 1953–1964); »*Der Spiegel*«, Hamburg (Jahrgang 1956–1980); »*Vie Nuove*«, Rom (Jahrgang 1957–1966); »*Life*«, New York (Jahrgang 1950–1962); »*L'Ora*«, Palermo (Jahrgang 1965–70); »*The New York Times*« (Jahrgang 1962–1980); »*Neue Zürcher Zeitung*« (Jahrgang 1980) und »*Neue Zeit*«, Moskau (Jahrgang 1956–1980).

Inhaltsverzeichnis

Al Capones Erben / »Der Mann mit dem goldenen Arm« / Der Todeskuß / Das brave Leben des »Drei-Finger-Brown«

K A
Washington
Portland
Montana
Nord-Dakot
Oregon
Idaho
Süd-Dakot
Wyoming
Miss
Kalifornien
Lake Tahoe
Salt Lake City
Nebrask
Nevada
U S
San Francisco
Utah
Colorado
Las Vegas
Pueblo
Kans
Colorado
Los Angeles
Arizona
Okl
Phoenix
Oklahom
Neu-Mexiko
Tucson
El Paso
Texa
Hous
MEXIKO
Golf von Kalifornien
Rio Grande
STILLER OZEAN